V. C. ANDREWS

Kind der Dämmerung

Autorin

Mit ihrem ersten Roman *Blumen der Nacht* wurde V. C. Andrews zur Bestsellerautorin. Ihrem Erstling folgten zehn weitere spektakuläre Erfolge, unter anderem *Wie Blüten im Wind, Dornen des Glücks, Schatten der Vergangenheit, Schwarzer Engel, Gärten der Nacht, Nacht über Eden* und *Dunkle Umarmung*. Nach ihrem Tod brachte ihre Familie zusammen mit einem sorgfältig ausgewählten Autor eine neue V.-C.-Andrews-Serie auf den Markt, die mit dem Titel *Zerbrechliche Träume* begann und weltweit ein begeistertes Echo hervorrief. Bis heute sind 35 Millionen V.-C.-Andrews-Bücher verkauft und in sechzehn Sprachen übersetzt worden.

In der Reihe Goldmann-Taschenbücher sind außerdem
von V. C. Andrews™ erschienen:

DAS ERBE VON FOXWORTH HALL:
Gärten der Nacht. Roman (9163)
Blumen der Nacht. Roman (6617)
Dornen des Glücks. Roman (6619)
Wie Blüten im Wind. Roman (6618)
Schatten der Vergangenheit. Roman (8841)

DIE CASTEEL-SAGA:
Dunkle Wasser. Roman (8655)
Schwarzer Engel. Roman (8964)
Gebrochene Schwingen. Roman (9301)
Nacht über Eden. Roman (9833)
Dunkle Umarmung. Roman (9882)

DIE CUTLER-SAGA:
Zerbrechliche Träume. Roman (42045)
Geheimnis im Morgengrauen. Roman (41222)
Kind der Dämmerung. Roman (41304)
Stimmen aus dem Dunkel. Roman (41305)
Stunden der Nacht. Roman (42404)

DIE LANDRY-SAGA:
Ruby. Roman (42533)
Dunkle Verheißung. Roman (43202)
Fesseln der Erinnerung. Roman (41590)
Tödlicher Zauber. Roman (41598)

und:
Das Netz im Dunkel. Roman (6764)

V. C.
ANDREWS®

Kind der Dämmerung

Roman

Aus dem Amerikanischen
von Uschi Gnade

GOLDMANN

Die amerikanische Originalausgabe erschien 1992
unter dem Titel »Twilight's Child« bei Pocket Books, New York

Umwelthinweis:
Alle bedruckten Materialien dieses Taschenbuches
sind chlorfrei und umweltschonend.
Das Papier enthält Recycling-Anteile.

Der Goldmann Verlag
ist ein Unternehmen der Verlagsgruppe Bertelsmann

Umschlaggestaltung: Design Team München
Umschlagfoto: Design Team München
Satz: IBV Satz- und Datentechnik GmbH, Berlin
Druck: Elsnerdruck, Berlin
Verlagsnummer: 42693
SN · Herstellung: Peter Papenbrok
Made in Germany
ISBN 3-442-42693-6

7 9 10 8 6

Inhalt

Teil I

Teil II

Liebe Virginia-Andrews-Leser,

diejenigen unter uns, die Virginia Andrews gekannt und geliebt haben, wissen, daß ihr nichts in ihrem Leben so wichtig war wie ihre Romane. Nie war sie so stolz wie in dem Moment, als sie das erste gedruckte Exemplar von *Blumen der Nacht* in der Hand hielt.

Virginia war eine einzigartige und begnadete Erzählerin, die Tag für Tag fieberhaft schrieb. Ständig entwickelte sie Ideen für neue Geschichten, aus denen schließlich Romane werden sollten. Gleich nach dem Stolz auf ihre Werke kam für sie die Freude, die es ihr bereitete, Briefe von Lesern zu erhalten, die von ihren Büchern beeindruckt waren.

Seit ihrem Tod haben viele von Ihnen an uns geschrieben und sich gefragt, ob weiterhin neue Romane von V. C. Andrews erscheinen würden. Kurz bevor sie starb, gelobten wir uns, einen Weg zu finden, um weitere Geschichten zu entwickeln, die ihrer Phantasie entsprungen sind.

Angefangen mit den letzten Bänden der Casteel-Saga, haben wir eng mit einem sorgsam ausgewählten Autor zusammengearbeitet, um ihre Begabung durch das Erschaffen neuer Romane wie *Zerbrechliche Träume, Geheimnis im Morgengrauen* und jetzt *Kind der Dämmerung* weiterzuentwickeln, die von ihrem wunderbaren Erzähltalent inspiriert worden sind.

Kind der Dämmerung ist der dritte Teil einer neuen Serie. Wir glauben, es hätte V. C. Andrews große Freude bereitet, wenn sie gewußt hätte, daß vielen von Ihnen dieses weitere Lesevergnügen vergönnt ist. Andere Romane, darunter etliche, die sich auf Geschichten gründen, die Virginia noch vor ihrem Tod fertigstellen konnte, werden in den kommenden Jahren veröffentlicht werden, und wir hoffen, daß sie Ihnen soviel bedeuten werden wie bisher auch.

Hochachtungsvoll
DIE ANDREWS-FAMILIE

TEIL I

1

Der Kampf um Christie

Die Landschaft von Virginia zog vorbei, als Jimmy und ich nach Saddle Creek fuhren, einem Vorort von Richmond. Mein Herz pochte vor Vorfreude, denn die Straßenschilder wiesen darauf hin, daß wir unserem Ziel näher und immer näher kamen. Bald schon würde ich mein Baby in den Armen halten. Ich hatte kaum Gelegenheit gehabt, mir Christie anzusehen, als ich sie in The Meadows gebar, denn schon kurz nach der Geburt hatte man sie mir weggenommen. Das war die letzte in einer Reihe von Abscheulichkeiten, die Großmutter Cutler mir angetan hatte, ehe sie erbittert und gebrochen gestorben war, und bis zum letzten Augenblick hatte sie mich aus Gründen gehaßt, die ich nie hatte verstehen können, bis die Testamente verlesen worden waren.

»Jetzt ist es nicht mehr weit«, sagte Jimmy und lächelte mich an. Er war fast so aufgeregt wie ich, weil ich Christie wieder zu mir holen würde. Es machte mich so glücklich, daß Jimmy Christie bereitwillig als sein eigenes Kind ansehen wollte.

Während Jimmy beim Militär gewesen und nach Europa geschickt worden war, hatte ich mich in Michael Sutton verliebt, meinen Gesangslehrer an der Sarah-Bernhardt-Schule für Darstellende Künste. Aber Jimmy war nicht etwa enttäuscht von mir gewesen, weil ich seine Rückkehr nicht abgewartet hatte, sondern er hatte mir gesagt, er verstünde, daß ich in Michaels Bann geraten war. Sobald er erfahren hatte, daß ich schwanger war und daß Michael mich verlassen hatte, hatte sich Jimmy auf die Suche nach mir gemacht und mich aus den Klauen der furchtbaren Emily Booth errettet, Großmutter Cutlers älterer Schwester. Er war wahrhaft mein Held, als er mich von dieser seltsamen Plantage fortholte, auf die ich geschickt worden war, um dort heimlich mein Baby zur Welt zu bringen. Jimmy war kurz nach Christies Geburt eingetroffen. Und als wir herausgefunden hatten, was Großmutter Cutler in die Wege geleitet hatte – daß man mir mein Kind sofort wegnahm –, gelobten wir beide, nicht eher zu ruhen, bis ich es wieder in meinen Armen hielt.

Aber mein Herz klopfte nicht nur vor freudiger Erwartung so schnell, daß mir schwindlig davon wurde. Unwillkürlich überwältigte mich die schnelle Abfolge der Ereignisse, die buchstäblich mein Leben verändert und meine Zukunft bestimmt hatten. Nach Großmutter Cutlers Tod waren zwei Testamente verlesen worden: ihr Letzter Wille und ein geheimer Brief mit dem Testament des Mannes, von dem ich früher geglaubt hatte, er sei mein Großvater gewesen, von dem ich jetzt aber wußte, daß er mein Vater gewesen war. Um seine Sünden wiedergutzumachen – und er erachtete meine Geburt als eine Sünde –, hinterließ er mir den größten Anteil am Hotel der Familie. Praktisch gesehen war ich jetzt die wahre Besitzerin von Cutler's Cove.

Aber wollte ich das überhaupt sein, und, was vielleicht noch wichtiger war, war ich dem gewachsen? Ich konnte jetzt noch hören, wie meine Halbschwester Clara Sue mich angeschrien hatte, ehe wir aufgebrochen waren, um Christie zurückzuholen. Die Eifersucht, die sie mir schon immer entgegengebracht hatte, war von ihrem Schock und ihrem Neid noch heftiger entfacht worden.

»Du könntest niemals in Großmutters Fußstapfen treten!« hatte sie geschrien – ihr Mund war verzerrt, und die Hände hatte sie in die Hüften gestemmt. »Du wirst dich zum Gespött machen an der ganzen Küste von Virginia. Wenn Großmutter noch am Leben wäre, würde sie vor Lachen sterben.«

Clara Sues Worte hallten höhnisch in meinen Ohren nach. Es war fast so, als spräche die strenge, gemeine alte Frau aus Clara Sue und verzöge dabei hämisch den Mund, um ihre Skepsis auszudrücken. Ich war mir der Herausforderung bewußt, aber ich fürchtete andererseits auch um meinen Traum, Sängerin zu werden, nachdem ich das Hotel geerbt hatte und ich die gesamte Verantwortung trug. Andererseits, dachte ich mir, waren vielleicht all diese Träume an dem Tag gestorben, an dem Michael mich sitzengelassen hatte. Vielleicht war es mir doch nicht bestimmt, in der Welt des Showbusineß heimisch zu werden. Vielleicht war alles, was passiert war, nur zu meinem Besten.

Jimmy schien das zu glauben. Er hatte heute auf der ganzen Reise Pläne geschmiedet und mir Versprechen abgegeben.

»Sobald ich vom Militär entlassen werde, werden wir heiraten«, hatte er gelobt.

»Und mit meiner verrückten Familie in dem Hotel leben?« fragte ich.

»Mir macht das nichts aus. Und außerdem bist du jetzt der wahre Boß, Dawn. Und ich werde alle technischen Angelegenheiten in die Hand nehmen. Ich habe eine Menge über Motoren, Elektrizität und Maschinen gelernt...«

»Ich weiß nicht, ob ich das schaffe, Jimmy. Schon der Gedanke daran macht mir angst«, gestand ich.

»Unsinn. Mr. Updike, der Anwalt der Familie, hat gesagt, er würde dir helfen, und Mr. Dorfman, der Buchprüfer, hat versprochen, für dich zu tun, was er nur kann. Niemand erwartet von dir, daß du augenblicklich die gesamte Verantwortung allein übernimmst. Cutler's Cove wird deine neue Schule werden«, sagte er lachend. »Und sobald ich entlassen werde, werde ich immer an deiner Seite sein«, versprach er und drückte meine Hand.

Ich glaubte ihm. Er war jetzt an meiner Seite, in einem Moment, in dem ich ihn mehr denn je brauchte, oder etwa nicht? Und ich hatte Lug und Trug und Leid satt. Ich wollte, daß mein Leben mit Jimmy und Christie einen glücklichen Anfang nahm, und die Aussicht darauf, Christie in meinen Armen zu halten, versprach genau das zu bringen: eine Symphonie der Freude, selig, süß und hoffnungsvoll.

Aber mit Versprechen war es wie mit Regenbögen – sie kommen im allgemeinen erst nach dem Sturm, und diesmal sollte es sich nicht anders verhalten.

Als Großmutter Cutler unerwartet gestorben war, hatten wir gefürchtet, wir würden Christie vielleicht nie mehr finden. Mr. Updike hatte jedoch mit der Sache zu tun gehabt und wußte, wo sie untergebracht war. Ehe wir von Cutler's Cove aufgebrochen waren, hatte er uns gesagt, das Paar, das Christie bei sich aufgenommen hatte, Sanford und Patricia Compton, erwarte uns und sei vollständig von der Situation in Kenntnis gesetzt worden. Wir fanden jedoch eine ganz andere Realität vor, als wir ihnen unseren Besuch abstatteten.

Saddle Creek war ein schmucker, gepflegter Vorort von Richmond, und die Häuser sahen aus wie Puppenstuben; alles war perfekt – die Rasen waren frisch und grün, und die Geranien, Rosen und Petunien leuchteten in ihrer Farbenpracht. An dem strahlenden Spätsommertag mit den vereinzelten weißen Wattewölkchen am zartblauen Himmel schien es fast, als seien wir in eine Phantasiewelt geraten. Alles war ganz sauber und frisch verputzt. Ich erinnere mich noch, daß ich einen Moment lang dachte, Christie wäre hier vielleicht doch besser aufgehoben. Mit Sicherheit war es eine glücklichere Welt als die, in die ich sie bringen würde.

Aber dann dachte ich wieder daran, wie schmerzlich es für mich gewesen war, von meiner richtigen Familie zu erfahren. Nichts – noch nicht einmal Reichtum und gesellschaftlicher Rang – war mehr wert als die Wahrheit, wenn es darum ging, wer man war und wohin man gehörte. Das war eine Lektion, die ich am Ende eines

Leidensweges hatte lernen müssen. Ich war entschlossen, meine Tochter niemals einem solchen Los auszusetzen.

Ein freundlicher Polizist, der an einer Kreuzung in einem Streifenwagen saß, gab uns genaue Anweisungen, wie wir zum Haus der Comptons kamen. Sanford Compton war der Besitzer und Geschäftsführer eines der größten Betriebe in der Gegend, einer Wäschefabrik. Das Haus der Comptons war eines der schönsten und größten Häuser in der Straße: ein zweistöckiger roter Ziegelbau im Kolonialstil, der beidseits der Eingangstür je drei Fenster hatte.

Nachdem wir geparkt hatten, stiegen wir aus und liefen zwischen zwei eckigen weißen Pfeilern mit Messingkugeln zum gepflasterten Gehweg, der beidseits von hüfthohen Hecken gesäumt war. Es gab Brunnen mit Amoretten und Brunnen mit Marmorvögeln, aus deren Schnäbeln das Wasser strömte. Wohin wir auch schauten, überall sahen wir Rosenbeete: gelbe, rote, rosafarbene und weiße Rosen. Nie hatte ich derart gepflegte Rasenflächen und Hecken gesehen.

»Ist das ein Privathaus oder ein Museum?« fragte sich Jimmy laut.

»Ein Privathaus wie das, in dem wir eines Tages hoffentlich leben werden«, sagte ich sehnsüchtig.

»Ein Haus? Ich dachte, wir hätten uns entschlossen, im Hotel zu leben«, rief mir Jimmy ins Gedächtnis.

»Ja, aber eines Tages werden wir uns ein Haus wie dieses bauen und abseits vom Hotelgelände wohnen«, versprach ich ihm. »Wäre dir das nicht auch lieber?«

»Klar. Warum nicht?« sagte Jimmy lächelnd, und seine dunklen Augen funkelten schelmisch. »Ich werde es uns selbst bauen.«

Wir lachten beide. Besser gelaunt hätten wir nicht sein können. In wenigen Momenten würde ich Christie wieder bei mir haben.

Das Klingeln schien endlos und ewig weiterzuhallen, und es klang ganz so, als sei es die Nußknacker-Suite.

»Das ist doch gleich etwas ganz anderes als die üblichen Türglokken«, sagte Jimmy. Endlich wurde die große Eichentür von einem Butler geöffnet, einem dürren Schwarzen.

»Ich bin Dawn Cutler«, sagte ich. »Und das ist Jimmy Longchamp. Wir wollten Mr. oder Mrs. Compton sprechen.«

»In Ordnung, Frazer«, hörten wir eine tiefe Männerstimme sagen. »Überlassen Sie mir das.«

Der Butler trat zurück, und ich riß vor Erstaunen die Augen weit auf, als ein großer Mann mit kurzem karottenrotem Haar hinter ihm auftauchte. Sein Gesicht war von Sommersprossen übersät, und er schaute uns aus eisblauen Augen an. Seine Nase war sehr schmal und etwas zu lang, und dadurch wirkten seine Augen, als seien sie besonders tiefliegend. Er war zwar sicher fast einsneunzig, doch seine hängenden Schultern, die nach vorn gebogen waren, ließen ihn kleiner wirken.

Er packte den Türgriff und riß die Tür so abrupt auf, daß Jimmy und ich uns einen schnellen Blick zuwarfen.

»Sie sind Lilian Cutlers Enkelin?« fauchte er mich an.

»Ja, das bin ich«, sagte ich.

Er starrte mich einen Moment lang an und nickte andeutungsweise. »Gut, dann kommen Sie rein, damit wir es schnell hinter uns bringen«, sagte er und trat anscheinend widerwillig zurück.

Mir lief ein Schauer über den Rücken. Ich griff nach Jimmys Hand, und wir betraten die Eingangshalle. Im Haus schwebte ein blumiger Duft, der an Dutzende und aber Dutzende von Rosen denken ließ. Wir schauten in den Korridor und sahen, daß über der halbrunden Treppe, die nach oben führte, überall Gemälde an der Wand hingen. Auf fast allen Gemälden waren Kinder dargestellt – teils waren es einfach nur Porträts, doch andere Bilder zeigten Kinder beim Spielen oder Kinder beim Lesen. Die Treppenstufen waren mit einem blauen Samtteppich belegt, der weich aussah.

»Kommen Sie ins Wohnzimmer, bitte«, sagte Mr. Compton im Befehlston und wies mit einer Geste auf die Tür zur Rechten. Jimmy und ich gingen eilig auf die Tür zu.

Im ersten Moment sah keiner von uns Patricia Compton. Sie saß vollkommen still da und trug ein weißes Baumwollkleid, das mit den Seidenvorhängen am Fenster hinter ihr zu verschmelzen schien. Die Möbel waren mit hellen Seidenstoffen bezogen. Rechts neben uns stand eine Vitrine, die mindestens zweieinhalb Meter hoch war und Dutzende von kostbaren Porzellanfiguren enthielt: Tiergestalten, handbemalte chinesische Männer- und Frauengestalten und handbemalte Figuren von Kindern mit Müttern und Tieren.

Da das Zimmer einen so makellosen und unbenutzten Eindruck machte, scheuten sowohl Jimmy als auch ich vor dem Eintreten zurück. Es war, als stiege man in ein schönes Gemälde. Dann sah ich Patricia auf dem Sofa sitzen, die dunklen Augen weitaufgerissen und die schmalen Lippen an den Mundwinkeln runtergezogen. Sie sah wie ein trauriger Clown im Zirkus aus.

»Treten Sie ein, und setzen Sie sich«, befahl Sanford Compton, während er an uns vorbeiging, sich auf einem der Sessel niederließ und die langen Beine übereinanderschlug. Jimmy und ich gingen auf das Zweiersofa zu. »Das ist meine Frau Patricia«, sagte Sanford und wies mit einer kaum wahrnehmbaren Kopfbewegung in ihre Richtung. Ein angedeutetes Lächeln huschte über die bleichen Lippen, die anscheinend vergessen hatten, wie man lächelte. Sie sagte nichts, bewegte nicht einmal die Lippen zu einer Begrüßung.

»Guten Tag«, sagte ich und lächelte. Mrs. Compton musterte uns unablässig, und ihre Augen ähnelten dunklen Tümpeln in einem Wald, tiefe, melancholische Augen, Tränenquellen. Ihr ganzes Gesicht wirkte wie ein Hort der Traurigkeit. Sie war sehr schlank, zart und zerbrechlich. Ich sah, daß sie lange, schmale Finger hatte. Sie hatte die Hände festumschlungen auf dem Schoß liegen und saß mit einem so steifen Rücken da, daß es schien, als sei sie auf einem unsichtbaren Kleiderbügel aufgehängt. Sie schluckte nervös und ließ uns keinen Moment lang aus den Augen.

Sie hatte hellblondes Haar, so hell, daß es fast weiß war, dachte ich, und es war lose aufgesteckt.

»Wir sind gekommen, um meine Tochter Christie zu holen«, erklärte ich eilig. Ich kam direkt zur Sache, weil ich das Eis brechen wollte. In dem Moment, in dem ich von »meiner Tochter« sprach, stöhnte Mrs. Compton, und ihre rechte Hand hob sich und legte sich auf ihre Kehle.

»Ganz ruhig«, sagte Sanford Compton, ohne sich zu ihr umzudrehen. Sein Blick war starr auf Jimmy und mich gerichtet.

»Ich finde das reichlich unverschämt«, sagte er schließlich.

»Wie bitte?« Ich sah Jimmy an, der sich stramm aufrichtete und seine Schultern zu einer militärischen Haltung zurückzog. »Mr. Updike hat doch mit Ihnen gesprochen, oder nicht?«

»Wir haben einen Anruf vom Anwalt Ihrer Großmutter bekommen, das ist richtig«, erwiderte Sanford Compton. »Warum hat Ihre Großmutter uns nicht selbst angerufen?« fragte er unfreundlich.

»Meine Großmutter ist verstorben. Ganz unerwartet«, sagte ich.

»Ach, du meine Güte«, hauchte Mrs. Compton. Mit der linken Hand preßte sie sich ein Spitzentaschentuch auf die Augen. Sie hatte es mit den Händen so fest umklammert gehalten, daß ich es bisher gar nicht gesehen hatte.

»Laß das«, fauchte Sanford Compton tonlos. Patricia Compton unterdrückte das Schluchzen, indem sie die Lippen zusammenpreßte und den Atem anhielt. Ihre zarten Schultern hoben und senkten sich, doch sie hielt den Rücken gerade, und ihr kleiner Busen zeichnete sich durch das Oberteil des Kleids kaum ab.

»Also, hören Sie«, fuhr Sanford fort, »wir haben alles juristisch Notwendige unternommen. Wir haben Dokumente unterschrieben, und uns sind unterschriebene Dokumente ausgehändigt worden. Wir haben keine illegale Transaktion vorgenommen; alles, was wir getan haben, war absolut korrekt.«

»Das ist mir klar, Sir«, sagte ich. Mein Herz schlug heftig gegen meine Rippen, und das Atmen fiel mir schwer. »Aber Mr. Updike muß Ihnen doch die Umstände erklärt haben.«

»Wir haben gehört, daß das Baby unehelich geboren worden ist«, erwiderte er eilig, und sein Tonfall drückte einen deutlichen Vorwurf aus. »Und der Familie Cutler war das äußerst peinlich.«

»Mir war das nicht peinlich«, schoß ich zurück. »Nur meiner Großmutter.«

»Was ändert das schon?« mischte sich Jimmy ein. »Es ist und bleibt ihr Baby«, fügte er hinzu und hielt die Hände mit den Handflächen nach oben vor sich hin.

»Wessen Baby es bleibt, das werden wir ja sehen«, erwiderte Sanford Compton.

»Was?« Mein Mund sprang weit auf, und ich beugte mich vor. »Soll das heißen, Sie haben nicht längst alles dafür vorbereitet, daß wir Christie nach Hause mitnehmen können?«

»Christie ist in Violet umbenannt worden. Sie ist nach meiner Mutter genannt worden, und Violet«, sagte er mit scharfer Betonung auf dem Namen, »*ist* zuhause.«

»O nein«, rief ich aus und wandte mich an Jimmy. Das durfte einfach nicht sein! Ich durfte Christie nicht verlieren. Nicht schon wieder! Und schon gar nicht, nachdem ich sie endlich gefunden hatte!

»Einen Moment mal«, sagte Jimmy mit beherrschter Stimme. »Wollen Sie uns damit sagen, daß Sie Dawn ihr Baby nicht zurückgeben werden?«

»Wir haben alles getan, was juristisch von uns erwartet worden ist. Babys sind kein Spielzeug«, belehrte uns Sanford Compton. »Sie sind keine Gegenstände, die man weggibt und sich wieder zurückholt, keine Gegenstände, die problemlos austauschbar sind. Violet hat hier jetzt ein Zuhause, ein Zuhause, in dem sie geliebt und behütet wird, ein Zuhause, in dem sie glücklich aufwachsen und alles haben kann, was das Leben zu bieten hat. Sie können sie nicht wie einen Fisch angeln, wieder ins Wasser werfen und noch mal angeln.«

»Aber ich habe sie nicht wieder ins Wasser geworfen!« rief ich aus. »Meine Großmutter hat mir mein Baby weggenommen und meine Unterschrift auf Dokumenten gefälscht. Hat Mr. Updike das denn nicht klargestellt?« rief ich entrüstet aus.

»Mr. Updike hat lediglich gesagt, Sie hätten es sich anders überlegt und wollten Ihr Baby jetzt doch wieder haben. Ich habe mich mit meinen Anwälten in Verbindung gesetzt, und sie haben mir gesagt, meine rechtlichen Aussichten stünden gut. Ich habe die Absicht, juristisch vorzugehen.«

Bei seinen Worten liefen mir Schauer über den Rücken. Ich fühlte mich, als hätte jemand einen Eimer Eiswasser über mir ausgeleert – ein Rechtsstreit? Um mein eigenes Baby? Großmutter Cutlers Rache wirkte noch über ihren Tod hinaus fort. Selbst im Grab bestimmte sie noch über mein Leben und über mein Glück.

»Hören Sie«, sagte Jimmy, der sich immer noch bemühte, ruhig zu bleiben, »Sie machen einen großen Fehler. Vielleicht ist Ihnen nicht klar, was passiert ist. Dawn hat nie eingewilligt...«

»Uns ist ein Kind angeboten worden, das die Mutter nicht haben wollte«, unterbrach ihn Sanford. »Meine Frau und ich versuchen schon seit Jahren, ein Kind zu bekommen. Während wir uns sehnlichst ein Kind wünschen, kriegen andere Leute ihre Kinder«, zischte er gehässig in meine Richtung, »reichlich unbekümmert und wollen sie dann loswerden. Wir haben nicht nach sämtlichen Einzelheiten gefragt; wir haben die Bedingungen akzeptiert, die Dokumente unterschrieben und das Kind zu uns genommen. Und jetzt kommen Sie und wollen alles rückgängig machen, was unternommen worden ist. Inzwischen ist eine Weile vergangen. Wir lieben Violet, und wenn es Ihnen auch noch so unwahrscheinlich vorkommen mag, Violet hat uns auch ins Herz geschlossen, vor allem meine Frau. Mit Menschen kann man doch nicht wie mit Puppen spielen.«

»Das ist nicht fair, Mr. Compton!« rief ich aus.

»Es ist blödsinnig«, fauchte Jimmy.

»Jimmy!«

»Nein, er hat kein Recht, so mit uns zu reden. Er hat ja keine Ahnung«, höhnte Jimmy.

»Fest steht, daß wir Ihnen das Baby nicht überlassen«, sagte Sanford Compton und stand abrupt auf, »und fest steht, daß es mir lieb wäre, wenn Sie augenblicklich mein Haus verlassen.«

»Sie können Dawns Baby nicht behalten!« schrie Jimmy und sprang auf.

»Ich sagte Ihnen bereits«, erwiderte Sanford Compton ruhig, »daß es nicht mehr ihr Baby ist. Violet ist jetzt unser Baby.«

»So ein Blödsinn, verdammt noch mal«, brauste Jimmy auf. »Komm, Dawn. Wir gehen zur Polizei. Diese Menschen stehlen dir dein Baby.«

»O mein Gott«, sagte Mrs. Compton, und diesmal konnte sie ihr Schluchzen nicht unterdrücken.

»Sehen Sie nur, was Sie angerichtet haben – Sie haben meine Frau aus der Fassung gebracht. Ich muß darauf bestehen, daß Sie mein Haus verlassen, oder ich selbst werde die Polizei rufen.«

»Machen Sie sich nicht die Mühe«, meinte Jimmy und nahm mich an der Hand. »Wir gehen zur Polizei, und wir kommen wieder. Sie erreichen überhaupt nichts und machen nur allen Beteiligten unnötigen Ärger.«

Der Butler tauchte in der Tür auf, als hätte Sanford Compton eine unsichtbare Klingel gedrückt, um ihn zu rufen.

»Frazer, begleiten Sie diese Leute bitte zur Tür.«

Ich sah Mrs. Compton an, ehe wir gingen.

»Es tut mir leid«, sagte ich zu ihr, »aber ich habe nie eingewilligt, mein Baby wegzugeben. Es ist nicht meine Schuld. Ich wollte nicht, daß es so kommt.«

Patricia Compton fing an, heftiger zu schluchzen.

»Gehen Sie jetzt, bitte«, ordnete Sanford an.

Jimmy und ich verließen das Zimmer. Der Butler trat zur Seite und ging dann vor uns her, um uns die Haustür zu öffnen.

»Verdammt noch mal, was für ein dummes Pack«, murmelte Jimmy so laut, daß sie es hören konnten.

Wir traten wieder in die Sonne, doch für mich war der Tag jetzt grau. Es hätte ebensogut regnen können, dachte ich. Wurde mir denn niemals etwas leichtgemacht? Unheil verfolgte mich und spukte wie ein Geist durch mein Leben. Ich hatte schon angefangen zu glauben, ich sei für immer verflucht, weil ich ein Kind des Bösen war. Die Sünden der Väter lasten tatsächlich auf den Kindern. Ich konnte jetzt die Tränen nicht mehr zurückhalten, und schon ehe wir durch die Säulen an der Grundstücksgrenze schritten, schluchzte ich hysterisch. Jimmy umarmte mich schnell und gab mir einen Kuß auf die Wange.

»He, weine nicht. Mach dir keine Sorgen. Wir kommen schon zu unserem Recht«, versprach er mir.

»O Jimmy, siehst du denn nicht, daß uns alles schwergemacht wird? Ich verstehe einfach nicht, wieso du mich heiraten willst. Du wirst an meiner Seite doch nur leiden. Ich bin verflucht, verflucht!«

»Jetzt hör schon auf, Dawn. Sei ganz ruhig. Das bist nicht du; das sind noch die Dinge, die die böse alte Frau dir angetan hat. Wir werden eben dafür sorgen, daß alles rückgängig gemacht wird. Dieser Kerl ist dumm und will sich unbedingt Schwierigkeiten einhandeln.«

»Ich kann diesen Leuten nichts vorwerfen. Er war nicht ganz im Unrecht. Und hast du den Ausdruck auf dem Gesicht seiner Frau gesehen? Endlich hat sie ein Baby bekommen, das sie als ihr eigenes Kind ansieht, und dann kommen wir und wollen es ihr wegnehmen«, stöhnte ich.

»Aber du willst es doch so haben, oder nicht? Du willst Christie doch bei dir haben?« fragte Jimmy.

»Ja, natürlich will ich das. Ich kann nur all diesen Schmerz und das Leid nicht ertragen. Wie konnte eine einzige alte Frau genügend Macht besitzen, um so vielen Menschen zu schaden?« rief ich aus.

»Ich weiß es nicht. Sie hat es getan, und damit ist jetzt Schluß. Jetzt müssen wir die Dinge wieder in Ordnung bringen. Ich denke, wir gehen als erstes zur Polizei«, sagte er.

»Nein, wir sollten uns lieber ein Hotelzimmer in der Nähe nehmen und Mr. Updike anrufen. Die Polizei kann uns nicht helfen. Sanford Compton hat recht – es wird ein Rechtsstreit werden.«

Ich warf noch einen letzten Blick auf das Haus und versuchte mir vorzustellen, in welchem Zimmer sich Christie wohl aufhielt. Ich war ganz sicher, daß sie ihr das allerschönste Kinderbettchen und die kostspieligste Babykleidung gekauft hatten. Sie war nichts weiter als ein kleines Baby, und sie wußte nicht, wo sie sich befand oder was ihr zugestoßen war. Wahrscheinlich war sie vollauf zufrieden und hätte nicht glücklicher sein können. Schon bald würde ich dieses Glück trüben; aber ich mußte einfach glauben, daß selbst ein so kleiner Säugling wie Christie die eigene Mutter erkennen würde, wenn sie endlich in meine Arme gelegt wurde, und das mußte ihr doch ein tieferes und vollkommeneres Gefühl der Geborgenheit und der Liebe vermitteln. Dieser Glaube bestärkte mich, als ich mit Jimmy eilig aufbrach, um den Kampf um das Sorgerecht für mein eigenes Kind auszufechten.

Wir mieteten uns in einem kleinen Hotel außerhalb von Richmond ein. Es war eine restaurierte alte Villa, und die Zimmer waren ruhig, groß und gemütlich, aber wir konnten uns nicht darüber freuen. Unsere Zeit hier würde mit dem Warten auf Anrufe und den Vorbereitungen auf eine Vernehmung ausgefüllt sein.

Als ich Mr. Updike anrief, überraschte mich seine Reaktion.

»Vielleicht wäre es klüger, alles so zu lassen, wie es ist«, schlug er vor. »Das Baby hat ein gutes Zuhause gefunden und wird bestens versorgt werden. Sanford Compton ist sehr wohlhabend und in seinen Kreisen einflußreich.«

»Mich interessiert nicht, wie reich er ist, Mr. Updike. Christie ist mein Baby, und ich will sie wieder haben«, entgegnete ich mit scharfer Stimme. »Ich dachte, Sie hätten den Comptons alles erklärt«, fuhr ich mit unverhohlenem Ärger fort. Wenn er weiterhin als Anwalt der Familie tätig bleiben wollte, mußte er mich zufriedenstellen, da ich jetzt den größten Anteil des Hotels besaß.

»Ich bin nicht auf die Einzelheiten zu sprechen gekommen«, gestand er. »Ich habe lediglich versucht, den Namen Cutler zu retten. Sie können sich selbst vorstellen, wie sich die Zeitungsleute auf eine solche Geschichte stürzen würden, und das könnte durchaus auf das Hotel zurückfallen.«

»Mr. Updike«, sagte ich durch zusammengebissene Zähne, »wenn ich Christie nicht wiederbekomme, und zwar bald, dann werde ich den Zeitungen die Geschichte höchstpersönlich vorsetzen!«

»Ich verstehe«, sagte er. »Ich möchte Ihnen lediglich klarmachen, was dabei alles ans Licht kommt – Ihre Affäre mit diesem älteren Mann, Ihre uneheliche Schwangerschaft, Ihre...«

»Ich weiß, was ich getan habe, und ich weiß, was passiert ist, Mr. Updike. Mein Baby ist mir wichtiger als all das. Wenn Sie mir nicht rasch helfen können, werde ich mich eben an einen anderen Anwalt wenden«, sagte ich und hielt meinen Zorn nicht länger zurück; es war eine unverhohlene Drohung.

Er räusperte sich. »Ja, sicher helfe ich Ihnen. Ich wollte nur, daß Sie sich über alle Aspekte im klaren sind«, erklärte er eilig.

»Was tun wir als nächstes?« fragte ich barsch.

»Tja, ich kenne dort ein paar Leute. Ich werde mich gleich darum kümmern. Vielleicht können wir den Fall in einer geschlossenen Vernehmung vor einem Richter regeln, bei der nur die Anwälte und die Parteien vertreten sind. Darauf werde ich hinarbeiten, und ich hoffe...«

»Dann werden Jimmy und ich hierbleiben und abwarten, welche Arrangements Sie treffen«, betonte ich noch einmal.

»In Ordnung. Ich rufe Sie an. Wo sind Sie?«

Ich gab ihm die Adresse und die Telefonnummer und wiederholte noch einmal meinen Wunsch, das Problem so schnell wie möglich gelöst zu wissen. Er versprach mir, sich gleich an die Arbeit zu machen.

Einen Tag später rief Mr. Updike zurück, um zu berichten, er hätte erreicht, daß sich die Comptons und ihr Anwalt zu einer Vernehmung vor einem Richter des Obersten Gerichtshofs bereit erklärt hatten – Richter Powell, der sowohl ein Freund der Comptons als auch ein Bekannter von Mr. Updike war.

»Wenn Mr. Compton hier so einflußreich ist und wenn dieser Richter sein Freund ist, wird er dann ein faires Urteil fällen?« fragte ich besorgt.

»Es handelt sich gewissermaßen um eine inoffizielle Vernehmung – um einen Gefallen, den der Richter uns beiden tut«, erklärte Mr. Updike. »Hinterher können wir immer noch den offiziellen Rechtsweg beschreiten, falls wir mit dem Ergebnis nicht zufrieden sind. Die Aussicht auf eine öffentliche Vernehmung macht die Comptons nicht gerade glücklich.«

Er nannte mir die Adresse und den Zeitpunkt, zu dem wir uns beim Richter einfinden sollten, und er sagte uns, er würde uns eine Stunde früher dort treffen. Es war ein Nachmittagstermin. Ich war so nervös, daß ich nichts zum Mittagessen essen konnte.

»Es wird alles gutgehen«, versicherte Jimmy mir immer wieder. »Wenn erst einmal allen klar ist, was sich in Wirklichkeit abgespielt hat, wird sich der Fall schnell und einfach regeln lassen.«

»O Jimmy, ich bin nicht so zuversichtlich wie du. Mr. Updike betont immer wieder, wieviel Einfluß Sanford Compton hat und daß er ein Mann ist, der sowohl bei Politikern als auch bei Juristen großen Einfluß geltend machen kann, und er kann es nicht lassen, mich immer wieder auf die schmutzigen Einzelheiten meiner Vergangenheit zu stoßen.«

»Das stört mich alles nicht«, beharrte Jimmy. »Die Wahrheit ist die Wahrheit, und Christie ist dein Baby«, sagte er mit einer Festigkeit, die mir half, einen Teil meiner Zuversicht wiederzugewinnen.

»Ich bin ja so froh, daß du bei mir bist, Jimmy. Ohne dich würde ich das alles nicht schaffen«, sagte ich. Er streckte die Hand über den Tisch, an dem wir beim Mittagessen saßen, und ergriff die meine.

»Es gibt keinen Ort, an dem ich lieber wäre als an deiner Seite, Dawn. Jetzt und für immer.«

Ich hätte ihn am liebsten sofort in diesem Restaurant geküßt, aber wir waren von Menschen umgeben, die alle gutgekleidet waren und elegant wirkten. Es war wirklich ein schickes Restaurant, und ich hütete mich davor, etwas zu tun, was die Aufmerksamkeit auf uns hätte lenken und Gerüchte wachrufen können. Jimmy sagte, die Vorfälle der letzten Zeit hätten mich paranoisch werden lassen, aber ich konnte nichts dagegen tun. Er lachte, nahm mir aber das Versprechen ab, ihn dafür doppelt so lange zu küssen, wenn wir allein miteinander waren.

Am Nachmittag der Vernehmung war es trüb und sogar ein wenig kühl. Der Herbst schlich sich an wie ein Wolf, der sich an einen Hühnerstall heranpirscht. Er warf seinen Schatten voraus. Die Vögel um uns herum schienen unruhiger zu sein, denn ihre biologischen Uhren rückten der Stunde immer näher, in der sie sich gedrängt sahen, aufzubrechen und ein wärmeres Klima aufzusuchen. Die Wolken wirkten dunkler und unheilvoller, und der Wind wehte heftiger. Blätter, die vom Alter geschwächt waren, knickten von Ästen ab und schwebten langsam zu Boden, während andere Blätter begonnen hatten, orange, gelbe und braune Färbungen anzunehmen.

Mr. Updike traf uns im Foyer. Er war zwar ein älterer Mann, der ohne weiteres Anfang Siebzig sein konnte, doch seine Haltung drückte eine Kraft und eine Autorität aus, die für wesentlich jüngere Männer typisch war. Sein weißer Haarschopf war in der Stirn noch gewellt, und seine breiten Schultern und der gewölbte Brustkorb ließen ihn selbstsicher erscheinen. Sein Anblick und der Klang seiner tiefen, volltönenden Stimme gaben mir ein gewisses Maß an Vertrauen und Zuversicht zurück. Er drückte Jimmy fest die Hand und führte schnell aus, wie er bei der Vernehmung vorgehen wollte.

»Überlassen Sie mir das Reden, bis Richter Powell Ihnen Fragen stellt.«

Ich nickte. In dem Moment sahen wir, wie Sanford und Patricia Compton mit ihrem Anwalt das Gebäude betraten. Mr. Compton hielt Mrs. Compton am Ellbogen, als müsse er sie führen. Sie umklammerte ihr Spitzentaschentuch mit der kleinen linken Hand. Ich sah das Entsetzen und die Angst auf ihrem Gesicht, als sie in unsere Richtung schaute. Eisige Schauer durchzuckten mein Herz.

Der Anwalt der Comptons war ein kleinerer Mann, der wesentlich schmaler gebaut war, aber eine erstaunlich wohltönende Sprechstimme hatte. Mir als Musikerin und Sängerin fiel das unwillkürlich auf. Er hieß Felix Humbrick, und in dem Moment, in dem er zu reden begann, wußte ich, daß noch einiges zu erwarten stand.

Wir versammelten uns alle im Richterzimmer, einem geräumigen Büro im ersten Stock. Es hatte einen Marmorfußboden, und zwei Wände waren mit Regalen gesäumt, auf denen sich Unmengen von Gesetzbüchern reihten. An der Wand hinter dem großen, dunklen Eichenschreibtisch des Richters hingen gerahmte Bilder, die Richter Powell zeigten, wie er Politikern die Hände schüttelte, und auf einem der Fotos war er sogar mit dem Präsidenten abgebildet. All das verlieh dem Büro eine Ausstrahlung des Amtlichen und Offiziellen. Wir hatten das Gefühl, flüstern zu müssen, wenn wir etwas sagten.

Die Comptons und ihr Anwalt nahmen auf einer Seite des Zimmers Platz, wir auf der anderen, und beide Anwälte saßen auf den Ledersesseln, die dem Schreibtisch am nächsten standen. Mr. Compton war nicht bereit, auch nur in unsere Richtung zu sehen, aber Patricia Compton warf ab und zu aus glasigen Augen einen Blick auf mich.

Richter Powell war ein eindringlicher Mann, der den jeweiligen Sprecher scharf ins Auge faßte, als könnte er dort noch mehr hinter den Worten sehen. Natürlich suchte ich sein Gesicht nach einem Hinweis auf seine Gefühle ab, aber als er anfing, die Vernehmung durchzuführen, wurde seine Miene zu einer Maske – die Lippen wurden starr, und die Augen spiegelten lediglich das wider, was er sah, ohne darauf zu reagieren. Noch nicht einmal die Augenbrauen zog er hoch. Er hielt so still wie eine Statue der Gerechtigkeit.

»Ich möchte von Anfang an klarstellen«, setzte der Richter an, »daß dies eine inoffizielle Vernehmung ist, die von seiten beider betroffener Parteien gewünscht wurde und in die beide Seiten eingewilligt haben, und daher habe ich keinen Stenografen angefordert, der Notizen macht oder das Verfahren festhält. Ferner sind jegliche Empfehlungen, die ich nach Abschluß dieser inoffiziellen Vernehmung eventuell aussprechen werde, für keine der Parteien bindend, und sie können auch in einer offiziellen Vernehmung, die hieraus folgen könnte, nicht als Indizien oder Zeugenaussagen verwandt werden. Ist das klar?«

»Ja, Euer Ehren«, sagte Mr. Updike eilig.

»Reichlich klar, Euer Ehren«, sagte Felix Humbrick.

»Dann werden wir, wie wir im voraus schon festgelegt hatten, mit Mr. Humbrick beginnen«, sagte der Richter und wandte sich auf seinem Drehstuhl so weit um, daß er Felix Humbrick direkt ansah. Jimmy nahm meine Hand und drückte sie sachte.

»Vielen Dank, Euer Ehren. Wie Sie wissen, waren meine Klienten Sanford und Patricia Compton daran interessiert, einen neugeborenen Säugling zu adoptieren. Selbstverständlich war ihnen die Herkunft des Kindes nicht gleichgültig, und daher haben sie mit Freuden von einem Freund der Familie vernommen, die Geburt eines Babys, über dessen Herkunft absolute Klarheit bestand, stünde bevor. Dieser Freund, der darum gebeten hat, daß sein Name unerwähnt bleibt, wenn es irgend möglich ist, war ein enger Freund von Lilian Cutler, der Besitzerin und Geschäftsführerin des Cutler's Cove Hotels.

Mrs. Cutler hatte die Information weitergegeben, ihre Enkelin hätte eine ungebührliche Affäre gehabt. Kurz gesagt, sie sei von einem älteren Mann verführt worden, während sie in New York City eine Schule besuchte. Infolgedessen war sie schwanger.

Mrs. Cutler und ihre Enkelin wollten aus naheliegenden Gründen, daß die Angelegenheit vertraulich behandelt wurde, und daher traf Mrs. Cutler Vorkehrungen, damit ihre Enkelin die Schule verlassen und im Haus von Mrs. Cutlers Schwester untergebracht werden konnte, bis das Baby geboren wurde. Mrs. Cutlers Schwester ist eine erfahrene Hebamme.

Mrs. Cutlers Enkelin hat angesichts der Aussicht, in so jungen Jahren ein Kind zu haben und noch dazu ein uneheliches, aber auch in der Hoffnung, die eigene musikalische Karriere fortsetzen zu können, eingewilligt, ihr Kind zur Adoption freizugeben. Sie hat die entsprechenden Dokumente unterschrieben und sich bereit erklärt, ihr Kind direkt nach seiner Geburt Mr. und Mrs. Compton zu überlassen.

Dementsprechend verliefen die Dinge. Die Comptons nahmen den Säugling in ihrem Haus auf und begannen, alle notwendigen medizinischen Schritte vorzunehmen, um das Wohlergehen des Babys zu sichern, und sie entwickelten schnell eine emotionale Bindung zu dem Säugling. Sie haben das Baby sogar nach Mr. Comptons verstorbener Mutter benannt.

Und jetzt wünscht Mrs. Cutlers Enkelin, wie Sie wissen, eine Rückgabe des Kindes. Unseres Dafürhaltens ist ihr Wunsch unzumutbar, willkürlich und ein Verstoß gegen einen Vertrag, der guten Glaubens geschlossen worden ist. Tatsächlich ist der Vertrag vom Familienberater der Cutlers selbst aufgesetzt worden, und keine der Klauseln ist angefochten worden. Eine dieser Klauseln lautete: ›Mr. und Mrs. Sanford Compton, Hardy Drive 12, übernehmen die volle Verantwortung für die Gesundheit und das Wohlergehen besagten Kindes vom Zeitpunkt der Übergabe an und erklären sich bereit, besagtes Kind betreffend keine weiteren Ansprüche an die Familie Cutler zu stellen, was heißt, daß von jenem Tage an das Leben und die Gesundheit besagten Kindes ausschließlich unter ihre Verantwortung fallen.‹

Ich betone die ›ausschließliche Verantwortung‹, Euer Ehren, eine Parteienübereinkunft, der die Gegenseite von ganzem Herzen zustimmte und auf die sie einging, und dafür erklärten sich Dawn Cutler und die übrige Familie Cutler bereit, keine weiteren Ansprüche zu erheben und keine Erkundigungen einzuziehen.

All das liegt unterzeichnet, besiegelt und verbrieft vor«, schloß er und legte das Dokument auf den Schreibtisch des Richters. Richter Powell sah es sich schnell an, schlug die Seite mit den Unterschriften auf und nickte dann ausdruckslos. Er drehte sich auf seinem Drehstuhl in unsere Richtung.

»Mr. Updike, Ihre Darstellung?«

»Wir fechten den Vertrag nicht an, Euer Ehren. Wir sind heute jedoch hier, um einige neue Fakten vorzulegen, darunter vor allem die Tatsache, daß Dawn Cutler weder in diesen Vertrag eingewilligt hat noch davon wußte.«

»Noch davon wußte?«

»Ja, Euer Ehren«, sagte Mr. Updike. Ich konnte seinen Gesichtsausdruck nicht sehen, aber ich spürte deutlich seine Verlegenheit.

»Sie haben diesen Vertrag aufgesetzt, ohne mit der Mutter zu reden?«

»Ich... ja. Mir war von meiner Klientin versichert worden, die Mutter sei mit allem einverstanden. Dawn war weit weg und lebte unter den beschriebenen Umständen. Mrs. Cutler versicherte mir, die Entscheidung, das Kind wegzugeben, sei ihres Erachtens für alle Beteiligten die beste, und Dawns Mutter und Vater und Dawn selbst stimmten ihr darin vollauf zu.«

»Und die Unterschrift auf diesem Dokument?« fragte der Richter.

Mr. Updike schien es jetzt auf seinem Sessel unbehaglich geworden zu sein. Er rutschte herum, räusperte sich und sprach.

»Anscheinend ist sie gefälscht.«

»Gefälscht?« Endlich reagierte der Richter auf etwas. Seine Augenbrauen zogen sich ein wenig hoch. »Sie haben sich nicht die Mühe gemacht, sie zu überprüfen, vermute ich?«

»Ich hatte keinen Grund zum Argwohn, Euer Ehren. Ich bin jetzt schon seit einer ganzen Reihe von Jahren der Anwalt der Familie Cutler, und ich habe immer wieder die Erfahrung gemacht, daß insbesondere Mrs. Cutler ihre Angelegenheiten mit größter Ehrbarkeit und Geschäftstüchtigkeit durchführt.«

»Euer Ehren?« unterbrach Felix Humbrick.

»Ja?«

»Wir haben hier andere Unterschriftsproben von Dawn Cutler, und sie sind absolut identisch. Wir stehen auf dem Standpunkt, daß es sich nicht um eine Unterschriftsfälschung handelt.« Er legte die Dokumente vor. Der Richter sah sie sich an.

»Mr. Updike, ich bin kein Experte für Handschriften, aber diese Unterschriften sehen einander wirklich sehr ähnlich.« Er reichte unserem Anwalt die Dokumente. Mr. Updike sah sie sich an, und dann nahm er seine Brille ab, klappte sie zusammen und steckte sie in die Brusttasche.

»Euer Ehren, ich weiß nicht, wie die Fälschung vorgenommen worden ist, aber ich hege keinen Zweifel daran, daß es sich um eine Fälschung handelt«, sagte er.

»Ich verstehe«, erwiderte Richter Powell. »Könnten Sie uns Ihre Argumente auseinandersetzen?«

Mr. Updike drehte sich zu mir um. Er sah in meinem Gesicht, daß er weitermachen und alles sagen sollte, was notwendig war, damit ich Christie zurückbekam.

»Euer Ehren, Mrs. Cutler ist kürzlich verstorben, und zu dem Zeitpunkt wurden Testamente, Verfügungen und andere Dokumente geöffnet. Dabei hat sich herausgestellt, daß Dawn Cutler nicht Mrs. Cutlers Enkelin ist.«

Patricia Compton, die bei alledem mit gesenktem Blick starr dagesessen hatte, hob jetzt abrupt den Kopf und sah mich mit neugewonnenem Interesse an.

»Ich verstehe, fahren Sie fort«, sagte Richter Powell.

»Offensichtlich war Dawn Cutler das Kind von Lilian Cutlers Ehemann.«

»Sie meinen, sie ist ihre Tochter?«

»Nein, Euer Ehren.«

»Ich verstehe«, sagte Richter Powell schnell. »Sie brauchen nicht noch näher in die Einzelheiten zu gehen.«

»Das verstehe ich nicht«, warf Sanford Compton erbost ein. »Was hat diese Niederträchtigkeit mit irgend etwas anderem zu tun?«

»Mr. Updike weist damit auf ein weiteres mögliches Motiv für das Vorgehen von Mrs. Cutler hin. Wir haben es hier ganz offensichtlich mit einer Vorgeschichte von Ausflüchten und Täuschungen zu tun. Miss Cutler«, sagte der Richter und wandte sich an mich. In dem Moment spürte ich, wie mein Herz einen Satz machte und mir die Glut in den Hals und den Kopf stieg. »Leugnen Sie, diesen Vertrag unterschrieben zu haben?«

»Ja, Sir.«

»Welche Pläne hatten Sie nach der Geburt Ihres Babys?« fragte er freundlich.

»Ich weiß es nicht, Euer Ehren. Ich wollte mein Baby unbedingt behalten und war schockiert, als ich entdeckt habe, daß sie es fortgegeben hatte.«

»Mrs. Cutler hat Ihnen nicht gedroht oder Sie vor den Schwierigkeiten gewarnt, die vor Ihnen liegen, und Sie damit überzeugt, dieses Dokument zu unterschreiben?«

»Nein, Sir. Ich habe Großmutter Cutler nicht mehr gesehen, nachdem ich New York verlassen hatte und in The Meadows war.«

»The Meadows?« Er sah Mr. Updike an.

»Das Haus, in dem Mrs. Cutlers Schwester lebt.«

»Ich verstehe. Sie wußten also bis zu Ihrer Rückkehr nichts von Mr. und Mrs. Compton?«

»Das ist richtig, Euer Ehren.«

»Warum haben Sie sich bereit erklärt, Ihr Baby heimlich zu bekommen, wenn Sie nicht die Absicht hatten, es wegzugeben?« fragte der Richter.

»Euer Ehren, ich war zu dem Zeitpunkt nicht in einer Position, in der ich irgend etwas hätte ablehnen können, was Großmutter Cutler verlangt oder vorgeschlagen hat, aber ich bin nie ganz hinter ihre Absichten gekommen. Jetzt begreife ich natürlich, warum sie mich gehaßt hat und warum sie ein Kind von mir nicht in ihrer Nähe haben wollte.«

»Ich verstehe.« Richter Powell wandte sich ab und lehnte sich einen Moment lang zurück. Dann richtete sich sein Blick auf die Comptons.

»Mr. und Mrs. Compton, die Information, die Mr. Updike uns vorgelegt hat, läßt einige Zweifel aufkommen. Es ist zwar einerseits wahr, daß Sie einen anscheinend rechtsgültigen Vertrag haben, aber andererseits gibt es gewisse Gründe, ihn anzufechten. Bei einer offiziellen Vernehmung vor Gericht werden offenkundig all diese neuen Informationen zum Tragen kommen, und ich habe den Verdacht, daß Mr. Updike heute hier nur an der Oberfläche gekratzt hat.

Kurz gesagt, wenn es für Sie auch noch so schwierig ist, dann sollten Sie doch bedenken, in was für einer abscheulichen Atmosphäre dieser Fall verhandelt würde. Selbst wenn Sie mit Ihrem Standpunkt durchkommen, ist das kein gutes Vorzeichen für die Zukunft des Kindes.« Er beugte sich vor. »Es könnte sehr gut einen Medienrummel geben.«

Mrs. Compton fing an zu schluchzen. Sanford Compton nickte und umarmte sie dann.

»All diese anderen Umstände waren uns vollkommen unbekannt«, sagte er erbost.

»Ja, selbstverständlich«, beschwichtigte der Richter und lehnte sich zurück. »Mr. Humbrick, ich empfehle – eine inoffizielle, unverbindliche Empfehlung –, Ihren Klienten zu raten, daß sie den Säugling unverzüglich an seine Mutter zurückgeben.«

»Wir werden Ihren Rat ernstlich in Erwägung ziehen, Euer Ehren«, erwiderte Felix Humbrick. »Sanford«, sagte er leise.

»Ich danke Ihnen, Richter«, sagte Sanford Compton. Er half seiner Frau beim Aufstehen, und als sie das Richterzimmer verließen, schluchzte Mrs. Compton heftiger. Felix Humbrick erhob sich und wandte sich an Mr. Updike.

»Bleiben Sie noch in der Stadt?«

»Ich hatte nicht die Absicht. Ich rufe Sie in Ihrer Kanzlei an. Wieviel Zeit brauchen Sie?«

»Geben Sie mir zwei Stunden«, erwiderte Mr. Humbrick. Sie schüttelten sich die Hände, und er folgte den Comptons in den Gang.

Der Richter stand auf und sah auf Jimmy und mich herab. Meine Beine waren so weich, daß ich mich vor dem Aufstehen fürchtete.

»Tja«, sagte Richter Powell, »so etwas ist äußerst unerfreulich. Sie haben einiges zu bewältigen, junge Frau, und manches davon ist nicht Ihre Schuld, aber einen Teil der Schuld tragen Sie schon auch.«

»Ich weiß, Euer Ehren.«

»Anscheinend haben Sie einen Mitstreiter gefunden, der zu Ihnen hält«, sagte er und blinzelte Jimmy zu. »Ich kann Ihnen nur viel Glück wünschen.«

»Ich danke Ihnen«, sagte ich. Jimmy und ich standen auf.

»Ich komme gleich nach«, sagte Mr. Updike. Wir ließen ihn beim Richter und zogen uns ins Foyer zurück. Wir konnten sehen, wie sich Sanford Compton draußen erregt mit Mr. Humbrick unterhielt. Patricia war anscheinend schon zum Wagen gegangen. Wenige Momente später gingen auch die beiden.

Mr. Updike riet uns, in unser Hotel zurückzukehren. Ich war so nervös und besorgt, daß ich kaum laufen und sprechen konnte. Mein Herz kam mir vor, als sei es mit winzigen Nachtfaltern gefüllt, die alle gleichzeitig mit ihren hauchdünnen Flügeln schlugen. Mr. Updike erzählte uns immer wieder, wie leid es ihm tat, daß all das geschehen war, und wie untypisch dieses Vorgehen für Großmutter Cutler gewesen sei. Mir wurde klar, daß er großen Respekt vor ihr hatte, und als er sie beschrieb, wie sie früher einmal gewesen war, wünschte ich fast, ich wäre damals schon am Leben gewesen und hätte sie in einem anderen Licht sehen können.

Zwei Stunden später rief Mr. Updike Felix Humbrick an und erfuhr, daß die Comptons eingewilligt hatten, den Kampf aufzugeben. Ich brach in eine Flut von hysterischen Freudentränen aus. Sogar Jimmy standen Tränen in den Augen, als er mich umarmte.

»Sanford Compton hat darum gebeten, daß Sie sobald wie möglich kommen und das Baby holen. Er möchte nicht, daß sich seine Qualen und das Leid seiner Frau auch nur noch einen Moment länger als nötig hinziehen«, teilte uns Mr. Updike mit.

»Natürlich«, sagte Jimmy. »Wir machen uns gleich auf den Weg.«

»Ich danke Ihnen, Mr. Updike«, sagte ich. »Ich weiß, wie schwierig das für Sie war.«

Ich hatte den Verdacht, daß Richter Powell ihm ernstliche Vorhaltungen gemacht hatte, weil er sich meiner Einwilligung nicht genauer versichert hatte. Er kam mir nicht wie ein Mann von der Sorte vor, der solche Fehler unterlaufen. Aber im Grunde genommen war auch er von Großmutter Cutler reingelegt worden. Aus Gründen, die ich noch nicht verstehen konnte, wollte er sich das jedoch nicht wirklich eingestehen.

Manche der Leichen, die die Familie Cutler im Keller vergraben hatte, waren ausgegraben worden und ans Tageslicht gekommen, aber tief in meinem Innern wußte ich, daß noch nicht alle Grabkammern geöffnet worden waren und daß noch weitere Geister aus der Vergangenheit auftauchen würden.

Sanford Compton war ein vollständig veränderter Mann, als Jimmy und ich diesmal eintrafen, um Christie zu holen. Er erlaubte es Frazer, uns ins Haus zu führen, und er begrüßte uns in der Eingangshalle. Neben ihm stand eine Kiste, und er erklärte, darin seien die Dinge, die er für Christie gekauft hatte.

»Ein paar Babykleider, Windeln, Spielzeug und Babynahrung, die unser Kinderarzt empfohlen hat. Ich bin zwar sicher, daß Sie Ihren eigenen Arzt haben, der Ihnen vielleicht zu etwas anderem rät, aber damit können Sie die erste Zeit überbrücken«, sagte er. Er warf einen Blick auf die Treppe hinter sich. »Patricia wird jeden Moment mit dem Baby kommen.«

»Ich bringe das hier schon mal in den Wagen«, sagte Jimmy und hob den Karton auf. »Vielen Dank.«

»Es tut mir leid, wie das alles gelaufen ist«, sagte Sanford, als wir beide einen Moment allein miteinander waren. »Es war nie unsere Absicht, jemandem Leid zuzufügen.«

»Nein, nein. Es war nicht Ihre Schuld. Man hat Ihnen nicht die Wahrheit gesagt«, sagte ich.

»Wenn man sie mir gesagt hätte, dann können Sie verdammt sicher sein, daß es nicht so weit gekommen wäre«, erwiderte er, und seine Augen waren wieder eisblau. »Ihre Großmutter – oder die Frau, die sich als solche bezeichnet hat – muß eine ganz schön üble Person gewesen sein.«

Über diese Bezeichnung mußte ich unwillkürlich lachen, aber meine Fröhlichkeit war kurzlebig, denn als ich zur Treppe schaute, sah ich, wie Patricia Compton langsam mit Christie in den Armen die Stufen herunterkam. Mein Herz raste voller Vorfreude, aber auch vor Angst, denn Patricia bewegte sich wie unter Hypnose. Auf mich wirkte es so, als könnte sie jeden Augenblick in sich zusammensinken, die Treppe runterstürzen und das Baby fallen lassen.

»Ich wollte das alles allein tun«, flüsterte Sanford, »aber sie hat darauf bestanden.«

Ich trat eilig vor, um sie an der Treppe zu begrüßen. Zwei Stufen über mir blieb sie stehen und starrte mich an. Christie war in eine rosa Decke gehüllt, und ihr winziges Näschen und das Kinn schauten kaum heraus. Patricia starrte mich weiterhin stumm an. Ihre traurigen Augen und bebenden Lippen hielten mich davon ab, die Arme nach Christie auszustrecken.

»Sie ist gerade gefüttert worden, und jetzt schläft sie«, sagte Patricia schließlich. »Sie schläft immer gleich nach dem Essen ein. Manchmal«, sagte Patricia lächelnd, »manchmal schläft sie schon ein, wenn sie die Flasche noch zwischen den Lippen hat. Sie hört einfach auf zu saugen, macht die Augen zu und schläft zufrieden ein. Sie ist ein wunderbares Baby.«

Ihr Blick glitt zu Sanford. Jimmy kam wieder ins Haus und trat langsam näher.

»Gib Miss Cutler jetzt ihr Kind, Patricia«, sagte Sanford zärtlich und doch entschieden.

»Was? Ach so, ja. Ja, sicher.« Sie hielt mir das Baby hin, und ich trat eilig vor, um Christie in meine Arme zu ziehen. Als ich in ihr kleines Gesicht hinunterschaute, spürte ich, wie sich der Schatten endlich von meinem Herzen hob und es von Sonnenschein und Glück erfüllt wurde. Ich hatte vergessen, wie blond ihr Haar war. Es sah wie eine goldene Krone aus.

»Ich danke Ihnen«, sagte ich und wandte mich wieder Patricia zu. »Es tut mir wirklich leid, daß Sie jetzt darunter leiden müssen.«

Patricias Lippen bebten heftiger. Ihr Kinn zitterte, und ihre Schultern hoben und senkten sich.

»Patricia. Du hast es mir versprochen«, erinnerte Sanford sie.

Sie holte tief Atem und preßte sich die kleinen Fäuste auf den Busen, als wollte sie den Schmerz in sich zurückhalten.

»Es tut mir so leid«, flüsterte sie.

»Wir sollten jetzt lieber gehen, Dawn«, sagte Jimmy. »Wir haben noch eine lange Heimfahrt vor uns.«

»Ja. Und danke für die Babysachen«, sagte ich zu Sanford. Er nickte, aber ich konnte sehen, daß auch er die Tränen zurückhielt. Jimmy und ich verließen das Haus. Als Frazer gerade die Tür hinter uns schloß, hörten wir Patricia Comptons Wehklagen. Es war ein lauter, schriller Schrei, wie ihn jede Mutter ausgestoßen hätte, wenn man ihr das Kind weggenommen hätte.

Die schwere Eichentür wurde schnell geschlossen, und gnädigerweise dämpfte sie den Schrei. Jimmy und ich eilten den Weg hinunter – Patricia Comptons entsetzliche Qualen trieben uns voran. Keiner von uns beiden sagte ein Wort, bis Jimmy den Motor angelassen hatte und losgefahren war. Unwillkürlich warf ich noch einen Blick auf das Haus und das Grundstück, das Christies Zuhause hätte sein können. Dann schloß ich die Augen und verbannte die Erinnerung in eine der tiefsten Schubladen meines Gedächtnisses. Als ich die Augen wieder aufschlug, schaute ich auf mein Baby hinunter, dessen winziges rosiges Gesicht meine Küsse erwartete.

2

Zurück in Cutler's Cove

Ehe Jimmy und ich nach Saddle Creek aufgebrochen waren, hatte ich Mrs. Boston gebeten, das Zimmer gegenüber von Großmutter Cutlers Suite herzurichten. Es hatte zwei große Fenster mit Ausblick über das Hotelgelände, und ich mochte die hellblaue Tapete. Es gab ein Zimmer, das Philip, mir und Clara Sue als Kinderzimmer gedient hatte, aber von dort aus war meine Entführung in die Wege geleitet worden. Ich wollte Christie keinen Moment lang dort unterbringen.

Mrs. Boston half mir, Christies Sachen zu verstauen. Jimmy brachte die Kleiderkiste und die anderen Dinge, die die Comptons uns gegeben hatten, und Mrs. Boston packte alles aus und räumte es weg.

»Es ist so gut, daß wir jetzt ein Baby hier haben«, sagte Mrs. Boston. »Ein Kind vertreibt die Schatten, die der Tod hinterläßt, wenn er ein Haus besucht. Und außerdem ist sie ein wunderschönes Baby«, gab sie zu.

Ich bedankte mich bei ihr. Ich hatte irgendwie erwartet, Mutter würde vielleicht kommen, um sich Christie anzusehen, aber die Tür ihrer Suite blieb geschlossen, und sie nahm unser Eintreffen überhaupt nicht zur Kenntnis.

Nachdem Mrs. Boston gegangen war und Christie behaglich in ihrem Kinderbettchen schlief, spürte ich Blicke auf mir, und als ich mich umdrehte, sah ich Clara Sue am Türrahmen lehnen. Sie hatte die Arme unter dem Busen verschränkt, und ihre Mundwinkel waren hämisch verzogen.

»Ist es dir denn gar nicht peinlich, sie hierherzubringen?« fragte sie in einem hochnäsigen Tonfall. »Sie ist ein Bastard, genau wie du.«

»Natürlich nicht«, sagte ich. »Was auch passiert ist, es macht sie nicht weniger schön oder wunderbar. Und ich will nie mehr hören, daß du sie einen Bastard nennst.«

»Was wirst du ihr erzählen, wenn sie größer wird und fragt, wer ihr richtiger Vater ist?« schoß sie zurück. Sie wollte mir mit ihren abscheulichen Fragen Stiche versetzen.

»Wenn sie alt genug ist, um es zu verstehen, werde ich ihr die Wahrheit sagen«, sagte ich. »Sie wird nicht so wie ich in einer Welt voller Lügen heranwachsen.«

»Es ist abscheulich und beschämend, und Großmutter hätte das nie zugelassen. Es schadet dem Ruf des Hotels«, beharrte sie.

Ich wandte mich zu ihr um, ballte die Hände zu Fäusten und ging langsam auf sie zu, und meine Blicke waren so fest auf sie gerichtet, daß das widerliche Lächeln schnell von ihrem Gesicht verschwand und augenblicklich von einem furchtsamen Ausdruck abgelöst wurde. Bei jedem Schritt, den ich auf sie zuging, wich sie einen Schritt zurück.

»Was ich dir jetzt sage, werde ich nur einmal und kein zweites Mal sagen, also hör mir gut zu. Wage es nicht, jemals auch nur irgend etwas zu sagen, was Christie das Gefühl geben könnte, sie sei schlecht. Wenn es in diesem Hotel überhaupt etwas gibt, was abscheulich und beschämend ist, dann bist du das. Halte dich von Christie fern. Ich möchte nicht, daß du auch nur in ihre Nähe kommst!« schrie ich. »Und wenn ich höre, daß du irgendwelche ekelhaften Geschichten in Umlauf setzt, dann werde ich dir persönlich das überschüssige Fett aus dem Gesicht und aus dem Körper prügeln«, fügte ich noch hinzu und hob eine Faust. Clara Sue bedachte mich mit einem letzten finsteren Blick, ehe sie floh.

In den darauffolgenden Tagen änderte sich wenig. Ich kam mir allmählich wirklich wie ein Waisenkind vor. Ich wußte bereits, daß Randolph, der schon immer abgelenkt und von seinen Tätigkeiten in Anspruch genommen war, nach Großmutter Cutlers Tod sehr melancholisch geworden war. Randolph, einst ein Mann mit einem unglaublich charmanten Lächeln und dem geschliffenen und eleganten Auftreten eines Südstaatlers, schlich jetzt durch das Hotel und über das Gelände und redete nur mit anderen Menschen, wenn es unumgänglich war. Seine Augen waren verschleiert, und wenn er sprach, dann war es kaum mehr als ein Flüstern.

Mir waren wenige Männer begegnet, die so sorgsam und peinlich genau auf ihr Äußeres achteten, wie Randolph es früher getan hatte. Aber jetzt legte er überhaupt keinen Wert mehr auf seine Kleidung und lief in zerknitterten Hemden und Hosen und in Krawatten mit Flecken und Kniffen und in ausgelatschten Schuhen durch die Gegend. Ich wußte, daß Mutter all das selbst bemerkt haben mußte, aber sie zog es vor, es zu übersehen. Ich war ganz sicher, wenn jemand sie darauf angesprochen hätte, dann hätte sie über all den Streß geklagt, sich die Handfläche auf die Stirn gepreßt und das ganze Thema zu einem ihrer vielen Tabus erklärt.

Da Clara Sue die meiste Zeit schmollte und Philip übellaunig war, weil ich keinen Moment meiner freien Zeit mit ihm verbringen wollte, wurde die Atmosphäre im Hotel bedrückend und trostlos, und bald spürten es auch die Gäste und begannen, darüber zu klagen. Alle vermißten Großmutter Cutler, die, was man auch sonst über sie sagen konnte, eine reizvolle und elegante Atmosphäre für ihre Stammgäste geschaffen hatte. Jetzt warteten nur alle begierig darauf, daß der Sommer und die Hochsaison zu Ende gingen.

Eine gute Woche, nachdem wir mit Christie zurückgekehrt waren, mußte Jimmy aufbrechen. Er hatte mir in dem Aufruhr und dem Leid, das mir im Laufe der letzten Wochen widerfahren war, so oft zur Seite gestanden, daß ich jetzt unwillkürlich Angst vor seiner Abreise hatte und niedergeschlagen war. Wieder einmal fühlte ich mich wie ein Mensch, der im Stich gelassen wird. Die Trennung war sehr traurig für uns beide. Wir verabschiedeten uns in seinem Wagen vor dem Hotel ein allerletztes Mal.

Es war ein grauer verhangener Tag mit Wolken, die so schwer wirkten, daß ich glaubte, sie seien aus Eisen gegossen. Sie ragten drohend über dem Meer auf, das selbst ein stumpfes Grau angenommen hatte und wie ein weites Feld aus Zement aussah. Auf dem Hotelgelände wehte Laub umher, das von einem strengen Wind von den Bäumen gerissen wurde und überall liegenblieb. Die Blätter schienen wie verrückt über die Rasenflächen und die Auffahrt zu springen.

»Schau nicht so traurig«, versuchte mich Jimmy aufzuheitern. »Ich werde dich bei jeder sich bietenden Gelegenheit anrufen, und sobald ich wieder Urlaub habe, komme ich zurück.«

»Ich kann nichts für meine Gefühle, Jimmy. Das ist ein großes Hotel mit vielen Menschen darin, aber für mich ist niemand da«, sagte ich. Ich konnte nichts dagegen tun, daß die Tränen unter meinen Lidern brannten.

Jimmys dunkle Augen schimmerten.

»Ich wußte genau, daß du so reagieren wirst, wenn ich fortgehe. Ich wußte es ganz genau. Und daher«, sagte er und streckte sich, »mußte ich mein Vorhaben zeitlich vorziehen.«

»Dein Vorhaben zeitlich vorziehen?« Ich lächelte durch die ersten Tränen. »Das verstehe ich nicht.« Er saß da und grinste breit. »Willst du es mir denn nicht erklären?«

»Mhm«, sagte Jimmy und wühlte in seinem Uniformrock herum, ehe er die geschlossene Faust wieder aus der Tasche zog. Ich wartete, während er seine Hand vor mich hinhielt und die Faust dann öffnete. Auf seiner Handfläche funkelte der schönste Verlobungsring, den ich je gesehen hatte. Ein eingefaßter Diamant, und noch dazu ein großer! Mir stockte der Atem, und im ersten Moment brachte ich kein Wort heraus.

»Jimmy, wann hast du den besorgt? Wie konntest du nur so etwas Teures kaufen?« rief ich schließlich aus und hopste auf dem Sitz auf und ab. Er lachte und steckte mir den Ring an den Finger.

»Ich habe ihn in Europa gekauft«, gestand er, »als ich auf einen

Sprung in Amsterdam war. Da kauft man am besten Diamanten, verstehst du«, fügte er hinzu und war stolz auf die Weltklugheit, die er sich auf seinen Reisen erworben hatte. »Natürlich haben sich meine Kumpel über mich lustig gemacht, weil ich nach Möglichkeit jeden Cent gespart habe, aber«, sagte er und nahm meine Hand in seine, ehe er mir in die Augen sah, »schon allein dein Gesichtsausdruck war diesen Kauf wert, und außerdem konnte ich damit ein wenig von der Traurigkeit aus deinen Augen wischen.«

Ich schüttelte den Kopf. Mein Herz pochte vor Aufregung so heftig, daß es mir den Atem verschlug. Mir war tatsächlich ein wenig schwindlig, und einen Moment lang schien sich der Wagen zu drehen.

»Ist alles in Ordnung mit dir?« fragte Jimmy, als ich nach Luft schnappte.

»Ja, ich vermute, ich bin einfach nur... furchtbar überrascht. O Jimmy«, sagte ich und schlang meine Arme um ihn. Dann küßten wir uns, wie wir uns noch nie geküßt hatten, und klammerten uns liebevoll aneinander. Ich hielt ihn so lange wie möglich fest, und dann lösten wir uns voneinander, und er wischte mir mit seinem Taschentuch zart die Tränen von den Wangen.

»Überleg dir nur«, sagte er, und in seinen dunklen Augen funkelte das schelmische Leuchten, das ich liebengelernt hatte, »daß ich dich eines Tages in nicht allzu ferner Zukunft wieder zu Dawn Longchamp machen werde.«

»Das stimmt. O Jimmy, ist das nicht komisch? Ich kann es kaum erwarten.«

Wir küßten uns wieder, und dann sagte er, jetzt müßte er wirklich aufbrechen.

»Wenn wir zu spät kommen, wird das nicht gerade gut aufgenommen. Das ist nicht so wie das Nachsitzen in der Emerson Peabody Schule«, sagte er lächelnd. »Paß gut auf dich und auf die kleine Christie auf«, sagte er.

Ich wollte absolut nicht aus dem Wagen aussteigen, aber ich

mußte ihn losfahren lassen. Er kurbelte sein Fenster herunter, und wir gaben einander noch einen letzten Abschiedskuß. Dann ließ er den Motor an und fuhr fort. Ich winkte, bis sein Wagen um die Biegung der Auffahrt verschwunden war.

Die kalten Herbstwinde hoben mein Haar und ließen es über meiner Stirn tanzen. Ich schlang mir die Hände um die Schultern und wandte mich ab, um wieder ins Hotel zu gehen, und der Anblick des Verlobungsrings mit dem Diamanten an meinem Finger erfüllte mich mit Wärme und Hoffnung.

Meine Aufregung in Verbindung mit der Traurigkeit über den Abschied von Jimmy hatte mich müde gemacht, und ich brannte darauf, nach oben zu gehen, mich zu Christie zu legen und einen Mittagsschlaf zu machen. Langsam stieg ich die Stufen hinauf, mit halbgeschlossenen Augen, und ich dachte an überhaupt nichts. Sowie ich das Zimmer betreten hatte, ging ich gleich zu Christies Kinderbettchen. Ich wollte sie zu mir ins Bett legen und sie in den Armen wiegen, während ich schlief. Aber als ich mich vorbeugte, um sie hochzuheben, merkte ich, daß sie nicht da war.

Einen Moment drang das nicht zu meinem Verstand vor. Es war, als spielten meine Augen mir einen Streich. Ich lächelte auch wirklich ungläubig, schloß die Augen und öffnete sie wieder. Das nutzte nichts. Christie war verschwunden!

Mrs. Boston muß sie mitgenommen haben, dachte ich. Mein Herz fing an zu klopfen. Nein, es schlug so fest, als versuchte es, sich aus meiner Brust loszureißen. Mir blieb die Luft weg, und ein paar Sekunden stand ich keuchend da. Dann bekam ich mich wieder in den Griff, zwang mich, ruhig zu bleiben und verließ das Zimmer, um nach unten zu gehen und Mrs. Boston zu suchen. Sie war nicht in ihrem Zimmer. Schließlich fand ich sie in der Küche, im Gespräch mit Nussbaum, dem Küchenchef. Beide drehten sich um, als ich forsch auf sie zukam. Ich war sicher, daß mein Gesicht furchtbar rot war. Ich fühlte mich, als stünde meine Haut in Flammen. Ich brachte kaum die Worte heraus.

»Was ist passiert, Dawn?« fragte Mrs. Boston, die den wilden Blick in meinen Augen sah. Sie hielt Christie nicht auf dem Arm, und sie hätte sie ohnehin nicht in die Küche mitgenommen.

»Christie...« Ich mußte schlucken, ehe ich weiterreden konnte. »Christie ist nicht da«, sagte ich, und die Tränen schossen aus meinen Augen wie Wasser, das durch einen einstürzenden Damm bricht.

»Was sagen Sie da?« fragte Nussbaum.

»Sie ist nicht da?« sagte Mrs. Boston. Sie schüttelte den Kopf. »Das muß ein Irrtum sein.«

»Nein, kein Irrtum. Sie liegt nicht in ihrem Bettchen!« schrie ich heraus.

»Aber, aber«, sagte Nussbaum und schlang seine Arme um mich. »Ich bin sicher, daß das alles seine Ordnung hat.« Er sah eilig Mrs. Boston an, auf deren Gesicht sich jetzt tiefe Sorge ausdrückte.

»Gehen wir nach oben«, sagte sie mit scharfer Stimme. Ich folgte ihr aus der Küche, und wir eilten durch den Korridor und die Treppe hinauf. Wieder einmal stand ich vor einem leeren Kinderbett. Mrs. Boston schüttelte den Kopf.

»Das verstehe ich nicht«, sagte sie. »Es ist noch keine zwanzig Minuten her, seit ich sie allein gelassen habe. Sie hat tief und fest geschlafen.«

»O nein«, sagte ich und konnte mich nicht länger beherrschen. Christie war verschwunden. Sie war wirklich fort! »*O nein!*« schrie ich so laut und schrill, daß Mutter aus ihrer Suite kam.

»Was ist passiert?« fragte sie und sah mich verdrossen an.

»Das Baby«, sagte Mrs. Boston. »Christie ist verschwunden. Jemand hat das Baby aus seinem Bettchen geholt.«

Bei diesen Worten wurde das Gesicht meiner Mutter zu einer Maske des Grauens. Ihr Mund verzerrte sich, und ihre Augen schienen tiefer in ihren Schädel zu sinken, während sie gleichzeitig größer und immer größer wurden und ihre Pupillen sich vor Angst weiteten. Natürlich hatte sie diese Worte schon einmal gehört, als ich aus meinem Bettchen geholt worden war, aber damals hatte sie ihr Entsetzen spielen müssen. Es war, als sei sie in der Zeit zurückgeworfen worden und müßte dasselbe noch einmal durchleben. Sie schüttelte den Kopf und wich zurück.

»Nein«, sagte sie. »Das muß... es muß ein Irrtum sein. Das kann einfach nicht passieren. Nicht noch einmal. Das verkrafte ich nicht. Warum kann es in diesem verfluchten Haus denn nie Frieden geben?« murmelte sie und floh eilig aus dem Zimmer.

»Holen wir Hilfe«, sagte Mrs. Boston.

Ich konnte nichts gegen mein Zittern tun. Jimmy hatte mich gerade erst allein gelassen, und jetzt schon brauchte ich ihn mehr denn je, dachte ich. Oh, bitte, bitte, lieber Gott, laß Christie nicht verschwunden sein. Nicht schon wieder. Nicht, damit sie dasselbe Los ereilt wie mich. Konnte meine Mutter etwa recht haben? War dieses Haus verflucht? Es erschien mir wie ein grausamer Streich, den mir das Schicksal immer wieder von neuem spielen wollte. Ich erstickte meine Tränen und folgte Mrs. Boston aus dem Zimmer. Wir stürzten die Stufen hinunter ins Foyer, und dort versammelte sie das Personal.

»Jemand hat Christie aus ihrem Bettchen geholt«, gab sie bekannt. »Wir brauchen die Hilfe aller bei der Suche.«

Alle Anwesenden wirkten gleichermaßen schockiert und besorgt. Die Pagen verteilten sich. Die Empfangsdamen schlossen sich der Suche an. Kellner und Küchenpersonal, das sich im Foyer ausgeruht hatte, übernahmen das Gelände und streiften um das Hotel. Als immer mehr Leute dahinterkamen, was passiert war, wurde der Suchtrupp größer und größer, bis sich fast jeder im ganzen Hotel an der Suche beteiligte.

Philip, der mit ein paar Kellnern im Kartenzimmer Poker gespielt hatte, kam angerannt.

»Das Baby wird wirklich vermißt?« fragte er. Ich konnte nur nikken. Ich setzte mich auf einen weichen Sessel, schlang die Arme um mich und hatte das Gefühl, wenn meine Hände meine Schultern losließen, wäre ich buchstäblich in Stücke zerbrochen. Mir war entsetzlich übel. Meine Kehle war so eng zugeschnürt, daß ich nicht schlucken konnte. Ab und zu mußte ich die Augen schließen und um Atem ringen. Zimmermädchen, Empfangsdamen und Mrs. Boston – alle versuchten, mich zu trösten.

Endlich hörten wir einen lauten Ruf vom hinteren Ende des Foyers. Es war eines der Zimmermädchen.

»*Das Baby ist gefunden worden!*« rief sie.

»Christie, *Christie!*« schrie ich, und irgendwoher nahm ich die Kraft aufzustehen. Es war, als schwebte ich über den Boden des Foyers, als ich ihr entgegenlief. Wenige Momente später kam Millie Francis, die Dame, die für die Wäsche zuständig war, durch den Korridor und trug Christie in ihren Armen.

»Ist sie in Ordnung?« rief ich.

»Bestens«, sagte Millie. Sie reichte mir behutsam mein Baby. Christies Augen waren vor Überraschung weit geöffnet. Ihr Gesicht drückte große Neugier aus, als ich sie fest an mich preßte und mir gar nicht ausdenken wollte, was ich getan hätte, wenn wir sie nicht gefunden hätten.

»Wo war sie?« fragte ich.

»Ich hätte sie fast übersehen. Sie ist ein so braves Baby. Sie hat ganz still dagelegen.«

»Wo hat sie gelegen?« fragte ich eilig.

»In der Waschküche, in einem Korb, auf einem Stapel von Handtüchern«, sagte sie.

Alle sahen sich erstaunt an.

»Wie kann sie dort hingekommen sein, und wer hätte sie in einen Wäschekorb legen sollen?« fragte Mrs. Bradly, eine unserer älteren Empfangsdamen.

»Ein schlechter Scherz, wenn jemand das getan hat«, meinte einer der Pagen.

»Vielen Dank«, sagte ich an alle gewandt. »Ich danke Ihnen allen für Ihre Hilfe.«

»Sie sieht nicht aus, als hätte es ihr geschadet«, versicherte mir Mrs. Boston. Wir brachten Christie augenblicklich in mein Zimmer, und dort sahen wir sie uns genauer an. Sie wies am ganzen Körper keine Male oder Spuren auf, und jetzt machte sie einen lebhaften und glücklichen Eindruck.

»Wer tut bloß so etwas?« fragte sich Mrs. Boston laut.

Wenige Momente später tauchte Clara Sue in meiner Tür auf.

»Was ist passiert?« fragte sie mit einem strahlenden Lächeln im Gesicht. »Habe ich etwas Aufregendes verpaßt?«

»Wo bist du gewesen?« fragte Mrs. Boston und kniff die Augen argwöhnisch zusammen.

»Ich habe Platten gehört und bin dabei eingeschlafen«, antwortete Clara Sue lässig.

»Ich habe nicht gehört, daß jemand Schallplatten gespielt hat«, sagte Mrs. Boston.

»Wer hat denn behauptet, daß Sie besonders gut hören?« fauchte Clara Sue, ehe sie wieder lächelte. Dann drehte sie sich zu mir um, und als sie mich ansah, funkelten ihre Augen. »Ich habe Platten gespielt, während Christie ihr Mittagsschläfchen gehalten hat, und es hat sie überhaupt nicht gestört. Sie ist ja so ein braves Baby, stimmt's, Dawn?« Mit diesen Worten ging sie.

Mrs. Boston warf mir einen Blick zu, und ihr Gesicht nahm vor Wut einen verkniffenen Ausdruck an.

»Vom heutigen Tag an, Mrs. Boston, wünsche ich nicht, daß sie je wieder mein Zimmer betritt oder auch nur in Christies Nähe kommt«, sagte ich in einem scharfen Tonfall.

»Dazu sag' ich Amen«, murmelte Mrs. Boston.

Christie schlief in jener Nacht mit mir in meinem Bett. Die Ereignisse des Tages hatten mich derart in Angst versetzt, daß ich Stunden brauchte, ehe ich aufhörte zu zittern. In regelmäßigen Abständen mußte ich mich vergewissern, daß mit Christie alles in Ordnung war, und als ich endlich einschlief, schreckte ich im Abstand von wenigen Stunden aus dem Schlaf und sah immer wieder nach ihr. Als am Horizont der Morgen anbrach, fiel ich endlich in einen tiefen Schlaf. Als wüßte sie, wie dringend ich den Schlaf brauchte, weinte Christie nicht und wollte nicht gefüttert werden, und schließlich weckte mich Mrs. Boston am Morgen.

Ich schüttelte den Schlaf so gut wie möglich aus meinen Gliedern und stand auf, um Christie das Fläschchen vorzubereiten, aber Mrs. Boston stand bereits damit in der Tür.

»Ich dachte, es sei jetzt wohl an der Zeit«, sagte sie.

»Das ist nett von Ihnen, Mrs. Boston. Ich danke Ihnen«, sagte ich und nahm Christie in die Arme. Dann setzte ich mich auf den Schaukelstuhl und gab ihr die Flasche. Ich überlegte mir, daß sie Michaels Augen hatte, aber meine Nase und meinen Mund. Sie ballte ihre winzigen rosa Finger zu kleinen Fäusten, schlug die Augen weit auf und sah mich fest an. Ich hatte das Gefühl, daß ihr Mund ein stummes »Oh« formte, und das brachte mich zum Lachen. Beim Trinken sah sie mir ins Gesicht und wandte den Blick auch zwischendurch nicht ab.

Es schien so lange her zu sein, wahrhaft in einem anderen Leben, als Momma Longchamp Fern geboren hatte und ich mich um sie hatte kümmern müssen, weil Momma so schwach und krank war; aber sowie ich erst einmal anfing, für Christie zu sorgen, fiel mir alles wieder ein, was ich über Babys wußte und damals gelernt hatte.

Ich war derart entzückt von Christie und hatte mich so sehr auf sie konzentriert, daß ich Mutter gar nicht ins Zimmer kommen hörte und auch nicht bemerkt hatte, daß Mrs. Boston gegangen war.

»Mein Gott!« stöhnte sie, »was war das für ein fürchterlicher Aufruhr gestern? War es ein böser Traum?«

»Es war kein Traum, Mutter. Ich fürchte, Clara Sue hat uns einen makabren Streich gespielt. Sie hat Christie aus dem Bettchen geholt und in einen Wäschekorb gelegt. Natürlich streitet sie es ab, aber ich bin sicher, daß sie es war.«

Mutter schüttelte den Kopf, als verwirrten sie diese Worte. Sie wirkte schlaftrunken. Ich konnte nicht glauben, daß Mutter sich derart gehen ließ. Ihr war immer so wichtig gewesen, wie sie aussah, selbst dann, wenn sie angeblich unter gräßlichen Beschwerden litt. Selbst wenn sie im Bett lag, hatte ich sie nie mit ungeschminktem Gesicht gesehen, und immer hatte sie ihr Haar gebürstet und frisiert. Und sie trug immer Schmuck.

Hier stand sie jetzt in einem ihrer älteren und abgetrageneren Morgenmäntel, ihr Haar war ungekämmt und widerspenstig, sie trug keinen Schmuck und war ungeschminkt, und ihr Gesicht war unbeschreiblich blaß. Selbst ihre Lippen hatten jede Farbe verloren. Sie schüttelte den Kopf und kam weiter ins Zimmer. Dann schnitt sie eine Grimasse.

»Kommst du dir denn nicht albern vor?« fragte sie.

»Albern? Weshalb sollte ich mir albern vorkommen, Mutter?« erwiderte ich.

»Weil du mit einem Baby in den Armen dasitzt und unverheiratet bist und jetzt so viel Verantwortung im Leben zu tragen hast.« Sie seufzte tief. »Ich wünschte, du hättest auf mich gehört, bevor du sie zurückgeholt hast.

»Ihr Vater hat euch beide sitzen lassen, und du bist noch so jung«, belehrte sie mich. »Einmal abgesehen davon, auf welche Art Großmutter Cutler ihre Pläne durchgeführt hat, hat sie doch zu dem Zeitpunkt die richtige Entscheidung für dich getroffen. Das Baby war bei einer ausgezeichneten Familie untergebracht. Und jetzt hast du dir eine große Last aufgehalst.«

»Es sieht dir ganz ähnlich, so etwas zu sagen, Mutter«, erwiderte ich kühl und sah sie so fest an, daß sie den Blick nicht abwenden konnte. »Christie ist für mich keine Last. Sie ist meine Tochter, und ich liebe sie von ganzem Herzen. Sie ist mir wichtiger als alles andere auf Erden, und es gibt nichts, was ich nicht für sie täte. Wie leicht es dir doch gefallen ist, dein Baby freiwillig wegzugeben und dir keinerlei Gedanken über die Folgen zu machen. Du glaubst, allen anderen geht es genauso. Du warst so egoistisch, und du bist es immer noch. Du, du, du! Du hast noch nie an jemand anderen als an dich selbst gedacht! Ich finde jedenfalls, Christie ist der reinste Segen, und wenn hier jemand eine Last ist, dann bist du es«, zischte ich ihr ins Gesicht.

Sie starrte mich an, und dann blinzelte sie und lächelte mich auf diese kindliche Art an, in der sie es zur Perfektion gebracht hatte.

»Ich lasse mich von dir nicht zu einem häßlichen Streit provozieren, Dawn. Weder heute noch jemals sonst. Du kannst denken und tun, was du willst. Ich gebe dir lediglich die bestmöglichen Ratschläge. Wenn du sie nicht befolgen willst, dann laß es eben.«

Wider ihren Willen sah sie Christie an.

»Das Gräßlichste an der ganzen Geschichte«, murmelte sie, »ist, daß du mich vorzeitig zur Großmutter gemacht hast. Tja«, sagte sie. Sie trat zurück und verschränkte die Arme energisch unter ihrem kleinen Busen. »Du kannst jedenfalls sicher sein, daß ich es niemandem gestatten werde, von mir als Großmutter Cutler zu reden.«

»Tu, was dir beliebt«, sagte ich. »Und glaub mir, wenn hier jemand etwas verpaßt, dann bist das du.«

»Etwas verpassen?« Sie stieß ein kurzes, hohes Lachen aus. »Was denn? Etwa einen Säugling zu füttern, der rülpst und seine Windeln vollmacht? Vielen Dank, das habe ich lange genug mitgemacht«, sagte sie.

»O Mutter, du hast das nie auch nur erlebt. Du hattest entweder ein Kindermädchen, eine Amme oder... oder du hast dein Kind fortgegeben«, sagte ich nachdrücklich.

»Mach nur so weiter, tu mir weh«, erwiderte sie mit bebendem Kinn. »Schlag nur die Nägel in meinen Sarg. Es bereitet dir Vergnügen, stimmt's? Du wirst mir nie verzeihen, was ich damals getan habe, ganz gleich, wie oft ich mich entschuldige. Ich nehme an, für deine Begriffe habe ich nicht genug gelitten. Niemand kennt die Opfer, die ich gebracht habe und bis heute noch bringe.«

»Mutter, du weißt gar nicht, wie albern deine Worte klingen«, sagte ich. Ich legte Christie wieder in ihre Wiege, nachdem ich ihr auf den Rücken geklopft hatte und sie ihr Bäuerchen gemacht hatte. Mutter beobachtete überrascht, wie geschickt ich mich dabei anstellte. Sie wischte sich zwei Tränen von den Wangen. Plötzlich trat ein Strahlen auf ihr Gesicht.

»Was ist denn das?« fragte sie und deutete auf mich.

»Das?« Ich wußte wirklich nicht, worauf sie deutete – etwas in meinem Gesicht, an meiner Kleidung. Ich hatte für einen Moment ganz vergessen, daß ich den Ring trug.

»Dieser Ring. Er sieht aus wie ein Verlobungsring.«

»Das liegt daran, daß es ein Verlobungsring ist, Mutter. Jimmy und ich sind jetzt offiziell miteinander verlobt«, erklärte ich stolz.

»O nein.« Sie schlug sich die Hand auf die Stirn und ließ die Handfläche langsam über das Haar gleiten, während sie den Kopf schüttelte. »Du bist ja ein solcher Dummkopf. Du willst tatsächlich diesen Jungen heiraten, einen Soldaten, der keinen Penny besitzt und dessen Name keinen Ruhm und keinen gesellschaftlichen Rang mit sich bringt? Wann wirst du endlich anfangen, auf mich zu hören?«

»Jimmy und ich, wir lieben uns, Mutter. Wir haben eine ganze Menge gemeinsam durchgemacht, und wir...«

»Liebe.« Sie warf den Kopf zurück und lachte hämisch. »Was für ein albernes Wort. Eine romantische Vorstellung, die in Romanen aufgebauscht wird, aber doch nichts für das wirkliche Leben. Liebe jemanden, der dir geben kann, was du brauchst und was du verdient hast. Liebe ist doch ohnehin in Wirklichkeit nichts weiter als das Stillen eines Verlangens. Glaube mir«, sagte sie und nickte. »Ich spreche aus Erfahrung.«

»Nicht aus meiner Erfahrung, Mutter. Aus deiner Erfahrung«, entgegnete ich scharf.

»Was stimmt bloß nicht mit dir?« fragte sie mit ausgestreckten Händen. »Du bist jetzt die Besitzerin von Cutler's Cove. Über

Nacht hast du es zu gesellschaftlichem Rang, Macht und Geld gebracht. Anständige, respektable Freier werden um dich Schlange stehen. Die wohlhabendsten und einflußreichsten jungen Männer werden dir den Hof machen, Männer von genau der Sorte, die mir den Hof gemacht haben. Du kannst sie nicht alle am Gängelband halten. Sie werden dich mit kostspieligen Geschenken überhäufen und dir endlose Versprechungen machen. Und wenn du dann schließlich die Wahl treffen mußt, dann kannst du unter der Crème de la crème auswählen.«

»Das will ich aber gar nicht, Mutter. Ich habe es dir doch gesagt – Jimmy liebt mich, und ich liebe ihn. Alles übrige – Stellung, Macht und Reichtum – ist uns nicht wichtig, solange wir einander haben. Es tut mir leid, wenn du nicht verstehst, wie entscheidend das ist. Ich glaube, deshalb bist du auch so unglücklich. Du kannst niemand anderen als dich selbst lieben, und ich glaube nicht, daß du dich derzeit besonders gern hast, stimmt's, Mutter?«

»Du bist ein grausames Kind, Dawn.« Sie kniff die Augen zusammen. »Du weißt ja gar nicht, wieviel du von deinem richtigen Vater geerbt hast.«

»Wieviel habe ich denn von ihm geerbt, Mutter? Sag es mir«, bohrte ich. Ich wollte, daß sie über ihn redete, über das, was damals geschehen war. Ich mußte es wissen. Aber sie winkte nur ab.

»Ich bin müde und angewidert«, sagte sie. »Tu, was du willst«, murmelte sie. »Tu doch, was du willst.«

Sie schloß die Türen hinter sich und zog sich zurück, um sich selbst zu bemitleiden. Ich hatte anscheinend nichts anderes erreicht, als ihr einen weiteren Grund für ihr Selbstmitleid zu geben.

Als Philip wieder ins College zurückkehrte und Clara Sue in die High School, begann auch ich meine Fortbildung. Kurz nach Großmutter Cutlers Tod und dem Verlesen der Testamente hatten Mr. Updike und Mr. Dorfman, der Buchprüfer des Hotels, einen Plan entworfen, wie das Hotel während der Zeit, die Mr. Updike »die Interimsphase« nannte, am glattesten weiterlaufen konnte. Ich wußte, daß damit die Zeit gemeint war, die ich brauchen würde, bis ich gründlich informiert und eingearbeitet und reif genug war, um wirklich die Verantwortung zu übernehmen.

Mr. Dorfman war ein kleiner, glatzköpfiger Mann mit Brillengläsern, die so dick wie Bierkrüge waren. Er war zwar ein sehr fähiger Buchhalter, aber er redete nur äußerst ungern mit Menschen. Ich kam dahinter, daß er ein schüchterner Mann war, der Leuten, mit denen er ins Gespräch kam, nicht gern direkt oder auch nur indirekt ins Gesicht sah. Er schaute auf seinen Schreibtisch oder auf irgendwelche Papiere, die er in der Hand hielt. Es war fast so, als sei ich zufällig in sein Büro geschlendert und belauschte ein Gespräch zwischen ihm und einem unsichtbaren Gegenüber.

»Also, ich fürchte, ich habe nicht gerade die besten Nachrichten für Sie«, setzte er an, als wir uns das erste Mal trafen. »Ich habe eine vollständige Berechnung der Aktivposten und der Verbindlichkeiten aufgestellt. Sie wissen natürlich, daß das Hotel mit hohen Hypotheken belastet ist und daß Mrs. Cutler es in den meisten Jahren nur knapp geschafft hat, die Zinsen zu zahlen?«

Ich schüttelte den Kopf, und auf meinem Gesicht drückte sich deutliche Verwirrung aus. Mr. Dorfman verlor allerdings nicht die Geduld mit mir, sondern schien sich sichtlich darüber zu freuen, daß ich mich in solchen Angelegenheiten so wenig auskannte. Dann erklärte er mir, was Hypotheken sind, was Zinsen praktisch bedeuten und was all das für das Hotel hieß.

»Dann stehen wir also nicht besser da als arme Schlucker«, schloß ich überrascht.

»Nein, nein«, sagte er und lächelte zum ersten Mal, falls man das Zucken seiner Mundwinkel als ein Lächeln bezeichnen konnte. »Alle Großgrundbesitzer haben ihren Besitz mit hohen Hypotheken und Grundschulden belastet. Das heißt nicht, daß sie verarmt sind. Ganz im Gegenteil. In Ihrem Unternehmen hier sind sehr viele Leute beschäftigt, und der Wert des bebauten Grundstücks ist sehr,

sehr hoch. Wie Sie noch sehen werden, hat das Hotel in manchen Jahren beträchtliche Gewinne abgeworfen, und in anderen Jahren – in den letzten drei Jahren, um es genau zu sagen – hat es sich gerade eben selbst getragen und nur ein klein wenig Gewinn gemacht«, fügte er hinzu, als wollte er mich trösten.

»Aber wenn wir unsere Hypothek tilgen wollten, hätten wir keine Gewinne mehr«, erklärte ich.

»Sie brauchen keine Tilgungssummen zu zahlen. Die Bank ist absolut zufrieden damit, die Zinsen zu kassieren, die beträchtlich sind. Die Bank hat kein Interesse daran, die Hotelführung zu übernehmen, das können Sie mir glauben.«

»Für mich ist das immer noch alles sehr verwirrend«, rief ich aus.

»Mit der Zeit werden Sie es so gut verstehen wie ich. Ich habe eine Reihe von Papieren rausgesucht, die Sie sich näher ansehen sollten. Lesen Sie alles sorgsam durch, vor allem, welche Kosten für welchen Bereich der Hotelführung entstehen, und dann werden wir uns wieder miteinander unterhalten. Ganz so kompliziert ist es nicht«, versprach er mir und reichte mir einen dicken Packen Papiere, darunter Berichte, die zwanzig Jahre zurückreichten. Es war wirklich, als ginge ich wieder zur Schule, dachte ich.

»Wie denkt Randolph über all das?« fragte ich und lehnte mich zurück. Vielleicht war es besser, wenn ich stille Teilhaberin wurde und Randolph doch die meiste Verantwortung übernehmen ließ. Mr. Dorfman zog die kurzen buschigen Augenbrauen hoch.

»Oh, ich dachte, Mr. Updike hätte es Ihnen bereits erklärt... das heißt, ich nahm an...«

Mr. Dorfman zauderte ein Weilchen, und dann sah er mich zum ersten Mal, seit wir uns zusammengesetzt hatten, fest und direkt an.

»Mr. Randolph«, sagte er ruhig, »ist vollkommen außerstande, irgendeine wirkliche Verantwortung zu übernehmen, und das schon seit einer ganzen Weile, nicht erst seit Mrs. Cutlers Ableben. Schließlich wissen Sie jetzt schon viel mehr über das Hotel als er«, fügte er zu meinem Erstaunen noch hinzu.

»Was? Ich weiß, daß er sich manchmal seltsam benimmt und Dinge tut, die nicht allzu wichtig zu sein scheinen, aber gewiß...«

»Mrs. Cutler hat ihrem Sohn nie irgendwelche wirklichen Verantwortungen übertragen, Dawn. Er... er hat nie auch nur eine Einzahlung bei der Bank gemacht«, enthüllte mir Mr. Dorfman, und dann fing er an, in einem Ordner zu blättern.

Ich lehnte mich zurück und schüttelte den Kopf. Ich hatte gehofft, ich könnte mich auf Randolph verlassen und ihm im Grunde genommen die Leitung des Hotels weitgehend anvertrauen, während ich mich in erster Linie um Christie kümmerte. Der Packen Papiere auf meinem Schoß wurde plötzlich wesentlich schwerer. Das konnte ich nicht schaffen. Mein Erbe war kein Segen; es war eine Last. Es wäre ein furchtbares Gefühl für mich gewesen, wenn ich hier aus Versehen etwas anrichtete und all die Leute, die hier arbeiteten, ihre Stellungen verlören.

»Mr. Dorfman, ich...«

»Ich kann Ihnen sagen, daß ein paar sehr gute, hochqualifizierte Leute für Sie arbeiten, Dawn«, versicherte Mr. Dorfman eilig. »Alle sind sehr tüchtig. In der Hinsicht hat Mrs. Cutler ein strenges Regime geführt. Wenn sie einmal keinen Gewinn gemacht hat, dann läßt sich das auf die Wirtschaftslage zurückführen und nicht auf ihre Geschäftspraktiken oder die ihrer Angestellten. Spare in der Zeit, so hast du in der Not – das war ihre Philosophie. Meine Aufgabe ist es jetzt, Ihnen zu helfen, an dieser Philosophie festzuhalten«, schloß er. Und dann lehnte er sich zurück und sagte, als wollte er mich herausfordern: »Schließlich war Mrs. Cutler, als sie Mr. Cutler geheiratet hat und ihre Arbeit in diesem Hotel aufgenommen hat, auch nicht viel älter, als Sie es heute sind.«

»Ja, aber sie hatte Mr. Cutler«, erwiderte ich. Er schüttelte den Kopf und spielte nervös mit seinem Federhalter.

»Ich glaube nicht, daß ich schlecht von den Toten rede, wenn ich Ihnen sage, daß Ihr Vater, Randolphs Vater, nicht gerade der beste Hotelverwalter war. Mein Vater war damals hier der Buchhalter, das heißt, ich habe mein Wissen darüber aus erster Hand. Dieses Hotel war wirklich vollkommen bedeutungslos, bis Mrs. Cutler sich aktiv damit beschäftigt hat.

Das heißt also«, sagte er, denn er wollte nur zu gern das Thema wechseln, »ich werde Ihnen immer zur Verfügung stehen. Wenn ich nicht hier bin und Sie mich aus irgendwelchen Gründen brauchen, ganz gleich weshalb, dann finden Sie auf dem obersten Zettel dieser Papiere, die ich Ihnen gerade gegeben habe, meine Privatnummer.«

Ich stand benommen von meinem Stuhl auf, bedankte mich bei Mr. Dorfman und verließ langsam sein Büro. Wie eine Schlafwandlerin bewegte ich mich durch den Korridor. Wohin wollte ich? Plötzlich ging mir auf, daß es an der Zeit war, Großmutter Cutlers Büro zu übernehmen und mich dort einzurichten.

Ich blieb fast so vor ihrer Tür stehen, als müßte ich anklopfen. Dann öffnete ich langsam die Tür und blieb lange darin stehen, und mein Herz hämmerte, als erwartete ich ihre wundersame Wiederauferstehung. Fast konnte ich sie vor mir stehen sehen, groß und steif und mit ihrem stahlgrauen Haar, das gutgeschnitten und makellos frisiert war. Sie stand wie immer hinter ihrem Schreibtisch und hatte in der hellblauen Baumwolljacke, die sie über ihrer Rüschenbluse trug, die Schultern energisch zurückgebogen. Sie wandte mir ihre kalten grauen Augen zu, und in meiner Einbildung hörte ich sogar, wie sie mich ausschalt: »Was hast du hier zu suchen? Wie kannst du es wagen, mein Büro zu betreten, ohne vorher anzuklopfen?«

Ich sah mich um. Das dunkelgetäfelte Büro roch immer noch nach Lilien, und nach wie vor wies alles auf Großmutter Cutler hin und spiegelte ihre strenge Persönlichkeit wider, von dem Hartholzboden bis hin zu dem enggewebten ovalen dunkelblauen Teppich vor dem aquamarinblauen Chintzsofa. Ihr dunkler Eichenschreibtisch war noch genauso, wie sie ihn zurückgelassen hatte: Die Stifte steckten in ihren Haltern, die Papiere waren ordentlich auf einer Seite gestapelt, auf einer Ecke stand ein kleines Schälchen mit Bon-

bons und auf einer anderen das schwarze Telefon. Ihr Notizblock lag aufgeschlagen mitten auf dem Schreibtisch.

Resolut und entschlossen trat ich schließlich vor und ging zum Fenster. Die Vorhänge waren einen Spalt weit offen, und ich zog an der Schnur, um sie ganz zu öffnen. Strahlender Sonnenschein fiel ins Büro und schwemmte die Schatten fort, die auf ihrem hochlehnigen blutroten Lederstuhl mit den Nieten lagen, auf den Bücherregalen und der Stehlampe. Staubteilchen tanzten in der Luft. Dann trat ich zurück und blickte zu dem Porträt von Großvater Cutler auf, dem Mann, von dem ich inzwischen erfahren hatte, daß er mein wirklicher Vater war.

Es schien, als sei dieses Porträt in eben diesem Büro gemalt worden, mit ihm hinter eben diesem Schreibtisch. Im Moment schien er hämisch auf mich herabzublicken, den Kopf ein wenig vorgebeugt und die hellblauen Augen starr auf mich gerichtet. Als ich durch das Zimmer lief, erweckte das Porträt die Illusion, daß sein Blick mir folgte. Ich dachte mir, es könnte gut sein, daß der Künstler angewiesen worden war, ihn als eine starke, autoritäre und dinstinguierte Persönlichkeit festzuhalten, und doch war es ihm gelungen, in den Lippen meines Vaters eine gewisse Lockerheit und seinen Charme einzufangen.

Was konnte er wohl für ein Mann gewesen sein? Das fragte ich mich jetzt. Wie konnte mein Vater ein Betrüger sein, ein lüsterner und trügerischer Ehebrecher? Was hatte ihn dazu gebracht, meine Mutter zu vergewaltigen, falls es tatsächlich eine Vergewaltigung gewesen war? Wie mochten seine Moralbegriffe ausgesehen haben, wenn er mit der Frau seines Sohnes schlafen konnte? Offensichtlich hatten ihn Gewissensbisse geplagt, denn er hatte versucht, für sein Tun zu sühnen, indem er mir sein Erbe hinterließ und nach seinem Tod ein vollständiges Geständnis ablegte. Und er war einfühlsam genug gewesen, sich zu überlegen, wie sehr das alles Großmutter Cutler getroffen hätte, und daher hatte er verfügt, daß nichts von alledem enthüllt werden durfte, solange nicht auch sie gestorben war.

Als ich meinem Vater in die Augen sah – Augen, die verblüffende Ähnlichkeit mit meinen eigenen aufwiesen –, fragte ich mich, was, wenn überhaupt etwas – außer gewissen körperlichen Merkmalen –, ich von diesem Mann geerbt hatte. Würde ich jetzt so viel Ehrgeiz entwickeln wie er? Würde ich mich der Verantwortung gewachsen zeigen, die auf meinen Schultern lastete, und würde ich mich gut in der Hotelführung bewähren? Besaß ich seinen Charme, wenn es darum ging, die Gäste zu erfreuen? Hatte er seine Angestellten fair behandelt, und hatten sie ihn gemocht? Würde ich sie fair behandeln, und würden sie mich mögen? Ich stellte fest, wie groß meine Wißbegier geworden war, und ich hoffte, ich könnte die Angestellten, die schon unter ihm hier gearbeitet hatten und heute noch da waren, dazu bringen, mir mehr über ihn zu erzählen. Von Mutter erwartete ich ganz bestimmt nicht, daß sie mir etwas erzählte, was mich interessierte, und was Randolph anging… nun, nach allem, was ich sah und hörte, war von Randolph nichts, aber auch gar nichts zu erwarten.

Ich lief um den Schreibtisch herum und setzte mich auf Großmutter Cutlers Stuhl. Als ich aus dieser Perspektive über den breiten Schreibtisch schaute, begann ich, die Dinge aus einer natürlicheren und realistischeren Sicht zu sehen. Es war, als brauchte ich mich bloß auf ihren Stuhl zu setzen und ihre Stellung einzunehmen, und schon erfüllte mich die Zuversicht, die ich brauchte, um weiterzumachen. Das Büro war nicht so groß, wie es mir immer erschienen war. Ich konnte eine Menge tun, um es freundlicher zu gestalten, dachte ich. Ich würde den Teppich und die Möbelstücke austauschen. Dann würde ich ein paar farbenfrohe Bilder aufhängen.

Ich lehnte mich zurück. Fast konnte ich spüren, wie hinter mir Großmutter Cutler vor Wut siedete und die Zähne zusammenbiß. Vielleicht schaffe ich es doch, dachte ich. Vielleicht schaffe ich es.

Dann merkte ich, wie spät es war, und ich sprang auf, um nach Christie zu sehen. Aber als ich durch das Foyer lief, hielt mich Patty, eines der älteren Zimmermädchen, auf.

»Ich glaube, Sie sollten lieber mal runter in die Waschküche gehen«, riet sie mir, und dann nickte sie, als hätte sie mir ein Geheimnis anvertraut.

»Ist etwas kaputtgegangen?« Mir lag schon auf der Zunge, sie zu Mr. Dorfman zu schicken, aber sie schüttelte nachdrücklich den Kopf.

»Jemand sollte unbedingt mal runtergehen«, wiederholte sie und ließ mich in meiner Verwirrung stehen. Ich bat Mrs. Boston, raufzugehen und nach Christie zu sehen, während ich in den Keller ging, in dem die Waschküche untergebracht war.

Erst glaubte ich, dort sei niemand, aber als ich in den Raum kam, in dem sämtliche Waschmaschinen standen, entdeckte ich in einer Ecke an einem Tisch, der dazu benutzt wurde, das Bettzeug und die Handtücher darauf zu falten, Randolph. Er hatte auf beiden Seiten des Tischs Dutzende von Meßbechern aufgereiht und hantierte mit einem Meßlöffel – von der Sorte, die man nimmt, um in der Küche Mehl oder Zucker zu dosieren –, doch er benutzte diesen Löffel, um Seifenpulver in die Becher zu füllen. In großen Packungen hatte er zwei verschiedene Sorten Seifenpulver neben sich stehen.

»Randolph«, sagte ich und ging auf ihn zu, »was tust du da?«

Er drehte sich nicht um. Er schöpfte weiterhin behutsam Seifenpulver in die Meßbecher.

»Randolph?« Ich legte eine Hand auf seinen Arm, und er sah mich mit Augen an, die blutunterlaufen und wild waren.

»Ich habe also doch recht«, sagte er. »Ich hatte schon länger den Verdacht, und ich habe recht gehabt.« Er wandte sich dem Seifenpulver wieder zu.

»Womit hast du recht, Randolph?« fragte ich.

Er unterbrach seine Tätigkeit und lächelte so, daß man hätte verrückt werden können.

»Die Marke rechts von mir ist konzentrierter. Davon braucht man weniger Pulver pro Kilo Wäsche, obwohl es mehr kostet, verstehst du? Das heißt, daß wir eine Menge Geld sparen können, wenn wir das teurere Mittel kaufen. Ich habe es Mutter früher schon einmal gesagt, aber sie hat einfach nur den Kopf geschüttelt und mir nicht zugehört, weil sie gerade zu sehr mit etwas anderem beschäftigt war... wie dem auch sei«, sagte er und fuchtelte mit der Hand durch die Luft, »ich habe jedenfalls recht gehabt.« Er schaute mich an, seine Augen leuchteten noch strahlender, und sein Lächeln wurde noch irrsinniger. »Ich hatte recht.«

»Sparen wir wirklich so viel daran, Randolph? Ich meine, ist es wirklich die ganze Mühe wert, die du dir hier machst?«

»Was?« Seine glänzenden blauen Augen wandten sich in meine Richtung und waren jetzt frei von jeglichem Ausdruck. Er benahm sich, als wüßte er nicht, wer ich war. Eiszapfen glitten an meinem Rücken hinab. »Es tut mir leid«, sagte er. »Ich muß diese Studie dringend zu Ende führen. Ich unterhalte mich später mit dir, in Ordnung? Vielen Dank, vielen Dank«, murmelte er und fing wieder an, mit Behutsamkeit und pedantischer Genauigkeit Waschpulver in die Meßbecher zu löffeln.

Ich beobachtete ihn noch einen Moment, und dann verließ ich eilig die Waschküche und lief nach oben. Mutter mußte unbedingt darüber unterrichtet werden, dachte ich.

Als ich im ersten Stock auf dem Treppenabsatz stand, hörte ich zu meinem Erstaunen den Klang des Lachens meiner Mutter. Ich trat langsam näher, denn ich hörte auch eine männliche Stimme. Ich klopfte leise an die Tür zu ihrer Suite und trat dann ein.

»Ja?« rief Mutter, und ihre Stimme klang verdrossen. Ich schaute ins Zimmer und sah sie auf dem kleinen Zweiersofa sitzen, und in dem Ohrensessel ihr gegenüber saß ein unglaublich gutaussehender, vornehm wirkender Mann, der lässig die Beine übereinandergeschlagen hatte.

Mutter trug ihren leuchtendblauen Angorapullover und einen Baumwollrock. Sie hatte sich das Haar weich über die Schultern gebürstet und trug lange baumelnde Diamantohrringe und ein passendes Armband. Sie war auch wieder geschminkt und wirkte strahlender und fröhlicher, als ich sie je erlebt hatte.

»O Dawn, ich möchte dir gern Mr. Bronson Alcott vorstellen, einen ganz, ganz lieben alten Freund von mir«, sagte sie strahlend. Die Röte, die in ihr hübsches Gesicht gestiegen war, ließ sie noch schöner als sonst erscheinen.

»Das ist also die junge Dame, von der ich schon so viel gehört habe«, sagte Bronson Alcott und wandte sich mir zu.

Er hatte eine große, schlanke Gestalt und einen hellbraunen Schnurrbart unter einer vollkommen geraden römischen Nase. Sein Haar war kurzgeschnitten und ordentlich frisiert, und die kastanienbraunen Strähnen schimmerten im Licht der Tiffany-Lampe. Lachfältchen bildeten sich um seine fröhlichen aquamarinblauen Augen.

»Guten Tag«, sagte ich.

»Bronson ist der Direktor der Bank von Cutler's Cove«, erklärte Mutter. »Das ist die Bank, bei der wir die Hypothek auf dieses Hotel haben«, fügte sie nachdrücklich hinzu.

»Ach.« Ich wandte mich ihm wieder zu. Für einen Bankier wies seine Haut eine beachtliche Sonnenbräune auf. Er lächelte belustigt, als würde er mir jeden Moment zuzwinkern. Seine langen, anmutigen Hände lagen übereinander auf seinem Knie. Er sah zwar aus, als sei er Mitte Vierzig, doch ich dachte, er könnte ohne weiteres auch älter sein.

»Es freut mich sehr, daß ich endlich Gelegenheit habe, Sie kennenzulernen, Dawn«, sagte er. Seine Stimme war tief und volltönend und bildete die Abrundung seines verführerischen Lächelns, das keinen Moment lang von seinem Gesicht wich. Mutter schien sich von jedem seiner Worte und jeder seiner Gesten hypnotisieren zu lassen. Er stand auf und hielt mir die Hand hin. Ich nahm sie und spürte, wie ich errötete, als ich wahrnahm, wie intensiv er mich betrachtete und mich von Kopf bis Fuß einschätzte. Er ließ meine Hand nicht gleich wieder los.

»Ist das ein Verlobungsring?« fragte er und hielt meine Finger immer noch fest.

»Ja«, sagte Mutter trocken. »Allerdings.«

»Herzlichen Glückwunsch. Wer ist denn der glückliche junge Mann?« fragte er.

»Niemand, den du kennst, Bronson«, erwiderte Mutter, ehe ich etwas sagen konnte.

Er legte den Kopf zur Seite, und sein Lächeln wurde zarter.

»Jemand von außerhalb?« verfolgte er das Thema.

»Das kann man wohl sagen«, sagte Mutter und fing an, ihre Nägel zu feilen. »Er ist beim Militär.«

»Er heißt James Gary Longchamp«, sagte ich und durchbohrte Mutter mit Blicken.

Ich merkte, daß Bronson sich nicht setzen würde, solange ich mich nicht setzte. Er war der Inbegriff des Gentleman aus dem Süden, der jeder Frau mühelos das Gefühl gab, auch sie sei eine Scarlett O'Hara. Widerstrebend setzte ich mich zu Mutter auf das Zweiersofa, und er nahm wieder in seinem Ohrensessel Platz.

»Und wann findet die Hochzeit statt?« fragte Bronson.

»Nach Jimmys – ich meine, James' – Entlassung«, antwortete ich und sah Mutter wieder herausfordernd an. Sie stieß ein kleines nervöses Lachen aus und feilte sich weiterhin die Nägel.

»Ich habe ihr gesagt, daß sie nichts überstürzen soll, und versucht ihr zu erklären, daß sie jetzt im Mittelpunkt der Aufmerksamkeit steht und jeden vornehmen verfügbaren Junggesellen in ganz Virginia haben kann, aber sie besteht darauf, diese kindliche Romanze fortzusetzen«, klagte Mutter.

»Laß uns nicht zu hart über andere urteilen, Laura Sue«, sagte Bronson und zwinkerte ihr zu. »Wir beide, du und ich, wir hatten schließlich selbst eine kindliche Romanze miteinander.«

Mutter errötete. »Das war etwas anderes, Bronson, etwas ganz anderes.«

»Ihre Mutter hat mir das Herz gebrochen, verstehen Sie? Ich

habe es ihr nie wirklich verziehen. Aber«, fügte er hinzu und nickte, »ich habe den Verdacht, mein Herz ist nicht das einzige, das sie damals gebrochen hat. Sie hatte einen Schwarm von Verehrern, der sich von hier bis Boston gezogen hat.«

Mutter strahlte, und ihr Lachen wurde fröhlicher.

»Dasselbe kann ich mir von Ihnen gut vorstellen, Dawn«, sagte Bronson und wandte sich wieder an mich. Sein Blick verweilte auf mir, und aus dem Augenwinkel konnte ich sehen, wie Mutter vor Neid grün wurde.

»Im Moment habe ich wirklich kein Interesse daran, Herzen zu brechen, Mr. Alcott«, sagte ich.

»Oh, nennen Sie mich doch bitte Bronson. Ich habe die Hoffnung, daß wir nicht nur Geschäftspartner, sondern auch gute Freunde werden«, sagte er, und diesmal zwinkerte er mir zu. »Wobei mir einfällt«, fügte er noch hinzu, zog an einer langen goldenen Uhrkette und ließ seine goldene Taschenuhr aufschnappen. Er warf einen Blick darauf und wandte sich dann wieder an Mutter. »Ich sollte längst unterwegs sein. Ich habe jetzt lange genug den Schulschwänzer gespielt und mich vor meinen Verantwortungen in der Bank gedrückt.« Er stand auf und wandte sich noch einmal an mich. »Vielleicht darf ich hoffen, daß Sie und Ihre Mutter einmal nach Beulla Woods zu Besuch kommen«, sagte er.

»Das ist das Anwesen der Alcotts«, erklärte Mutter eilig. »Es ist ein prachtvolles Haus nordwestlich von Cutler's Cove.«

Die Art, wie sie das sagte und Bronson dabei ansah, vermittelte mir den Eindruck, daß sie schon viele, viele Male dort gewesen war und den Weg im Dunkeln gefunden hätte.

»Ja, vielleicht können wir alle eines Tages mal dort hinkommen«, sagte ich und legte die Betonung auf »alle«. Bronson lächelte unbeirrt, doch Mutters Lächeln wurde affektiert. Er griff nach meiner Hand und führte sie an seine Lippen.

»Auf Wiedersehen. Es war mir ein Vergnügen, Sie kennenzulernen«, sagte er und sah mich so intensiv an, daß ich spürte, wie mein

Herz zu flattern begann. Schließlich wandte er sich an Mutter. »Laura Sue.«

Sie erhob sich, und sie umarmten einander, und Bronson drückte ihr einen Kuß auf die Wange, doch seine Lippen landeten so dicht neben ihren, daß ich sicher war, sie hätten sie zumindest gestreift. Mutter warf einen schnellen Seitenblick auf mich und stieß dann wieder einmal ihr nervöses kleines Lachen aus. Bronson verbeugte sich und ging. Als ich Mutter wieder ansah, bemerkte ich, daß ihr Gesicht gerötet war. Sie wirkte, als schlüge ihr Herz heftiger als meines.

»Meine Güte«, sagte sie sofort, »mir war gar nicht mehr klar, wie sehr es mich ermüdet, mich anständig anzuziehen und mich herzurichten, um Besuch zu empfangen. Ich fürchte, ich muß mich jetzt ein Weilchen ausruhen, Dawn.« Sie wandte sich ab, um in ihr Schlafzimmer zu gehen.

»Mutter, warte. Ich bin nicht ohne Grund zu dir gekommen«, sagte ich. Sie blieb stehen, und ein Ausdruck des Unwillens trat auf ihr Gesicht.

»Was ist denn jetzt schon wieder, Dawn?« brachte sie verstimmt heraus.

»Es geht um Randolph. Er macht keinen besonders guten Eindruck auf mich, und er tut äußerst seltsame Dinge.« Ich berichtete ihr, was sich in der Waschküche abgespielt hatte. Sie schüttelte den Kopf.

»Das ist doch absolut nichts Neues«, sagte sie. »Randolph ist Randolph«, fügte sie hinzu, als sei damit alles endgültig erklärt.

»Aber glaubst du nicht, daß es schlimmer wird? Ich meine, er interessiert sich überhaupt nicht mehr dafür, wie er aussieht und...«

»O Dawn, er wird schon wieder zu sich kommen. Das ist eben seine Art, um seine geliebte verstorbene Mutter zu trauern. Bitte, mir macht meine eigene Gesundheit derzeit genügend Sorgen.«

»Ja«, sagte ich, »aber dein Wohlbefinden scheint sich nach Belieben wieder einzustellen«, fügte ich sarkastisch hinzu.

»Ich bin zu müde«, erwiderte sie. »Viel zu müde.« Sie setzte den Weg in ihr Schlafzimmer fort und schloß eilig die Tür hinter sich. Ich stand auf und ging in mein Zimmer, und dort fand ich Mrs. Boston vor, die Christie in den Armen wiegte und ihr ein Schlaflied sang. Dieser Anblick ließ mich lächeln.

»O Dawn«, sagte sie, als sie mich bemerkte, wie ich dastand und sie beobachtete. »Ich wollte sie gerade wieder schlafen legen.«

»Danke, Mrs. Boston. Ich weiß, daß Sie selbst viel Arbeit haben, und Sie sollten nicht noch meine Pflichten übernehmen müssen.«

»Aber das sehe ich doch nicht als Pflicht an, Dawn«, sagte sie, als sie Christie behutsam wieder in ihr Bettchen legte. »Ist der Besucher Ihrer Mutter schon wieder gegangen?« fragte sie.

»Ja, gerade eben«, sagte ich und bemerkte eine gewisse Mißbilligung in ihrer Stimme und in ihren Augen. »Kennen Sie ihn, Mrs. Boston?«

»Mr. Alcott kennt doch jeder. Früher einmal, vor langer Zeit«, sagte sie, »war er sehr häufig hier im Hotel zu Besuch.«

»Ach, ja?«

»Ja. Ihre Mutter hatte häufig Herrenbesuch«, sagte sie, »aber er war der einzige, der noch zu ihr gekommen ist, nachdem sie schon mit Randolph verheiratet war.«

»Ist er denn nicht verheiratet?« fragte ich. Wenn ich es mir jetzt überlegte, war mir kein Ehering an seinem Finger aufgefallen.

»O nein. Er ist immer noch einer der begehrtesten Junggesellen in Cutler's Cove.«

»Ich frage mich, warum er nie geheiratet hat. Er ist ein sehr gutaussehender Mann«, sagte ich. Mrs. Boston zog eine Miene, die mir sagte, daß sie alle Gerüchte gehört hatte. »Wissen Sie, warum?«

Sie zuckte mit den Achseln. »Sie wissen ja selbst, wie es im Hotel zugeht – die Leute reden.«

»Und was sagen die Leute, Mrs. Boston?« hakte ich nach.

»Daß Ihre Mutter ihm das Herz gebrochen hat, so daß er selbst dann keine andere hätte lieben können, wenn er es gewollt hätte.

Aber jetzt reicht mir das dumme Gerede«, fügte sie eilig hinzu und zog die Schultern zurück. »Ich habe genug Arbeit, die auf mich wartet.«

»Mrs. Boston«, rief ich, als sie auf die Tür zuging. Sie drehte sich um. »Wann hat Mr. Alcott seine regelmäßigen Besuche hier eingestellt?« Sie preßte die Lippen zusammen, als würde sie nichts mehr hinzufügen wollen, was das Feuer noch heftiger entfachen konnte.

»Kurz nachdem Sie geboren und entführt worden sind«, sagte sie. »Aber das heißt nicht, daß die beiden sich nicht mehr gesehen hätten«, setzte sie hinzu, und dann biß sie sich auf die Unterlippe, als wollte sie einen Wortschwall zurückhalten, der ihr schon auf der Zunge lag. »Und jetzt machen Sie mich nicht zur Klatschbase, und hören Sie auf, mir solche Fragen zu stellen.« Sie machte auf dem Absatz kehrt, ehe ich weitere Fragen stellen konnte, und als sie gegangen war, schwirrten mir alle möglichen Fragen durch den Kopf.

3

Die Einarbeitungszeit

In den folgenden Monaten wuchs Christie schnell. Die Züge ihres winzigen Gesichts prägten sich immer deutlicher aus, und ebenso ging es mit ihrer Persönlichkeit. Sie war weiterhin ein zufriedenes, glückliches Baby, das nur schrie, um uns zu sagen, daß die Windel voll war oder daß sie Hunger hatte, aber sie gehörte nicht zu den Säuglingen, die ständig Aufmerksamkeit auf sich lenken wollten und ewig verhätschelt werden mußten, obwohl alle im Hotel sie nur zu gern verhätschelten. Jedesmal, wenn ich sie nach unten mitnahm, kamen die Empfangsdamen, die Zimmermädchen und das Restaurantpersonal zu uns, und jeder war darauf versessen, sie im Arm zu halten oder sie in die runden Wangen zu kneifen. Dann lächelte sie und trommelte mit ihren winzigen rosa Fäusten auf die Gesichter ein.

Ihre Neugier und ihre auffallend wachen Wahrnehmungen beschäftigten sie vollauf. Es gab nichts, was sie ansah und was ihr kein Interesse entlockt hätte. Sie konnte stundenlang zufrieden dasitzen und ein Spielzeug in ihren Händen drehen, darauf herumkauen, seine Festigkeit prüfen und seine Umrisse mit den Fingerspitzen nachfahren. Was in ihre Reichweite kam, erkundete sie, und wenn etwas sie zum Lachen brachte, dann schlug sie die Hände zusammen und riß die Augen weit auf und drückte eine Lebensfreude aus, die allen in ihrer Nähe gute Laune machte. An den grauesten Tagen sorgte Christie für Wärme und Sonnenschein.

Wenn ich sie auf meinen Schoß setzte, erkundete sie jedesmal wieder mit ihren Fingern mein Gesicht, berührte meine Nase und meine Lippen und quietschte gelegentlich: »Uuuuh.« Wenn ich lächelte, lächelte sie. Wenn ich sie sachte ausschalt, wurde sie ernst und hörte aufmerksam zu. Oft spielte ich Guckguck mit ihr und ließ die Decke sinken, bis sie mein Haar und meine Stirn sah, aber sie lachte nur, wenn sie meine Augen sehen konnte. Dann war sie außer sich vor Begeisterung.

Als sie neun Monate alt war, war ihr das Haar bis über den Nakken gewachsen, und ich konnte es kämmen und bürsten. Sie war jetzt schon sehr weiblich, eine kleine Dame, die nur zu gern stillsaß, um sich das Haar bürsten zu lassen, und sie ließ sich gern baden und wußte jede liebevolle und zärtliche Geste zu schätzen. Ob ich ihr vorsang oder ob es Mrs. Boston war, sie lag stumm da und lauschte gebannt, und ihre Augen waren so ruhig, daß wir beide das Gefühl hatten, sie begänne bereits, unsere Lieder auswendig zu lernen, und wartete nur darauf, die Teile zu hören, von denen sie wußte, daß sie als nächstes folgen würden.

Jede Form musikalischen Ausdrucks interessierte sie, sei es unser Singen oder das Radio oder Schallplatten. Ihre Lieblingsspielsachen waren die, die eine Melodie spielten. Und wenn sie schrie, ohne Hunger oder volle Windeln zu haben, dann wollte sie, daß ich an der Schnur zog und die Spielsachen über ihrem Bettchen rasselten. Alle wußten, daß sie eine Schwäche für Musik hatte, und an ihrem ersten Geburtstag wurde sie mit Bilderbüchern überhäuft, die Musik spielten, mit Spielsachen zum Aufziehen, die dann Melodien von sich gaben. Sie bekam sogar ein kleines Xylophon. Das war ihr Lieblingsspielzeug. Jetzt schon faszinierte sie die Fähigkeit, selbst Klänge zu erzeugen.

Anfangs versuchte ich, Christie zu versorgen und täglich etwas Neues über den Hotelbetrieb zu lernen, aber als das Frühjahr näher kam und das Geschäft sich belebte und die Aktivitäten im Hotel sich ausweiteten, wurde mir klar, daß ich eine Hilfe brauchte. Ich fand heraus, daß Sissy, das junge schwarze Mädchen, das mit mir zusammen als Zimmermädchen gearbeitet hatte, als ich vor Jahren erstmals in das Hotel gekommen war, wieder dringend eine Anstellung suchte. Großmutter Cutler hatte sie gefeuert, weil sie mir dabei geholfen hatte, Mrs. Dalton zu finden, die Frau, die sich gleich nach meiner Geburt um mich gekümmert hatte.

Mrs. Boston kannte Sissy und ihre Mutter sehr gut, und sie glaubte, Sissy würde sich als Kindermädchen ideal eignen. Sissy war überwältigt von dem, was sich bei mir alles verändert hatte, seit wir uns das letzte Mal gesehen hatten. Sie sah kaum anders aus als an jenem Tag. Wir setzten uns hin und redeten eine Weile miteinander und schwelgten in alten Erinnerungen. Sie erzählte mir, daß Mrs. Dalton gestorben war.

»Sie war eine sehr kranke Frau, als ich sie kennengelernt habe«, sagte ich. Sissy nickte traurig. »Es hat mir furchtbar leid getan, als ich gehört habe, daß Großmutter Cutler dich bestraft hat, weil du mir geholfen hast, Sissy. Ich hoffe, es war nicht allzu hart für dich und deine Mutter.«

»Nein, wir sind gut zurechtgekommen. Ich habe eine Zeitlang in einem Kaufhaus gearbeitet, und dort habe ich auch Clarence Potter kennengelernt.«

Sissy erklärte, daß sie und Clarence so gut wie verlobt waren, und sobald sie beide genügend Geld zusammengespart hatten, würden sie heiraten.

»Aber bis dahin würde ich mich liebend gern um Christie kümmern und dir helfen«, betonte sie.

Christie schloß sie sofort ins Herz. Sissy war geduldig und sanftmütig und begeisterte sich fast ebenso sehr für alles Neue wie Christie. Sie konnte es nicht erwarten, ins Büro zu kommen und mir zu sagen, daß Christie aufgestanden war und einen ersten Schritt gemacht hatte, und sie behauptete, daß Christie ihren eigenen Namen sagte, als sie erst elf Monate alt war. Christie war frühreif und entwickelte sich schneller als normale Babys. Sie war gerade erst dreizehn Monate, als ich sie klar und verständlich »Momma« sagen hörte.

Sobald ich sie mit einer gewissen Deutlichkeit »Momma« sagen hörte, fing ich an, ihr andere Wörter beizubringen, und jeder, der hörte, wie sie die Silben aussprach, fand, sie sei einfach brillant. Eines der Worte, von denen ich wollte, daß sie sie lernte, war »Daddy«. Ich hoffte, wenn Jimmy das nächste Mal Urlaub bekam und uns im Hotel besuchte, würde sie ihn mit dieser Anrede begrüßen.

Es verging nicht eine einzige Woche, in der Jimmy nicht anrief oder schrieb, wenn er gerade nicht telefonieren konnte. Meine Briefe an ihn füllten Bände. Seitenlang schilderte ich ihm alles, was Christie getan hatte, und dann beschrieb ich ihm meine eigenen Aktivitäten im Hotel. Ich bin sicher, daß ich ihn mit meinen Einzelheiten über die Buchführung und Warenbestellungen und Treffen mit Mr. Dorfman zu Tode langweilte, aber Jimmy beschwerte sich nie darüber.

»Hier sind alle neidisch auf die Postmenge, die ich bekomme«, erzählte er mir am Telefon. »Manche bekommen nie Post von ihrer Familie.«

Jimmy hatte mehrfach versucht, Urlaub zu nehmen und zu uns zu kommen, aber es kam immer irgend etwas dazwischen, was das verhinderte. Endlich konnte er sich ein Wochenende freinehmen. Was er mir erst kurz, bevor er wieder aufbrach, erzählte, war, daß er sich freiwillig gemeldet hatte, die letzten sechs Dienstmonate in Panama mit der Bewachung des Kanals zu verbringen.

»Wenn ich das tue, werde ich dafür sechs Wochen eher entlassen, und ich habe mir ausgerechnet, daß es das wert ist«, sagte er. Er küßte mein zitterndes Kinn. »Das heißt, daß wir sechs Wochen früher heiraten können, verstehst du? Freut dich das denn gar nicht?«

»O doch, Jimmy«, sagte ich. »Aber mir gefällt die Vorstellung nicht, daß du so weit weg bist.«

»Tja... du wirst sehr viel zu tun haben. Die Zeit wird für uns beide schnell vergehen. Jedenfalls können wir jetzt endgültig Pläne machen, Hochzeitspläne«, hob er hervor.

Ich wußte, daß er recht hatte, und wir verbrachten gemeinsam ein wunderbares Wochenende. Das Hotel hatte zwei Segelboote und ein Motorboot unten an der Mole liegen, und wir zogen mit dem Motorboot los. Es war schon fast Sommer und bereits sehr warm. Wir ankerten etwa eine Meile vor der Küste, und ich ging schwimmen, während Jimmy angelte. Mrs. Boston hatte uns einen Picknickkorb gepackt. Wir blieben den ganzen Tag über draußen und sahen zu, wie die Sonne hinter dem Horizont versank und den Himmel orange und das Meer unwirklich dunkelblau färbte. Wir saßen beide im Boot, und er hatte seinen Arm um mich gelegt. Wir ließen uns sachte von den Wellen schaukeln, während wir zum Ufer schauten. Das Cutler's Cove Hotel war auf dem Hügel mit dem Blick auf das Meer zu sehen.

»Es ist sehr schön hier«, sagte Jimmy. »Ich bin sicher, daß wir glücklich werden. Das heißt«, warnte er mich, »wenn du dich nicht in eine dieser verrückten Geschäftsfrauen verwandelst, die die ganze Zeit nur arbeiten, arbeiten, arbeiten. Davon habe ich schon gehört, und Großmutter Cutler war nach allem, was ich von ihr weiß, eine von der Sorte.«

»So werde ich nie sein, Jimmy.«

»Ja, das versprichst du jetzt«, sagte Jimmy, »aber ich kann sehen, daß es dir jetzt schon gefällt – das habe ich schon in der kurzen Zeit gemerkt, die ich hier verbracht und dich beobachtet habe –, wenn du dies und das unterschreibst, mit einem leitenden Angestellten über dies und jenes redest und dir alle möglichen Beschwerden anhörst.«

»Ich versuche doch nur, alles so schnell wie möglich zu lernen, Jimmy. Du hast Randolph gesehen, und du hast selbst bemerkt, wie furchtbar durcheinander er ist. Er tut nichts, was mir bei der Leitung des Hotels hilft, wirklich nicht. Es ist alles an Mr. Dorfman, Mr. Updike und mir hängengeblieben«, erklärte ich. »Aber ich werde immer Zeit für dich haben.«

»Versprich mir nichts, was du nicht halten kannst«, schalt er mich.

»Bestimmt nicht, Jimmy. Du machst mir angst. Und jetzt hör auf damit«, sagte ich. Er lachte und drückte mir einen Kuß auf die Nasenspitze.

»Nun gut, wir werden es nehmen, wie es kommt, Mrs. Longchamp«, sagte er. Beim Klang dieses Namens lächelte ich, und wir redeten über unsere Hochzeit und unsere Flitterwochen. Jimmy wollte, daß wir nach Cape Cod fuhren.

»Um die Jahreszeit wird es dort angenehm sein, im Frühling, und ich erinnere mich noch daran, wie Daddy ständig darüber geredet hat, hinzufahren«, sagte Jimmy.

»Er hat über viele Orte geredet, die er besuchen wollte, Jimmy«, rief ich ihm ins Gedächtnis zurück. Daddy Longchamp war damals voll von Träumen und Hoffnungen gewesen.

»Ich weiß, aber Cape Cod war für ihn so eine Art Zauberwort. Tja, er und Momma haben es nie geschafft hinzukommen, aber wir werden es schaffen. Okay?«

»Ja, Jimmy. Ich kann es kaum erwarten.«

Ich konnte es wirklich kaum erwarten, aber ich begrub mich in Arbeit, und die Zeit verging schneller. In diesem Sommer waren Philip und Clara Sue über Schüleraustauschprogramme beide im Ausland. Ich war froh, Clara Sue nicht um mich zu haben; ich konnte ihr nicht verzeihen, was sie mit Christie getan hatte. Ich äußerte deutlich, daß ich es brutal und krankhaft fand. Natürlich leugnete sie weiterhin. Jedesmal, wenn sie im folgenden Herbst für ein Wochenende ins Hotel kam, ließ sie keine einzige Gelegenheit aus, sich über meine bevorstehende Hochzeit mit Jimmy lustig zu machen.

»Wird er in Uniform heiraten?« höhnte sie eines Tages. »Und wird ›Ja, Sir‹ sagen, statt ›Ich will‹?«

Zu ihren Lieblingsbeschäftigungen gehörte es, meinen Verlobungsring schlechtzumachen. »Sieht aus wie ein Stück Glas«, sagte sie vorzugsweise, »aber ich bin sicher, Jimbo hat fest daran geglaubt, daß er einen Diamanten gekauft hat.«

»Wage es nicht, ihn Jimbo zu nennen«, brauste ich mit wutentbrannten Blicken auf. Dann warf sie sich das Haar über die Schultern, lachte und schlenderte zufrieden weiter, weil es ihr gelungen war, mich aufzubringen.

Ich hatte das Gefühl, sie würde von Tag zu Tag gemeiner, und es fiel mir schwer zu akzeptieren, daß zwischen uns auch nur die geringste Blutsverwandtschaft bestand. Es stimmte, daß unsere Haarfarbe und unsere Augenfarbe ähnlich waren, und in unseren Gesichtern gab es typische Merkmale, die an die Gesichtszüge von Mutter erinnerten, aber unsere Persönlichkeiten unterschieden sich voneinander wie Tag und Nacht. Und Clara Sue kämpfte weiterhin mit ihrem Gewicht. Ihre Figur war zwar voller und üppiger als meine, aber wenn sie nicht aufpaßte, setzte sie überschüssige Pfunde an. Sie besaß keinerlei Selbstbeherrschung, wenn es um Süßigkeiten ging, und sie machte ständig eine Diät. Es mangelte ihr nie an Interesse von seiten des anderen Geschlechts, und aufgrund ihres zunehmend promiskuitiven Benehmens – soviel hörte ich zumindest – gab es in der Schule viele Jungen, die ihr nachliefen.

Philip kam nur selten nach Hause. Er machte sich außerordentlich gut im College, kam auf die Dekansliste und wurde Vorsitzender seiner Studentenvereinigung und Mannschaftskapitän seines Ruderteams. Wenn Mutter sich gelegentlich entschloß, zur Abwechslung einmal die Mutter zu spielen, dann zeigte sie mir und Mrs. Boston ein paar Ausschnitte aus der Collegezeitung, in denen über ihn berichtet wurde.

Weder Philip noch Clara Sue schienen sich über das zunehmend bizarre Verhalten und den physischen Verfall ihres Vaters Sorgen zu machen – beide zeigten keinerlei Interesse daran. Ich bemerkte deutlich, daß sie ihn als eine Peinlichkeit ansahen. Ab und zu versuchte ich, Randolph aus seiner Niedergeschlagenheit aufzurütteln, indem ich ihn aufforderte, wirkliche Arbeiten zu übernehmen, und ihn vor echte Probleme stellte, aber er erledigte selten etwas bis zum Schluß, und dann mußte es jemand anderes übernehmen.

Die einzigen Momente, in denen er seinen Trübsinn abzuschütteln schien, waren die, wenn Sissy oder ich mit Christie zu ihm kamen. Er erlaubte ihr, in seinem chaotischen Büro herumzukrabbeln und alles anzufassen. Als sie vierzehn Monate alt war, hob sie Dinge auf, hielt sie hoch und sagte: »Wa?« Wir wußten alle, daß sie damit fragen wollte: »Was ist das?« Randolph hatte große Geduld mit ihr. Mir wurde klar, daß sie der einzige Lichtblick seiner ansonsten finsteren und trübseligen Tage war. Er beantwortete jede ihrer Fragen. Sie konnte Stunden in seinem Büro verbringen und ihn nach jedem einzelnen Gegenstand fragen, von einem Papierbeschwerer bis zu einem kleinen Baseball-Pokal, den er in der High School gewonnen hatte. Er saß da und redete mit ihr, als sei sie zwanzig Jahre alt, und er erklärte ihr bis ins kleinste die Geschichte, die hinter den jeweiligen Dingen steckte, und Christie starrte ihn aus weitaufgerissenen Augen an und saß still da und hörte zu, als verstünde sie alles.

Mr. Dorfman hatte recht gehabt, als er gesagt hatte, das Hotel liefe von allein. Es war, als hätte Großmutter Cutler einen Ball in die Luft geworfen, der seinen ursprünglichen Schwung nutzte, um seinen Flug fortzusetzen. Natürlich nahmen mich die Gäste der Reihe nach einzeln zur Seite, um mir zu sagen, wie sehr sie sie vermißten. Ich mußte ihnen vormachen, daß sie auch mir fehlte. Was mich tatsächlich interessierte und faszinierte, waren manche der Geschichten, die mir die langjährigen Stammgäste über sie erzählten. Einige Gäste kamen seit dreißig oder mehr Jahren in das Hotel.

Die Frau, die sie schilderten, war ganz entschieden ein anderer Mensch. In den Beschreibungen der Gäste kamen immer wieder Adjektive wie »warm« und »liebevoll« vor. Alle redeten von ihren speziellen Bemühungen, ihnen das Gefühl zu geben, sie seien hier zuhause. Eine ältere Dame erzählte mir, nach Cutler's Cove zu kommen, sei, »als besuchte ich meine eigene Familie«. Wie hatte sie diesen Menschen gegenüber ein Gesicht und mir und Mutter gegenüber ein völlig anderes Gesicht aufsetzen können? fragte ich mich.

Trotz meiner Abneigung gegen sie war ich wider Willen fasziniert und verbrachte oft Stunden damit, Papiere in den Aktenschränken durchzublättern und Briefe von Gästen zu lesen oder auch Kopien von Briefen, die sie an Gäste geschickt hatte, und ich suchte nach Anhaltspunkten, um die Frau zu verstehen, die selbst jetzt noch, fast zwei Jahre nach ihrem Hinscheiden, so grauenhaft und bedrohlich vor meinen Augen stand.

Niemand außer Randolph – noch nicht einmal Mrs. Boston – hatte nach ihrem Tod Großmutter Cutlers Zimmer im oberen Stockwerk im Flügel der Familie betreten. Ihre Sachen waren ganz einfach so liegen geblieben, wie sie sie am Tag ihres Todes zurückgelassen hatte – ihre Kleider hingen noch in den Schränken, ihr Schmuck war noch in den Schmuckkästen, ihre Parfüms und Puder standen noch auf ihrer Frisierkommode. Ich konnte nie an der geschlossenen Tür ihres Zimmers vorbeigehen, ohne zu spüren, wie mir ein Schauer über den Rücken lief, und gegen meinen Willen wäre ich gern eingetreten und hätte mir ihre Habe angeschaut. Es war, als faszinierte mich der Teufel. Ich widerstand der Versuchung, solange ich konnte, und dann legte ich eines Tages impulsiv die Hand auf den Türknopf und stellte verwundert fest, daß die Tür abgeschlossen war. Als ich Mrs. Boston danach fragte, sagte sie mir, Randolph wünschte es so.

»Nur er hat einen Schlüssel«, sagte sie, »und mir ist das recht so. Ich möchte dieses Zimmer wirklich nicht betreten«, fügte sie hinzu und schüttelte sich, als löste es schon böse Empfindungen in ihr aus, auch nur über Großmutter Cutlers früheres Zimmer zu reden.

Dabei beließ ich es. Da ich jetzt gezwungen war, im Hotel immer mehr Verantwortung zu übernehmen und die Führung an mich zu reißen, hatte ich viel zu viele andere Sorgen. Das Personal setzte immer mehr Vertrauen in mich, und immer häufiger kamen die Angestellten mit ihren Problemen und Fragen zu mir. Eines Tages kam Mr. Dorfman in mein Büro, in der Absicht, mich dafür zu beglückwünschen, wie gut ich mich in meine Pflichten eingearbeitet hatte.

»Ich habe gehört, wie die Gäste über Sie reden«, sagte er. »Sie sagen, Sie seien sehr warm, sehr sympathisch und Ihrer Großmutter sehr ähnlich.«

Ich starrte ihn an und war nicht sicher, ob mich dieses Kompliment freute.

»Und alle älteren Gäste begeistern sich dafür, daß Sie Christie oft mitbringen. Das gibt ihnen das Gefühl, als seien sie alle ihre Großeltern. Das ist sehr nett von Ihnen und ausgesprochen geschickt noch dazu«, schloß er.

»Christie liebt den Umgang mit Menschen«, sagte ich. »Ich tue es nicht, weil es geschäftsfördernd ist.«

»Das ist gut so. Sie verhalten sich einfach vollkommen natürlich. Mrs. Cutler war genauso – sie hat sich nicht davor gefürchtet, ihre persönliche Welt mit ihren Gästen zu teilen. Genau das hat viel dazu beigetragen, dieses Hotel zu dem zu machen, was es ist – etwas Besonderes –, und das wird es wohl auch weiterhin bleiben.«

»Und wie stehen wir im Moment wirklich da, Mr. Dorfman?« fragte ich.

»Wir kommen gut zurecht«, sagte er. »Wir brechen keine Rekorde, aber wir stehen ziemlich gut da. Meinen Glückwunsch«, fügte er hinzu. »Sie haben sich in der Cutler's Cove Universität fast Ihr Diplom erworben.«

Ich mußte lächeln. Wenn Mr. Dorfman versuchte, einen Scherz zu machen, dann mußte etwas Besonderes vorgefallen sein. Ganz gleich, was ich mir gewünscht hätte und wie ich gern gewesen wäre, das Hotel führte eine Art Eigenleben. War auch das ein Teil von Großmutter Cutlers Erbe, oder war es nur so, daß alles so kam, wie es eben vorausbestimmt war?

Ich blickte zum Porträt meines Vaters auf und spürte wieder einmal seine Blicke auf mir ruhen, doch diesmal schienen sie von Heiterkeit erfüllt zu sein, als sei er in das Geheimnis eingeweiht und koste es aus, daß ich mich danach verzehrte, es ebenfalls kennenzulernen und die Antworten zu erfahren.

Sobald Jimmy erfuhr, wann er entlassen wurde, teilte ich Mutter das Datum unserer Hochzeit mit. Sowie meine Mutter begriff, daß Jimmy und ich wirklich heiraten würden, stürzte sie sich eifrig und aufgeregt auf die Vorbereitungen für unsere Hochzeit und sah darin eine Möglichkeit, sich selbst und alle anderen von den peinlichen Enthüllungen abzulenken, zu denen es gekommen war. Ich staunte darüber, wie unverwüstlich sie zu sein schien. Obwohl sie wußte, daß inzwischen fast das gesamte Hotelpersonal und eine ganze Reihe von Leuten in Cutler's Cove von dem Geheimnis erfahren hatten, das bei der Verlesung der Testamente offengelegt worden war, benahm sie sich nicht wie eine Frau, die auch nur im geringsten einen Skandal verursacht hatte.

Ganz im Gegenteil – Mutter bewegte sich wie eine Prinzessin durch das Hotel, die endlich wieder auf ihrem Thron saß, insbesondere, da Großmutter Cutler nicht mehr bedrohlich über ihr aufragte und sie mit ihren Blicken und Worten in Angst und Schrecken versetzte. Sie verließ sich darauf, daß das Personal es nicht wagen würde, sie auszulachen. Sie glaubte immer noch, sie könnte die neue Königin von Cutler's Cove werden.

Aber für mich war sie ein bemitleidenswertes, erbärmliches Geschöpf geworden, obwohl sie sich nie eleganter gekleidet und schöner ausgesehen hatte. Ihr blondes Haar hatte nie zarter geschimmert, und ihre himmelblauen Augen waren nie kristallklarer gewesen. Sie wirkte keinesfalls bleich und fahl, sondern ihre Wangen waren rosig, ihr Teint zart wie ein Pfirsich. Sie sah aus wie eine wandelnde handbemalte Puppe aus Dresdner Porzellan, wenn sie sich durch das Hotel bewegte und Gäste mit einem Lächeln oder ein paar Sätzen bedachte. Es war, als hätte sie das Gefühl, sie könnte sich gegen hämische Blicke und bösen Klatsch abschirmen, wenn sie noch überschwenglicher und strahlender als sonst auftrat. Sie wollte die Welt mit ihrem Schmuck und ihren schönen Kleidern blenden, mit ihrem wunderbaren Haar und ihrer anmutigen Art.

Und nichts paßte besser in ihren neuesten Plan, als die Rolle der

Brautmutter zu spielen und ein Fest zu inszenieren, mit dem sie alles überbieten wollte, was Cutler's Cove je gesehen hatte. Sie wandelte das Wohnzimmer ihrer Suite in ihr Hauptquartier um, von dem aus sie die Hochzeit arrangierte, organisierte und plante. Hier saß sie auf ihrem blaugemusterten Chintzsessel, hatte die kleinen Hände mit den Handflächen nach unten auf dem schweren dunklen Mahagonigestell liegen und gab sich ganz wie eine Königin, die die Dienstleistenden und die Vertreter begrüßte, die Fotografen, die Drucker und die Innenausstatter. Sie zitierte eine Reihe von ihnen zu sich und ließ sich von ihnen ihre Ideen, ihre Produkte und ihre Preise unterbreiten, und dann fällte sie ihre Entscheidungen wie ein Staatsoberhaupt, das die Zurückgewiesenen zu ihrer Enthauptung schickt. Sowie sie eine Entscheidung für den einen oder den anderen getroffen hatte, war sie für die anderen nicht mehr zu sprechen, selbst telefonisch nicht.

»Weißt du, Dawn«, sagte sie eines Tages zu mir, »ich habe mein Hochzeitskleid noch, und mit ein paar kleinen Änderungen sollte es dir wie angegossen passen. Es würde mich so glücklich machen, wenn du es tragen würdest. Würdest du das für mich tun? Ich versichere dir, daß es sehr elegant ist, sogar nach heutigen Maßstäben noch.«

Es widerstrebte mir, aber schließlich willigte ich ein, weil ich wußte, daß es sie glücklich machen würde. Ich hatte ihr zwar all ihre Lügen und ihre Schwäche nicht verziehen, doch ich gestattete es ihr, das Zeremoniell und den Empfang zu planen. Schließlich mußte ich ihr eins lassen – sie kannte sich in diesen Dingen besser aus als ich. Sie war in der besseren Gesellschaft aufgewachsen. Sie wußte, was als elegant galt; sie kannte die Etikette. Sie wußte, wie man ein entscheidendes gesellschaftliches Ereignis plante, bis hin zu allen Einzelheiten, beispielsweise, wie man die Servietten faltete.

Ich vermute, es kam mir alles ziemlich unwirklich vor, bis sie mich in ihre Suite rief, um mir die Probedrucke unserer Einladungen zu zeigen. Die Karte hatte den Umriß einer Kathedrale, und die

Figuren der Braut und des Bräutigams waren erhaben. Sie hatte entschieden, das Weiß des Brautkleids sei eine elegante Farbe. Ich schlug die Einladung langsam auf und las:

Mr. und Mrs. Randolph Cutler
geben sich die Ehre, Sie zur Hochzeit
ihrer Tochter Dawn mit James Gary Longchamp
am Samstag, dem 26. Mai, um 11 Uhr
im Cutler's Cove Hotel einzuladen
Anschließender Empfang

Mutter schaute mir ins Gesicht, weil sie sehen wollte, wie ich darauf reagierte, daß sie Randolphs Namen aufgeführt und ihn damit als meinen Vater ausgewiesen hatte. Der arme Randolph glaubte das in seiner Verwirrung wahrscheinlich immer noch, dachte ich. Und er und Mutter bezahlten die Hochzeit.

In den Wochen vor meiner Hochzeit hielt Mutter praktisch täglich Zusammenkünfte mit den Mitarbeitern des Hotels ab, die für verschiedene Aspekte des Ereignisses zuständig sein würden: Nussbaum, der Küchenchef, Norton Green, der Oberkellner, Mr. Stanley und andere. Oft hörte ich sie darüber klagen, wie oft sie sich alles wieder anders überlegte und sich für neue Horsd'œuvres bei der Cocktailparty und für einen anderen Hauptgang beim Diner entschied und dann wieder zu ihren ursprünglichen Ideen zurückkehrte – kurz gesagt, sie klagten darüber, wie unnötig schwer es »die kleine Mrs. Cutler« allen machte.

Es amüsierte mich, daß das Personal von Mutter selbst nach Großmutter Cutlers Tod noch als der »kleinen Mrs. Cutler« sprach. Was das Hotelpersonal anging, würde sie nie aus Großmutter Cutlers Schatten hervorkommen, die ständig gegenwärtig war, wenn Mutter sich im Hotel auch noch so auffällig benahm.

Randolph war bei alledem zu wenig oder nichts zu gebrauchen. Er hatte sich nie wirklich von seiner tiefen Melancholie erholt, in die er nach Großmutter Cutlers Tod gestürzt war. Eines Abends glaubte ich, als ich an Großmutter Cutlers früherem Zimmer vorbeikam, ein Weinen von drinnen zu vernehmen, und ich blieb stehen und lauschte. Ich war sicher, daß es ganz nach Randolph klang, und ich klopfte leise an. Das Weinen hörte auf, aber er kam nicht an die Tür. Und doch war mir nicht klargeworden, wie schlimm es um ihn stand, bis er mich eines Tages aufsuchte.

Ich arbeitete im Büro. Ich hörte ein zartes Klopfen, und als ich aufblickte, sah ich, daß Randolph zögernd die Tür öffnete und hereinspähte.

»Oh, hier bist du. Ich dachte mir, daß ich dich hier vielleicht finden könnte. Bist du sehr beschäftigt?« fragte er.

»Beschäftigt? Nein«, sagte ich lächelnd. »Was ist?«

»Ach, nichts Ernstes«, sagte er und trat schnell ein. Er hatte eine Papiertüte an seine Brust gedrückt. »Aber ich habe mich ganz genau damit auseinandergesetzt, und du hast recht gehabt«, sagte er.

»Ich hatte recht? Womit hatte ich recht?« Ich lehnte mich zurück, und ein verwirrtes Lächeln stand auf meinem Gesicht. Randolphs Ausdruck war der eines aufgeregten kleinen Jungen, der gerade eine Kiste Spielzeugsoldaten auf dem Dachboden gefunden hat.

Er kippte die Tüte aus, und etwa ein halbes Dutzend Päckchen Büroklammern fielen heraus.

»Was ist damit?« fragte ich, als er zurückgetreten war und lächelte, als hätte er bereits mit dem bloßen Ausleeren der Tüte Großes geleistet.

»Es ist genauso, wie du gesagt hast. Du hattest recht, was diese Leute angeht. Sie betrügen uns im kleinen. Weißt du, was ich festgestellt habe?« sagte er und deutete auf die Behälter mit den Büroklammern. »Jedes dieser Päckchen soll angeblich hundert Büroklammern enthalten, aber in jedem, das ich bisher gezählt habe, haben fünf oder sechs Stück gefehlt. Fünf oder sechs! Und wir bestellen sie kistenweise. Ist dir klar, um wie viele Büroklammern man uns betrügt?«

»Randolph, ich habe nie...«

»Nach unserer Diskussion, die wir kürzlich miteinander hatten, wußte ich, daß du sehr froh sein wirst, wenn du das hörst«, sagte er.

»Nach unserer Diskussion?« sagte ich. »Nach welcher Diskussion?« Er zuckte mit keiner Wimper. Statt dessen fing er an, die Päckchen wieder in die Papiertüte zu stecken. Dann schloß er die Tüte, trat zurück und schaute mich an wie ein Erstkläßler, der gerade das schwierigste Wort im Rechtschreibwettbewerb buchstabiert hat. Ich spürte, daß er eine lobende Äußerung von mir erwartete, aber ich wußte nicht, was ich hätte sagen können.

»Randolph, es tut mir leid, aber ich weiß wirklich nicht, wovon du sprichst.«

»Ach, ja, was mir dabei wieder einfällt«, sagte er, denn er mußte andere Worte gehört haben. »Ich habe angefangen, mir die Metzgerrechnungen anzusehen, und ich habe den Verdacht, du könntest auch in diesem Punkt recht haben.« Er griff in seine Tasche und zog einen kleinen Packen Rechnungen heraus, die so alt waren, daß ihre Ränder schon vergilbt und brüchig waren. »Die Fleisch- und die Geflügelhändler haben uns nicht den Mengenrabatt gegeben, den sie uns zugesichert haben. Ich weiß noch nicht ganz genau, um wieviel man uns geprellt hat, aber ich bin der Sache auf der Spur. Bis zum Wochenende kann ich dir die Zahlen vorlegen. Und dann setzen wir uns gehörig mit ihnen auseinander, was? Also gut, ich werde deine Zeit jetzt nicht noch länger beanspruchen, Mutter«, sagte er und wandte sich ab, um zu gehen.

»Mutter?«

Er blieb in der Tür stehen und drehte sich noch einmal um.

»Wir sehen uns dann beim Abendessen, Mutter«, sagte er noch, ehe er ging.

Ich lehnte mich total verblüfft auf meinem Stuhl zurück. Er weigerte sich nicht nur, Großmutter Cutlers Tod zu akzeptieren; er bildete sich ein, sie sei noch am Leben. Aber daß er mich anschaute und glaubte, ich sei sie! Lag es lediglich daran, daß ich in diesem

Büro auf dem Stuhl saß? Es war gespenstisch, ganz so, als könnte Großmutter Cutler aus dem Reich der Toten immer noch ihren Einfluß auf alles geltend machen. Ich beschloß, Mutter begreiflich zu machen, wie ernst das Problem mit Randolph war.

Ich verließ das Büro und ging durch die Lobby zu ihrer Suite, um mit ihr zu reden. Randolph stand an der Rezeption und sprach mit jemandem, als er mich durch den alten Teil des Hotels kommen sah. Er winkte und kam auf mich zu. Was würde er jetzt wohl tun und sagen? fragte ich mich. Und noch dazu vor so vielen Leuten?

»Hallo«, sagte er, und seine Stimme war lockerer und ganz anders als die, mit der er in meinem Büro mit mir geredet hatte. »Clara Sue hat mir gerade erzählt, daß das Datum für die Hochzeit festgesetzt worden ist.«

Ich starrte ihn an. Er sah in mir die, die ich wirklich war. Aber wie konnte er eine so schnelle und dramatische Kehrtwendung machen? Ich warf einen Blick zurück auf Großmutter Cutlers Büro. Fröstelnd zuckte ich zusammen. Weilte ihr Geist tatsächlich noch dort?

»Bist du denn nicht aufgeregt?« fragte Randolph, als ich nicht augenblicklich auf das von ihm Gesagte einging.

»Doch«, antwortete ich leise, aber ich erschrak unwillkürlich darüber, wie schnell sich der Ausdruck in seinen Augen ändern konnte, als schaltete er ein Gefühl ab und ein anderes ein, wie man einen Wasserhahn auf- und zudreht.

»Wie schön. Mutter liebt große Gesellschaften. Es wird eine Hochzeit wie keine andere, soviel steht fest. So, aber jetzt sollte ich mich lieber wieder an die Arbeit machen. Ich habe Mutter versprochen, einiges für sie zu erledigen«, sagte er. »Es ihr versprochen...«

Ich schaute ihm nach, als er auf sein Büro zueilte. Dann begab ich mich direkt zur Suite meiner Mutter und störte sie bei einer Besprechung mit einem Innenausstatter. Sie wollte etwas Besonderes für den Empfang nach der Trauungszeremonie im Ballsaal haben.

»Ich muß sofort mit dir reden«, begann ich. »Es tut mir leid«, sagte ich zu dem Dekorateur, »aber es handelt sich um eine ziemlich dringende Angelegenheit.«

»Natürlich.« Er packte seine Muster zusammen und ging sofort.

»Was ist los, Dawn?« fragte Mutter ungeduldig, sowie der Mann gegangen war. »Ich war mitten in einer sehr wichtigen Besprechung, und mein Terminplan ist heute sehr eng.«

»Ich bin sicher, daß das alles warten kann. Mutter, warum hast du nichts wegen Randolph und seines merkwürdigen Benehmens unternommen?« fragte ich anklagend.

»Ach, das«, sagte sie und winkte ab. »Was kann ich schon tun? Und überhaupt, warum sollten wir uns ausgerechnet jetzt Sorgen darüber machen, wenn wir gerade so viel anderes zu tun haben?« wollte sie wissen und riß die Augen weit auf.

»Weil sich sein Zustand verschlimmert«, erwiderte ich und schilderte ihr, was sich gerade in Großmutter Cutlers Büro abgespielt hatte, und ich erzählte ihr, was er zu mir gesagt hatte. Sie seufzte.

»Er will den Tod seiner Mutter einfach nicht akzeptieren oder sich auch nur damit auseinandersetzen. Ich habe wiederholt mit ihm darüber gesprochen, aber er hört nicht, was ich sage, oder er will es nicht hören.« Sie kniff die Lippen zusammen und schüttelte den Kopf. Dann seufzte sie. »Für den Moment werden wir ihn wohl einfach ignorieren müssen, Dawn. Er wird sicher bald wieder zu sich kommen.«

»Es ignorieren? Wie könnte man ihn ignorieren? Du solltest dafür sorgen, daß ein Arzt nach ihm sieht«, schlug ich vor.

»Wozu? Er vermißt eben einfach seine hochgeschätzte Mutter«, sagte sie bitter. »Was kann ein Arzt für ihn tun? Er kann sie ihm nicht zurückgeben. Gott sei Dank nicht«, fügte sie fast tonlos hinzu.

»Aber irgend etwas muß für ihn getan werden. Sein Zustand wird sich nur noch mehr verschlimmern«, beharrte ich. »Das Personal kann ihn eine Zeitlang aufheitern, aber sein Verhalten ist nicht natürlich, nicht normal. Er hat dunkle Ringe unter den Augen, und er hat so viel abgenommen, daß seine Kleider nur noch an ihm runterhängen. Ich kann nicht glauben, daß du nicht bemerkt hast, wie ernst das alles geworden ist.«

»Er wird sich mit der Zeit schon wieder fangen«, erwiderte sie unterkühlt.

»Nein, eben nicht«, beharrte ich. Ich stand direkt vor ihr und hatte die Arme in die Hüften gestemmt.

»Also gut«, sagte sie schließlich, als ich nicht von der Stelle wich, »wenn es ihm nicht bald besser geht, werde ich Dr. Madeo bitten, einmal nach ihm zu sehen. Bist du jetzt zufrieden?«

»Man sollte glauben, du solltest diejenige sein, die sich Sorgen macht, Mutter. Er ist in Wirklichkeit nicht mein Vater, aber er ist dein Ehemann.«

»O Dawn, fang bitte bloß nicht wieder damit an«, bat sie und schlug sich in einer dramatischen Geste eine Hand auf die Stirn. »Wir haben im Moment so viel zu tun. Schick mir den Dekorateur bitte wieder rein.«

Ich erkannte, daß es zwecklos war, dieses Gespräch noch länger weiterzuführen. Wenn sie den Vogel Strauß spielen und den Kopf in den Sand stecken wollte, dann sollte sie es von mir aus tun. Sie sah und hörte nur, was sie sehen und hören wollte. So hatte sie ihr Leben bis heute geführt, und nichts, was passiert war oder noch passieren würde, würde sie jemals ändern. Ich schüttelte angewidert den Kopf und überließ sie den Vorbereitungen und der Planung meiner Hochzeit.

Mr. Updike legte Mutter eine Liste von bedeutenden Gästen vor, die wir einladen mußten. Er gab ihr und auch mir auf subtile Art zu verstehen, daß die Hochzeit dazu dienen würde, mich gesellschaftlich einzuführen, und das Fest ein Äquivalent eines Debütantinnenballs für mich sein würde. Ich sollte der High Society von Virginia offiziell vorgestellt werden. Mutter zögerte nicht, seine Worte zu benutzen, um die Bedeutung all dessen zu betonen, was sie bereits getan hatte und noch tat. Die Cutlers waren auf unerwünschte Art und Weise in Verruf geraten, und wir mußten der Welt zeigen, daß wir nach wie vor eine der elegantesten und kultiviertesten Familien Virginias waren. Das Hotel war für die Wohlhabenden und die Einflußreichen, die den größten Teil der Hochzeitsgäste ausmachten, ein reizvoller Aufenthaltsort für ihren Urlaub, und das würde es auch immer bleiben.

Jimmy und ich hatten der Liste selbst nur wenige Namen hinzuzufügen. Ich schickte Trisha, meiner besten Freundin von der Sarah-Bernhardt-Schule, eine Einladung und bat sie, meine Brautjungfer zu sein. Wir schickten eine Einladung an Daddy Longchamp, aber er rief an, sowie er sie erhalten hatte, um uns mitzuteilen, daß er vermutlich nicht kommen könne, da seine neue Frau Edwina wieder schwanger war und es zu ernstlichen Komplikationen gekommen war.

»Schon wieder schwanger«, wiederholte Jimmy. Es war für uns beide eine schockierende Vorstellung, daß Daddy Longchamp mit einer neuen Ehefrau eine vollständig neue Familie gründen könnte. Edwina hatte bereits etwa einen Monat vor Christies Geburt einen Jungen geboren, den sie Gavin genannt hatten. »Ich hatte gehofft, du würdest mein Trauzeuge sein, Dad«, sagte Jimmy zu ihm.

»Ich hasse es, Versprechungen zu machen, die ich nicht halten kann, Jimmy. Wenn ich es schaffe, werde ich kommen, aber wenn es Edwina bis dahin nicht wesentlich besser geht, muß ich bei ihr bleiben. Das verstehst du doch, oder nicht, mein Sohn?«

»Ja, Dad«, sagte Jimmy, aber nachdem er aufgelegt und mir von dem Gespräch berichtet hatte, sah ich deutlich, daß Jimmy ihn nicht verstand. Keiner von uns beiden verstand eine Welt, in der wir mit dem Glauben aufgewachsen waren, zwei Menschen seien unsere Eltern und wir seien Geschwister, um dann zu erfahren, daß beides nicht der Fall war. Keiner von uns beiden verstand eine Welt, in der wir beide praktisch über Nacht neue Familien erben konnten. Und keiner von uns beiden konnte sich von der Erinnerung an Momma Longchamp loslösen und sich Daddy Longchamp mit einer neuen Frau und einer neuen Familie vorstellen. Ich vermute, in der Hinsicht unterschieden wir uns nicht allzusehr von Randolph – wir klammerten uns an die Dinge, die wir geliebt hatten und die uns kostbar waren, und wir sperrten uns dagegen, Veränderungen anzuerkennen, und versuchten verzweifelt, sie von uns zu weisen. Nur konnten wir nicht in eine ganz private Welt abgleiten. Wir mußten unser Leben weiterführen.

Zwei Wochen vor der Hochzeit kam Philip für ein Wochenende aus dem College. Ich war oben und zog Christie gerade einen ihrer kleinen Matrosenanzüge an, als Philip eintraf.

»Du machst den Eindruck, als tätest du das schon seit vielen, vielen Jahren«, sagte Philip, der in der Tür stand. Ich hatte ihn nicht durch den Korridor kommen gehört. Er trug ein dunkelblaues Jakkett, eine gestreifte Krawatte und khakifarbene Hosen, und er hatte die Nadel seiner Studentenverbindung am Revers stecken. Sein Gesicht war noch von den Aktivitäten seiner Rudermannschaft gebräunt, und dadurch wirkten seine blauen Augen noch betörender.

»Ich habe langjährige Erfahrungen gemacht, Philip. Hast du Randolph schon gesehen?« fragte ich eilig.

»Nein, noch nicht. Mutter hat mir alles über ihre Pläne für die Hochzeit erzählt, und anschließend bin ich direkt hergekommen, um dir und Jimmy Glück zu wünschen und zu fragen, ob ich irgendwie behilflich sein kann.«

»Behilflich?« Ich schüttelte den Kopf. »Du solltest dir die allergrößten Sorgen um deinen Vater machen«, betonte ich noch einmal. »Er benimmt sich wirklich äußerst merkwürdig.«

»Ich weiß. Mutter hat mir einiges darüber berichtet. Darf ich reinkommen?« fragte er. Er stand immer noch in der Tür.

»Von mir aus«, sagte ich, ohne mein Mißvergnügen und meine Abwehr zu verbergen.

Er trat schnell an meine Seite und schaute auf Christie hinunter.

»Hallo, Christie«, sagte er.

Sie sah zu ihm auf, als ich ihr das Haar bürstete.

Christie hatte helle forschende Augen und sah Menschen, an die sie nicht gewöhnt war, immer neugierig an.

»Das ist Philip«, sagte ich. »Kannst du schon ›Philip‹ sagen?«

»Sie spricht schon?« fragte er mich überrascht.

»Natürlich redet sie. Sie ist fast zwei Jahre alt, und wenn sie will, plappert sie unermüdlich ›Philip‹ «, wiederholte ich. Sie schüttelte den Kopf. »Sie macht sich einen Spaß mit uns«, sagte ich.

»Sie ist wunderschön. Ganz wie die Mutter«, fügte er hinzu. Ich sah zu ihm auf und trug Christie dann zu ihrem Laufställchen. Sobald ich sie hineingesetzt hatte, krabbelte sie sofort zu ihrem Xylophon und spielte ein paar Töne; gelegentlich blickte sie auf, weil sie wissen wollte, ob ihr Vortrag Philip gefiel.

»Das ist ja toll«, sagte er und klatschte. Sie lachte ihn an und spielte weiter.

»Ganz im Ernst, Philip«, sagte ich, »du solltest darauf bestehen, daß etwas für Randolph getan wird. Er hat viel zuviel abgenommen, er hat dunkle Ringe unter den Augen, und er tut nichts für sich. Er läuft sogar ausgesprochen ungepflegt herum und benimmt sich ungewöhnlich. Er hat sein Äußeres nie vernachlässigt. Und jetzt macht er sich vor, Großmutter Cutler sei noch am Leben. Er hat mich sogar schon für sie gehalten.«

»Er ist in einer depressiven Phase«, sagte Philip beiläufig und zuckte mit den Achseln. »Er wird sich bald wieder gefaßt haben.«

»Das glaube ich nicht«, sagte ich, und seine Haltung erboste mich. »Aber ich werde dir nicht damit auf die Nerven fallen.«

»Tja, man muß eben schon für Kleinigkeiten dankbar sein«, sagte er und zwinkerte mir zu.

»Du wirst dich niemals ändern, Philip. Du bist Mutter zu ähnlich: absolut egoistisch.«

Er lachte. »Ich bin nicht gekommen, um mich mit dir zu streiten, Dawn. Ich möchte mich nie wieder mit dir streiten. Ich erwarte nicht, daß du mir alles verzeihen kannst, was ich in der Vergangenheit zu dir gesagt und was ich dir angetan habe, aber...«

»Nein«, sagte ich eilig, »das kann ich wirklich nicht.«

»Aber ich hoffe, daß ich wenigstens deine... deine Freundschaft zurückgewinnen kann. Ich möchte sie mir verdienen, wirklich.«

Ich drehte mich zu ihm um und sah ihn an. Auf seinem Gesicht stand ein reumütiger Ausdruck, das Funkeln war aus seinen Augen verschwunden, und sein Mund war angespannt.

»Was willst du, Philip?« fragte ich.

»Noch eine Chance. Vielleicht eine Chance, mich dir gegenüber wie ein Bruder zu verhalten. Für den Anfang würde ich mich gern aktiv an deiner Hochzeit beteiligen«, sagte er.

»Dich aktiv an meiner Hochzeit beteiligen? Das verstehe ich nicht. Wie sollte das aussehen?«

»Na ja, Mutter hat mir gesagt, daß Ormand Longchamp nicht kommen und Jimmys Trauzeuge sein kann. Ich habe mir überlegt – ich meine, ich hatte gehofft, vielleicht könnte ich...«, sagte er.

»Du willst Jimmys Trauzeuge sein?«

»Natürlich würde ich darin eine große Ehre sehen«, sagte er, und sein Gesicht drückte Ernst und Aufrichtigkeit aus. »Ich weiß, daß Jimmy nicht einwilligen wird, solange du nicht zustimmst.«

»Auch wenn es mir recht ist, kann es sein, daß er nicht einwilligt«, entgegnete ich.

»Ich will doch nur normale familiäre Beziehungen zwischen uns herstellen«, betonte er.

»Normale familiäre Beziehungen?« Fast hätte ich gelacht. »Ich weiß nicht einmal mehr, was das bedeutet.«

»Trotzdem wünsche ich es mir«, beharrte er.

Ich musterte ihn eingehend. Meinte er es wirklich aufrichtig? Vielleicht hatte auch er all den Lug und Trug satt, hatte genug von den Täuschungen und Konflikten. Vielleicht sehnte auch er sich nach der Art von Familie, die so viele Menschen als selbstverständlich voraussetzen, die aber für die Cutlers anscheinend außer Reichweite war. Er wirkte älter, klüger, ruhiger. Ich war sicher, daß die Enthüllungen und das Nachspiel nach dem Verlesen der Testamente auch auf ihn traumatische Wirkungen gehabt hatten. Schließlich hatte er erfahren, daß sein Großvater mit seiner Mutter geschlafen hatte. Das war nicht gerade etwas, worauf man stolz sein konnte. Den Cutlers stand noch viel bevor, wenn sie den Respekt und die Bewunderung der Welt, in der sie lebten, zurückgewinnen wollten. Vielleicht kam es jetzt auf uns an – auf die nächste Generation.

»In Ordnung, Philip«, sagte ich. »Ich werde mit Jimmy darüber reden.«

»Prima«, sagte er und setzte sich. »Soweit ich gehört habe, hast du dich wirklich auf die Hotelbranche verlegt und die Leitung übernommen.«

»Ich bin noch am Lernen, aber es stimmt, daß ich von Tag zu Tag mehr übernehme, ja«, erwiderte ich stolz.

»Wenn ich mein Studium abgeschlossen habe, plane ich, zurückzukommen und dir bei der Hotelführung zu helfen. Ich habe ein paar großartige Ideen, wie sich manche Veränderungen durchführen lassen, um die Dinge zu modernisieren und das Geschäft auszuweiten«, sagte er.

»Wir müssen immer daran denken, daß wir ein altes, etabliertes und renommiertes Hotel führen, Philip, und wir beherbergen einen klar definierten Kundenkreis, der erwartet, daß gewisse Dinge bleiben, wie sie sind und wie sie immer waren«, erwiderte ich. Philip riß die Augen weit auf.

»Einen Moment«, sagte er, »hat es genauso geklungen, als stünde Großmutter Cutler vor mir.«

»Ich glaube kaum, daß ich je so klingen werde«, fauchte ich ihn an, denn seine Äußerung gefiel mir überhaupt nicht.

»Das weiß man nie«, sagte Philip und stand auf. »Großmutter Cutler hat aus dem Hotel das gemacht, was es heute ist, und wenn du die Dinge nicht änderst, werden sie dich verändern«, sagte er prophetisch.

»Das werden wir ja sehen.« Hatte Philip recht? Lag ich immer noch im Kampf mit Großmutter Cutler, selbst noch nach ihrem Tod? Er lächelte.

»So, ich werde jetzt meinen Vater aufsuchen und sehen, was ich für ihn tun kann. Darf ich mich dir und Jimmy heute beim Abendessen anschließen? Ich fahre morgen ins College zurück, und vor der Hochzeit werden wir nicht mehr allzuviel Zeit miteinander haben«, erklärte er.

»Ja, du kannst mit uns zu Abend essen«, sagte ich.

»Danke.« Er ging zur Tür. »Ach, noch etwas«, sagte er. »Fast hätte ich es vergessen. Ich habe im College jemanden kennengelernt. Sie heißt Betty Ann Monroe. Wir sind im College gewissermaßen ein Gesprächsthema, wenn du verstehst, was ich meine. Ich schenke ihr nächste Woche meine Anstecknadel von der Studentenverbindung, und das entspricht im College sozusagen einer Verlobung.«

»Herzlichen Glückwunsch.«

»Ich glaube, du wirst sie sehr gern mögen. Sie ist intelligent und sehr einfühlsam.«

»Das freut mich für dich, Philip. Ich freue mich darauf, sie eines Tages kennenzulernen«, sagte ich. Es freute mich wirklich sehr zu hören, daß er Interesse an einem Mädchen gefaßt hat. Es gab meiner Hoffnung neuen Auftrieb, er könnte sich vielleicht wirklich ändern. Vielleicht war das, was er vorgeschlagen hatte – normale familiäre Beziehungen –, doch nicht ganz und gar außerhalb unserer Reichweite.

»Ich danke dir.« Er trat näher. »Dawn, ich ... also, ich hoffe, was zwischen uns passiert ist, läßt sich doch noch irgendwie begraben und ...«

»Ich werde es niemals jemandem erzählen, Philip, wenn es das ist, was du meinst«, sagte ich. Genau das meinte er. Er wirkte augenblicklich erleichtert. »Ich schäme mich selbst viel zu sehr«, fügte ich noch hinzu, und das Lächeln schwand von seinem Gesicht.

»Tja, also, jetzt sehe ich am besten mal nach meinem Vater. Wir treffen uns dann beim Abendessen«, sagte er und verließ eilig mein Zimmer.

Als Jimmy ein Weilchen später nach oben kam, berichtete ich ihm, worum mich Philip gebeten hatte. Ich hatte Jimmy nie erzählt, daß Philip mich vergewaltigt hatte. Damals hatte ich mich gefürchtet, ihm zu sagen, was Philip getan hatte, und je mehr Zeit verging, desto weiter hatte ich die Erinnerung daran, wie Philip unter der Dusche über mich hergefallen war, zurückgedrängt, und ich hoffte nur, sie würde für immer tief unten in meinem Gedächtnis begraben bleiben.

»Er will also Trauzeuge sein? Also, das ist sehr nett von ihm. Ich denke, es geht in Ordnung, wenn es dir recht ist.« Er sah mich verstohlen an. Wußte er etwas? Hatte er es irgendwie gespürt? Natürlich erinnerte er sich noch daran, daß Philip damals in der Emerson-Peabody-Schule mein Freund gewesen war, aber das war zu Zeiten gewesen, ehe Philip und ich entdeckt hatten, daß wir miteinander verwandt waren.

»Er will dein Treuzeuge sein, Jimmy. Die Entscheidung muß bei dir liegen«, erwiderte ich und senkte schnell die Lider.

»Er ist immer noch in dich verknallt, stimmt's, Dawn?« fragte Jimmy behutsam.

»Das glaube ich nicht, Jimmy«, sagte ich und berichtete ihm von Betty Ann Monroe.

»Hm«, sagte Jimmy nachdenklich. »Wir werden ja sehen. Ich denke, im Moment ist es richtig, wenn wir Freunde werden. Schließlich ist er mein künftiger Schwager, und diese Zukunft naht doch reichlich schnell.« Jimmy küßte mich und wollte duschen gehen.

»Ach, noch etwas«, sagte er. »Etwas ganz Seltsames. Randolph ist vorhin in die Werkstatt gekommen und hat mich nach unserem Inventar an Schrauben und Nägeln gefragt. Ich glaube, er hat ernstlich vor, sie alle zu zählen. Kannst du dir das vorstellen?«

Ich erzählte Jimmy, was sich zwischen mir und Randolph abgespielt hatte, und ich schilderte ihm auch mein Gespräch mit meiner Mutter über dieses Thema.

»Es sollte ziemlich schnell etwas für ihn getan werden«, sagte er. »Das Ganze ist eine sehr traurige Geschichte.«

Jimmy brachte Randolph mehr Mitgefühl und Sorge entgegen als sein eigener Sohn und seine Ehefrau, dachte ich. Das war das eigentlich Traurige an der ganzen Geschichte.

Während Jimmy unter der Dusche stand, läutete das Telefon. Es war Trisha. Sie war ganz aufgeregt über meine Hochzeit und hatte mir jede Menge Klatsch über die anderen Schülerinnen der Sarah-Bernhardt-Schule zu berichten, aber auch über Agnes Morris, unsere Hausmutter.

»Agnes hat sich eigentlich überhaupt nicht verändert«, sagte sie. »Sie gebärdet sich noch dramatischer denn je, und sie schminkt sich noch stärker als früher. Ach ja, und Mrs. Liddy hat nach dir gefragt und sich sehr über die guten Nachrichten gefreut. Sie läßt dich ganz herzlich grüßen«, sagte Trisha.

»Mrs. Liddy. Sie fehlt mir wirklich. Sie war so nett zu mir. Vielleicht werde ich sie eines Tages einladen, ein Wochenende in Cutler's Cove zu verbringen«, sagte ich. »O Trish, ich freue mich so sehr darauf, dich endlich wiederzusehen.«

»Mir geht es genauso.« Einen Moment lang trat ein kurzes, drükkendes Schweigen ein. Ich wußte, daß sie mir etwas zu sagen hatte. »Wir haben Neuigkeiten über Michael Sutton gehört«, gestand sie dann, »aber ich bin nicht sicher, ob du sie wirklich hören willst.«

»Ich habe nichts dagegen«, sagte ich eilig. »Worum geht es?«

»Ach, in den Zeitschriften steht immer viel Klatsch über seine Romanzen, aber er hat in einem neuen Musical, das in London uraufgeführt wird, eine Hauptrolle bekommen, und die Vorbesprechungen der Kritiker waren voll des Lobs.«

»Das freut mich für ihn«, sagte ich eilig.

»Ich finde ihn abscheulich, weil er dir das angetan hat«, fauchte Trisha.

»Ich möchte nicht, daß du dir über diese Zeiten noch Gedanken machst, Trish. Ich bin jetzt sehr glücklich, und ich habe Christie. Das ist alles, was wirklich zählt. Michael hat absolut keinen Platz mehr in meinem Leben. Sieh mal, wenn du heute mit mir über ihn sprichst, dann geht mir das gar nicht mehr nah«, log ich. In meinem tiefsten Herzen würde ich niemals vergessen, wie sehr mich Michael getäuscht und im Stich gelassen hatte. Ich hatte ihn so sehr geliebt, doch meine Liebe hatte ihm nichts bedeutet.

»Das freut mich. Glaubst du, daß du je wieder singen wirst, Dawn?« fragte sie.

»Ich hoffe, daß es eines Tages dazu kommen wird. Im Moment habe ich mit Christie und dem Hotel schon viel zuviel zu tun.«

»Ich kann es nicht erwarten, das Baby zu sehen. Wem von euch sieht sie ähnlicher?«

»Sie hat gewisse Züge von Michael, aber im Moment sieht sie mir ähnlicher«, sagte ich und fügte damit noch eine neue Lüge hinzu, wenn ich bedachte, wie oft ich in Christie Michael sah und wie sehr es mich verletzte, wenn alte Erinnerungen wieder durch meinen Kopf spukten, ehe ich sie gewaltsam verbannen konnte.

»Ich muß mich jetzt in Bewegung setzen«, sagte Trisha. »Ich habe Unmengen von albernem Krimskrams zu erledigen. Wir sprechen uns bald wieder. Tschüs.«

»Tschüs, Trish.«

Ich saß einen Moment mit dem Hörer in der Hand da. Trishas Stimme verklang in meinem Gedächtnis, als würde ein Blatt vom Wind davongetragen und kleiner und immer kleiner, bis es ganz außer Sichtweite war.

Früher einmal war ich jung und unschuldig und voller Träume gewesen. Ein Lächeln trat auf mein Gesicht, als ich mich daran erinnerte, wie ich ganz frisch in New York angekommen war und mich vor dem Verkehr und den Menschen und den hohen Häusern fürchtete und nicht wußte, wie ich auf die exzentrische alte Schauspielerin Agnes Morris reagieren sollte, die unser Wohnheim leitete.

Und dann war Trisha in mein Leben geplatzt und hatte mich mit all diesen aufregenden Dingen in Berührung gebracht, mir das Nachtleben gezeigt, die Cafés, die Geschäfte und Museen und das Theater. Sie war mitgekommen, als ich bei Michael Sutton vorgesungen hatte, der sich nur ein paar wenige glückliche Schülerinnen für seinen Stimmunterricht aussuchte. Trisha und ich hatten an jenem Morgen vor Freude gequietscht und waren Hand in Hand über die Bürgersteige und die Straßen gelaufen, und unsere Herzen hatten wie verrückt geklopft.

Und dann sahen wir ihn. Er sah aus, als sei er vom Titelblatt einer Starkultzeitschrift gestiegen. Ich würde nie vergessen, wie leicht mir ums Herz wurde, als er sich umdrehte, um mich anzusehen, und als unsere Blicke sich trafen. Es hingen so viele Versprechungen zwischen uns in der Luft, und man brauchte nur nach ihnen zu greifen und sie auszukosten. Wir hatten eine traumhafte Romanze, die Form von Romanze, wie sie in Liedern besungen und in Geschichten dargestellt wird. Welche Musik wir hervorbrachten, wenn wir zusammen sangen!

Selbst jetzt konnte ich seine Stimme noch hören.

»He«, sagte Jimmy, der aus dem Bad kam und sich in ein Handtuch gewickelt hatte. »Warum sitzt du mit dem Hörer in der Hand da und lächelst? Ist jemand am Telefon?«

»Ach...« Ich sah den Hörer an, als merkte ich gerade erst, daß ich ihn in der Hand hielt. »Trisha hat eben angerufen«, erklärte ich eilig. »Sie ist ganz aufgeregt wegen der Hochzeit.«

»Schön.« Jimmy starrte mich an. »Ist alles in Ordnung mit dir?«

»Ja«, hauchte ich matt und legte den Hörer auf die Gabel. »Nein«, sagte ich und schaute zu ihm auf. »O Jimmy, nimm mich in die Arme und halt mich fest, als ob es das letzte Mal wäre.«

Er kam schnell zu mir und umarmte mich. Ich preßte meinen Kopf an seine kühle Brust, und er küßte mich aufs Haar.

»Sag so etwas nicht«, sagte er. »Wir haben noch einen langen Weg vor uns, ehe ich dich zum letzten Mal in meinen Armen halte.«

Seine Worte sollten wie warme, sanfte Regentropfen sein, die wohltuend wirken. Aber ich kam mir vor, als säße ich da und hätte das Gesicht an eine Fensterscheibe gepreßt, während die Tropfen wie Tränen über das Glas strömten.

Dennoch hob ich mein Gesicht, damit sein Mund meine Lippen finden und mich mit Hoffnung erfüllen konnte.

4

Mein Hochzeitstag

Als Jimmys und mein Hochzeitstag näherrückte, entstand im Hotel eine Atmosphäre gebannter Spannung. Die Aufmerksamkeit aller wurde ganz von den Vorbereitungen in Anspruch genommen. Ich kam mir vor, als ginge ich auf Wolken oder schritte über eine gigantische Bühne. Ich spürte ständig, wie mich die Leute anstarrten, und ich sah sie lächeln. Mein Herz flatterte jetzt ständig, und ich litt zeitweilig an Schwindelgefühlen und Benommenheit. Wenn diese Anfälle kamen, konnte ich mich nur noch hinsetzen und versuchen, mich wieder zu beruhigen.

Das einzige unerfreuliche Ereignis, zu dem es kam, war, als Mutter sich bei mir über Clara Sues Probleme in der Schule beklagte. Ich wußte, daß Clara Sue vor Eifersucht platzte. Jedesmal wenn sie zuhause anrief, redeten Mutter und alle anderen über nichts als die Hochzeit. Sie fand es gräßlich, daß all diese Aufmerksamkeit mir galt. Sogar Philip war jetzt schon ganz aufgeregt, und das sagte er ihr, als er mit ihr redete. Sie weigerte sich, nach Hause zu kommen, und statt dessen handelte sie sich immer größeren Ärger ein.

Mutter kam in mein Zimmer gestürzt, während ich Christie schlafen legte. Es war Sissys freier Abend.

»Ich weiß nicht, was ich tun soll«, rief sie aus. Sie rang das Taschentuch in den Händen und lief auf und ab. »Mrs. Turnbell hat schon zweimal angerufen. Clara Sue läßt in allen Fächern nach und stört häufig im Unterricht. Sie verursacht im Schlafsaal Aufruhr, mißachtet die Ausgangssperre und... und sie ist mit zwei anderen Mädchen in ihrem Zimmer dabei erwischt worden, daß sie geraucht und Whiskey getrunken haben.

Und jetzt«, fuhr Mutter schnaufend fort und ließ sich auf einen Stuhl fallen, als sei sie im Anfangsstadium eines Herzinfarkts, »hat man sie allein mit einem Jungen in seinem Zimmer im Jungenwohnheim ertappt!«

Sie fing an, laut zu heulen. Christie setzte sich auf und starrte sie aus weitaufgerissenen Augen an. Mutter, die ihre Existenz kaum zur Kenntnis nahm, war für sie ohnehin schon ein Rätsel.

»Ich kann mich nicht an Randolph wenden, damit er mir hilft. Er hört nicht auf mich, wenn ich ihm sage, wie lächerlich er sich macht und daß er zum Gespött des ganzen Orts wird. Die Hälfte der Zeit hört er kein Wort von dem, was ich sage«, klagte sie. »Er laugt mich aus und kostet mich Kraft, und er bringt mich um, und jetzt auch noch Clara Sue... Ich kann all diese Spannungen und diese Widrigkeiten nicht aushalten, Dawn«, beschwerte sie sich. »Du weißt, daß ich das nicht verkrafte.«

»Ich habe dir gesagt, du sollst Randolph von einem Arzt untersuchen lassen«, erwiderte ich trocken.

»Ich habe den Arzt angerufen. Er hat ihn sich angesehen«, gestand sie.

»Das hast du mir nie erzählt. Ich wußte nichts davon. Wann war das?« fragte ich überrascht.

»Letzte Woche«, sagte sie und tat das Thema mit einer abfälligen Handbewegung ab. Ich wollte es aber nicht dabei belassen.

»Und? Was hat der Arzt gesagt? Was hat er getan?« fragte ich.

»Er wollte, daß ich ihn zur Beobachtung und zur Behandlung in eine Nervenklinik einweisen lasse. Kannst du dir das vorstellen? In eine Klinik! Überleg dir nur, was dann geredet würde – ein Cutler in einer Irrenanstalt. Und wie die Leute mich ansehen würden, eine Frau, die mit einem gefährlichen Irren verheiratet ist! Das ist erniedrigend«, rief sie aus.

»Aber vielleicht sollte dich auch interessieren, was gut für ihn wäre, Mutter«, hob ich betont hervor und richtete glühende Blicke auf sie.

»Ach, er kommt schon wieder in Ordnung.« Sie tat es wieder einmal mit einer Handbewegung ab. »Ich habe dem Arzt gesagt, er soll ihm ein paar Tabletten verschreiben, Beruhigungsmittel, und er will es sich noch einmal überlegen, aber bis dahin lastet alles auf meinen Schultern, Dawn. Kannst du mir nicht helfen, kannst du nicht irgend etwas tun?«

»Ich? Was soll ich denn für dich tun?« fragte ich voller Erstaunen.

»Ich weiß es nicht. Ruf Mrs. Turnbell an, und rede mit ihr über Clara Sue. Sie wollen sie von der Schule verweisen.«

»Ich? Ich soll Mrs. Turnbell anrufen?« Ich fing an zu lachen. »Ihr war schon mein Anblick unerträglich, und sie hat alles getan, was sie konnte, damit Jimmy und ich die Schule verlassen«, sagte ich und erinnerte mich wieder daran, wie ungerecht wir dort behandelt worden waren.

»Aber das gehört der Vergangenheit an. Jetzt bist du die Besitzerin eines bekannten Hotels. Du kannst ihr eine größere Spende versprechen. Alles, was du willst. Was soll ich denn tun, wenn Clara Sue von der Schule verwiesen wird? Eine weitere Schande, die jetzt noch ...«

»Zu deiner eigenen hinzukommt«, ergänzte ich kühl.

»Das sieht dir mal wieder ganz ähnlich, Dawn, dich dann gegen mich zu stellen, wenn ich dich besonders dringend brauche«, klagte sie, und ihre Augen verengten sich zu haßerfüllten Schlitzen. »Und ich arbeite Tag und Nacht daran, deine Hochzeit zu einem erfolgreichen Ereignis zu machen. Man sollte meinen, du könntest dich etwas dankbarer erweisen und mir mehr Respekt entgegenbringen. Schließlich bin ich deine Mutter. Es scheint dir immer wieder Freude zu bereiten, diese Tatsache zu vergessen.«

Ich schüttelte den Kopf. Ihre Dreistigkeit war einfach grenzenlos. Sie besaß nicht das geringste Schamgefühl, wenn es um gewisse Dinge ging, vor allem, wenn es mit ihrem eigenen Wohlbehagen und ihrer Zufriedenheit zu tun hatte.

»Mutter«, sagte ich, »selbst wenn wir beide uns besser miteinander verstünden und ich dir mit Clara Sue helfen wollte, könnte ich es nicht. Du hörst mir nicht zu. Mrs. Turnbell wird einen Anruf von mir wahrscheinlich gar nicht erst entgegennehmen. Und wie kommst du auf den Gedanken, Clara Sue würde auf mich hören, wenn ich mit ihr rede? Sie haßt und verabscheut mich, und sie hat noch nie gezögert, mir das deutlich zu zeigen.

Nein«, sagte ich, »du wirst die Verantwortung auf dich nehmen und hinfahren müssen. Du mußt Clara Sue und Mrs. Turnbell besuchen. Setzt euch zusammen und besprecht die Probleme.«

»Was? Das ist ja eine empörende Vorstellung! Ich? Ich soll mich in diese Schule zitieren und mich in diesen ganzen Schmutz hineinziehen lassen?« Mit ihren kleinen Fäusten quetschte sie sich die Tränen aus den Augen und lachte. »Was für ein alberner Gedanke.«

»*Du* bist ihre Mutter. Nicht ich. Du mußt die Verantwortung auf dich nehmen«, beharrte ich.

»Ich bin ihre Mutter, aber das heißt noch lange nicht, daß man mich dafür büßen lassen kann.« Sie blieb einen Moment sitzen und dachte nach. »Also gut«, sagte sie. »Wenn du dich weigerst, mir zu helfen, dann werde ich Mr. Updike hinschicken. Ja« – die Idee gefiel ihr zusehends besser –, »wozu hat man denn einen Anwalt, wenn wir ihn für diese Dinge nicht benutzen?«

»Unser Anwalt ist nicht dafür da, als Elternersatz zu dienen, Mutter. Er ist dafür da, daß er uns Rechtsberatung gibt und sich um unsere vertraglichen Angelegenheiten kümmert«, erwiderte ich.

»Unsinn. Mr. Updike hat immer in gewisser Hinsicht zur Familie gehört. Großmutter Cutler hat ihn wie ein Familienmitglied behandelt, und er mag das. Er wird mir helfen. Ich weiß genau, daß er mir helfen wird. Er wird diese Rektorin anrufen und verhindern, daß Clara Sue von der Schule verwiesen wird«, schloß sie. Sie stand auf und sah sich im Spiegel über meiner Frisierkommode an.

»Sieh dir das nur an«, stöhnte sie. »Sieh dir nur an, wie sich das alles jetzt schon auf mich ausgewirkt hat. Da versucht eine Falte immer tiefer und länger zu werden«, sagte sie und deutete auf ihren rechten Augenwinkel. Natürlich konnte ich dort nicht das geringste entdecken. Ihre Haut war so glatt und makellos wie immer. Sie schien gegen das Altern immun zu sein.

»Und erst mein Haar«, rief sie und zog an ein paar Strähnen, während sie sich eilig wieder zu mir umdrehte. »Weißt du, was ich heute morgen gefunden habe, als ich mir das Haar gebürstet habe... sag, weißt du es?« Ich schüttelte den Kopf. »Graue Haare. Ja, sie waren wirklich grau.«

»Mutter, jeder Mensch wird älter«, seufzte ich. »Du kannst doch nicht erwarten, daß du dein ganzes Leben lang wie ein junges Mädchen aussiehst, das glaubst du doch nicht im Ernst?«

»Wenn man sich von den Problemen anderer Leute nicht zusetzen läßt und viel für sich tut, kann man sehr, sehr lange jung und schön bleiben, Dawn«, behauptete sie.

»Clara Sues und Randolphs Probleme sind nicht die Probleme anderer Leute, Mutter. Clara Sue ist deine Tochter, und Randolph ist dein Mann«, betonte ich mit scharfer Stimme.

»Erinnere mich bloß nicht daran«, sagte sie und ging zur Tür. In der Tür drehte sie sich dann noch einmal um. »Eines Tages wirst du mich verstehen und selbst einsehen, daß ich diejenige bin, mit der du das meiste Mitgefühl haben solltest«, prophezeite sie. Dann schniefte sie und ging.

Ich hätte sie gern angeschrien und ihr nachgerufen, daß ich sie in der Tat bemitleidete. Sie tat mir leid, weil sie so egoistisch war, daß sie andere Menschen nicht lieben konnte, noch nicht einmal ihre eigenen Kinder. Ich hätte ihr gern gesagt, daß sie mir leid tat, weil sie versuchte, den natürlichen Lauf der Dinge zu verhindern. Ich wünschte, sie hätte mit Anstand älter werden können, statt gegen jedes graue Haar zu kämpfen. Eines Tages würde sie erwachen und sich wie eine Gefangene in ihrem eigenen alternden Körper fühlen. Spiegel würden ihr zur Marter werden, und Bilder von ihr in jüngeren Jahren würden wie Nadeln auf sie wirken, die sich in ihr Herz bohrten. Aber ich hielt mich davon ab, auch nur eine Silbe von alledem zu äußern. Wozu hätte ich meinen Atem und meine Kraft vergeuden sollen? dachte ich.

Sie rief tatsächlich Mr. Updike an, und er schaffte es tatsächlich, eine Gnadenfrist für Clara Sue auszuhandeln. Mrs. Turnbell erklärte sich bereit, sie auf Bewährung zu behalten, aber ich bezweifelte nicht, daß es lediglich eine Frage der Zeit war, bis sie sich wieder in ernste Schwierigkeiten bringen würde. Und ich war dagegen, der Emerson-Peabody-Schule Spenden zukommen zu lassen, um sicherzugehen, daß man Clara Sue dort behalten würde, und als Mr. Updike mir diesen Vorschlag machte, lehnte ich ihn ab. Jimmy freute sich, als er das hörte.

»Ich würde zu gern eines Tages ihr Büro noch einmal betreten«, sagte er, »und mir ihren Gesichtsausdruck ansehen.«

»Das ist die Reise nicht wert, Jimmy«, sagte ich.

»Stimmt, aber wenn wir das nächste Mal ohnehin in der Gegend sind.« Er lachte.

Das Leben steckte voller Tücken, und auf seinen verschlungenen Pfaden führte es einen immer wieder an Orte, die man sich nie hätte vorstellen können. Vor ein paar Jahren, als ich urplötzlich von Jimmy und Fern und Daddy Longchamp getrennt worden war und man mich durch die Nacht gefahren hatte, um mich hier in Cutler's Cove meiner wirklichen Familie zu übergeben, war ich von Angst und Schrecken erfüllt gewesen. Ich erinnerte mich noch, wie ich durch einen Hintereingang ins Hotel gebracht und direkt zu Großmutter Cutler geführt wurde, die mir das Gefühl gab, unwürdiger als ein Wurm zu sein, und sie hatte versucht, mir jegliches Selbstbewußtsein zu rauben, indem sie mir einen anderen Namen aufzwang und mich Toiletten reinigen und Betten machen ließ. Und jetzt saß ich auf ihrem Stuhl und unterschrieb die Schecks und traf die Entscheidungen. Ich hatte mein wunderbares Baby, und Jimmy und ich würden bald heiraten. Nein, dachte ich, das war nicht der rechte Zeitpunkt, um mir mit Haß und Träumen von süßer Rache das

Herz zu beschweren. Es war der rechte Zeitpunkt für Vergebung, Liebe und Hoffnung.

Ich geriet noch nicht einmal in Wut, als Clara Sue mich ein paar Tage vor meiner Hochzeit anrief, um mir mitzuteilen, sie könnte nicht erscheinen.

»Ich habe eine Verabredung, die ich nicht absagen kann«, erklärte sie. Vielleicht hatte sie erwartet, ich würde sie darum bitten.

»Tja, es tut mir leid, das zu hören, Clara Sue«, sagte ich.

»Niemand wird auch nur bemerken, daß ich nicht da bin«, behauptete sie mißmutig und versuchte immer noch, meiner Stimme einen verärgerten Klang zu entlocken.

»Kann sein«, meinte ich. »Aber ich werde mein Bestes tun, damit alle an dich denken.« Mein Sarkasmus entging ihr.

»Ich halte es für blödsinnig, den Jungen zu heiraten, den du früher einmal für deinen Bruder gehalten hast!« rief sie aus. »Niemand hier, der sich noch an euch erinnert, kann es glauben.«

»Ich bin ganz sicher, daß du dein Bestes tun wirst, um alle davon zu überzeugen, daß es die Wahrheit ist«, sagte ich.

»Das habe ich nicht gemeint!« schrie sie.

»Es tut mir leid, Clara Sue, aber ich habe im Moment wirklich sehr viel zu tun. Ich muß jetzt auflegen. Vielen Dank für deinen Anruf und deine Glückwünsche für uns beide«, sagte ich noch, obwohl sie uns nicht beglückwünscht hatte. Dann legte ich den Hörer auf die Gabel, ehe sie noch etwas darauf erwidern konnte, und lehnte mich lächelnd zurück. Sie war jetzt sicher derart aufgebracht, daß ihr der Rauch aus den Ohren kam. Dieses Bild brachte mich zum Lachen, und so wurde aus einem Augenblick, der unerfreulich hätte sein können, ein fröhlicher Moment.

Mir blieb ohnehin nicht viel Zeit, über etwas verdrossen zu sein. Am nächsten Tag kam Trisha. Wir freuten uns so sehr, einander wiederzusehen, daß wir beide fast platzten vor Glück. Ich wußte genau, wann sie ankommen würde, und ich erwartete sie am Vordereingang. Als der Wagen des Hotels mit ihr zurückkam, sprang sie heraus, sowie er anhielt, und wir fielen uns um den Hals und weinten und lachten und redeten beide gleichzeitig.

Trisha hatte sich in ihrer Art überhaupt nicht verändert. Sie war noch so überschwenglich und ausgelassen wie früher, und ihre leuchtendgrünen Augen sprühten vor überschäumender Lebensfreude. Natürlich sah sie älter und eleganter aus. Ihr dunkelbraunes Haar war zur Seite gekämmt und lockte sich unter dem Ohr. Sie trug einen rosaweißgemusterten Pullover und einen hellroten Rock.

»Du bist so schön«, sagte ich.

»Danke, du auch. Und erst dieses Hotel!« Sie wirbelte im Kreis herum und schaute sich aufgeregt nach allen Richtungen um. Sie war an einem der bisher wärmsten Frühlingstage angekommen. Überall blühten Blumen; die Rasenflächen waren gerade frisch gemäht worden, und der herrliche Duft frischgeschnittenen Grases hing noch in der Luft. Am Ende des Weges lag das stille Meer, das im strahlenden Sonnenschein wie Glas funkelte. »Es ist ja so schön hier, und das gehört alles dir«, fügte sie hinzu, während ihre Augen rund wurden und sie meinen Arm drückte. »Ich will auf der Stelle alles sehen!« rief sie aus. »Vor allem die Kapelle, in der ihr getraut werdet, und den Ballsaal und dein Brautkleid. Oh, ich kann es einfach nicht erwarten, dein Hochzeitskleid zu sehen.«

»Als Brautjungfer wird von dir erwartet, daß du mir hilfst, die Sachen auszusuchen, die ich in die Flitterwochen mitnehme«, sagte ich zu ihr. »Meine Mutter hat mir genaue Anweisungen gegeben.«

»Ich weiß«, sagte Trisha kichernd und nahm meine Hand. »Komm schon, zeig mir endlich alles.«

Es war, als hielte man einen Wirbelwind an der Hand. Kaum hatte ich sie in einen Teil des Hotels geführt, als sie auch schon verlangte, ich sollte sie in den nächsten Teil bringen. Sie wollte jedem vorgestellt werden, an dem wir vorbeikamen, und sie mußte unbedingt wissen, wofür jede einzelne der Personen zuständig war. Als ich sie in die Küche führte, bestand Nussbaum darauf, daß sie einen neuen Strudel probierte, den er gebacken hatte. Sie verdrehte die

Augen und schleckte sich so übertrieben die Lippen, daß selbst er lachen mußte.

Anschließend führte ich sie in meine Suite. Auf dem Weg klopften wir bei Mutter an, damit sie sie kennenlernen konnte, und Mutter begrüßte Trisha derart herablassend, daß wir uns ansahen und uns nur mühsam das Lachen verbeißen konnten. Wie konnte Mutter dieses hochmütige Benehmen wie einen Hut aufsetzen und es dann ebenso mühelos wieder ablegen? Als wir uns in meinem Zimmer in Sicherheit gebracht hatten, brachen Trisha und ich in Gelächter aus.

»Oh, sie ist wirklich ganz genauso, wie du sie mir beschrieben hast«, sagte Trisha. »Sie hat mich an Agnes erinnert, wenn sie vormacht, wie sie Königin Elizabeth in *Maria Stuart* gespielt hat.«

Ich erzählte ihr von Randolph, damit sie wußte, was sie zu erwarten hatte, wenn sie ihm vorgestellt wurde. Sie schüttelte betrübt den Kopf.

Dann zeigte ich ihr mein Hochzeitskleid, und sie bestand darauf, daß ich es anzog. Anschließend schauten wir gemeinsam meine Garderobe durch und planten, was ich in die Flitterwochen mitnehmen würde, als sei jeder einzelne Tag ein Akt in einem Theaterstück. Wir kicherten, als wir die Wäsche aussuchten, und vor allem machten wir uns über die durchsichtigen Nachthemden lustig. Während wir plauderten und Pläne schmiedeten, bat mich Trisha, das Radio anzustellen. Ich hatte mich so sehr in meiner Arbeit und in meine Verantwortlichkeiten vergraben, daß ich überhaupt nicht mehr auf dem laufenden war, was heute populär war.

Unser Lachen und die Erneuerung meiner Freundschaft mit Trisha gab mir eine Zeitlang das Gefühl, wieder jung zu sein. Meine Feuertaufe im Hotel hatte mich in Formen reifen lassen, die ich weder erstrebenswert noch schön fand. Ich kam mir vor wie die Prinzessin, der man die Gelegenheit gibt, ein richtiges junges Mädchen zu sein, ehe sie in den Palast zurückgebracht werden und sich so benehmen mußte, wie alle es von einem Mitglied der königlichen Familie erwarteten. Trisha und ich konnten uns für Filmstars begeistern und für sie schwärmen, wir konnten Modezeitschriften durchblättern und kichern und ganz aus dem Häuschen geraten, wenn sie Geschichten über Jungen erzählte, die wir in der Sarah-Bernhardt-Schule gekannt hatten. Behutsam umgingen wir jede Anspielung auf Michael Sutton und mieden geschickt jene Zeiten, die ich mit ihm und in seiner Gesangsklasse verbracht hatte. Wir redeten das Blaue vom Himmel herunter, bis Sissy mit Christie kam.

»Oh, sie ist einfach wunderschön«, rief Trisha, nachdem ich die beiden einander vorgestellt hatte. Christie strahlte augenblicklich. Ich fürchtete, sie hätte einen Teil von Mutters Eitelkeit geerbt, aber auch Eitelkeit von seiten ihres Vaters. Einen Moment lang gab sie sich zurückhaltend und tat so, als sei sie schüchtern, doch sie beobachtete Trisha aus dem Augenwinkel und wartete nur darauf, daß Trisha sich bei ihr einschmeichelte. Dann ließ sie wie üblich ihren Charme spielen und lächelte und nahm Trishas Umarmungen und Küsse nur zu gern entgegen.

»Sie ist entzückend«, flüsterte Trisha. »Und sie hat Michaels schöne Augen«, sagte sie.

»Ich weiß.«

Das war das einzige Mal während des ganzen Wochenendes, daß eine von uns beiden ihn erwähnte.

Später gingen wir dann alle nach unten, um Jimmy zu suchen, der die Gärtner und die Mechaniker überwachte und etwas am Swimmingpool reparierte. Er und Trisha freuten sich, einander wiederzusehen. Als wir weitergingen, flüsterte sie mir ins Ohr, wie reif Jimmy doch geworden sei und wie gut er aussähe.

»Du hast ja ein solches Glück«, sagte sie, als wir uns wieder auf den Weg ins Hotel machten und Christie uns beide an den Händen hielt. »Was du alles hast – ein wunderbares Hotel, einen gutaussehenden Mann, der dich liebt, und ein bezauberndes Kind. Und vergiß nicht, daß du immer noch sehr begabt bist. Du kannst etwas aus deinem Gesang machen. Bist du denn heute nicht glücklich?« hakte sie nach, als ich stumm blieb. »Hast du nicht das Gefühl, daß jetzt die wirklich harten Zeiten und das Unglück hinter dir liegen?«

»Manchmal«, sagte ich. Ich sah mich nach Jimmy um, der winkte. »Und manchmal komme ich mir vor, als sei ich gerade in ein Sturmauge geraten. Es ist ruhig, täuschend und trügerisch ruhig. Aus vollkommen unersichtlichen Gründen fängt mein Herz an, heftig zu pochen, mir wird schwindlig, und ich fürchte mich. Ich wünschte, ich könnte den Moment bannen, wie man mit einer Kamera einen Schnappschuß einfängt, und ich könnte uns für immer und ewig im Heute festhalten.«

Trisha starrte mich einen Moment lang an, sah mir neugierig und fest in die Augen. Dann kehrte ihr Lächeln zurück.

»Das liegt nur daran, daß du früher ein so hartes Leben hattest. Du kannst dein Glück einfach nicht glauben. Das ist nur natürlich«, beharrte sie.

»Ist es das wirklich? Ich hoffe, du hast recht, Trish«, sagte ich. »Das hoffe ich wirklich.«

Sie drückte mich tröstend an sich, und wir gingen ins Haus, um die Vorbereitungen für meinen großen Tag abzuschließen.

Am Tag vor meiner Hochzeit probten wir das Zeremoniell. Philip kam vormittags aus dem College. Ihm war die Verantwortung übertragen worden, sich um Randolph zu kümmern und dafür zu sorgen, daß er jeweils dort war, wo er zu sein hatte. Sowie der Geistliche eintraf, riß Mutter die Führung sofort an sich. Sie choreographierte die Bewegungen aller und bestimmte, wann wer von wo kommen würde, wer wen an der Hand halten sollte und wo wir alle stehen und wie wir dastehen sollten. Randolph war die ganze Zeit über schrecklich zappelig und erleichtert, als es ihm endlich erlaubt wurde, sich zurückzuziehen und sich wieder seiner »kritischen« Arbeit zuzuwenden. Mutter seufzte tief, um allen zu verstehen zu geben, wie schwierig die Dinge für sie waren, wenn Randolph sich so benahm. Selbstverständlich verstörte sein Benehmen sie so sehr, daß sie sich in ihr Schlafzimmer zurückziehen mußte, um sich auszuruhen und sich für die Hochzeit vorzubereiten.

Am nächsten Morgen erwachte ich sehr früh, noch vor Sonnenaufgang, aber ich blieb im Bett liegen und starrte die Decke an. Es war ein Tag von so einschneidender Bedeutung, daß eine Mischung der traurigsten und glücklichsten Momente meines Lebens vor meinen Augen vorbeizog. Unwillkürlich fiel mir wieder ein, wie Momma Longchamp mir das Haar gebürstet hatte, als ich noch ein kleines Mädchen gewesen war, und wie sie mir die Träume und Hoffnungen geschildert hatte, die sie für mich hegte. Sie hatte sich ausgemalt, ich würde zu einer sehr schönen Frau heranwachsen und schließlich einmal das Herz eines Prinzen erobern.

»Du wirst in einem wunderschönen Haus leben und ein ganzes Heer von Dienstboten haben, die nur darauf warten, auf deinen leisesten Wink zu gehorchen«, sagte sie, und sie legte den Kopf zur Seite und schaute mich liebevoll an.

Und dann dachte ich an ihr blasses, kränkliches Gesicht und die Augen, die so mattsilbern und stumpf wie alte Münzen waren und in denen Beklommenheit stand, als ich sie im Krankenhaus das letzte Mal lebend gesehen hatte. Ich konnte immer noch spüren, wie ihre Hand die meine umklammerte. Ich hörte sie heute noch und sah Jimmy schluchzen, Daddy Longchamps graues Gesicht tauchte aus der Dunkelheit hinter meinen geschlossenen Lidern auf, und in seinen dunklen Augen standen all sein Schmerz und Kummer.

Ich schluckte mein eigenes Schluchzen und spürte, wie Tränen in meine Augen traten. Heute würde ich heiraten, und obwohl meine richtige Mutter soviel dafür getan hatte, ein elegantes und raffiniertes Fest vorzubereiten, sehnte ich mich nach Momma und Daddy Longchamp und wünschte, sie könnten an meiner Seite sein. Ich empfand es so, als heiratete ich, und meine Eltern könnten nicht anwesend sein. Randolph war eine jämmerliche Gestalt, wohl kaum eine Vaterfigur, und Mutter... nun ja, für Mutter war der heutige Tag ebensosehr ihre Party wie meine Hochzeit.

Wenn es mir auch noch so sehr widerstrebte, dachte ich doch auch an Michael und an die Zeit der wunderbaren Romanze, die wir in seiner Wohnung in New York erlebt hatten. Das waren die Zeiten, in denen er mir alles mögliche versprochen hatte, als wir unsere märchenhafte Hochzeit miteinander geplant hatten, als er Visionen von Glanz und Glitter vor meinen Augen hatte auferstehen lassen – eine Trauungszeremonie, zu der alle erdenklichen Berühmtheiten erschienen und von der in den Tageszeitungen und den Zeitschriften berichtet wurde, Flitterwochen an der französischen Riviera und ein Chalet in der Schweiz, Kreuzfahrten, Parties auf Yachten und eine triumphale Rückkehr auf die Bühne, und dort würden wir Herz und Seele ganz in unseren Gesang einfließen lassen und auf eine Weise miteinander singen, die uns beide zu Superstars machte.

All das sprang aus mir heraus wie eine Seifenblase. Wenn Christie nicht gewesen wäre, hätte ich versucht, mir selbst einzureden, daß nichts von alledem je wirklich passiert war.

Aber es war passiert, ebenso wie all die entsetzlichen Dinge, die ich während meiner Schwangerschaft auf The Meadows durchgemacht hatte. Ich konnte das nicht aus meinen Gedanken ausradieren wie ein paar Worte, die mit Bleistift hingeschrieben waren. Die Vorfälle, das Leid und der Schmerz, die Tränen und das Gelächter, der Kummer und die Erleichterung, all das vermengte sich miteinander zu einem Potpourri von Erinnerungen, die ich immer und ewig mit mir herumschleppen würde.

Diese deprimierenden Gedanken ließen sich vertreiben, sobald die ersten frühen Sonnenstrahlen die Spalten zwischen den Vorhängen an meinem Fenster fanden und neue Wärme und Hoffnung in das Zimmer strömen ließen. Ich hörte, wie sich Christie in ihrem Bettchen bewegte. Wenige Momente später murmelte sie in ihrer Babysprache vor sich hin, während sich der Vorhang des Schlafs von ihren Augen hob und sie einen neuen Tag voller Entdeckungen begann. Allein schon der Gedanke an die Verwunderung und das

Erstaunen, das sich in ihrem Gesicht ausdrücken würde, wenn sie angezogen war und zu meiner Hochzeit gebracht wurde, ließ mich vor Freude lächeln.

Ich stand auf und ging zu ihr. Sie blickte erstaunt auf, denn sie spürte, wie früh es noch war. Ich nahm sie in die Arme und küßte sie und trat mit ihr ans Fenster, und dort öffnete ich die Vorhänge weit, damit wir auf den strahlenden Frühlingstag hinausschauen konnten, der gerade erst begann. Es faszinierte sie genausosehr wie mich mitanzusehen, wie sich das Dunkel und die Schatten vor der aufgehenden Sonne zurückzogen. Kleine Wolken schienen wie Rauchwölkchen aus dem blauen Himmel aufzutauchen. Überall erwachten die Vögel zum Leben und flogen aus ihren Nestern und erhoben sich von ihren Ästen, um den warmen Morgen zu begrüßen und sich auf die mühsame Futtersuche zu machen.

»Ist das nicht ein wunderschöner Morgen, Christie? Ein wunderbarer Tag für Mommas Hochzeit«, sagte ich. Die Sonne schien durch das Fenster und warf diamantene Lichtflecken auf ihr Haar. Sie drehte sich fragend zu mir um, als hätte sie wirklich verstanden, was ich gesagt hatte. Dann richteten sich ihre blauen Augen auf die Kulisse, die sich immer noch in ihrer Pracht vor uns auftat, und ihre kleinen Lippen verzogen sich zu einem engelsgleichen Lächeln. Ich küßte sie auf die Wangen und beschloß, wenn wir schon so früh auf seien, könnten wir auch gleich den Tag beginnen.

Sissy kam, um mir mit dem Baby zu helfen, und dann brachte mir Mrs. Boston ein Frühstückstablett. Als allererstes flüsterte Mrs. Boston mit mir, um mir von Mutter zu berichten.

»Ich bin mitten in der Nacht aufgestanden«, erzählte sie mir, »wie es schon seit einer Weile meine Gewohnheit ist, und dann sehe ich dieses Licht brennen. Also bin ich hingegangen, um nachzusehen, was da los ist, und in dem Moment habe ich sie gesehen. Es war vier Uhr morgens!«

»Was hat sie getan?« fragte ich überrascht.

»Sie war schon aufgestanden und hat sich vor ihrer Frisierkommode hergerichtet. Sie hat nicht gesehen, daß ich sie beobachtet habe. Vielleicht hat sie sich in all der Aufregung einfach in der Zeit geirrt«, fügte Mrs. Boston noch kopfschüttelnd hinzu. Aber in der Hinsicht konnte mich nichts wirklich überraschen, was Mutter tat.

Ein wenig später erschien Trisha, um mir dabei zu helfen, mich selbst herzurichten. Sissy zog Christie an und nahm sie mit, damit wir nicht gestört wurden.

»Nervös?« fragte Trisha.

»Du meinst, weil meine Finger zittern und ich es nicht wage, mir Lippenstift aufzutragen?« erwiderte ich lachend. Sie half mir, mein Haar zu bürsten und es zu frisieren. Mutter schaute kurz nach uns, ehe sie nach unten ging, um die ersten Gäste zu begrüßen. Ich mußte gestehen, daß sie ganz wunderbar aussah.

Sie trug ein trägerloses eierschalfarbenes Satinkleid mit einem Spitzenmieder, das mit Perlen eingefaßt war. Um die Schultern hatte sie eine hauchdünne Stola drapiert, und um ihren Hals lag eine unglaubliche Diamantkette. Passende tropfenförmige Ohrringe baumelten an ihren Ohrläppchen. Am linken Handgelenk trug sie ihr breites goldenes Armband mit den Smaragden, Diamanten und Rubinen, ein Armband, von dem sie einmal prahlerisch behauptet hatte, es sei halb soviel wert wie das ganze Hotel.

»Du siehst wunderbar aus, Mutter«, sagte ich.

»Ja, Mrs. Cutler, das ist wirklich wahr«, fiel Trisha ein.

»Danke, ihr beiden. Ich bin nur vorbeigekommen, um dir viel Glück zu wünschen und zu sehen, ob du noch etwas brauchst, Dawn. Aber jetzt werde ich sehr beschäftigt sein«, sagte sie.

»Nein, wir haben alles, was wir brauchen, Mutter. Ich danke dir für deine guten Wünsche«, sagte ich.

Sie lächelte strahlend und ging, denn sie konnte es kaum erwarten, ihre königliche Rolle einzunehmen.

Jimmy überraschte mich damit, daß er beharrlich an den Bräuchen festhielt und sich weigerte, mich zu sehen oder sich von mir sehen zu lassen, bevor wir in der Kapelle waren. »Wir haben schon genug Unglück für ein ganzes Leben gehabt«, hatte er zu mir gesagt. »Ich werde nichts tun, was noch mehr Unglück bringen könnte.«

Als Trisha und ich unsere Plätze einnahmen, auf denen wir warten sollten, bis die Musik einsetzte, zitterte ich so heftig, daß ich sicher war, ich würde auf dem Weg zum Altar stolpern und hinfallen. Erst wenige Augenblicke, ehe die Musik einsetzte, brachte Philip Randolph. Beide trugen ihren Smoking. Philips Smoking saß perfekt, und er sah sehr gut darin aus, aber Randolph sah man deutlich an, wieviel er tatsächlich abgenommen hatte. Die Jacke schien an ihm zu schlackern, und die Hose wirkte reichlich weit. Philip hatte es irgendwie geschafft, ihn dazu zu bringen, daß er sich das Haar hatte schneiden lassen und daß er glattrasiert war. Er lächelte und wirkte aufgeregt, aber Momente später war er wieder zappelig und äußerst abgelenkt. Mir fiel auf, daß er immer wieder Philip Dinge ins Ohr flüsterte.

»Ist er in Ordnung?« fragte ich.

»Ja, ja, mach dir deshalb keine Sorgen«, sagte Philip. »Seine kleine Rolle wird er gut hinter sich bringen«, versicherte er mir. »Du warst noch nie schöner, Dawn«, sagte Philip. »Darf ich dir jetzt einen Kuß geben, um dir Glück zu wünschen, ehe der ganze Rummel losgeht?« fragte er.

»Ja, Philip.«

Seine Augen leuchteten, und er beugte sich vor, um mich auf die Lippen zu küssen, aber ich wandte ihm meine Wange zu. Enttäuscht preßte er mir einen kurzen Kuß darauf und zog den Kopf wieder zurück.

»Alles Gute«, murmelte er.

»Ich danke dir, Philip.«

»Ich sollte jetzt lieber zum Bräutigam gehen. Er macht den Eindruck, als könnte er jeden Moment in Ohnmacht fallen.«

Randolph schien in Panik zu geraten, nachdem Philip gegangen war, aber ich nahm seine Hand, und er lächelte mich an.

»Heut ist ein ganz, ganz großer Tag«, sagte er. »Im Hotel ist unglaublich viel los. Mutter ist schon immer in Bestform gewesen, wenn sie unter Druck steht«, versicherte er mir.

Trisha und ich tauschten besorgte Blicke aus, aber zum Glück setzte die Musik ein, bevor er noch mehr sagen konnte, und wir brachen zum Altar auf.

Jimmy sah so gut aus, als er mich am Altar erwartete. Als ich näher und immer näher kam, strahlte er mich an. Niemand wird mich je so sehr lieben, wie Jimmy mich liebt, wie Jimmy mich schon immer geliebt hat, dachte ich. Ich kann mich so glücklich schätzen, daß ich ihn habe.

Ich hatte solche Angst davor, ich könnte mich irgendwie ungeschickt anstellen, daß ich kaum wagte, nach beiden Seiten zu schauen, aber ich nahm die Blicke mancher Gäste wahr. Ich erkannte die Gesichter vieler der Würdenträger aus dieser Gegend und ihrer Frauen – Menschen, die ich bei diversen offiziellen Anlässen kennengelernt hatte. Ich sah, daß Mr. und Mrs. Updike und Mr. und Mrs. Dorfman zusammensaßen; die Männer lächelten, während die Frauen alles gebannt beobachteten. Ich fand, daß mich manche Gäste äußerst mißbilligend musterten. Sie sorgten dafür, daß ich mich wie ein Eindringling fühlte, wie ein armes Mädchen, das sich die Kleider eines reichen Mädchens angezogen und die Identität eines reichen Mädchens angenommen hatte und jetzt in das fremde Leben geschlüpft war.

Ich sah, wie meine Mutter alle strahlend anlächelte, und ihr Schmuck funkelte an ihrem zarten Hals und auf ihrer vollkommenen Haut. Mr. Alcott stand neben ihr und schaute mich freundlich an. In seinem eleganten Smoking mit der Nelke am Revers sah er todschick aus. Auf der anderen Seite des Ganges hielt Sissy Christie auf dem Arm. In ihrem weißen Kleidchen mit dem Tafteinsatz sah sie ganz entzückend aus. Ihr goldenes Haar war gebürstet, bis es glänzte. Sie starrte gebannt, sog alles in sich ein und war fasziniert von dem Geschehen, das sich vor ihren Augen abspielte. In dem Moment, in dem sie mich sah, leuchteten ihre Augen vor Erstaunen.

Ab und zu fiel mein Blick auf einige der Mitarbeiter des Hotels, die bestimmten Bereichen vorstanden, und auf ihre Frauen. Das Lächeln dieses Personenkreises wirkte aufrichtiger.

Ich nahm meinen Platz an Jimmys Seite ein. Er ergriff meine Hand, um mir beizustehen. Der Geistliche begann mit einem kurzen Gebet, in dem er Gott für dieses wunderbare Ereignis dankte. Mein Herz fing an, wie eine Pauke zu schlagen. Ich war sicher, daß alle in der ganzen Kirche meinen Herzschlag hören konnten, wenn der Geistliche eine Pause einlegte und ein Moment Stille herrschte.

Endlich begann er mit dem Zeremoniell, doch direkt bevor er fragte: »Wer gibt diesem Mann diese Frau zu seiner Frau?«, beugte sich Randolph vor und flüsterte mir ins Ohr. »Ich sehe Großmutter Cutler nirgends. Etwas muß sie aufgehalten haben. Ich bin gleich wieder da.«

»Was? Nein, Randolph.« Ich drehte mich um, um ihn zurückzuhalten, aber er eilte bereits durch den Mittelgang der Kirche. Ein erstauntes Murmeln stieg aus der Gemeinde auf, und Mutter sah aus, als würde sie jeden Moment ohnmächtig. Bronson legte seinen Arm um ihre Taille. Der Geistliche wartete einen Augenblick und wandte sich dann an Mutter. Sie sagte etwas zu Bronson, und überrascht und schockiert stellte ich fest, daß er vortrat und dem Geistlichen zunickte, der daraufhin sagte: »Wer gibt diesem Mann diese Frau zu seiner Frau?«

»Ich gebe sie ihm zur Frau«, erwiderte Bronson Alcott. Wieder einmal regten sich Laute des Erstaunens unter den Zuschauern, doch der Geistliche fuhr mit dem Zeremoniell fort. Fast widerstrebend, so empfand ich es zumindest, reichte Philip Jimmy den Ring, den er mir an den Finger stecken sollte.

Ich sah Jimmy in die Augen, als er aufgefordert wurde, die Worte zu wiederholen, aber ich wurde von Philip abgelenkt, der auch die Lippen bewegte. Auch er sprach die Worte des Gelübdes nach: »Zu lieben und zu ehren in schlechten und in guten Zeiten…« Es war, als glaubte er, auf dem Umweg über Jimmy heiratete er mich. Auch er bildete die Worte: »Ich will.« Das erschütterte mich derart, daß ich einen Moment nicht ganz bei mir war und nicht hörte, wie der Geistliche mich aufforderte, mein Gelübde zu wiederholen. Aber ich hatte mich schnell wieder im Griff, steckte Jimmy den Ring an den Finger und konzentrierte mich ganz auf seine Augen, als ich die Worte sagte, die uns für immer und ewig miteinander verbinden würden: »Bis daß der Tod uns scheidet.«

Wir küßten uns, und uns wurde Beifall gespendet, als wir gemeinsam durch den Gang eilten. Es war vollzogen. Ich war Mrs. James Gary Longchamp.

Die Cocktailparty und der Empfang fanden im Hotelfoyer statt. Mutter, Jimmy und ich standen in einer Reihe nebeneinander, um die Gäste bei ihrem Eintreten zu begrüßen. Es war Mutters Idee gewesen, Mr. Updike neben Jimmy und mich zu stellen, damit wir einigen der bedeutenden Gäste vorgestellt werden konnten, die ich bisher noch nicht persönlich kennengelernt hatte. Eigentlich wäre das Randolphs Aufgabe gewesen, aber der war nicht in der Lage, diese Vorstellungen zu übernehmen. Ich sah ihn auch tatsächlich nirgends. Als ich Philip fragte, ob er wüßte, wie es Randolph ging, versprach er, nach ihm zu sehen.

Sowie die Gäste an uns vorbeigekommen waren, konnten sie sich im Foyer verteilen, denn auf beiden Seiten waren Bars aufgebaut. Die Kellner und Kellnerinnen trugen eine neue Livree, die Mutter eigens für diesen Anlaß entworfen hatte. Die Kellner waren in leuchtendrote Westen, weiße Hemden und rote Hosen gekleidet und trugen rote Fliegen, und die Kellnerinnen trugen weiße Westen, rote Blusen, weiße Fliegen und weiße Röcke. Sie bewegten sich geschmeidig durch die Schar der Gäste und boten warme und kalte Horsd'œvres an: gegrillte und gekochte Langustinen, Frühlingsrollen, Won Tons, Kaviar und Paté. Manche Kellner trugen Tabletts mit Champagnergläsern durch die Menge.

In der hintersten Ecke war die fünfköpfige Kapelle untergebracht. Nachdem alle an uns vorbeigekommen waren und wir sämtliche Gäste begrüßt hatten, besorgten Jimmy, ich und Trisha uns etwas zu essen und zu trinken. Christie war mit Sissy bei der Kapelle und klatschte in die Hände und wiegte sich zum Rhythmus der Musik. Es war eine äußerst lebhafte Cocktailparty. Alle schienen den größten Spaß daran zu haben. Philip kehrte zurück, und er berichtete mir, daß mit Randolph alles in Ordnung sei und daß er irgendwelche Kleinigkeiten in seinem Büro erledigte.

»Er ist ein wenig verwirrt, aber das ist alles«, erklärte er.

»Kommt er denn nicht wieder zu dem Fest?« fragte ich.

»Doch, sicher. Bald«, sagte Philip und wandte sich einigen der jüngeren Gäste zu, die er kannte.

Kurz bevor alle Anwesenden aufgefordert wurden, sich zum Diner und zum Ball in den Saal zu begeben, trat Bronson Alcott auf mich zu und nahm mich zur Seite.

»Ich hoffe, Sie sind nicht wütend auf mich, weil ich mich in das Zeremoniell eingemischt habe«, sagte er. »Ihre Mutter war in heller Panik und hat mich gebeten, etwas zu unternehmen, als Randolph zum unangemessensten Zeitpunkt fortgelaufen ist.«

»Das ist schon in Ordnung«, sagte ich. »Ich verstehe es, und ich weiß Ihre Hilfe zu schätzen.«

Er lächelte strahlend.

»Darf ich die Braut mit einem Kuß beglückwünschen?« fragte er. Ich nickte, und er küßte mich ausgesprochen zart und liebevoll auf die Wange und drückte währenddessen meine Hand. »Ich wünsche Ihnen alles, alles Gute und viel Glück«, sagte er. »Sie beide geben ein schönes Paar ab.«

»Danke«, sagte ich und sah ihm nach, als er wieder zu Mutter schlenderte, die es sich ganz offensichtlich so gut gehen ließ wie selten. Sie kostete es aus, daß die Leute sie mit einem Schwall von Komplimenten überschütteten. Jetzt schon hatte sie eine kleine Schar männlicher Bewunderer um sich versammelt und hielt Hof.

Ein wenig später hörte die Kapelle auf zu spielen, und der Kapellmeister trat ans Mikrofon, um anzukündigen, er sei aufgefordert worden, alle Gäste zu bitten, sich jetzt in den Ballsaal zu begeben. Beim Betreten des Ballsaals mußten sie einen gewaltigen Bogen durchschreiten, auf dem rote und gelbe Rosen so angebracht waren, daß sie die Worte VIEL GLÜCK DAWN UND JAMES bildeten. Auf der anderen Seite des Bogens wartete der Oberkellner an einem Empfangstisch, auf dem er die Namen aller und die zugeteilten Plätze an den Tischen liegen hatte. Der gesamte Ballsaal war zu einem Hochzeitsmotiv ausgeschmückt worden. Riesige Styroporplatten in Weiß, Grün, Blau und Gelb waren zu Glocken und Blumen, Kapellen und Engeln zugeschnitten worden und hingen an den Wänden. Am hintersten Ende standen überlebensgroß die Gestalt einer Braut und eines Bräutigams vor einem Altar.

Auf sämtlichen Tischen standen große frische Blumenbouquets. Daneben warteten Champagnerflaschen in silbernen Eiskübeln. Die Gäste bekamen kleine Erinnerungen an die Hochzeit: Streichholzmäppchen mit Goldrand, auf die in einem goldenen Herzen »Dawn und James« und darunter das Datum gedruckt war, Lesezeichen aus Leder, in die unsere Namen und die Figuren von Braut und Bräutigam eingraviert waren, und die Frauen erhielten kleine Schminkspiegel, auf deren Rückseite DAWN UND JAMES IN CUTLER'S COVE stand.

Während die Gäste in den Saal marschierten, fragte ich Mutter, ob sie nicht einmal nach Randolph sehen wollte.

»Wozu denn?« erwiderte sie und verzog das Gesicht, als hätte ich ihr einen Eßlöffel Lebertran in den Mund gesteckt. »Sein Anblick ist ja doch nur deprimierend«, seufzte sie, »und er hat uns ohnehin schon in die allergrößte Verlegenheit gebracht.«

»Aber...«

Ehe ich noch etwas dazu sagen konnte, sah sie, wie jemand sich ihr zuwandte und winkte. Sie stimmte ein perlendes Lachen an und eilte ihm entgegen.

»Ich möchte nach Randolph sehen, Jimmy. Es wird ohnehin ein paar Minuten dauern, bis sämtliche Gäste ihre Plätze eingenommen haben«, sagte ich.

»Okay. Ich warte hier auf dich.« Er küßte mich auf die Wange, und ich lief zu Randolphs Büro.

Ich fand ihn an seinem Schreibtisch vor; er saß da und kritzelte etwas auf einen Notizblock. Als ich anklopfte, blickte er nicht auf.

»Randolph?« fragte ich und trat näher. »Ist alles in Ordnung mit dir?«

Er schaute zu mir auf und sah dann auf den Block. Ich konnte ihm ansehen, daß er gedankenlose Dinge gekritzelt hatte. Plötzlich löste sich eine einzige Träne unter seinem linken Augenlid und rann langsam über seine Wange. Seine Lippen zitterten, und sein Kinn bebte.

»Sie ist fort«, sagte er. »Mutter ist von uns gegangen.«

»O Randolph«, sagte ich, und es machte mich glücklich und traurig zugleich, daß er endlich bereit war, dieser Tatsache ins Gesicht zu sehen. »Ja, so ist es.«

Er schüttelte den Kopf und schaute Großmutter Cutlers Bild an, das auf seinem Schreibtisch stand.

»Ich hatte nie wirklich Gelegenheit, mich von ihr zu verabschieden«, sagte er. »Wir hatten immer so viel zu tun...« Er sah mich wieder an und schüttelte den Kopf. »Wir haben die Dinge nie wirklich ausgesprochen, die wir zueinander hätten sagen sollen. Oder zumindest habe ich die Dinge nicht gesagt, die ich zu ihr hätte sagen sollen. Sie hat mich immer vor allem beschützt, sich immer um mich gekümmert.«

»Randolph, es tut mir leid«, sagte ich. »Ich weiß, daß du lange vor der Realität fortgelaufen bist, sie nicht wahrhaben wolltest, aber vielleicht ist es gut so. Vielleicht kannst du jetzt wieder Dinge erreichen und genau das werden, was sie sich für dich gewünscht hätte.«

»Ich weiß es nicht«, sagte er. »Ich weiß nicht, ob ich das schaffen kann. Ich fühle mich so verloren.«

»Mit der Zeit wirst du dich wieder besser fühlen, Randolph. Das weiß ich, ganz bestimmt.«

Er lächelte mich dankbar an.

»Wie hübsch du aussiehst«, sagte er.

»Ich danke dir, Randolph. Du weißt doch, daß heute mein Hochzeitstag ist«, sagte ich freundlich. »Die Trauung und die Cocktailparty sind vorbei. Jetzt begeben wir uns alle zum Diner in den Ballsaal. Möchtest du nicht auch kommen und mit uns feiern? Es ist jetzt an der Zeit, daß wir uns alle zum Essen begeben«, betonte ich noch einmal.

Er nickte. »Ja«, sagte er und sah sich um. »Ich komme. Es dauert nur noch einen Moment. Ich will mich nur noch etwas herrichten.« Seine dunklen, bedrückten Augen unter den schweren Lidern hoben sich wieder zu mir. »Ich wünsche dir viel Glück«, sagte er, als würden wir uns nie wiedersehen.

»Komm bald nach, Randolph, ich bitte dich.« Er wischte sich mit dem Handrücken über die Wange und nickte. »Ich komme bald«, versprach er. »Und ich danke dir.«

Mutter erwartete mich bei meiner Rückkehr ungeduldig neben Jimmy.

»Es ist Zeit für uns. Wir müssen unsere Plätze einnehmen«, sagte sie. »Wo warst du?«

»Ich war bei Randolph. Er kommt wieder zu sich und fängt an, die Wahrheit zu akzeptieren.«

»Wie schön für ihn. Das war aber auch an der Zeit«, entgegnete sie scharf.

»Er braucht dich. Er braucht jetzt jemanden, der ihm hilft«, sagte ich.

»O Dawn, wie kannst du bloß zu einem solchen Zeitpunkt all diese gräßlichen Geschichten ansprechen?« jammerte sie. »Um Gottes willen, heute ist dein Hochzeitstag! Genieße ihn!«

»Er hat gesagt, er würde sich mit uns zum Essen setzen.« Ich sah mich nach ihm um.

In dem Moment hörten wir, wie die Kapelle im Saal ihr Spiel beendete, und dann begann der Trommelwirbel. Der Conférencier trat ans Mikrofon und kündigte uns an.

»Meine Damen und Herren, Ihre Gastgeber, die Cutlers, und die Braut und der Bräutigam, Mr. und Mrs. James Gary Longchamp.«

»Wo bleibt er bloß?« rief ich.

»Wir können nicht noch länger warten. Wahrscheinlich hat er inzwischen ohnehin schon wieder vergessen, was du ihm gesagt hast«, meinte Mutter und ging auf die Tür zu. »Dawn«, zischte sie, als ich zögerte.

»Ich denke, wir sollten besser unsere Plätze einnehmen«, sagte Jimmy.

Ich nickte und hängte mich bei ihm ein. Ehe wir unter dem Bogen hindurchschritten, sah ich mich noch ein letztes Mal um, aber von Randolph war nirgends etwas zu sehen. Mutter schritt als erste unbeirrt in den Saal und kostete genüßlich den Beifall aus. Sämtliche Gäste waren aufgestanden. Jimmy und ich betraten nach Mutter den Saal und lächelten und winkten den Leuten zu. Zu dritt steuerten wir direkt das Podium an.

An unserem Tisch saßen Mr. und Mrs. Updike, Mr. und Mrs. Dorfman, Philip und Bronson Alcott, den man zu Mutters Rechten plaziert hatte. Randolphs leerer Stuhl stand zu ihrer Linken. Sissy und Christie saßen mit Trisha am rechten Ende des Tisches. Jimmy und ich nahmen unsere Plätze in der Mitte ein, und alle Anwesenden setzten sich. Wir saßen gerade erst, als Mr. Alcott aufstand.

Die Kellner und Kellnerinnen hatten dafür gesorgt, daß vor allen Gästen gefüllte Champagnergläser standen. Mr. Alcott hob sein Glas.

»Jetzt ist der angemessene Zeitpunkt gekommen«, setzte er an, »auf die Braut und den Bräutigam zu trinken und Ihnen Glück zu wünschen. Ich fühle mich wahrhaft geehrt, derjenige sein zu dürfen, der diesen Toast ausspricht.«

Er wandte sich an uns.

»Die Menschen aus Cutler's Cove heißen Mr. und Mrs. James Gary Longchamp freudig in unserer Gemeinde willkommen und wünschen ihnen Gesundheit, Glück und Erfolg. Möget ihr beide eine lange und wunderbare Ehe führen und von heute an für alle Zeiten gesegnet sein. Auf James und Dawn«, rief er laut, und die Gästeschar wiederholte: »Auf James und Dawn.«

Augenblicklich begann jemand, mit seinem Glas zu klirren, und der ganze Saal hallte vom Klirren aller Gläser wider. Wir wußten, was das hieß: Sie wollten sehen, wie wir uns küßten. Wir brachten es schnell hinter uns, denn Jimmy war in dem Punkt ziemlich schüchtern. Gelächter und Beifall ertönten, und dann setzte die Musik ein, und die Mahlzeit begann.

Es gab frische Melonen, Salat und Suppe. Als Hauptgericht gab es Filet Mignon mit frischem Gemüse und Baked Potatoes. Mutter hatte beim Bäcker Brot in Form von Hochzeitsglocken bestellt. Die einzelnen Gänge wurden mit zeitlichen Abständen serviert, damit die Leute aufstehen und tanzen konnten, solange noch gegessen wurde.

Jimmy und ich tanzten zwei Tänze miteinander, und dann bat mich Philip um einen Tanz. Ich sah Jimmy an. Seine Augen wurden ein klein wenig schmaler, doch er nickte sachte, und ich nahm die Aufforderung an.

»Eines muß ich Mutter lassen«, sagte er, während er mich eng an sich preßte. »Sie hat sich diesmal selbst überboten. Ein solches Fest habe ich im Hotel noch nicht erlebt. Du kannst sicher sein, daß Großmutter nie so viel ausgegeben hätte.«

»Mutter hat nicht die leiseste Ahnung von Geld und Kosten, und Ausgaben interessieren sie nicht im entferntesten.«

»Du sprichst wie eine echte Cutler«, sagte er lächelnd.

»Sag das nicht immer wieder, Philip. Ich bemühe mich nur, realistisch zu sein. Ich sehe die Listen mit den Einnahmen und Ausgaben schließlich täglich vor mir«, erwiderte ich. Er schien beeindruckt zu sein.

»Trotzdem«, sagte er, »freut es mich, daß sie die Kosten nicht gescheut hat. Ich wüßte niemanden, für den es mich mehr freuen würde als für dich.

Ich frage mich«, fuhr er fort, »ob meine Hochzeit auch so ähnlich aussehen könnte. Warum eigentlich nicht?«

»Hast du dich inzwischen offiziell verlobt?« fragte ich.

»Noch nicht, aber bald ist es soweit«, sagte er. »Die Eltern meiner Verlobten sind sehr wohlhabend.«

»Ich freue mich für dich, Philip.«

»Natürlich«, sagte er, »ist Geld nicht von Bedeutung, wenn man nicht mit dem Menschen zusammen ist, mit dem man zusammen sein möchte.«

»Aber das bist du doch, oder nicht, Philip?« hakte ich nach.

»Du weißt, daß ich mir immer gewünscht habe, wir beide kämen zusammen, Dawn, du und ich«, erwiderte er. Seine Augen waren klare, durchsichtige Tümpel des Verlangens.

»Wir wissen schließlich beide, daß das nie sein kann und niemals sein wird. Es hat also keinen Sinn, darüber zu reden, verstehst du?«

»Du hast ja so recht«, sagte er. »Es fällt mir nur so schwer.«

Als der Tanz endete, bat ich ihn, Randolph zu suchen.

»Schau nach, wovon er sich aufhalten läßt, tu mir den Gefallen.«

»Dein Wunsch ist mir Befehl«, erwiderte er und verbeugte sich wie ein gehorsamer Diener. Bevor ich auf das Podium zurückkehren konnte, setzte die Musik wieder ein, und ich spürte, daß ich im Kreis herumgewirbelt wurde. Als ich aufsah, schaute ich in Bronson Alcotts Augen.

»Ich darf doch um diesen Tanz bitten?« fragte er. Ich warf einen Blick zum Podium. Jimmy unterhielt sich mit einigen Mitarbeitern des Hotels.

»Ja«, sagte ich, und wir tanzten miteinander.

»Ich muß schon sagen, daß ich ganz schön neidisch auf James bin. Er hat sich an der ganzen Küste den besten Fang an Land gezogen.«

»Es ist umgekehrt, Mr. Alcott. Ich habe mir den besten Mann geangelt.«

Er lachte.

»Nennen Sie mich doch bitte Bronson«, sagte er wieder einmal. »Ich komme mir nicht gern älter vor als Sie.«

»Kein Wunder, daß Sie sich so gut mit meiner Mutter verstehen«, erwiderte ich verdrossen. Sein Lächeln wurde breiter. »Sie will ihr Alter auch nie wahrhaben und sich nicht entsprechend benehmen.«

Er brüllte vor Lachen und wirbelte mich herum. Ich mußte mir selbst eingestehen, daß ich mir in seinen Armen wirklich wie eine Prinzessin vorkam. Er war äußerst anmutig. Unser Tanz zog die Aufmerksamkeit einer Reihe von Gästen auf sich, und viele hörten selbst auf zu tanzen, um uns zuzusehen. Es dauerte nicht lange, bis es so schien, als starrte die ganze Hochzeitsgesellschaft uns an, vor allem Mutter, auf deren Gesicht ein ganz und gar ungewohnter Ausdruck stand – eine Mischung aus Neid und Traurigkeit. Als der Tanz endete, wurde applaudiert.

»Wir beide sind ein Knüller«, raunte Bronson. »Ich danke Ihnen.«

»Ich danke Ihnen«, sagte ich und eilte zu Jimmy, der erschüttert zu sein schien.

»Ich kann es kaum erwarten, von hier zu verschwinden«, flüsterte ich ihm zu, »und dann brechen wir in die Flitterwochen auf.«

Er strahlte und küßte mich zart. Dann brachte Sissy Christie zu uns, und wir nahmen sie mit auf die Tanzfläche und hielten sie zwischen uns, als wir tanzten und uns an der Musik erfreuten.

Philip kam zurück und berichtete mir, Randolph sei in seinem Büro auf dem Sofa eingeschlafen.

»Ich habe es nicht übers Herz gebracht, ihn zu wecken«, sagte er.

»Vielleicht ist es so am besten«, gab ich zu.

Plötzlich hörte die Kapelle auf zu spielen, und der Conférencier trat ans Mikrofon.

»Viele von Ihnen wissen«, begann er, »daß unsere zauberhafte

Braut eine äußerst begabte Sängerin ist. Vielleicht können wir sie dazu überreden, auf die Bühne zu kommen und zu singen.«

»O nein«, rief ich aus. Aber sämtliche Gäste jubelten. Ich schaute Jimmy und Trisha hilflos an.

»Mach schon«, sagte er.

»Ja, zeig ihnen, was man in der Sarah-Bernhardt-Schule lernt«, fügte Trisha aufgeregt hinzu.

»O Jimmy...« Widerstrebend ließ ich mich zum Mikrofon führen. Die Kapelle wartete auf Anweisungen. Mir fiel ein altes Liebeslied ein, das Momma Longchamp manchmal gesummt hatte. Zu meinem Erstaunen kannte die Kapelle es auch. Die Musiker fingen an zu spielen, und ich sang.

»I'm confessing that I love you...«

Die Gäste hörten aufmerksam zu. Manche wiegten sich im Takt der Melodie. Als ich meinen Vortrag beendete, ertönte donnernder Applaus. Ich schaute Jimmy an und sah, daß er vor Stolz strahlte. Rechts neben ihm saß Bronson Alcott und starrte mich mit einem breiten Lächeln an. Mutter war ganz und gar davon in Anspruch genommen, Glückwünsche und Komplimente von allen in ihrer Umgebung entgegenzunehmen. Ich eilte wieder an Jimmys Seite.

Kurz darauf wurde die Hochzeitstorte auf einem Servierwagen in den Saal gefahren, und Jimmy und ich mußten sie anschneiden, wie es Brauch war. Wieder applaudierten unsere Gäste, und die Kellner und Kellnerinnen fingen an, die Torte zu servieren.

Das Essen und der Tanz zogen sich bis in den frühen Abend hinein. Von all den Aufregungen und vom frühen Aufstehen war ich entsetzlich müde, und ich war, offen gesagt, froh, als ich sah, daß sich das Fest seinem Ende entgegenneigte. Mutter, die oft über so simple Aufgaben jammerte und klagte wie das Putzen ihrer eigenen Zähne, schien endlose Energien zu besitzen. Sie sonnte sich genüßlich in all der Aufmerksamkeit, mit der sie überhäuft wurde, und wenn Leute kamen, um sich zu verabschieden, versuchte sie, ihnen das Aufbrechen auszureden.

»Aber es ist doch noch so früh!« rief sie immer wieder aus.

Allmählich löste sich die Gesellschaft jedoch auf, bis nur noch etwa ein Dutzend Leute übrig waren. Mr. Updike, Mr. Dorfman und Bronson Alcott waren die letzten, die gingen.

Jimmy und ich hatten alles für unsere Flitterwochen gepackt. Wir hatten unsere Flugtickets, und der Wagen des Hotels stand bereit, um uns zum Flughafen zu bringen, sowie wir uns beide umgezogen hatten. Ich half Sissy dabei, Christie ins Bett zu bringen, und ich erklärte ihr, Momma würde eine Zeitlang fort sein, und ich bat sie, ein braves Mädchen zu sein und auf Sissy zu hören. Sie schien es zu verstehen, denn sie umarmte mich fester als sonst und gab mir einen innigeren Kuß.

»Mach dir bloß keine Sorgen, Dawn«, sagte Sissy. »Ich werde gut auf sie aufpassen.«

»Das weiß ich, Sissy. Ich danke dir.«

»Du warst eine wunderschöne Braut«, sagte sie, und Tränen traten in ihre Augen.

»Das wirst du eines Tages auch sein, Sissy.«

Sie lächelte, und wir umarmten uns. Jimmy hatte unser Gepäck schon runtergebracht und wartete im Foyer. Auf dem Weg zu ihm begegnete ich Mutter, die sich mühsam die Treppe hinaufschleppte.

»Ich bin ja so müde«, stöhnte sie. »Ich werde eine Woche lang nur schlafen.«

»Ich danke dir, Mutter«, sagte ich. »Es war eine wunderbare Hochzeit.« Wieder einmal mußte ich anerkennen, was sie geleistet hatte. Sie strahlte.

»Ja, nicht wahr?«

»Abgesehen von Randolph war alles großartig«, sagte ich. »Ich hoffe wirklich, daß du dich jetzt um ihn kümmern wirst.« Ihr Lächeln zerbröselte.

»Bitte«, sagte sie. »Erinnere mich jetzt bloß nicht daran.« Sie schleppte sich an mir vorbei und jammerte über ihre Füße. Ich sprang die restlichen Stufen hinunter und lief auf Jimmy zu. Trisha, die mit uns zum Flughafen fahren würde, stand neben ihm an der Tür.

Als ich mich im Foyer umsah, trat Philip, der am Empfangsschalter lehnte, vor.

»Ich wünsche dir viel Spaß«, sagte er.

»Danke, Philip.«

»Ich wünschte, ich wäre derjenige«, murmelte er.

Ich ging nicht darauf ein und flog in Jimmys ausgebreitete Arme, in die offenen Arme, mit denen mich mein Ehemann erwartete.

5

Hochzeitsreise mit Hindernissen

Ich war derart erschöpft, daß ich nur zu gern in der Limousine des Hotels meinen Kopf auf Jimmys Schulter legte und die Augen schloß. Ich spürte, wie seine Finger das Haar aus meiner Stirn strichen, damit er mir einen zarten, liebevollen Kuß geben konnte. Ich lächelte mit geschlossenen Augen.

»Du siehst aus wie eine junge Frau, die einen wunderschönen Traum hat«, flüsterte Jimmy.

»So ist es auch«, erwiderte ich und lächelte strahlender.

»Solange ich darin vorkomme, habe ich nichts dagegen«, sagte er. Flatternd schlug ich die Lider auf und sah in seine sanften dunklen Augen. Ich spürte deutlich seine Sorge. Schließlich hatte ich mich einmal heftig und leidenschaftlich in einen anderen verliebt und das Kind dieses Mannes ausgetragen. Jimmy hatte allen Grund, sich zu fragen, ob er in meinen Träumen vorkam.

Plötzlich wurde mir das ungeheure Ausmaß seiner Liebe bewußt. Er hatte mich nie direkt gefragt, ob ich wirklich aufgehört hatte, Michael Sutton zu lieben, nachdem Michael mich sitzengelassen hatte. Er schien sich nie zu fragen, ob ich noch oft an Michael dachte. Er fragte mich nie danach. Vielleicht fürchtete er die Antworten. Vielleicht wußte er, daß ich ihn nicht belügen und ihm gegenüber nicht bestreiten konnte, daß Michael mir gelegentlich noch durch den Kopf ging, vor allem dann, wenn ich Christie in meinen Armen hielt.

Aber Jimmy war bereit, all das zur Seite zu schieben. Er glaubte daran, daß unsere Liebe zueinander mit jedem Tag, der verging, größer und immer größer werden würde. Ich bedeutete ihm so viel, daß er gewillt war sein eigenes Herz aufs Spiel zu setzen. Ich liebte ihn wirklich, dachte ich, und diese Liebe würde noch stärker werden.

»Du wirst immer in meinen Träumen vorkommen, Jimmy. Nicht nur heute, sondern bis in alle Ewigkeit«, versprach ich ihm. Ich hob den Kopf, damit sich unsere Lippen berühren konnten, und wir küßten uns lange. Dann schloß ich wieder die Augen und ließ den Kopf auf seine Brust fallen. Er hielt mich fest und vermittelte mir Geborgenheit, bis wir den Flughafen fast erreicht hatten.

Unser Flug brachte uns direkt nach Provincetown, auf der Spitze von Cape Cod. Dort nahmen wir ein Taxi zum Motel, das am Strand lag. Es war kurz vor Mitternacht, als wir uns endlich in unserer Flitterwochensuite eingerichtet hatten, und wir waren beide reichlich müde, aber auch sehr aufgeregt. Unser Zimmer hatte eine Tür, die auf einen kleinen Balkon führte. Wir waren zwar nur im zweiten Stock, aber der unverbaute Blick auf den Strand bot uns einen umwerfenden Ausblick auf das Meer. Es war eine klare Nacht, und die Sterne funkelten wie Diamanten auf schwarzem Samt. Ich fühlte mich, als seien wir auf dem Dach der Welt und könnten nicht mehr höher hinaufgelangen. Jimmy trat von hinten näher. Er ahnte meine Gedanken, legte einen Arm um meine Schultern und zog mich dicht an sich.

»Bist du glücklich?« fragte er.

»O ja, Jimmy. Ich fühle mich wie Alice, die in ein Wunderland aus Regenbogenträumen fällt.«

Etwas knabenhaft Sehnsüchtiges und Verzaubertes trat in seine Augen.

»Die Sterne scheinen so nah zu sein«, sagte er und küßte mich auf die Wange.

»Und so hell. Sogar, wenn ich die Augen schließe, sehe ich sie immer noch!« rief ich aus. Jimmy lachte und drehte mich zu sich um, damit er mich auf die Lippen küssen konnte. »Mrs. James Gary Longchamp«, flüsterte er und hob mich hoch, um mich zum Bett zu tragen. Dort kauerte er über mir, strich mir über das Haar und schaute auf mich herab.

Ein einziges Mal, als er mich in meiner Schule in New York besucht hatte, waren wir in sein Hotelzimmer gegangen und hätten uns beinahe geliebt. Das war, ehe ich Michael getroffen hatte. Jimmys und meine Erinnerungen an die Zeit, in der wir gemeinsam aufgewachsen waren und geglaubt hatten, wir seien Geschwister, waren damals noch sehr ausgeprägt, und obwohl ich die Augen geschlossen und mir immer wieder gesagt hatte, daß wir nicht blutsverwandt waren und keinen Grund hatten, uns schmutzig dabei zu fühlen, wenn wir uns begehrten und liebten, dann war es doch sehr schwierig, die vielen Jahre zu überwinden, die wir als Geschwister miteinander gelebt hatten.

Jimmy war es genauso gegangen, und er hatte beschlossen, es sei noch zu früh. Wir hatten uns zwar umarmt und geküßt und liebevoll gestreichelt, aber wir hatten uns zurückgehalten und unsere Liebe nicht vollzogen. Ich wußte, daß wir die Wand, die immer noch zwischen uns aufragte, einreißen würden, sowie wir es taten, eine Wand aus falschverstandenem Schuldbewußtsein und Verwirrung, eine Wand aus Lügen und Täuschungen, eine künstlich erschaffene Wand, die ohnehin nie zwischen uns hätte stehen sollen.

»Bist du zu müde?« fragte Jimmy und gab mir damit wieder einmal die Möglichkeit, den Augenblick hinauszuzögern.

»Nein«, sagte ich und hob die Hände, um die ersten Knöpfe meiner Bluse zu öffnen.

»Laß mich das machen«, sagte er. »Du kannst einfach mit geschlossenen Augen liegen bleiben und dir die Sterne betrachten.«

Ich lächelte, doch in dem Moment, in dem seine Finger die Knöpfe meiner Bluse berührten, fing mein Herz an, heftig zu schlagen. Es dröhnte wie eine Blechtrommel, und mir war vor Nervosität ganz flau im Magen. Sachte zog er mir die Bluse aus und ließ sie an meinen Armen hinuntergleiten. Ebenso sachte, fast mit Zauberhand, öffnete er den Verschluß meines BHs. Ich schlug die Augen nicht auf. Ich spürte, wie er auf dem Bett tiefer nach unten glitt, um mir die Schuhe auszuziehen und den Rock über meine Beine gleiten zu lassen. Als er mir die Strumpfhose und den Slip auszog, schlug ich die Augen auf und sah ihn an. Er schaute mit einem solchen Verlangen auf mich herunter, daß ich spürte, wie nah ich einer Ohnmacht war.

»Erinnerst du dich noch daran«, fragte er mit einer Stimme, die kaum mehr als ein Flüstern war, »wie du mich ab und zu dabei ertappt hast, daß ich dir beim Anziehen zugesehen habe?«

»Ja«, sagte ich und dachte wieder daran, wie er rot geworden war, wenn mir aufgefallen war, daß er mich genau beobachtete.

»Es hat mich gegen meinen Willen fasziniert, wie sich dein Körper verändert hat – wie deine Brüste knospten und deine Kurven sich gerundet haben und weicher geworden sind. Ich wollte nicht hinschauen; ich habe mir gesagt, daß sich das nicht gehört, daß es schmutzig ist, aber du warst wie ein Magnet, und mein Kopf war wie Eisen.«

»Und wie du zurückgezuckt bist, wenn wir uns berührt haben, wenn wir zusammen auf diesen ausklappbaren Schlafsofas geschlafen haben, weißt du noch?«

»Ja«, sagte er und legte seine Hände auf meine Brüste. Seinen Händen ließ er seine Lippen folgen. Ich schloß die Augen und lauschte dem Rascheln seiner Kleidungsstücke, als er sich auszog. Wenige Momente später lag er nackt neben mir, etwas, was wir uns beide in unseren Träumen und in unseren Phantasien ausgemalt hatten. Es hatte Schuldbewußtsein bei uns ausgelöst und war uns unrecht erschienen, und jetzt wurde es wahr.

Wahr waren jetzt seine Lippen, die sich zart, aber schnell über meine Brüste bewegten. Wahr waren seine Hände, die mich streichelten und mich ihm näher und immer näher brachten. Wahr war die Berührung seiner Männlichkeit, die steif und bereit war. Wir zögerten beide noch ein letztes Mal, als schlügen wir endlich die Tür hinter einer verlogenen Vergangenheit zu, und dann wurden wir zu dem, was Mann und Frau zu werden bestimmt ist, und vereinigten uns in einer ekstatischen Umarmung, und unsere ganze Liebe zueinander strömte von dort auf, wo wir uns paarten. Seine Liebe drang tiefer und immer tiefer in meine Seele ein, und meine Liebe hieß ihn willkommen, lockte ihn an und verlangte mehr und immer mehr von ihm, bis wir beide nur noch stöhnten. Ich klammerte mich an ihm fest, als sei ich auf eine Achterbahn geraten. Er riß mich mit, auf und ab, und ich hatte das Gefühl, so schnell in Abgründe zu stürzen, daß mir schwindlig davon wurde. Mein Herz schlug so schnell, daß ein beständiges Flattern daraus wurde, und das Blut durchströmte mich so wild, daß meine Fingerspitzen prickelten.

Als es vorbei war, lagen wir schwer atmend nebeneinander und waren beide über das immense Maß unserer Leidenschaft erstaunt. Seine Finger öffneten sich, um sich mit meinen zu verschlingen. Wir blieben stumm und hielten uns an den Händen und schauten in das Dunkel auf, während vor unserem Fenster die Sterne noch heller glühten und ihr Licht sich funkelnd auf der Meeresoberfläche spiegelte. Es schien, als sei die ganze Welt glücklich darüber, daß Jimmy und ich endlich Mann und Frau waren.

In dieser Nacht schliefen wir beide tief und fest. Sogar die Morgensonne, die durch den Spalt in den Vorhängen strömte, konnte uns nicht aus dem Schlaf wecken. Die Brise, die vom Meer kam, hob die Gardinen und streifte uns sacht, bis wir endlich die Lider mühsam aufschlugen und uns ins Gesicht sahen.

»Das ist der erste Morgen, an dem du als Mrs. James Gary Longchamp erwachst«, sagte Jimmy. »Wie fühlst du dich?«

»Absolut heißhungrig«, erwiderte ich, und er lachte. Wir duschten und zogen uns schnell an, um zu frühstücken. Das Motelrestaurant hatte einen großen Garten mit Tischen und Sonnenschirmen wie in einer Eisdiele. Wir tranken frischgepreßten Saft und Kaffee und aßen Eier mit Speck.

Anschließend machten wir einen langen Spaziergang am Strand und sammelten Muscheln und überraschten uns mit farbenprächtigen Funden. Als wir ins Motel zurückkehrten, hatten wir einen ganzen Sack Muscheln gesammelt.

»Christie wird begeistert sein«, sagte ich.

Am Nachmittag lagen wir am Strand und schwammen im Meer. Von unseren Aktivitäten bekamen wir wieder Appetit, und wir waren beide versessen darauf, den berühmten Hummer von Cape Cod zu probieren. Jimmy hatte sich genauestens mit der Gegend beschäftigt und alles, was wir vorhatten, bis in alle Einzelheiten vorgeplant. Er hatte in einem Restaurant für Meeresfrüchte am Hafen einen Tisch reservieren lassen. Über der Tür hing ein Schild, auf dem stand: »Der Hummer, den Sie heute essen, ist gestern noch in der Bucht von Cape Cod geschwommen.«

Es war köstlich und hochromantisch, denn wir saßen an einem Tisch, auf den nur der Schein des Kerzenlichts fiel, und schauten auf die Schiffe im Hafen, von denen viele hell erleuchtet waren, und manche waren so weit draußen, daß sie wie Sternschnuppen wirkten, die ins Meer gefallen waren. Nach dem Abendessen machten wir einen schönen Spaziergang durch die Stadt, schauten uns die Schaufensterauslagen an und planten ein paar unserer Einkäufe, denn wir wollten eine Menge Geschenke mitbringen.

An jenem Abend liebten wir uns nicht weniger leidenschaftlich als in der Nacht zuvor. In Verbindung mit der Sonne und dem Schwimmen, den Spaziergängen und dem leckeren Essen führte uns das wieder einmal an die Pforten eines erholsamen und ruhigen Schlafs. Wir hielten uns in den Armen, als wir einschliefen, und am nächsten Tag wurden wir wieder von der sanften Liebkosung der warmen Meeresbrise geweckt.

Jimmy hatte geplant, daß wir Kajaks mieteten und durch den ruhigen Hafen paddelten, und daher zogen wir uns gleich nach dem Frühstück um und gingen zum Strand. Der Mann vom Bootsverleih stattete uns mit Schwimmwesten aus und brachte uns dann das Notwendigste bei. Wenig später zogen wir los und brachen zu unserer fröhlichen Seepartie auf. Jimmy war ein paarmal leichtsinnig, kenterte und richtete sich wieder auf. Es machte großen Spaß, und die Bewegung tat uns äußerst gut. Wir hatten Glück, denn das Meer war sehr ruhig, aber wir waren trotzdem beide froh, die Küste wiederzusehen, als wir zurückpaddelten.

Als wir näher und immer näher kamen, fiel mir jedoch auf, daß einer der Empfangschefs des Motels mit dem Bootsverleiher dastand und in unsere Richtung schaute. Er hatte die Arme vor der Brust verschränkt. Als wir ans Ufer kamen, kam er uns entgegen und wedelte mit den Armen.

»Was will er bloß?« fragte ich mich laut. Jimmy sprang als erster aus seinem Kajak und half mir beim Anlegen.

»Wir haben gerade einen dringenden Anruf für Sie bekommen, Mrs. Longchamp«, sagte der Empfangschef, »und ich bin gleich runtergelaufen, um nachzusehen, ob Sie und Ihr Mann bereits zurückgekommen sind.«

Grauen erfüllte mich. Ich sah Jimmy besorgt an und wandte mich dann wieder an den Mann.

»Wissen Sie, von wem der Anruf kam?« Mein Herz schlug heftig, und meine Nerven prickelten unangenehm.

»Von einem Mr. Updike«, erwiderte er und reichte mir den Zettel mit Mr. Updikes Telefonnummer. »Er hat darum gebeten, daß Sie ihn sofort zurückrufen.«

»O nein, Jimmy. Christie muß etwas zugestoßen sein«, rief ich.

»Zieh keine voreiligen Schlußfolgerungen«, sagte Jimmy entschieden. »Es kann genausogut etwas mit dem Hotel zu tun haben – mit einer Entscheidung, die augenblicklich getroffen werden muß.«

Ich nickte hoffnungsvoll, und wir eilten zum Motel, um von unserem Zimmer aus zu telefonieren. Mr. Updike nahm schon nach dem ersten Läuten den Hörer ab.

»Es tut mir leid, daß ich Sie ausgerechnet in Ihren Flitterwochen anrufen muß, Dawn«, begann er, »aber es ist zu einem tragischen Vorfall gekommen.«

»Was ist passiert, Mr. Updike? Was ist vorgefallen?« rief ich. Ich zitterte und spürte, wie mir vor Sorge eiskalt wurde. Jimmy saß neben mir und hielt meine Hand.

»Randolph ist tot«, erwiderte er.

»Randolph? Aber wie... was?«

»Anscheinend ist ihm alles endgültig zuviel geworden. Er hat das Hotel gestern irgendwann im Laufe des frühen Abends verlassen. Niemand wußte, daß er fortgegangen war. Soweit sich das jetzt sagen läßt, muß er den ganzen Abend durch die Gegend gelaufen sein. Schließlich ist er dann auf dem Friedhof gelandet.«

»Auf dem Friedhof?«

»Ja, und dort ist er über dem Grab seiner Mutter zusammengebrochen. Heute am späten Vormittag hat der Leichenbestatter ihn dort gefunden. Er hat einen Krankenwagen angerufen und so weiter, aber – es war zu spät. Der Arzt sagt, er hätte sich buchstäblich zu Tode gegrämt. Die offizielle Todesursache wird auf Herzversagen lauten«, schloß er.

»Oh, das tut mir ja so leid«, sagte ich. »Der arme Randolph. Er hat so viel gelitten, und niemand war ihm wirklich eine Hilfe.«

»Ja«, sagte Mr. Updike und räusperte sich. »Sie können sich bestimmt vorstellen, wie es jetzt hier zugeht. Ihre Mutter...«

»Muß fürchterlich jammern und klagen«, warf ich trocken ein. »Ich kann mir vorstellen, daß ganze Scharen von Ärzten die Treppen auf und ab laufen.«

»Es herrscht wirklich ein ziemlicher Tumult. Sie hat darauf bestanden, daß Mr. Dorfman alle Gäste zur Abreise auffordert und das Hotel schließt. Es liegt auf der Hand, daß er nicht die gesamte Verantwortung auf sich nehmen wollte. Daher hat er mich angerufen, und ich habe ihm gesagt, ich würde Sie anrufen, um den nächsten Schritt unseres Vorgehens mit Ihnen abzusprechen«, erklärte Mr. Updike.

»Was sollen wir Ihrer Meinung nach tun, Mr. Updike? Was schlagen Sie vor?« fragte ich.

»Mrs. Cutler hätte das Hotel nicht geschlossen«, sagte er schlicht und einfach. »Sie hatte die Haltung, die man im Showbusineß hat – die Show muß weitergehen.«

»Dann schließen Sie das Hotel«, beharrte ich ausdrücklich, denn mich interessierte nicht, was diese gräßliche alte Frau getan hätte. »Die Gäste werden Verständnis dafür haben, und es ist das einzig Anständige, was wir tun können. Jimmy und ich werden uns augenblicklich auf den Heimweg machen. Wann findet das Begräbnis statt?«

»Ihre Mutter wollte, daß es morgen stattfindet, aber der Geistliche hat sie überredet, bis übermorgen damit zu warten. Eine ganze Reihe von Leuten wird zur Beerdigung kommen wollen«, sagte er. »Philip und Clara Sue sind bereits zuhause.«

»Gut, dann machen wir es so«, sagte ich. »Wie tragisch«, wiederholte ich noch einmal, und dann legte ich langsam den Hörer auf. Ich berichtete Jimmy alles.

»Ich habe meiner Mutter gesagt, wie ernst es ist. Ich habe sie gewarnt«, sagte ich, »aber es war ihr vollkommen gleichgültig. Seinen eigenen Kindern war es ganz egal!«

»Du hast getan, was du konntest, Dawn. Fang jetzt nicht an, dir die Schuld daran zu geben«, warnte mich Jimmy.

»Ich weiß. Wie gräßlich.« Ich dachte laut. »Der arme Randolph.« Ich spürte, wie die Tränen hinter meinen Augen brannten. »Selbst vom Grab aus hat sie noch den Einfluß, Menschenleben zu zerstören.«

Jimmys Augenbrauen zogen sich zu einem besorgten Stirnrunzeln zusammen. »Sag so etwas nicht. Sonst glaubst du bald noch selbst daran.«

»Aber wie kommt es, Jimmy, daß schlechte Taten sich länger auswirken als gute Taten, daß der Geruch nach etwas Verfaultem länger anhält als das Aroma von etwas Süßlichduftendem?« fragte ich.

»Das ist nicht wahr, Dawn. Es erscheint dir nur so, aber es ist nicht so«, beharrte er. »Unsere schönen Erinnerungen leben in uns weiter, oder etwa nicht?«

Ich schüttelte den Kopf. »Aber die bösen schneiden sich tiefer in uns und hinterlassen Narben, und diese Narben bleiben uns für immer und ewig. Ich muß irgendeinen Weg finden, um diese gräßliche alte Frau ganz aus unserem Leben auszuschließen«, sagte ich, und meine Augen kniffen sich vor Entschlossenheit zusammen.

»Wenn du so redest«, sagte Jimmy, »dann jagst du mir Angst ein. Dein ganzes Gesicht verändert sich, und ich weiß nicht mehr, wer du bist, denn die Dawn, die ich kenne, würde keine Rachegelüste hegen.«

»Es sind keine Rachegelüste, die ich hege, Jimmy. Es geht um das bloße Überleben.«

Er wandte betrübt den Blick ab.

Es tat mir leid, daß ich diese Dinge ausgesprochen hatte, aber ich glaubte, wenn auch widerstrebend, daran, daß Großmutter Cutler irgendwie selbst aus dem Reich der Toten noch ihren Einfluß geltend machen und Mittel und Wege finden konnte, das Glück aller zu zerstören, aber insbesondere mein Glück.

Der Motelmanager half uns, unsere Abreise zu bewerkstelligen. Wenn wir augenblicklich aufbrechen wollten, mußten wir ein kleines Flugzeug nach Boston nehmen, um in Boston ein größeres Flugzeug zu erwischen, das uns nach Virginia Beach brachte. Die Limousine des Hotels erwartete uns, als wir kurz nach neun abends eintrafen. Julius Barker, der Fahrer, stand mit dem Hut in den Händen an der Tür zur Gepäckausgabe, und seine Lider waren vor Kummer schwer.

Fast alle im Hotel hatten Randolph gern gehabt. Trotz seiner Unfähigkeit in der Hotelführung und seines Abgleitens in den Wahnsinn nach dem Tod seiner Mutter, war er eine freundliche und liebenswerte Seele, die personifizierte Herzlichkeit der Südstaatler und ein Inbegriff von Anmut. Ehe er in seine Depression gesunken war, hatte er immer für alle ein Lächeln und freundliche Worte übrig gehabt, sei es nun ein Zimmermädchen oder ein reicher Hotelgast. Sein physischer und psychischer Verfall hatte das Personal, aber auch langjährige Gäste tief betrübt. Es schien, als seien nur die Menschen, die sich am meisten aus ihm hätten machen sollen, nicht beunruhigt und betroffen gewesen.

Julius eilte auf uns zu, um uns das Gepäck abzunehmen.

»Es tut mir leid, daß Sie so schnell wiederkommen mußten, Mrs. Longchamp«, sagte er.

»Das ist alles sehr traurig, Julius.«

»Ja, Ma'am. Im Hotel lassen alle den Kopf hängen und reden leise und halten nur mühsam die Tränen zurück. Mr. Dorfman hat uns die meisten Lichter ausschalten lassen«, fügte er noch hinzu, und als wir vorfuhren, wurde uns klar, warum er das eigens erwähnt hatte.

Über dem Gebäude und dem gesamten Hotelgelände hing eine Begräbnisstimmung. Von einem verhangenen Himmel fiel jetzt ein kalter Regen durch die Dunkelheit, und die Luft war dementsprechend grau und kühl. Das Hotel ragte wie ein großes leerstehendes Haus mit blicklosen, dunklen Fenstern auf. Die große Veranda wirkte, als hätte man ein schwarzes Leichentuch darübergehängt. Es war ein ganz seltsames Gefühl, das geräumige Foyer zu betreten und es menschenleer und düster vorzufinden. Nur eine der Empfangsdamen, Mrs. Bradly, saß an der Rezeption, um die Telefonanrufe entgegenzunehmen. Robert Garwood, einer der älteren Pagen, eilte uns entgegen, um uns das Gepäck abzunehmen und es in unsere Suite zu tragen.

»Ich sehe nach, was außer Betrieb gesetzt worden ist und was nicht«, sagte Jimmy. Er zog mit Julius los, und ich folgte Robert in den Teil des Hotels, in dem die Familie wohnte. Die Tür meiner Mutter war wie üblich geschlossen, aber als ich durch den Korridor lief, öffnete sich die Tür zu Philips Zimmer, und er trat heraus, um mich zu begrüßen.

»Ich hätte nicht geglaubt, daß du kommst«, sagte er. Er trug einen Morgenmantel aus blauem Samt mit dem goldenen C der Cutlers auf der Brusttasche, aber sein Haar war ordentlich frisiert, und er wirkte ausgeruht und entspannt. Er lächelte und trat dann näher, um mich auf die Wange zu küssen. Seine Hand blieb auf meiner Schulter liegen.

»Natürlich mußte ich zurückkommen. Warum hätte ich es denn nicht tun sollen?« sagte ich, ohne meine Entrüstung zu verbergen, und schüttelte seine Hand von meiner Schulter ab.

»Na ja, er ist ja in Wirklichkeit nicht dein Vater, und du warst auf deiner Hochzeitsreise«, sagte Philip. »War es denn nicht schön?« fragte er belustigt und grinste ein wenig. Wie konnte er so kurze Zeit nach dem traurigen Tod seines Vaters derart unbeschwert sein? fragte ich mich. Dieses sonst so berückende und charmante Lächeln flößte mir unwillkürlich Abscheu ein.

»Also, wirklich, Philip, hast du denn vor nichts Respekt, noch nicht einmal vor dem Andenken an deinen Vater?« fauchte ich. Die Schärfe in meiner Stimme wischte das anzügliche Grinsen so schnell von seinem Gesicht, als hätte ich ihn geohrfeigt.

»Ich bin fassungslos. Natürlich bin ich fassungslos«, sagte er zu seiner Verteidigung. »Schließlich mußte ich sofort wieder vom College herkommen, oder bin ich etwa nicht hier?« hob er hervor.

»Du denkst immer noch nur an dich selbst, Philip«, erwiderte ich kopfschüttelnd. »Was ist mit Randolph?«

Ich wartete seine Antwort nicht ab. Ich ließ ihn mit weitoffenem Mund dastehen und ging zu Christies Kinderzimmer. Sissy begrüßte mich in der Tür. Christie schlief tief und fest.

»Es war ja so furchtbar«, sagte Sissy und wischte sich die Augen. Ich zog sie aus dem Zimmer, damit wir Christie nicht weckten. »Clarence hat mir erzählt, er hätte gehört, daß Mr. Cutlers Kleider so zerfetzt und in Stücke gerissen waren, als sei er durch Stacheldraht gerannt. Im Tod hat er mit den Händen Mrs. Cutlers Grabstein umklammert, und sein Gesicht war auf den Erdboden gepreßt.« Sie schüttelte sich, um den eisigen Schauer loszuwerden, der ihr über den Rücken kroch. »Der arme Mann.«

»Ich weiß«, sagte ich. »Wie geht es Christie?«

»Sie weiß, daß etwas Schlimmes passiert ist. Sie hat gesehen, daß alle Leute weinen und schniefen und niedergeschlagen rumlaufen, aber Mrs. Boston und ich haben versucht, sie die meiste Zeit über in ihrem Zimmer zu beschäftigen. Natürlich fragt sie ständig nach dir.«

Ich nickte und betrat leise das Kinderzimmer. Ich sah auf sie hinunter, wie sie schlafend in ihrem Bettchen lag. Eine goldene Locke war ihr in die Stirn gefallen. Ihr vollkommenes kleines Gesicht sah aus wie das Gesicht eines Porzellanpüppchens. Ich zog ihre Decke zurecht und ging wieder, um Jimmys und meine Sachen auszupakken. Aber Mrs. Boston, die von unserem Eintreffen erfahren hatte, war bereits da und räumte alles weg.

»Mir ist alles recht, solange ich nur beschäftigt bin«, sagte sie kopfschüttelnd, und Tränen traten in ihre Augen. Wir fielen uns in die Arme.

»Wie geht es meiner Mutter?« fragte ich argwöhnisch. Mrs. Boston holte hörbar Luft und zog die Schultern zurück.

»Sie hat sich in ihrer Suite eingeschlossen und ist nicht mehr rausgekommen. Sie läßt sich alles nach oben bringen. Ich glaube nicht, daß sie aus dem Bett aufgestanden ist.«

»Wer hat die Vorkehrungen für die Beerdigung getroffen?« fragte ich.

»Ich kann mir vorstellen, daß es Mr. Updike war«, sagte sie.

»Tja, ich schätze, früher oder später werde ich sie in ihrem Zimmer aufsuchen müssen«, sagte ich und begab mich zur Suite meiner Mutter. Sie hatte die Tür zu ihrem Schlafzimmer geschlossen. Ich klopfte leise an.

»Mutter? Bist du wach?« rief ich. Lange Zeit kam keine Antwort, und ich wollte mich gerade schon abwenden, doch dann hörte ich ihre leise Stimme.

»Dawn… bist du es?« fragte sie.

Ich öffnete die Tür und trat ein. Mutter hatte in dem riesigen Bett nie winziger gewirkt, wie sie dalag, den Kopf auf den überdimensionalen Satinkissen und die Steppdecke über sich hochgezogen. Nur eine kleine Tischlampe brannte und warf auf alles einen matten, trüben Schein. Wenn sie auch hätte trauern müssen, dann sah es doch so aus, als hätte sie sich Stunden über Stunden das Haar gebürstet. Sie trug Lippenstift und hatte etwas Rouge aufgelegt, und auch die Perlenohrringe mit einer passenden Perlenhalskette fehlten nicht.

Sie setzte sich auf und breitete die Arme aus, damit ich zu ihr ging und sie tröstete. Langsam bewegte ich mich auf ihr Bett zu und ließ mich von ihr umarmen.

»Dawn, ich bin ja so glücklich, daß du zurückgekommen bist. Es war entsetzlich, einfach entsetzlich. Hast du schon alles gehört?« fragte sie und ließ sich auf ihre Kissen zurückfallen, als hätte es sie ihre letzte Kraft gekostet, mich zu umarmen. »Wie er Gott weiß wohin gelaufen ist, durch dunkle Gassen und unter Hafenmolen, daß er mit vollkommen Fremden geredet und ihnen endlos von seiner Mutter erzählt hat? Könnte man nicht vor Scham sterben?« sagte sie und verrollte die Augen. »Darüber werden die Leute in Cutler's Cove noch in Generationen reden.«

»Ich glaube nicht, daß das Randolphs Sorge war, Mutter«, erwiderte ich zynisch.

»Nein, natürlich nicht. Ihn gibt es nicht mehr. Nichts von alldem wird ihm noch etwas ausmachen«, sagte sie aufbrausend. Dann benutzte sie ihre kleinen Fäuste, um sich die dicken Tränen wegzuwischen, und sie setzte sich wieder auf. »Mr. Updike ruft mich immer wieder an und stellt mir gräßliche Fragen wegen der Beerdigung«, stöhnte sie. »Ich will kein Wort mehr davon hören. Du wirst dich darum kümmern müssen.«

»Was ist mit Philip oder Clara Sue?« fragte ich.

»Clara Sue weigert sich, aus ihrem Zimmer zu kommen«, erklärte sie, »und Philip wird mehr und mehr wie sein Vater. Er sagt, daß er alles tut, was ich will. Ich will aber nicht«, sagte sie ausdruckslos und ohne jedes Gefühl. »Was ich will, ist, daß diese abscheuliche Geschichte endlich aufhört.«

»Es tut mir so leid für ihn, aber ich habe dir ja gesagt, wie ernst es um ihn gestanden hat. Philip habe ich es auch gesagt. Niemand schien sich viel daraus zu machen«, sagte ich schärfer, als ich es beabsichtigt hatte. Aber allmählich hatte ich es satt, mir anzuhören, daß Randolphs Tod all seine Lieben in derartige Ungelegenheiten brachte.

»Fang jetzt bloß nicht an, mir die Schuld daran zu geben, Dawn«, protestierte Mutter und wies anklagend mit dem Zeigefinger auf mich. »Es gab nichts, was ich für ihn hätte tun können. Er war von seiner Mutter und seinem Andenken an sie besessen. Er hat sie immer mit größter Ehrfurcht behandelt, sie angebetet, als sei sie irgendeine Göttin und nicht nur seine Mutter. Er hat in ihr nie das gesehen, was sie wirklich war. Er hat ihre Gemeinheit und ihre Gehässigkeit nie erkannt. Alles, was sie getan hat, war in seinen Augen richtig. Sie brauchte nichts weiter zu tun, als mit dem Kopf in eine Richtung zu nicken, und schon ist er losgelaufen, um ihre Befehle zu befolgen. Er wollte unbedingt bei ihr sein, und jetzt ist er bei ihr«, schloß sie und nickte.

»Ich bin sicher, daß er nicht auf diese Weise auf ihrem Grab sterben wollte, Mutter. Es ist ihm nicht gutgegangen«, sagte ich leise.

»Glaub mir, Dawn. Er wollte auf genau diese Weise sterben.« Sie winkte meine Einwände ab. »Er war verrückt, ja, aber er wußte genau, was er getan hat. Nun, jetzt ist es vorbei.« Sie holte tief Atem und seufzte. »Wenigstens dieser Teil der Geschichte. Und jetzt müssen wir uns diesen Unerfreulichkeiten stellen. Tja, mir geht es auch nicht gut, und daher kann ich mich nicht mit gräßlichen Einzelheiten belasten. Ich will, daß alles so schnell wie möglich über die Bühne geht. Wirst du dafür sorgen, daß wir es schnell hinter uns bringen? Wirst du dich darum kümmern?« bat sie.

»Wir werden es so abwickeln, wie es sich gehört, wenn wir ihm Respekt erweisen wollen, Mutter«, sagte ich und zog meine Schultern zurück. Ich konnte nichts dagegen tun. Ich wußte, daß ich aussehen mußte, als ahmte ich ausgerechnet die Frau nach, die mir mehr als jede andere verhaßt war. Das wurde mir bestätigt, als Mutter die Augen vor Staunen weit aufriß. »Und du wirst die Kraft finden, die Rolle zu spielen, die man von einer liebenden Frau beim Begräbnis ihres Mannes erwartet. Du kannst davon ausgehen, daß viele der Leute, die du so sehr bewunderst, da sein und dich beobachten werden.«

»O mein Gott. Meine Güte, meine Güte«, ächzte sie und schloß die Augen. »Woher soll ich bloß die Kraft nehmen?«

»Ich bin ganz sicher, daß du sie in dir finden wirst«, antwortete ich scharf. »Ich werde augenblicklich Mr. Updike anrufen und sehen, was noch getan werden muß, und dann sage ich dir, was du zu tun hast.« Ich wandte mich ab, um zu gehen.

»Dawn!« rief sie.

»Was ist, Mutter?«

»Ich bin so froh, daß du hier bist... daß du mir eine Stütze bist.« Sie lächelte durch ihre kristallenen Tränen.

»Dafür kannst du dem Sicherheitsbeamten danken, der Daddy Longchamp erkannt und der Polizei Bescheid gegeben hat, damit sie mich holen konnten«, erwiderte ich. Ihr Lächeln schwand.

»Wie kannst du zu einem solchen Zeitpunkt so grausam zu mir sein?« jammerte sie.

Jimmys Worte schossen mir wieder durch den Kopf: »...denn die Dawn, die ich kenne, würde keine Rachegelüste hegen.« Hatte er recht? Veränderte ich mich? Ließ ich zu, daß Großmutter Cutler mich zu einem Menschen machte, wie sie es war, und mich somit wirkungsvoll vernichtete?

Ich erbarmte mich.

»Es tut mir leid, Mutter«, sagte ich. Sie wirkte erfreut. »Ich werde tun, was ich kann, um es dir möglichst leicht zu machen.«

»Ich danke dir, Dawn. Dawn«, rief sie mir noch nach, als ich an der Tür stand. »Ich habe ihn wirklich geliebt... früher einmal«, sagte sie mit einem kleinen, traurigen Stimmchen.

»Wenn das so ist, Mutter, dann trauere, wenn du um ihn trauerst, um den Mann, der er einmal war, und nicht um den Mann, zu dem er geworden ist«, riet ich ihr, und als ich ging, schluchzte sie in ihr Spitzentaschentuch.

Mr. Updike und Mr. Dorfman fanden beide, daß Randolphs Trauerzug zu einem letzten Abschied vor dem Hotel haltmachen sollte, ebenso wie bei Großmutter Cutlers Begräbnis. Der Geistliche würde vom Haupteingang aus ein paar Worte sagen. Mutter stöhnte, als litte sie entsetzliche Qualen, als ich ihr davon berichtete.

»Nicht das schon wieder. Warum denn immer gleich so dramatisch?« rief sie. Aber sie widersetzte sich nicht. Sowie alle Vorbereitungen für das Begräbnis getroffen worden waren, barst sie tatsächlich plötzlich vor neuen Energien. Sie beschloß, das Kleid, das sie zu Großmutter Cutlers Begräbnis getragen hatte, sei nicht gut genug für Randolphs Beerdigung.

»Damals war mir ganz egal, wie ich aussehe«, erklärte sie. »Aber das ist etwas anderes.«

Eine ihrer liebsten Modistinnen wurde unter großem Aufwand schleunigst ins Hotel bestellt und machte sich ans Werk, ein modisches schwarzes Kleid zu entwerfen. Mutter wollte, daß es an der Taille eng ansaß und weite Ärmel und ein ziemlich tiefausgeschnittenes Oberteil hatte. Die Modistin war überrascht, tat aber, was von ihr verlangt wurde. Als ich am Morgen der Beerdigung sah, wie Mutter gekleidet war, dachte ich, sie hätte sich für eine Art Kostümfest hergerichtet. Das einzige, was ihr dafür noch gefehlt hätte, war eine schwarze Maske. Sie hatte sich die Nägel manikürt und lakkiert, das Haar gewaschen und frisiert und hatte sogar eine Kosmetikerin bestellt, um eine Gesichtsbehandlung durchführen zu lassen, denn sie behauptete, ihr stundenlanges Weinen hätte sie zu einer alten Frau gemacht.

In der gesamten Zeit, seit Jimmy und ich aus unseren abgebrochenen Flitterwochen zurückgekehrt waren, hatte sich Clara Sue kein einziges Mal gezeigt. Wie ihre Mutter bestand sie darauf, daß ihr jede Mahlzeit ins Zimmer gebracht wurde. Mir wurde jedoch berichtet, sie telefoniere ständig und rede mit ihren Schulfreundinnen. Als ich sie am Morgen des Begräbnisses dann zu sehen bekam, wandte sie sich von mir ab.

Die Familie hätte gemeinsam in der Hotellimousine fahren sollen, so war es ausgemacht, aber ein paar von Clara Sues Freunden, die hier wohnten, waren da, und sie beschloß, mit ihnen zu fahren. Es überraschte mich, daß Mutter keine Einwände dagegen erhob.

»Für solche Dinge habe ich heute morgen nicht die Kraft, Dawn«, sagte sie zu mir, als ich sie darauf hinwies, wie uneinfühlsam von Clara Sue es doch sei, sich jetzt nicht an ihrer Seite aufzuhalten. »Sehen wir nur zu, daß wir uns in Bewegung setzen und alles so schnell wie möglich hinter uns bringen.«

Der Himmel war stark bewölkt und grau, aber zum Glück hielten die Wolken den Regen zurück. Die Schar der Trauergäste, die sich versammelt hatten, war so groß, daß die Kirche sie nicht fassen konnte und viele vor den Türen standen. Menschen standen auf den Stufen zum Portal und auf dem Rasen, um den Nachruf des Geistlichen zu hören. Clara Sue schloß sich uns wenigstens in der Kirche auf der Familienbank an und stand neben Philip. Direkt hinter uns saßen Mr. und Mrs. Updike, Mr. und Mrs. Dorfman und, auf Mutters ausdrücklichen Wunsch, Bronson Alcott. Von Zeit zu Zeit ertappte ich ihn dabei, daß er ihr mitfühlend den Arm tätschelte. Einmal streckte sie den Arm über die Schulter und drückte seine Hand.

Ich mußte zugeben, daß sie auf elegante Art schön war, wie eine hellschimmernde Perle in einer schwarzen Muschelschale. In regelmäßigen Abständen, fast so, als sei es sorgsam geplant, betupfte sie sich mit ihrem Spitzentaschentuch die Augen, holte hörbar Luft und schloß die Augen. Dann öffnete sie sie wieder und schaute jemanden an, um die Blicke, die Beileid ausdrückten, mit einem dankbaren Lächeln hinzunehmen.

Nach der Lobrede, in der der Geistliche den großen Beitrag immer wieder betonte, den die Familie Cutler der Gemeinde geleistet hatte und immer noch leistete, strömten die Trauergäste ins Freie, um in ihre Wagen zu steigen und dem Leichenwagen zum Hotel zu folgen. Das gesamte Hotelpersonal hatte sich versammelt. Dort sprach der Geistliche über die großen Traditionen, die die Familie Cutler ins Leben gerufen hatte, und darüber, daß das Hotel für Randolph weit mehr als ein Unternehmen gewesen war; die Menschen hätten sich dort zuhause gefühlt. In der Menge blieb kaum ein Auge trocken, als der Geistliche sagte: »Und so entbieten wir dir einen letzten Gruß, Randolph Boyse Cutler, und jetzt gehe ein in die ewige Ruhe. Deine Werke hier auf Erden haben ein Ende gefunden.«

Manche Hotelmitarbeiter weinten unverhohlen und mußten von anderen getröstet werden. Als wir durch den bogenförmigen Eingang auf den Friedhof kamen, schloß ich die Augen, denn mir kehrte eindringlich die Erinnerung an jenen Tag wieder ins Gedächtnis zurück, als ich den kleinen Grabstein entdeckt hatte, der dort aufgestellt worden war, um symbolisch meinen eigenen Tod zu bekunden.

Randolph sollte direkt neben seiner Mutter und seinem Vater begraben werden. Meine Mutter warf einen Blick auf mich, als der Sarg zum Grab getragen wurde. Wieder einmal sagte sie mir, Randolph sei genau dort, wo er sein wollte. Aber wenn er seine Mutter auch noch so sehr geliebt und bewundert hatte, dann glaubte ich doch nicht, daß er sich ein solches Ende gewünscht hatte. Er war eine gequälte, verlorene Seele gewesen, die sich durch ein Labyrinth von Erinnerungen bewegte und nach einem Sinn des Lebens suchte, nachdem sich in diesem Leben das Licht verdunkelt hatte.

Der Geistliche sprach die letzten Gebete, und die Schar der Trauergäste begann sich aufzulösen. Als Jimmy und ich uns abwandten, um zu gehen, wirbelte Clara Sue, die mit ihren Freunden ein wenig abseits von uns gestanden hatte, auf dem Absatz herum und funkelte mich wütend an. In ihrem Gesicht standen gleichermaßen Kummer und Zorn und Neid darauf, wie die Leute mir die Hand drückten und mir ihr Beileid bekundeten. Es war ihre eigene Schuld, wenn sie sich nicht zu ihrer Familie stellte, dachte ich.

Erstaunlicherweise vertrat sie mir gezielt den Weg, als ich den Friedhof verlassen wollte. Sie schien den Atem anzuhalten und sich strammer aufzurichten.

»Bist du jetzt zufrieden?« schrie sie. Ihr Gesicht war vor Wut flammendrot.

»Was?« Betroffen sah ich erst sie an, dann Jimmy und dann wieder sie. Eine kleine Schar der Trauernden hatte ihren Ausbruch gehört und war stehengeblieben, um zu lauschen.

»Seit sie dich zurückgebracht haben, fällt die Familie in Stücke, sie zerbricht, einer nach dem anderen verläßt uns. Dann haben sie dir die Führung unseres Hotels überlassen, und mein Vater ist zu einem Nichts geworden... einem *Nichts*!« schrie sie, und ihre weitaufgerissenen Augen loderten.

»Das ist nicht wahr, Clara Sue«, setzte ich an. »Randolph hat schon lange gelitten, ehe...«

Sie brachte ihr Gesicht dichter an meines und kniff die Augen zu drohenden Schlitzen zusammen, als sie mir weiterhin Worte ins Gesicht warf, die wie Peitschenhiebe wirkten.

»Erzähl du mir nichts über *meinen* Vater. Du hältst alle anderen zum Narren, aber nicht mich«, fauchte sie. »Du hast uns allen Schwierigkeiten gemacht, und meine Großmutter ist deinetwegen todkrank geworden und gestorben. Und jetzt hast du meinem Vater dasselbe angetan.«

»Das ist nicht fair, Clara Sue, und das hier ist weder der rechte Zeitpunkt noch der rechte Ort, um...«

»Clara Sue, du benimmst dich idiotisch«, sagte Jimmy.

»Er hat recht, Clara Sue«, mischte sich Philip plötzlich ein. »Du benimmst dich wie eine verzogene Göre.«

Clara Sue lachte, ein wildes, dünnes, hysterisches Lachen, das über die Köpfe der Trauergäste hinweggetragen wurde, die in der Nähe standen, und sie rissen schockiert und erstaunt die Augen auf.

»Natürlich stellt ihr beide euch hinter sie. Ihr seid beide in sie verliebt«, sagte sie anklagend. Die Zuschauer, die sie angelockt hatte, drängten sich dichter um sie, und ihr Murmeln wurde lauter.

Philips Gesicht rötete sich, und er zog die Schultern hoch, als hätte er einen heftigen Schlag ins Gesicht bekommen.

»Halt den Mund«, befahl er und ging bedrohlich mit geballten Fäusten auf sie zu. Clara Sue blieb unbeirrt stehen, wich keinen Zentimeter vor ihm zurück und provozierte ihn mit ihrem zynischen Lächeln. Ich hatte das sichere Gefühl, er würde sie schlagen, und all das neben dem frischaufgeschütteten Grab ihres Vaters.

»O Clara Sue«, hörte ich Mutter rufen. Als ich mich umdrehte, sah ich gerade noch, wie sie das Bewußtsein verlor und in Bronson Alcotts ausgebreitete Arme sank. Philip wandte sich ab, um zu ihr zu gehen, und Clara Sue trat näher vor mich hin.

»Jetzt schau dir nur an, was du angerichtet hast«, fauchte sie hämisch.

»Ich?«

»Also, ich werde jedenfalls keine Ruhe geben, solange ich dich nicht von hier vertrieben habe«, fuhr Clara Sue fort, die sich nicht im geringsten um Mutter sorgte. Die Gäste, die noch da waren, scharten sich um sie, als Bronson Mutter mit seinem Taschentuch Luft zufächelte.

»Ich werde Anwälte engagieren; ich werde einen Weg finden, um dich loszuwerden«, gelobte Clara Sue haßerfüllt.

»Tu, was du willst«, sagte ich. »Du hast keinerlei Achtung vor irgend etwas anderem als dir selbst, und du bist dem Andenken deines Vaters eine Schande«, zischte ich und wandte mich ab, um mich den anderen anzuschließen, die um Mutter herumstanden.

Bronson Alcott hob sie schließlich auf seine Arme und trug sie vom Friedhof. Die Leute traten zur Seite und sperrten vor Erstaunen die Mäuler auf. Die Nachricht von Clara Sues Ausbruch und ihrem heftigen Angriff auf mich breitete sich unter den Trauergästen blitzschnell aus, und alle Blicke waren auf uns gerichtet, als wir Bronson folgten und auf dem Weg zum bogenförmigen Eingang zur Hotellimousine liefen. Julius hielt ihm die Tür auf, und er ließ Mutter behutsam auf den Rücksitz gleiten.

Mutters Lider fingen an zu flattern. Sie öffneten und schlossen sich, öffneten und schlossen sich.

»Sie sollten sie am besten schnell zum Hotel zurückbringen«, flüsterte Bronson. »Ich komme gleich nach.«

»Ja, vielen Dank«, sagte ich. Jimmy, Philip und ich stiegen zu Mutter in die Limousine. Philip tätschelte ihre Hand, und mir kam er ganz genauso vor wie Randolph früher, wenn er sie getröstet hatte. Langsam öffnete sie die Augen und versuchte zu lächeln.

»Ich bin schon wieder in Ordnung«, murmelte sie. »Aber ist es vorbei... ist endlich alles vorbei?«

»Es ist vorbei, Mutter«, sagte Philip. Mutter lächelte und schloß wieder die Augen.

Bronson Alcott erwartete uns bereits, als wir das Hotel erreichten. Philip und Jimmy halfen Mutter aus der Limousine, aber Bronson nahm sie augenblicklich in Empfang, und sie ließ es zu, daß er sie stützte. Wenn sie sich an seine Schulter lehnte, konnte sie laufen. Angestellte wichen zur Seite und sahen zu, wie wir alle das Hotel betraten. Als sie das hintere Ende des Foyers erreicht hatten, trat Mrs. Boston vor und nahm Mutter von Bronson Alcott entgegen. Mutter drehte sich um und lächelte beifällig zu ihm auf, und ich hatte das Gefühl, in ihren Augen stünde mehr als reine Dankbarkeit. Dann führte Mrs. Boston sie in den Teil des Hotels, in dem die Familie wohnte, und half ihr die Treppe hinauf zu ihrer Suite.

»Es tut mir leid, daß Clara Sue diese Dinge gesagt hat«, sagte Philip zu Jimmy und mir, ehe wir auseinandergingen. »Sie ist für alle zu einem echten Problem geworden, aber ich werde nicht zulassen, daß sie euch belästigt.«

»Vielleicht weiß sie einfach nur nicht, wie sie mit ihrem Kummer fertig werden soll«, erwiderte ich. »Ich möchte im Moment nicht darüber nachdenken. Ich bin selbst sehr erschöpft, und ich möchte mich frischmachen und mich ausruhen, ehe wir jemanden empfangen müssen.«

Jimmy und ich gingen in unsere Suite und legten die Trauerkleidung ab. Im Laufe des späteren Tages trafen die engsten Bekannten der Familie, aber auch andere ein, die ihr Beileid bekunden wollten. Mr. Updike, Mr. Dorfman und ich hatten beschlossen, Kuchen, Tee und Kaffee im Foyer bereitzustellen. Mutter blieb in ihrer Suite, Jimmy, Philip und ich nahmen die Beileidsbekundungen entgegen. Clara Sue war nirgends zu sehen, und später erfuhren wir, daß sie gar nicht ins Hotel zurückgekehrt war.

Endlich, Stunden später, erholte sich Mutter wieder einmal wie durch ein Wunder, und sie kam nach unten, um die Leute zu begrüßen. Sie trug immer noch ihr reichlich modisches Trauerkleid. Beileidsbekundungen, Kummerbezeugungen, Küsse auf die Wange und Händedrücke taten ihrem Drang nach Aufmerksamkeit nur zu gut, und statt mit dem Fortschreiten des Tages zu ermüden, gewann Mutter neue Kraft. Ich hörte sie ein- oder zweimal lachen und sah ihr strahlendes Lächeln, das vor allem Bronson galt, der die ganze Zeit über getreulich an ihrer Seite blieb.

Nachdem fast alle, die ihr Mitgefühl zum Ausdruck bringen wollten, es getan hatten, zogen sich Jimmy, Philip und ich an einen Tisch in der Küche zurück, um etwas zu essen. Wie fast alle im Hotel hatte Nussbaum seinen Kummer in Form von Arbeit ausgelebt und genug für eine Armee von Trauergästen gekocht und gebacken. Trotz meiner emotionalen Ermattung war ich ausgehungert.

Mutter zog sich in ihre Suite zurück und ließ sich wie üblich das Abendessen raufbringen. Niemand sprach darüber, aber wir wußten, daß sie Bronson Alcott eingeladen hatte, bei ihr zu speisen.

»Clara Sue kommt nicht mehr ins Hotel zurück«, erzählte uns Philip, als wir uns an den Tisch setzten, »und das ist wahrscheinlich auch nur gut so.«

»Was soll das heißen, Philip? Wo ist sie?« fragte ich.

»Sie hat durch eine ihrer verzogenen Freundinnen mitteilen lassen, daß sie nach Richmond zurückfährt.«

»So schnell will sie schon wieder zur Schule gehen? Aber...«

»Das ist in Ordnung«, unterbrach mich Philip. »Ich werde selbst auch morgen früh aufbrechen. Es hat keinen Sinn, daß ich noch länger hierbleibe, und ich darf meine Abschlußprüfungen nicht verpassen.«

Jimmy warf mir einen Blick zu, und ich sah auf meinen Teller.

»Was Mutter angeht... sie wird sich so schnell von ihrem Kummer erholen, wie sie es für angemessen hält. Auch daran würde sich durch meine Anwesenheit nichts ändern«, fuhr Philip fort. »Falls es allerdings irgendwelche geschäftlichen Gründe gibt, aus denen ihr findet, ich sollte noch bleiben...«

»Nein, nein. Mr. Updike und Mr. Dorfman haben die Dinge recht gut unter Kontrolle. Zum Wochenende werden wir das Hotel wieder eröffnen«, sagte ich. »Es ist besser, wenn alle sich wieder an die Arbeit machen.«

Ich gestand es nur äußerst ungern ein, aber wahrscheinlich lag Großmutter Cutler mit ihrer Philosophie richtig, wenn es darum ging. Ich war dennoch froh, daß wir Randolph eine gewisse Ehre erwiesen hatten, indem wir das Hotel für ein Weilchen geschlossen hatten.

»Richtig«, sagte Philip. »Deshalb will ich mich selbst auch wieder auf die Bücher stürzen.« Philip stocherte einen Moment in seinem Essen herum und schaute dann zu uns beiden auf. »Ich möchte mich noch einmal für die Dinge entschuldigen, die Clara Sue auf dem Friedhof gesagt hat. Sie wird wirklich immer unangenehmer. Ich werde versuchen zu verhindern, daß sie allen zur Last fällt«, versprach er.

Jimmy nickte. Ich hätte gern mehr dazu gesagt, tat es aber nicht. Ich hätte gern gesagt, daß Clara Sue nicht allzu anders war als damals, als ich sie zum ersten Mal gesehen hatte. Auch damals war sie schon egoistisch und gehässig gewesen. Wahrscheinlich würde sie immer so bleiben. Aber ich wollte zu einem ohnehin schon schwierigen Zeitpunkt nicht noch mehr Unerfreulichkeiten aussprechen. Es war besser, all das zu begraben.

Anschließend gingen Jimmy und ich nach oben, um nach Christie zu sehen und uns für die Nacht zurückzuziehen. Als wir durch den Korridor kamen, hörten wir Mutters Lachen durch die geschlossenen Türen ihrer Suite dringen.

»Mutter hat bereits begonnen, sich auf spektakuläre Weise von ihrer Traurigkeit zu erholen«, murmelte ich. Philip nickte lächelnd.

Als wir dann später zusammen im Bett lagen, fühlte ich mich allerdings sehr traurig, und ich schmiegte mich in Jimmys Arm und legte meinen Kopf auf seine Schulter. Wir konnten aus dem Fenster schauen und zum Himmel aufblicken. Die dichte Wolkenschicht, die den ganzen Tag über uns gehangen und noch zu der niedergeschlagenen und bedrückten Stimmung beigetragen hatte, fing jetzt an, aufzureißen. Wir konnten ein oder zwei Sterne zwischen den diesigen Wolken funkeln sehen.

»Ich denke unwillkürlich an den Tag, an dem Momma gestorben ist«, sagte Jimmy. »Ich dachte, mein Herz sei in meiner Brust so klein zusammengeschrumpft, daß es nicht mehr die Kraft hätte, mein Blut durch den Körper zu pumpen, und ich dachte, ich würde an meiner Traurigkeit sterben.«

»Ich kann mich noch erinnern, wie du den ganzen Weg vom Krankenhaus nach Hause gerannt bist«, sagte ich.

»Ich wollte mit den Füßen auf die Erde einhämmern, auf etwas oder jemanden einschlagen. Ich kann mir einfach nicht vorstellen, daß man seinen Vater beerdigt und dann mit seinen Freunden loszieht, wie es Clara Sue getan hat. Ich verstehe noch nicht einmal, wie Philip so schnell wieder ins College zurückkehren und sich so eilig wieder anderen Dingen zuwenden kann. Das ist nie eine besonders tolle Familie gewesen, oder, Dawn?«

»Nein, Jimmy.«

»Glaubst du, etwas Ähnliches wird uns passieren, wenn wir hierbleiben und unsere Kinder in dem Hotel aufwachsen lassen?« fragte er.

»Ich hoffe nicht, Jimmy. Ich glaube, wir mögen uns so sehr, daß solche Dinge nicht passieren können«, fügte ich schnell hinzu. Er nickte, aber selbst im Dunkeln konnte ich die Sorge in seinen Augen sehen. Daraufhin überschlug sich mein Herz, und ich spürte einen Kloß in meiner Kehle aufsteigen. Wie sehr ich mir wünschte, ich hätte ihm Sicherheit geben, ihm Trost zusprechen, ihm zusichern und garantieren können, daß uns das Glück und die Liebe so sicher waren wie die Jahreszeiten.

Aber ich konnte die Erinnerung an Großmutter Cutlers stahlgraue Augen nicht abschütteln. Würden sie mich ewig wie ein Spuk verfolgen? Würde sie noch mehr anrichten, um uns zu schaden?

Ich schloß Jimmy fester in die Arme und zog ihn enger an mich, und er küßte mein Haar und streichelte meine Hand.

Auf der anderen Straßenseite, am Rand des Hotelgeländes, lag Randolph neben seiner Mutter. Aber hatte er endlich Frieden gefunden? Und wenn ja, warum mußte er dann derart teuer dafür bezahlen?

6

Ein Abend auf Beulla Woods

In den Tagen, die direkt auf Randolphs Tod folgten, fielen mir an Mutter ziemlich drastische Veränderungen auf. Sie hatte den schmerzlichen Verlust gerade erst erlitten, und die Trauerzeit hatte kaum begonnen, als sie plötzlich keine Lust mehr hatte, sich ständig hinter geschlossenen Türen in ihrer Suite zurückzuziehen. Mit einem verblüffend explosiven Energieschub brach sie auch tatsächlich aus ihrer Trauer aus. Ihre Aufmerksamkeit und ihr Interesse richteten sich jedoch auf nichts, was mit dem Hotel zu tun gehabt hätte. Ganz im Gegenteil, sie schien jedem dieser Aspekte bewußt auszuweichen. Sie hatte keine Lust, Gäste kennenzulernen oder sich an Aktivitäten im Hotel zu beteiligen. Ich wußte, daß sie es schon furchtbar fand, auch nur durch das Foyer zur bereitstehenden Hotellimousine zu gehen. Sie wollte die kritischen Blicke des Personals und anderer Anwesender nicht sehen, die sich auf sie richteten, und daher gewöhnte sie es sich an, das Hotel durch einen Seiteneingang zu verlassen, fast so, als wollte sie ihr Kommen und Gehen geheimhalten. Manchmal kam es mir auch so vor, als hätte sie Grund zu Heimlichkeiten, obwohl sie behauptete, sie ginge nur einkaufen oder mit alten Freundinnen Mittagessen.

Ja, plötzlich hatte Mutter wieder alte Freundinnen. Ich konnte an den Fingern abzählen, wie oft ihr jemand aus der Nachbarschaft, den sie kannte, einen Anstandsbesuch abgestattet hatte, seit ich ins Hotel zurückgebracht worden war, und ich konnte mich nicht erinnern, daß sie auch nur ein einziges Mal selbst jemandem einen Besuch abgestattet hätte. Aber all das änderte sich jetzt schnell.

Eines Tages begegnete ich ihr im Gang, als sie gerade das Haus verlassen wollte, um eine Verabredung wahrzunehmen. Sie hatte die Tiefen ihrer Kleiderschränke durchforstet und ein paar kaum getragene, aber hochmodische Sachen herausgeholt. Es war, als lechzte sie nach Farben und nach allem Grellen, nachdem sie das schwarze Trauerkleid hatte tragen müssen, auch wenn es ein Kleid gewesen war, das sie eigens für sich hatte entwerfen lassen und das sie kaum getragen hatte. Sie trug jetzt Rosa-, Blau- und Grüntöne, die nahezu leuchteten. An eben jenem Tag trug sie dazu auch noch einen passenden blauen Hut. Mit ihrer raffinierten Frisur, dem geschminkten Gesicht und dem blinkenden Schmuck sprang sie die Treppe regelrecht in Sätzen herunter. Ich hatte sogar das Gefühl, daß sie vor sich hinsummte.

»O Dawn«, sagte sie, als ich sie im Gang überraschte. Ein schuldbewußter Ausdruck blitzte einen Moment lang in ihren blauen Augen auf. Dann lächelte sie und drehte sich im Kreis. »Wie sehe ich aus?«

Ich mußte zugeben, daß sie um Jahre jünger aussah. Ihr Gesicht hatte einen Ausdruck von Unbeschwertheit, und sie strahlte so rosig und schien vor Ausgelassenheit überzuschäumen. Es war, als hätte sich ein dunkler Schatten von ihrer Seele gehoben, der dort lange gehangen hatte.

»Sehr hübsch, Mutter. Wohin gehst du heute?« fragte ich.

»Oh, ich treffe ein paar alte Freundinnen aus dem Mädchenpensionat zum Mittagessen, und vielleicht gehen wir dann noch zu einer Modenschau«, leierte sie herunter, als hätte sie die Antwort auswendig gelernt, falls irgendwer die Dreistigkeit haben sollte, sie zu fragen. Sie sah den verwirrten und skeptischen Ausdruck auf meinem Gesicht und fuhr nachdrücklicher fort: »Warum soll ich denn nicht aus dem Haus gehen? Ich kann meine Suite nicht mehr sehen. Sie kommt mir schon eher wie ein Gefängnis vor. Ich habe dort soviel Zeit hinter geschlossenen Türen verbracht und mich von der einen oder anderen Krankheit erholt, und jetzt ertrage ich es einfach nicht mehr, auch nur einen Moment länger als nötig dort zu verbringen. Und außerdem«, fügte sie hinzu, und ihre Mundwinkel zogen sich herunter, »wimmelt es dort nur so von traurigen Erinnerungen an den armen Randolph. Ich muß sehen, daß ich seine Sachen loswerde. Einen Teil kann ich Philip geben, und manches geht an die Heilsarmee, damit wenigstens ein paar arme Seelen einen Nutzen aus dieser Tragödie ziehen.«

»Ja, das wäre nett, Mutter«, erwiderte ich trocken.

»Und ist dir je aufgefallen, wie wenig Sonne in meine Suite scheint?« klagte sie. »Es kommt nur daher, wie sie gelegen ist, soviel ist mir klar, aber es kann dort so ungemütlich und trostlos werden. Kein Wunder, daß Großmutter Cutler sie Randolph und mir gegeben hat und die auf der anderen Seite des Ganges für sich behalten hat. Ihre Suite hat fast den ganzen Tag Sonne.«

»Vielleicht solltest du dann einfach in ihre Suite ziehen«, schlug ich eher im Scherz vor.

»Das möge der Himmel verhüten. Ich will nichts mit den Sachen dieser furchtbaren Frau zu tun haben, aber auch wirklich gar nichts. Sag so etwas noch nicht einmal im Scherz«, sagte sie, und dann wurde ihr Gesicht genauso schnell wieder süßlich, wie es sauer geworden war. »Aber jetzt muß ich mich wirklich auf den Weg machen. Julius wartet draußen in der Hotellimousine auf mich. Vielleicht«, rief sie mir im Gehen noch zu, »sehe ich etwas Hübsches und Modisches für dich.«

Ich schaute ihr nach, und dann ging ich nach oben, um Christie zu holen. Da die Sommersaison schon angelaufen war, hatte ich mehr und mehr mit der Abwicklung der Alltagsvorgänge im Hotel zu tun. Gelegentlich erinnerte mich Jimmy sachte an mein Versprechen, mich nicht ganz so sehr in meine Arbeit im Hotel zu vertiefen, daß ich ihn und Christie vernachlässigte. Ein paarmal hatte man mich vom Abendessen weggeholt, um ein oder zwei Probleme zu lösen, und jedesmal, wenn ich an den Tisch zurückkehrte, sah Jimmy mit diesem Blick in seinen Augen auf, der deutlich ausdrückte: »Habe ich es dir nicht gesagt?«

Aber sowohl Mr. Dorfman als auch Mr. Updike setzten immer mehr Zuversicht in mich und überließen mir zusehends mehr Arbeit. Telefonanrufe und Reservierungen, aber auch Fragen von seiten des Personals und der Lieferanten wurden immer häufiger an mich weitergeleitet. Auf meinem Notizblock stand jetzt jeden Morgen, was ich zu erledigen und wen ich anzurufen hatte. Die Arbeit war inzwischen weit ermüdender und emotional anstrengender, als ich sie mir je vorgestellt hätte. Daher fragte ich mich, wie Großmutter Cutler die Führung des Hotels so fest in der Hand gehabt haben konnte, obwohl sie um so viel älter gewesen war. Ich konnte nicht glauben, daß jemand in ihrem Alter und schon gar nicht ein Mensch wie sie jemanden in meinem Alter übertreffen konnte. Und gerade weil es all diese Dinge gab, die mich ablenkten, fühlte ich mich immer schuldbewußter, weil ich nicht genug Zeit mit Christie verbrachte.

Sie entwickelte sich so schnell, daß ich, wenn ich sie ansah, von einem Tag zum anderen das Gefühl hatte, sie hätte sich von einem hübschen kleinen Baby zu einem Kleinkind verwandelt, das eine bemerkenswerte Neugier für seine Umgebung aufbrachte. Sie vermißte Randolph gewaltig – wahrscheinlich fehlte er ihr mehr als allen anderen. Sissy sagte mir, wie oft sie darum bat, in sein Büro gehen zu dürfen. Er hatte so viel Geduld mit ihr gehabt und sich nur zu gern von ihr in seinen bizarren Tätigkeiten unterbrechen lassen.

Schließlich sagte ich zu Sissy, sie sollte sie in mein Büro bringen, aber ich stellte fest, daß es für mich schwieriger als für Randolph war, denn ich leistete echte Arbeit, und die Menschen, die darauf warteten, mich am Telefon sprechen zu können, oder die kamen, um mit mir über Probleme im Hotel zu reden, warteten nicht gern, weil ich Christie vorher noch etwas erklären mußte. Aber wenn ich ihr nicht erklärte, worum es ging, dann zog sie an meinem Rock oder stellte ihre Fragen wiederholt, bis sie mit den Antworten zufrieden war.

Manchmal, wenn er nachsichtiger und versöhnlicher gestimmt

war, kam Jimmy und nahm sie mit raus, damit sie auf den Rasenmähern fahren oder den Männern beim Streichen und Reinigen zusehen konnte. Nichts war ihr langweilig, und sie konnte auch ganz einfach den Buchhalter beobachten, wie er Kolonnen auf seiner Rechenmaschine tippte. Menschen fand sie immer interessant.

Wir kauften ihr Lernspielzeug, und ihr aktiver Wortschatz stieg sprunghaft an. Die Gäste waren verblüfft, wenn sie hörten, daß sie kaum mehr als zwei Jahre alt war. Da sie in der Hotelumgebung aufwuchs und wöchentlich von neuen Fremden umgeben war, war sie ausgesprochen aufgeschlossen, ging aus sich heraus und war nur schüchtern, wenn jemand ihr zu ihren Kleidern, ihrem Haar oder ihren schönen blauen Augen Komplimente machte.

Gegen meinen Willen fragte ich mich immer wieder, ob sie Mutters Affektiertheit geerbt hatte. Fest stand, daß sie auffallend in sich selbst verliebt war und mit ihrem ersten Kamm und ihrer ersten Bürste Stunden vor dem Spiegel verbrachte. Sie blieb auch geduldig sitzen, als Sissy ihr zum ersten Mal die Nägel lackierte, und sie konnte es nicht erwarten, durch das Hotel geführt zu werden, damit sie sie allen zeigen konnte.

Nur Mutter widmete ihr so gut wie keine Aufmerksamkeit. Wenn sie ihr in den Gängen oder im Foyer versehentlich über den Weg lief, lächelte sie strahlend, aber ich hatte das Gefühl, daß sie es nur tat, weil ihr bewußt war, daß sie von anderen beobachtet wurde. Nie erbot sie sich von sich aus, Zeit mit Christie zu verbringen, und sie erlaubte es Sissy auch nicht, sie in ihre Suite zu lassen. Als Christie ein einziges Mal hineinspaziert war, hatte Mutter nach Sissy gerufen, damit sie sie von dort fortholte, denn es stünden zu viele wertvolle Gegenstände herum, die sie versehentlich kaputtmachen könnte.

Mutters dichtgedrängter neuer Terminkalender führte sie immer häufiger vom Hotel fort. Sie nahm kaum eine Mahlzeit mit uns im Restaurant ein, und die Gäste sah sie nur, wenn sie beim Kommen oder Gehen durch das Foyer eilte. Philip rief mich eines Tages an, um mich zu fragen, ob ich wüßte, warum sie nicht auf seine Anrufe reagiert hatte.

»Ich schließe hier im College gerade alles ab und wollte kurz mit Betty Ann und ihren Eltern auf den Bermudas Urlaub machen. Sie haben mich eingeladen, und ich möchte, daß Mutter Bescheid weiß«, sagte er, aber ich hatte das Gefühl, er wollte auch mich davon unterrichten.

»Wann hast du sie das letzte Mal angerufen, Philip?«

»Vor mindestens einer Woche, und davor habe ich schon zweimal angerufen. Wo ist sie? Ist alles in Ordnung mit ihr?« erkundigte er sich.

»Es geht ihr gut. Ich habe noch nie erlebt, daß sie gesünder ausgesehen hätte oder energiegeladener gewesen wäre. Ich muß tatsächlich sagen, daß ich sie derzeit nicht oft zu sehen bekomme. Sie ist laufend unterwegs, und was sie auch tut, sie bleibt fast immer den ganzen Tag über fort. Manchmal sogar auch den ganzen Abend.«

»Hmmm«, sagte er. »Das sieht ihr gar nicht ähnlich. Na ja, richte ihr doch jedenfalls bitte meine Nachricht aus. Ich schicke euch Postkarten von den Bermudas.«

»Ich hoffe, du wirst dort viel Spaß haben«, sagte ich.

»Danke. Ich denke wirklich, daß ich nach meiner Rückkehr meinen Teil der Arbeit übernehmen werde«, versprach er.

»Es gibt jede Menge zu tun für dich«, warnte ich ihn. Er lachte.

»Du wirst wohl die neue Mrs. Cutler?« neckte er mich.

»Wohl kaum«, sagte ich. »Ich bin ich selbst.«

Ich hatte das Gefühl, zu dieser Entwicklung hätte ich viel beigetragen. Meinen Plänen entsprechend, veränderte ich die Inneneinrichtung des Büros beträchtlich und ersetzte die tristen dunklen Vorhänge durch hellblaue Gardinen, ließ den Teppichboden entfernen und einen dicken beigefarbenen Teppich verlegen, der einem das Gefühl gab, auf Marshmallows zu laufen. Ich sorgte für mehr Licht und hängte ein paar Bilder auf, die farbenfroh und hell und kräftig waren. Das einzige Bild, das ich hängenließ, war das Porträt meines Vaters an der Wand hinter dem Schreibtisch. Es kam mir einfach nicht richtig vor, es abzuhängen.

Auf meinem Schreibtisch standen überall gerahmte Bilder von Christie und Jimmy herum, und ich sagte Sissy, sie sollte ein paar von Christies Spielsachen in einer Ecke des Büros liegen lassen. Jimmy sorgte dafür, daß alle paar Tage frische Blumen gebracht und in Vasen gestellt wurden, damit der Lilienduft – ein Geruch, der allzusehr mit Großmutter Cutler verbunden war – durch den Duft von Rosen und Nelken, Jasmin oder was eben gerade blühte, ersetzt wurde, nur keine Lilien.

»Ich frage dich nur ungern«, sagte ich, ehe Philip und ich unser Gespräch beendeten, »aber was tut Clara Sue?«

»Sie reagiert auch nicht auf meine Anrufe, aber sie hat durch ein paar gemeinsame Bekannte ausrichten lassen, sie hätte vor, den Sommer mit einer Freundin zu verbringen, deren Eltern ein Haus an der Küste von Jersey haben. Ich bin sicher, es bricht dir das Herz«, schloß er, und das Lachen war aus seiner Stimme herauszuhören.

»Hat sie das Mutter schon gesagt?« fragte ich. »Wenn ja, dann hat mir Mutter nichts davon erzählt.«

»Ihr einziger Kontakt zu Mutter wird so aussehen, daß sie sich Geld von ihr schicken läßt, soviel versichere ich dir.«

Ich wünschte ihm noch einmal viel Spaß und legte auf.

Am frühen Abend, als ich nach oben gegangen war, um zu duschen und mich für das Abendessen umzuziehen, kam Mutter an meine Tür und klopfte an. Anscheinend war sie von einer ihrer Verabredungen zurückgekehrt und hatte ebenfalls geduscht und sich umgezogen, um am Abend wieder auszugehen. In ihrem karmesinroten Kleid mit der schmalen Taille, dem vollen, bauschigen Rock und dem Oberteil mit Fischbeinstäbchen sah sie reichlich elegant aus. Ich kam gerade aus der Dusche, hatte mir ein Handtuch um den Kopf gewickelt und trug einen Bademantel.

»Poch, poch«, säuselte sie, während sie an meine offene Tür klopfte und den Kopf hineinsteckte.

»Komm rein«, sagte ich.

»Das habe ich mir heute neu gekauft. Wie findest du es?« fragte sie und drehte sich um, um mir das Kleid vorzuführen.

»Du siehst sehr gut darin aus.« Dieses Kompliment mußte ich ihr machen.

»Danke.« Sie strahlte über das ganze Gesicht, wie immer, wenn sie Beifall bekam. »Ich komme mir auch sehr hübsch darin vor.« Sie kicherte und wirkte trunken von sich selbst und dem Spaß, den sie hatte. Nie war ein Mann so schnell aus der Erinnerung einer Frau gelöscht worden, dachte ich.

»Und wohin gehst du heute abend?« fragte ich und erwartete eine ihrer ausweichenden Antworten.

Sie richtete sich auf, als wollte sie eine offizielle Ankündigung machen.

»Ich gehe heute zum Abendessen in eines der schicksten Restaurants von Virginia Beach«, erwiderte sie.

»Ach. Und mit wem?«

»Mit Bronson Alcott«, gestand sie. Und dann brachte sie ebenso schnell Rechtfertigungen hervor. »Ich glaube nicht, daß es furchtbar ist, wenn ich mich mit einem anständigen Begleiter blicken lasse. Die Leute erwarten doch nicht von mir, daß ich vor Gram vergehe, wie Randolph es getan hat. Ich bin immer noch recht jung und attraktiv, und das wäre nicht gerecht. Und außerdem«, fuhr sie fast im selben Atemzug fort, »ist Bronson ein alter Freund, ein alter Freund der Familie. Es ist ja nicht so, als könnte ich es kaum erwarten, aus dem Haus zu stürzen und mich mit einem Kavalier nach dem nächsten zu treffen.«

»Du bist alt genug, um zu tun, was du willst, Mutter«, sagte ich.

Sie nickte. »Ja, das bin ich wirklich. Genau.« Sie unterbrach sich, um sich in meinem Spiegel anzusehen, und dann strich sie sich über das Haar, weil sie fand, ein paar Locken gebärdeten sich zu wild.

»Philip hat heute angerufen«, erzählte ich. »Hast du ihn zurückgerufen?«

»Philip? O nein. Was wollte er denn?« fragte sie mit geringfügigem Interesse. Sie betrachtete sich weiterhin prüfend im Spiegel.

»Er hat sich darüber gewundert, daß du ihn nie zurückgerufen hast.«

»Ach, habe ich das nicht getan?« Auf diese Bemerkung ließ sie ein kurzes Kichern folgen. »War er sehr böse?«

»Er war neugierig und ein wenig besorgt«, sagte ich, »aber ich habe ihm gesagt, daß du viel unterwegs bist und nicht in deiner Suite sitzt und dich vor Gram verzehrst.« Das klang gegen meinen Willen sarkastisch.

»Gut«, sagte sie.

»Er wollte dir mitteilen, daß er mit den Eltern seiner Freundin in Urlaub fährt. Direkt nach seiner letzten Abschlußprüfung nehmen sie ihn auf die Bermudas mit.«

»Das ist ja wunderbar«, rief sie. »Wie schön, daß er sich mit einem Mädchen eingelassen hat, dessen Familie so wohlhabend und gutgestellt ist. Das freut mich sehr für ihn. Wenigstens einer, der auf mich gehört hat und etwas über das Leben gelernt hat.«

»Er hat außerdem gehört, daß Clara Sue im Sommer nicht nach Hause kommt«, fuhr ich fort und ging nicht auf ihre Anspielung ein. »Hast du das schon gewußt?«

»Sie kommt nicht nach Hause? Nein, davon weiß ich nichts. Was hat sie vor?« fragte sie und verzog das Gesicht zu einer Grimasse.

»Sie will den Sommer mit einer Freundin an der Küste von Jersey verbringen.«

»Das ist aber schön«, sagte Mutter eilig. »Ich habe im Moment wirklich nicht die Geduld, die man mit ihr braucht. Ich bemühe mich gerade, mein eigenes Leben wieder in den Griff zu kriegen.« Sie lächelte strahlend. »Ich bin in Scherben gebrochen, aber zum Glück lassen sie sich mit viel gutem Willen wieder zusammensetzen.« Sie lachte wieder, drehte noch eine Pirouette vor dem Spiegel, um sich zu betrachten, tippte gegen ihre tropfenförmigen Diamantohrringe und ließ dann die Finger über ihre Diamanthalskette gleiten. Ihre Augen schienen das Funkeln der kostbaren Steine in sich aufzusaugen.

»Ich freue mich für dich, Mutter«, sagte ich und trat vor meinen Schrank, um etwas Passendes für das Abendessen rauszulegen. Wir hatten ein nahezu volles Haus, und viele Gäste mußten begrüßt werden.

»Danke. Ach«, sie drehte sich um, »jetzt hätte ich über all unserem Plaudern fast vergessen, weshalb ich eigentlich hergekommen bin. Ist das nicht albern von mir?«

»Ich dachte, du seist hergekommen, um mir dein neues Kleid zu zeigen«, sagte ich.

»Ja, das auch.«

»Und weshalb bist du sonst noch zu mir gekommen, Mutter?« fragte ich und drehte mich wieder zu ihr um, weil ich spürte, daß sie noch einen Trumpf im Ärmel hatte.

Sie holte erst einmal tief Atem. »Bronson möchte gern, daß ihr mich am kommenden Dienstagabend zu einem offiziellen Diner begleitet, das er bei sich zu Hause veranstaltet, du und James, wenn es euch recht ist.«

Ich starrte sie einen Moment an.

»Zu einem offiziellen Diner?«

»Ja. Es wird ganz wunderbar werden, das versichere ich dir. Und es würde mich so sehr freuen, wenn du Beulla Woods einmal zu sehen bekämst. Und außerdem«, meinte sie und kniff die Augen zusammen, »wäre es klug, die Einladung eines Mannes anzunehmen, der der Direktor der Bank ist, bei der wir die Hypothek auf das Hotel haben.«

»Wenn ich mich bereit erkläre hinzugehen, dann ganz bestimmt nicht, weil ich es nicht wagen würde abzulehnen«, fauchte ich sie an. Sie wich zurück, als hätte ich ihr ins Gesicht gespuckt.

»So habe ich das nicht gemeint... aber jetzt bist du eine Frau von gesellschaftlichem Rang, Dawn, und es entspricht nur dem gesunden Menschenverstand, wenn du jetzt tust, was sich gehört.«

»Schon gut«, sagte ich. »Ich werde mit Jimmy darüber reden.«

»Warum sollte er etwas dagegen haben?« fragte sie eilig.

»Jimmy läßt sich von solchen Dingen nicht beeindrucken, Mutter, aber ich kann mir nicht vorstellen, daß er sich weigert. Du kannst also ganz ruhig sein.«

Sie strahlte augenblicklich wieder. »Das ist sehr schön, Dawn. Ich wünsche mir so sehr, daß wir gute Freundinnen werden, trotz all der Unerfreulichkeiten, zu denen es in der Vergangenheit zwischen uns gekommen ist.«

Unerfreulichkeiten? dachte ich. Sie hatte zugelassen, daß Großmutter Cutler meine Entführung einfädelte, und dann war sie mir nicht zu Hilfe gekommen, als die abscheuliche alte Frau mir nach meiner Rückkehr das Leben zur Qual gemacht hatte, und das nannte sie Unerfreulichkeiten? Sie war nie nach New York gekommen, um mich zu besuchen, und sie hatte auch nie etwas dagegen unternommen, daß Großmutter Cutler mich nach The Meadows schickte, damit ich dort unter der Herrschaft ihrer furchtbaren Schwester Emily mein Kind zur Welt brachte. Unerfreulichkeiten? Sie hatte versagt und sich geweigert, auch nur irgend etwas für den armen Randolph zu tun, und sie hatte zugelassen, daß ihre Kinder entzweibrachen wie empfindliche Porzellangegenstände.

»Ich muß mich jetzt für das Abendessen fertigmachen, Mutter«, sagte ich und wandte mich ab, damit sie die Tränen nicht sehen konnte, die in meinen Augenwinkeln festsaßen.

»Natürlich.« Sie ging und drehte sich in der Tür noch einmal um. »Ist es nicht bemerkenswert«, sagte sie, »wie gut du zurechtkommst?« Sie lachte. »Großmutter Cutler dreht sich bestimmt im Grab um.« Ihr Gelächter hallte hinter ihr her.

Vielleicht hatte Mutter in dem Punkt recht, dachte ich. Vielleicht war das der wirkliche Grund dafür, daß ich arbeitete, so hart ich konnte, um in ihre Fußstapfen zu treten und meine Sache vielleicht sogar noch besser als sie zu machen. Ich wollte, daß sie sich immer wieder im Grab umdrehte.

»Verzeih mir, Jimmy«, flüsterte ich, »aber ich kann nichts dagegen tun, daß ich Rachegelüste habe und die Rache süß finde.«

Zu meinem Erstaunen war Jimmy keineswegs nur bereit, bei Bronson Alcott zu Abend zu essen. Er freute sich richtig darauf.

»Ich habe schon so viel von diesem Haus gehört«, sagte er zu mir, »vor allem von Buster Morris, der dort auch manchmal für die Instandhaltung sorgt.«

Ich lächelte. Jimmy war inzwischen sehr beliebt bei den Hotelangestellten, besonders bei den Männern und Frauen, die ihm direkt unterstellt waren. Er tat nicht vornehm und überheblich, und er gab auch nicht vor, alles zu wissen. Er verließ sich in hohem Maß auf den Rat derer, die schon lange dabei waren, und er versuchte nicht, Dinge zu ändern, die schon seit Jahren so gemacht wurden.

»Was hast du über Beulla Woods gehört, Jimmy?« fragte ich. Neugier durchdrang mich. Gegen meinen Willen interessierte mich Mr. Alcott, und zwar nicht nur wegen seiner Freundschaft mit Mutter, sondern auch aufgrund der lässigen und unbefangenen Art, auf die er sich in mein Leben eingeschlichen hatte: Immer wenn ich ihn sah, blitzte sein charmantes Lächeln auf, und diese lachenden blauen Augen sogen mich ein. Jedesmal wenn wir uns begegneten, schien auf seinem Gesicht ein verlockendes und provozierendes Grinsen zu stehen.

Und er war von einem Geheimnis umgeben. Er war ein gutaussehender und einnehmender Mann, der die Haltung und das Selbstvertrauen eines berühmten Filmstars hatte. Er war gutgestellt, einflußreich und offensichtlich gebildet und alles in allem eine umwerfende Gestalt. Warum also war er in all diesen Jahren unverheiratet geblieben? War es wirklich so, wie Mrs. Boston glaubte – hatte es ihm das Herz gebrochen, daß er Mutter damals nicht heiraten konnte?

»Also, erst einmal sagt Buster, daß das Haus für einen einzigen Mann, der allein darin lebt, einfach riesig ist. Er hat natürlich ein paar Hausangestellte, aber das Haus hat zehn Schlafzimmer, ein behagliches Wohnzimmer, einen richtigen Salon, eine Bibliothek und ein Büro. Er sagt, die Küche ist halb so groß wie unsere Hotelküche hier, und all das steht auf einhundertfünfzig Morgen hügeligen Landes mit einem atemberaubenden Ausblick auf die Bucht und das Meer. Er hat einen Swimmingpool, und hinter dem Haus hat er auch noch einen Tennisplatz.

Buster sagt, sein Vater hätte das Haus gebaut, nachdem er aus dem Ersten Weltkrieg zurückgekehrt ist. Es ist eins dieser Norman-Cottages.«

»Ein Cottage?«

»Na ja, so wird der Stil genannt. Sehr französisch, aber es hat auch ein klein wenig Ähnlichkeit mit dem englischen Tudor«, fügte er hinzu und war sichtlich stolz auf sein neuerworbenes Wissen.

»Das klingt, als hättest du mit Buster eine ganze Menge über Mr. Alcotts Haus geredet«, neckte ich ihn.

»Ja, mich interessieren nun mal Häuser und Baustile und all das Zeug. Ich habe dir doch schon gesagt«, sagte er und lief dabei ein wenig rot an, »daß ich vorhabe, uns eines Tages ein Haus zu bauen. Ich habe sogar schon einen Platz auf dem Hotelgelände ausgesucht – auf einem kleinen Hang am Nordwestende. Buster sagt, die Stelle eignet sich perfekt für ein Haus von der Sorte, wie ich es entwerfe.«

»Wirklich? O Jimmy, das wäre ja wunderbar.«

Er strahlte. »Jedenfalls habe ich nicht das geringste dagegen, mir Beulla Woods einmal aus der Nähe anzusehen.«

So kam es, daß wir uns am Dienstag fein herausputzten, um Mutter in der Hotellimousine zu begleiten. Seit meinen Zeiten in New York, als ich die Sarah-Bernhardt-Schule besucht hatte, hatte ich mir eigentlich nichts Neues mehr zum Anziehen gekauft. Auf Mutters Vorschlag hin zog ich am Montagnachmittag los, um etwas Angemessenes einzukaufen, was ich zu einem derart förmlichen Anlaß tragen konnte. Ich fand ein elegant aussehendes Kleid aus schwarzem Satin mit Spaghettiträgern und einer schwarzen Seidenschärpe. Mutter geriet buchstäblich in Verzückung, als sie sah, was ich gekauft hatte.

»Es ist einfach perfekt«, rief sie aus, während sie das Kleid vor sich hinhielt und sich im Spiegel betrachtete. »Absolut perfekt. Wir haben fast dieselben Maße«, bemerkte sie. »Vielleicht darf ich es mir eines Tages einmal von dir borgen.«

»Selbstverständlich, Mutter«, erwiderte ich.

»Oh, laß dir morgen abend von mir beim Ankleiden helfen«, bat sie mich. »Bitte.«

»Ich kann mich allein anziehen, Mutter«, sagte ich. Ihr Lächeln schwand so abrupt, daß ich schon glaubte, sie könnte in Tränen ausbrechen. »Aber ich hätte gar nichts dagegen, wenn du mir ein paar Tips gibst«, setzte ich wohlmeinend hinzu.

»Gut«, meinte sie und preßte mein neues Kleid an ihren Busen. Sie schloß die Augen. »Es wird so sein, als machten sich Mutter und Tochter für einen wirklich bedeutenden Ball zurecht... so etwas wie einen Debütantinnenball. Oh, ich kann es kaum erwarten«, rief sie aus.

Wie sie es versprochen hatte, fand sie sich am folgenden Tag bei mir ein, als ich anfing, mich für die Einladung bei Bronson Alcott vorzubereiten. Ich veränderte meine Frisur ihren Vorschlägen entsprechend und bürstete mir eine Seite zurück und steckte das Haar auf. Ich ließ mir von ihr den Pony bürsten und begradigen. Dann bestand sie darauf, daß ich mit ihr in ihre Suite kam und mich neben sie setzte, während wir uns gemeinsam schminkten. Jimmy schüttelte den Kopf und lachte, als sie mich an der Hand nahm und mich mit sich fortzog.

Als sie jedoch dasaß und mir Anweisungen erteilte, wie ich mir die Augen schminken und das Make-up auftragen sollte, welche Lippenstiftfarbe ich wählen sollte und zu welchem Parfüm sie mir riet, fragte ich mich unwillkürlich, wie es wohl gewesen wäre, wenn wir beide, sie und ich, von meiner Geburt an zusammen gewesen wären. Als ich mir das ausmalte, fühlte ich mich ein wenig schuldbewußt, da mir Momma Longchamp wirklich fehlte und ich um sie trauerte, und doch sehnte ich mich unweigerlich nach diesen sehr weiblichen Dingen.

Ich hätte wunderschöne Kleider gehabt und wäre immer modisch angezogen gewesen. Während meines Heranwachsens wären Mutter und ich wie zwei Prinzessinnen im Hotel aufgetreten. Vielleicht wäre sie nicht ganz so egoistisch geworden, wenn sie eine Tochter gehabt hätte, mit der sie wirklich über alles hätte reden können. Wir hätten gute Freundinnen sein können, die Vertrauen zueinander hatten und ihre Hoffnungen und Ängste miteinander teilten.

Ich gelobte mir, daß Christie all diese Dinge haben würde, nach denen ich mich sehnte. Wenn sie etwas älter war, würden sie und ich genauso vor einer Frisierkommode sitzen, wie ich jetzt mit Mutter dasaß. Ich malte mir aus, wie ich ihr half, sich für ihr erstes Rendezvous oder für ihren ersten Ball zurechtzumachen. Ich würde ihr die Mutter sein, die ich selbst niemals gehabt hatte.

»So«, sagte Mutter, als wir fertig waren, »und jetzt sieh dir an, wieviel schöner du gleich bist.«

Ich schaute mich an. Ich wirkte älter, verführerischer. War Mutter wie der Teufel und wollte mich so eitel machen, wie sie selbst es war? fragte ich mich. Ich konnte den Blick nicht von meinem Spiegelbild abwenden.

»Ich danke dir, Mutter«, sagte ich. »Jetzt sollte ich mich lieber fertig anziehen und nachsehen, wie weit Jimmy ist.«

»Mach dir keine Sorgen«, trällerte sie. »Es schickt sich, zu spät zu kommen. Und Bronson erwartet es ohnehin von mir«, fügte sie lachend hinzu. »Er hat mir gesagt, wenn ich zu meinem eigenen Begräbnis rechtzeitig erschiene, wäre der Geistliche derart schockiert, daß er selbst tot umfiele.«

Jimmy schien ernstlich beeindruckt zu sein, als ich unsere Suite wieder betrat. Er stieß einen Pfiff aus und nickte.

»Du siehst phantastisch aus«, sagte er.

»Du auch, Jimmy.« Er trug einen legeren dunkelblauen Anzug

mit passender Krawatte. Nachdem ich mein Kleid angezogen hatte, hängte ich mich bei ihm ein, und wir stellten uns vor den Spiegel, in dem wir uns von Kopf bis Fuß sehen konnten.

»Ist das das kleine Mädchen, das sich überall mit Schlamm verschmiert hat, wenn es hinter dem Haus gespielt hat?« fragte er.

»Ist das der Junge, der vom Fahrrad gefallen ist und sich den Kopf so übel eingeschlagen hat, daß er genäht werden mußte?« erwiderte ich.

»He«, sagte er, »du hast es also nie vergessen. Du hast dich damals ganz entsetzlich gefürchtet.« Er fing an zu lachen.

»Das Blut ist dir über das Gesicht gelaufen. Ich dachte, du würdest sterben«, wandte ich ein. »Und du hättest mich nicht auslachen dürfen.«

»Das mußte ich tun«, gestand er. »Als ich all dieses Blut gesehen habe, habe ich mich selbst viel zu sehr gefürchtet. Ich war wirklich froh, daß ich dich erst mal beruhigen mußte.«

»Ich war erst – ja, wie alt eigentlich? Vier? Fünf?«

»Fünf«, sagte er. »Daddy war schrecklich wütend. ›Wir haben kein Geld für solchen Unsinn‹, hat er gesagt. Erinnerst du dich noch?« Ich schüttelte den Kopf. »Danach konnte ich wochenlang nicht Fahrrad fahren«, sagte er und schüttelte bei der Erinnerung den Kopf. »Dieses alte Fahrrad. Ich mußte es zurücklassen, als wir weitergezogen sind. Es war kein Platz dafür im Wagen. Ich werde nie vergessen, wie ich mich gefühlt habe, als wir losgefahren sind und ich zurückgeschaut habe und es an der Hausmauer lehnen sah.« Er schluckte, und ich küßte ihn auf die Wange.

»Vielleicht sollten wir nicht so viel an diese Zeiten denken, Jimmy. Vielleicht sollten wir nur noch an die Zukunft denken«, schlug ich vor.

»Ja, ich weiß. Aber ab und zu erinnere ich mich gegen meinen Willen daran, und dann denke ich an Fern und frage mich, was wohl aus ihr geworden ist. Mr. Updike hat immer noch nichts über sie herausgefunden, oder?«

Ich hatte ihn gebeten, es zu versuchen, aber er hatte bisher kein Glück gehabt. Ich wollte Jimmy nicht sagen, wie pessimistisch Mr. Updike der Sache gegenüberstand, aber ich erklärte es ihm so, wie es mir Mr. Updike erklärt hatte.

»Nein, Jimmy. Wenn Leute Kinder in der Form adoptieren, dann wollen sie es geheimhalten, damit die alte Familie des Babys nicht eines Tages auftauchen kann, denn nur so können sie dem Kind sagen, es sei ihr eigenes Kind. Und wenn das Kind dann doch herausfindet, daß es adoptiert worden ist, kann es sich nicht auf die Suche nach seiner richtigen Familie machen.«

»Ich verstehe«, sagte Jimmy. »Ich wünschte nur, wir könnten sie sehen, könnten uns ein Bild davon machen, was aus ihr geworden ist, wie groß sie heute ist und was für ein Mensch sie ist. Ich wette, sie wird Momma jedes Jahr ähnlicher werden, was meinst du?«

»Wahrscheinlich. Sie hatte Mommas dunkles Haar und ihre dunklen Augen.«

»Ich bin fertig«, trällerte Mutter im Korridor.

»Die Königin ruft«, sagte Jimmy lächelnd. »Folgen wir ihrem Ruf?« Er hielt mir den Arm hin, damit ich mich einhängen konnte.

Mutter hatte mir ihr neuestes Kleid bis zu diesem Moment nicht gezeigt. Es war ein perlweißes trägerloses Satinkleid mit einem skandalös tiefausgeschnittenen Oberteil, das den Spalt zwischen ihren Brüsten mindestens zur Hälfte entblößte. Ihre Brüste wurden von einem Stütz-BH angehoben und quollen über den Ausschnitt. Der Rocksaum dagegen war ziemlich konservativ und reichte bis über den Knöchel. Um den Hals trug sie eine Kette, die ich bisher nur ein einziges Mal gesehen hatte. Es war ein riesiger birnenförmiger Diamant in einer Weißgoldfassung an einer Weißgoldkette, und ich würde ihn niemals vergessen, denn Großmutter Cutler hatte ihn getragen. Mutter hatte die passenden Ohrringe dazu.

Mutter zog sich den Schal aus Häkelspitze über die Schultern und ließ ihn an ihrem Arm hinabgleiten, ehe sie auf uns zukam.

»Sehe ich schön aus?« fragte sie und drehte sich einmal um.

»Das kann man wohl sagen«, bestätigte Jimmy. Er nickte beifällig.

»Danke, James. Und du, Dawn, du siehst auch so hübsch aus«, sagte Mutter.

»Woher hast du diese Halskette, Mutter?« fragte ich nachdrücklich.

»Die Halskette? Ach so«, sagte sie mit einem nervösen kleinen Lachen, »das ist eines der letzten Geschenke, die mir der arme Randolph gemacht hat, ehe er... ehe er verschieden ist«, sagte sie.

»War das nicht Großmutter Cutlers Halskette?« verfolgte ich das Thema weiter.

»Na und? Und wenn schon? Was hat sie ihr schon genutzt? Sie hat sich nie etwas daraus gemacht und auch aus sonst nichts, woraus sich jede normale Frau etwas machen würde. Schau in ihren Kleiderschrank, und sieh dir an, was für Kleider sie hatte. Sie hat sich kaum je überhaupt geschminkt«, sagte Mutter und beugte sich zu uns vor. »Ich glaube, sie hat noch nicht einmal Parfüm benutzt. Sie nahm nur Wasser und Seife«, sagte sie lachend, »und deshalb hat sie sich das Büro auch immer mit Lilien vollgestellt.«

»Ich kann nicht glauben, daß Randolph von den Sachen seiner Mutter auch nur einen Gegenstand verschenkt hat«, murmelte ich gerade laut genug, daß sie es hören konnte.

»Oh, doch, das hat er getan. Ich habe ihn sogar ausdrücklich um diese Kette gebeten, und dann ist er in ihr Zimmer gegangen und hat sie geholt.« Sie schüttelte den Kopf. »Er hat zu mir gesagt, sie wollte, daß ich die Kette trage, und daraufhin habe ich gesagt: ›Wenn du sie das nächste Mal siehst, dann bedank dich in meinem Namen bei ihr.‹« Sie fing an zu lachen.

»O Mutter, das hast du doch nicht etwa wirklich getan«, protestierte ich und schnitt eine Grimasse. Randolphs Wahnsinn noch derart Nahrung zu geben... es war einfach unmoralisch.

»Ach, was ändert das denn jetzt schon noch? Alles, was in diesem Zimmer ist, gehört ohnehin dir und mir, Dawn«, behauptete sie.

»Was ist mit Philip und Clara Sue, Mutter? Clara Sue will ganz bestimmt auch etwas davon haben«, sagte ich.

»Ja, den beiden gehört es auch.«

»Aber ich dachte, du wolltest nichts mit Großmutter Cutlers Sachen zu tun haben«, rief ich ihr ins Gedächtnis zurück.

»Damit habe ich doch nicht diese Dinge gemeint!« erklärte sie mit weitaufgerissenen Augen. Dann verzog sich ihr Gesicht zu einem Lächeln. »Oh, laßt uns heute abend über nichts reden, was auch nur im entferntesten unerfreulich sein könnte, einverstanden? Schau nur«, sagte sie und trat näher zu Jimmy. »Wir haben einen so gutaussehenden Begleiter. Darf ich mich auch bei dir einhängen, James?« fragte sie. Er errötete und sah mich an, ehe er nickte.

Mutter legte schnell die Hand auf seinen Arm.

»Werden wir drei nicht ein beachtlicher Anblick sein, wenn wir durch dieses Foyer schreiten?« rief sie überschwenglich.

Die Treppe war nicht breit genug für uns drei nebeneinander, aber Mutter wollte Jimmys Arm anscheinend nicht loslassen, und daher blieb ich zurück und ließ die beiden vorausgehen. Am unteren Treppenabsatz drehte sich Jimmy um, lächelte und bot mir wieder seinen Arm an.

»Mrs. Longchamp«, sagte er.

»Ich danke Ihnen, Mr. Longchamp«, erwiderte ich, und wir hatten unseren großen Auftritt.

Es war genauso, wie Mutter es sich ausgemalt hatte. Sämtliche Gäste und alle Mitarbeiter drehten sich nach uns um, und ihre Gesichter strahlten vor Ehrfurcht, als wir durch den Haupteingang schritten, vor dem uns Julius erwartete. Sobald er uns kommen sah, hielt er die Türen auf, und wir verließen das Hotel. Julius lief eilig zur Limousine und öffnete die Hintertüren. Mutter stieg als erste ein. Sie bestand darauf, daß Jimmy zwischen uns saß.

»Nach Beulla Woods«, ordnete Mutter an.

»Ja, Ma'am«, sagte Julius, und wir fuhren los.

Es war gerade noch so hell, daß wir alles gut sehen konnten, als wir auf der langen, gewundenen Straße fuhren, die zu Bronson Alcotts Haus führte. Beulla Woods stand auf einem hohen Hügel, und der Ausblick auf Cutlers Cove war wie der Ausblick von einem Schloß aus. Das Haus war so spektakulär, wie Jimmy es beschrieben hatte, und die Mauern waren mit Graustein und dekorativen Holzbalken verkleidet. Es hatte einen markanten Turm mit einem hohen, spitzen Dach. Im Turm war der Haupteingang untergebracht, eine dunkle Kieferntür in einem einzelnen Bogen. Das große zweistöckige Gebäude hatte ein Steildach. Zur Fassade hin waren in beiden Geschossen jeweils zwei dreiflügelige Glastüren eingebaut. Im ersten Stock befand sich vor jedem der Fenster ein dekorativer kleiner schmiedeeiserner Balkon. Der Kamin war zur Seite versetzt, und das ganze Haus war von rundgestutzten Hecken umgeben.

Die Auffahrt führte uns durch die üppigen, gepflegten und kunstvoll angelegten Gärten vor dem Haus mit ihren Brunnen. Julius sprang aus der Limousine, öffnete die Hintertüren und war Mutter beim Aussteigen behilflich. Jimmy und ich stiegen aus und schlossen uns ihr an.

»Ist es nicht wunderbar?« fragte sie. Sie drehte sich um und beschrieb mit einer ausholenden Armbewegung das Grundstück. Wir schauten auf das Meer hinunter, auf die Schiffe, die Anlegestege und die Menschen auf den Straßen – alles wirkte wie Spielzeug und sehr kostbar.

Die Sonne versank gerade am Horizont, und die letzten Sonnenstrahlen, die sich zur Himmelsmitte richteten, ließen die Welt unter uns paradiesisch verklärt erscheinen.

»Ich könnte ewig hier stehenbleiben und hinausschauen«, sagte Mutter.

»Das solltest du lieber nicht tun, denn sonst wird unser Abendessen kalt«, sagte Bronson Alcott.

Wir drehten uns alle drei abrupt um und sahen ihn mit verschränkten Armen und einer weißen Meerschaumpfeife in der rechten Hand in der Tür stehen. Er trug ein dunkelblaues Samtjackett mit einer goldenen Litze am Revers und über der Brusttasche. Anstelle von einer Krawatte trug er jedoch ein rubinrotes Dreieckstuch. Im Zwielicht wirkten sein kastanienbraunes Haar und sein Schnurrbart einen Ton dunkler als dunkler Honig. Das Lachen, das um seine saphirblauen Augen spielte, breitete sich zu seinen Lippen aus, die sich zu einem strahlenden Lächeln verzogen.

»Bronson«, rief Mutter. »Spionierst du uns nach?«

»Wohl kaum«, sagte er und trat schnell vor, um ihre Hand zu nehmen. »Ich habe gesehen, wie euer Wagen vorgefahren ist und mich gefragt, warum ihr alle so lange braucht, bis ihr läutet. Der arme Livingston steht im Eingang und ist so nervös wie ein werdender Vater«, sagte er, und Mutter lachte.

»Livingston«, erklärte Bronson Jimmy und mir, »ist mein Butler. Er ist schon bei mir, seit... nun ja, er ist schon länger hier als ich. Genaugenommen hat er eigentlich für meinen Vater gearbeitet«, sagte Bronson. Er drückte Jimmy eilig die Hand. »Willkommen. Und Sie«, sagte er und ließ den Blick auf meine Füße sinken, ehe seine Augen über meine Beine und meinen Busen hinaufglitten und auf mein Gesicht fielen, »sehen umwerfend schön aus. Wie die Mutter, so die Tochter«, behauptete er und starrte mich immer noch an.

»Also, wer hält uns hier vom Essen ab?« fragte Mutter, die ihren Unwillen darüber nicht verbarg, daß sie ignoriert wurde.

»Oh, tut mir leid. Hier entlang«, wies uns Bronson den Weg und führte uns in sein schönes Haus.

Livingston stand im Frack neben der Tür. Er war ein großer, dürrer alter Mann, der so gebeugt war, daß er wirkte, als stiege er auf Hügel, während er auf flachem Boden stand. Sein Haar war schneeweiß, und seine Augen waren wäßrig und blaßblau.

»Guten Abend, Livingston«, sagte Mutter.

»Guten Abend, Ma'am«, erwiderte er mit einer leicht krächzenden Stimme.

»Das sind Mr. und Mrs. Longchamp, Livingston«, stellte uns Bronson vor. Livingston nickte.

»Hallo«, begrüßte ich ihn.

»Tag«, sagte Jimmy.

Livingston schloß jetzt die Tür, und ich wandte meine Aufmerksamkeit dem Hausinnern zu. Während wir Bronson folgten, sah ich, daß an allen Wänden Gemälde hingen, von der Renaissance bis zur Moderne. Alles war farbenfroh, und überall drückte sich Eleganz aus, vor allem in der Eingangshalle mit den kastanienbraunen Samtvorhängen, dem Marmorboden und der Marmorbank. Als erstes schauten wir uns die Bibliothek an, die mit prächtigen Ledermöbeln, dunklen Eichentischen und Bücherregalen eingerichtet war.

Bronson zeigte uns sein Büro, in dem über seinem Schreibtisch ein riesiges Porträt seiner Eltern hing. Irgend etwas im Gesicht seiner Mutter kam mir vage vertraut vor. Sie erinnerte mich an jemanden, aber ich hatte keine Zeit, mir nähere Gedanken darüber zu machen, denn meine Aufmerksamkeit wurde schnell von dem Porträt einer jungen Frau an der Wand zu unserer Linken auf sich gezogen.

Sie sah aus, als sei sie noch keine zwanzig Jahre alt. Sie hatte hellbraunes Haar, das über die Schultern gebürstet war, und ein zartes ovales Gesicht mit freundlichen hellgrünen Augen und einem sanften Lächeln. Auf dem Porträt saß sie auf einem breiten Polstersessel. Die anmutig wirkenden Hände hatte sie auf dem Schoß übereinandergelegt, aber etwas an ihrer Haltung, am Schwung ihrer Schultern, erschien mir merkwürdig. Ich fand, sie wirkte so, als säße sie nicht bequem.

Ich sah Bronson an und bemerkte, wie bewundernd er das Porträt anblickte. Ein zartes Lächeln, das um seine Lippen spielte, erinnerte an das Lächeln der jungen Frau auf dem Porträt. Als ich ihn und das Mädchen auf dem Gemälde betrachtete, fiel mir dann auch tatsächlich auf, daß sie große Ähnlichkeit miteinander hatten, und mir drängte sich der Verdacht auf, sie seien Geschwister.

»Das ist meine Schwester Alexandria«, sagte er und bestätigte mich in meinem Verdacht.

»Sie ist auffallend hübsch«, urteilte ich.

»War«, sagte Bronson und seufzte. »Sie ist vor etwas mehr als zwei Jahren gestorben.«

»Oh, das tut mir leid.«

»Was ist ihr zugestoßen?« fragte Jimmy schnell.

»Trotz des Anblicks, den sie Ihnen hier bietet, hatte sie ständig Schmerzen. Sie hat an einer degenerativen Knochenkrankheit gelitten. Es war sehr schwierig für sie, für dieses Porträt zu sitzen, aber sie hat darauf beharrt. Sie wollte, daß ich es bekomme.« Er lächelte bei der Erinnerung.

»Es ist so deprimierend, von diesen tragischen Vorfällen zu sprechen«, schaltete sich Mutter ein.

»Was? Ja, ja, natürlich«, sagte Bronson. »Wie rücksichtslos von mir, insbesondere angesichts des Umstands, daß Randolph gerade erst gestorben ist.«

»Laßt uns heute abend nicht über Tod und Krankheit reden«, flehte Mutter.

»Natürlich nicht«, willigte Bronson ein. »Lassen Sie mich Ihnen das restliche Haus zeigen«, sagte er zu Jimmy und mir. Der Rundgang wurde fortgesetzt. Wir gingen unter der geschwungenen Treppe mit dem weißen Marmorgeländer durch und nach rechts. Er zeigte uns sein Wohnzimmer mit den eleganten französischen Möbeln, und er führte uns sogar in seine Küche, in der im Moment zwei Köche an unserer Mahlzeit arbeiteten. Ein unvergleichliches Aroma hing in der Luft.

»Es wird ein Schlemmermahl«, versprach Bronson.

Wir begaben uns direkt in das riesige Eßzimmer mit seinen Fenstern, die bis zur Decke reichten. Sie wurden von Samtgardinen mit Bordüren in einem dunklen Roséton und mit goldenen Besätzen eingerahmt. Ein großer Kristalleuchter hing über einem Tisch, an dem zwanzig Menschen mühelos Platz gefunden hätten. Alle Stühle waren hochlehnig und hatten Armlehnen und Polstersitze. Sowie wir uns gesetzt hatten, tauchten Dienstboten auf, als kämen sie aus der Wandtäfelung. Ein Diener und eine Dienerin erschienen. Der Diener servierte den eisgekühlten Champagner, und das Mädchen folgte mit unseren Gläsern auf einem Tablett aus massivem Silber. Die Flasche wurde entkorkt, und der Champagner wurde eingeschenkt.

»Ich würde gern gleich auf etwas anstoßen«, sagte Bronson und sah mich an. »Nach allem, was ich gehört habe...« Er beugte sich zu Mutter vor und senkte seine Stimme. »Und wie du weißt, habe ich überall meine Spione... habe ich entschieden den Eindruck«, fuhr er fort, lehnte sich zurück und hob sein Glas, »daß die neue junge Besitzerin von Cutler's Cove sich als ein großer Erfolg erweist. Und daher«, sagte er, »wollen wir auf das Cutler's Cove Hotel trinken, dessen Zukunft jetzt wieder glänzend aussieht.«

»O Bronson, wie können wir auf ein Hotel trinken? Man trinkt auf Menschen, nicht auf Häuser«, beklagte sich Mutter.

»Von mir aus«, sagte er unbeirrt. »Dann eben auf die beiden schönsten Frauen in Cutler's Cove.«

»Das ist schon eher ein Trinkspruch«, meinte Mutter, und wir tranken.

In dem Moment, in dem wir unsere Gläser auf dem Tisch abstellten, begann das Festmahl.

Wir fingen mit Schnecken an, und dann gab es einen Radicchio mit einem absolut köstlichen Dressing und selbstgebackenem französischem Baguette. Bronson warnte mich, jedes einzelne der Rezepte sei ein Geheimnis seines Küchenchefs, und ich würde es keinesfalls schaffen, ihm Rezepte zu entlocken und sie im Hotel nachkochen zu lassen.

»Machen Sie sich keine Sorgen. Nussbaum hielte gar nichts davon, wenn ich ihm Rezepte von jemand anderem vorschlüge«, sagte ich und stellte mir seine Reaktion deutlich vor. »Er hat viel zuviel Stolz.«

»Ach, dieser geltungsbedürftige Ungar«, klagte Mutter. »Er kann einem ja so auf die Nerven gehen.«

Nachdem man uns ein paar Löffel Sorbet hingestellt hatte, um unsere Gaumen zwischendurch zu reinigen, wurde der Hauptgang serviert. Es gab Canard à l'Orange mit Wildreis und auf einem Extrateller als Beilage Spargel mit Sauce hollandaise, die einfach überwältigend war. Der Diener schenkte uns Wein ein, und das Mädchen stand bereit und wartete nur auf die Gelegenheit, unsere Wassergläser nachzufüllen.

Mir fiel auf, daß Mutter, wie üblich, wie ein Spatz aß, obwohl das Essen köstlich war. Aber Jimmy und ich stopften uns voll und platzten fast, als das Dessert, flambierte Crêpes mit Eis, gebracht wurde. Wie wir Platz für all das fanden, werde ich nie erfahren. Als wir unseren Kaffee ausgetrunken hatten, glaubte ich, ich bräuchte einen Kran, wenn man mich je wieder von diesem Stuhl heben wollte.

»Warum machen wir nicht alle zusammen einen Spaziergang über das Grundstück«, schlug Bronson vor, »ehe wir uns dem nächsten Getränk zuwenden? Ich glaube, wir könnten alle etwas Bewegung brauchen.«

»Klar«, sagte Jimmy, der versessen darauf war, sich das Haus und das Grundstück genauer anzusehen.

»Ich könnte es auch gebrauchen«, gestand ich.

»Also, ich nicht«, sagte Mutter. »Und das Grundstück kenne ich schon. Ich erwarte euch dann alle im französischen Zimmer, Bronson.«

»Ein bißchen Bewegung kann jeder gebrauchen, Laura Sue«, sagte Bronson einschmeichelnd. Seine Augen blitzten und zeigten deutlich, wie gern er sie überreden wollte. Mutter stieß einen tiefen Seufzer aus.

»Also gut, wenn alle darauf bestehen, dann komme ich eben mit.« Sie stellte es so hin, als täte sie uns allen einen großen Gefallen damit. Irgendwie störte sich Bronson nicht an Mutters Auftritten.

Wenn überhaupt, dann konnte ich höchstens einen Ausdruck der Belustigung in seinem Gesicht entdecken.

Er führte uns durch den Vordereingang hinaus, und Livingston eilte hinzu, so schnell er konnte, um die Tür aufzuhalten. Wir folgten den Schieferplatten eines Gehwegs um das Haus herum, an Gärten, einer Laube und einem kleinen Teich vorbei zur Rückseite des Hauses, und dort fanden wir die Tennisplätze und einen reichlich großen Swimmingpool. Alles, auch der Gehweg, war beleuchtet.

Jimmy lief mit ihm voraus, und sie redeten über das Haus und das Grundstück, während Mutter sich bei mir beklagte, die Schuhe, die sie anhätte, seien nicht für Wanderungen gedacht.

»Als eine Wanderung würde ich das kaum bezeichnen, Mutter«, sagte ich, aber das hielt sie nicht von ihren Tiraden ab, bis wir den Rückweg hinter uns gebracht hatten und sie sich im Salon auf die weichen Polster eines kleinen Zweiersofas sinken lassen konnte. Im nächsten Moment kam Livingston mit einem Tablett, auf dem eine Flasche Sherry und vier Gläser standen. Er schenkte jedem von uns ein Glas ein und reichte das Tablett herum. Jimmy und ich saßen in den beiden Ohrensesseln rechts von dem weißen Marmorkamin. Bronson blieb stehen.

Sobald Livingston gegangen war, hob Bronson wieder sein Glas, und diesmal sah er Mutter mit einem verschwörerischen Lächeln an.

»Jetzt ist es an der Zeit für den eigentlichen Trinkspruch des Abends«, sagte Bronson, »und für eine Bekanntmachung.«

Mutter ließ ihr nervöses Lachen ertönen.

Mein Herz fing an, wie eine Trommel gegen meine Brust zu schlagen. Ein kleines Stimmchen in meinem Innern hatte mir den ganzen Abend über argwöhnisch etwas zugeflüstert, aber ich hatte mich entschlossen, nicht darauf zu achten und zu ignorieren, wie Mutter und Bronson Alcott sich in die Augen sahen oder wie er seine Hand am Eßtisch auf ihre gelegt und sie dort liegen gelassen hatte.

Ich sah Jimmy an, der meinen Blick mit Augen erwiderte, die einen ähnlichen Verdacht verrieten. Es hatte für diese Essenseinladung also doch einen Anlaß gegeben.

»Wir wollten, daß ihr beide die ersten seid, die es erfahren«, sagte Bronson. »Stimmt's, Laura Sue?«

»Ja«, bestätigte sie lächelnd.

»Wir werden morgen unsere Verlobung bekanntgeben«, erklärte er. »Es wird allerdings keine größere Verlobung sein«, fügte er eilig hinzu. »Wir haben die Absicht, innerhalb von einer Woche zu heiraten.«

»Innerhalb von einer Woche!« Ich konnte meinen Ausruf nicht zurückhalten. »Aber seit Randolphs Tod sind noch keine zwei Monate vergangen«, stieß ich aus.

Wie eine empfindliche Blume, der die Bewunderung des Regens genommen wird, aus der sie ihr Selbstvertrauen schöpft, verwelkte Mutter vor meinen Augen.

»Ich wußte es doch«, ächzte sie. »Ich wußte, daß sie so etwas sagen wird. Ich habe es ganz genau gewußt! Mein Glück bedeutet dir überhaupt nichts, oder, Dawn?«

»Also, wie kannst du erwarten, daß ich etwas anderes sage?« Ich blickte zu Bronson auf und wandte mich dann wieder vorwurfsvoll an Mutter. »Wie kannst du das so kurz nach Randolphs Tod tun?«

»Gerade du solltest besser als jeder andere wissen, Dawn«, erwiderte sie kühl, »daß meine Ehe mit Randolph im Grunde genommen überhaupt keine Ehe war. Er war mit seiner Mutter verheiratet, und nur, was sie gesagt und getan hat, hat für ihn gezählt. Du weißt nicht, wieviel ich gelitten habe«, erklärte sie mit erstickter Stimme, und ihre Augen füllten sich mit Tränen, die kurz darauf in Strömen über ihre zarten Wangen rannen.

»Nicht doch, Laura Sue«, schalt Bronson sie sachte. Er stellte sein Sherryglas ab und ging zu ihr; er setzte sich neben sie und legte seinen Arm um ihre Schultern.

»Sie weiß es doch wirklich nicht. Sie haßt mich, weil sie nicht weiß, was ich durchgemacht habe.« Sie blickte zu ihm auf, schaute durch einen Tränenschleier in seine Augen.

Bronson drehte sich zu mir um, und in seinen Augen standen so viel Eindringlichkeit und Zielstrebigkeit, daß mir der Atem stockte und sich ein Kloß in meiner Kehle bildete.

»Vielleicht«, sagte er, »ist es dann an der Zeit, daß sie alles erfährt.«

Mutter sah scharf auf, und Furcht verfinsterte ihr Gesicht. Bronson tätschelte ihre Hand.

»Es ist höchste Zeit, Laura Sue«, wiederholte er.

»Ich kann es einfach nicht«, rief Mutter aus. »Es ist so qualvoll, daß ich noch nicht einmal an diese Dinge denken oder mich daran erinnern darf, und noch viel weniger kann ich mit jemandem darüber reden«, flüsterte sie flehentlich und schüttelte heftig den Kopf.

»Dann laß es mich tun«, sagte Bronson. »Wenn es irgend möglich ist, möchte ich, daß keine negativen Gefühle zwischen uns stehen – nicht jetzt, nicht zu Beginn eines Neuanfangs. Ich möchte, daß wir uns alle wie eine Familie fühlen.«

Mutter schloß die Augen und holte hörbar Luft. Dann zog sie sich auf die Füße.

»Tu, was getan werden muß«, sagte sie. »Ich bin erschöpft und so außer mir, daß ich noch nicht einmal zuhören kann. Ich will ins Hotel.«

»Also gut«, stimmte Bronson zu. »Vielleicht ist James so freundlich, dich zu begleiten, und Dawn kann hierbleiben und mit mir reden. Ich lasse sie von meinem Chauffeur in meinem Wagen zurückbringen.«

»Klar«, sagte Jimmy und stand auf.

»Jimmy sollte auch alles hören, was gesagt werden muß«, bemerkte ich. Jimmy trat vor mich und beugte sich herunter, um mir etwas zuzuflüstern.

»Vielleicht möchte er mit dir allein sprechen, Dawn. Vielleicht ist es ihm unangenehm, wenn ein anderer Mann zuhört. Du kannst mir dann später alles erzählen.« Er drückte tröstend meine Hand, und dann wandte er sich ab und nickte Bronson und Mutter zu.

»Danke, Bronson«, sagte Mutter erleichtert. »Es war ein wunderbarer Abend, und als einen solchen würde ich ihn gern in meiner Erinnerung aufbewahren.« Sie lächelte mich strahlend an. Bronson begleitete sie und Jimmy hinaus.

Kurz darauf kam er zurück, setzte sich mir gegenüber, schlug die Beine übereinander, hob sein Sherryglas an seine Lippen und begann.

7

Noch mehr Geheimnisse aus der Vergangenheit

»Zuallererst sollte ich dir ein wenig über mich erzählen«, sagte Bronson und benutzte absichtlich die vertrauliche Anrede, »damit du besser verstehen kannst, wie und warum sich die Dinge so entwickelt haben, wie es der Fall war.«

Dieses charmante und doch provozierende Lächeln schwand von seinem Gesicht, und seine Haltung nahm etwas sehr Eindringliches an, als er sich vorbeugte und mir fest in die Augen sah.

»Ich bin in Geld und Status hineingeboren worden und habe eine recht angenehme Kindheit gehabt. Mein Vater war ein strenger Mann, der einer zähen Familie entstammte, aber meine Mutter war eine sehr warmherzige und liebevolle Frau, die sich ganz meinem Vater, ihren Kindern und dem Image der Alcotts verschrieben hatte.

Von Anfang an wurde Alexandria und mir beigebracht, wie wichtig dieses Image war. Man machte uns begreiflich, daß wir eine Verantwortung zu tragen hatten, um unser hohes Ansehen zu bewahren. Uns wurde gesagt, die Leute schauten zu uns auf, und in gewissem Sinne seien wir die neue herrschende Schicht des Südens. Wir hatten Geld und Macht – Macht, das Leben anderer Menschen zu beeinflussen.

Als Kapitalanleger und Bankier bestimmte mein Vater über das Schicksal vieler. Kurz gesagt, ich wurde in dem Glauben erzogen, ich sei so etwas wie ein Prinz und würde eines Tages den Thron meines Vaters erben und in der Tradition der Alcotts herrschen.«

Er lehnte sich zurück, stützte das Kinn auf beide Mittelfinger und lächelte dann.

»Es wurde alles ziemlich dramatisch hingestellt, aber wie die meisten Menschen, die eine gewisse Position und einen gewissen Reichtum haben, fingen auch meine Eltern an, an ihr eigenes Bild in der Öffentlichkeit zu glauben. Vater zumindest.

Jedenfalls«, fuhr er fort, und jetzt blickten seine Augen irgendwie versonnen, »wurde Alexandria, wie ich dir bereits sagte, mit einer Krankheit geboren, die sie lähmte. Daher, aber auch weil uns dieses Gefühl der Selbstüberschätzung vermittelt wurde, wurde sie mit der Zeit immer melancholischer. Sie empfand die Krankheit irgendwie als Schuld und glaubte immer, sie sei eine Enttäuschung für meine Eltern, insbesondere für meinen Vater.

Trotz ihrer Krankheit war sie eine ausgezeichnete Schülerin, die sich immer mehr anstrengte, um etwas zu erreichen. Ich habe sie über die Maßen gerngehabt und hätte alles für sie getan, was in meiner Macht stand.«

Er lächelte zärtlich. »Sie hat mich immer ausgescholten und gemeint, ich verbrächte zuviel Zeit mit ihr. ›Du solltest unterwegs sein und etwas mit deinen Freunden unternehmen‹, sagte sie immer wieder, ›und du solltest hübschen Mädchen nachlaufen und nicht deine ganze Zeit mit deiner verkrüppelten Schwester verbringen.‹ Aber es war nun einmal so, daß ich sie einfach nicht im Stich lassen konnte.

Als sie in der High School von niemandem zum Abschlußball eingeladen wurde, habe ich sie als meine Partnerin mitgenommen und sie gezwungen hinzugehen, obwohl sie nicht tanzen konnte. Ich war es, der sie in Filme und ins Theater mitgenommen hat, und ich war es, der darauf beharrt hat, daß sie mit mir an die Küste oder in die Berge fährt. Ich habe sie zum Segeln mitgenommen und sogar zum Reiten, als es ihr körperlich noch gut genug ging und sie diese Dinge tun konnte. Nach einer Weile tat sie alles nur noch, weil ich darauf bestand.

›Ach, was ändert das schon, Bronson?‹ fragte sie oft, wenn ich stur und beharrlich war. Ich wollte es nicht sagen, aber ich wollte in ihr Leben pressen, soviel ich konnte, weil ich wußte, daß sie nicht lange zu leben hatte. Aber andererseits brauchte das auch nicht ausgesprochen zu werden; es war ihr selbst klar.

Jedenfalls glaube ich, meine hingebungsvolle Sorge um Alexandria hat so manche junge Frau abgeschreckt. Es wurden abfällige Bemerkungen gemacht, und gemeine Gerüchte über uns wurden in Umlauf gesetzt – die meisten fanden es unnatürlich, daß sich Bruder und Schwester so nahe standen – aber ich dachte gar nicht daran, Alexandria bloß wegen irgendwelcher Klatschbasen den Rücken zu kehren und irgendwelchen eingebildeten hübschen jungen Mädchen nachzulaufen.«

»Meine Mutter war eine dieser jungen Frauen, stimmt's?« fragte ich zuversichtlich.

Er starrte mich einen Moment ausdruckslos an und trommelte mit den Fingerspitzen auf seine Stuhllehne, ehe er aufstand, sich an die breite Fensterwand stellte und auf die Gärten und das Meer dahinter schaute. Schließlich wandte er sich wieder zu mir um, und in seinen Augen drückte sich eine tiefe innere Qual aus, die ich verstehen konnte, denn ich erkannte darin die Qualen, die ein Mann erleidet, wenn er sich nach einer Frau verzehrt, die für immer und ewig außerhalb seiner Reichweite zu sein scheint. Ab und zu hatte ich diesen Ausdruck in Jimmys Augen gesehen, als wir in dem Glauben, wir seien Geschwister, aufgewachsen waren und Gefühle und Sehnsüchte gehegt hatten, die wir für ungehörig hielten.

»Deine Mutter«, setzte er an, »war und ist nach wie vor eine der schönsten Frauen in Cutler's Cove, und wie alle schönen Frauen besitzt sie ein gewisses Maß an Eitelkeit.«

»Mutter«, sagte ich trocken, »ist mit Eitelkeit weiß Gott überreichlich gesegnet.«

Er wollte schon lächeln, hielt sich aber zurück und schüttelte den Kopf.

»Das will ich nicht bestreiten, aber mir ist klar, warum es so ist.« Er unterbrach sich und dachte nach. »Du weißt nicht viel über die Familie deiner Mutter und über ihre Kindheit, oder?«

»Nein. Sie spricht nie darüber, und jedesmal wenn ich sie danach gefragt habe, hat sie so kurz und unwillig geantwortet, als fiele ich ihr damit zur Last, und deshalb habe ich aufgehört, Fragen zu stellen. Eigentlich weiß ich nur, daß sie ein Einzelkind war und daß ihre Eltern tot sind.«

»Ja, sie war ein Einzelkind, ein junges Mädchen, das seinen Vater grenzenlos bewundert – nein, regelrecht angebetet hat. Aber Simon Thomas war ein Lebemann erster Güte und hat ihr nicht die Aufmerksamkeit geschenkt, die sie so dringend gebraucht hätte. Sein Ruf als Frauenheld war immer ein Gesprächsthema. Ihre arme Mutter hat sehr gelitten und doch versucht, so zu tun, als sei alles in Ordnung. Laura Sue«, betonte er, »stammt aus einer Welt der Illusion und der Täuschung, des Mißtrauens und des Verrats.

Folglich«, fuhr er mit ernstem Blick fort, »hat sie nach Aufmerksamkeit und nach Liebe gelechzt, und sie hat weit mehr verlangt als jede andere Frau, die mir je begegnet ist.

Aber vom ersten Moment an war ich rasend verliebt in sie. Ich erinnere mich noch«, sagte er, und in diese aquamarinfarbenen Augen kehrte ein Lächeln zurück, »wie ich meinen Wagen an der Straßenkreuzung vor ihrem Haus geparkt und stundenlang dagesessen habe, nur, um einen kurzen Blick auf sie werfen zu können, wenn sie kam oder ging.«

Er unterbrach sich, als sei das Bild meiner Mutter als junges Mädchen auf die gegenüberliegende Wand projiziert worden.

»Auf alle Fälle«, sagte er und riß sich aus seiner Träumerei heraus, »habe ich angefangen, um sie zu werben, und eine Zeitlang waren wir ein tolles Paar. Aber nachdem meine Mutter an Blutkrebs erkrankte und innerhalb kürzester Zeit starb, fand ich es noch wichtiger als vorher, viel Zeit mit Alexandria zu verbringen. Der unerwartete Tod meiner Mutter hatte ihr furchtbar zugesetzt.«

»Und deine hochgeschätzte Laura Sue, meine Mutter«, sagte ich, um ihm zuvorzukommen, »war erbost, weil du deiner Schwester so viel Aufmerksamkeit hast zukommen lassen?«

»Laura Sue brauchte einen Mann, der sie zum absoluten Mittelpunkt seines Daseins erhob«, erklärte er. »Ich wollte dieser Mann sein – unbedingt –, konnte aber Alexandria nicht den Rücken kehren.«

»Also hat Mutter dir den Rücken gekehrt«, schloß ich. »Warum machst du dir immer noch etwas aus ihr, wenn du weißt, wie egoistisch sie ist und schon immer war?« fragte ich. »Ist Liebe denn so blind? Sind Männer wirklich solche Dummköpfe?«

Er lachte. »Vielleicht, aber für eine junge Frau, die selbst so etwas wie eine tragische Romanze hinter sich hat, bringst du nicht gerade allzuviel Mitgefühl und Verständnis auf.«

Ich errötete. Hatte er recht? Wurde ich etwa zu dem harten, kalten Menschen, wie Jimmy fürchtete?

»Es tut mir leid«, murmelte ich.

Er kehrte zu seinem Stuhl zurück und trank einen Schluck von seinem Sherry. Dann lehnte er sich an und stützte das Kinn wieder auf beide Mittelfinger.

»Laura Sue kam ins Pensionat, und ich ließ alle Energien in meine Arbeit einfließen. Ich bemühte mich, mein Leid vor Alexandria zu verbergen, aber sie war ein sehr sensibler Mensch, und vor allem, wenn es um mich ging, nahm sie jede Kleinigkeit wahr. Ich weiß, daß sie unter entsetzlichen Schuldgefühlen litt und glaubte, daß sie mein Leben zerstörte, und sie versuchte, mich dazu zu bringen, daß ich weniger Zeit mit ihr verbrachte. Sie bat sogar meinen Vater, sie in ein Heim für Behinderte zu bringen, aber ihm war ihre Krankheit peinlich, und er weigerte sich, sie als gegeben hinzunehmen.

Nicht lange danach hörte ich, daß sich Laura Sue mit Randolph Cutler verlobt hatte. Es war seltsam«, sagte er, schüttelte den Kopf und lächelte liebevoll, »aber es war, als sei eine Last von meiner Seele genommen. Jetzt, da keine Chance mehr für mich bestand, Laura Sue für mich zu haben, endeten die Martern.«

»Hattest du eine andere Romanze?« warf ich schnell ein.

»Nichts Ernstes. Vielleicht mißtraute ich der Liebe inzwischen«, gestand er, und seine Augen funkelten schelmisch. »Für mich war es ohnehin eine besonders schwierige Zeit in meinem Leben. Mein Vater erlitt einen Herzanfall. Wochenlang lag er im Krankenhaus, bis er schließlich starb. Nach seinem Tod habe ich seinen Posten in der Bank eingenommen.

Jetzt gab es nur noch Alexandria und mich. Aber ihre Verfassung wurde immer schlechter. Ich engagierte eine Pflegerin, die rund um die Uhr da war, ich nahm meine Mahlzeiten mit ihr in ihrem Zimmer ein, und wann immer ich die Zeit fand, fuhr ich sie in ihrem Rollstuhl herum; kurz gesagt, ich verbrachte mehr Zeit als bisher mit ihr, da ich wußte, daß ihre Tage gezählt waren. Sie hat nie geklagt und getan, was sie konnte, um möglichst niemandem zur Last zu fallen.

Schließlich ist sie dann eines Nachts im Schlaf gestorben. Selbst im Tod stand noch ein sanftes Lächeln auf ihren Lippen.« Tränen traten in seine Augen und liefen über seine Wangen. Er wischte sie nicht fort; er sah starr vor sich hin, als merkte er gar nicht, daß er weinte.

Ich konnte meine eigenen Tränen nicht zurückhalten, die schon seit einer Weile hinter meinen Lidern brannten. Als er sah, wie ich sie wegwischte, richtete er sich auf. Seine Tränen waren versiegt, doch der gequälte Ausdruck in seinen Augen war geblieben.

»Inzwischen hatten Laura Sue und Randolph natürlich geheiratet, und Philip war geboren worden. Da die Bank so enge finanzielle Beziehungen zu dem Hotel hatte, wurde ich natürlich oft von Mrs. Cutler zum Abendessen eingeladen und saß dann mit ihr und Randolph und Laura Sue an einem Tisch.«

»Das muß sehr schwierig für dich gewesen sein«, sagte ich, »wenn man bedenkt, wie sehr du sie geliebt hast.«

»Ja«, bestätigte er und war froh, daß ich ihn verstand. »Im Grunde genommen war es die reinste Folter. Ich sehnte mich nach diesen Zeiten, nach diesen Gelegenheiten, an ihrer Seite zu sein, sie zu sehen und mit ihr zu reden und ihre Hand in meiner zu spüren, wenn wir uns begrüßten. Und schon bald war ich überzeugt davon, daß ich in ihren Augen etwas für mich brennen sah, wenn wir uns anschauten.

Es waren besonders schwierige Zeiten für Laura Sue. Mrs. Cutler war nie glücklich darüber gewesen, daß Randolph sie geheiratet hatte, und Mrs. Cutler war keine Frau, die ihre Gefühle verbirgt. Zwischen ihr und Laura Sue hätte man die Luft schneiden können; sie empfanden eine starke Abneigung gegeneinander.

Aber das mit Mr. Cutler ist wieder eine ganz andere Geschichte. Randolphs Vater stand in dem Ruf, ein Weiberheld zu sein. Es machte ihm Spaß, die jungen Frauen zu umschmeicheln, die ins Hotel kamen, und es waren immer Geschichten über seine heimlichen Affären im Umlauf. Natürlich wagte niemand, vor Mrs. Cutler etwas darüber zu sagen. Sie war eine bemerkenswerte Frau – eine zierliche Gestalt, aber überragend und beeindruckend.«

»Ich bin mir durchaus bewußt, wie beeindruckend sie war«, sagte ich mit scharfer Stimme.

»Was? Ach so, ja. Jedenfalls hörte ich eines späten Abends, wie an der Tür geläutet wurde, und dann hörte ich Livingston öffnen. Ich zog mir schnell meinen Morgenmantel über und schlüpfte in meine Hausschuhe, und als ich die Treppe hinunterkam, sah ich Laura Sue. Ihr war auf den ersten Blick anzusehen, daß sie außer sich war und kurz vor der Hysterie stand. Sie hatte sich irgendwelche alten Sachen übergeworfen, und ihr Haar war zerzaust; sie war ungeschminkt, und ihre Augen waren blutunterlaufen. Livingston war buchstäblich entgeistert von dem Anblick, den sie bot.

Ich habe sie in dieses Zimmer hier geführt und ihr einen Sherry eingeschenkt. Sie hat das Glas auf einen Zug geleert, und dann hat sie sich auf das Sofa fallen lassen, ist in Tränen ausgebrochen und hat zusammenhanglose Worte ausgestoßen. Allmählich konnte ich alles, was sie vorbrachte, sortieren und zu einem Bild zusammensetzen, und mir wurde klar, daß sie mir berichtete, ihr Schwiegervater hätte sie vergewaltigt.

Selbstverständlich war ich schockiert. Meine anfängliche Entgeisterung wich dem Mitgefühl, das dann von Entrüstung abgelöst wurde. Zweimal wollte ich schon aus dem Haus gehen, mich auf den Weg zum Hotel machen und den Mann in Stücke reißen, aber zweimal hat sie mich angefleht, es nicht zu tun.

Endlich haben wir uns dann beide ein wenig beruhigt. Ich habe sie stundenlang in den Armen gehalten, sie geküßt und ihr versichert, ich sei für sie da und würde ihr in jeder erdenklichen Form helfen. Ich versprach ihr, den besten Anwalt für sie zu besorgen. Ich bot ihr an, in mein Haus einzuziehen, aber sie fürchtete sich, und wenn ich ihr auch noch so sehr gelobte, sie in jeder Hinsicht zu unterstützen, ließ sie sich doch nicht dazu überreden, juristische Schritte einzuleiten.

»Aber« – er wandte den Blick ab und sah mich dann wieder an – »wir wußten, daß wir uns liebten, und wir gestanden es uns offen ein. In jener Nacht ist sie bei mir geblieben.«

»Nachdem sie gerade vergewaltigt worden war?« fragte ich ungläubig.

»Wir haben uns nur in den Armen gehalten. Am nächsten Morgen ist sie ins Hotel zurückgekehrt, aber sie ist noch oft zu mir gekommen. Wir hielten es für das Beste, wenn ich meine Besuche im Hotel einstellte. Mrs. Cutler hat mich ohnehin nicht mehr eingeladen.« Einen Moment lang ließen ihn Schamgefühl und Schuldbewußtsein erröten. Dann setzte er sich aufrecht auf seinem Sessel hin und holte tief Atem.

»Mrs. Cutler war nicht entgangen, was sich um sie herum abgespielt hat, wenn wir auch noch so vorsichtig waren. Bald darauf stellte Laura Sue fest, daß sie mit dir schwanger war, und als sie nachrechnete, wurde ihr klar, daß du Mr. Cutlers Kind warst. Als Laura Sue ihr berichtete, daß sie schwanger war, beschuldigte Mrs. Cutler sie, eine Affäre mit mir zu haben, und sie nahm an, ich sei dein Vater.

Daraufhin gerieten sie und Laura Sue aneinander, und Laura Sue erzählte ihr, was ihr von ihrem Schwiegervater angetan worden war. Natürlich weigerte sich Lillian Cutler, das zu akzeptieren, aber Laura Sue und ich haben beide das Gefühl, in ihrem Innern wußte Mrs. Cutler, daß es die Wahrheit war. Drohungen wurden ausgestoßen. Mrs. Cutler schwor Laura Sue, es zu einem Skandal kommen zu lassen, wenn sie auch nur irgend jemandem gegenüber ein Wort über diese Geschichte verlieren sollte. Sie sagte, sie würde schlicht und einfach Zeugen dafür anschleppen, die bestätigten, daß Laura Sue und ich eine Affäre miteinander hatten, und das hätte gezeigt, daß du mein Kind sein mußtest, und dann wäre Laura Sue in Ungnade gefallen, weil sie fälschlicherweise Mr. Cutler beschuldigt hatte. Laura Sue war Mrs. Cutler nicht gewachsen. Ich habe oft versucht, sie dazu zu bringen, daß sie Randolph verläßt und mich heiratet, aber sie hatte Angst.

Nicht lange danach hatte Mr. Cutler einen Herzanfall, und etwa eine Woche später starb er. Sein Tod gab Laura Sue das Gefühl, nie mehr beweisen zu können, was er getan hatte.

Als der Zeitpunkt deiner Geburt immer näher rückte, drängte Mrs. Cutler Laura Sue immer mehr in die Enge, und sie ging sogar so weit, ihren Anwalt heranzuziehen, damit er Laura Sue klar umriß, was sie ihr antun würde, wenn sie nicht jeden einzelnen ihrer Befehle befolgte.

Sie setzte ihr mit Drohungen so lange zu, bis sie in die gestellte Entführung einwilligte, um dich vom Ort des Geschehens verschwinden zu lassen. Die Einzelheiten dieser Geschichte kennst du ja.«

»Ja«, sagte ich spitz. »Leider nur zu gut.«

»Aber du weißt nicht, welchen Kummer und welches Leid Laura Sue hinterher durchgemacht hat. Sie war von entsetzlichen Schuldgefühlen geplagt.«

»Es fällt mir schwer, das zu glauben«, erwiderte ich. »Ich glaube, es wird mir immer schwerfallen.«

»Ich weiß.« Bronson nickte. »Wie kann ein Kind je verstehen, warum seine Mutter es weggegeben hat? Vielleicht wirst du es trotzdem über dich bringen, ihr eines Tages zu verzeihen.«

Ich biß mir auf die Unterlippe und wandte die Augen ab. Benommen schüttelte ich den Kopf.

»Vielleicht kannst du ihr ihren Egoismus so leicht verzeihen, weil du ein Mann bist und weil du immer noch so sehr in sie verliebt bist. Ich kann nichts versprechen«, sagte ich.

»Ich bitte dich nur darum, es zu versuchen, um mehr nicht«, erwiderte er. »Möchtest du noch einen Sherry?« fragte er, während er aufstand, um die Flasche zu holen.

»Ja, gern«, sagte ich. Er schenkte mir ein Glas ein und goß auch sich nach.

Ich wartete, bis er sich wieder gesetzt hatte.

»Sag mir eines«, bat ich. »Wieviel von all dem hat Randolph gewußt?«

»Laura Sue hat ihm alles erzählt, aber er hat sich geweigert zuzuhören. Schon früh hat er sich in seine eigene Welt zurückgezogen, aber wer ihn dazu getrieben hat, das war mehr als jeder andere seine Mutter. Ich kannte ihn gut genug, um zu begreifen, daß er sehr unsicher war und sich schämte, weil er den Erwartungen seiner Mutter nicht entsprach. Sie bestrafte ihn mit Kleinigkeiten dafür, daß er Laura Sue gegen ihren Willen geheiratet hatte. Das war das einzige Mal, daß er sich ihr je widersetzt hatte, und sie hat es ihm nie verziehen.

Mein Eindruck ist der, daß sie ihm das Gefühl gegeben hat, kein vollwertiger Mann zu sein, und aus dem Grund ist das aus ihm geworden, was aus ihm geworden ist. Ich glaube nicht, daß Mrs. Cutler sich daran gestört hat. Wahrscheinlich hat es sie sogar gefreut, daß er sich auch Laura Sue gegenüber nicht als vollwertiger Mann erwiesen hat.«

»Wie meinst du das?« fragte ich, denn mir schien, als läse ich etwas Verborgenes zwischen den Zeilen.

»Randolph war immer noch in Laura Sue vernarrt und tat so, als seien sie in jeder Hinsicht noch Mann und Frau. Ich glaube, auf seine Art hat er sie sehr geliebt, aber er und Laura Sue hatten aufgehört miteinander zu schlafen, schon kurz nachdem sein Vater sie vergewaltigt hatte.«

»Sie hatten aufgehört miteinander zu schlafen?« Ich ließ mich von dem Sherry innerlich wärmen und setzte mich dann auf. »Aber das kann nicht sein«, sagte ich, als mir die Kette der Geschehnisse klar wurde. »Clara Sue...«

»Ist meine Tochter«, gestand er.

Bronson lehnte sich zurück. Seine Enthüllungen hatten ihn erschöpft. Sein Gesicht war vom Reden und vom Sherry gerötet, denn er hatte ein Glas nach dem anderen getrunken, um sich Mut zu machen. Seine Geschichte hatte mich innerlich aufgewühlt. Mein Herz raste. Ich kam mir vor, als ginge ich in einem Meer von widersprüchlichen Gefühlen unter. Ich haßte meine Mutter, und sie tat mir leid; ich bemitleidete Randolph, aber seine Schwäche war mir verhaßt. Meine Meinung von Bronson war gesunken, wenn er es zuließ, daß Mutter ihn derart gefoltert und ihn endlose Jahre an sich gefesselt hatte, und doch bewunderte ich ihn für die Loyalität und die Liebe, mit der er sich hinter seine Schwester gestellt hatte.

Am entscheidendsten und am tragischsten war jedoch meine Einsicht, daß es immer etwas gab, was Menschen davon abhielt, das Richtige zu tun, die Dinge zu tun, von denen ihr Herz ihnen sagte, sie sollten sie tun. Ironischerweise hätte Mutter, wenn sie weniger egoistisch gewesen wäre, Bronson heiraten und ein wunderbares Leben führen können. Dann hätte sie die gräßliche Situation vermieden, unter Großmutter Cutlers Fuchtel zu leben.

»Ich bin müde«, sagte ich und brach damit ein tiefes Schweigen. »Ich sollte jetzt lieber nach Hause gehen.«

»Selbstverständlich«, sagte er und sprang auf. »Ich lasse den Chauffeur den Wagen vorfahren.«

Während er fort war, hallte Bronsons Geständnis in meinem Innern nach. Clara Sue war seine Tochter. Jetzt wußte ich, warum mir im Gesicht seiner Mutter auf dem Porträt etwas vertraut vorgekommen war. Ich hatte Ähnlichkeiten mit Clara Sue erkannt. Da wir verschiedene Väter hatten und ihr Vater kein Cutler war, waren die Blutsbande, die uns miteinander verknüpften, nicht so eng, wie ich einst einmal geglaubt hatte. Ich stellte fest, daß ich dafür geradezu dankbar war. Sie und ich hatten einen gänzlich verschiedenen Charakter, eine andere Persönlichkeit. Ich glaube nicht, daß ich zu solchem Haß, solcher Gemeinheit und solcher Grausamkeit in der Lage war, obgleich mir Bronson auch nicht gerade als ein Vater vorkam, von dem sie solche Eigenschaften geerbt haben könnte.

Eine weitere Ironie des Schicksals, die mir nicht entging, drehte sich ebenfalls um Clara Sue und mich. Sie würde schließlich doch noch mit ihren richtigen Eltern zusammenleben, aber ohne es zu wissen; und ich hatte aufgrund des Laufs der Ereignisse mit Menschen zusammengelebt, die *nicht* meine Eltern waren, es aber für den größten Teil meines Lebens nicht gewußt. Für uns beide war das Familienleben auf Lug und Trug aufgebaut.

Deshalb war ich auch so schweigsam, als Bronson, der mich aus dem Haus und zum Wagen begleitete, sich an mich wandte und sagte: »Ich hoffe, jetzt können wir uns alle mehr wie eine Familie fühlen.« Ich starrte ihn so düster an, als redete er von Hirngespinsten, die sich in Rauch auflösen. Für mich war der Begriff der Familie nur noch mythisch verschwommen. Es war wie ein Märchen. Wie mußte es wohl sein, Eltern und Geschwister zu haben, die man liebte und die einen liebten? Wie es wohl sein mußte, wenn man füreinander da war, sich etwas aus dem anderen machte, sich immer die Geburtstage der anderen merkte und jeden Erfolg und jede wunderbare Neuerung im Leben eines Familienmitglieds gemeinsam feierte? Wie es wohl sein mußte, an einem Feiertag wie Thanks Giving ein Zuhause und eine Familie zu haben, die sich um einen Tisch herum versammelte, und alle lachten und strahlten und waren dankbar dafür, zusammensein zu können?

»Dawn«, sagte er und packte meinen Arm, als ich gerade in die Limousine einsteigen wollte. Ich drehte mich zu ihm um, und er heftete seinen flehentlichen Blick auf mich. »Ich hoffe, du kannst dich innerlich dazu durchringen, uns allen unsere Schwächen und unsere Sünden zu vergeben.«

»Es steht mir nicht zu, irgend jemandem irgend etwas zu vergeben«, sagte ich. Ich senkte den Blick und schaute dann wieder in sein gequältes Gesicht auf. »Ich danke dir dafür«, sagte ich, »daß du mir deine Geschichte anvertraut hast und dir genug aus mir machst, um Wert auf mein Verständnis zu legen.«

Er lächelte, und seine blauen Augen glänzten jetzt.

»Gute Nacht«, sagte er.

»Gute Nacht. Es war ein wunderbares Abendessen«, fügte ich noch hinzu. Der Chauffeur ließ den Motor an und fuhr los. Als ich mich noch einmal umsah, stand Bronson noch vor seinem Haus und schaute mir nach.

Als wir auf der geschlängelten Straße den Hügel hinabfuhren, konnte ich in den Häusern unter mir erleuchtete Fenster sehen. Vielleicht saßen dort Familien gemeinsam in ihren Wohnzimmern und unterhielten sich miteinander, sahen fern oder hörten Musik. Die Kinder hegten keinen Zweifel daran, daß sie bei ihren Eltern waren. Eine weitere Ironie des Schicksals war, daß viele von ihnen sich wahrscheinlich wünschten, sie besäßen ein so elegantes und berühmtes Hotel wie Cutler's Cove. Sie empfanden ihr Leben als langweilig und ereignislos und sehnten sich nach den Aufregungen unseres Lebens.

Ja, wir lebten in Schlössern, doch die Burggräben, die uns umgaben, waren mit Lügen und Tränen gefüllt. Die Reichen und die Berühmten lebten hinter Plakatwänden; ihre Häuser waren wie Filmkulissen, Fassaden, prunkvoll und blendend, aber leer. Welcher Mensch, der seines Erachtens ein belangloses Leben führte, hätte noch mit Bronson Alcott tauschen wollen, wenn er erst einmal erfuhr, wieviel dieser Mensch in Wahrheit erlitten hatte?

Plötzlich wurde ich melancholisch, als ich über das Meer hinausschaute und sah, wie die Mondsichel zwischen zwei flauschigen weißen Wolken herauslugte. Ich wünschte, ich hätte die Zeit zurückdrehen und wieder ein kleines Mädchen sein können, das glaubte, es ginge nach Hause zu seiner richtigen Mutter, wenn es sich in den Finger geschnitten hatte und Liebe und Zuwendung brauchte. Ich wäre gern durch die Wohnungstür irgendeiner der armseligen und schäbigen Unterkünfte gestürmt, in denen wir der Reihe nach gelebt hatten, hätte meine Arme um Momma Longchamp geschlungen und ihre Umarmung gespürt, ihre Küsse auf meinem Haar und auf meinem Gesicht. Ich wünschte mir, daß all die Kratzer und Schnitte und Beulen in Sekunden verschwinden würden.

Aber sie heilen nicht mehr binnen Sekunden. Sie verweilen in unserem Herzen, dachte ich, weil wir niemanden außer uns selbst haben, wenn wir Trost brauchen.

Als wir in die Auffahrt einbogen und zum Hotel hinauffuhren, spürte ich, wie ein Teil der Trostlosigkeit von meiner Seele abfiel, weil ich wußte, daß Jimmy und Christie für mich da waren. Es war wichtig – wichtiger, als ich je geglaubt hätte –, daß wir uns aneinander festhielten, uns gegenseitig Halt gaben und uns liebten und zärtlich umsorgten.

Es war still im Hotel. Die meisten Gäste hatten sich in ihre Zimmer zurückgezogen. Manche hielten sich noch im Foyer auf und redeten leise miteinander, und einige saßen auch draußen. Ich eilte zu unserer Suite und sah als erstes nach Christie. Sie schlief tief und fest, und ihr Kopf lag auf der Seite. Ihren Teddybär hielt sie in den Armen. Ich zog ihre Decke zurecht, küßte sie auf die Wange und ging dann zu Jimmy, um ihm alles zu erzählen, was mir Bronson enthüllt hatte.

Er hörte aufmerksam zu und schüttelte zwischendurch immer wieder verwundert den Kopf. Als ich meinen Bericht beendet hatte, bat ich ihn, mich ganz fest zu umarmen.

»Oh, es war so furchtbar, Jimmy, einfach entsetzlich, dazusitzen und ihm zuzuhören, als er mir geschildert hat, wie brutal und gemein die Menschen einander behandelt haben, die sich doch hätten lieben sollen«, rief ich aus.

»So wird unser Leben nicht aussehen«, versprach er mir.

»Vielleicht lastet auf uns ein Fluch, Jimmy. Vielleicht werden wir nichts dagegen tun können«, sagte ich furchtsam.

»Die einzigen Flüche, die hier lasten, sind die Flüche, die sich die Menschen selbst auferlegen.«

»Jimmy«, sagte ich und löste mich von ihm, »ich möchte ein Baby von dir haben.«

Er antwortete nicht, und ich sah die dunklen Schatten um seine Augen, die immer auf etwas Trauriges hinwiesen.

»Was ist los, Jimmy? Warum freut dich das nicht?« fragte ich.

»Es freut mich ja. Es ist nur so...« Er starrte mich einen Moment an. »Ich habe gestern einen Brief von Daddy bekommen.«

»Von Daddy Longchamp? Warum hast du mir nichts davon gesagt? Was schreibt er? Kommt er zu Besuch zu uns?« Jimmy schüttelte den Kopf. »Was ist passiert, Jimmy?«

»Edwina hatte eine Fehlgeburt«, sagte er. »Ich wollte es dir nicht erzählen, weil hier soviel passiert ist. Es fehlt ihr nichts, aber sie waren beide außer sich vor Kummer.«

»Und deshalb hättest du jetzt Angst, wenn ich schwanger würde?« fragte ich.

»Das ist es nicht. Du hast so viel Arbeit, daß du kaum noch Zeit für Christie und für mich hast.«

»Unser Baby ist wichtiger als alles andere.«

Jimmy lehnte sich auf das Kissen zurück und schaute mir beim Ausziehen zu. Ich kroch nackt neben ihn ins Bett und schmiegte mich an ihn und spürte, wie sich sein Verlangen nach mir schnell regte. Trotzdem zögerte er noch ein wenig.

»Tu das nicht, weil du dich niedergeschlagen fühlst, Dawn«, warnte er mich. »Es darf nie dazu kommen, daß du es bereust.«

»Dazu wird es nie kommen«, schwor ich, und dann küßte ich ihn lange und heftig auf den Mund, und meine Umarmung wurde immer fordernder, bis unter der Glut meiner Leidenschaft jede Abwehr, die ihm noch geblieben war, verdampfte. Er nahm mich liebevoll. Als er mich immer größeren Höhen entgegenführte, begann die Verzagtheit zu weichen, die mein Herz beschlichen hatte. Ich drehte mich um, um aus dem Fenster zu schauen, und ich sah, wie die Mondsichel hinter den Wolken vorbeiglitt und hell am tintenschwarzen Himmel funkelte.

Die Vergangenheit kann uns nichts antun, dachte ich, wenn wir aus unserer Liebe eine Festung bauen.

Mutter kam am nächsten Morgen nicht aus ihrer Suite, und sie erschien auch nicht zum Mittagessen, und ebensowenig tauchte sie auf, um das Haus zu verlassen. Jimmy hatte mir erzählt, sie hätte auf der Rückfahrt in der Hotellimousine den ganzen Weg leise vor sich hingeweint, sowie die beiden Bronsons Haus verlassen hatten. Bronson hatte sich bemüht, sie mir anders hinzustellen, als ich sie bisher gesehen hatte; er hatte das Porträt eines kleinen Mädchens gemalt, das so gut wie keine Zuwendung von seinem Vater bekam, eines kleinen Mädchens, das zu einem schönen, aber zerbrechlichen und unsicheren Menschen heranwuchs und in die Fesseln einer Ehe geriet, die sich als schrecklich erwies. Ich wußte, daß ein großer Teil seiner Schilderung seiner hingebungsvollen und unsterblichen Liebe zu ihr entsprang und daß sie nicht das lilienweiße Opfer war, als das er sie hingestellt hatte; aber mir spukte auch die Angst durch den Kopf, ich könnte zu hart und zu kalt werden.

Da ich es leid war, zu hassen und zu kämpfen, rang ich mich dazu durch, sie aufzusuchen.

Sie lag im Bett und machte einen ganz ähnlichen Eindruck wie den, den sie vor meiner Hochzeit und Randolphs Tod gemacht hatte: matt und verzagt. Das Essen auf dem Tablett, das Mrs. Boston ihr gebracht hatte, war so gut wie unberührt. Sie hatte die Augen geschlossen, ihr Kopf war in dem großen Kissen versunken und mit einer wirren Haarflut umgeben. Überrascht stellte ich fest, daß sie sich nicht geschminkt hatte.

»Was fehlt dir, Mutter?« setzte ich an. Ihre Lider öffneten sich flatternd, und einen Moment lang starrte sie die Decke an, ehe sie reagierte.

»Ich habe diese ewigen Auseinandersetzungen und Streitereien satt«, sagte sie. »Ich habe haßerfüllte Worte satt. Das hat mich alles ganz krank gemacht. Ich war ohnehin nie besonders kräftig, Dawn«, fügte sie hinzu. Sie hob den Kopf und zog sich langsam hoch. »Und dieser Aufruhr über Jahre, endlose Jahre, hat seinen Tribut gefordert. Mir ist danach zumute, vor der Zeit und ihrem widerlichen Gefährten, dem Alter, zu kapitulieren, auf mich zukommen zu lassen, was auf mich zukommen wird«, sagte sie und ließ den Kopf wieder auf das Kissen fallen.

Dieser Auftritt brachte mich zum Lächeln, und ich wandte schnell den Kopf ab, um es zu verbergen.

»Aber, Mutter«, sagte ich, »was ist mit deinen Plänen, Bronson zu heiraten und ein wunderbares neues Leben zu beginnen? Bronson wird doch wohl keine runzelige grauhaarige Alte heiraten wollen, oder?« zog ich sie auf.

»Bronson wird mich nicht heiraten, wenn du dich widersetzt und es als einen weiteren Skandal hinstellst«, sagte sie betrübt und mit Leichenbittermiene. »Er sagt, wir müssen uns alle mögen, oder es kann nichts daraus werden.«

»Ich widersetze mich nicht«, sagte ich. »Ich gehöre nicht zu den Menschen, die mit Steinen nach anderen werfen. Wenn ihr beide heiraten wollt, dann heiratet doch«, sagte ich, und bei meinen Worten begann ihr Gesicht zu leuchten wie ein Weihnachtsbaum.

»O Dawn, ist das dein Ernst? Meinst du das wirklich ernst? Das ist ja wunderbar«, rief sie und setzte sich wieder auf.

»Werdet ihr hier heiraten?« fragte ich, denn mir war nicht klar, wie man all das innerhalb von einer Woche hätte planen können.

»O nein. Nein, über solche Dinge sind wir hinaus. Wir werden nach New York fliegen, um uns von einem Richter trauen zu lassen, und dann werden wir uns Dutzende von Broadway-Shows ansehen!« schwärmte sie. Sie streckte die Hände nach dem Tablett aus und stellte es auf ihren Nachttisch. »Ich habe mir für diesen Anlaß bereits eine vollständige neue Garderobe gekauft«, fuhr sie fort und stocherte in ihrem Salat herum. »Damit habe ich in den letzten Wochen meine Nachmittage zugebracht.«

»Du wußtest es also schon vor so langer Zeit?« fragte ich.

»Was? Ach so. Also, ich dachte mir immer... ja«, gestand sie, weil es ihr nicht gelang, sich schnell eine Ausrede auszudenken. »Ich habe es gewußt. Ich weiß, daß das nicht gut klingt, aber was hätte es genützt, wenn wir uns selbst etwas vorgemacht und so getan hätten, als würde es nicht dazu kommen? Wir wußten, was wir wollten und schließlich auch tun würden. Ich wollte darauf vorbereitet sein, wenn es soweit ist.«

»Ich verstehe. Hast du es Clara Sue schon gesagt?« fragte ich, denn hätte es nicht sein können, daß auch das einer der Gründe dafür war, daß Clara Sue sich geweigert hatte, in den Sommerferien nach Hause zu kommen? Mutter senkte den Blick schnell wieder auf ihr Essen.

»Noch nicht.«

»Wieviel wirst du ihr erzählen, Mutter?« fragte ich.

»Nur, daß wir heiraten«, sagte sie. »Mehr ist im Moment nicht nötig. Warum sollten wir die Dinge noch komplizierter machen, als sie es ohnehin schon sind?« fragte sie.

»Diese Entscheidung liegt ganz bei dir und Bronson«, sagte ich. »Ich kann dir nur sagen, daß es sehr weh tut, wenn man erfährt, daß jemand, den man für seine Mutter gehalten hat, und jemand, den man für seinen Vater gehalten hat, nicht die richtigen Eltern sind.«

»Ich bin ganz deiner Meinung«, sagte Mutter, die mich falsch verstanden hatte. »Wozu noch weiteres Leid bewirken? Die arme Clara Sue hat bereits genug gelitten, weil sie den Mann verloren hat, den sie für ihren Vater hält. Das wäre ja... das wäre ja, als ließe man ihn noch einmal sterben«, sagte sie. Sie blickte lächelnd auf, und ihre blauen Augen strahlten vor Aufregung.

»Und ich will nicht, daß sich unerfreuliche Dinge ereignen, wenn Bronson und ich gerade einen Neuanfang machen. Ich hoffe, du wirst oft zu uns zu Besuch kommen, Dawn«, sagte sie. »Wir werden wunderbare Essenseinladungen veranstalten und alle einflußreichen Leute in Cutler's Cove einladen. Bronson kennt jeden, der jemand ist.«

»Wir werden es sehen«, sagte ich. »Wann hast du vor auszuziehen?«

»Tja, ich glaube...« Sie sah sich um, als hätte sie es ganz vergessen. »Ich glaube, Bronson wird heute im Laufe des späteren Nachmittags kommen.«

»Heute!« rief ich in meinem Erstaunen aus. Wenn alles von meiner Einstellung abhing, wie hatte sie dann wissen können, was ich dazu sagen und davon halten würde? Ich lachte in mich hinein und fragte mich, ob es wohl möglich war, daß Bronson nicht wußte, was für eine ungeheure Schwindlerin Mutter war. Natürlich konnte es auch sein, daß er es wußte und doch bereit war, damit zu leben, oder vielleicht glaubte er sogar, er könnte sie ändern. Die Liebe macht uns alle zu Träumern, dachte ich. Oder, wie in Mutters Fall, zu Intriganten.

»Ja. Sieh doch bitte, ob du Mrs. Boston finden und sie zu mir schicken kannst. Tätest du das für mich, Dawn? Ich möchte, daß sie mir beim Packen hilft, und ich möchte ihr sagen, wie wir Vorbereitungen für den Transport der Dinge treffen, die ich mitnehme.«

»Was ist mit Philip? Hast du schon mit Philip darüber gesprochen?« fragte ich. Da jetzt alles geregelt war, konnte ich einfach nicht glauben, wie schnell sämtliche Veränderungen vorgenommen wurden.

»Philip? Aber Philip ist doch noch mit seiner Freundin und ihrer Familie in Urlaub«, sagte sie. »Ich werde es ihm erst später sagen können. Aber wenn er anruft, während ich in New York bin, kannst du es ihm sagen.«

»Ist das nicht etwas, was du ihm persönlich erzählen möchtest?« fragte ich.

»Neuigkeiten sind Neuigkeiten«, sagte sie und entfernte das Tablett von ihrem Schoß. »Und außerdem«, fügte sie hinzu, »hat sich Philip für meine Angelegenheiten noch nie besonders interessiert. In der Hinsicht ist er seiner Großmutter etwas zu ähnlich«, schloß sie.

»Gut, Mutter«, sagte ich. »Ich werde Mrs. Boston Bescheid sagen.«

»Danke, Dawn. Und noch etwas, Dawn«, rief sie mir nach, als ich auf die Tür zuging. »Ich danke dir. Ich danke dir dafür, daß du so verständnisvoll bist. Du bist wirklich eine bemerkenswerte junge Dame geworden.«

»Ich hoffe, du wirst glücklich werden, Mutter«, sagte ich. »Ich wünsche es dir wirklich.«

Als ich ging, lief sie eilig in ihrem Zimmer umher und war wiederbelebt. Ich mußte unwillkürlich lachen.

Am späten Nachmittag fuhr Bronsons Wagen vor dem Hotel vor. Da Mutter Mrs. Boston und ein paar andere Hotelangestellte gebeten hatte, ihr bei den Vorbereitungen für ihren Auszug zu helfen, hatte sich die Neuigkeit inzwischen im Hotel herumgesprochen. Alle Anwesenden im Foyer blickten erwartungsvoll auf, als Bronson eintrat. In jeder Ecke wurde geflüstert.

Mutters Sachen waren nach unten gebracht worden und standen in einem halben Dutzend Koffern und zwei großen schwarzen Truhen neben der Tür. Die Pagen und Bronsons Chauffeur begannen, sie in seine Limousine zu laden. Als ich hörte, daß Bronson eingetroffen war, ging ich nach unten, um ihn zu begrüßen. Mrs. Boston gab Mutter Bescheid, wie sie es ihr aufgetragen hatte.

»Tja«, sagte er, und die Aufmerksamkeit, die er auf sich zog, war ihm ein wenig peinlich, »es sieht ganz so aus, als seien wir die Schlagzeile des heutigen Tages.«

»Die Titelgeschichte«, korrigierte ich. »Wann heiratet ihr beide jetzt tatsächlich?«

»Morgen«, erwiderte er. Er verlagerte sein Gewicht von einem Bein aufs andere und lächelte nervös.

»Ich möchte dir Glück wünschen«, sagte ich und hielt ihm eine Hand hin.

»Danke. Das, was ich gestern gesagt habe, habe ich ernst gemeint. Ich hoffe, daß wir jetzt alle eine Familie sein werden«, erwiderte er.

Ehe ich etwas darauf sagen konnte, hörten wir Mutters schrilles Lachen und beobachteten sie bei ihrem großen Auftritt. Ihr Gesicht strahlte Glück und Aufregung aus. Als sie durch das Foyer auf Bronson zuging, sah ich, wie sie Blicke um sich warf und die Neugier der Zuschauer aufsog, denn die Aufmerksamkeit, die ihr zugewandt wurde, ließ sie nur noch mehr aufblühen. Bronson streckte ihr die Hände entgegen, und sie nahm sie, damit er sie an sich ziehen konnte. Er legte den Arm um ihre Schulter und küßte sie auf die Wange.

»Du siehst aus wie ein frischer Frühlingstag«, sagte er.

»Wirklich?« fragte sie mit einer Bescheidenheit, die offensichtlich geheuchelt war. »Ich dachte, ich müßte furchtbar aussehen, weil ich soviel rumgerannt bin.« Sie drehte sich zu mir um und griff nach meiner Hand. Sie lächelte.

»Auf Wiedersehen, Dawn«, sagte Mutter mit einer Stimme, die kaum mehr als ein Flüstern war. Ihr Gesicht war jetzt leicht gerötet, und ihre Augen glänzten.

Als ich ihr in das strahlende Gesicht sah, wurde mir klar, daß Mutter ein Entkommen für sich in dieser Heirat sah. Sie entfloh aus Großmutter Cutlers Schatten und warf all die Last der unerfreulichen Erinnerungen von sich ab. Und einen Moment lang beneidete ich sie. Was hatte ich mir bloß damit angetan, daß ich mein Erbe angetreten und meine Träume und meinen Ehrgeiz geopfert hatte?

Sie umarmte mich und küßte mich auf die Wange.

»Auf Wiedersehen und viel Glück, Mutter«, flüsterte ich.

»Wir melden uns, sobald wir wieder da sind«, versprach Bronson. Ich folgte den beiden vor die Tür. Jimmy, der Arbeiten an den Brunnen vor dem Hotel überwachte, eilte zu uns, um Bronson die Hand zu drücken. Mutter küßte ihn auf die Wange, und er errötete vor Verlegenheit. Dann blieb er neben mir stehen, und wir sahen zu, wie sie in die Limousine stiegen.

Ich sah, wie Mutter zu dem Hotel aufblickte. Ich sah die seltsame Mischung aus Traurigkeit und Glück auf ihrem Gesicht. Tränen begannen im Zickzack über ihre Wangen zu laufen. Dann zog Bronson sie in seine Arme, und sie drehte sich zu ihm um und begrub ihr Gesicht an seinem Hals. Sie klammerten sich aneinander, als sie losfuhren – zwei Liebende, die vor endlosen Jahren den richtigen Augenblick verpaßt und noch eine zweite Chance bekommen hatten.

Die Limousine fuhr aus den dunklen Schatten heraus, die die Nachmittagssonne auf das Hotel warf. Für Mutter war es wirklich, als sei sie Großmutter Cutlers Geist endlich aus den Fingern geschlüpft. Die Sonne spiegelte sich auf dem Dach der Limousine, als sie abbog und verschwand.

»Das wäre es also gewesen«, sagte Jimmy und umarmte mich. »Komisch, die alte Dame ist nicht mehr bei uns, und der arme Randolph ist ihr auf den Fersen gefolgt. Jetzt reißt deine Mutter aus, um zu heiraten und in diesem tollen Haus zu leben, und Clara Sue wird gewiß zu den beiden ziehen.«

»O ja, sie wird bei ihnen leben, soviel steht fest«, sagte ich. »Dafür werde ich schon sorgen.«

»Dann sind nur noch wir da«, sagte er.

»Und Philip«, erinnerte ich ihn.

»Ach ja, und Philip.«

Ein paar Tage später – einen Tag, bevor Mutter mit ihrem frischgebackenen Ehemann von ihrer überstürzten Hochzeit und den Flitterwochen in New York City zurückkehrte – traf Philip ein. Er war braungebrannt und von seinem Urlaub auf den Bermudas erholt. Als allererstes kam er in mein Büro. Ich hörte ihn anklopfen, und als ich aufblickte, sah ich ihn durch die Tür lugen.

»Hallo«, sagte er.

»Philip. Bist du gerade eben angekommen?«

»Ja.« Er trat ein. »Ausgeruht und einsatzbereit«, sagte er dann und salutierte. Ich lehnte mich zurück. Er musterte mich kurz und hörte dann auf zu scherzen.

»Stimmt etwas nicht?« fragte er.

»Ich vermute, dir hat bisher noch niemand die Neuigkeiten erzählt«, sagte ich.

»Die Neuigkeiten? Welche Neuigkeiten?« Er behielt sein Lächeln bei, doch seine Augen waren vor Sorge getrübt. »Ist Mutter etwas zugestoßen?« fragte er.

»Es ist ihr etwas zugestoßen, das kann man wohl sagen. Sie ist wieder verheiratet und noch auf der Hochzeitsreise«, erwiderte ich. Das Lächeln stand immer noch auf seinem Gesicht, aber jetzt drückte es in erster Linie Ungläubigkeit aus.

»Das soll wohl ein Witz sein«, sagte er.

»Nein. Sie und Bronson Alcott sind vor etwa sechs Tagen abgereist, um sich in New York City trauen zu lassen. Die meisten ihrer Sachen sind bereits nach Beulla Woods gebracht worden.«

»Tja«, sagte er und schaute den Fußboden an. Im nächsten Moment lächelte er wieder und sah mir ins Gesicht. »*C'est la vie*. Typisch Mutter. Wo sie hintritt, wächst kein Gras mehr.« Ich fragte mich, wieviel er schon immer gewußt hatte oder ob er überhaupt etwas wußte. »Werdet ihr jetzt in ihre Suite ziehen, Jimmy und du?«

»Nein«, sagte ich. »Uns gefällt es da, wo wir sind.«

»Gut. Dann werde ich dort einziehen. Dort werden Betty Ann und ich dann später einmal wohnen«, fügte er hinzu.

»Ach?«

»Wir haben beschlossen, daß wir uns im Herbst verloben und eine Woche nach den Abschlußprüfungen heiraten«, sagte er.

»Das freut mich sehr für dich, Philip. Meinen herzlichen Glückwunsch«, sagte ich zu ihm. Er stand da und starrte mich an, und sein Blick war so eindringlich auf mein Gesicht gerichtet, daß ich unwillkürlich die Augen niederschlug.

»Stell dir das nur vor«, sagte er, und es war kaum mehr als ein Flüstern, »eines Tages werden wir so dicht nebeneinander schlafen.«

»Du meinst in Zimmern, die direkt aneinandergrenzen, Philip«, verbesserte ich ihn.

»Ja«, sagte er, und sein Lächeln wurde strahlender, »natürlich. In nebeneinanderliegenden Zimmern. Nun«, sagte er und klatschte in die Hände, »es ist ja so einiges passiert, und es tut sich immer noch so manches. Ich frage mich, ob die gute Clara Sue etwas davon weiß. Weiß sie es?«

»Wenn sie es nicht weiß, dann wird sie es bald erfahren«, sagte ich, und meine Augen waren jetzt hart und kalt.

»Ach? Wie meinst du das?«

»Ich habe mir die Freiheit herausgenommen, ihre gesamte Habe nach Beulla Woods bringen zu lassen«, erklärte ich.

Philip starrte mich mit einem noch ungläubigeren Ausdruck als bisher an. Dann brach er in Gelächter aus.

»Wie gnadenlos und doch entschlossen.« Dann schüttelte er den Kopf. »Du bist wirklich Großmutter Cutler geworden. So, und jetzt muß ich mich mal um meine Sachen kümmern«, sagte er, ehe ich etwas darauf erwidern konnte, und als er ging, hallte sein Lachen noch hinter ihm her.

Ich stand auf und trat ans Fenster, um darüber nachzudenken, was er gesagt hatte. Er machte mir nichts aus, sagte ich mir. Dieses eine Mal störte ich mich nicht daran, mit ihr verglichen zu werden. Ein klein wenig von Großmutter Cutler muß in uns allen stecken, wenn wir überleben wollen, dachte ich.

Aber als ich mich umdrehte und zu dem Porträt meines Vaters aufblickte, kam es mir vor, als sei sein Gesicht um die Augen herum finsterer geworden.

8
Ein kurzlebiger Regenbogen

Am Morgen nach ihrer Rückkehr nach Beulla Woods rief Mutter mich an, um mir alles über die Hochzeit und die Flitterwochen in New York zu erzählen. Die Aufregung in ihrer Stimme, als sie die Lichter des Broadway, die elegant gekleideten Theaterbesucher, die Leute auf der Straße und den Verkehr schilderte, löste bei mir eigene Erinnerungen an das Theater aus; und natürlich gingen damit Erinnerungen an Michael einher.

Mutter redete und redete und beschrieb mir alles bis in die kleinsten Einzelheiten. Sie unterbrach sich kaum, um Atem zu holen, ehe sie weiterredete, um mir von den Museen und Galerien zu berichten, die sie ebenfalls besucht hatten.

»Mir war nie klar, was für ein kultivierter Mann Bronson ist«, sagte sie schließlich. Dann fügte sie in einem fast wehmütigen Tonfall hinzu: »Komisch, man kann jemanden fast sein ganzes Leben lang kennen, und man kennt ihn doch nicht wirklich.«

»Das ist nur allzu wahr und stimmt sogar bei den nächsten Verwandten, Mutter«, erwiderte ich, als ich endlich einen Satz einwerfen konnte. »Hast du seit deiner Rückkehr schon mit Philip geredet?« fragte ich schnell, ehe sie mir noch mehr Einzelheiten über ihre Flitterwochen in New York erzählen konnte.

»Philip? Nein. Ich habe dich angerufen«, sagte sie. »Du kannst ihm sagen, daß ich zuhause bin, und wenn er mit mir sprechen will, wird er sich schon bei mir melden«, sagte sie. Dann fragte sie nach einer kurzen Pause: »Wie hat er reagiert, als er von meiner Heirat erfahren hat?«

»Er ist nicht entrüstet er war nur sehr erstaunt.«

Sie lachte ihr dünnes nervöses Lachen. »Typisch Philip. Deshalb mache ich mir seinetwegen auch keine Sorgen«, trällerte sie.

»Du hast gesehen, daß Clara Sues Sachen nach Beulla Woods gebracht worden sind, vermute ich«, sagte ich. Ich wußte, daß das zu den ersten Dingen gehört haben mußte, die Livingston ihr und Bronson nach ihrer Rückkehr aus den Flitterwochen erzählt hatte.

»Ja«, sagte sie gedehnt, und es klang äußerst unwillig. »Hat sie angerufen und verlangt, daß das gleich geschehen soll?«

»Nein«, erwiderte ich beiläufig. »Ich habe mich selbst dazu entschlossen, es zu tun.«

»Clara Sue könnte verärgert darüber sein«, meinte sie versonnen.

»Dann ist es mir lieber, wenn sie bei euch verärgert ist. Ich habe hier keine Zeit für ihr unreifes Benehmen. Sie gehört zu euch«, stellte ich mit fester Stimme klar. Mutter widersprach mir nicht.

»Bronson ist davon ausgegangen, daß sie bei uns leben wird. Er wollte es so haben«, erklärte sie, aber ich konnte ihr Schmollen deutlich hören. Mutter erwartete von ihrer neuen Heirat, daß sie wie durch Zauberhand ihre Jugend wiederherstellen würde. Sie wollte die Verpflichtungen nicht auf sich nehmen, die eine Familie und Kinder nach sich zogen. Sie wollte wirklich eine Frischvermählte sein, die sich in jedem Sinn des Wortes verjüngte.

»Dann ist es ja gut«, sagte ich. »Also, jetzt muß ich mich wieder an die Arbeit machen. Willkommen zu Hause, Mutter.«

»O Dawn«, rief sie, ehe ich mich endgültig verabschieden konnte, »wann kannst du mit James zu uns zum Essen kommen? Philip wird natürlich auch eingeladen. Bronson würde sich freuen, wenn ihr alle am Samstagabend kommen könntet. Wir haben schon angefangen, das Essen zu planen. Ich habe die Steidmans eingeladen.« Ihr Tonfall wurde herablassend. Ich konnte regelrecht vor mir sehen, wie sie die Nase in die Luft streckte. »Mr. Steidman baut diesen neuen Komplex außerhalb von Virginia Beach. Es ist ein Bauvorhaben, das mehrere Millionen verschlingen wird.«

»Ich kann nicht für Philip reden, Mutter, aber du weißt, daß die Samstagabende im Hotel die großen Abende sind. Außerdem haben wir an diesem Wochenende das ganze Haus ausgebucht. Zum ersten Mal seit langer Zeit mußten wir Leuten Absagen erteilen«, verkündete ich stolz.

»Ach, wirklich«, sagte sie ohne jegliches Interesse. »Tja, tu, was dir paßt, aber du läßt dir ein bedeutendes Essen entgehen.«

»Tut mir leid. Wir haben Urlaubssaison, verstehst du?«

»Oh, paß bloß auf, daß du nicht eine furchtbare Nervensäge wirst, Dawn. Und laß dir von diesem Hotel nicht dein Leben vorschreiben«, warnte sie mich, und ihre Stimme wurde unwillig.

»Ich werde dir Bescheid geben, sobald wir uns einen Abend freimachen können, Mutter«, sagte ich, denn ich war zu erschöpft, um mit ihr zu streiten.

»Laß es mich möglichst bald wissen«, erwiderte sie herablassend. »Ich will, daß eine Einladung nach Beulla Woods etwas ganz Besonderes bedeutet. Ich werde äußerst gründlich auswählen, wen ich hierher einlade und wen nicht. Bronson weiß, wer wirklich Geld hat und wer bloß vornehm tut, verstehst du?«

»Das sollte dir nicht wichtig sein, Mutter. Wenn die Leute nett sind, solltest du ihnen ein geringes Einkommen nicht verübeln.«

»O Dawn, die Bedeutung deiner Verbündeten ist dir wohl immer noch nicht klar, stimmt's? Und du leitest ein so berühmtes Hotel«, sagte sie und ließ ihr albernes dünnes Lachen folgen.

»Gute Freunde, wirkliche Freunde, sind viel wertvoller. Es spielt keine Rolle, wie einflußreich sie in ihrer Stellung sind oder wie groß ihre Häuser sind. Für mich spielt es keine Rolle«, betonte ich.

»Du wirst es schon noch lernen«, beharrte sie. Es war ganz so, als hätte ich keine Stimme und Mutter keine Ohren. Etwa soviel Wirkung hatten meine Worte auf sie. Einen Moment schwieg sie, und dann plapperte sie noch ein paar Minuten vor sich hin und schilderte mir ihre Pläne für das Menü am Samstagabend. Endlich gelang es mir, mich von ihr zu verabschieden.

Mutter hielt Wort. Fast sofort nach ihrer Rückkehr mit Bronson nach Beulla Woods hörten wir bereits von ihren extravaganten Abendgesellschaften. Es schien, als hätte sie einen hektischen Feldzug angetreten, um jegliche gesellschaftliche Anerkennung wiederzugewinnen, die sie aufgrund der Enthüllungen und Skandale eingebüßt hatte, die über die Cutlers hereingebrochen waren. Schließlich gaben Jimmy, Philip und ich nach und besuchten eine ihrer Abendgesellschaften, doch sie lud uns auch danach wieder und immer wieder ein.

Wir hatten jedoch alle sehr viel zu tun. Es stellte sich heraus, daß es einer der heißesten Sommer wurde, die Wirtschaftslage war gut, und unsere Telefone für die Reservierungen läuteten ununterbrochen. Philip erwies sich als ein wertvoller Assistent, und schon bald übernahm er einige der Verantwortlichkeiten in der Hotelleitung. Er zog in Randolphs früheres Büro ein, und ich begann, seine Unterstützung zu würdigen, die mich entlastete und es mir erlaubte, mehr Zeit mit Jimmy und Christie zu verbringen.

Jimmy liebte inzwischen die Arbeiten, die er im Hotel erledigte. Er hatte keine Angst, sich die Hände schmutzig zu machen; er suchte sogar Gelegenheiten dafür, und trotz des Titels – Instandhaltungsüberwacher –, war es nicht ungewöhnlich, daß man ihn Seite an Seite mit den Gärtnern einen Graben ausheben oder einen Rasenmäher betätigen fand. Es zahlte sich nicht aus, ihm schicke Livrees zu kaufen, denn er hätte sie doch nur schmutzig gemacht und sie mit Farbe, Öl und Lack beschmiert. Er brauchte den direkten Kontakt. Wenn eine Heißwasserheizung kaputtging, war er derjenige, der sie auseinandernahm. Und wenn uns der Filter im Swimmingpool Ärger machte, dann saß Jimmy zwischen den Ersatzteilen.

An einem Sommernachmittag kam er in mein Büro, und seine Wangen waren mit Motorenöl verschmiert. Seine Hände waren schmutzig, aber er wischte sie sich mit einem Lappen ab, den er in der hinteren Hosentasche bei sich trug, damit er einen großen Umschlag aufreißen und seinen Inhalt vor mir ausleeren konnte.

»Was ist das, Jimmy?« fragte ich und lehnte mich lächelnd zurück. Jimmy liebte Überraschungen, und besonderes Vergnügen bereitete es ihm, mich zu überraschen.

»Das ist von Daddy«, sagte er, und er zog die Fotografien heraus und reichte sie mir wortlos eine nach der anderen. Ein Brief war auch dabei. Es waren Fotos von Daddys Frau Edwina und ihrem Sohn Gavin. Auf manchen Bildern war nur Gavin. Sie hatten ihn nach Daddy Longchamps Großpapa benannt. »Daddy schreibt, sobald sich eine Gelegenheit bietet, werden sie herkommen und uns besuchen«, erklärte Jimmy und reichte mir nach den Bildern jetzt auch den Brief.

»Ach, das wäre ja wunderbar. Gavin sieht genauso aus wie Daddy Longchamp«, sagte ich. Gavin hatte tatsächlich Daddy Longchamps kohlrabenschwarzes Haar und seine dunklen Augen. »Und Edwina ist sehr hübsch«, fügte ich hinzu. Sie war eine schlanke Brünette mit hellbraunen Augen. Von den Fotos her hatte ich den Eindruck, daß sie fast so groß wie Daddy war.

»Ja«, sagte Jimmy, aber wir schauten uns an und einigten uns stumm darauf, daß sie nicht so hübsch war, wie Momma es gewesen war.

»Daddy scheint jetzt sehr glücklich zu sein«, sagte ich und schaute auf den Brief hinunter. »Und sehr stolz auf seinen Sohn.«

»Ja. Und ich nehme an, ich sollte mich darüber freuen, daß ich noch einen Bruder habe«, bemerkte Jimmy, doch ein betrübter Ausdruck huschte über sein Gesicht und ließ das Licht in seinen Augen erlöschen. »Natürlich hat Fern auch einen Bruder bekommen«, sagte er, »wenn sie es auch nicht weiß, es vielleicht nie erfahren wird. Hast du mit Mr. Updike über meinen Vorschlag gesprochen, einen Privatdetektiv zu engagieren?« fragte er.

In seinen dunklen Augen stand ein Ausdruck stummen Wartens, als hinge sein gesamtes weiteres Leben von meiner Antwort ab. Ich wollte ihm nicht sagen, daß Mr. Updike gar nicht begeistert von dem Vorschlag war und sich bemüht hatte, ihn mir auszureden.

»Ja. Er hat gesagt, er würde sich in unserem Namen darum kümmern und mir im Laufe der Woche wieder Bescheid geben.«

»Gut«, sagte Jimmy. »So, jetzt gehe ich besser wieder. Ich lasse das alles bei dir«, sagte er dann und deutete auf den Umschlag und den Brief.

Ich saß da und schaute mir die Fotografie von Daddy Longchamp mit seiner neuen Familie an. Er kam mir viel älter vor und wesentlich dünner. Es war fast so, als sei er der Geist des Mannes, den ich früher einmal als meinen Vater gekannt hatte. Sein Lächeln schien mir erzwungen zu sein; er wirkte wie ein Mann, der verzweifelt versucht, Trübsinn und Verhängnis von sich fernzuhalten, der hinter der Vergangenheit eine Tür zuschlägt und den Türknopf umklammert, während die Erinnerungen gegen die Tür hämmern und sie aufzubrechen versuchen, um ihn wieder einzuholen. Ich war sicher, daß es sehr schwierig für ihn sein würde, herzukommen und mich zu besuchen. Er trug eine tonnenschwere Last auf den Schultern, und sie hätte ihn leicht niederdrücken können, wenn er mir gegenübergetreten wäre. Es war besser, wenn er blieb, wo er war, in einer neuen Welt, in einem neuen Leben, während die Vergangenheit begraben blieb.

Ich merkte gar nicht, daß ich weinte, bis eine Träne auf die Fotografie fiel. Und dann brachte mein Kummer plötzlich meinen Magen durcheinander. Ich spürte, wie mich eine Woge von Übelkeit überrollte. Das Blut zog sich aus meinem Gesicht zurück, und mein Herz fing an, so schnell zu pochen, daß ich nur mühsam Luft schnappen konnte. Ich sprang auf und lief zum Bad, und dort gab mein Magen alles von sich, was ich gefrühstückt und zum Mittagessen zu mir genommen hatte. Ich ging auf die Knie. Schließlich brachte ich es wieder fertig, in mein Büro zurückzugehen und mich auf eines der Sofas zu legen. Die Übelkeit ließ soweit nach, daß ich mich aufsetzen und normal Atem holen konnte.

Ich fühlte mich nicht, als sei ich krank, aber die Übelkeit hatte mich geschwächt und ermüdet. Ich versuchte, wieder an die Arbeit zu gehen, stellte aber fest, daß die Übelkeit mich wieder überkam. Ich mußte wieder ins Bad. Am späteren Nachmittag beschloß ich, doch lieber zum Arzt zu gehen. Ich wollte nicht, daß Jimmy sich Sorgen machte, und daher sagte ich ihm nichts davon. Ich ließ Julius den Wagen vorfahren.

Aber es war nahezu unmöglich, in Cutler's Cove ein Geheimnis für sich zu behalten. Ich mußte Mrs. Bradley an der Rezeption sagen, daß ich das Hotel verließ. Sie bemerkte, daß ich mich nicht gut fühlte, und sie berichtete es Mrs. Boston, die Robert Garwood Bescheid gab. Die Kette riß nicht ab, und recht schnell war das Gerücht zu Jimmy vorgedrungen, und als ich aus dem Untersuchungszimmer kam, fand ich ihn bereits im Vorraum vor. Er wartete auf mich und lief nervös auf und ab. Er hatte sich noch nicht einmal die Zeit gelassen, sich die Wagenschmiere von der Stirn und den Wangen zu waschen.

»Wie hast du herausgefunden, wo ich bin?« setzte ich an.

»Was fehlt ihr, Doktor?« fragte er barsch und schaute schnell von mir zu Dr. Lester, dem Arzt, der sich bisher immer um Christie gekümmert hatte. Er war ein sehr sanftmütiger Mann, der seine Patienten mit seinem tröstlichen Lächeln und seinem methodischen Vorgehen beruhigte und wohltuend auf sie wirkte.

»Nichts fehlt ihr, Mr. Longchamp«, sagte er und lächelte dann. »Es sei denn, Sie wollten nicht, daß Ihre Frau schwanger wird.«

»Schwanger!« Jimmys besorgter Gesichtsausdruck wich dem Schock und der Freude. Er lächelte benommen und fing an zu stottern: »Aber ich... ich...«

»Herzlichen Glückwunsch«, sagte Dr. Lester lachend.

»Ist alles in Ordnung mit ihr? Ich meine...«

»Es ist alles bestens, Mr. Longchamp«, versicherte er Jimmy schnell.

»Kommst du dir jetzt nicht wie ein Dummkopf vor, hier so angestürmt zu kommen, James Gary Longchamp?« Ich stemmte die Hände in die Hüften und schalt ihn im Scherz aus. Jimmy fing wieder an zu stottern, und daher nahm ich ihn an der Hand. »Komm, Jimmy«, sagte ich, »wir haben jede Menge Arbeit zu erledigen.«

»Arbeit! Du wirst nicht so weiterarbeiten wie bisher. Kommt überhaupt nicht in Frage. In diesem Hotel wird sich jetzt einiges ändern. Und fang bloß nicht an, dich darüber mit mir zu streiten, Dawn«, warnte er mich und legte seinen Zeigefinger auf meine Lippen. »Ich werde demnächst Vater, und ich habe in dieser Angelegenheit ein Wort mitzureden.«

»Hör mal, Jimmy, morgen ist es noch nicht soweit«, protestierte ich lachend. »Und wenn man schwanger ist, dann ist man nicht krank. Ich werde nicht rumliegen wie Mutter und mich bedienen lassen. Komm mir also gar nicht erst so«, sagte ich entschieden.

»Das werden wir alles noch regeln«, erwiderte er.

»Oha«, bemerkte Doktor Lester, »da halte ich mich raus.« Er zog sich wieder in seine Praxis zurück, und Jimmy und ich machten uns auf den Rückweg zum Hotel und wußten, daß sich die Neuigkeiten dort längst herumgesprochen hatten und daß alle sich mit uns freuen würden. Ich konnte es immer noch nicht glauben. Ich war schwanger. Ich bekam ein Kind von Jimmy. Endlich schien es, als würden all unsere Träume doch noch wahr.

Mutter fand es zwei Tage später heraus und rief an. Bronson hatte es ihr erzählt. Manchmal wußte Bronson früher als ich von Dingen, die sich im Hotel abspielten. Er hatte seine Spione, seine Informanten, die ihn darüber auf dem laufenden hielten, wie hier alles klappte. Ich hatte den Verdacht, Mr. Dorfman könnte seine Informationsquelle sein. Ich warf es Bronson nicht vor; ich konnte mir vorstellen, daß er über die Neuigkeiten im Cutler's Cove Hotel unterrichtet sein wollte, weil es für seine Bank eine hohe Investition bedeutete. Vielleicht zwangen ihn ein paar seiner Vorstandsmitglieder unter Druck, ständig zu kontrollieren, wie sich die neue, sehr junge Besitzerin des Cutler's Cove Hotels angesichts der Last ihrer Verantwortung hielt.

»Mich wundert nicht, daß du mir diese Neuigkeit vorenthalten hast«, begann Mutter. Sie begrüßte mich noch nicht einmal und fragte auch nicht, wie es mir ging. Sie legte gleich mit ihrer Tirade los. »Ich werde nie verstehen, warum du mich schon wieder zur Großmutter machen willst. Du hast gerade erst vor kurzem geheiratet, und du bist noch so jung. Du hast noch so viel zu erleben, noch so viel, was vor dir liegt, und statt dessen kriegst du schon wieder ein Baby.«

»Mutter, man verurteilt sich nicht selbst zum Tode, wenn man schwanger wird und Kinder bekommt«, erwiderte ich schnell.

»Das sagst du jetzt, aber warte nur ab«, stöhnte sie, als sei sie diejenige, die das Baby bekam. »Es dauert Monate, nein, Jahre, bis man seine Figur wieder hat. Die meisten Frauen schaffen es nie«, warnte sie mich.

»Darüber mache ich mir gar keine Sorgen, Mutter. Ich hatte keine Schwierigkeiten, meine Figur nach Christies Geburt wieder so hinzukriegen wie vorher, stimmt's?«

»Das sagst du jetzt, weil du jung bist, aber du wirst deine Meinung noch ändern, das kannst du mir glauben. Was hast du denn vor«, fauchte sie, »willst du etwa ein halbes Dutzend haben?«

»Mutter, du hast drei Kinder bekommen, oder nicht?«

»Erinnere mich bloß nicht daran«, sagte sie, und dann stieß sie einen tiefen Seufzer aus. »Ich nehme an, bald werden alle im ganzen Ort darüber reden.« Wieder klang es so, als sei meine Schwangerschaft ein Skandal.

»Ich glaube, die Leute werden zu ihrer Unterhaltung interessantere Themen haben, Mutter. Wenn nicht, dann muß ihr Leben entsetzlich langweilig sein.«

»Dir ist nicht klar, was wir in dieser Gemeinde darstellen«, belehrte sie mich. »Alles, was wir tun, und alles, was mit uns zu tun hat, ist hier Gesprächsstoff. Wir sind hier schließlich die königliche Familie, die Berühmtheiten. Ob es dir paßt oder nicht, aber wir leben in einem Goldfischglas.«

»So hast du das nicht immer gesehen, Mutter«, sagte ich. »Du hast dich doch wirklich nicht daran gestört, daß du unter einer Glasglocke gesessen hast«, rief ich ihr ins Gedächtnis zurück. Es kam wesentlich schärfer heraus, als ich es beabsichtigt hatte, aber ich ärgerte mich über Mutter. Ich wollte nicht wie in einem Schaukasten dasitzen und das Gefühl haben, jede kleinste meiner Handlungen und Entscheidungen würde unter einem Mikroskop betrachtet.

»Ich war damals jung und dumm und sehr, sehr unglücklich«, gab sie mit tränenerstickter Stimme zurück. »Ich dachte, das hättest du verstanden. Ach, tu doch, was du willst. Du hörst ja doch nie auf mich«, klagte sie. »Ich mache in deinen Augen immer alles falsch, ganz gleich, was ich sage oder zu tun versuche.«

»Ich höre dir zu, Mutter. Ich bin nur einfach nicht deiner Meinung.«

»Warum müssen unsere Gespräche immer zu Auseinandersetzungen ausarten?« fragte sie, und ihre Stimme war so träumerisch und wehmütig, als fragte sie das jemand anderen, der mit ihr im selben Zimmer war. »Jedenfalls«, sagte sie und wechselte sprunghaft das Thema, »haben Bronson und ich beschlossen, im Herbst eine Kreuzfahrt zu machen... Italien, die griechischen Inseln. Bronson hat vorgeschlagen, daß ich dich und Jimmy frage, ob ihr mitkommen wollt, aber ich nehme an, da sich deine nächste Mutterschaft jetzt schon am Horizont abzeichnet...«

»Sag Bronson, es ist nett von ihm, daß er an uns gedacht hat, Mutter«, sagte ich. »Ich bin jetzt müde. Ich muß mich unbedingt hinlegen.«

»Genau das meine ich«, fauchte sie. »Ihr steckt mitten in der Hochsaison, und dann läßt du dich schwängern. Du hast noch nicht einmal genügend Kraft und Energie, um dich mit mir zu unterhalten. Also ehrlich, ich glaube, nicht eines meiner Kinder besitzt Verstand.«

»Es muß sehr schwer für dich sein, Mutter, daß du jetzt so viel

Weisheit erlangt hast und niemand auf dich hört«, sagte ich, aber mein Sarkasmus entging ihr.

»Genau. Genau das ist es«, stimmte sie mir zu. Als ich den Hörer auflegte, lachte ich.

Ich vermute, Mutters Reaktion darauf, daß ich wieder schwanger war, war mir eigentlich schon im voraus klargewesen, aber ich konnte beim besten Willen nicht wissen, wie Philip darauf reagieren würde. Als ich es ihm sagte, stand er einen Moment lang da und starrte mich an, und sein Blick war in die Ferne gerichtet. Dann blinzelte er und lächelte, und seine Augen strahlten. Er eilte zu mir, um mich zu umarmen und zu küssen und mir zu gratulieren, aber alles, was er sagte, klang befremdlich. Es war, als bekäme ich ein Kind von ihm und nicht von Jimmy.

»Wir werden hier arbeitsmäßig einiges umorganisieren müssen, damit du keinen Streß hast. Wir dürfen nicht zulassen, daß sich unsere werdende Mutter überanstrengt. Stundenlang in der Tür zum Restaurant stehen, um die Gäste zu begrüßen, damit ist jetzt Schluß. Und du wirst auch nicht mehr zwischen den Tischen herumlaufen, um zu sehen, ob die Gäste mit dem Essen zufrieden sind. Laß mich all das übernehmen. Und klingle einfach bei mir im Büro an, wenn jemand will, daß du durch das ganze Hotel läufst, um dir etwas anzusehen«, flehte er mich an. »Unser neues Baby muß so gut wie möglich behütet und beschützt werden.«

»Danke, Philip«, sagte ich. Verwundert schüttelte ich den Kopf, nachdem er mich noch einmal auf die Wange geküßt hatte und davoneilte, um sich um ein Problem bei der Zuweisung der Zimmer zu kümmern, das ich gerade hatte lösen wollen. Ging von diesem Hotel etwas aus, was Menschen zwang, in Illusionen zu schwelgen? Erst Randolph, Mutter sowieso und jetzt auch noch Philip? Ich hoffte nur, mir würde das nie zustoßen.

Jimmy lungerte den ganzen Tag in meiner Nähe herum, weil er sich vergewissern wollte, daß ich nicht zuviel arbeitete, und jetzt tauchte auch noch Philip ständig auf, um sich ein Bild von meiner

Verfassung zu machen, und allmählich kam ich mir wirklich wie das Exemplar hinter Glas vor, als das mich Mutter hingestellt hatte. Sowohl Philip als auch Jimmy setzten das Personal darauf an, mir nachzuspionieren und ihnen Bericht zu erstatten, wenn ich die Treppe rauf- und runterlief oder in den Keller ging, um dort etwas nachzusehen. Jedesmal wenn ich ins Freie ging und auf dem Hotelgelände herumlief, sah ich, wie Pagen und Zimmermädchen aus Fenstern schauten oder um Hausecken lugten. Wenig später waren dann entweder Jimmy oder Philip an meiner Seite, um sich zu erkundigen, was ich vorhatte. Wenn ich auch nur etwas hob, was mehr als ein Pfund wog, dann ließ jemand in meiner Nähe alles stehen und liegen und stürzte hinzu, um mir zu helfen. Wenn ich Christie die Treppe rauf- oder runtertrug, dann genügte das, um Luftangriffssirenen auszulösen. Sissy tat ihr Bestes, um mich von allem abzuhalten, und schließlich gestand sie mir, daß sowohl Philip als auch Jimmy ihr befohlen hatten zu verhindern, daß ich auch nur irgend etwas tat, was man im entferntesten als Arbeit hätte ansehen können.

Anfangs war es amüsant, aber nachdem es wochenlang so ging, wurde es mir lästig, und eines Abends, als beide auftauchten, um mich ins Restaurant zu begleiten, gab ich ihnen das mit deutlichen Worten zu verstehen. Erst kam Jimmy in mein Büro, und dann erschien dicht hinter ihm Philip.

»Ich wollte nur schauen, ob ich etwas tun kann«, sagte Philip.

»Was kannst du wohl tun, Philip?« schrie ich und sprang von dem Stuhl hinter meinem Schreibtisch auf wie eine sprudelnde Fontäne des Zorns. »Kannst du mich ins Restaurant tragen? Kannst du mein Essen für mich essen? Und du«, sagte ich an Jimmy gewandt, »warum hast du Sissy angewiesen, mir Christie ständig abzunehmen, und warum hast du ihr gesagt, sie darf mich Christie nicht aus ihrem Laufställchen oder aus ihrem Bett heben lassen?«

»Ich dachte nur...« Er streckte die Hände mit nach oben gekehrten Handflächen aus. »Dr. Lester hat gesagt...«

»Er hat gesagt: ›Tun Sie nichts, was Sie nicht sonst auch tun würden.‹ Genau das hat er gesagt. Er hat nicht gesagt, ihr sollt mich zu einer Invalidin machen!« schrie ich.

Im Gegensatz zu meiner letzten Schwangerschaft bewirkte diese, daß ich irgendwie reizbar und deprimiert war. Mir wurde jetzt nicht mehr übel, aber meine Persönlichkeit hatte sich einem Wandel unterzogen. Lag das nur an der Schwangerschaft? fragte ich mich. Oder hatte es etwas mit der Arbeit zu tun, mit dem Hotel, mit dem Treffen von Entscheidungen und damit, daß ich in der Form die Leitung übernahm, in der Großmutter Cutler sie einst in der Hand gehabt hatte?

»Okay«, sagte Jimmy und hob die Hände wie ein Mann, der sich ergibt. »Okay, es tut mir leid.«

»Wir versuchen doch nur, uns um dich zu kümmern«, beharrte Philip.

»Dann laßt es bleiben!« fauchte ich.

Auf beide Gesichter trat derselbe schockierte Ausdruck.

»Ich werde wohl mal... nach dem Abendessen sehen«, stammelte Philip und verließ eilig mein Büro. Ich setzte mich wieder hin und ließ den Kopf in meine Hände sinken.

»Dawn«, sagte Jimmy, der um meinen Schreibtisch herumkam und seine Hand auf meine Schulter legte. Ich fing an zu weinen. Das passierte mir jetzt immer öfter, aber ich verbarg es vor allen, insbesondere vor Jimmy. Oft brach ich ohne jeden Grund plötzlich in Tränen aus. Ich hatte wirklich keinen Grund; das Hotel lief ausgezeichnet, Christie wurde von Tag zu Tag hübscher, Jimmy und ich, wir liebten uns und freuten uns auf unser Kind; aber es reichte schon, daß eine Wolke vor die Sonne zog oder die Spitze meines Bleistifts abbrach, und ich saß da und heulte wie ein Baby.

Oft erwachte ich in der düsteren, einsamen Stunde, die der Morgendämmerung vorausgeht, und dann lag ich im Halbdunkel, starrte vor mich hin und fühlte mich auf merkwürdige Art, als sei ich nicht ich selbst. Wurde ich verrückt?

Meine Schultern bebten, als Jimmys Hand mich berührte.

»He, was fehlt dir, Liebling?« fragte Jimmy. Er ging neben mir in die Hocke und zog meinen Arm weg, um mir ins Gesicht sehen zu können.

»Ich weiß es nicht«, rief ich durch meine Tränen aus. »Ich kann nichts dagegen tun. Ich kann einfach ... nichts dagegen tun.« Ich begann wieder zu schluchzen. Jimmy zog mich beim Aufstehen mit sich auf die Füße und umarmte mich, strich mir sachte über das Haar und küßte mich auf die Stirn und die Wangen, küßte die Tränen so schnell fort, wie sie flossen.

»Es ist schon gut«, flüsterte er. »Es ist alles in Ordnung. Du bist einfach nur müde. Vielleicht nicht körperlich, aber geistig und seelisch erschöpft. Sehr viel ist innerhalb von kurzer Zeit passiert, Dawn. Das mußt du dir klarmachen«, redete er mir gut zu.

Ich holte tief Atem und unterdrückte mein Schluchzen. Dann rieb ich mir die Tränen aus den Augen und sah Jimmy in die liebevollen dunklen Augen, in denen jetzt tiefe Sorge stand.

»Ich habe Angst, Jimmy«, gestand ich.

»Angst? Wovor hast du Angst? Liegt es daran, daß du wieder schwanger bist?« fragte er.

»Nein, das ist es nicht. Darüber bin ich glücklich. Das bin ich wirklich. Ich fürchte mich nur manchmal davor, daß ich mich verändere, daß ich jemand werde, der ich nicht bin, jemand, der ich nicht sein will. Aber ich verändere mich doch gar nicht, oder, Jimmy? Ich bin doch immer noch derselbe Mensch. Ich bin immer noch Dawn Longchamp, die Dawn Longchamp, in die du dich verliebt hast, stimmt's?« fragte ich panisch.

»Natürlich bist du das noch«, sagte er lächelnd. »Ich werde dir sagen, wenn du ein fürchterlicher Mensch wirst, mach dir keine Sorgen.«

Ich sagte es Jimmy nicht, aber es kam mir vor, als zöge sich das Büro um mich herum zusammen, als hätte Großmutter Cutler mich hier immer noch in ihrem Zugriff, obwohl ich fast alles verändert und ausgetauscht hatte. Eines Tages ließ ich plötzlich ohne jeden ersichtlichen Grund drei Zimmermädchen in mein Büro kommen und jeden Winkel putzen, saugen und polieren. Es war, als fürchtete ich, es seien immer noch Spuren da, etwas von ihr, was sich auf mich auswirken konnte. Ich erzählte es Jimmy nie, aber ich hatte Alpträume. Falls er von meiner rasenden Säuberungsaktion des Büros gehört hatte, brachte er es nicht zur Sprache.

»O Jimmy, ich will kein fürchterlicher Mensch werden!« rief ich und schlang ihm die Arme um den Hals. Er drückte mich fest an sich.

»Das wirst du auch nicht«, flüsterte er. »Dazu lasse ich es nicht kommen. Das verspreche ich dir.«

»Wirklich, Jimmy? Versprichst du mir das?«

»Absolut«, sagte er. »Und jetzt wasch dir das Gesicht. Sissy hat Christie runtergebracht, damit sie heute abend bei uns am Tisch sitzt. Sie begrüßt die Gäste jetzt schon wie eine kleine Prinzessin.«

Ich lachte. »Darauf wette ich. Sie hält sich nämlich für eine Prinzessin.« Ich legte meine Finger auf Jimmys Wange und sah ihm tief in die Augen. »Danke, Jimmy. Ich danke dir dafür, daß du mich so sehr liebst.«

»He«, sagte er und schüttelte den Kopf. »Selbst wenn ich wollte, könnte ich es nicht lassen.«

Wir küßten uns, und dann wusch ich mir das Gesicht, und wir machten uns auf den Weg, um unsere Rollen als die Gastgeber von Cutler's Cove zu spielen.

Der Rest des Sommers verging im Flug, vielleicht, weil wir soviel zu tun hatten und ich derart von Christie und von meiner Schwangerschaft in Anspruch genommen war. Es schienen nur wenige Tage vergangen zu sein, als wir uns mit den Plänen für den Labor Day am ersten Wochenende im September befaßten. Wie jedes Wochenende in diesem Sommer hatten wir das Haus voll ausgebucht. In der Hochsaison hatte ich mich von dem Kapellmeister zweimal dazu überreden lassen, an einem Samstagabend für die Gäste zu singen. Er nahm mir das Versprechen ab, es auch an diesem Wochenende zu tun, denn er behauptete, ein paar Stammgäste hätten ihn ausdrücklich darum gebeten. Tatsächlich sprachen mich einige Gäste auf meinen Gesang an, sie machten mir Komplimente und fragten mich, wann es denn wieder einmal soweit sei. Dazu kam es vor allem beim Abendessen, wenn ich meine Runden drehte, um Leute an ihren Tischen zu begrüßen.

Oft vermißte ich meine Musik und versuchte, wenigstens noch Klavier zu spielen. Ich war so froh, als Trisha, die sich zwischen ihren Auftritten im Sommerprogramm freinehmen konnte, wieder für ein Wochenende kam. Schon allein beim Zuhören, wenn sie ihren Schauspiel- und Gesangsunterricht schilderte, sehnte ich mich danach, in jene Zeiten zurückzukehren. Wie jedesmal, wenn wir uns sprachen oder sahen, hatte sie klitzekleine Neuigkeiten über Michael Sutton für mich.

»Seine Show ist in London früher abgesetzt worden als erwartet«, berichtete sie mir, als sie im Hotel war. »Man hat so einige Gerüchte über ihn gehört.«

»Gerüchte?« Ich wußte, wie schnell sich Klatsch im Showbusineß ausbreitet und daß oft übertrieben wird, aber Trisha schien diese Information nicht für ein Produkt der Gerüchteküche zu halten.

»Über seinen Alkoholkonsum«, sagte sie. »Es heißt, er hätte in die Schweiz gehen müssen, um sich behandeln zu lassen.«

»Wie traurig«, murmelte ich.

»Ich hoffe, er kriegt, was er verdient«, erwiderte Trisha, aber trotz allem, was er mir angetan hatte, konnte ich ihm mein Herz nicht verschließen. Schließlich sah ich jedesmal, wenn ich Christie anschaute, sein Gesicht. Ihre Züge prägten sich immer mehr aus, und sie sah ihm immer ähnlicher. Es war, als tauchte er durch unsere Tochter wieder auf, damit es mir unmöglich wurde, ihn zu hassen. Immer wieder fragte ich mich, wie es wohl für sie sein würde, wenn sie erst alt genug war, um es zu verstehen, und ich ihr erklären mußte, wer ihr wirklicher Vater war. Ich würde es tun, sobald es nur irgend ging, weil ich wußte, daß ihre Tante Clara Sue nicht zögern würde, es ihr bei der erstbesten Gelegenheit zu sagen.

Da Clara Sue den ganzen Sommer über mit ihrer Freundin in New Jersey geblieben war, und da weder Mutter noch Philip sie auch nur erwähnten, dachte ich so gut wie nie an sie. Aber am Donnerstag vor dem ersten Wochenende im September kam sie zum Labor Day ins Hotel. Ich war oben und hielt einen Mittagsschlaf. Ich hatte widerstrebend eingewilligt, mich tagsüber zwischendurch hinzulegen, und auch das nur, nachdem Philip und Jimmy mir versprochen hatten, mich bedenkenlos zu wecken, wenn sich etwas Wichtiges tat. Ich glaubte keinem von beiden wirklich, aber obwohl man mir die Schwangerschaft noch nicht ansah und ich erst drei Pfund zugenommen hatte, verspürte ich eine zunehmende Mattigkeit und ertappte mich dabei, daß ich öfter stehenblieb, um Luft zu schnappen, als es mir lieb gewesen wäre.

Ein Donnerschlag weckte mich, und ich schlug die Augen auf, und als ich aus dem Fenster schaute, sah ich, wie sich die Sonne plötzlich hinter eine heranziehende dunkle Wolkenwand flüchtete. Wieder donnerte es, und das Gewitter zog schnell näher, beängstigende elektrische Entladungen zogen sich im Zickzack über den schweren, aufgequollenen Himmel, und daher hörte ich nicht, wie Clara Sue durch den Korridor stapfte, nachdem sie in ihr früheres Zimmer geschaut hatte, das jetzt ausgeräumt war.

In den ersten Sekunden meiner Konfrontation mit ihr kam ich zu dem Schluß, daß Mutter ihr anscheinend nicht gesagt hatte, daß ich ihre Sachen nach Beulla Woods hatte bringen lassen. Ich fragte mich ernstlich, ob Mutter im Laufe des ganzen Sommers mehr als ein- oder zweimal mit ihr gesprochen hatte.

Kaum hatte sie entdeckt, was geschehen war, stieß sie meine Schlafzimmertür auf und brach wie ein Wirbelwind über mich herein.

Nachdem sie den ganzen Sommer am Strand gelegen, gegessen und mit ihren Freundinnen Parties gefeiert hatte, hatte Clara Sues üppige Figur noch mehr Pfunde hinzugewonnen. Es sah aus, als sei sie zehn Pfund schwerer als beim letzten Mal, als ich sie gesehen hatte. Sie trug ein knallenges violettes Seidenkleid, das wie eine zweite Haut saß und den Spalt zwischen ihren Brüsten weitgehend freiließ. In ihr langes blondes Haar hatte sie sich eine Dauerwelle machen lassen, und sie hatte dick Wimperntusche aufgetragen und ihre Lippen rubinrot angemalt. Ich fand ihr Aussehen extrem ordinär, aber wahrscheinlich interessierte meine Meinung Clara Sue nicht im entferntesten. Sie war braungebrannt, und ihre kalten blauen Augen waren hart und stählern und erdolchten mich.

Ich setzte mich erschrocken auf, als sie meine Tür heftig aufriß. Sie stand da und siedete und hatte die Hände zu Fäusten geballt, die an ihren Seiten herunterhingen.

»Was tust du hier?« fragte ich forsch. Ich schwang die Beine über die Bettkante und schlüpfte in meine Schuhe, während sie dastand und mich haßerfüllt anstarrte. Ihre Augen kniffen sich bedrohlich zusammen.

»Wie kannst du es wagen! Wie kannst du es wagen, dich an meinen Sachen zu vergreifen!« schrie sie. »Was hast du damit getan?« fragte sie erbost und trat vor.

»Hat Mutter es dir denn nicht gesagt?« fragte ich ruhig. »All deine Sachen sind nach Beulla Woods gebracht worden. Dort wirst du jetzt wohnen«, sagte ich.

»Wer hat das beschlossen?« fragte sie durch zusammengebissene Zähne. Ich richtete meine Augen fest auf sie.

»Ich habe das beschlossen«, antwortete ich ruhig, obwohl meine Angst immer stärker wurde.

Plötzlich stieß sie einen Schrei aus, ein schrilles Heulen, wie ein Tier, das in einer Stahlfalle festsitzt. Sie schlug sich die Hände seitlich auf den Kopf und raufte sich das Haar, umklammerte mit ihren Fingern ganze Strähnen.

Sie senkte den Kopf und verdrehte die Augen, und dann stürzte sie sich auf mich. Damit überrumpelte sie mich derart, daß ich mich nicht rührte.

»Du Miststück!« schrie sie. »Du kannst mein Leben nicht auch noch in die Hand nehmen! Das lasse ich nicht zu!« Ohne Warnung holte sie mit der geballten rechten Faust aus und erwischte mit voller Wucht seitlich meinen Kopf. Der unerwartete Schlag, hinter dem ihr gesamtes Gewicht stand, ließ mich zur Seite taumeln. Ich fiel über den Stuhl vor der Frisierkommode und knallte auf den Boden, und der Stuhl stürzte neben mir um. Benommen mühte ich mich ab, wieder auf die Füße zu kommen. Ich richtete den Stuhl auf und zog mich auf die Knie, um mich an der Stuhllehne hochzuziehen, aber Clara Sue stürzte sich wieder auf mich.

»Ich werde dich lehren, dich an meinen Sachen zu vergreifen! Ich werde dich lehren, mir Befehle geben zu wollen! Dafür wirst du bezahlen, Dawn! Ich werde dafür sorgen, daß du dasselbe durchmachst, was ich seit dem Tag durchgemacht habe, an dem du in unser aller Leben aufgetaucht bist!« schrie sie, und dann trat sie mich fest in den Bauch. Der Tritt jagte eine Woge von Schmerz durch meinen Bauch und in meine Brust. Mir blieb die Luft weg. Ich fiel nach vorn, und Clara Sue trat mich immer wieder in die Seite, und bei jedem Hieb, den sie mir versetzte, schrie sie wie eine Irre aus voller Kehle. Wenn ich die Augen aufmachte, fing das Zimmer an, sich zu drehen. Ich fühlte mich, als fiele ich durch einen tiefen Tunnel. Ich stürzte dem Dunkel entgegen. Ich versuchte zu schreien und fuchtelte verzweifelt mit den Armen, um jeden weiteren Hieb abzuwehren.

Ehe ich bewußtlos wurde, hörte ich undeutlich Jimmys und Philips Stimmen. Einer von ihnen riß Clara Sue zurück. Jemand – vielleicht Sissy, vielleicht auch Mrs. Boston – schrie im Korridor. Clara Sue hörte nicht auf zu toben und zu wüten. Einer von beiden, Jimmy oder Philip, hob mich hoch, und dann wurde alles schwarz.

Auf dem Rücksitz der Hotellimousine erlangte ich das Bewußtsein wieder, doch die Stimmen, die ich um mich herum hörte, klangen dünn und fern. Ich versuchte aufzuschreien, aber es war, als sei meine eigene Stimme in meiner Brust gefangen. Es tat so weh dort, und der Schmerz, der in meinem Magen eingesetzt hatte, war inzwischen zu einer Hand aus Feuer mit Fingerspitzen aus glühenden Kohlen geworden, die sich über meinem Körper ausbreitete, sich ausdehnte, größer wurde und durch die Wände meines Herzens drang, das abwechselnd hämmerte und flatterte. Meine Lunge fühlte sich so an, als hätte sie sich mit heißer Luft gefüllt. Ich sah, daß mein Kopf auf einem Kissen lag, und das Kissen lag auf Jimmys Schoß. Er sah auf mich herunter und strich mir über das Haar, und in seinen Augen standen Tränen. Ich versuchte zu lächeln, aber mein Gesicht war wie Plastik. Meine Lippen wollten sich nicht bewegen, meine Haut sich nicht verziehen.

»Ganz ruhig«, hörte ich Jimmy sagen. »Wir sind fast da.«

»Fast da... fast da...« Die Worte versickerten in meinem Hinterkopf. Meine Augen wollten nicht offenbleiben.

Als ich es das nächste Mal fertigbrachte, sie zu öffnen, lag ich auf einer Rollbahre und wurde durch einen Krankenhauskorridor gefahren. Ich sah, wie die Deckenlampen vorbeizogen, und ich hörte die Stimmen der Krankenschwestern und ganz klar Dr. Lesters Stimme.

Ich bin bei Dr. Lester, dachte ich, und das war mir ein Trost. Jetzt kann mir nichts mehr passieren. Jetzt wird alles wieder gut.

»Sie hat einen Blutsturz, Doktor«, hörte ich eine Krankenschwester sagen.

»Hier herein, schnell«, erwiderte Dr. Lester darauf. Etwas Warmes lief an meinen Beinen hinunter. Wieder beschlich mich Panik, und mein Herz fing an, so langgezogen und tief zu pochen, daß seine Töne in meinem Kopf widerhallten. Ich spürte, wie ich hochgehoben wurde, und als mein Körper auf ein Bett gesenkt wurde, verlor ich erneut das Bewußtsein.

Als ich diesmal erwachte, lag ich in einem Krankenhauszimmer, und Jimmy war bei mir. Er hatte den Kopf gesenkt, und die Schultern hingen ihm herunter. Er wußte nicht, daß ich wach geworden war, und daher verbarg er seine Tränen nicht und tat auch nichts dagegen, daß sie ihm von den Wangen tropften. Ich schaute mich in dem Zimmer mit den weißen Wänden um und sah links von mir ein großes Fenster. Der schlichte Baumwollvorhang hob und senkte sich mit der leichten Brise, die hereinwehte. Ich konnte die kühle Feuchtigkeit riechen, die auf ein kurzes, aber heftiges Sommergewitter folgt.

»Jimmy«, sagte ich, und meine Stimme war überraschend matt. Er hob den Kopf und wischte sich schnell die Tränen vom Gesicht. Dann nahm er meine Hand und hielt sie zwischen seinen Händen.

»Wie geht es dir, Liebling?« fragte er.

Wie ging es mir? fragte ich mich. Ich fühlte mich von Kopf bis Fuß taub. Der stechende Schmerz war vergangen. Wenn überhaupt, dann hatte ich nur noch das Gefühl eines dumpfen Schmerzes in den Bauchwänden.

»Jimmy«, sagte ich mit bebenden Lippen.

»Ich weiß, ich weiß. Sie war rasend, sie war furchtbar. Wir konnten sie nicht von dir losreißen. Es war, als sei sie besessen. Ich habe sie rausgeschmissen, und sie ist schreiend durch das Hotel gerannt. Ich will sie anzeigen«, sagte er wütend. »Ich will, daß sie ins Gefängnis gesteckt wird. Sie hat nicht mehr und nicht weniger verdient, als wie eine gewöhnliche Verbrecherin behandelt zu werden… wie eine…« Jimmys Zunge verhedderte sich an den Worten.

O nein, bitte, nein, dachte ich. Bitte…

»Wie eine Mörderin«, sagte er, und es war, als sei Clara Sue noch da und trete wieder und immer wieder nach mir.

»Das Baby… Ich hatte eine Fehlgeburt?«

Jimmy nickte und biß sich auf die Unterlippe.

Ich schloß die Augen und wandte mich ab. Es war zwecklos, dachte ich. Die schwarze Wolke, die anscheinend immer über uns gehangen hatte, als wir jung waren, hing immer noch über uns. Ich würde niemals glücklich sein, und das hieß, daß Jimmy niemals glücklich sein würde. Ich wünschte, ich hätte nie eingewilligt, ihn zu heiraten, denn als ich das tat, hatte ich ihn für immer mit dem Fluch belastet, mit dem ich behaftet war.

»Dr. Lester sagt, du wirst wieder ganz gesund«, tröstete mich Jimmy. »Er sagt, nach einer Weile können wir es wieder probieren, und es besteht kein Grund, nicht...«

»O Jimmy, es wird immer einen Grund geben!« rief ich und wandte mich wieder zu ihm um. »Es wird immer etwas geben, was uns das Leben zur Qual macht, was alles Süße sauer werden läßt. Wozu noch hoffen? Wozu noch Wert auf etwas legen?«

»Sag solche Dinge nicht, Dawn«, bat er. »Bitte nicht. Es ist nicht wahr. Uns sind schöne Dinge zugestoßen, und uns werden immer wieder schöne Dinge zustoßen. Sieh mal, wir haben das Hotel und...«

»Das Hotel«, zischte ich haßerfüllt, denn ich konnte meine Bitterkeit nicht für mich behalten. »Siehst du es denn nicht? Das war Großmutter Cutlers letzte Rache, mein großes Erbe.«

Jimmy schüttelte den Kopf.

»Doch, Jimmy«, sagte ich entschiedener. Ich versuchte, mich aufzusetzen, aber der Schmerz in meinem Unterleib ließ das nicht zu. Dennoch fuhr ich fort. »Das Hotel ist eine Last, eine Bürde, kein Segen. Es wird uns noch zerstören. Ich will es verkaufen. Ja, genau das werden wir tun. Wir verkaufen, und dann nehmen wir an Geld, was wir bekommen, um irgendwo anders ein neues Leben zu beginnen... du und ich und Christie.«

»Wir werden sehen«, sagte Jimmy, der mich zu beruhigen versuchte. »Wir werden sehen.«

»Sie ist immer noch da, Jimmy«, beharrte ich. »Sie war diejenige, die mich durch Clara Sue geschlagen hat, begreifst du das denn nicht! Sie war es!«

»Ganz ruhig, Dawn. Du regst dich nur noch mehr auf und wirst davon noch schwächer.«

»Sie war diejenige, die mich getreten hat. Sie war diejenige, die mein Baby umgebracht hat«, murmelte ich und schloß die Augen. »Sie war es.« Ich mußte wieder eingeschlafen sein und geträumt haben. In meinem Alptraum war es tatsächlich Großmutter Cutler, die mich immer wieder trat und lächelte, als sie ihren winzigen Fuß in dem spitzen Schuh in meinen Bauch rammte. Ich erschauerte und wachte abrupt auf. Ich wußte, daß ich eine Weile geschlafen hatte, denn es war dunkel draußen. Jimmy stand in der Tür und redete leise mit Philip.

»Sie ist wach«, sagte Philip. Sie traten beide an mein Bett.

»Hallo, Dawn«, sagte Philip. »Wie geht es dir?«

»Ich bin müde«, erwiderte ich. »Sehr, sehr müde, aber auch sehr durstig.«

Jimmy griff nach einem Plastikbecher Wasser mit einem Strohhalm, und hielt ihn mir sofort an die Lippen. Die kühle Flüssigkeit tat gut, und mir kam es vor, als ließe sie die glimmende Asche des Feuers erlöschen, das in mir angezündet worden war. Für Jimmy rang ich mich dazu durch zu lächeln.

»Sie ist zu einem Ungeheuer geworden«, begann Philip. »Ich habe ihr gesagt, daß ich sie nie mehr als meine Schwester ansehen will. Von mir aus könnte sie von einer Klippe springen.«

»Wir könnten sie immer noch verklagen«, sagte Jimmy.

Ich schüttelte den Kopf.

»Ihr solltet es tun«, stimmte Philip zu. »Man sollte sie irgendwo einsperren und den Schlüssel wegwerfen.«

Es wurde an die Tür geklopft, und als wir uns alle umdrehten, sahen wir Bronson und Mutter.

Mutter trug einen Zobel über einem scharlachroten Kleid. Sie hatte sich das Haar aufgesteckt, sich so stark geschminkt und so viel Schmuck angelegt, daß ich glaubte, sie und Bronson schauten vorbei, nachdem sie von einem öffentlichen Empfang oder aus dem Theater kamen.

»Es ist so kalt draußen. Eine bittere Kälte hängt in der Luft«, sagte sie und hüllte sich beim Eintreten enger in den Zobel. »Warum ist dieses Fenster offen?«

»Das ist in Ordnung«, sagte ich leise.

»Nun«, sagte sie, nachdem sie tief Atem geholt und die Schultern zurückgezogen hatte, »wie geht es dir?«

»Ich werde schon wieder gesund«, behauptete ich.

»Gut. Sehr gut. Ich ertrage Krankenhausbesuche einfach nicht. Krankenhäuser riechen so... medizinisch. Ich bin dann immer kurz davor, ohnmächtig zu werden. Ich bin noch nicht einmal ins Krankenhaus gegangen, um meine eigene Mutter zu besuchen, solange ich es nicht unbedingt tun mußte«, sagte sie, als sei das etwas, worauf man stolz sein konnte.

Bronson trat neben Philip und lächelte mich an.

»Es tut mir so leid, daß das passiert ist«, sagte er und schüttelte betrübt den Kopf. »Als sie nach Beulla Woods gekommen ist, habe ich ihr verboten, ihr Zimmer zu verlassen.«

»Wahrscheinlich ist sie inzwischen schon weg«, mutmaßte Philip, »und tut, was sie will. Sie ist ein wildes Tier.«

»Das wird sich ändern«, sagte Bronson mit scharfer Stimme. Er richtete den Blick so fest auf Philip, daß Philip die Augen abwenden mußte. »Deine Mutter ist gerade gestern erst dahintergekommen, daß sie in der Schule in fast allen Fächern durchgefallen ist«, fuhr er fort, und Mutter stieß einen winzigen Schrei aus, der wie das Quieken einer Maus klang. »Irgendwie hat sie sämtliche Schulzeugnisse abgefangen und sie uns vorenthalten«, erklärte Bronson weiter, aber als ich Mutter ansah, fragte ich mich, ob das wirklich der Fall war oder ob Mutter persönlich sie schlicht und einfach zur Seite gelegt und nicht weiter beachtet hatte, bis sie sich mit der Realität auseinandersetzen mußte.

Bronson tätschelte meine Hand und sah mich lächelnd an.

»Wenn wir irgend etwas für dich tun können...«

»Danke«, sagte ich. Meine Lippen begannen zu zittern.

»Tja«, sagte Mutter plötzlich mit einem Schwall neugewonnener

Energien, »wenn du von hier entlassen wirst, dann überlegt ihr es euch vielleicht doch noch einmal, du und Jimmy, ob ihr uns nicht doch auf dieser Kreuzfahrt begleitet.«

»Ja, sicher«, warf Philip ein. »Ich werde mich im Hotel um alles kümmern, wenn ihr mal raus wollt. Macht euch deshalb keine Sorgen.«

»Ich glaube nicht, daß ich dazu aufgelegt bin, eine Kreuzfahrt zu machen«, warf ich schnell ein.

»Irgendwie mußt du dich von all dem ablenken, und eine Kreuzfahrt eignet sich dafür einfach blendend, nicht wahr, Bronson?« fragte Mutter.

»Ich denke, wir sollten die Dinge lieber eines nach dem anderen in Angriff nehmen«, sagte er weise.

»Da wir jetzt gesehen haben, daß es dir gutgeht«, sagte Mutter, die die Tatsache ignorierte, daß ich flach auf dem Rücken lag, weil mein ganzer Körper schmerzte, daß ich blaß und schwach war, weil ich Blut verloren und eine Fehlgeburt gehabt hatte, »gehen wir wieder. Ich bin nicht der Typ, der sich lange in Krankenhäusern rumtreibt. Wenn ich je sehr, sehr krank werde, dann werden sie eben die Medizin und die Apparaturen zu mir bringen müssen. Bronson?«

»Ja. Mach's besser, Dawn«, sagte Bronson, und er beugte sich vor, um mich auf die Wange zu küssen. Mutter warf mir eine Kußhand zu, und dann gingen die beiden.

»Ich gehe jetzt besser auch«, sagte Philip. »Ich sehe morgen früh nach dir.« Er gab mir einen Kuß und ging.

Jimmy starrte mich einen Moment an.

»Was hast du Christie gesagt?« fragte ich ihn.

Er schüttelte den Kopf.

»Sie dachte, du würdest hierhergebracht, um jetzt schon das Baby zu kriegen«, sagte er. »Die Kleine ist wirklich etwas Besonderes«, fügte er hinzu und fing an zu lachen.

»O Jimmy...« Ich konnte den Strom von Tränen nicht zurückhalten.

»Nein, Dawn.« Er trat schnell zu mir.

»Aber nur aus diesem einen einzigen Grund hätte ich ins Krankenhaus kommen sollen«, schluchzte ich.

»Ich weiß. Dazu wird es auch noch kommen. Und zwar schon bald«, versprach er mir. »Komm schon«, redete er mir zu, »du und ich haben schon harte Zeiten durchgemacht, und es ist uns immer gelungen, nach dem Gewitter den Regenbogen zu sehen. Wir werden ihn wiederfinden, solange wir uns haben.«

Ich lächelte zu ihm auf. Er sah so gut aus, und er war so stark. Ich war glücklich dran, ihn zu haben.

»So ist es schon besser. Das ist die Dawn, die ich in Erinnerung habe«, sagte er.

Ich schloß die Augen.

»Du wirst wieder müde?« fragte er.

Ich nickte.

»Gut. Ich lasse dich schlafen, aber ich werde in der Nähe sein«, versicherte er mir.

»Geh nach Hause, Jimmy. Ich komme zurecht. Ruh du dich jetzt aus.«

»Fang jetzt bloß nicht wieder an, den Boß zu spielen«, schalt er mich. »Du hast frei.«

Ich hatte nicht die Kraft, Einwände zu erheben. Ich schloß die Augen und spürte seine Lippen auf meinen Lidern und dann auf meinen Lippen. Meine Lider öffneten sich flatternd, als er sich zurückzog. Er winkte, und ich schloß die Augen und hielt sein Bild hinter meinen Lidern fest, ein Bild, das Erinnerungen auslöste.

Wir waren irgendwo, vor langer Zeit. Wir waren so oft von einem Ort an einen anderen geschleift worden, daß ich mich nicht genau erinnern konnte, wo wir waren, aber ich war gerannt, und ich fiel hin und schürfte mir übel das Knie auf. Ich rannte nach Hause, um es Momma zu zeigen, aber sie war bei der Arbeit, und es war niemand da, der mich hätte trösten können, und daher setzte ich mich auf den Fußboden und weinte. Endlich ging die Tür auf, und

Jimmy kam herein. Er eilte auf mich zu und schaute sich mein Knie an. Dann ging er ins Bad und kam mit einem nassen Waschlappen, um die Wunde zu säubern. Er verband das Knie. Und dann hob er mich hoch und brachte mich zu unserer Schlafcouch und redete beschwichtigend auf mich ein, während er mir ein bequemes Lager herrichtete.

Einen gar so großen Teil der Zeit lebten wir wie zwei Waisenkinder, und Waisen haben weniger Zeit, Kinder zu sein. Es ist, als würde ein fremder Erwachsener, jemand mit einem dunklen Gesicht, diese Kinder an den Händen nehmen und sie dazu bringen, schneller zu laufen, und er zieht sie mit sich, und dann läßt er plötzlich los, und läßt sie baumeln, umherwandern, ihre Identität suchen, sich nach einem Ort sehnen, den sie ihr Zuhause nennen können. Ich fragte mich, ob wir diesen Ort je finden würden.

Ich konnte jetzt nur hoffen, daß Jimmy recht hatte. Wir hatten so viele Gewitter erlebt, und wir hatten es immer geschafft, einen Regenbogen zu finden, der uns erwartete.

Wo erwartete uns jetzt der Regenbogen?

TEIL II

9

Das Leben geht weiter

Trotz meiner Hoffnungen und Erwartungen dauerte es Monate und aber Monate, bis ich mich von meiner Fehlgeburt erholt hatte. Obwohl mir Dr. Lester versicherte, daß ich mich körperlich davon erholt hätte, war ich laufend müde und teilnahmslos. Sogar während der Schwangerschaft war ich es noch gewohnt gewesen, endlose Stunden hintereinander zu arbeiten, ohne auch nur eine Pause zu machen, aber jetzt stellte ich fest, daß schon nicht mehr als eine Stunde mich zu erschöpfen schien. Ich mußte mich häufig zwischendurch hinlegen. Manchmal lag ich einfach nur mit offenen Augen da und träumte von dem Baby, das ich verloren hatte.

Jimmy versuchte, mich dazu zu bringen, mit ihm einen Winterurlaub zu machen. Er wollte in den Florida Keys fischen gehen, aber ich verschob es immer wieder, bis er schließlich aufgab.

»Du benimmst dich wie ein Bär im Winterschlaf«, sagte er zu mir. Mir waren die grauen kalten Tage lieb, weil sie mich noch schläfriger machten, und der Schlaf schien mir die einzigen Stunden der Erlösung zu bieten.

Ich konnte mich für nichts begeistern, noch nicht einmal für Jimmys Pläne für unser Haus. Ich bemühte mich, Interesse zu zeigen, aber er sah mir nur einmal ins Gesicht, während er mir die architektonischen Skizzen zeigte, und er sah, daß ich eigentlich gar nicht zuhörte. Mir war klar, daß er sich bewußt sehr bald nach meiner Fehlgeburt auf dieses Projekt gestürzt hatte, denn er hoffte, damit könnte er im Garten unserer Ehe neue Samen des Glücks und der Freude säen. Er bemühte sich in jeder erdenklichen Form, mich aus meinem Trübsinn herauszureißen.

An einem Frühlingsnachmittag, als er in unser Zimmer kam und mich vorfand, wie ich ausdruckslos die Decke anstarrte, explodierte er dann schließlich. Eine solche Wut hatte ich seit unseren ganz frühen Zeiten nicht mehr an ihm erlebt, wenn Daddy Longchamp mit uns durch die Nacht fuhr und uns abrupt von einer Stadt in die andere verfrachtete. Jedesmal mußten wir kostbare Habe und die Freunde zurücklassen.

Jimmy warf die Hände in die Luft, und sein Ausbruch ließ mich zusammenzucken.

»So kann es nicht weitergehen, Dawn!« rief er. Er lief vor mir auf und ab und trat dabei so fest auf, daß das ganze Zimmer bebte. »Du läßt dich von allem niederdrücken. Alle haben das bemerkt, und alle sind besorgt um dich. Sogar auf Christie wirkt es sich aus.«

»Es tut mir leid, Jimmy«, sagte ich. Meine Tränen begannen gegen die Schleusentore zu drücken und zu steigen, und sie drohten, Fluten über meine Wangen zu schicken.

»Es genügt nicht, daß du dich entschuldigst. Du liegst Tag für Tag da, Monat für Monat und bemitleidest dich selbst. Etwas Furchtbares ist passiert, das weiß ich. Ich finde entsetzlich, daß es geschehen ist, aber daran können wir nichts ändern. Wir müssen weitermachen und uns etwas Neues aufbauen«, beschwor er mich. »Ich habe wiederholt mit dem Arzt geredet, und er versichert mir, daß es für deinen Zustand keine körperlichen Auslöser gibt. Was du getan hast, ist, Clara Sue den Sieg zu überlassen, und du gönnst ihr die Befriedigung zu wissen, daß sie es geschafft hat, dich zu zerstören, und indem sie dich zerstört hat, hat sie uns zerstört.« Er ließ sich auf einen Stuhl fallen, senkte den Kopf auf die Brust, faltete die Hände auf dem Schoß und blieb erschöpft sitzen.

Es war mir unerträglich, Jimmy so unglücklich zu sehen, so niedergeschlagen. Ich haßte mich dafür, daß ich ihm das antat. Er war so geduldig und liebevoll und verständnisvoll gewesen, doch selbst seine Toleranz kannte ihre Grenzen. Zum ersten Mal wurde mir klar, daß ich ihn ohne weiteres vertreiben könnte. Was tat ich hier? Ich mußte mich zusammenreißen.

»O Jimmy, es tut mir leid«, wiederholte ich und setzte mich auf. »Ich will nicht so sein. Wirklich nicht. Aber jedesmal wenn ich versuche, mir einen Ruck zu geben, treibt eine dunkelgraue Wolke heran und gibt mir das Gefühl, als würde ich immer und ewig unter einem stürmischen Himmel leben.«

»Dawn, was du sagst und tust, erinnert zunehmend an deine Mutter«, erwiderte er. »Willst du etwa, daß dir das zustößt? Willst du eine Invalidin von der Sorte werden, die Tag und Nacht nichts anderes tut als rumzuliegen und zu ächzen und zu stöhnen, wie übel ihr das Leben mitgespielt hat?

Es war schwer, und es könnte sogar noch schwerer werden, bis wir es geschafft haben, aber wir sind noch jung, und wir müssen stark sein und unser Bestes tun, um jede Niederlage zu überwinden. Was ist mit Christie? Was ist mit unserem eigenen Baby, wenn es erst einmal da ist? Was ist mit uns beiden?« fragte er flehentlich, und Tränen standen in seinen Augen.

Ich schluckte meine eigenen Tränen hinunter und biß mir auf die Unterlippe. Dann nickte ich.

»Du hast recht, Jimmy. Ich benehme mich wie Mutter, egoistisch und voller Selbstmitleid. Das ist dir gegenüber nicht fair«, gestand ich.

»Es geht nicht nur um mich«, verbesserte er sich eilig. »Es ist auch dir selbst gegenüber nicht fair. Und jetzt bestehe ich darauf, daß du aus diesem Bett aufstehst und mir ins Freie folgst.« Er stand auf.

»Ins Freie?«

»Ich bin soweit, für unser neues Haus die Grube für das Fundament auszuheben«, erklärte er, »und das muß wirklich gefeiert werden.«

»Du willst schon ausschachten?« fragte ich ungläubig. All das ging um mich herum vor, und ich hatte es überhaupt nicht zur Kenntnis genommen. Vor meiner Fehlgeburt war in keinem Zimmer auch nur der Türgriff ausgetauscht worden, ohne daß ich davon wußte.

»Ja, ich habe die Dinge vorangetrieben, solange das warme Wetter es zugelassen hat«, erklärte er. »Ich will, daß wir in dieser Sommersaison schon in unserem eigenen Haus wohnen. Ich bin zu dem Schluß gekommen, daß du recht gehabt haben könntest, was unser Leben im Hotel angeht. Nicht etwa, daß ich an Gespenster und dergleichen glaube«, warf er hastig ein und winkte diese Vorstellung ab. »Aber ich glaube schon daran, daß es vielleicht seinen Tribut fordert, Tag und Nacht in eben dieser Umgebung zu verbringen. Großmutter Cutler hat hier zu viele Spuren hinterlassen. Wir haben keine Gelegenheit, uns dem zu entziehen, keine Gelegenheit zu einem Kulissenwechsel. Und ich weiß, daß dir das immer wieder zu denken gibt. Wenn wir in unserem eigenen Haus wohnen, außerhalb des Hotels, wenn das Haus auch genaugenommen noch auf dem Hotelgelände steht, dann werden wir uns frei fühlen, eher so, als seien wir in unserer eigenen Welt – in einer Welt, die wir entwerfen, und nicht in einer, die wir erben und die bereits von jemand anderem entworfen worden ist. Außerdem heiratet Philip nach seinem Studienabschluß und will mit seiner Frau hier leben. Ich glaube«, sagte er einfühlsam und vielleicht prophetisch, »es ist besser, wenn wir räumlich weiter voneinander getrennt sind, und es ist besser für uns alle, eine gewisse Intimsphäre zu haben.«

Plötzlich fand ich aufregend, was Jimmy sagte und tat. Ich würde nie vergessen, wie Mutter ausgesehen hatte, als sie das Hotel verließ, um Bronson Alcott zu heiraten, und daß es gewirkt hatte, als sei ihr eine Last von den Schultern genommen worden, weil sie aus dem Schatten entkam, den Großmutter Cutler warf. Sie war glücklicher, tatkräftiger und lebendiger. Warum konnte sich dasselbe nicht auch bei mir bewahrheiten?

»Du hast recht, Jimmy. Ich will mir nur schnell das Gesicht waschen und mich frischmachen. Ich will unbedingt dabei sein und sehen, wie die Baugrube ausgehoben wird.«

»Deshalb bin ich ja raufgekommen, um dich zu holen, und als ich gesehen habe, daß du schon wieder daliegst und Trübsal bläst, konnte ich es einfach nicht ertragen. Es tut mir leid, daß ich so wütend geworden bin.«

»Nein, Jimmy. Das war dein volles Recht. Ich bin sogar wirklich froh, daß du wütend geworden bist«, sagte ich und küßte ihn. Ich wusch mir das Gesicht, zog mir einen blauen Strickpullover mit Zopfmuster über, und dann gingen wir nach unten und verließen das Hotel durch einen Hintereingang.

Jimmy hatte für das Haus einen Bauplatz eine gute halbe Meile südlich vom Hotelgelände ausgesucht. Es war ein Hanggrundstück, das einen unverstellten Ausblick auf das Meer bot, und doch gab es genug Bäume und Sträucher, die uns ein Gefühl von Privatsphäre vermittelten.

»Ich dachte, wir könnten einen von diesen Golfwagen nehmen, für den Weg vom und zum Hotel«, sagte Jimmy, als wir auf den Bauplatz zugingen. »Nicht, daß es allzuweit ist.«

»Das ist es nicht, und ich weiß, daß mir der Spaziergang Freude machen wird«, sagte ich. Ich ging die Strecke jetzt schon gern. Es war ein klarer, frischer Frühlingstag, und nur ein paar vereinzelte Wölkchen zogen über einen grellblauen Himmel. Das Laub hatte begonnen, ein üppiges Grün anzunehmen, und die Sträucher wurden fülliger. Die Helligkeit und die frische Luft röteten unsere Wangen. Ich konnte spüren, wie meine Haut prickelte, als sie dem wohltuenden Tageslicht ausgesetzt war. Ich kam mir vor wie eine Blume, die man auf der Fensterbank gehalten und kaum der Sonne ausgesetzt hatte. Endlich war ich draußen und blühte wieder auf.

Der Planierraupenführer wartete und unterhielt sich mit Buster

Morris, als wir eintrafen. Beide blickten erwartungsvoll auf. Dann beförderte er eine Flasche Champagner und vier Gläser ans Tageslicht, die er und Jimmy bis zu meiner Ankunft versteckt gehalten hatten. Ich lachte. Es war ein so angenehmes Gefühl. Es war, als hätte ich seit Ewigkeiten nicht mehr gelacht.

Jimmy schenkte den Champagner ein und hob sein Glas zu einem Trinkspruch.

»Auf unser Haus. Mögen dort für immer und ewig Liebe und Glück weilen.«

»Auf unser Haus«, erwiderte ich.

»Hört, hört«, sagte Buster, und wir tranken alle.

»Okay«, kündigte Jimmy an. »Dann mal los.«

Buster trat zurück, um gemeinsam mit uns zu beobachten, wie der Baggerführer anfing, den Boden für unser Fundament auszuheben. Jimmy nahm meine Hand.

»Ich gratuliere und wünsche Ihnen viel Glück, Mrs. Longchamp«, sagte Buster.

»Ja, Mrs. Longchamp. Ich gratuliere, und viel Glück«, sagte Jimmy und küßte mich.

Anschließend ging ich mindestens einmal am Tag mit Christie zur Baustelle oder schloß mich Jimmy an. In enger Zusammenarbeit mit einem Architekten hatte Jimmy ein zweistöckiges neoklassizistisches Haus mit einer stufenweise versetzten Veranda vor dem Eingang entworfen, die von vier schlichten Säulen getragen wurde.

Das Haus würde fünf Schlafzimmer haben, ein privates Wohnzimmer und einen Salon, ein Büro, ein großes Eßzimmer und eine geräumige Küche, hinter der das Dienstmädchen seine Privatwohnung hatte. Der Marmorboden und die Treppe in Bronson Alcotts Haus hatten ihn beeindruckt, und beides hatte er für seinen Entwurf zu unserem Haus übernommen. Nachdem die Planung für den Grundriß feststand, sollten die Einzelheiten der Inneneinrichtung mir überlassen bleiben. Bronson und vor allem Mutter kamen oft vorbei, um Vorschläge zu machen. Jedenfalls erwiesen sich Jimmys

Überlegungen als richtig. Ich zeigte großes Interesse an dem Haus, sobald der Bau begonnen hatte, und ich vertiefte mich in Einrichtungs- und Ausstattungszeitschriften. Es war sehr aufregend mitanzusehen, wie das Haus immer weiter fertiggestellt wurde, und mit der Zeit konnte ich es deutlich vor mir sehen.

Sobald Christie begriffen hatte, daß das unser neues Zuhause wurde, mußte sie sofort wissen, wo ihr Zimmer liegen würde. Nachdem Jimmy es ihr gezeigt und mit ihr durch die Grundmauern gelaufen war, setzte sie uns beiden den ganzen Tag lang zu, wir sollten sie mitnehmen, damit sie sich ihr zukünftiges Zuhause wieder ansehen konnte. Und als das Haus mehr als zur Hälfte fertiggestellt war, wurde es zu einem Ausflugsziel, das die Hotelgäste regelmäßig aufsuchten. Weder Jimmy noch mich begeisterte die Vorstellung, daß die Gäste herkommen und sich hier umsehen konnten, aber für den Moment war es schwer, sie fernzuhalten. Jimmy beschloß, das Haus, wenn es fertiggestellt war, mit einem hübschen Zaun zu umgeben, damit die Gäste verstanden, daß es nicht wirklich zum Hotelgelände gehörte.

»Eines der anderen Schlafzimmer ist für dein kleines Brüderchen oder dein kleines Schwesterchen, das später einmal kommen wird«, sagte Jimmy eines Nachmittags zu Christie, als wir alle drei uns die Fortschritte ansahen, die an jenem Tag gemacht worden waren.

»Und wo ist es jetzt?« fragte Christie. »Ich kann es nicht finden«, sagte sie und zeigte achselzuckend die Handflächen. Sie war inzwischen fast drei und sehr süß. Da sie sich unglaublich schnell entwikkelte, erstaunte sie alle mit den Dingen, die sie sagte und tat. Sie hatte angefangen, die Klaviertasten allein zu erkunden und Tonfolgen zu klimpern, die musikalischer als willkürlicher Lärm waren. Sissy klagte, daß sie schon alle Kinderbücher auswendig kannte und ihr den Schluß erzählte, ehe sie sie auch nur zur Hälfte gelesen hatte. Wir mußten ihr Bücher und Spielsachen besorgen, die für ein doppelt so altes Kind gedacht waren.

»Ich weiß nicht, wo dein kleines Brüderchen oder Schwesterchen ist, Christie«, sagte Jimmy und sah mich dabei an. »Es versteckt sich in deiner Mama.«

Ich wußte, was er meinte. Schon seit Monaten versuchten wir, wieder ein Kind zu bekommen, aber aus irgendwelchen Gründen hatte es nicht geklappt. Dr. Lester hatte uns beiden bei mehr als einer Gelegenheit gesagt, es gäbe keinen Grund dafür. Ich wußte, daß Jimmy den Verdacht hatte, ich sei irgendwie innerlich dagegen eingestellt und verhinderte dadurch, daß es dazu kam.

»Du hast doch nicht etwa Angst davor, wieder schwanger zu werden, oder, Dawn?« fragte er mich eines Abends.

»Nein«, sagte ich, aber es kam zu schnell heraus. Ich vermute, tief in meinem Innern fürchtete ich mich. Ich war schlagartig aus meiner Depression herausgekommen und zeigte wieder aktives Interesse an dem Hotel und an unserem Haus, aber ich konnte dieses gräßliche, bedrückende Gefühl nicht abschütteln, daß ein Fluch auf mir lastete. Daher machte es mir Sorgen, noch ein Kind in die Welt zu setzen.

»Du solltest dich auch nicht fürchten«, beharrte Jimmy. »Uns stehen nur schöne Dinge bevor.«

»Ich versuche es, Jimmy. Ich versuche es wirklich«, versicherte ich, aber statt darüber nachzudenken und darauf zu hoffen, begrub ich mich ganz in der bevorstehenden Sommersaison. In Verbindung mit dem Hausbau hatten wir alle Hände voll zu tun.

Dann, etwa eine Woche nachdem die offiziellen Einladungen zu Philips Hochzeit verschickt worden waren, beschlossen Mutter und Bronson, eine kleine Gesellschaft im Familienkreis zu veranstalten, um Betty Ann Monroe, Philips Verlobte, kennenzulernen. Ich sagte ab, falls Clara Sue käme, doch Mutter garantierte mir, sie sei nicht da.

Clara Sue war in ein Internat geschickt worden, und Bronson hatte eine beträchtliche Summe gespendet, um sich abzusichern, daß man sie dort aufnehmen und behalten würde. Noch dazu hatten sie sie weit genug weggeschickt – nach Florida. Nach allem, was

Philip mir erzählte, hatte er keinen Kontakt mehr zu ihr gehabt, seit sie sich auf mich gestürzt hatte.

»Ich schäme mich immer noch sehr für sie«, erklärte er mir am Telefon, »und ich habe nicht die Absicht, sie zu meiner Hochzeit einzuladen, aber das wird sie nicht weiter stören.«

»Ich weiß nicht, ob du das tun kannst, Philip«, sagte ich. »Was auch geschieht, sie ist trotzdem noch deine Schwester, und damit würdest du hier eine Woge von Gerüchten auslösen. Du weißt, was du Mutter damit antätest«, ermahnte ich ihn.

»Aber du wirst nicht zu meiner Hochzeit kommen, wenn ich sie einlade, stimmt's?« fragte er.

»Ich weiß es nicht. Es ist fast ein Jahr her. Ich nehme an, bei der Trauung und unter all den Menschen auf dem Fest kann ich sie ignorieren.«

»Das Risiko möchte ich nicht eingehen«, erwiderte Philip. »Mir bedeutet es weit mehr, daß du kommst, Dawn.«

Schließlich versprach ich ihm, selbst dann zu kommen, wenn Clara Sue auch erschien. Er war so dankbar, daß es mir schon peinlich war, und ich suchte nach einem Vorwand, um das Gespräch zu beenden.

Es machte mir immer noch Schwierigkeiten, Komplimente von Philip anzunehmen. Ich konnte seine unterschwellige Leidenschaft fühlen, Worte zwischen seinen Worten heraushören, die Empfindungen wahrnehmen, die direkt unter der Oberfläche lagen und sich wie kleine Tiere benahmen, die jeden Moment auszubrechen drohten. Ich hoffte nur, daß seine Hochzeit mit Betty Ann dem ein Ende setzen würde. Aber als ich sie schließlich kennenlernte, war ich nicht mehr optimistisch.

Mutter inszenierte eine ihrer elegantesten Gesellschaften. Sie hatte das Essen zwar vorgeschlagen, damit die Familie Betty Ann kennenlernen konnte, aber sie hatte trotzdem beschlossen, auch ein paar der prominenteren Bürger von Cutler's Cove einzuladen. Ich wußte, daß wir uns auf einen vollendeten Abend gefaßt machen konnten, als sie offizielle Einladungen verschickte, in denen von einem »Empfang« die Rede war, denn das hieß, man wurde im Smoking und im Abendkleid erwartet. Es begann mit einer Cocktailparty, für die die Häppchen ins Haus geliefert wurden, und eine dreiköpfige Kapelle sorgte für Musik. Es schien, als ließe Mutter nie eine Gelegenheit aus, ihren gesellschaftlichen Stand in der Gemeinde wieder zu festigen.

Daher waren Jimmy und ich nicht überrascht, als wir bei unserem Eintreffen eine ganze Reihe von Limousinen auf der Auffahrt parken sahen. Es war ein warmer Abend mit kaum einer Wolke am Himmel. Die Sterne funkelten, vor allem über dem Meer. Die Fahrer standen im Kreis zusammen und unterhielten sich, und Julius schloß sich ihnen an. Bronson begrüßte uns, als Livingston uns die Tür geöffnet hatte.

»Deine Mutter ist heute abend in Topform«, teilte er uns mit. In meinen Ohren klang das mehr nach einer Warnung. Wenige Momente später riß sie sich von einigen ihrer Gäste in der marmornen Eingangshalle los, um uns zu begrüßen. Sie trug ein schwarzes Samtkleid mit dem üblichen tiefausgeschnittenen Dekolleté. Ich nahm eine prachtvolle neue Diamantkette und passende Ohrringe zur Kenntnis. Sie war eine so umwerfende Schönheit wie immer, und ihr Haar war elegant frisiert. Ihre Augen funkelten und sprühten und borgten sich den Glanz ihrer Schmucksteine.

»Dawn, mein Liebling«, rief sie. »Und James. Wie schön, euch zu sehen.«

Sie umarmte mich kurz und ließ sich dann von Jimmy die Hand küssen.

»Wir haben uns gerade erst vorgestern getroffen, Mutter«, sagte ich trocken. Sie lächelte einem ihrer Gäste strahlend zu, ehe sie darauf reagierte.

»Ist das erst zwei Tage her? Es kommt mir vor wie eine Ewigkeit. O Dawn, Jimmy, ihr kennt doch Mr. Parkins, den Direktor von

Seaside Savings«, sagte sie, als ein älterer Mann dicht an uns vorbeiging. Er blieb stehen, um uns vorgestellt zu werden. Sobald er weitergegangen war, nahm ich Mutter an der Hand und zog sie näher zu mir.

»Mutter, ich dachte, das sei als ein schlichtes Familientreffen gedacht gewesen, damit Philip uns seine Verlobte vorstellen kann und wir Gelegenheit haben, sie kennenzulernen, aber auch damit sie Gelegenheit hat, uns ein wenig kennenzulernen. Was glaubst du denn, wie es dazu kommen soll, wenn all diese Menschen hier sind?«

»Ursprünglich war das meine Absicht«, erwiderte sie und klimperte mit den Wimpern. »Aber als ich länger darüber nachgedacht habe, ist mir klargeworden, wie dumm es wäre, die Gelegenheit ungenutzt verstreichen zu lassen, Betty Ann schon vor der Hochzeit mit ein paar besseren Leuten zusammenzubringen, sie ihnen und ihr sie vorzustellen. Wir werden alle noch reichlich Zeit haben, uns kennenzulernen... ein Leben lang. Und außerdem«, fügte Mutter hinzu, »glaube ich, daß wir im Moment einen gewissen Luxus gebrauchen können. Das vertreibt die Niedergeschlagenheit und den Trübsinn.«

»Wo sind Philip und Betty Ann?« fragte Jimmy, der sich umsah. Ein Kellner kam mit einem Tablett mit Champagner vorbei, und Jimmy nahm ein Glas für sich und eines für mich.

»Sie sind noch nicht da«, enthüllte uns Mutter und beugte sich vor, um zu flüstern: »Ich habe ihnen gesagt, sie sollen erst kommen, wenn all meine anderen Gäste schon da sind. Das macht sich dramatischer, meint ihr nicht auch?«

»Wo läßt du sie denn warten – draußen im Dunkeln?« fragte ich.

Mutter lachte und hängte sich bei uns beiden ein.

»Kommt mit ins Wohnzimmer. Ich muß euch noch ein paar Leute vorstellen«, sagte sie. Ich schaute Bronson an, der so lächelte, als wollte er damit ausdrücken: »Habe ich es euch nicht gleich gesagt?«

Eine gute halbe Stunde später kamen Philip und Betty Ann dann schließlich. Ich hatte Philip seit einer ganzen Weile nicht mehr gesehen. Ich fand, daß er Randolph immer ähnlicher wurde. Er wirkte größer, sein Gesicht reifer. Er war schlank geblieben und war wie üblich braungebrannt, und sein charmantes Lächeln und seine lachenden blauen Augen waren unverändert. Er sah sehr gut aus, und in seinem schwarzen Smoking wirkte er wie ein erfolgreicher und sehr reicher Mann.

Ich glaube, Philips gutes Aussehen und seine auffällige Erscheinung betonten erst recht das Alltagsgesicht seiner Verlobten. Ihr Mund war zu klein, und ihre braunen Augen standen zu dicht beieinander. Ihr bleicher Teint wirkte neben Philips Sonnenbräune entschieden kränklich. Sie hatte glanzloses braunes Haar, das zu weit zurückgebürstet war, was ihre breite Stirn nur noch betonte. Ihr schwarzes Satinkleid trug wenig dazu bei, ihrer Figur zu schmeicheln, obwohl es offensichtlich ein kostspieliges Modellkleid war.

Da äußerlich eigentlich nichts für sie sprach, fragte ich mich, was Philip wohl ursprünglich zu ihr hingezogen hatte. Ich stellte mir vor, sie müßte eine einnehmende Art haben und sehr intelligent sein. Aber als wir uns endlich vorgestellt wurden, schien sie selbst in diesen Bereichen unzulänglich zu sein.

Sie ließ auf alles, was sie sagte, ein albernes kleines Lachen folgen, und sie sprach meinen Namen »Don« aus und nicht Dawn. Ich kam mir wie eine Zahnärztin vor, als wir miteinander redeten, denn es war wie Zähneziehen, ihr mehr als ein oder zwei Worte entlocken zu wollen. Sie beantwortete jede Frage mit einem schlichten »Mhm« oder einem »Nein«. Ich dachte, es läge wahrscheinlich daran, daß all die Aufmerksamkeit, die ihr galt, sie verunsicherte und überwältigte.

Mutter packte sie am Handgelenk, sobald es ihr möglich war, und machte sie mit jedem einzelnen der Gäste bekannt. Wenn sie sie vorstellte, redete sie über sie, als sei sie ein Preis, den Philip gewonnen oder etwas, was er bei Tiffany gekauft hatte, und während Mutter das Anwesen und die Ferienhäuser ihres Vaters schilderte, die Jacht und das Flugzeug, stand Betty Ann mit diesem dämlichen erstarrten Lächeln im Gesicht da.

Erst tat sie mir leid, aber nach einer Weile amüsierte ich mich. Nichts, was Mutter tat oder sagte, schien Betty Ann eine Reaktion zu entlocken oder sie aufzutauen. Sie ähnelte einer lebensgroßen Puppe, die einen ordentlichen Knicks machen konnte, auf Kommando mit den Wimpern klimperte, lächelte, wenn es von ihr erwartet wurde, und dieselben höflichen Phrasen immer wieder herunterrasselte. Ihre Haltung war vollkommen, ihre Schritte waren genau bemessen, sie nippte mit einer Regelmäßigkeit an ihrem Champagner, daß man die Uhr danach hätte stellen können, und ihre eigenen Sätze und die Dinge, die zu ihr gesagt wurden, durchsetzte sie mit ihrem Nicken und mit ihrem Lachen. Es war, als hätte Philip eine menschliche Trophäe für sich beansprucht, die dem herausragenden Mitglied eines Studentenverbands in einem renommierten College zugesprochen wurde.

»Was hältst du von ihr?« fragte er mich, als wir einen Moment miteinander allein waren.

»Es ist noch zu früh, um ein Urteil zu fällen, Philip«, erwiderte ich diplomatisch. »Aber wenn du sie liebst und sie dich, dann sollte es eigentlich keine Rolle spielen, was andere Leute von ihr halten.«

Er sah mich fest an, und seine Lippen verzogen sich zitternd zu einem kleinen Lächeln.

»Du bist nicht irgendwelche anderen Leute, Dawn. Das wirst du für mich nie sein«, sagte er. In seinen tiefblauen Augen stand etwas Gequältes. Ich mußte die Augen niederschlagen.

»Du weißt, was ich meine, Philip.«

»Ja, sicher«, sagte er, und seine Stimme klang wieder glücklicher. »Betty Ann hängt an mir. Sie sagt mir immer wieder, wie glücklich sie mit mir ist. Sie ist ganz bezaubernd. Und sehr, sehr reich.«

»Wenn du glücklich bist, Philip, dann freut mich das für dich«, sagte ich. Er suchte meinen Blick und ließ ihn nicht mehr los.

»Trotz allem weißt du ja, daß jede Frau, die ich mir aussuche, immer nur die zweitbeste Wahl sein wird. Und«, setzte er mit einem schiefen Lächeln hinzu, bei dem sich seine Mundwinkel verzogen, »jedesmal wenn ich sie ansehe, werde ich dich sehen. Aber mach dir keine Sorgen, Betty Ann weiß nichts davon. Sie weiß nicht, daß du und ich früher einmal, vor hundert Jahren, ein Pärchen waren. O ja, sie kennt deine Geschichte, aber nicht diesen Teil davon. Dieser Teil ist hier verschlossen«, flüsterte er und tippte sich aufs Herz. »Ich kann nichts dagegen tun. Haß mich nicht dafür, daß ich es dir gestanden habe. Bitte«, flehte er.

Ich war zu keiner Reaktion imstande. Er richtete seinen Blick so eindringlich auf mich, daß ich die Glut und das Verlangen spüren konnte, das er ausstrahlte. Benommen schüttelte ich den Kopf. Ich war betrogen worden, dachte ich. Es würde nie enden... Philips Verlangen nach mir würde immer und ewig bestehen bleiben. Jimmy hatte ja so recht, wenn er für uns ein eigenes Haus wollte, um Distanz zum Hotel und zu Philip und Betty Ann zu haben, aber ich fürchtete, selbst das würde noch nicht genügen.

Als ich Betty Ann jetzt noch einmal ansah, glaubte ich zu verstehen, was Philip an einer so unauffälligen Frau gereizt hatte. Er hatte sich bewußt ein Mädchen ausgesucht, das körperlich so unscheinbar war. Das erleichterte es ihm, mich in ihren Augen zu sehen und meine Lippen anstelle von ihren zu spüren, wenn sie sich küßten. Schon der Gedanke daran ließ mich erschauern.

Ich war froh, als Mutter ihn holte, um ihn einem weiteren Gast vorzustellen.

»Was fehlt dir?« sagte Jimmy, als er auf mich zukam. Er hatte sich mit Bronson unterhalten. »Du wirkst bedrückt. Fühlst du dich nicht wohl?«

»Ich bin in Ordnung«, sagte ich. »Ich habe nur zuviel Champagner getrunken.«

»Von zuviel Champagner wäre dein Gesicht gerötet und nicht weiß«, beharrte er. Er warf einen Blick quer durch den Raum auf Philip. »Hat es etwas mit Philip zu tun? Hat er etwas zu dir gesagt?«

»Nein, mir fehlt wirklich nichts, Jimmy. Bitte. Mir fehlt nicht das Geringste«, wiederholte ich nachdrücklicher. Jimmy zog die Augenbrauen hoch. »Philip hat mit mir geredet, und ich habe ihm noch nicht einmal zugehört«, log ich. »Einen Moment war ich ganz gedankenverloren, und mir war ein wenig übel. Es ist nichts weiter.«

»Übel? Vielleicht...« Er strahlte voller Hoffnung.

»Nein, Jimmy«, sagte ich. »Ich bin nicht schwanger. Erinnerst du dich nicht? Ich hatte gerade meine Periode.«

»Ach so«, murmelte er enttäuscht. »Stimmt. Aber wenn das wieder passiert, dann solltest du lieber zum Arzt gehen«, sagte er.

Ein Weilchen später wurden wir alle zum Abendessen gebeten. Es waren zwanzig Gäste geladen, und Mutter hatte die Sitzordnung so arrangiert, daß Betty Ann und Philip neben ihr saßen. Demzufolge kam ich nicht dazu, viel mit Betty Ann zu reden. Nach dem Abendessen hatte ich endlich ein richtiges Gespräch mit ihr. Wir traten vor das Haus, um Luft zu schnappen. Sie war jetzt lockerer.

»Was für ein schönes Haus, und was für eine schöne Aussicht!« rief sie aus. »Und eure Mutter ist ja auch so schön. Es ist kaum zu glauben, daß sie Kinder in deinem und Philips Alter hat.«

»Mutter wird dich für diese Worte lieben, Betty Ann«, sagte ich. Sie lächelte und kicherte.

»Ich finde es so aufregend, in einem Hotel zu leben«, plapperte sie weiter. »Nach allem, was Philip mir geschildert hat, gibt es dort immer etwas zu tun, und ständig geschieht etwas. Es ist nie langweilig.«

»In dem Punkt hat er recht.«

»Und mich beeindruckt so sehr, was du tust. Philip sagt, du warst noch nicht einmal im College. Er hat mir so viel von dir erzählt. Ich weiß alles darüber, wie du entführt und wieder zurückgebracht worden bist. Philip redet ständig von dir«, verkündete sie ohne jede Spur von Neid. »Darüber, wieviel musikalisches Talent du besitzt und wie intelligent du bist.«

»Ich bin sicher, daß er übertreibt«, sagte ich, und es gelang mir nicht, meine Verlegenheit zu verbergen.

»O nein. Philip nicht. Er ist bekannt für seine Ehrlichkeit. Und außerdem spielt er ständig dieses Band, auf das er deinen Gesang aufgenommen hat, und du hast wirklich eine wunderbare Stimme.«

»Eine Bandaufnahme?« Ich fragte mich, wann Philip mich beim Singen aufgenommen hatte. »Was singe ich denn darauf?« fragte ich. Nachdem sie es mir gesagt hatte, wurde mir klar, daß Philip mich aufgenommen hatte, als ich eines Abends im Hotel für die Gäste gesungen hatte, und er hatte mir nie etwas davon erzählt. Warum hatte er das geheimgehalten?

»Er ist stolz auf dich. Es ist so schön, wenn Geschwister sich so sehr mögen wie ihr beide, vor allem, wenn man bedenkt, was dir alles zugestoßen ist.«

»Ja.« Ich lächelte matt.

»Ich hoffe, eines Tages wirst du dich mit mir zusammensetzen und mir alles ganz genau erzählen. Machst du das? Ich möchte alle Einzelheiten wissen – wie es vorher für dich war, ehe du gefunden worden bist, wie es war, zurückzukommen...«

»Die Geschichte ist nicht so aufregend oder interessant, wie du vielleicht glaubst«, erwiderte ich.

»O doch, das weiß ich. Philip hat immer Tränen in den Augen, wenn er davon spricht... vor allem, wenn er den ersten Tag nach deiner Rückkehr ins Hotel beschreibt, als ihr beide, er und du, euch zum ersten Mal als Geschwister gegenübergestanden habt. Ich weine auch, wenn er davon erzählt«, gestand sie. »Philip ist so romantisch«, fuhr sie fort. »Er sieht so gut aus, und er hat diesen wunderbaren Sinn für Humor. All meine Freundinnen sterben vor Neid. Und meine Eltern sind ganz begeistert von ihm – vor allem mein Vater, weil er so viel über Geschäfte und Investitionen weiß. Ich habe ja ein solches Glück. Meinst du nicht auch?« fragte sie mich, und plötzlich grämte ich mich sehr um sie. Wie gräßlich es für sie gewesen wäre, wenn sie gewußt hätte, daß Philip jedesmal, wenn er sie liebevoll ansah, mich ansah, daß er mich küßte, wenn er sie leidenschaftlich küßte.

Sie wurde belogen und betrogen und benutzt. Philip hatte sich eine unschuldige, naive junge Frau gesucht, die sämtliche gesellschaftlichen Voraussetzungen erfüllte. Sie war außerstande, diese Täuschung zu erkennen oder zu begreifen. Ein gutaussehender charmanter junger Mann – einer der Stars im College, ein Held, der einer berühmten Hoteliersfamilie entstammte – hatte sie erwählt. All ihre Phantasien hatten sich erfüllt, ihr Traum war wahr geworden.

Ich hätte zu gern etwas gesagt, um sie davon abzuhalten, ein Leben zu beginnen, das von vornherein illusorisch, eine Täuschung war, aber dann überlegte ich mir, daß sie es vielleicht selbst dann akzeptiert hätte, wenn sie die Wahrheit gekannt hätte, nur, um Philip zu haben. Offensichtlich bedeutete er ihr sehr viel.

Ich konnte Mutter fast hören, wie sie zu mir sagte: »Jeder akzeptiert ein gewisses Maß an Täuschung und Illusion, Dawn. Das ist der Preis, den wir für das bißchen Glück zahlen, das wir erlangen können.«

So hatte Mutter ihr Leben gelebt; so würden Betty Ann und Philip ihr Leben führen. Und wenn ich es auch abstreiten oder am liebsten davor davonlaufen würde, dann war ich doch sicher, daß auch ich mein Leben schließlich genauso führen würde.

»Ich freue mich sehr für dich, Betty Ann«, sagte ich. »Ich freue mich für euch beide.«

»Was tun meine beiden Lieblingsfrauen allein hier draußen?« rief Philip, der von hinten auf uns zukam. Er schob sich zwischen uns und legte jeder von uns einen Arm um die Taille. »Ich hoffe doch, daß ihr euch nicht über mich unterhaltet«, sagte er und sah mich argwöhnisch an.

»Eine solche Selbstüberschätzung. Warum sollten wir über dich reden?« fragte ich. Muskeln in der Nähe seiner Lippen zuckten fast krampfhaft, doch er verkniff sich das Lachen.

»Ein kleines Vögelchen hat es mir berichtet«, sagte er und drückte uns beide enger an sich. »Das ist schon in Ordnung. Ich möchte, daß ihr beide euch möglichst schnell kennenlernt, damit wir eine glückliche kleine Hoteliersfamilie sein können.«

»Ich freue mich schon darauf, mich im Hotel nützlich zu machen«, meinte Betty Ann. »Ich möchte etwas dazu beitragen, selbst wenn es nicht viel ist.«

»Ich bin sicher, daß wir eine passende Beschäftigung für dich finden«, sagte Philip. Er lächelte mich wieder an. »Und sei es, daß du neben der Tür zum Restaurant stehst und unsere Gäste begrüßt, wie Mutter und Großmutter es früher getan haben.«

»Oh, das täte ich furchtbar gern!« rief Betty. Philip schaute zu mir und zwinkerte.

»Ich werde mich sehr glücklich schätzen, Tag und Nacht zwei schöne Frauen um mich zu haben«, sagte er, und er küßte Betty Ann auf die Wange und drehte sich dann um, um mir einen Kuß zu geben. Aber ich löste mich von ihm.

»Wir sollten uns lieber wieder unter die Gäste mischen, ehe Mutter einen Anfall kriegt«, sagte ich schnell und eilte davon, und dabei kam ich mir vor, als liefe ich vor einem ungehörigen Traum davon.

Claudine Monroe, Betty Anns Mutter, riß die Planung für Philips und Betty Anns Hochzeit ganz und gar an sich. Mutter versuchte oft, ihre Meinungen und Vorstellungen beizusteuern, doch jeder ihrer Anläufe wurde durchkreuzt. Als der Termin der Hochzeit näherrückte, verstärkten sich Mutters Klagen darüber, wie sie behandelt wurde.

»Ich komme mir vor, als sei ich nichts weiter als einer der Gäste«, erzählte sie mir eines Morgens am Telefon. »Also, diese Frau (Mutter hatte sich angewöhnt, Betty Anns Mutter ›diese Frau‹ zu nennen) geht noch nicht einmal ans Telefon, wenn ich anrufe. Ich kann nur ihre Sekretärin erreichen – ihre Sekretärin! Sie hat eine Sekretärin, die sich um ihre Veranstaltungen kümmert, ist das zu glauben?

Und mir wird kurz und bündig mitgeteilt, daß meine Nachrichten weitergeleitet werden, und doch ruft diese Frau mich nicht einmal zurück. Ist das nicht grob unhöflich?«

»Es ist ihre Sache, die Hochzeit zu planen, Mutter. Du durftest meine planen«, rief ich ihr ins Gedächtnis zurück.

»Wer hätte es denn sonst getan, wenn ich es nicht getan hätte? Und außerdem glauben diese Leute, sie seien etwas Besseres als wir, Dawn. Ich ertrage es nicht, wie herablassend diese Frau mit mir redet, wenn wir überhaupt miteinander sprechen. Die glauben, bloß weil sie an der Peripherie der Landeshauptstadt leben und gesellschaftlichen Umgang mit Kongreßabgeordneten und Senatoren haben, seien sie irgendwie etwas Besseres als wir«, beschwerte sie sich.

»Ich bin sicher, daß es eine sehr schöne Hochzeit wird, Mutter. Warum lehnst du dich nicht entspannt zurück und genießt es, daß zur Abwechslung einmal jemand anderes die ganze Arbeit erledigt? Wenn Betty Anns Mutter dich wie einen Gast behandelt, dann sei eben ein Gast«, schlug ich vor.

»Ja, du hast recht. Ich sollte sie gar nicht in den Nutzen meiner Erfahrung in diesen Dingen kommen lassen. Soll diese Frau doch tun, was sie meint.«

»Ich bin sicher, daß sie viele Profis als Ratgeber hat, Mutter, und daß sie in Wirklichkeit sehr wenig selbst tut.«

»Hm... Hast du den Teppich für euer Schlafzimmer schon ausgesucht?« fragte sie und wechselte sprunghaft zu einem Gebiet über, von dem sie eher glaubte, Einfluß darauf nehmen zu können – mein neues Haus.

»Ich bleibe bei beige«, sagte ich.

»Oh, das ist ein solcher Fehler. Du machst dir keine Vorstellung davon, wie schwer es ist, das sauberzuhalten. Also, ich finde...«

Es war inzwischen so, daß ich Mutter zuhören und ihr gleichzeitig nicht zuhören konnte. Im allgemeinen erledigte ich Schreibtischarbeiten, während sie am Telefon auf mich einredete, und ich spürte intuitiv, wann ich ein »Mhm« oder ein »Ja« einwerfen mußte. Bei diesem bestimmten Telefongespräch wechselte sie jedoch plötzlich zu einem dritten Thema über, das mich traf wie eine Schlagzeile und meine volle Aufmerksamkeit fesselte. Erst fing sie an zu weinen.

»Was ist denn jetzt, Mutter?« fragte ich matt.

»Clara Sue hat das Internat verlassen und ist mit einem Mann zusammengezogen«, teilte sie mir mit brechender Stimme mit.

»Was? Wann?«

»Es ist schon über einen Monat her, aber ich habe nicht die Kraft aufgebracht, darüber zu reden. Die Kraft habe ich immer noch nicht, aber ich habe das Gefühl, wenn ich all das in mir verschlossen halte, werde ich eines Tages ganz einfach zerspringen. All das Geld, das wir für ihr Internat ausgegeben haben, ist rausgeworfen. Bronson sagte, es gibt nichts, was wir tun können oder tun sollten. Sie ist jetzt über achtzehn.«

»Er hat recht, Mutter. Nicht etwa, daß sie auf irgend etwas gehört hätte, was du oder Randolph ihr gesagt habt, ehe sie achtzehn war. Was ist das für ein Mann, mit dem sie zusammenlebt?« fragte ich. Was ich in Wirklichkeit meinte, war, was für ein Mann wohl mit ihr zusammenleben wollte.

»Ein Mann, der fünfzehn Jahre älter ist! Und noch dazu geschieden«, rief sie aus. »Mit zwei Kindern, einem Jungen von zehn und einem Mädchen von zwölf!«

»Wo hat sie ihn kennengelernt?« fragte ich mich laut.

»Beim Bowlingspielen«, erwiderte Mutter seufzend. »Zum Glück weiß es hier noch niemand, aber kannst du dir vorstellen, wie es wird, wenn die Leute das herausfinden? Und sie hat vor, diesen Mann zu Philips Studienabschluß und zu seiner Hochzeit mitzubringen. Es ist eine solche Schande für mich – eine solche Peinlichkeit –, aber glaubst du, das macht ihr etwas aus? Nicht das Geringste.«

»Sieh es mal so, Mutter«, sagte ich trocken. »Jetzt muß jemand anderes mit ihr fertig werden.«

»Das ist nicht der rechte Zeitpunkt für solche Bemerkungen,

Dawn. Es ist ein ernstes Problem. In meiner jetzigen Lebensphase kann ich nichts gebrauchen, was meinen Alterungsprozeß beschleunigt. Ich spiele mit dem Gedanken, diese neuen Hautbehandlungen auszuprobieren, über die ich gelesen habe.«

»Mutter, ich habe es dir nicht nur einmal, sondern schon hundertmal gesagt: Wenn jemand in deinem Gesicht Falten suchen will, dann braucht er ein Vergrößerungsglas.«

»Ich weiß, daß du es nur nett mit mir meinst, Dawn, aber ich kann mich doch selbst im Spiegel sehen, oder nicht? Oh, diese Geschichte mit Clara Sue«, ächzte sie. »Das wird mein Tod sein. Was soll ich bloß tun?«

»Jemand klopft an meine Bürotür, Mutter«, sagte ich.

»Ich bin sicher, daß niemand da ist, Dawn. Du willst mich nur loswerden. Im Moment will aber auch niemand mehr etwas mit mir zu tun haben... Philip, diese Frau, Clara Sue, und jetzt auch noch du«, schluchzte sie. »Gott sei Dank, daß ich Bronson habe.«

»Es klopft wirklich jemand, Mutter. Wir haben jetzt Saison«, erinnerte ich sie.

»Oh, dieses Hotel. Es wird mir immer Konkurrenz machen. Erst hat es mir bei Randolph Konkurrenz gemacht, dann bei Philip, und jetzt auch noch bei dir.«

»Man muß sich eben um seine Verantwortlichkeiten kümmern, Mutter, denn von allein erledigen sich die Dinge nicht.«

»Du klingst genauso wie sie, Dawn. Ist dir das klar? Genau wie sie.«

»Mutter...«

»Nein, Dawn, du denkst inzwischen nur noch an das Hotel und interessierst dich für nichts anderes mehr. Ehrlich, ich weiß nicht, warum es dir so wichtig ist. Also dann« – sie seufzte tief – »auf Wiedersehen. Und sag mir Bescheid, sowie der Klatsch über Clara Sue ausbricht, damit ich mich auf das Schlimmste vorbereiten kann«, sagte sie noch, ehe sie auflegte.

Als ich Jimmy davon erzählte, fand er die ganze Geschichte amüsant, aber ich konnte mir nicht vorstellen, warum Philip mir nichts über Clara Sue berichtet hatte. Er rief jetzt mindestens einmal in der Woche an, manchmal sogar zweimal. Erstaunt stellte ich fest, daß er nichts davon wußte.

»Mutter hat mir nie ein Wort davon gesagt«, behauptete er, »und mit Clara Sue habe ich seit Monaten nicht mehr geredet. Ein älterer Mann? Und geschieden? Tja, was wissen wir schon darüber? Ich habe mich oft gefragt, was sie eines Tages mit sich anfangen wird. Sie ist auf keinem Gebiet begabt, das Hotel hat sie nie sonderlich interessiert, in der Schule war sie furchtbar schlecht, und sie hatte auch kein Interesse daran, in ein College zu gehen... ach, na und«, sagte er, »zumindest haben wir sie jetzt alle vom Hals.«

Irgendwie zweifelte ich daran.

10

Familienangelegenheiten

Zu Philips Abschlußfeier fand sich eine große Anzahl von Menschen ein. Jimmy und ich fuhren mit Bronson und Mutter in Bronsons Limousine hin. Ich wollte Christie mitnehmen, aber Mutter befand, daß das nicht der rechte Ort für ein Kind sei. Als wir ankamen und unsere Plätze einnahmen, sahen wir jedoch Dutzende von Kindern, viele jünger als Christie. Ich war sicher, daß es ihr Freude gemacht hätte, die Feier mitzuerleben.

Es war ein wunderschöner warmer Frühlingstag, und daher wurde das Zeremoniell im Freien abgehalten. Mutter war natürlich ein nervliches Wrack und sah sich alle fünf Minuten erwartungsvoll um, denn sie fürchtete, Clara Sue könnte jeden Moment mit ihrem »männlichen Begleiter« auftauchen, wie sie ihn inzwischen nannte.

Die Monroes saßen nicht bei uns. Sie hatten ihren eigenen Freundeskreis und ihre Verwandten, mit denen sie zusammensaßen, und es kam nur zu einer flüchtigen Begegnung mit Betty Anns Eltern. Ich entschied, daß Mutter recht hatte, wenn sie Claudine Monroe »diese Frau« nannte, denn sie zeigte wenig Interesse daran, mich und Jimmy kennenzulernen, und sie war sehr kurz angebunden. Nachdem wir uns vorgestellt worden waren, verschwand sie sofort, um mit anderen Leuten zu sprechen und neue Gäste zu begrüßen. Stuart Monroe war wesentlich freundlicher und umgänglicher. Betty Ann hatte das reizlose Äußere von ihrer Mutter geerbt, die zwar groß war und eine stattliche Haltung hatte, und doch eher unansehnlich war.

Wir hatten unsere Sitze gerade erst eingenommen, als der Veranstaltungsleiter der Kapelle das Signal gab, den Marsch zu spielen.

»Wo steckt sie bloß?« murmelte Mutter und drehte den Kopf in alle Richtungen wie eine Wetterfahne bei Seitenwind.

»Vielleicht hat sie sich im letzten Moment entschlossen, doch nicht zu kommen«, mutmaßte Bronson.

»Das hoffe ich«, erwiderte Mutter.

Die Musik setzte ein, und das Publikum erhob sich, als die Studienabgänger zur Bühne schritten. Philip lächelte in unsere Richtung. In seinem goldenen Haar, das unter der Mütze herausschaute, spiegelte sich der Glanz der Sonne, die auch von seinen blauen Augen eingefangen wurde. Bronson hatte eine Kamera mitgebracht und machte Fotos. Sobald alle Schulabgänger die Bühne betreten hatten, setzten wir uns, und die Feier zur Verleihung der akademischen Grade begann. Ich hatte Clara Sue ganz und gar vergessen, bis der Hauptredner mitten in seiner Ansprache war. Er war Staatssenator, und alle lauschten ihm gebannt, als wir plötzlich hinter uns hörten, wie Gemurmel entstand. Wir drehten uns alle um.

Clara Sue und ihr »männlicher Begleiter« kamen durch den Mittelgang, und Clara Sue kicherte über den Aufruhr, den sie verursachte. Sie stürmte nach vorn und zerrte den älteren Mann zu ihren Sitzen. Aber das war es nicht, was alle Anwesenden schockierte. Schockierend war, was sie trug – einen kurzen, engen Minirock aus schwarzem Leder und eine durchsichtige schulterfreie Bluse aus weißer Seide, die mehr als nur den Ansatz ihrer vollen Brüste zeigte. Als sie mit ihren hochhackigen Schuhen durch den Gang hetzte, sah es tatsächlich so aus, als könnten ihre Brüste jeden Moment mit einem Satz aus dem Kleidungsstück springen.

Sie hatte immer noch die Dauerwelle im Haar, aber inzwischen hatte es sich zu einer wüsten, aufgeplusterten Mähne ausgewachsen. Sie hatte Kilos von Schminke im Gesicht: dicke blaue Lidstriche, einen tiefroten Lippenstift und schichtenweise Rouge. Ihre langen Blattgoldohrringe baumelten und pendelten, als sie ihre Sprünge vollführte und sich bewußt nach allen Richtungen umsah, um die gaffenden Männer anzulächeln.

Ihr »männlicher Begleiter« war groß und dünn und hatte vorzeitig ergrautes Haar. Er hatte eine dünne Nase und runde Augen und dazu einen reichlich großen Mund und ein eckiges Kinn. In seinem grauen Anzug mit Krawatte sah er aus wie irgendein Geschäftsmann, den Clara Sue sich gerade als Begleiter auf der Straße aufgelesen hatte.

Als Clara Sue unsere Reihe endlich fand, blieb sie stehen. Bronson hatte neben sich zwei Sitze freigehalten, um Clara Sue so weit wie möglich von mir und Jimmy fernzuhalten. Auf dem Weg bereitete sie allen Ungelegenheiten und stolperte über einen älteren Herrn, als sie auf uns zukam. Ihm traten die Augen aus dem Kopf, als ihre Brüste auf sein Gesicht zuwogten. Er war so fassungslos, daß er nichts anderes tun konnte, als abzuwarten, bis Clara Sues »männlicher Begleiter« ihr wieder auf die Füße geholfen hatte und sie mit seinen Händen auf ihren Hüften sachte vor sich herschob. Lachend ließ sie sich auf den Platz neben Bronson fallen. Sämtliche Köpfe um uns herum wandten sich ihr mit erbosten Blicken zu. Der Aufruhr war bis zu dem Senator vorgedrungen, der jetzt seine Ansprache unterbrach. Zum Glück setzte er sie gleich darauf fort und lenkte damit die Aufmerksamkeit von uns ab.

Wenn Mutter unter ihren Sitz hätte kriechen können, dann hätte sie es getan. Sie hatte sich zurückgelehnt und war in sich zusammengesunken, um sich möglichst klein zu machen, und sie sah starr vor sich hin, als hätte das, was hier vorging, nicht das Entfernteste mit ihr zu tun.

»Es tut mir leid, daß wir uns verspätet haben«, sagte Clara Sue zu Bronson und kicherte dabei so laut, daß es im Umkreis von fünf Reihen jeder hören konnte, »aber ich hatte die Einladung verlegt und vergessen, wann es anfängt.«

»Pst«, zischte jemand.

»Ich muß euch Charlie vorstellen«, wisperte sie laut.

»Nach der Rede«, ermahnte Bronson sie und legte einen Zeigefinger auf seine Lippen. Clara Sue schmollte, und dann fiel ihr Blick auf mich. Sie starrte mich haßerfüllt an, und ihre Augen wurden so kalt und hart wie Kristalle, und dann verschränkte sie die Arme unter ihrem spärlich bedeckten Busen und lehnte sich zurück wie ein beleidigtes Kind.

Direkt nach dem Ende der Ansprache wurden die Diplome ausgegeben. Clara Sue, die sich für all das nicht interessierte, versuchte noch einmal, ihren »männlichen Begleiter« vorzustellen. Ich konnte sehen, daß Bronson es für das Beste hielt, die ganze Geschichte hinter sich zu bringen.

»Das ist Charlie Goodwin«, sagte Clara Sue. »Er hat in Tampa seine eigene Bowlingbahn. Mein Stiefvater und meine Mutter«, sagte Clara Sue und wies auf Bronson und auf Mutter.

Bronson drückte ihm die Hand, aber Mutter klimperte nur einfach mit den Wimpern und lächelte kurz. Natürlich unternahm Clara Sue keinen Anlauf, Jimmy und mich mit ihrem Freund bekanntzumachen. Das mußte Bronson übernehmen, nachdem die Diplome ausgehändigt worden waren und die Studienabgänger die Bühne verließen. Als wir uns vorgestellt wurden, ließ Charlie Goodwin seinen Blick über mich gleiten, als stünde es in seiner Macht, mich mit den Augen auszuziehen. Mir gefiel nicht, wie er den Mundwinkel beim Lächeln verzog.

»Freut mich, Sie kennenzulernen«, sagte er. Seine schmale, knochige Hand schien schleimig über meine zu gleiten. Ich konnte es kaum erwarten, meine Finger wieder zurückzuziehen. Jimmy bedachte er nur mit einem flüchtigen Blick, ehe er mich wieder ansah. Daraufhin preßte sich Clara Sue sofort an ihn und flüsterte ihm etwas ins Ohr. Seine Augen wurden größer, und er lachte. Ich konnte deutlich sehen, daß er sich von allem erregen und faszinieren ließ, was Clara Sue tat, aber auch davon, welches Interesse diese junge zugängliche Frau an ihm zeigte.

Kurz bevor Philip kam, nahm Mutter Clara Sue zur Seite. Unfreiwillig hörte ich das Gespräch mit an.

»Ist dir eigentlich nicht klar, was du mir mit deiner Aufmachung und mit deinem schockierenden Auftritt antust?« jammerte sie. »Und mit diesem... mit diesem Mann herzukommen«, sprudelte sie hervor.

»O bitte, Mutter«, erwiderte Clara Sue. »Laß das sein. Ich bin sehr glücklich mit Charlie.«

»Glücklich? Wie kannst du mit einem Mann glücklich sein, der doppelt so alt ist wie du?« klagte Mutter.

»Er ist nicht doppelt so alt wie ich, und mir gefällt sein graues Haar«, sagte Clara Sue. »Das gibt ihm eine gewisse Vornehmheit.«

»Vornehm! Dieser Mann macht wohl kaum einen vornehmen Eindruck«, fauchte Mutter.

»Da kommt Philip. Ich muß ihn begrüßen«, rief Clara Sue und eilte davon, ehe Mutter auch nur noch ein weiteres Wort sagen konnte. Mutter war ohnehin schon an einen Punkt gelangt, an dem sie vor Scham fast ohnmächtig wurde, und wir mußten die Abschlußfeier verlassen, sobald wir Philip und Betty Ann gesehen und ihnen gratuliert hatten.

Auf dem ganzen Heimweg stöhnte und jammerte Mutter darüber, was für eine Schande Clara Sues Benehmen über sie gebracht hatte.

»Könnt ihr euch vorstellen, was die Monroes jetzt über uns denken? Und was ihre Freunde von uns halten? Der arme Philip. Es hat mir auch für ihn so leid getan, vor allem, als Clara Sue diesen Mann im Beisein von Philips Freunden aus dem College vorgestellt hat. Was kann sie bloß von einem solchen Kerl wollen? Kann mir das einer von euch sagen?«

Als weder Bronson noch ich etwas darauf erwiderten, wandte sie sich an Jimmy.

»Was meinst du, James?« fragte sie. »Du warst beim Militär. Du solltest dich in solchen Dingen auskennen.«

Keiner von uns wußte, was Jimmys Zeit beim Militär damit zu tun haben sollte, aber Jimmy hatte eine Antwort für sie parat.

»Sie schlägt aus reiner Aufsässigkeit über die Stränge, das ist alles«, sagte er. Mutter nickte. Dann beugte sich Jimmy zu mir vor und fügte leise hinzu: »Und ich bin ganz sicher, daß sie das nicht zum letzten Mal tut.«

Philip bestand darauf, in der Woche vor seiner Hochzeit ins Hotel zu kommen und zu arbeiten. Jimmy glaubte, er hätte soviel anderes im Kopf, daß er nicht wirklich zu gebrauchen sei, aber Philip sagte, wenn er nichts zu tun hätte, würde er verrückt. Wir standen nur noch etwa zwei Wochen vor dem Umzug in unser neues Haus, und Philip verbrachte viel Zeit mit Jimmy auf dem Bauplatz, um die letzten Arbeiten zu überwachen.

»Ich glaube, die Aussicht auf die Hochzeit bringt Philip um den Verstand«, sagte Jimmy eines Abends zu mir.

»Was soll das heißen, Jimmy?« fragte ich. Wir wollten gerade ins Bett gehen.

»Es stört mich nicht, wenn er mit mir zum Haus kommt, und es macht mir noch nicht einmal etwas aus, daß er mir jedesmal über die Schulter schaut, wenn ich mir etwas genauer ansehe, aber diese Fragen...« Jimmy schüttelte den Kopf.

»Zum Beispiel, Jimmy?«

»Zum Beispiel: Wo genau wird das Bett in eurem Schlafzimmer stehen? Auf welcher Seite schläfst du? Welcher Kleiderschrank gehört Dawn und welcher dir? Wieso sollte ihn das interessieren? Heute hat er vor der Frisierkommode gesessen und die ganze Zeit über in den Spiegel gestarrt, solange ich in unserer Suite war. Ich bin dann fortgegangen, und als ich zurückgekommen bin, dachte ich, er sei fort, aber dann habe ich ihn in unserem Schlafzimmer gefunden. Er stand in der Tür zum Bad und hat in die Wanne gestarrt. Er war ganz in Gedanken versunken, und ich mußte ihn dreimal ansprechen, bis er reagiert hat.

Ich habe schon davon gehört, daß Männer sich so benehmen, wenn sie verliebt sind, aber... was ist los, Dawn?« fragte Jimmy. »Dein Gesichtsausdruck ist einfach unbeschreiblich.« Er lachte.

»Eigentlich siehst du aus wie jemand, dem ein Geist erschienen ist. Stimmt etwas nicht mit dir?«

»Nein, nein«, versicherte ich eilig. Ich sah lächelnd zu Jimmy auf. »Weißt du«, sagte ich und erfand so schnell wie möglich etwas. »Ich habe nur gerade an den Tag gedacht, an dem du nach New York gekommen bist, um mich in der Schule zu besuchen. Mir ist wieder eingefallen, wie es mir damals ging. Ich saß die ganze Zeit auf glühenden Kohlen, und als du dich verspätet hast...«

»Ich erinnere mich«, sagte er. »Ich war schrecklich nervös, aber in dem Moment, in dem ich dich gesehen habe, habe ich mir überhaupt keine Sorgen mehr gemacht. Ich wußte, daß wir zusammenkommen mußten. Es mußte einfach passieren. Glaubst du, zwischen Philip und Betty Ann besteht eine solche Form von Liebe?« fragte Jimmy.

Ich wandte den Kopf ab. »Ich weiß es nicht, Jimmy. Sie scheint ihn sehr zu lieben.«

»Also, ich bin nur zu froh darüber, daß die Dinge so ausgegangen sind – daß sich herausgestellt hast, daß du seine Schwester und nicht meine bist. Ich weiß nicht, ob ich je eine andere Frau gefunden hätte.«

»O Timmy.« Ich setzte mich zur Hälfte entkleidet auf das Bett.

»He... du weinst ja. Warum weinst du?« fragte er. Er setzte sich neben mich und legte einen Arm um meine Schultern.

»Ich bin so froh, daß ich bei dir bin und daß du bei mir bist«, sagte ich. »Ich bin wirklich froh darüber.«

Er lächelte, und wir küßten uns.

In jener Nacht probierten wir wieder einmal, unser Baby zu zeugen. Mehr als diesmal, als wir uns liebten, hätte ich es mir gar nicht wünschen können, aber nachdem es vorbei war und wir uns geküßt und uns voneinander abgewandt hatten, um zu schlafen, hatte ich dieses Gefühl der inneren Leere, dieses Wissen, daß wir den magischen Augenblick noch nicht gefunden hatten. Ich fing an, mich zu fragen, ob wir ihn je finden würden. Es war ein erschreckender Gedanke. Was war, wenn das einzige Kind, das ich je haben würde, das Kind war, das ich von Michael hatte? Das würde Jimmy gewiß das Herz brechen. Er sehnte sich so sehr nach einer Familie, und er erkundigte sich ständig, ob Mr. Updikes Detektiv auf seiner Suche nach Fern irgendwelche Fortschritte machte. Ich konnte ihm nicht sagen, daß wir die Suche abgebrochen hatten, weil wir in eine Sackgasse nach der nächsten geraten waren. Ich brachte nicht den Mut auf, ihm zu sagen, daß die Fakten absolut unzugänglich für uns waren; so war es gesetzlich geregelt, und Mr. Updike hatte mich gewarnt, es grenzte ans Illegale, die Suche jetzt noch fortzusetzen.

Ich war innerlich derart aufgewühlt, daß ich mich im Bett herumwälzte und mich von einer Seite auf die andere warf und nicht schlafen konnte. Jedesmal wenn ich die Augen schloß und es versuchte, sah ich Philip in meinem nahezu fertigen neuen Schlafzimmer stehen, wie er ungehörig meinen Schminktisch und die Badewanne anstarrte – aber in meiner Phantasie sah ich mich selbst in der Wanne liegen und ein Bad nehmen. Ich hob den Kopf, und plötzlich stand Philip in der Tür und schaute lächelnd auf mich herunter. Ich versuchte, ihn zum Gehen zu bewegen, aber er trat näher und erbot sich, mir den Rücken zu waschen. Unwillkürlich malte ich mir aus, daß er sich mir wieder gewaltsam aufdrängte, den Waschlappen über meine Schultern und dann nach unten und über meine Brüste gleiten ließ.

Ich stöhnte, und es ängstigte mich, daß mir diese Gedanken überhaupt durch den Kopf gingen. Aber das war nicht meine Schuld, sagte ich mir. Es war Philips Schuld. Irgendwie schlich er sich klammheimlich und verschlagen durch die Schatten, so gerissen wie ein Fuchs, der sich an einen Hühnerstall heranpirscht, und er schlich sich in meine Welt ein, erst ganz unauffällig, mit Kleinigkeiten, und dann brach er über mich herein und verschaffte sich selbst zu meinen Gedanken gewaltsam Zutritt.

Gegen meinen Willen durchlebte ich noch einmal, wie er sich unter der Dusche auf mich gestürzt hatte. Ich war so verzweifelt gewesen, hatte mich in der Falle gefühlt; aus Angst, Aufmerksamkeit auf mich zu lenken, hatte ich nicht schreien können. Schließlich war es mir nicht möglich gewesen, ihn abzuwehren.

Und jetzt fühlte ich mich wieder einmal mundtot gemacht. Ich hatte Angst, Jimmy gegenüber etwas zu erwähnen, weil ich panische Angst vor dem hatte, was er tun würde, wenn er hinter diese Geschichte kam. In meinem Herzen spürte ich, daß er einen gewissen Verdacht hegte, den er bis jetzt noch nicht in Worten formuliert hatte. Aber eines Tages würde er diesen Verdacht in Worte fassen, und wenn dieser Tag kam ... ich stöhnte schon, als ich mir die Krise auch nur vorstellte.

»Dawn?« sagte Jimmy. »Ist alles in Ordnung mit dir?«

»Was? Ach so, ja. Ich hatte nur einen bösen Traum.«

»Wovon hast du geträumt?«

»Ich möchte nicht darüber reden. Es ist alles in Ordnung. Wirklich«, sagte ich.

Er küßte mich liebevoll, und dann schlief ich endlich wirklich ein und hoffte, irgendwie könnte ich diese Ängste ablegen, sie ausräumen.

Aber noch in derselben Woche kam Philip eines Nachmittags in mein Büro spaziert und setzte sich. Als ich ihn fragte, was er wollte, sagte er, er wollte nichts Bestimmtes; er wolle mir lediglich ein Weilchen bei der Arbeit zusehen. Ich lehnte mich zurück und konnte meine Gereiztheit nicht verbergen.

»Unter einer Glasglocke kann ich nicht gut denken«, sagte ich. »Also, wirklich, Philip, wenn du nichts zu tun hast, warum besuchst du dann nicht Mutter? Sie sitzt im Moment auf glühenden Kohlen, und sie könnte deine Gesellschaft gebrauchen.«

Mutter graute es schlicht und einfach bei dem Gedanken, zu Philips Hochzeit zu erscheinen, da sie jetzt Gewißheit hatte, daß Clara Sue und Charlie kommen würden. Sie war absolut sicher, daß Clara Sue wieder etwas Schreckliches anstellen würde, genauso, wie sie es schon bei Philips Examensfeier getan hatte, und daß sie die Familie in Verlegenheit bringen würde. Aber trotz ihrer abwehrenden Haltung faszinierte sie diese Gala unwillkürlich. Sie strengte sich an, das teuerste und extravaganteste neue Kleid aufzutreiben. Sie ließ ihre persönliche Friseuse ein halbes Dutzend verschiedene Frisuren ausprobieren, ehe sie sich für eine davon entschied. In der gesamten Woche vor der Hochzeit hatte sie sich bisher täglich kosmetisch behandeln lassen. Sie machte eine übertriebene Diät, weil sie fand, ihre Taille sei ein wenig zu breit und ihre Arme seien ein klein bißchen schwabbelig. Eines Tages geriet sie in Panik, weil sie glaubte, den Ansatz zu einem Doppelkinn zu entdecken. Sie kam ins Hotel, um sich von mir bestätigen zu lassen, daß dem nicht so sei.

»Soll das ein Witz sein?« rief Philip und lachte über meinen Vorschlag. »Mutter würde mich mit ihren Klagen und ihren Empfehlungen für meine Hochzeit überschütten. Wir brächten uns gegenseitig um den Verstand. Nein, danke.«

»Also, ich kann jedenfalls nicht arbeiten, wenn du dasitzt, Philip«, beharrte ich. Er nickte und stand auf.

»Euer Haus ist sehr schön geworden«, sagte er ohne jede echte Begeisterung.

»Danke.«

»Eigentlich paßt es mir irgendwie gar nicht. Jetzt, nachdem Clara Sue fort ist, Mutter sich wieder verheiratet hat und du ausziehst, sind außer mir alle aus dem Flügel des Hotels ausgezogen, in dem die Familie untergebracht war«, brummte er.

»Du hast Betty Ann«, erinnerte ich ihn. »Und ich bin sicher, daß du bald eine Familie hast. Du solltest froh ein, daß ihr so viel Platz habt.«

»Ja«, sagte er und schaute auf den Fußboden. Dann sah er zu mir auf und lächelte, aber es war ein seltsam niedergeschlagenes Lächeln.

»Du hast mich nicht danach gefragt, und daher nehme ich an, du weißt nicht, wo wir unsere Flitterwochen verbringen werden, oder?« fragte er.

»Nein.« Ich lehnte mich zurück, und ein besorgter Schauer lief mir über den Rücken. »Wo?«

»In genau dem Hotel in Provincetown auf Cape Cod, in dem du mit Jimmy warst«, erwiderte er. »Ich habe mir von Jimmy die genauen Informationen geben lassen. Es überrascht mich, daß er es dir nicht gesagt hat. Oder hat er es dir doch gesagt?«

»Nein«, sagte ich und schüttelte den Kopf. Das Herz fing an, in meiner Brust zu hämmern. Jimmy hatte es mir nicht erzählt, weil er wußte, daß es mich aus der Fassung gebracht hätte, dachte ich. »Warst du nicht schon in Cape Cod?« fragte ich.

»Ja, sicher, und Betty Ann ist schon Dutzende von Malen dort gewesen. Ihre Eltern«, sagte er, »haben tatsächlich ein Haus in Hyannis Port.«

»Warum fahrt ihr dann dorthin? Warum sucht ihr euch nicht einen Ort aus, an dem noch keiner von euch beiden gewesen ist, damit ihr euch etwas Neues anschauen könnt?« fragte ich und fürchtete mich vor der Antwort.

»Wenn man eine Hochzeitsreise macht«, sagte er und zwinkerte verschmitzt, »dann interessiert einen doch die Umgebung nicht, oder? Erzähl mir bloß nicht, ihr hättet euch eine Menge Sehenswürdigkeiten angeschaut, du und Jimmy«, sagte er, und seine Augen und sein Lächeln waren äußerst anzüglich.

»Wir hatten keine Zeit, viel zu unternehmen, wenn du dich erinnerst. Randolph ist damals gestorben«, rief ich ihm mit scharfer Stimme ins Gedächtnis zurück.

»Mhm«, sagte er, ohne sich aus der Ruhe bringen zu lassen. Sein Blick blieb auf mich gerichtet, und ein schmerzliches Lächeln verzog seine Lippen. »Ist Jimmy ein guter Liebhaber?« fragte er.

»Ich habe nicht die geringste Lust, mit dir über solche Dinge zu reden, Philip«, erwiderte ich. Meine Stimme wurde so scharf wie eine Rasierklinge, doch sein Lächeln wurde strahlender.

»Ich wette, es war schwer für euch beide, denn ihr müßt immer wieder daran gedacht haben, daß ihr euch früher als Geschwister angesehen habt. Wie seid ihr darüber hinweggekommen, oder habt ihr es gar nicht geschafft?« fragte er. Er hatte den Kopf leicht zur Seite geneigt, und seine Augen waren kleiner.

»Ich sagte bereits, daß ich keine Lust habe, darüber zu reden, Philip«, brauste ich auf. Er starrte mich einen Moment an und nickte dann.

»Okay«, sagte er. »Tut mir leid. Ich schätze, ich bin einfach nur nervös. Vielleicht halte ich mich an deinen Vorschlag und fahre zu Mutter. Ich brauche Abwechslung. Tut mir leid, daß ich dir auf die Nerven gegangen bin.« Er wandte sich ab und ging zur Tür. Nachdem er sie geöffnet hatte, blieb er stehen. »Aber es war mein Ernst, als ich gesagt habe, daß ich mich im Flügel der Familie jetzt einsam fühle. Ich werde dich vermissen, und es wird mir fehlen, wenn ich nicht mehr höre, wie du dich durch deine Suite bewegst.« Er zog die Augenbrauen hoch. »Ich kann durch diese Wände nämlich so gut wie alles hören.«

Ich lief rot an.

»Nicht etwa, daß ich versuche zu lauschen. Ich presse das Ohr nicht an die Wand«, versicherte er eilig. »Es ist nur so, daß man sich nach einer Weile an gewisse Geräusche gewöhnt.« Er zuckte mit den Achseln. »Wer weiß? Vielleicht werden Betty Ann und ich in absehbarer Zeit auch ein Haus für uns haben, nicht weit von dir und Jimmy. Dann lebt im Flügel der Familie nur noch Großmutter Cutlers Geist.« Er lachte.

Ich starrte ihn an, und ein lauter Schrei blieb mir in der Kehle stecken. Er schüttelte den Kopf, ging und schloß die Tür leise hinter sich. Die Stille, die auf mich herabregnete, brachte mich zum Frösteln. Ich schlang die Arme um mich und lehnte mich zurück. Es war, als käme die Kälte aus meinem Innern, als würde ein Eiswürfel in meinem Bauch größer und immer größer. Schließlich mußte ich aufstehen und ins Freie gehen, in den warmen Sonnenschein. Ich lief um das Hotel herum und fand Jimmy, der sich mit ein paar Männern unterhielt, die gerade anfangen wollten, die Fenster zu putzen.

»Hallo«, sagte er, als er mich kommen sah. Er warf nur einen Blick auf mein Gesicht, und schon wurde sein Ausdruck ernst. »Ist etwas passiert?«

»O Jimmy«, sagte ich. »Ich möchte auf der Stelle in unser neues Haus einziehen – morgen, wenn es geht.«

»Morgen?« Er fing an zu lachen.

»Ja, morgen«, beharrte ich.

»Aber ich habe noch nicht alle Installationen erledigt, und sogar unsere Telefone sind noch nicht angeschlossen und...«

»Also, gut, und wann können wir einziehen?« fragte ich.

»Wir liegen gut in der Zeit«, sagte er, »aber ich vermute, ich könnte ein paar Dinge beschleunigen, und dann könnten wir bequem in – sagen wir – einer Woche einziehen. Warum? Wieso hast du es so eilig?« fragte er.

»Nur so. Du hast recht gehabt, daß uns das Leben im Hotel schadet«, erklärte ich eilig. »Ich brauche dringend das Gefühl, ein eigenes Haus für mich zu haben.«

»Okay. Ich werde sehen, was ich tun kann, um es noch mehr zu beschleunigen. Bis dahin solltest du vielleicht anfangen, dir Gedanken darüber zu machen, wie wir unsere Sachen einpacken, damit dieser Teil organisiert wird.«

»Das werde ich tun. Ich werde gleich mit Mrs. Boston und Sissy darüber reden. Danke«, sagte ich und küßte ihn auf die Wange. »Ich will dir nicht zur Last fallen.«

»Du fällst mir nicht zur Last, du könntest mir niemals zur Last fallen. Manchmal bist du ein Quälgeist und eine Nervensäge, aber eine Last...«

»Schon gut, James Gary Longchamp«, sagte ich im Scherz. Er lachte, und in dem Moment spürte ich, wie die Kälte und die Beklommenheit aus meinem Körper wichen. Es war so schön, Jimmy zu haben. Er gab mir Kraft, und er war der Regenbogen nach jedem Gewitter, die Sonne, die durch die Wolken brach.

Ich ging ins Hotel zurück, um meine Arbeit wiederaufzunehmen und all meine lastenden Sorgen da zu verstauen, wo sie hingehörten – auf dem Boden der Truhe meiner Gedanken.

Aber finstere Gedanken und Ärger schienen nur zu leicht meine Türschwelle zu finden. Zwei Tage vor Philips Hochzeit bekam ich unerwarteten Besuch von Clara Sue und Charlie Goodwin. Ich war im Büro und las Mr. Dorfmans wöchentlichen Finanzbericht und seine Empfehlungen, als meine Tür aufgerissen wurde und Clara Sue wie die schlimmste Gestalt aus all meinen Alpträumen auftauchte, nämlich in demselben enganliegenden violetten Seidenkleid, das sie getragen hatte, als wir das letzte Mal miteinander allein gewesen waren. Für den Rest meines Lebens werde ich niemals auch nur die kleinsten Einzelheiten des alptraumhaften Tags vergessen, an dem mir Clara Sue meinen kostbarsten Besitz geraubt hatte: mein ungeborenes Kind. Bis zum Tag meines Todes würde dieses Grauen mich wie ein Spuk verfolgen.

Da sie die Arme in die Hüften gestemmt hatte, sah ich nicht gleich, daß Charlie Goodwin hinter ihr stand, doch als sie eintrat, tauchte er mit dem Hut in der Hand und diesem verschlagenen Lächeln auf.

»Na, sieh mal einer an, wie du Großmutters Büro verändert hast!« rief Clara Sue aus. »Ich wette, das hat eine nette Stange Geld gekostet, und wozu? Ich nehme an, nur damit es dich glücklich macht.«

»Das ist jetzt mein Büro, Clara Sue«, entgegnete ich und sah sie finster an. »Was willst du? Faß dich kurz. Ich habe viel Arbeit.«

»Ich und Charlie wollen mit dir reden, stimmt's, Charlie?« sagte sie und wandte sich zu ihm um.

»Mhm«, machte er und lächelte weiterhin.

»Charlie ist Geschäftsmann«, brüstete sich Clara Sue. »Er kennt sich in all diesen Dingen aus«, fügte sie hinzu und beschrieb die Wände meines Büros mit einer Handbewegung, als seien sie mit Lochstreifen aus der Wall Street tapeziert.

»Über was reden, Clara Sue?«

»Über das Hotel. Was dachtest du denn?« Sie ließ sich auf einen der roten Ledersessel fallen und schlug ihre Beine in den Seidenstrümpfen übereinander. »Setz dich, Charlie«, ordnete sie an. Charlie setzte sich eilig auf den zweiten Sessel.

»Wie laufen die Geschäfte?« fragte Clara Sue.

»Wir stehen gut da«, sagte ich. »Falls du irgendwelche...«

»Weißt du«, sagte Clara Sue schnell und beugte sich zu mir vor, »Großmutter Cutler hat mich am liebsten gehabt. Sie wollte, daß ich eines Tages die wahre Besitzerin des Hotels bin.«

Ich lehnte mich zurück und lächelte.

»Das glaube ich kaum, Clara Sue. Was ich auch über Großmutter Cutler sagen könnte, ich werde nie behaupten, daß sie dumm war«, erwiderte ich. Meine Äußerung hatte die Wirkung, als hätte ich ihr eine Ohrfeige verpaßt, und ich kostete genüßlich den Ausdruck der Empörung aus, der über ihr Gesicht zog. Sie ließ sich auf ihrem Sessel zurücksinken, und das Lächeln war ihr vergangen.

»Das sagst du, aber ich hatte viele Gespräche mit ihr, bevor du hergekommen bist und unser aller Leben ruiniert hast.«

»Ich möchte das nicht noch einmal mit dir austragen, Clara Sue. Wir beide haben uns nichts zu sagen. Ich werde dich jetzt wirklich bitten müssen zu gehen. Ich habe zu tun.«

»So schnell verschwinde ich nicht. Zwischen uns gibt es noch unerledigte Angelegenheiten. Und ich habe es dir schon öfter gesagt, Dawn« – ihre Augen funkelten heimtückisch –, »besonders deutlich, als wir das letzte Mal miteinander geredet haben, daß du nicht versuchen sollst, mich rumzukommandieren.« Ein verschlagenes Lächeln spielte um Clara Sues Lippen. »Du erinnerst dich doch noch an unsere letzte Unterhaltung, nicht wahr, Dawn? Die Einzelheiten jenes Tages hast du doch gewiß nicht vergessen.« Sie lachte brutal. »Wir waren in deinem Schlafzimmer, und ich habe genau dasselbe Kleid getragen...«

Ich schnitt Clara Sue das Wort ab, ehe sie weiterreden konnte.

»Wage es nicht, diesen Tag mir gegenüber auch nur *jemals* wieder zu erwähnen, du Mörderin!« Ich verlor die Selbstbeherrschung, als meine Wut auf Clara Sue und das, was sie mir angetan hatte, plötzlich herausbrach. »Solange ich lebe, werde ich diesen Tag *niemals* vergessen oder dir verzeihen, was du mir angetan hast. Der einzige Grund, aus dem mir dein Anblick noch erträglich ist, ist der, daß du nicht wußtest, daß ich schwanger war, und doch hätte sich das, was an jenem Tag passiert ist, vermeiden lassen, wenn du deinen Haß auf mich begraben könntest. Ich habe nie versucht, dir zu schaden, Clara Sue.«

»Unfälle passieren eben«, höhnte sie. »Es hat mir das Herz gebrochen, als ich die Neuigkeiten gehört habe. Die Vorstellung, daß es mir entgangen ist, wieder einmal Tante zu werden. Übrigens, wie geht es dem Balg? Vermißt die Göre ihre Tante Clara Sue? Ich würde sie zu gern sehen. Es gibt ein paar Geschichten, die ich ihr gern erzählen würde. Eine davon handelt von einer Prinzessin namens Dawn und von einem großen bösen Wolf, der Michael heißt.« Clara Sue grinste mich boshaft an.

»Raus hier!« schrie ich in meiner Entrüstung über ihre Unverfrorenheit, mir zu drohen, sie würde Christie die Wahrheit über ihre Herkunft und ihre Eltern erzählen, solange es noch zu früh für sie war. »Verschwinde, ehe ich dich rauswerfen lasse! Wie wir miteinander verwandt sein können, geht über meinen Verstand.«

»Ich gehe nicht«, fauchte Clara Sue. Es war ein stählernes Flüstern. »Nicht, bevor du dir angehört hast, was Charlie und ich zu sagen haben, stimmt's, Charlie?« Sie wandte sich abrupt zu ihm um, und es war, als hielte sie einen Faden in der Hand, der an seinem Kopf befestigt war. Er richtete sich schnell kerzengerade auf und nickte.

»Sie hat recht, Mrs. Longchamp«, sagte er.

»Nenn sie doch Dawn, oder noch besser, Eugenia«, sagte Clara Sue und lächelte bösartig. »Großmutter Cutler wollte, daß sie so genannt wird.«

»Was haben Sie mir denn zu sagen, Mr. Goodwin?« fragte ich. Es war jetzt an der Zeit, daß ich mich forsch durchsetzte.

»Tja, also, Clara Sue hat mir von der Situation erzählt, von dem Hotel – den Testamenten und so weiter – und, nun, um es direkt zu sagen, Mrs. Longchamp, in meinen Ohren klingt das so, als hätte sie nicht den Anteil bekommen, der ihr gerechterweise zusteht. Ich kenne mich mit Grundstücken sehr gut aus, mit Immobilien und Testamenten und Übertragungsurkunden...«

»Clara Sue weiß ganz genau, daß wir einen Anwalt haben, Mr. Updike, und wenn sie irgendwelche juristischen Klagen vorzubringen hat, dann sollten diese Beschwerden an ihn gerichtet werden«, erwiderte ich barsch.

»Er wird ja doch nur genau das tun, was du von ihm willst«, zischte Clara Sue. »Du hast es geschafft, ihm etwas vorzumachen, wie du alle anderen auch täuschst.«

»Ich würde wohl kaum etwas anderes tun als das, was mir mein Anwalt empfiehlt, Mr. Goodwin«, sagte ich und überhörte Clara Sue. »Falls Sie das Gefühl haben, etwas vorbringen zu müssen, dann ist er der Mann, an den Sie sich wenden sollten. Ich gebe Ihnen sehr gern seine Telefonnummer.« Ich öffnete eine Schublade, um eine von Mr. Updikes Visitenkarten rauszuholen.

»Wir wollen seine Telefonnummer nicht haben«, schimpfte Clara Sue. »Sag es ihr, Charlie«, forderte sie ihn auf.

»Was wollen Sie mir sagen, Mr. Goodwin?«

»Nun ja, ich habe Clara Sues Lage mit meinem eigenen Anwalt besprochen, und er sagt, es bestünde wirklich Grund, die Testamente anzufechten, vor allem das Testament Ihres Großvaters, in dem Ihnen der größte Anteil an allem überlassen wird.

Ich möchte nicht respektlos wirken«, fuhr er fort, »aber Tatsachen sind Tatsachen, und es ist eine Tatsache, daß Sie ein uneheliches Kind sind, wogegen Clara Sue das legitime Kind ihrer Eltern ist. Es scheint uns, als sollte sie eine größere Scheibe vom Kuchen bekommen«, schloß er.

»Ach, ist das so?« erwiderte ich.

»Ja, so ist es«, bestätigte Clara Sue lächelnd. Sie sah mich triumphierend an.

Ich musterte erst sie und dann Charlie Goodwin, und plötzlich erkannte ich, was diesen Mann zu ihr hinzog. Mit Sicherheit hatte sie ihm ihre familiäre Situation geschildert, und er hatte geglaubt, hier ließe sich Gold schürfen. Charlie Goodwin, der jetzt glaubte, er stünde dicht davor, das wirklich große Geld in die Finger zu kriegen, sah aus, als könnte er es schon schmecken. Er fuhr sich mit der Zungenspitze über die Lippen, während er erwartete, daß ich kapitulierte und Clara Sue einen lukrativen Anteil am Cutler's Cove Hotel überließ.

»Ich fürchte, es ist nicht so, Clara Sue«, sagte ich. Ich stand auf und freute mich auf die kleine Überraschung.

Als ich um den Schreibtisch herumging, fiel mir unwillkürlich wieder ein, wie Großmutter Cutler auf mich heruntergesehen und mit mir geredet hatte, als wir uns das erste Mal begegnet waren. Mit der steifen Haltung einer Königin hatte sie ihre Befehle und Anweisungen mit einem Schwall von Autorität und Macht über mich ergossen, der mich eingeschüchtert hatte. Wenn sie auch noch so zart gebaut war, dann strahlte sie doch eine gewaltige Autorität aus und wirkte ganz so, als könnte sie dem Himmel befehlen, sich aufzuheitern, oder den Wolken vorschreiben, daß es regnen sollte. Sie trug ihr Selbstvertrauen wie eine Stahlstange im Rückgrat, und sie ließ Kraft und Überlegenheit in ihre Stimme einfließen. Es gegen sie aufzunehmen, schien vergeblich und sogar gefährlich zu sein.

»Was ist nicht so?« rief Clara Sue aus. Ich lehnte mich an meinen Schreibtisch und verschränkte gelassen die Arme.

»Daß ich ein uneheliches Kind bin und du ein eheliches Kind.«

Clara Sue fing an zu lachen.

»Ich mache keine Scherze«, sagte ich scharf. Ihr Lachen endete abrupt. »Jahrelang hast du mich einen Bastard geschimpft, und in all der Zeit bist du selbst auch nichts anderes gewesen.«

»Was, zum Teufel, sagst du da?« fragte sie. Sie zog sich hoch, um sich auf die Auseinandersetzung einzulassen. »*Was, zum Teufel, sagst du da?*« kreischte sie, als meine Worte zu ihr vordrangen.

»Was ich sagte, liebstes Schwesterchen, ist, daß der Mann, den du für deinen Vater gehalten hast, nicht dein Vater war«, erklärte ich und kostete genüßlich ihren schockierten Gesichtsausdruck aus. »Du hast nicht einen Tropfen Cutler-Blut in dir.« Ich drehte mich zu Charlie um, dessen Gesicht einzufallen schien; die Wangen wurden hohl, die Lippen sanken aufeinander. Nur seine Augen waren immer noch weit aufgerissen und traten ihm aus dem Kopf.

»Kein Cutler-Blut... das ist ja lachhaft!« kreischte Clara Sue und warf einen schnellen Seitenblick auf Charlie. »Glaub kein Wort von dem, was sie sagt. Es sind Lügen. Alles nur Lügen!«

»Du brauchst mir nichts von dem zu glauben, was ich sage. Du brauchst mir noch nicht einmal zuzuhören. Geh doch einfach zu Mutter, und frag sie direkt, wer dein wirklicher Vater ist. Oder noch besser«, sagte ich hämisch und stieß mich vom Schreibtisch ab, »geh gleich zu Bronson Alcott und frag ihn.«

Clara Sue blickte finster zu mir auf, und jedes Selbstvertrauen wich aus ihrem Gesicht, als diese Möglichkeit in ihren Gedanken Gestalt annahm. Charlie wand sich auf seinem Stuhl.

»Bronson«, fuhr ich fort und kehrte zu meinem Schreibtischstuhl zurück, »wird dir jetzt die Wahrheit sagen.«

»Du lügst. Du bist eine dreckige Lügnerin!« fauchte Clara Sue.

»Es gibt nur eine Möglichkeit, das herauszufinden. Wie ich bereits sagte, geh...«

»Wenn hier jemand geht, dann du. Fahr zur Hölle!« brüllte Clara Sue. »Nichts von alldem ist wahr!«

»Moment mal, Clara Sue«, sagte Charlie. »Ganz ruhig. Beruhige dich doch.«

»Ich soll ruhig sein? Ich soll mich beruhigen? Das denkt sie sich doch alles nur aus, damit wir meinen gerechten Anteil nicht bekommen.«

»Du hast nie gewußt, daß Mutter und Bronson schon ein Liebespaar waren, bevor Mutter Randolph geheiratet hat?« fragte ich. Am Zwinkern ihrer blauen Augen konnte ich erkennen, daß sie gewisse Gerüchte gehört hatte.

»Das heißt gar nichts«, erwiderte sie.

»Nein. An sich noch nicht, das ist richtig. Aber nach meiner Geburt und meinem drauffolgenden Verschwinden ist Mutter zu Bronson gegangen, und sie haben ihre Liebesbeziehung wiederaufleben lassen. Infolgedessen bist du geboren worden. Bis jetzt hat die Wahrheit keine Rolle gespielt, aber wenn ihr einen Rechtsstreit anfangen wollt, du und Charlie, dann vermute ich, daß all das ans Licht kommen muß.«

»Du Miststück«, zischte Clara Sue und stand auf. »Du elendes Miststück! Du bist genauso wie sie. Genauso haßerfüllt und... und gemein. Komm, Charlie, wir werden Mutter erzählen, was sie gesagt hat. Du wirst es ja sehen. Sie lügt. Komm schon!« schrie sie, als Charlie nicht sofort aufsprang. Jetzt erhob er sich eilig. Clara Sue packte ihn an der Hand und zerrte ihn zur Tür.

»Wir beide sind noch nicht fertig miteinander«, drohte sie. Ich starrte sie kühl an.

»Ich glaube, in dem Punkt täuschst du dich, Clara Sue. Du täuschst dich sogar sehr. Wir sind jetzt absolut fertig miteinander«, sagte ich ruhig. Mein finsterer Blick und meine beherrschte Stimme überwältigten sie. Sie drehte sich einfach um, zog Charlie mit sich aus dem Büro und schlug die Tür hinter sich zu.

Ich lehnte mich auf meinem Stuhl zurück, und mein Herz pochte heftig. Es war ein gutes Gefühl, das konnte ich nicht leugnen. Es war ein Genuß, Clara Sue derart am Boden zu zerschmettern. Jetzt hatten sich die Dinge umgekehrt. Jetzt war sie diejenige, die erfahren mußte, daß ihr Leben eine Lüge gewesen war, nicht ich. Das Traurige war nur, daß sie sich nur ärgern würde, weil sie aus mir oder dem Hotel nicht mehr Geld rausholen konnte, aber nicht leiden würde, weil ihre Familie zerbrochen war. Natürlich würde es wahrscheinlich zum Ende ihrer kleinen Romanze mit Charlie Goodwin führen, der Clara Sue in dem Moment, in dem es sich bestätigte, daß sie nicht die Goldmine war, für die er sie gehalten hatte, wie eine heiße Kartoffel fallen lassen würde. Traurigkeit und Nöte, Enttäuschung und Schmerz würden die Bausteine ihrer neuen Welt sein, dachte ich.

Wenige Stunden später rief Mutter mich an. Das hatte ich erwartet.

»Clara Sue und ihr Freund sind gerade von hier fortgegangen«, sagte sie. »Wie konntest du es ihr nur sagen? Warum hast du es ihr gesagt?« jammerte sie.

Ich erklärte ihr, daß sie gekommen waren, um mich zu erpressen und Geld aus mir herauszuholen, und Mutters Selbstmitleid fand ein jähes Ende.

»Wußte ich es doch«, sagte sie. »In dem Moment, in dem ich diesen Kerl das erste Mal gesehen habe, wußte ich genau, was für eine Sorte Mann das ist. Trotzdem war es schwierig, ihr alles zu sagen. Sie hat mich früher immer auf einen so hohen Sockel gestellt«, stöhnte Mutter. »Und jetzt hält sie viel weniger von mir.«

»Sie hat dich nie respektiert, Mutter. Gib dich keinen Täuschungen hin. Und ihre Liebe zu Randolph... ich glaube nicht, daß sie irgend jemand anderen außer sich selbst liebt.«

»Kann sein«, räumte Mutter ein. Sie seufzte und schilderte mir dann, wie Clara Sue getobt und gewütet hatte. Ich hörte es mir nur zu gern an, bis sie mit dem Satz schloß: »Schließlich hat Bronson ihr dann etwas Geld gegeben.«

»Es wird nicht das letzte Mal gewesen sein, daß sie kommt, weil sie Geld will«, prophezeite ich. Clara Sues Szenen widerten mich an.

»Ich weiß, aber wir hatten das Gefühl... es war wohl Schuldbewußtsein. Ich habe sie zur Seite genommen und ihr gesagt, wenn sie darauf besteht, mit einem Mann zusammenzuleben, der doppelt so alt ist wie sie, dann bekommt sie kein Geld mehr.«

»Du brauchst dir in dem Punkt keine Sorgen zu machen, Mutter. Charlie Goodwin wird sich nicht lange an eine aussichtslose Sache klammern.«

»Du hast wahrscheinlich recht. In diesen Dingen bist du wesentlich klüger, als ich es war«, sagte sie. »Na, gut, ich denke, es ist wenigstens etwas Gutes dabei herausgekommen.«

»Und was ist das?« fragte ich.

»Sie sagt, wenn Philip nur ihr Halbbruder ist und Randolph in Wirklichkeit gar nicht ihr Vater war, dann werden sie und Charlie nicht zur Hochzeit erscheinen. Wenigstens wird sie dort nicht auftauchen und mich in Verlegenheit bringen.«

Ich mußte darüber lachen, wie Mutter es immer wieder fertigbrachte, ihren Regenbogen zu finden.

Am Tag der Hochzeit flogen wir alle nach Washington, D. C. Das Trauungszeremoniell wurde in einer sehr schönen Kirche abgehalten, und der Empfang fand in dem Ballsaal eines der luxuriösesten Hotels statt, die ich je gesehen hatte. Von unserer Seite waren fast dreihundert Personen eingeladen worden, und die Monroes hatten nahezu fünfhundert Leute eingeladen. Es war ein äußerst beeindruckendes Hochzeitsfest.

Aber die eigentliche Sensation des Tages war Betty Ann. Ich war schockiert, als ich einen ersten Blick auf sie warf, während sie durch den Mittelgang der Kirche schritt.

Sie hatte sich das Haar blond gefärbt.

»Ich habe es für Philip getan«, erzählte sie mir, als wir auf dem Empfang einen Moment lang allein miteinander waren. »Er hat mich wochenlang gebeten, es zu tun, und ich dachte, ich könnte ihm damit eine Überraschung bereiten. Sieht es halbwegs gut aus?« fragte sie.

Ich fand nicht, daß es gut aussah, und schon gar nicht zu ihren nach wie vor dunkelbraunen Augenbrauen, aber ich konnte erkennen, wie wichtig es ihr war, Philip zu gefallen.

»Ja, es ist nur eine solche Überraschung«, sagte ich, »daß ich mich erst noch daran gewöhnen muß.«

»Philip hat sich schon daran gewöhnt. Du hättest seinen erfreuten Gesichtsausdruck sehen müssen, als er mich gesehen hat. Ich habe noch nie gesehen, daß seine Augen so geleuchtet haben und er so strahlend gelächelt hat. Wir werden sicher sehr glücklich miteinander werden, meinst du nicht auch?« fragte sie und wünschte sich Bestätigung.

»Ich bin sicher, daß ihr glücklich werdet.«

Mutter schien der Tatsache keine große Bedeutung beizumessen, daß Betty Ann sich das Haar gefärbt hatte, aber sie war reichlich benommen. Alles überwältigte sie: der Luxus des Ballsaals, die Anzahl der Gäste, das Heer von Bediensteten und die Unmengen von Essen und Champagner. Die Cocktailparty übertraf die meisten Hochzeitsgesellschaften. Küchenchefs schnitten Roastbeef auf und teilten riesige Langusten aus. Es gab unzählige Tabletts mit warmen Vorspeisen und schon allein bei der Cocktailparty zwei Kapellen.

Das Abendessen hatte sieben Gänge und zog sich ewig hin, bis nach Mitternacht, und Senatoren und Kongreßabgeordnete brachten Trinksprüche aus. Sogar ein Gouverneur war anwesend. Natürlich hatten wir mit unseren eigenen Gästen genug zu tun, aber Stuart Monroe nahm sich die Zeit, uns auch vielen seiner bedeutenden Gäste vorzustellen.

Philip war mit seinen Freunden aus dem College und mit all denen beschäftigt, die die Monroes zu ihm führten, um ihn mit den Gästen bekanntzumachen, aber vor Ende des Abends schaffte er es trotzdem, mich zum Tanzen aufzufordern.

»Sieht Betty Ann nicht wunderbar aus?«

»Warum hast du sie gebeten, sich das Haar zu färben, Philip?«

»Weißt du das denn nicht?« erwiderte er darauf, und mein Herz machte einen Satz. Natürlich wußte ich es, dachte ich. »Wenn ich dich schon nicht haben kann«, flüsterte er, »dann kann ich mir wenigstens einbilden, ich hätte dich.«

Wie ernst er das meinte, wurde mir erst nach unserer Rückkehr nach Cutler's Cove klar, als ich im Korridor vor meiner Suite Mrs. Boston begegnete.

»Hat alles gut geklappt?« erkundigte sie sich.

»Es war ein überwältigendes Ereignis, Mrs. Boston. Mutter ist noch ganz schwindlig davon.« Ich lächelte.

»Mr. Philip war ja so nervös. Er ist fast in Panik geraten, als Sie nicht hier waren, um ihm zu geben, was Sie ihm versprochen haben. Wir hatten viele von Ihren Sachen bei den Umzugsvorbereitungen schon in diese Kartons gepackt.«

»Versprochen?« Ich lächelte betont weiter.

»Ja. Ich habe ihm geholfen, zu suchen, was er wollte. Wir haben uns gemeinsam all diese Kartons angesehen, bis er es gefunden hatte.«

»Bis er was gefunden hatte, Mrs. Boston?«

»Wieso... eins Ihrer Nachthemden und das Parfüm.«

Ich starrte sie an.

»Philip hat eins meiner Nachthemden und mein Parfüm mitgenommen?«

»Wollten Sie das denn nicht?« fragte sie. »Er hat gesagt, das bräuchte er für seine Flitterwochen.« Mrs. Boston sah den schokkierten Ausdruck auf meinem Gesicht. »Habe ich etwas falsch gemacht?«

»O nein«, versicherte ich ihr eilig. »Es hat nichts mit Ihnen zu tun, Mrs. Boston. Machen Sie sich deshalb bloß keine Gedanken mehr.«

Sie lächelte.

»Tja, dann gute Nacht«, sagte sie.

Langsam betrat ich meine Suite.

Philip war zu seiner Hochzeitsreise aufgebrochen. Er hatte exakt in demselben Motel ein Zimmer reserviert, in dem Jimmy und ich auf Cape Cod gewohnt hatten; er hatte Betty Ann dazu gebracht, sich das Haar in meine Haarfarbe einfärben zu lassen, und jetzt würde er ihr eins meiner Nachthemden anziehen und sie dazu bringen, mein Parfüm zu benutzen. Wenn er sie in den Armen hielt und die Augen schloß, würde er mich sehen und mich spüren.

Irgendwie fühlte ich mich bei dieser Vorstellung beschmutzt und untreu. Es war, als vergewaltigte Philip mich noch einmal, selbst dann, wenn er es nur in seiner Vorstellung tat.

11

Glückliche Tage, betrübte Tage

Zwei Tage später zogen wir in unser neues Haus. Christie war ganz entzückend und bestand darauf, wir sollten ihr erlauben, ihr eigenes kleines Köfferchen selbst zu tragen. Darin hatte sie ihre Haarbürste, zwei ihrer Stoffpuppen, ein Paar blaue Baumwollsocken, eins ihrer Sommerkleider und ein Buch mit Kinderliedern. Sie hatte selbst entschieden, was sie einpacken würde. Das erinnerte mich wieder an mein eigenes kleines Köfferchen, nur hatte ich, wenn ich es gepackt hatte, alles hineingestopft, was ich besaß. Seit ich in Christies Alter war, hatte ich das immer wieder getan, bis zu dem Tag, an dem man mich ins Hotel zurückgebracht hatte. Dieser Koffer befand sich zusammen mit anderem alten Plunder noch auf dem Dachboden des Hotels.

»Ich bin fertig«, gab sie bekannt, sobald sie den kleinen Koffer geschlossen hatte. Jimmy hob sie hoch und trug sie fort, damit sie gemeinsam mit ihm den Umzug überwachte. Im Hotel war auch sehr viel zu tun, und daher blieb ich den ganzen Vormittag in meinem Büro. Mrs. Boston überraschte mich, indem sie in mein Büro kam, um mich zu fragen, ob sie unser Hausmädchen werden könnte. Sissy und ihr Verlobter hatten genug Geld zusammengespart, um den Termin für ihre Hochzeit festzulegen, und daher wußte Mrs. Boston, daß Sissy nicht mehr lange bei uns bleiben würde.

Mir schmeichelten ihr Vorschlag und ihre Entscheidung, sie wolle lieber bei Jimmy und mir bleiben als im Hotel, um dort für Philip im Familienflügel zu arbeiten, wo sie schon seit vielen, vielen Jahren arbeitete. Ich bedankte mich bei ihr und sagte ihr, sie solle ihre Sachen packen und auf der Stelle in das Mädchenzimmer im neuen Haus einziehen. Sie strahlte über das ganze Gesicht, und ich dachte, vielleicht ginge es ihr sogar ähnlich wie mir: Möglicherweise hatte auch sie das Gefühl, Geister aus alten Zeiten und unerfreuliche Erinnerungen hinter sich zurückzulassen, die wieder aufzuleben schienen, sobald wir unser Tagwerk hinter uns gebracht hatten und uns in unsere Privaträume zurückzogen.

»Ein Tapetenwechsel, genau das brauche ich jetzt«, sagte Mrs. Boston. »Ich habe es satt, ständig dieselben Schatten hinter mir und um mich herum zu spüren.«

Und einen Tapetenwechsel bekam sie auch, denn unser Haus war hell und luftig. Ich hatte für sämtliche Zimmer möglichst viele helle Farben ausgesucht. Durch die großen Fenster, die möglichst viel Sonne ins Haus ließen, die Marmorböden, das weiße Treppenhaus und die malvenfarbenen Vorhänge wirkte das Haus selbst an grauen Tagen freundlich. Alle äußerten sich positiv zu meiner Innenausstattung. Diejenigen, die in der ersten Woche durch unsere Korridore und Zimmer zogen, sprachen von dem »blendenden Licht der Kronleuchter«, von den »strahlend hellen Farben« und dem »Gefühl von Glück und Wärme«, das sie hier empfanden.

Philip überraschte mich am ersten Abend, den wir in unserem neuen Haus verbrachten, mit einem Anruf aus Provincetown.

»Ich wollte dich unbedingt anrufen und dir viel Glück wünschen«, sagte er.

»Es ist sehr nett von dir, daß du in deinen Flitterwochen an uns denkst, Philip«, erwiderte ich so förmlich wie möglich.

»Das Wetter ist hier bisher nicht so schön gewesen, wie wir es uns erhofft hatten«, sagte er schnell. »Ich fühle mich versucht, unsere Flitterwochen abzubrechen und früher nach Cutler's Cove zurückzukehren.«

Dann fing er an, sich über die Restaurants und den Strand zu beklagen. Nichts war so gut, wie er es erwartet hatte. Jimmy war überrascht, als ich ihm von Philips Anruf erzählte.

»Wieso sollte irgend jemand seine Flitterwochen abbrechen wollen, wenn es nicht unbedingt sein muß?« fragte er sich laut. »Wahrscheinlich war es nur leeres Gerede.«

Philip kam dann genau einen Tag eher als geplant aus seinen Flitterwochen zurück. Er kam abends im Hotel an, nachdem Jimmy und ich uns schon in unser Haus zurückgezogen hatten. Wir hörten die Türklingel, und Jimmy öffnete und begrüßte Philip und Betty Ann. Philip hatte eine Flasche Champagner mitgebracht.

»Wir waren nicht da, um mit euch zu feiern, und daher dachten wir, wir trinken jetzt auf euer neues Haus«, sagte er. »Das heißt natürlich, falls wir nicht stören.«

»Aber nein, keineswegs«, sagte Jimmy, dessen Tonfall sein Erstaunen nicht verbergen konnte. »Kommt rein.«

Ich führte Betty Ann durchs Haus, während Jimmy und Philip sich im Wohnzimmer unterhielten. Mrs. Boston hatte Christie gerade ins Bett gebracht, aber sie war noch wach.

»Weißt du, wer das ist, Christie?« fragte ich sie, als wir die Köpfe zur Tür reinstreckten.

»Mhm«, machte Christie und setzte sich sofort auf. Das goldene Haar war ihr bis über die Schultern gewachsen. »Das ist Tante Bet«, sagte sie, und so nannte sie Betty Ann von jenem Tage an. Wir lachten beide darüber.

»Euer Haus ist ja so schön«, sagte Betty Ann. »Ich wünsche euch viel Glück hier.«

»Danke. Es tut mir leid, daß ihr in Provincetown ausgerechnet in den Flitterwochen solches Pech mit dem Wetter hattet«, sagte ich.

»Pech? Wir hatten kein schlechtes Wetter; es war jeden Tag kaum eine Wolke am Himmel, und ich war erstaunt darüber, wie warm das Meer war.«

»Und wie war das Hotel in Cape Cod?« fragte ich, um mir meinen Verdacht bestätigen zu lassen.

»Oh, es war rundum sehr schön. Ich wollte nicht abreisen, aber Philip ist unruhig geworden und hat gesagt, daß er es haßt, den ganzen Tag rumzuliegen. Er hängt so sehr an Cutler's Cove. Ich konnte ihm anmerken, wie sehr er es bedauert, nicht da zu sein, wenn soviel los ist, und deshalb habe ich mich nicht beklagt, als er mich gebeten hat, einen Tag früher nach Hause zu fliegen.

Ich glaube, er konnte es auch kaum erwarten, euer Haus zu sehen, nachdem es jetzt endgültig fertig ist und ihr tatsächlich darin wohnt, du und Jimmy«, fügte sie hinzu.

Wir gingen wieder ins Wohnzimmer und stellten fest, daß Jimmy und Philip den Champagner bereits entkorkt und eingeschenkt hatten. Nachdem sich jeder ein Glas genommen hatte, hob Philip sein Glas und sagte: »Auf Jimmys und Dawns neues Zuhause. Möge es der Ort sein, an dem Träume wahr werden.« Nachdenklich und mit zusammengekniffenen Augen starrte er mich an und wartete, bis ich das Glas an meine Lippen führte. Dann trank er einen Schluck.

»Wißt ihr«, sagte Philip, der sich umsah und nickte, »wahrscheinlich ist es eine sehr gute Idee, außerhalb des Hotels zu wohnen. Man kommt sich dann wirklich mehr wie ein richtiger Mensch vor, der ein Privatleben hat. Selbst als Großmutter Cutler noch am Leben war, ist es vorgekommen, daß Gäste in den Flügel spaziert sind, in dem die Familie wohnte.

Vielleicht können Jimmy und ich in gar nicht allzu langer Zeit ein Grundstück in der Nähe abgrenzen.« Er richtete seinen Blick starr auf mich. Sein Lächeln war angespannt, aber auch belustigt. Er spielte mit mir, und er spielte mit seiner eigenen Leidenschaft.

»Ich bin zwar ungern diejenige, die das sagt, aber es wird langsam spät«, sagte ich, »und morgen kommen viele neue Gäste an. Ich muß schon früh im Hotel sein.«

»Ich also auch«, echote Philip. Er erhob sich eilig und sagte gute Nacht. »Irgendwie«, sagte er und sah mich mit zwinkernden tiefblauen Augen an, »habe ich das Gefühl, als hätte Betty recht: Wir sind alle dabei, ein neues Leben zu beginnen.«

»Tja, was meinst du dazu?« fragte mich Jimmy, als er zurückkam, nachdem er sie an die Tür begleitet hatte. Wir stiegen die

Treppe hinauf. »Wirken die beiden wie ein glückliches frischverheiratetes Paar?«

»Ich denke, schon.«

»Du hättest hören sollen, wie er über sie geredet hat, als du ihr das Haus gezeigt hast«, sagte er. »Zwischendurch war es mir regelrecht peinlich.«

»Wie meinst du das?«

»Ich habe ihn gefragt, warum er früher als geplant aus den Flitterwochen zurückgekommen ist, und er hat gesagt, er sei schlicht und einfach erschöpft gewesen.«

»Erschöpft?« Ich blieb auf der Treppe stehen. Jimmy machte große Augen und schüttelte den Kopf.

»Er hat mir in allen Einzelheiten erzählt, wie sie sich geliebt haben und wie begierig Betty Ann auf Sex und Leidenschaft gewesen ist. Ich weiß nicht, warum er mir all diese intimen Dinge über sie erzählen wollte. Verstehst du das?«

»Nein. Und ich finde es nicht besonders nett von ihm, daß er es getan hat.«

»Es war fast so, als...«

»Ja?« fragte ich eilig.

»Als wollte er mich dazu bringen, das gleiche zu tun... Vergleiche anzustellen oder so was. Männergespräche, wie Buben in einem Umkleideraum.« Jimmy schüttelte wieder den Kopf. »Ich hätte nie geglaubt, daß Philip der Typ dazu ist.«

»Hast du... irgend etwas gesagt?«

Jimmy lächelte. »Nach allem, was er weiß, bist du eine Nonne, und ich bin ein Mönch.« Er umarmte mich und küßte mich auf den Hals.

Ich mußte lachen, aber mein Lachen entsprang eher meiner Erleichterung, nicht der Belustigung.

Nachdem Philip und Betty Ann in den Flügel der Familie eingezogen waren, nahm der Alltag seinen Lauf. Wir waren vollauf mit unserer Arbeit beschäftigt. Für das Hotel war die Saison eine der besten in jüngerer Zeit. Großmutter Cutler hatte nie wirklich in Zeitschriften oder Tageszeitungen Werbung für das Hotel gemacht. Ihre Philosophie war die, daß das Hotel seinen ganz besonderen Ruf hatte und ausschließlich durch diesen Ruf und Mundpropaganda lebte. Lange Zeit genügte das, aber als eine neue Generation von Urlaubsreisenden heranwuchs, hielt ich es für notwendig, diese Leute direkt anzusprechen, und daher überredete ich Mr. Dorfman zu Anzeigen in einigen Reisezeitschriften und Zeitungen in Großstädten. Wir bekamen augenblicklich die Resultate zu spüren – neue Buchungen, Anfragen von neuen Reisebüros und eine enorme Steigerung unserer Einnahmen. Zum ersten Mal seit langer Zeit machte sich Mr. Dorfman laut Gedanken darüber, das Hotel auszubauen – weitere Zimmer anzubauen und neue Unterhaltungsmöglichkeiten einzurichten. Ich erzählte ihm von den häufigen Anfragen, die ich von Organisationen erhielt, die Tagungsräume suchten.

»Das war etwas, was Mrs. Cutler niemals getan hätte«, rief mir Mr. Dorfman ins Gedächtnis zurück. »Sie war der Meinung, damit nähme man Cutler's Cove seinen speziellen Charakter.«

»Ich weiß«, sagte ich, »aber die Zeiten ändern sich, und um zu überleben, müssen wir vielleicht auch ein paar kleine Veränderungen vornehmen.«

Mr. Dorfman nickte und sah mich so intensiv an, daß ich ihn fragen mußte, ob etwas nicht stimmte.

»Nein, nein, das ist es nicht«, erwiderte er. »Ich habe mich nur gerade daran erinnert, wie Sie waren, als wir uns das erste Mal begegnet sind, und wieviel reifer Sie inzwischen sind«, sagte er und wurde knallrot. »Es tut mir ja so leid, ich wollte damit nicht...«

»Nein, das ist schon in Ordnung«, sagte ich. »Machen Sie sich nichts draus. Eigentlich höre ich das sogar sehr gern. Ich danke Ihnen, Mr. Dorfman.«

All diese Überlegungen und einige der Veränderungen faszinierten Philip. Er war bereit, loszustürmen und alles Erdenkliche zu tun, aber ich beschloß, behutsamer vorzugehen. Allerdings sagte ich ihm, er solle sich mit einigen Punkten näher beschäftigen, und ich stellte erfreut fest, daß er viel daran arbeitete.

Zu den Dingen, die mich überraschten, gehörte auch, wie schnell sich Betty Ann an das Leben im Hotel gewöhnte und welchen Spaß es ihr machte. Sie erwies sich wirklich als eine sehr gute Gastgeberin, wenn sie auch manchmal für den Geschmack einiger älterer Leute zu förmlich war. Sie ließ kein einziges Abendessen aus und stand sogar in der Tür zum Restaurant, um die Gäste zu begrüßen, wenn sie zum Frühstück kamen. Sie begann, sich ansprechend zu kleiden, und sie ging zur Kosmetikerin in der Hotelhalle und holte sich Rat zu ihrem Haar ein. Dort half man ihr auch beim Schminken. Mit einer schmeichelhafteren Frisur und Kleidern, die die guten Seiten ihrer Figur betonten, wirkte sie tatsächlich attraktiver.

Allmählich fielen wir alle in unseren Trott. Mutter veranstaltete weiterhin ihre inzwischen berühmt gewordenen Gesellschaften und freute sich sehr, wenn wir alle vier – Jimmy und ich, Philip und Betty Ann – dazu erscheinen konnten. Ohne größere Probleme oder Vorfälle ging der Sommer in den Herbst über und der Herbst in den Winter. Und dann rief mich Mrs. Boston eines Spätnachmittags im Büro an.

»Ich wollte mich nur vergewissern«, begann sie.

»Vergewissern? Worum geht es, Mrs. Boston?«

»Ob Sie Clara Sue wirklich erlaubt haben, Christie zu einer Ausfahrt in einem Lastwagen mitzunehmen.«

»Was? In was für einem Lastwagen?« fragte ich und richtete mich kerzengerade auf.

»Ach, du meine Güte«, sagte sie. »Ich wollte Sie augenblicklich anrufen, aber Miss Clara Sue hat felsenfest behauptet, sie sei vorher schon im Hotel gewesen, und Sie hätten gesagt, es sei Ihnen recht.«

»Wovon reden Sie, Mrs. Boston? Ich habe Clara Sue seit einer ganzen Weile nicht mehr gesehen. Was für ein Lastwagen?« Panik stieg in mir auf, aber ich kämpfte dagegen an. Ich würde keine vorschnellen Schlüsse ziehen. Ich würde nicht die Selbstbeherrschung verlieren. Noch nicht.

»Sie war mit einem Mann hier, einem Lastwagenfahrer. Sie sind in einem dieser großen Lastwagen zum Haus gekommen, und Miss Clara Sue ist durch das Haus stolziert und hat sich umgesehen. Beim Rausgehen hat sie dann Christie gefragt, ob sie Lust hätte, mit ihrem Freund im Lastwagen mitzufahren. Ich glaube, sie hat ihn Skipper genannt. Seine Arme waren überall tätowiert.

Christie hat sich erst gefürchtet, aber dann hat Miss Clara Sue gesagt, Sie hätten ihr erlaubt, sie zu einer Spazierfahrt mitzunehmen. Dann haben Sie sie einfach geschnappt und sind losgefahren.«

»Mein Gott«, keuchte ich. »Ich komme sofort rüber.« Ich legte auf und schickte einen der Pagen zu Jimmy. Wir trafen uns im Haus, und dort hörten wir uns die ganze Geschichte noch einmal von Mrs. Boston an.

»Ich kann nicht glauben, daß sie die Dreistigkeit besitzt, so etwas zu tun. Diesmal ist sie zu weit gegangen. Für wen hält sie sich eigentlich?« schrie Jimmy und forderte Mrs. Boston auf, ihm den Lastwagen genau zu beschreiben.

»Ein Sattelschlepper?« fragte Jimmy verwundert. »Der sollte nicht allzu schwer zu finden sein. Wenn ich die beiden in die Finger kriege...«, sagte er drohend, und dann eilte er aus dem Haus.

»Jimmy, warte!« rief ich, aber er zögerte nicht einen Moment.

»Tut mir leid, Dawn, ich dachte...«

»Es ist nicht Ihre Schuld, Mrs. Boston. Sie hat Sie belogen. Es ist gut, daß Sie Ihre Zweifel hatten und mich gleich angerufen haben«, sagte ich, um sie zu trösten. Solange ich sie beschwichtigte, bewahrte ich mich selbst davor, in Hysterie auszubrechen.

Warum hätte Clara Sue Christie mitnehmen sollen? Welchen möglichen Grund gab es dafür? Wohin waren sie gefahren? Wollte sie mir auf die Art heimzahlen, daß ich ihr die Wahrheit über ihren richtigen Vater ins Gesicht geschleudert hatte?

Ich rief Mutter und Bronson an, um nachzufragen, ob Clara Sue nach Beulla Woods gekommen war.

»Ich wußte noch nicht einmal, daß sie hier in der Gegend ist«, sagte Bronson. »Sie und Laura Sue hatten letzte Woche einen Streit über ihren neuen Freund. Laura Sue hält gerade ihren Mittagsschlaf. Sobald sie wach wird, sage ich ihr, was passiert ist. Ruf uns an, sobald du etwas erfährst, und wenn wir etwas von ihr hören, rufe ich dich an.«

»Danke, Bronson«, sagte ich.

»Es tut mir leid. Sie stellt ein immer größer werdendes Problem dar«, fügte er hinzu, ehe er auflegte.

Hinterher setzte ich mich zu Mrs. Boston, und wir warteten auf eine Nachricht von Jimmy. Mrs. Boston kochte uns beiden Tee, und wir saßen da und starrten aus dem Fenster.

»Vielleicht sollten Sie die Polizei anrufen«, sagte Mrs. Boston, die laut vor sich hindachte. »Und mitteilen... was passiert ist.«

Ich erkannte, daß sie das Wort »Entführung« nicht benutzen wollte. Ich wollte noch nicht einmal an dieses Wort denken, aber an dem Punkt, den wir jetzt erreicht hatten, da wir von Jimmy immer noch nichts gehört hatten, blieb mir nichts anderes übrig, als das als reale Möglichkeit in Betracht zu ziehen. Christie mochte Clara Sue nicht besonders gern. Sie nannte sie noch nicht einmal Tante Clara Sue. Ich wußte, wie unwohl sie sich in Clara Sues Gegenwart schon immer gefühlt hatte, und es war allzu leicht, sich vorzustellen, daß sie sich jetzt fürchtete und unglücklich war. Schon allein bei dem Gedanken, daß sie in dieser Fahrerkabine mit Clara Sue und einem ihrer niederträchtigen Freunde festsaß, bekam ich eine Gänsehaut. Es kam mir vor, als kratze eine winzige Hand mit scharfen Fingernägeln an der Innenwand meines Magens. Ich tat, was ich konnte, um nicht zu explodieren und laut zu schreien.

Endlich, zwanzig Minuten später, sahen wir Jimmys Wagen vorfahren, und wir rannten beide aus dem Haus und stürzten ihm entgegen.

»Ich habe keine Spur von ihnen gesehen«, erklärte er. »Es ist, als hätten sie sich in Luft aufgelöst. Mrs. Boston, sind Sie ganz sicher, daß Sie mir diesen Lastwagen richtig beschrieben haben?«

»O ja«, sagte sie und brach augenblicklich in Tränen aus. Ich mußte sie in die Arme nehmen und sie trösten.

»Jimmy«, sagte ich, »wir sollten lieber die Polizei verständigen.«

Er nickte und ging ins Haus, um es zu tun.

»Bitte, Mrs. Boston, weinen Sie nicht. Niemand gibt Ihnen die Schuld daran. Kommen Sie, lassen Sie uns ins Haus gehen und uns hinsetzen«, redete ich ihr gut zu.

Keine zehn Minuten später kam die Polizei, und wir berichteten den Polizisten, was passiert war. Sie eilten aus dem Haus, um über Funk an andere Streifenwagen eine Beschreibung des Sattelschleppers durchzugeben. Wieder verging die Zeit nur sehr langsam. Als es dunkler wurde, konnte ich mich einfach nicht länger zusammenreißen, und ich vergoß Tränen. Endlich, kurz nach halb acht, hörten wir das Motorengeräusch eines Lastwagens, und wir rannten alle hinaus und sahen einen Streifenwagen mit Blaulicht, der einen Sattelschlepper begleitete, und beide fuhren die Auffahrt zu unserem Haus hinauf. In dem Moment, in dem der Wagen stehenblieb, ging die Tür auf, und Clara Sue stellte Christie auf den Boden.

»Momma!« rief sie und lief in meine ausgebreiteten Arme. Ich drückte sie an mich, hielt sie fest und bedeckte ihr Gesicht und ihr Haar mit Küssen.

Jimmy tauchte wie der Blitz hinter mir auf.

»Wie kannst du es wagen, sie ohne unsere Erlaubnis mitzunehmen?« schrie er.

»Was regt ihr euch bloß alle so auf?« fragte Clara Sue lässig. Auf ihrem Gesicht stand ein verzerrtes Lächeln. Sie stieg nicht aus dem Lastwagen aus. »Ich und Skipper, wir haben sie doch nur zu einer Auslieferung mitgenommen und hinterher Hamburger mit ihr gegessen. Stimmt's, Skipper, Schätzchen?«

»Stimmt genau«, bestätigte der große, dürre Mann neben ihr.

»Dazu hattet ihr kein Recht!« schrie ich und drückte Christie besitzergreifend an mich.

Clara Sue lächelte kalt und griff in ihre Tasche, um eine Haarbürste rauszuholen. Sie lächelte die Polizisten an.

»Ich habe doch nur versucht, eine nette Tante zu sein«, sagte sie kopfschüttelnd. »Alle beklagen sich, daß ich mich nicht genug um meine Familie kümmere, und wenn ich mal versuche, etwas Nettes zu tun, werde ich angeschrien. Siehst du, Skipper? Siehst du, wie es sich auszahlt, wenn man nett zu anderen ist?« sagte sie und lächelte uns affektiert an. Sie fing an, sich die Haare zu bürsten, als wollte sie gleich auf eine Bühne treten.

»Du kleines Miststück!« brauste Jimmy auf.

»He«, sagte ihr Freund und beugte sich vor. »Sieh dich vor.« Er drohte ihm mit der Faust.

»Komm raus, und sag das noch mal«, höhnte Jimmy. Clara Sues Freund wollte die Wagentür öffnen, aber die beiden Polizisten schritten ein.

»Jetzt mal ganz langsam«, sagte der größere von beiden. Er wandte sich an mich. »Mrs. Longchamp, wollen Sie Klage gegen diese Leute erheben?«

»Klage gegen diese Leute erheben?« rief Clara Sue. »Ich bin die Tante der Kleinen. Sie kann mich nicht verklagen. Ich habe meine Nichte zu einer Spazierfahrt mitgenommen und sie zum Essen ausgeführt. Es hat ihr viel Spaß gemacht, nicht wahr, Christie, meine Süße?« gurrte sie.

Christie preßte ihr Gesicht fest an meine Schulter.

»Du bist so verantwortungslos und so abscheulich«, fauchte ich. »Zu deiner eigenen Freude ein Kind in Angst und Schrecken zu versetzen. Du bist einfach widerlich. Ich werde keine Anklage erheben«, sagte ich, weil ich nicht wollte, daß diese Abscheulichkeiten weitergingen, »aber wage es nicht, auch nur *jemals* wieder einen Fuß auf dieses Anwesen zu setzen.«

»So dankt man mir es, daß ich eine gute Tante bin«, zirpte Clara

Sue. »Komm, Skipper. Diese Menschen sind eben einfach undankbar.« Sie lachte. »Genießt euer Leben. Ihr habt es mit dem Geld aufgebaut, das mir hätte gehören sollen«, fügte sie hinzu und schlug die Tür der Fahrerkabine zu.

Jimmy kochte, doch der Polizist hielt ihn zurück. Wir sahen zu, wie der Lastwagen langsam anrollte und die Auffahrt hinunterfuhr. Während alledem hatte Christie ihr Gesicht immer noch an meine Schulter gepreßt.

»Ist alles in Ordnung mit dir, Liebling?«

Sie nickte. Dann hob sie den Kopf.

»Tante Clara hat gesagt, ich soll im Restaurant sitzen bleiben, und dann mußte ich zusehen, wie sie mit Skipper tanzt. Er riecht schlecht, und hier hat er keine Zähne«, sagte sie und deutete auf ihren Oberkiefer.

»Du armes Kind«, sagte Mrs. Boston. »Hast du Hunger, Christie?«

»Wir werden sie nach oben bringen und ihr ein schönes warmes Bad einlassen, Mrs. Boston«, sagte ich.

»Natürlich. Komm zu Mrs. Boston«, sagte sie und streckte die Arme aus. Christie ging nur zu gern zu ihr.

»Wir werden uns vergewissern, daß sie die Stadt verlassen, Mrs. Longchamp«, versprach der Polizist.

»Ich danke Ihnen.«

»Wo haben Sie sie gefunden?« erkundigte sich Jimmy.

»In Hoagie's Diner«, sagte der Polizist.

»Ich wäre nie auf den Gedanken gekommen, in dieser Bude nachzusehen«, murmelte Jimmy. »Ein Glück für die beiden.«

Ich nahm seinen Arm, und wir folgten Mrs. Boston und Christie ins Haus. Eine weitere Krise, die wir Clara Sue zu verdanken hatten, war ausgestanden. Sie war wie eine dunkle, dicke Regenwolke, die jederzeit bereit war, anderen einen schönen Tag zu verderben.

Gegen Ende des Frühjahrs verkündete Betty Ann, daß sie schwanger war. Ich freute mich natürlich für sie und Jimmy, und doch hatte es die Wirkung, mir noch klarer vor Augen zu führen, daß ich selbst daran scheiterte, schwanger zu werden. Auf Jimmys Beharren hin gingen wir noch einmal zu einer ärztlichen Untersuchung und setzten uns wieder einmal mit Dr. Lester zusammen. Nachdem alle Tests abgeschlossen waren, trafen wir ihn in seinem Sprechzimmer.

»Die Ergebnisse überraschen mich nicht«, begann er. Er lehnte sich auf seinem Stuhl zurück und stützte das Kinn auf die Fingerkuppen beider Hände. »Es hat sich nicht viel geändert. Sie sind beide absolut gesund, und sie sind beide fruchtbar.«

»Was ist es dann?« fragte Jimmy. »Daran, daß wir uns nicht genug Mühe geben, liegt es ganz bestimmt nicht«, sagte er, ohne zu merken, wie eindringlich er das vorbrachte, bis er mir ins Gesicht sah. »Ich meine...«

»Nein, nein, ich habe schon verstanden«, warf Dr. Lester ein. Er beugte sich über seinen Schreibtisch vor und sah mir tief in die Augen. »Dawn, wie fühlen Sie sich im Moment psychisch? Ich will nicht in Ihrem Privatleben rumschnüffeln, aber sind Sie glücklich?«

»Glücklich?« Ich sah Jimmy an, der meine Antwort fast so gebannt erwartete wie der Arzt. »Ja, sicher. Bei uns laufen die Dinge sehr gut. Wir haben jetzt ein neues Zuhause. Christie ist Gott sei Dank ein gesundes, glückliches Kind. Das Hotel läuft sehr gut, und wir kommen alle gut miteinander aus... ich bin glücklich«, beharrte ich, aber es schien eher so zu klingen, als ärgerte mich das. Der Arzt zog die Augenbrauen hoch.

»Hm«, machte er. »Ich meine, ist emotional alles in Ordnung mit Ihnen... keine dieser krassen Stimmungsschwankungen mehr, über die wir schon einmal geredet haben... Phasen von Traurigkeit, die Sie ohne jeden ersichtlichen Grund überkommen?«

»Also... kaum noch«, sagte ich. Er nickte versonnen. Dann lehnte er sich zurück und zuckte mit den Achseln.

»Die Natur geht ihre eigenen Wege«, sagte er. »Die Medizin kann bis zu einem gewissen Punkt etwas tun, aber darüber hinaus liegt alles weitere an Kräften, auf die wir keinen Einfluß nehmen können.«

»Ich habe etwas von Fruchtbarkeitsmitteln gehört«, sagte Jimmy. Ich war überrascht. Das hatte er bisher nie erwähnt.

»Oh, es gibt Mittel, die ich Ihnen geben kann, aber das ist nicht der Punkt, wenn man bedenkt, daß sie beide fruchtbar sind, und außerdem kann es zu Nebenwirkungen und unerwarteten Ergebnissen führen. Warum sollten Sie sich selbst und ihren Nachwuchs gefährden?«

»Nein, nein, natürlich nicht«, erwiderte Jimmy eilig. »Ich dachte nur…«

»Ich denke«, sagte Dr. Lester und nickte, »daß es zur rechten Zeit dazu kommen wird. Wenn die richtigen Voraussetzungen gegeben sind – körperlich, geistig und seelisch –, dann wird es von allein passieren. Lassen Sie uns nicht vergessen, daß Dawn mit einer Schwangerschaft schon ein traumatisches Erlebnis durchgemacht hat. Der Körper funktioniert manchmal auf geheimnisvolle Art und Weise, und er könnte immer noch – wie soll ich es sagen – mißtrauisch sein.« Er lächelte. »Ich glaube, Sie wissen, was ich meine. Lassen Sie ihm noch etwas Zeit.« Er stand auf.

»Es tut mir leid, Jimmy«, sagte ich, nachdem wir gegangen waren und in unserem Wagen saßen. »Ich weiß, daß es meine Schuld ist. Dr. Lester hat es ja praktisch selbst gesagt.«

»O nein. Du kannst dir nicht die Schuld geben. Du hast niemanden um traumatische Erlebnisse gebeten. He, wir werden genau das tun, was er sagt… wir werden es weiterhin versuchen.« Er lächelte und küßte mich auf die Wange.

Im folgenden Januar, einen Tag nach dem Neujahrstag, gebar Betty Ann Zwillinge, einen Jungen und ein Mädchen, und beide hatten Philips und mein goldblondes Haar, aber beide Betty Anns braune Augen, nur schienen ihre mehr zu leuchten und Bronzesprenkel zu haben. Ihre winzigen Gesichter waren identisch: Stupsnäschen und klitzekleine Münder mit weichen, aber vollen Oberlippen. Als sie nebeneinander in ihren Kindertragen in der Entbindungsstation lagen, schienen sie immer noch denselben Mutterleib miteinander zu teilen, denn wenn eins von ihnen zu weinen begann, fiel das andere augenblicklich ein. Zeitlich genau aufeinander abgestimmt, fuchtelten sie mit den Armen und ballten ihre puppenhaften Hände zu Fäusten, und sie heulten harmonisch aufeinander abgestimmt.

Jimmy hob Christie hoch, damit sie sich ihren neuen Cousin und ihre neue Cousine anschauen konnte. Sie riß die Augen vor Verblüffung weit auf, als ihr Blick von einem Kind zum anderen glitt.

»Wir haben den Jungen Richard genannt, Richard Stanley Cutler, und das Mädchen Melanie Rose«, gab Philip stolz bekannt. Dann sah er Christie an und fragte: »Kannst du Richard und Melanie sagen?«

Christie nickte, war aber noch zu überwältigt, um etwas herauszubringen.

»Dann mach mal«, redete ihr Philip zu. »Sag es. Erst Richard.«

»Richard«, sagte sie mit perfekter Aussprache.

»Und Melanie Rose.«

»Mell...« Christie unterbrach sich und sah mich an. Ich nickte ihr ermutigend zu, doch in ihrer Aufregung hatte sie den Rest vergessen. »Mellon«, sagte sie, und wir lachten alle.

»Das ist ein Spitzname, der bestimmt an ihr hängenbleibt«, sagte Philip. »Ich muß sogar sagen, er gefällt mir.«

Ich hätte vorhersagen können, wie Mutter darauf reagierte, daß Betty Ann Zwillinge zur Welt gebracht hatte. Bronson war ganz aufgeregt und freute sich für Philip und Betty Ann, aber Mutter wirkte gelähmt und bedrückt. Der Anblick von zwei weiteren Enkeln – zwei weiteren Gründen, aus denen man sie als Großmutter bezeichnen konnte – deprimierte sie. Sie lächelte und gab Philip einen Kuß. Sogar Betty Ann gegenüber gab sie sich mütterlich, aber sie wollte nichts mit den Babys zu tun haben. Als müßte sie vor der Realität flüchten, buchte sie am Tag darauf für sich und Bronson eine Kreuzfahrt und war für die beiden nächsten Wochen verschwunden.

Philip stellte ein Kindermädchen ein, damit sie Betty Sue half, nachdem sie und die Kinder zu Hause waren. Die Ankunft der Zwillinge mit dem goldblonden Haar stellte im Hotel ein großes Ereignis dar. Als sie erst alt genug waren und im Wagen herumgefahren werden konnten, wurden sie zu einem regelrechten Phänomen. Die Gäste im Foyer und im Kartenzimmer ließen stehen und liegen, was sie gerade taten, und die Zwillinge lockten kleine Menschenmassen an. Die beiden schienen sich über ihre Macht im klaren zu sein. Sie lächelten, krähten, grapschten nach Fingern, die ihnen hingehalten wurden, und alle machten Bemerkungen über ihre liebenswürdige, gutgelaunte Art.

Christie blühte auf wie nie, wenn Betty Ann oder Philip ihr erlaubten, den Zweierkinderwagen durch die Korridore des Hauptgebäudes oder über die Gartenwege zu schieben. Sowie sie morgens aufwachte, fragte sie, ob sie Richard und Mellon besuchen dürfte. Sie war jetzt fast fünf und alt genug, um allein loszulaufen und ins Hotel zu gehen. Betty Ann schilderte mir, aber ich sah auch mit meinen eigenen Augen, wie ernst und reif sie im Umgang mit ihrem Cousin und ihrer Cousine war. Mrs. Caldwell, das Kindermädchen, eine angenehme Frau in mittleren Jahren, sagte mir, sie setzte größte Zuversicht in Christie und hätte keinerlei Bedenken, sie die Babys halten und sogar füttern zu lassen.

»Und sie scheinen sie ebensosehr zu lieben, wie sie sie liebt«, erzählte Mrs. Caldwell. »Ich habe schon gesehen, wie sie in dem Moment aufhören zu weinen, wenn Christie einen von ihnen in die Arme nimmt. Es überrascht mich, daß das andere Baby, wenn eins von ihnen aufhört zu weinen, sofort auch aufhört. Ich habe schon öfter Zwillinge gesehen, aber noch nie ein Paar, das derart auf die Gefühle und Bedürfnisse des anderen eingespielt ist.«

Als es im Herbst an der Zeit war, Christie in die Grundschule zu schicken, war sie furchtbar zerrissen. Sie wollte sehr gern zur Schule gehen, aber es war ihr eine entsetzliche Vorstellung, den ganzen Tag über von den Zwillingen getrennt zu sein. Sissy und Mrs. Boston hatten angefangen, ihr das Lesen beizubringen, und sie war von Natur aus neugierig auf alles. Ihr Lerneifer wurde nur durch die Energie derjenigen im Zaum gehalten, die gezwungen waren, eine Frage nach der anderen zu beantworten. Sie konnte mit ihren Fragen jedes Gegenüber strapazieren. Mir fiel wieder ein, wie der arme Randolph stundenlang mit ihr geredet hatte, als sie kaum alt genug war, um verständliche Laute von sich zu geben. Aber ihre Aufmerksamkeitsspanne war beträchtlich, und sie brachte große Geduld und Beharrlichkeit auf. Wenn sie etwas tun wollte, blieb sie hartnäckig dabei, bis sie mit sich selbst zufrieden war.

Das traf insbesondere zu, wenn es um die Musik ging. Milt Jacobs, unser Klavierspieler, fragte mich, ob er mit ihr am Klavier arbeiten dürfte; ihn beeindruckten ihre Fähigkeiten. Er wollte es in seiner Freizeit tun, aus reinem Vergnügen daran, sie bei ihren ersten Erfolgen zu beobachten, aber ich bestand darauf, daß er für den Unterricht bezahlt wurde. Infolgedessen hatte Christie für eine Fünfjährige einen recht dichtgedrängten Tag. Bis halb drei war sie in der Schule. Julius holte sie mit der Hotellimousine ab. Um halb vier ging sie in den Ballsaal zu ihrer Klavierstunde. Dann lief sie zu Mrs. Caldwell, um ihr beim Füttern der Zwillinge zu helfen.

Inzwischen war Christie der Liebling aller. Es kam vor, daß ich das Foyer betrat und sie an der Rezeption hinter dem Schalter vorfand, wie sie auf einem Hocker stand und Leute begrüßte. Die Empfangsdamen brachten ihr sogar bei, wie man telefoniert und die Anfragen für Zimmerreservierungen beantwortet. Die Gäste, die anriefen, waren vollkommen entgeistert, wenn sie ihnen mit ihrem winzigen Stimmchen die Preise eines Doppel- und eines Einzelzimmers nannte. Natürlich mußte sie bei allen weiteren Nachfragen an die Empfangsdamen weitergeben.

Kurz gesagt, das Hotel war für sie zum Spielplatz geworden. Sie kannte sämtliche Pagen mit Vornamen, aber auch viele der Kellner und Hilfskellner. Sie erkannte inzwischen die Namen von Stammgästen wieder und erinnerte sich an sie, und die meisten überschütteten sie mit Zuneigung und Lob. Ich werde nie vergessen, wie sie das erste Mal ein Trinkgeld bekam.

Sie kam völlig außer Atem in mein Büro gerannt, die goldenen Zöpfe pendelten über ihren Schultern hin und her, und sie hielt mir den Dollar hin.

»Sieh nur, Mommy!« rief sie aus.

»Ein Dollar. Wo hast du den her?«

»Mr. Quaters hat ihn mir gegeben, weil ich ihm ein Glas heiße Milch ins Kartenzimmer gebracht habe«, sagte sie. »Und ich habe keinen einzigen Tropfen verschüttet.«

»Quaters?« Ich dachte einen Moment nach. »Ach so, du meinst Mr. Couthers. Also, wenn das nicht reizend ist. Das mußt du unbedingt Daddy zeigen«, sagte ich.

»Und Tante Bet auch. Ich laufe jetzt gleich los«, rief sie und rannte mit ihrem Dollar raus, den sie stolz in der Faust hielt.

Wie sehr unterschied sich doch Christies Kindheit von der Kindheit, die Jimmy und ich verbracht hatten, dachte ich. Wir waren eher so etwas wie Gäste gewesen, die über einen kurzen Zeitraum am einen oder anderen Ort blieben, sich Freunde suchten und dann wieder weiterzogen. Nach einer Weile verschwammen Gesichter und Namen in unserem Gedächtnis. Ich konnte mich nicht erinnern, in der Grundschule oder auch später eine einzige echte Freundin zu haben. Christie dagegen hatte sich eine enorm ausgedehnte Familie zugelegt – die Hotelfamilie. Es gab Dutzende von Menschen, die sich um sie kümmerten und die sie sehr lieb hatten.

Und sie hatte sie auch lieb. Sie hatte wahrhaft Michaels Verlangen geerbt, im Mittelpunkt zu stehen. Sie war begierig auf Gesellschaft und wollte in jeder nur möglichen Form Darbietungen für ein Publikum bringen, sei es nun, daß sie Klavier spielte, sang oder etwas aufsagte, was sie gerade erst gelernt hatte. Man brauchte sie nicht lange zu überreden, damit sie diese Dinge tat; eine schlichte Bitte und der Beifall genügten ihr.

Wir alle fühlten uns wirklich wohl im Hotel und waren glücklich dort. Zum Glück hatte sich meine Angst vor Problemen mit Philip von Tag zu Tag mehr gelegt. Philip war vollauf mit der Hotelführung beschäftigt und schien sich seit der Geburt seiner Zwillinge mit dem Leben abzufinden, das er sich selbst gewählt hatte, und wie ich hatte auch er die Karten akzeptiert, die das Schicksal an uns ausgeteilt hatte. Immer, wenn er und Betty Ann und Jimmy und ich etwas Gemeinsames unternahmen, ließ er Betty Ann die gebührende Aufmerksamkeit zukommen, und wenn er mich auch von Zeit zu Zeit sehnsüchtig ansah, dann verstörte oder ängstigte er mich doch nicht mehr mit Anspielungen auf seine unsterbliche Liebe und seine ewigen Martern.

An einem warmen Sommertag, als ich draußen in den Gärten war und mich mit Mrs. Caldwell unterhielt, tauchte Philip jedoch an meiner Seite auf und flüsterte mir ins Ohr.

»Du weißt doch, warum ich froh bin, daß wir Zwillinge bekommen haben, oder nicht?« sagte er.

»Wieso denn?« fragte ich und erwartete so etwas wie einen Witz. Ein strahlendes, sanftes Lächeln stand auf seinem Gesicht.

»Weil es so ist, als sei einer von ihnen für dich und einer für Betty Ann. Ich weiß, daß du mit Jimmy versucht hast, noch ein Kind zu bekommen, und daß ihr kein Glück hattet«, fügte er eilig hinzu, ehe ich etwas darauf erwidern konnte. »Mit mir hättest du Glück gehabt.« Ich spürte, wie Glut in mein Gesicht aufstieg. »Was glaubst du, welches von beiden unseres geworden wäre?« fragte er mich allen Ernstes.

Einen Moment lang brachte ich kein Wort heraus, und daher redete er weiter und schaute dabei auf die Zwillinge hinunter.

»Ich stelle mir oft vor, daß Richard unser Kind ist. Er erinnert mich an dich. Ich weiß nicht, warum; es ist einfach so.«

Ich zog ihn aus Mrs. Caldwells Hörweite.

»Philip, wie kannst du nur etwas so Absurdes sagen? Das sind deine und Bettys Kinder. Die Vorstellung, daß du dir ausmalst, eins der Kinder sei von mir, würde ihr das Herz brechen.«

»Gegen meine Träume kann ich nichts tun«, sagte er.

»Du solltest es aber versuchen«, fauchte ich und ließ ihn stehen.

Ich glaube, was mich am meisten erschreckte, war, daß mein Scheitern, wieder schwanger zu werden, zu einem allgemeinen Gesprächsthema geworden war. Natürlich war es naheliegend, daß die Leute sich fragten, warum Jimmy und ich seit meiner Fehlgeburt nicht noch ein eigenes Kind miteinander bekommen hatten. In einem so kleinen Ort wie Cutler's Cove fiel es nicht schwer, sich vorzustellen, die meisten Leute wüßten, daß keine körperlichen Ursachen vorlagen, die eine Schwangerschaft verhindern könnten. In diesem alten Seebad ging viel Klatsch um, wie überall anderswo auch. Bei mehr als einer Gelegenheit, vor allem bei unseren Telefongesprächen, bestätigte mir Mutter, daß dieses Thema die Leute häufig beschäftigte.

»Catherine Peabody hat mich gefragt, warum ihr nicht noch einmal versucht habt, ein Kind zu bekommen, du und James«, sagte Mutter. »Kannst du dir diese Unverfrorenheit vorstellen? Ich hätte sie am liebsten gefragt, was sie das angeht, aber statt dessen habe ich ihr schonungslos ins Gesicht gesagt, daß ihr nur vernünftig seid. Ich habe gesagt, ihr seid beide noch zu jung und habt viel zuviel mit eurer Arbeit zu tun, um euch mit noch einem Nachkömmling zu belasten.«

»Erzähl den Leuten, was du willst, Mutter«, entgegnete ich trokken. Das Thema war für mich ermüdend. Ich fühlte mich geschlagen und besiegt, und es zermürbte mich, mir darüber Sorgen zu machen. Ich war an dem Punkt angelangt, aufzugeben und die Tatsache zu akzeptieren, daß es sowieso nie mehr dazu kommen würde.

Ich glaube, Jimmy empfand es allmählich auch so. Nicht etwa, daß wir aufgehört hätten, miteinander zu schlafen oder daran zu denken. Er hatte nur einfach aufgehört, mich zu fragen, wie ich mich fühlte und ob ich irgendwelche Symptome festgestellt hätte. Durch die Geburt der Zwillinge und mein Scheitern, wieder schwanger zu werden, dachte Jimmy wieder immer öfter an Fern. Ich wußte, daß er und Daddy Longchamp sie in ihren Briefen immer wieder erwähnten. Wir luden Daddy Longchamp und seine neue Frau Edwina ständig von neuem ins Hotel ein, aber er hatte immer den einen oder anderen Grund, aus dem er nicht kommen konnte. Eines Tages beschloß Jimmy dann, daß wir ihn besuchen sollten.

Ich hatte das Hotel früh verlassen, um mich auf die Bank in unserer neuerrichteten Laube zu setzen. Die späte Nachmittagssonne warf lange, kühle Schatten über die Rasenflächen und die Gärten. In der Ferne glitzerte das ruhige silbrige Meer. Ich fühlte mich nachdenklich und niedergeschlagen. Den ganzen Tag über waren mir Dinge eingefallen, die mit Momma Longchamp und meiner Kindheit zu tun hatten, einer Zeit, die mir jetzt immer mehr wie ein Traum erschien.

»Da bist du also«, sagte Jimmy, als er näher kam. »Ich habe dich gesucht.«

»Ich habe mich träge gefühlt«, bekannte ich, »und ich habe beschlossen, heute früher nach Hause zu gehen.«

»Du solltest dir öfters freinehmen. Dieses Hotel läuft von allein. Jedenfalls ist das hier der Grund, aus dem ich dich gesucht habe«, sagte er. »Ich habe heute einen neuen Packen Fotos von Daddy Longchamp bekommen. Sieh dir nur an, wie groß Gavin schon geworden ist«, sagte er und reichte mir die Fotografien.

»Und hübsch wird er auch«, sagte ich und schaute auf den dunkelhaarigen Jungen mit den dunklen Augen. Er hatte Daddy Longchamps hageres, strenges Gesicht, aber ein sehr süßes Lächeln.

»Ich sollte hinfahren und mir meinen Bruder ansehen«, sagte er. »Es ist nicht richtig, daß wir beide uns noch nie getroffen haben.«

»Natürlich solltest du hinfahren, Jimmy. Aber vielleicht solltest du es allein tun«, sagte ich.

»Was? Wieso denn das?«

»Ich weiß es nicht... vielleicht wäre es Daddy Longchamp immer noch sehr unangenehm, wenn er mich sehen müßte. Das ist wahrscheinlich auch der Grund, aus dem er nicht herkommt. Du kannst ihm sagen, ich hätte zuviel im Hotel zu tun und könnte im Moment nicht fortfahren.«

»Bist du sicher, daß es nicht umgekehrt ist?« fragte Jimmy.

»Wie meinst du das?«

»Bist du sicher, daß dir nicht unwohl dabei zumute ist, ihn sehen zu müssen?« verfolgte er das Thema weiter, und jetzt waren seine Augen argwöhnisch zusammengekniffen.

»Jimmy, wie kannst du so etwas sagen? Ich wollte doch, daß er ins Hotel kommt, oder nicht?«

»Ja, aber vielleicht hast du immer gewußt, daß er nicht kommen würde«, sagte Jimmy. »Und du hast dich nie furchtbar aufgeregt, wenn er dann nicht aufgetaucht ist.« Er sah mich fest an, und ich mußte die Augen niederschlagen. Es war, als könnte Jimmy in mein Herz schauen und meine Ängste sehen.

»Du warst diejenige, die mich dazu überredet hat, ihm zu verzeihen und ihn aufzusuchen«, erinnerte mich Jimmy. »Und dabei bist du es, die ihn immer noch haßt.«

»O Jimmy, ich hasse ihn nicht. Ich habe nur... nur einfach...«

»Was?« bohrte er beharrlich weiter.

»Angst«, sagte ich. »Ich kann nichts dagegen tun. Ich weiß nicht, warum ich Angst haben sollte, aber ich habe sie.«

Er starrte mich verwirrt an.

»Wovor fürchtest du dich? Davor, die Vergangenheit wieder aufzurühren?«

»O Jimmy«, sagte ich und ließ endlich alles aus mir heraussprudeln, »er hat uns als Bruder und Schwester aufgezogen, und jetzt sind wir ein Ehepaar. Ich fürchte mich davor, ihm ins Gesicht zu sehen.«

»Aber – aber er hat die Wahrheit doch gekannt!« rief Jimmy.

»Jimmy, in all der Zeit, in der ich bei ihm und Momma Longchamp gelebt habe, hatte ich nie das Gefühl, daß ich nicht ihr Kind bin. Ich glaube, sie haben es fertiggebracht, selbst daran zu glauben. Manchmal verändert sich die Wahrheit. Wie ein Chamäleon verwandelt sie sich, um sich der Umgebung anzupassen, in der sie sich gerade befindet. Daddy Longchamp kann uns beide nicht ansehen, ohne daran zu denken, daß wir ein Zimmer miteinander geteilt, unsere kärglichen Mahlzeiten zusammen eingenommen und sogar manche Kleidungsstücke abwechselnd getragen haben. Und wenn er mich ansieht und sich an die Vergangenheit erinnert, wird er sich höchstwahrscheinlich furchtbar fühlen, obwohl ich nicht will, daß er sich furchtbar fühlt.«

»Aber...«

»Jimmy, du fährst allein hin. Nur dieses erste Mal«, flehte ich ihn an. »Ich verspreche dir auch, daß ich beim nächsten Mal mitkomme.«

Er starrte mich einen Moment an und schüttelte den Kopf.

»Also, gut«, sagte er schließlich. »Ich will mit Daddy sowieso über Fern reden. Er hat ebenfalls versucht, etwas über sie herauszufinden. Ich kann nicht verstehen, warum es Mr. Updike in all der Zeit nicht gelungen ist, irgend etwas rauszukriegen, und schon gar nicht, wenn wir einen professionellen Privatdetektiv in unseren Diensten haben.«

»Jimmy«, sagte ich, nachdem ich tief Atem geholt hatte, »der Detektiv arbeitet nicht mehr an dem Fall.«

»Was? Und warum nicht?« fragte er schroff, und sein Gesicht lief violett an.

»Ich habe es dir doch gesagt, Jimmy. Es gibt Geheimhaltungsvorschriften, die gesetzlich geregelt sind, und wir können nicht dagegen verstoßen. Mr. Updike hat mir geraten, die Suche aufzugeben.«

»Soweit ich das sehen kann, verstoßen reiche Leute gegen Gesetze, wenn es ihnen nötig erscheint oder in den Kram paßt, und dann engagieren sie tolle Anwälte wie Mr. Updike, damit sie alles wieder in Ordnung bringen. Vielleicht brauchen wir für diese Angelegenheit einen anderen Anwalt«, schlug er vor. »Einen, der nicht ganz so gesetzestreu ist. Aber warum hast du mir nicht erzählt, daß gar kein Privatdetektiv mehr auf den Fall angesetzt ist?«

»Ich wollte dich nicht unglücklich machen, Jimmy.«

»Das war nicht richtig, Dawn. Du hättest es mir sagen sollen. Daddy hat auch geglaubt, wir hätten einen Privatdetektiv beauftragt, der für uns arbeitet.« Er schüttelte den Kopf. »Das war nicht richtig.«

»Jimmy, selbst wenn wir sie finden, wird es seltsam für sie sein. Sie ist inzwischen fast zehn Jahre alt«, erinnerte ich ihn. »Und sie hat unter einem anderen Namen bei einer anderen Familie gelebt. Höchstwahrscheinlich hat man ihr nie gesagt, daß sie adoptiert worden ist. Wir könnten bei ihr mehr Schaden anrichten als ihr Gutes tun.«

»Ich muß mich über dich wundern, Dawn«, sagte er, und in seinen Augen standen Schmerz und Zorn. »Wenn sie wirklich deine Schwester wäre, würdest du anders darüber denken – ganz bestimmt.« Er wandte sich ab, stürmte davon und ließ mich in der Laube sitzen.

Mein Herz kam mir wie ein Bleiklumpen vor, und ich spürte, wie das Blut aus meinem Gesicht wich. So wütend hatte mich Jimmy noch nie angesehen, und so tief hatte ich ihn noch nie verletzt. Ich war völlig benommen und schockiert.

Warum hatte ich solange gewartet, bis ich es ihm gesagt hatte, und wie hatte ich ihm gegenüber eine so kalte Äußerung machen können? Es war, als hatte mir Großmutter Cutler die Worte in den Mund gelegt.

Ich lief eilig hinter Jimmy her und stellte fest, daß er um das Haus herumgegangen war und auf den Horizont starrte.

»O Jimmy!« rief ich und umarmte ihn. »Es tut mir ja so leid. Ich wollte nichts vor dir geheimhalten, und ich hatte auch nicht vor, diese Dinge zu dir zu sagen. Natürlich müssen wir versuchen, Fern zu finden. Ich sollte besser als alle anderen Menschen wissen, wie wichtig es ist zu wissen, wer man wirklich ist. Ich weiß nicht, was vorhin über mich gekommen ist. Ich vermute, ich bin nur niedergeschlagen, enttäuscht und unglücklich, weil ich nicht schwanger werde. Ich weiß, wie sehr du es dir wünschst.«

»Wünschst du es dir denn nicht auch, Dawn?« fragte er, und sein Blick wandte sich meinen Augen zu, forschend und durchdringend.

»Doch, Jimmy, ich wünsche es mir. Ich wünsche es mir wirklich«, sagte ich von ganzem Herzen. Er atmete tief aus.

»Okay«, sagte er. »Ich werde Daddy diesmal allein besuchen.«

»Jimmy, wenn du wirklich willst, daß ich mitkomme...«

»Nein«, sagte er. »Du könntest in dem Punkt recht haben. Und überhaupt werde ich nicht lange dortbleiben.«

»Ich werde dich vermissen, und wenn es auch für kurze Zeit ist.«

Er küßte mich, aber es war, als hätte das schimmernde Furnier unserer Liebe und Ehe einen winzigen Kratzer gekriegt. Sein Kuß war weniger lang und heftig, und gleich anschließend lief er ins Haus, um zu packen.

Ich wurde innerlich taub. Ich kam mir vor wie ein kleiner Vogel, der zurückgelassen worden ist, wenn der Winter über die Hügel herbeieilt.

12

Erneutes Aufflackern eines alten Alptraums

Jimmy brach am nächsten Morgen früh auf. Der Himmel war total verhangen, und dicke Schichten schmutziggrauer Wolken hingen über uns und drohten Regen an. Sogar das Meer wirkte aschfahl und farblos, und in der Flut am Morgen brodelte eine trostlose Monotonie. Ein rauher Wind wehte, packte die Bäume und schüttelte sie gnadenlos. Ich schlang die Arme um mich, während wir auf der Veranda auf Julius warteten, der Jimmy abholen und zum Flughafen bringen sollte. Christie war bereits zur Schule gegangen, und Jimmy hatte sich von ihr verabschiedet. Was noch blieb, war unser Abschied. Wir schoben ihn bis zum letzten Moment hinaus.

Beim Frühstück drehte sich unser Gespräch um die Liste von Dingen, die ich im Hotel während Jimmys Abwesenheit im Auge behalten sollte.

»Es paßt mir nicht, so überstürzt aufzubrechen«, sagte er, »aber wenn ich mir jetzt keinen Ruck gebe und es einfach tue, dann werde ich es immer wieder verschieben, das weiß ich ganz genau.«

»Mach dir keine Sorgen, Jimmy«, beruhigte ich ihn. »Ich werde mich darum kümmern, daß alles erledigt wird, was du erledigt haben willst.«

Er nickte. Wir hatten es an diesem Morgen vermieden, uns in die Augen zu sehen. Ich hatte unruhig und schlecht geschlafen und immer noch manche der Dinge bereut, die ich zu ihm gesagt hatte, aber auch meinen Widerwillen, ihn bei seinem Besuch bei Daddy Longchamp und seiner neuen Familie zu begleiten. Ich hätte Jimmy gern aufgeweckt und mich unzählige Male entschuldigt, aber er war im Tiefschlaf. Schließlich schlief ich gegen Morgen selbst ein und merkte noch nicht einmal, wie er aufstand und sich anzog. Ich wachte auf, als ich hörte, wie Mrs. Boston Christie für die Schule fertigmachte.

Jetzt standen wir zusammen da und sahen, wie die Limousine näher kam.

»Tja, dann also«, sagte Jimmy und nahm seinen Koffer in die Hand. »Ich rufe dich im Lauf des Abends an.«

Er beugte sich vor, um mich zu küssen. Ich versuchte, seine Schultern festzuhalten. Ich wollte seine Lippen so lange wie möglich auf meinen spüren, aber er löste sich von mir, als die Limousine vor uns anhielt.

»Jimmy!« rief ich und streckte die Hand nach ihm aus. Er wandte sich um, als Julius seinen Koffer nahm und ihn in den Kofferraum legte.

»Was ist?« Er sah mir in die Augen, und ich entdeckte Tränen, die nicht flossen, aber glänzten, in den seinen.

»Paß auf dich auf«, sagte ich.

»Ich werde mich bemühen. Ich rufe dich an.« Dann stieg er in die Limousine. Ich stand da und fühlte mich betäubt und winzig klein, als Julius und Jimmy fortfuhren. Ich ging erst wieder ins Haus, als der Wagen aus meiner Sichtweite entschwunden war. Mein Herz fühlte sich so leer an, so ausgehöhlt, und jeder Schlag hallte lauter in den leeren Kammern als der vorhergehende.

Ich rannte die Treppe hinauf und warf mich auf das Bett, und dort weinte und weinte ich wie ein hysterisches Schulmädchen. Mrs. Boston hörte mich und klopfte an meine Tür.

»Ist alles in Ordnung mit Ihnen, Dawn?« fragte sie.

»Ja, Mrs. Boston«, sagte ich und setzte mich auf. »Es ist schon gut.« Ich wischte mir die Wangen ab. »Machen Sie sich keine Sorgen.«

»Wenn Sie irgend etwas brauchen, dann geben Sie mir Bescheid«, sagte sie, und ihre Stimme drückte tiefe Sorge aus.

Das, was ich wollte, konnte sie mir nicht geben, dachte ich. Ich wollte die Wunden von endlosen Jahren eines qualvollen Lebens verheilen lassen. Ich wollte die traurigen und bitteren Erinnerungen begraben, die sich immer noch mit ihren Fangarmen an die Wände meiner Seele klammerten, sich dort festhielten wie gräßliche Fledermäuse, die es darauf abgesehen hatten, jeden finsteren Augenblick auszunutzen, um umherzufliegen und mich zu martern. Ich wollte neuen Mut schöpfen und mich in der Lage fühlen, mich all diesen Geistern zu stellen und sie wieder ins Dunkel zu vertreiben, dorthin, wo sie hingehörten.

Jimmy war so stark gewesen; seine Liebe zu mir war so groß, daß er diese alten Gefühle und Befürchtungen bewältigen konnte. Ich hatte die tiefe Enttäuschung in seinen Augen gesehen, als er mich direkt vor seiner Abreise angesehen hatte. In meinem Herzen fühlte ich den Schmerz, der sich in seinem Herzen eingenistet hatte, und ich wußte, daß ich ihn auf eine ernstzunehmende Art nicht zufriedenstellte, aber es war, als gäbe es unsichtbare Ketten, die mich an meine Ängste und Schwächen banden. Ich brauchte etwas mehr Zeit, um sie zu sprengen, nur noch ein klein wenig mehr Zeit, dachte ich.

Ich dachte, das einzige, was mir jetzt noch übrigblieb, sei, mich auf die Arbeit zu stürzen, um mich von der Traurigkeit abzulenken, die ich empfand, weil Jimmy fort war. Ich beschäftigte mich mit Zahlen und anderen Dingen, um zu verhindern, daß ich Jimmys dunkle traurige Augen wieder und immer wieder vor mir sah. Jedesmal, wenn ich mit etwas fertig war, sprang ich sofort auf, um mir eine neue Aufgabe zu suchen, ganz gleich, wie geringfügig oder unbedeutend diese Arbeit war. Zeitweise dachte ich, ich ähnelte dem armen Randolph, der von unwichtigen Kleinigkeiten besessen gewesen war. Jetzt konnte ich verstehen, warum es ihm so ergangen war. Er hatte lediglich versucht, sich davor zu bewahren, abscheulichen Realitäten ins Gesicht sehen zu müssen.

Leider konnte ich jedoch schon vor Ablauf des Morgens damit aufhören, mich nach Dingen umzusehen, die ich aus reiner Beschäftigungstherapie erledigen konnte. Etwas Ernstliches ereignete sich, und da Philip geschäftlich nach Virginia Beach gefahren war, konnte er mir keinen Beistand leisten. Mr. Stanley, der für die Zimmermädchen verantwortlich war, kam an meine Tür und klopfte an. Bei seinem Eintreten wirkte er entsetzlich durcheinander.

»Was ist passiert, Mr. Stanley?« fragte ich schon, ehe er meinen Schreibtisch erreicht hatte.

»Mrs. Longchamp, etwas Gräßliches«, erwiderte er. »Mary White, eins unserer Zimmermädchen, ist zu mir gekommen, um mir zu berichten, daß einer unserer Gäste in seinem Zimmer verstorben ist... Mr. Parker.«

»Mr. Parker?« Ich kannte ihn gut. Er war ein älterer Herr, der seit mindestens zwanzig Jahren in das Hotel kam. Er war ein sehr gütiger und vornehmer Mann, ein Witwer. Letztes Jahr hatte er Christie zu ihrem Geburtstag hundert Dollar geschenkt. »Sind Sie auch sicher, daß er...«

»Ich bin selbst in sein Zimmer gegangen und habe ihn zusammengesackt auf seinem Sessel beim Fenster vorgefunden. Ich fürchte, es ist wahr«, sagte Mr. Stanley und fummelte an seinem Hemdkragen herum.

»Ich verstehe. Also, gut. Sorgen Sie dafür, daß das Zimmer verschlossen bleibt, das ist ja selbstverständlich. Ich werde Mr. Dorfman aufsuchen und mit ihm reden. Er kann mir sicher sagen, wie solche Dinge früher gehandhabt worden sind.«

»Es tut mir leid«, sagte Mr. Stanley, als sei all das irgendwie seine Schuld. »Ich habe Mary gesagt, daß sie es vorläufig für sich behalten soll.«

»Schön.« Ich stand auf und verließ gemeinsam mit ihm mein Büro. Ich begab mich direkt zu Mr. Dorfmans Büro.

»Ein solches Pech«, meinte er, als ich ihm berichtete, was Mr. Stanley entdeckt hatte. »Aber schließlich passiert so etwas nicht zum ersten Mal. Wenn man ältere Menschen in seiner Obhut hat...«

»Was tun wir in einer solchen Situation?« fragte ich schnell.

»Tja, ich werde natürlich einen Krankenwagen rufen. Es ist das Beste, wenn die anderen Gäste nicht erfahren, daß er verstorben ist. Ich werde persönlich mit den Krankenpflegern reden, wenn sie hier ankommen. Sie werden es verstehen und sich als kooperativ erweisen. Das hier ist schließlich ein Erholungsort.«

»Verstehen? Kooperativ?« Ich schüttelte verwirrt den Kopf. »Was meinen Sie damit?«

»Sie werden ihn mit einer Sauerstoffmaske auf dem Gesicht auf einer Rollbahre aus dem Hotel fahren, und wir werden sagen, daß er unter Atemnot leidet und ins Krankenhaus gebracht wird«, erklärte Mr. Dorfman.

»Was? Warum sollten wir das denn tun?«

»So hat Mrs. Cutler vergleichbare Situationen in der Vergangenheit gehandhabt«, erwiderte er. »Auf diese Art und Weise schadet... der Schock über seinen Tod weder dem Hotel noch den anderen Gästen.«

»Ich weiß nicht«, sagte ich. »Mir kommt das sehr verlogen vor.«

»Ich kann Ihnen nur sagen, was Mrs. Cutler in der Vergangenheit getan hat. Ich glaube, wenn sie hier wäre«, sagte Mr. Dorfman leise, »dann würde sie Ihnen sagen, daß der arme Mr. Parker bestimmt nichts dagegen gehabt hätte. Sie haben ein Haus voller Gäste, und viele darunter sind ältere Menschen.

Etwas Derartiges kann sie auf den Gedanken bringen – zu Unrecht, versteht sich –, daß sie sich jeden Bissen ihres Essens ganz genau ansehen und sich fragen müßten, wo ihre Zimmer gelegen sind, wie es um die Belüftung steht... glauben Sie mir, daraus kann eine Unmenge von Problemen erwachsen. Urplötzlich weist jedes kleine Wehwehchen, aber auch jeder unregelmäßige Herzschlag auf eine ernste Krankheit hin, und die Ärzte werden durch das ganze Haus laufen, ganz zu schweigen davon, daß Julius Menschen zu Untersuchungen ins Krankenhaus befördern muß.

Ich finde es gräßlich, daß ich es so kalt ausdrücken muß«, schloß er, »aber es ist nicht gut für das Image des Hotels. Das hier ist ein Ort, an dem die Menschen sich entspannen, ihren Spaß haben, es sich gutgehen lassen, und sie bringen nur gute Erinnerungen mit nach Hause.« Er unterbrach sich und holte tief Atem. »Ich glaube, ich habe Ihnen Mrs. Cutlers Aussagen wortwörtlich wiedergegeben«, endete er und war selbst erstaunt.

»Selbstverständlich«, fuhr er fort, »werde ich Mr. Updike anrufen und ihn von der Situation in Kenntnis setzen. Es gibt immer auch noch die juristischen Erwägungen.«

Er saß da, starrte mich an und wartete nur noch darauf, daß ich ihm den Startschuß gab. Ein Teil von mir wollte sich auflehnen und ihm Kontra geben, schon allein, weil wir es so handhabten, wie Großmutter Cutler es gehandhabt hätte. Ich wollte ihm die Anweisung erteilen, den Leichenbestatter anzurufen und einen Leichenwagen vor dem Hotel vorfahren zu lassen. Irgendwie wäre das gewesen, als hätte man Großmutter Cutler einen Schlag in das arrogante Gesicht verpaßt.

Aber ein anderer Teil von mir – der Teil, der herangewachsen war und sich weiterentwickelt hatte – erkannte, wie unreif und albern das gewesen wäre. Damit hätte ich nur mir selbst und den Menschen geschadet, die ich mochte.

»In Ordnung, Mr. Dorfman«, sagte ich. »Gehen Sie so damit um, wie wir es bisher auch getan haben.«

Er nickte und nahm den Telefonhörer ab. Er bestellte den Krankenwagen zu einem Seiteneingang des Hotels. Einige Gäste würden natürlich sehen, wie Mr. Parker aus dem Haus getragen wurde, aber es würde auf die Art weniger Aufruhr geben als andernfalls, wenn der Krankenwagen auf der Auffahrt vor dem Haupteingang anhielt und die Sanitäter Mr. Parker durch das Foyer brachten. Mr. Updike kam, um sich zu vergewissern, daß alles planmäßig ablief.

Irgendwie schien es angemessen zu sein, daß es ein grauer Tag mit schauerartigen Regengüssen blieb, und doch kam es mir verschlagen und hinterlistig vor, als sie den alten Mann auf einer Rollbahre und mit einer Sauerstoffmaske auf dem Gesicht durch die Korridore schoben. Dieses Gefühl prägte sich noch mehr aus, als Gäste mich fragten, was passiert sei, und ich ihnen sagte, Mr. Parker fühlte sich nicht gut, und wir hielten es für das Beste, wenn er zur Untersuchung ins Krankenhaus gebracht wurde.

»Sie werden erst später wieder nach ihm fragen«, sagte ich zu Mr. Updike. »Und dann müssen sie natürlich erfahren, daß er gestorben ist.«

»Ja«, sagte er, »aber irgendwie ist sein Tod ein geringerer Schock, wenn er in einem Krankenhaus stirbt und nicht ausgerechnet hier.« Er klopfte mir auf die Schulter. »Sie haben Ihre Sache sehr gut gemacht, meine Liebe.« Ich konnte sehen, daß es ihm auf der Zungenspitze lag zu sagen: »Mrs. Cutler wäre sehr stolz auf Sie gewesen«, aber er sah die Wut in meinen Augen glimmen und murmelte lediglich: »Wirklich sehr, sehr gut.«

Die Geschehnisse, die mit Mr. Parkers Tod und seinem Abtransport in Zusammenhang standen, hatten mich davon abgelenkt, daß Jimmy fort war, aber als ich endlich wieder in mein Büro zurückkehrte, nachdem alles vorbei war, bedauerte ich, daß er in dieser Krise nicht an meiner Seite gewesen war. Mir wurde klar, welche Stütze er mir war, wie sehr ich seine Kraft und seinen Trost brauchte. Ich war in Versuchung, ihn in Texas anzurufen und ihm zu berichten, was vorgefallen war, aber ich fand, das sei nicht fair. Als ich auf die Uhr schaute, wurde mir klar, daß er gerade erst dort eingetroffen sein mußte und jetzt vollauf damit beschäftigt war, seinen Bruder kennenzulernen. Meine Probleme konnten bis später warten.

Am späten Nachmittag lehnte ich mich auf meinen Stuhl zurück. Ein Gefühl der Ermattung spülte wie eine Woge über mich hinweg. All dieser innere Aufruhr hatte seinen Tribut gefordert. Ich war sicher, daß ich trotz allem heute nacht gut schlafen würde. Christie war von der Schule zurückgekehrt, hatte ihre Klavierstunde hinter sich gebracht und war zu den Zwillingen gegangen. Sie fragte mich, ob sie mit ihnen zu Abend essen dürfte, und ich willigte ein. Ich war nicht besonders hungrig und dachte mir, ich würde später einen Tee trinken und einen Toast essen. Ich schloß meine Bücher und packte die Berichte weg, um das Büro zu verlassen und nach Hause zu gehen, damit ich mich umziehen und die Gäste vor dem Abendessen begrüßen konnte. Aufgrund der Vorfälle des Tages schien das heute wichtiger als sonst zu sein.

Aber in dem Moment, in dem ich aufstand, hörte ich ein zartes Klopfen an der Tür und rief meinem Besucher zu, er solle eintreten. Es war Betty Ann.

Betty Ann hatte natürlich während der Schwangerschaft zugenommen, aber das glättete nur ihre Kanten und machte sie meiner Meinung nach attraktiver. Seit der Geburt hatte sie kaum abgenommen. Ich glaubte, daß es ihr immer noch große Freude machte, im Hotel zu leben. Sie hatte oft alte Freundinnen aus dem College zu Besuch, und sie hatte sich mit manchen der wohlhabenderen Einwohner von Cutler's Cove angefreundet, vorwiegend aufgrund der Einladungen, die Mutter gab. Jedenfalls wirkte sie recht beschäftigt und zufrieden, da sie sich jetzt um die Zwillinge kümmerte, im Hotel mitarbeitete und gesellschaftlichen Umgang hatte. Deshalb war ich überrascht, als sie reinkam, die Tür leise hinter sich schloß und in Tränen ausbrach.

Heute scheint ein Tag für Traurigkeit zu sein, dachte ich. Es war, als hätten es der trübe Himmel, der Regen und die graue Welt draußen geschafft, durch jeden Ritz und kleinsten Spalt in den Wänden unseres Glücks in unser Leben einzusickern. Jeder beklagenswerte und unglückliche Augenblick in unserer Vergangenheit wurde wieder lebendig und blühte auf diesem Nährboden der Depression auf. Die Melancholie hatte heute ihren großen Tag.

»Was ist los, Betty Ann?« rief ich und eilte schnell an ihre Seite. Sie antwortete darauf mit einem noch lauteren und heftigeren Schluchzen. Ich führte sie zum Sofa und half ihr, sich hinzusetzen. Ihr Gesicht war vom Weinen schon ganz aufgedunsen.

»O Dawn«, stöhnte sie zwischen zwei Schluchzlauten. »Ich halte es einfach nicht mehr aus. Ich muß es jemandem sagen. Es tut mir leid.«

»Das ist schon in Ordnung. Du hast keinen Grund, dich zu entschuldigen. Wir sind wie Schwestern«, sagte ich. »Ich habe nichts dagegen, wenn du mir deine Sorgen erzählst. Was ist passiert? Hat es etwas mit den Zwillingen zu tun?« fragte ich.

»O nein, denen geht es Gott sei Dank gut.«

»Ist etwas mit deiner Familie?« forschte ich weiter, denn ich konnte mir vorstellen, daß ihre Mutter ihr Probleme machte, weil sie im Hotel lebte. Mehr als einmal hatte Betty Ann mir gegenüber geäußert, daß ihre Mutter, die den oberen Zehntausend angehörte, es unter ihrer Würde fand, daß sie die Gäste begrüßte und die Rolle der Gastgeberin übernahm.

»Nein«, sagte sie. Sie holte tief Atem und platzte dann damit heraus. »Es geht um Philip.«

»Philip? Was ist mit ihm?« Ich lehnte mich zurück. Erzählte er ihr Dinge über mich, dachte ich angsterfüllt.

»In der letzten Woche hat er jede Nacht darauf bestanden, in einem anderen Zimmer zu schlafen. Ich weiß nicht, warum. Ich habe ihm nichts getan. Wir hatten keinen Streit; er... er steht einfach auf und geht.«

»Er steht auf und geht? Du meinst, er geht mit dir schlafen, und dann...«

»Ja«, sagte sie und wischte sich die Augen, ehe sie wieder tief Atem holte, »er steht einfach auf und verschwindet. Anfangs dachte ich... er träfe sich mit einer anderen Frau... er ginge irgendwohin, um sich mit einem gemeinen Zimmermädchen oder so zu treffen. Ich hatte solche Angst, daß ich mich nicht rühren konnte, nichts tun konnte. Ich konnte ihn noch nicht einmal fragen, wohin er eigentlich geht.«

»Ich kann mir nicht vorstellen, daß sich Philip mit einem unserer Zimmermädchen trifft.«

»Nein, er tut nichts dergleichen.« Sie hielt sich das Taschentuch, das sie fest mit den Händen umklammert hatte, an die Nase und schneuzte sich. »Letzte Nacht bin ich aufgestanden und ihm gefolgt. Er geht... er geht nur einfach in ein anderes Zimmer.«

»In ein anderes Zimmer? In was für ein anderes Zimmer?« fragte ich.

»In deine frühere Suite«, erwiderte sie. Es war, als hätte mir jemand einen Eimer Eiswasser über den Kopf geschüttet.

Ich spürte, wie die eisigen Ströme über meine Schultern, meinen Nacken und mein Rückgrat rannen.

»In meine frühere Suite?«

»Ja. O Dawn, heißt das, daß er es in meiner Nähe nicht mehr aushält? Ist das der erste Schritt zu einer Scheidung?«

»Nein, das glaube ich nicht... Hast du ihn denn nicht gefragt, warum er das tut?« erkundigte ich mich.

»Doch, das habe ich getan. Heute morgen. Er hat gesagt, er sei einfach unruhig und könnte nicht still liegenbleiben. Er hat gesagt, ich sollte keine große Sache daraus machen, und er hat mir verboten, es jemandem zu erzählen, aber ich kann an nichts anderes mehr denken, und ich wußte, daß du ihm nicht sagen wirst, daß ich es dir erzählt habe. Aber was soll ich bloß tun? Das ist doch nicht normal, oder? Zwischen dir und Jimmy sind solche Dinge doch nicht passiert, oder?«

Ich schüttelte den Kopf. »Du wirst ihm sagen müssen, wie sehr dich das beunruhigt«, sagte ich. »Rede ruhig mit ihm darüber, und mach es ihm verständlich.«

Was hätte ich ihr sonst raten können? fragte ich mich.

»Soll ich das tun?«

»Ja, selbstverständlich. Wenn du ihm zeigst, wie sehr es dich stört, dann wird er sicher etwas daran ändern«, versicherte ich, obwohl ich tief in meinem Innern ernste Zweifel daran hatte.

Sie lächelte. »Es ist so schön, jemanden wie dich zu haben, mit dem man reden kann. Nach allem, was du heute schon durchgemacht hast, fand ich es ziemlich schlimm, daß ich jetzt auch noch zu dir komme, aber ich konnte es einfach nicht lassen.«

»Das ist schon in Ordnung.« Ich tätschelte ihre Hand, und sie wirkte wieder zuversichtlicher.

»Ich bin heute abend da und begrüße gemeinsam mit dir die Gäste, denn wir werden die Wogen glätten müssen«, versprach sie. »Philip ist noch nicht zurückgekommen, und er weiß nichts von dem armen Mr. Parker.«

»Er wird es noch früh genug erfahren«, sagte ich und stand auf. Sie erhob sich, und wir gingen zur Tür.

»Ich gehe jetzt zu den Kindern und sehe nach, ob mit dem Abendessen alles klappt.« Sie küßte mich auf die Wange. »Ich danke dir.«

Ich lächelte und öffnete die Tür. Ich sah ihr nach, als sie ging, und nachdem sie um die Ecke gebogen und verschwunden war, konnte ich mich nicht länger zurückhalten. Ich lief durch den Korridor und bog im Foyer in den Flügel der Familie ab. Ich wollte nicht bemerkt werden und huschte daher schnell zur Treppe und stieg zu meiner früheren Suite hinauf. Die Tür war geschlossen, aber nicht abgesperrt.

Ich öffnete sie und trat ein. Wir hatten sämtliche alten Möbelstücke dort stehenlassen, denn für unser Haus hatten wir neue Sachen gekauft, bis hin zur Bettwäsche, den Kissenbezügen und den Decken. Ich trat ins Schlafzimmer, schlang die Arme um mich, stand da und sah mich um. Einen Moment lang war es so, als sei die Luft zu heiß, um sie einzuatmen. Mein Gesicht glühte fiebrig.

Die Bettdecke war zurückgeschlagen. Auf der Seite, auf der ich geschlafen hatte, lag sorgsam ausgebreitet das Nachthemd – mein Nachthemd, das Philip mitgenommen hatte, damit Betty Ann es auf ihrer Hochzeitsreise trug. Langsam trat ich näher und ahnte bereits Übles. Als ich neben dem Bett stand, fand ich genau das, was ich erwartet hatte: den Duft meines Parfüms. Der Kissenbezug und das Laken schienen damit durchtränkt zu sein. Auf dem anderen Kissen war noch der Abdruck von Philips Kopf zu sehen.

Ich stand da und konnte mich nicht von der Stelle rühren. All das war derart bizarr, daß es mich gleichzeitig ängstigte und faszinierte. Dann glaubte ich, im Korridor Schritte zu hören, und mein Herz überschlug sich. Wenn das Philip war, der gerade nach Hause kam, dann wäre es furchtbar für mich gewesen, wenn er mich hier vorgefunden hätte. Ich wußte nicht, wie er reagieren würde; aber ihm würde mit Sicherheit klarwerden, daß Betty Ann zu mir gekommen war, um sich zu beklagen. Die Schritte hielten vor der Tür zu Philips und Betty Anns Suite an. Ich spähte um den Türrahmen und sah, daß es Philip war. Er ging in seine Suite.

In dem Moment, in dem er verschwunden war, rannte ich hinaus und die Treppe hinunter. Ich sah mich nicht um. Ich hatte das Gefühl, als flüchtete ich vor Alpträumen. Als ich aus dem Trakt der Familie auftauchte und ins Foyer stürmte, war ich so dankbar wie noch nie für die Geräuschkulisse, die Menschen und den Trubel. Ich holte Atem und verließ das Hotel, um nach Hause zu gehen und mich vor dem Abendessen umzuziehen.

Fast im selben Moment, in dem ich durch meine Haustür trat, spürte ich, wie sehr ich Jimmy vermißte. Vielleicht lag es daran, daß ich zum ersten Mal ohne ihn in unserem neuen Haus war. Er war hier so stark zu spüren. Sein bequemer Lieblingssessel erschien mir so leer, ebenso wie sein Platz an unserem Tisch im Eßzimmer. In unserem Schlafzimmer setzten mir die Kleider in seinem Kleiderschrank und der Geruch seines After-shave zu.

Ich zog mich so schnell wie möglich an und ging ins Hotel zurück, um die Gäste vor dem Abendessen zu begrüßen. Betty Ann wirkte erfrischt und wieder glücklich, als sie sich mir anschloß. Wenn man bedachte, was sie mit Philip durchmachte, beeindruckten mich ihr Auftreten, ihre Haltung, ihre Gelassenheit, die Natürlichkeit, mit der sie mit den Leuten umging und ihnen das Gefühl gab, willkommen zu sein.

»Ich habe Philip gebeten, sich später mit mir zu treffen. Wir werden ganz allein irgendwo hingehen und einen Cocktail trinken und miteinander reden. Alles wird wieder gut werden«, erklärte sie, und in ihren Augen stand ein Hoffnungsschimmer.

»Natürlich wird alles wieder gut«, sagte ich, aber in meinem Hinterkopf dachte ich: Sie hat ja keine Ahnung, wie tiefgreifend ihre Probleme mit Philip sind.

Wenige Momente später schloß er sich uns an.

»Ich habe gehört, daß mir eine Menge Aufregung entgangen ist«, sagte er, und dann erzählte er mir, daß früher schon einmal ein Gast im Hotel gestorben war.

»Ich glaube, ich war nicht älter als fünf oder sechs Jahre, aber ich konnte heimlich einen Blick in das Zimmer werfen, und ich habe gesehen, wie die Frau ausgestreckt in ihrem Bett lag, und ihre Haut war so weiß wie frische Milch. Aber am deutlichsten ist mir bis heute in Erinnerung, wie stark sie geschminkt war. Anscheinend hatte sie das Make-up direkt vor ihrem Tod noch aufgetragen.«

»Laß uns jetzt nicht mehr über diese Dinge reden, Philip«, bat ihn Betty Ann. »Das ist zu unerfreulich, und mich macht es furchtbar nervös.«

Philip und ich drehten uns beide zu ihr um, weil es so ganz und gar nach Mutter klang.

»Gut. Gehen wir essen?« Er reichte uns beiden seine Arme, damit wir uns einhängen konnten. »Da Jimmy nicht da ist, bin ich heute abend zweifach ausgelastet.«

»Nein, danke, Philip«, sagte ich. »Ich bringe Christie ins Haus und esse heute abend nur eine Kleinigkeit. Ich wünsche euch beiden viel Spaß«, erwiderte ich und ging, bevor sie etwas darauf erwidern konnten.

Christie begriff eigentlich erst am Abend richtig, daß Jimmy fort war. Bisher war noch nie einer von uns weggegangen und der andere dageblieben. Der Reiz des Neuen war jedoch bald verflogen, als ihr frühreifer Verstand ihr eine Frage nach der anderen eingab.

»Warum mußte Daddy ausgerechnet jetzt fahren? Warum

kommt sein Daddy nicht her, um uns zu besuchen? Warum konnten wir nicht alle mitkommen?« Keine meiner Erklärungen stellte sie zufrieden. Schließlich schmollte sie. Sie hatte Michaels Unduldsamkeit geerbt, wenn die Dinge nicht so liefen, wie sie es wollte.

Ich fuhr fast aus der Haut, als das Telefon läutete. Ich hoffte und betete, es möge Jimmy sein. Noch nie war ich so glücklich darüber, seine Stimme zu hören. Nachdem ich ihm gesagt hatte, wie sehr ich ihn vermißte, schilderte ich ihm, was dem armen Mr. Parker zugestoßen war und wie wir damit umgegangen waren.

»Das klingt ja gräßlich«, sagte er. »Es tut mir leid, daß ich nicht da war und dir helfen konnte.«

»Du kannst dir nicht vorstellen, wie sehr ich wünschte, du wärst hier. Aber ich bin froh, daß du endlich deinen Bruder kennengelernt hast. Wie geht es Daddy?«

»Gut. Er ist sehr enttäuscht darüber, daß du nicht mitgekommen bist, aber er hat versprochen, uns schon bald im Hotel zu besuchen. Warte«, sagte Jimmy, »er soll es dir selbst sagen.«

Mir stockte der Atem. Daddy und ich hatten schon so lange nicht mehr miteinander geredet.

»Wie geht es dir, Schätzchen?« fragte er. Meine Kehle war derart zusammengeschnürt, daß ich kein Wort rausbrachte. Es kam mir vor, als sei mir das Herz in den Bauch gesackt. All meine Erinnerungen daran, wie liebevoll und nett Daddy gewesen war, strömten über mich herein. Ich verdrängte, wie oft er wütend geworden war oder zuviel Whiskey getrunken hatte.

»Mir geht es gut«, sagte ich schließlich. »Und wie geht es dir?«

»Wir tun unser Bestes. Es tut mir leid, daß du dich nicht loseisen konntest«, sagte er. »Ich denke oft an dich.«

»Ich denke auch an dich, Daddy.«

»Ich weiß, daß du viel mit meiner vorzeitigen Entlassung aus dem Gefängnis zu tun hattest. Ich wußte immer, daß du ein gescheites Mädchen bist, Dawn, und daß du eines Tages jemand sein würdest«, brüstete er sich.

»Ich bin niemand Wichtiges, Daddy. Mir helfen hier viele andere Menschen, und alles lief schon recht gut, ehe ich hier irgend etwas getan habe.«

»Es ist zwecklos, mir gegenüber bescheiden zu sein, Dawn, Liebling. Ich kenne dich zu gut. Einen alten Narren kann man nicht zum Narren halten«, sagte er und lachte. Mir fiel wieder ein, wie oft er das früher gesagt hatte.

Als ich jetzt seine Stimme hörte, bedauerte ich noch mehr, daß ich Jimmy nicht begleitet hatte.

»Jimmy erzählt mir alles über dein Hotel. Das klingt richtig gut. Irgendwann im Lauf des Jahres kommen wir mal rüber. Das ist ein festes Versprechen.«

»Das hoffe ich sehr, Daddy.«

»Hier hast du Jimmy wieder.«

»Dawn.«

»O Jimmy, du fehlst mir so fürchterlich, und Christie benimmt sich wie eine verzogene Göre, und das nur, weil du verreist bist und wir nicht. Es tut mir leid.«

»Du fehlst mir auch, Dawn, aber in ein oder zwei Tagen könnte ich vielleicht gute Nachrichten für dich haben. Daddy und ich haben gemeinsam etwas ausgearbeitet, und ich glaube, es wird sich auszahlen.«

»Was denn, Jimmy?«

»Ich will nichts darüber sagen, solange ich nicht sicher bin.«

»Laß mich mit ihm reden«, rief Christie und zog an meinem Rock.

»Ich gebe dir Christie«, sagte ich und reichte ihr den Hörer. Sie preßte ihn an sich, als könnte sie mit Jimmy durch den Hörer nicht nur reden, sondern ihn auch spüren.

»Hallo, Daddy«, sagte sie. »Wann kommst du endlich wieder?« Sie hörte zu, und kurz darauf bedachte sie mich mit einem ihrer wütenden Blicke und versprach Jimmy, sich zu benehmen. Dann sagte er etwas, woraufhin sie strahlte.

»Daddy bringt mir etwas ganz Besonderes mit, wenn er nach Hause kommt«, erzählte sie, als sie mir den Hörer wieder reichte.

»Wenn du brav bist«, warf ich ein.

»Ich werde brav sein«, behauptete sie.

»Hallo, ich bin es wieder«, sagte ich in die Sprechmuschel.

»Hallo. Gib dir heute nacht einen Kuß von mir. Tust du das?« sagte Jimmy.

»O Jimmy.«

»Ich melde mich bald wieder. Ich liebe dich.«

»Ich liebe dich auch, Jimmy. Komm bald wieder.«

Ich hielt den Hörer noch in der Hand, nachdem er schon aufgelegt hatte und das Freizeichen ertönte. Ich versuchte, möglichst lange seine Stimme festzuhalten.

»Warum weinst du, Mommy?« fragte Christie. Ich hatte noch nicht einmal bemerkt, daß ich weinte. Ich spürte die Tränen auf meinen Wangen und lachte dann.

»Ich habe mich nur so sehr darüber gefreut, mit Daddy zu reden«, sagte ich.

»Wenn du glücklich bist, warum weinst du dann?« fragte sie.

»Das kommt manchmal vor. Du wirst es selbst noch erleben. Und jetzt komm. Es ist Zeit, daß du deinen Schlafanzug anziehst.« Ich nahm sie an der Hand und führte sie nach oben. Mrs. Boston hatte ihren freien Tag, und sie war bei ihrer Schwester in der Stadt. Als sie am Vormittag gehört hatte, daß ich allein sein würde, wollte sie nicht fortgehen, aber ich hatte darauf beharrt.

»Ich bin schon sehr oft allein gewesen«, hatte ich behauptet. Jetzt wünschte ich, ich hätte es nicht gesagt. Wenn ich je in meinem Leben Gesellschaft gebraucht hätte, dann jetzt, dachte ich.

»Ich will einen Gutenachtkuß von Daddy haben«, jammerte Christie, als ich sie zudeckte und ihr einen Kuß gab.

»Du weißt doch, daß er nicht da ist, Christie.«

»Ich will trotzdem einen Kuß von ihm haben. Ich schlafe nicht, bis er heimkommt und mir einen Gutenachtkuß gibt«, beharrte sie.

»Schön. Dann lieg eben die ganze Nacht mit offenen Augen da«, sagte ich.

Sie verschränkte ihre kleinen Ärmchen vor der Brust und funkelte mich trotzig an. Ich wußte, daß ich mehr Verständnis und Mitgefühl hätte aufbringen sollen, aber ihr Unglück diente nur dazu, mein eigenes zu unterstreichen.

Ich ging, schaute aber im Abstand von fünfzehn Minuten immer wieder nach ihr. Erstaunlicherweise hielt sie sich fast eine Stunde wach, ehe ihre Lider zu schwer wurden und sie einschlafen mußte.

Nachdem ich Christie ins Bett gelegt hatte, ging ich in mein Schlafzimmer und zog mir mein Nachthemd an. Ich beschloß zu lesen, bis ich so müde war, daß ich von selbst einschlief. Aber meine Augen glitten nur über die Seiten, und die Worte hatten keine Bedeutung für mich. Ich wollte gerade aufgeben und das Licht ausmachen, als an der Tür geläutet wurde.

Wer könnte wohl zum Haus kommen? fragte ich mich. Wenn mich im Hotel jemand gebraucht hätte, dann hätte man mich angerufen. Neugierig, wenn auch besorgt, zog ich mir meinen seidenen Morgenmantel über und band den Gürtel zu, während ich die Treppe hinabstieg. Als ich die Tür öffnete, fand ich Philip vor, der mich anstarrte. Er wankte und lächelte strahlend.

»Abend«, murmelte er und hielt sich am Türrahmen fest.

»Philip Cutler, bist du betrunken?« fragte ich.

»Betrunken? Neeeeeee. Na ja... vielleicht ein wenig angesäuselt«, sagte er. »So viel.« Er preßte den Daumen und den Zeigefinger zusammen. »Darf ich reinkommen?« fragte er und richtete sich strammer auf.

»Es ist schon spät, Philip. Was willst du?« fragte ich, ohne einen Zentimeter zurückzuweichen.

»Einfach nur... nur... reden«, sagte er, und dann kippte er nach vorn und machte gerade noch rechtzeitig einen Schritt, sonst wäre er auf dem Bauch gelandet. Mir blieb nichts anderes übrig, als die Tür zu schließen.

»Wie konntest du das tun, Philip? Ist dir denn vollkommen egal, was die Gäste denken, wenn sie dich sehen? Was ist bloß über dich gekommen?«

Er schlug sich die Hände über die Ohren.

»Mein Gott, es ist, als sei sie aus dem Grab auferstanden«, stöhnte er. »›Wie konntest du das tun?‹« äffte er mich nach. »›Was werden die Gäste denken, wenn sie dich sehen?‹«

»Philip!«

»Ich brauche etwas zu trinken«, murmelte er und wankte in unser Wohnzimmer. Er wußte, wo Jimmy den Whiskey aufbewahrte, und er begab sich zielstrebig an diesen Ort.

»Du hast schon genug getrunken, Philip«, protestierte ich. Ich vertrat ihm mitten im Zimmer den Weg, packte seinen rechten Arm und drehte ihn zu mir um.

»Dawn«, sagte er lächelnd, »du siehst heute abend bezaubernd aus. Genauso, wie ich mir dich immer vorstelle. Du trägst darunter eins deiner durchsichtigen Nachthemden, stimmt's?« fragte er und fuhr sich mit der Zunge über die Lippen.

»Philip, du wirst jetzt augenblicklich kehrtmachen und dich ins Hotel und zu deiner Frau begeben, hast du verstanden?« befahl ich ihm. Er nickte, rührte sich aber nicht von der Stelle.

»Meine Frau«, sagte er und sah mich fest an, und seine Lippen verzogen sich zur grotesken Parodie eines Lächelns. »Du hättest meine Frau werden können, wenn dieser Sicherheitsbeamte deinen Vater nicht wiedererkannt hätte.« Er packte mich an den Schultern und preßte seine Stirn auf mein Haar. »Wir wären ausgerissen, bevor Großmutter etwas hätte einwenden können«, flüsterte er. Der Art, wie er das sagte, konnte ich entnehmen, daß er diese Vorstellung schon häufig ausgelebt hatte.

»Philip, das ist ja lachhaft; es ist albern, solche Dinge zu denken und davon zu träumen.«

»Nein, das ist es eben nicht«, erwiderte er. Ich konnte seine Whiskeyfahne nicht ertragen und wollte mich aus seinen Armen lösen, doch seine Finger hielten mich nur um so fester. Er preßte mir die rechte Hand auf den Rücken und ließ sie über meine Wirbelsäule gleiten. Seine Lippen berührten meine Augenlider. Ich wehrte mich heftiger, bis ich mich von ihm losgerissen hatte. Er wankte, und seine Augen waren glasig.

»Warte, Dawn.« Seine Stimme war jetzt kaum mehr als ein Flüstern. »Es ist noch nicht zu spät für uns.«

»Wovon redest du, Philip? Wie kannst du solche Dinge auch nur denken?« rief ich und wich noch einen Schritt zurück. Er schüttelte nachdrücklich den Kopf.

»Du verstehst das nicht. Hör zu... hör mir zu«, flehte er. Er kam auf mich zu. »Ich weiß, daß ihr schon lange versucht, ein Kind zu bekommen, Jimmy und du, aber es ist immer wieder schiefgegangen. Aber bei uns würde es nicht schiefgehen«, flüsterte er. »Bei uns würde es klappen.«

»Was?« Instinktiv schlug ich mir die Hände vor die Brust.

»Bei uns würde es klappen, und niemand bräuchte es zu erfahren, noch nicht einmal Jimmy. Er würde glauben, es sei sein eigenes Kind, verstehst du das denn nicht? Es wäre unser kleines Geheimnis, unser kostbares kleines Geheimnis.« Sein Lächeln wurde breiter, als gäbe es plötzlich die Möglichkeit, daß eine solche Phantasie wahr werden konnte. »Sieh dir nur an, wie hübsch meine Kinder sind. Unsere wären auch nicht anders, und wenn das Kind auch goldblondes Haar hätte, tja, dann würde sich doch niemand etwas dabei denken, wenn er sich deine Haarfarbe ansieht. Ich möchte das für dich tun... für uns... für die Familie«, flehte er.

»Philip, du bist verrückt, noch verrückter, als ich es mir je vorgestellt hätte. Ich weiß, daß du manches von dem, was du sagst, nur sagst, weil du betrunken bist, aber es ist schon furchtbar, daß du auch nur an solche Dinge denkst. Ich bin deine Schwester. Wir gehören zu einer Familie, wir sind Blutsverwandte.«

»Das macht nichts.« Er schloß die Augen und schüttelte heftig den Kopf. »Das macht nichts. Wir haben verschiedene Väter.«

»Philip«, fauchte ich. »Selbst, wenn wir nicht miteinander verwandt wären, würde ich Jimmy niemals betrügen. Ich wäre ihm niemals untreu.«

»Klar tätest du das«, beharrte er und lächelte anzüglich. »Du bist wie ich. Du hast auch etwas von Mutter geerbt.«

»*Nein*«, schrie ich. »Ich will, daß du jetzt verschwindest. Ich bestehe darauf, daß du augenblicklich gehst. Geh nach Hause zu deiner Frau und schlaf, damit dir diese abwegigen und gräßlichen Gedanken aus dem Kopf gehen. Geh!« befahl ich ihm und wies auf die Tür. Meine Stimme war vor Verzweiflung hoch und schrill. Er taumelte einen Moment, und dann kehrte sein widerliches Lächeln wieder zurück.

»Dawn... unser Kind...« Er kam auf mich zu. Ich wollte aus dem Zimmer fliehen, doch trotz seiner Trunkenheit waren seine Reflexe noch so gut, daß er schnell genug die Hand ausstreckte, mich am linken Arm packte und zum Sofa zerrte.

»Philip! Laß das!« kreischte ich. Er umklammerte mich und hielt mich unter sich fest. Dann fing er an, mein Gesicht mit nassen Küssen zu bedecken. *»Philip, du tust schon wieder etwas ganz Entsetzliches!«* Ich trat um mich, um ihm zu entkommen, doch ich verlor nur das Gleichgewicht und fiel mit dem Rücken auf das Sofa, und er stürzte sich auf mich. Wieder schrie ich laut auf; ich versuchte sogar, ihn ins Ohr zu beißen, aber seine schraubstockartige Umklammerung löste sich nicht.

»Dawn, o Dawn«, säuselte er. Seine Lippen legten sich zwischen meine Brüste. Ich wehrte mich so heftig, daß mir schwindlig wurde. Ich konnte nicht glauben, was hier geschah. Als er seine rechte Hand auf meinen Oberschenkel legte, trommelte ich mit meiner freien linken Faust auf seinen Kopf und seine Schultern ein, aber es war, als würde eine Fliege einen Elefanten angreifen; in seiner betrunkenen Abgestumpftheit fühlte er keinen Schmerz. Er ertrank in seiner Phantasievorstellung. Es war fast zu spät.

Und dann hörte ich Christies kleines Stimmchen. Ich hörte auf, mich zu wehren, und lauschte. Vom Klang ihrer Stimme her mußte sie hinter uns in der Tür stehen. Wie durch ein Wunder hörte auch Philip sie, und das setzte seinem Angriff ein Ende. Er erstarrte.

»*Momma!*« rief Christie. Ich stieß Philip von mir und setzte mich auf, und eilig strich ich meinen Morgenmantel und mein Haar glatt. Sie durfte keinesfalls sehen, was hier geschah.

»Was fehlt dir, Schätzchen?« fragte ich und rang mich zu einem Lächeln durch. Ich zog meine Beine unter Philip heraus, der sich auf dem Sofa zurücksinken ließ und die Augen fest zupreßte.

»Ich dachte, ich hätte Daddy gehört«, sagte sie. »Ist Daddy zu Hause?«

»O nein, Christie.« Ich stand auf, ging zu ihr und hob sie hoch. »Das ist nicht Daddy. Es ist Onkel Philip.«

»Onkel Philip!« Ihre schläfrigen Augen glitten zum Sofa. Philip schlug die Augen auf; er war gerade noch nüchtern genug, um zu begreifen, was hier geschah.

»Hallo, Christie«, sagte er und winkte.

»Ist Tante Bet auch hier?« fragte Christie.

»Nein. Onkel Philip ist nur kurz vorbeigekommen, um mir etwas wegen des Hotels zu sagen. Aber er wollte gerade gehen«, fügte ich betont hinzu.

»Ja, richtig.« Er zog sich mühsam auf die Füße und strich seine Kleidung glatt. »Es ist schon spät. Und daher«, erklärte er, »werde ich mich jetzt auf den Heimweg machen.« Er drehte sich um und ging zur Tür. »Nach Hause, in mein Bett voller Träume. Gute Nacht, meine Damen.«

Christie kicherte. Ich sagte nichts, bis er die Tür geöffnet hatte und gegangen war.

»Onkel Philip ist lustig«, sagte Christie.

»Nicht wirklich«, erwiderte ich, aber entweder sie hörte es nicht, oder sie verstand es nicht.

»Laß uns wieder ins Bett gehen«, sagte ich und trug sie nach oben. Nachdem ich sie ins Bett gelegt hatte, ging ich noch einmal nach unten, um die Haustür abzuschließen. Dann schaltete ich alle Lichter aus und ging ins Bett. Mein Herz klopfte immer noch heftig. Ich zog Jimmys Kissen näher zu mir und preßte mein Gesicht darauf, um die Tränen zu ersticken. So schlief ich dann endlich ein.

Am Morgen erschienen mir die Vorfälle der vergangenen Nacht eher wie ein Alptraum. Ich zog Christie an und machte sie für die Schule fertig; dann zog ich mich selbst an, und wir frühstückten zusammen. Nachdem ich sie losgeschickt hatte, ging ich ins Hotel und begab mich in mein Büro. Ich war noch keine Stunde dort, als ich hörte, wie an meine Tür geklopft wurde. Es war Philip. Er sah müde und ausgelaugt aus, und seine normalerweise so makellose Erscheinung wurde durch wirre Haare, eine schlechtgebundene Krawatte und hängende Lider getrübt.

»Dawn«, setzte er an. Ich funkelte ihn finster an. »Ich bin nur gekommen, um mich für mein Benehmen gestern nacht zu entschuldigen. Ich habe zuviel getrunken und... und ich habe das Gefühl für die Zusammenhänge verloren«, gestand er.

»Wage es nicht, *je* wieder unaufgefordert in mein Haus zu kommen, Philip«, fauchte ich. Ich war absolut nicht in der Stimmung, ihm etwas zu verzeihen. »Wenn ich mir vorstelle, daß Christie fast gesehen hätte...«

»Ich weiß, ich weiß. Es tut mir leid, und ich hasse mich dafür«, sagte er. Er ließ kläglich den Kopf hängen und schaute auf den Fußboden. Mein Zorn legte sich, und die Anspannung wich aus meinem Körper, als ich mich auf meinem Stuhl zurücklehnte.

»Du mußt dich mit jemandem unterhalten, Philip. Du bist verstört. Ich fürchte, wenn du nichts tust, wirst du noch so wie Randolph enden. Du tust jetzt schon merkwürdige Dinge.«

»Sie hat es dir gesagt, stimmt's?« fragte er sofort.

»Mir braucht niemand etwas zu erzählen, Philip. Ich habe es mit eigenen Augen gesehen.«

Er nickte. »Wirst du Jimmy etwas davon erzählen. Ich meine, von gestern nacht?«

»Nein«, sagte ich. »Wenn ich das täte, brächte er dich um.« Philip nickte wieder. »Es tut mir leid. Es wird nicht wieder vorkommen, das verspreche ich dir, und ich werde... versuchen, jemanden zu finden, mit dem ich reden kann«, gelobte er.

»Gut.«

Er schaute mich einen Moment sehnsüchtig an, und dann drehte er sich um und verließ eilig mein Büro. In dem Moment, in dem er gegangen war, stieß ich den Atem aus, den ich lange angehalten hatte. Ich konnte nur hoffen, daß das, was er gesagt hatte, der Wahrheit entsprach. Ich meinte es ernst, als ich sagte, ich würde Jimmy nichts davon erzählen. Ich wußte, daß er schon immer einen gewissen Verdacht gegen Philip gehegt hatte, und damit hätte sich für ihn nur alles bestätigt, und er wäre in helle Wut geraten.

Als das Telefon etwa eine Stunde, nachdem sich Philip bei mir entschuldigt hatte, läutete und ich Jimmys Stimme hörte, hatte ich das furchtbare Gefühl, daß er irgendwie ahnte, es könnte etwas passiert sein, selbst über die große Entfernung, die zwischen uns lag. Aber er rief aus einem anderen Grund an, einem Grund, der ihn für alles andere blind machte.

»Dawn«, setzte er an, »ich habe dir doch gesagt, ich würde dich heute eventuell mit guten Nachrichten anrufen. Tja, jetzt ist es soweit!«

»Was ist los, Jimmy? So aufgeregt habe ich dich noch nie erlebt«, sagte ich, und meine eigene Spannung wuchs.

»Bist du darauf vorbereitet? Ich habe Daddy etwas Geld gegeben, damit er es in ein gemeinsames Projekt mit mir steckt.«

»Was für ein Projekt?«

»Warte. Hör mir einfach nur zu. Als Daddy im Gefängnis war, hat er einen Mann kennengelernt, der von Zeit zu Zeit damit beschäftigt war, Nachforschungen anzustellen. Das hat ihn dann auch ins Gefängnis gebracht – er ist hinter das tiefe, dunkle Geheimnis eines anderen Menschen gekommen und hat versucht, ihn zu erpressen.

Jedenfalls hat Daddy diesen Mann auf unseren Fall angesetzt, sowie er aus dem Gefängnis entlassen worden ist. Und jetzt rate mal, was dabei herausgekommen ist.«

»Ich kann es mir nicht im entferntesten vorstellen, Jimmy. Was denn?«

»Er hat Fern ausfindig gemacht«, verkündete Jimmy.

Einen Moment lang konnte ich nichts darauf sagen. Mein Herz fing an, vor Aufregung schneller zu schlagen. Bilder von Fern als Baby zogen vor meinen Augen vorüber. Mir fiel wieder ein, wie ich sie in der Entbindungsstation das erste Mal gesehen hatte und welche Enttäuschung es für mich gewesen war festzustellen, daß sie keinerlei Ähnlichkeit mit mir aufwies. Aber ich erinnerte mich auch an die vielen, vielen Stunden, die ich damit zugebracht hatte, für sie zu sorgen, und auch daran, wie sie oft geweint hatte, weil sie wollte, daß ich sie in den Arm nahm und ihr etwas vorsang. Momma Longchamp hatte sich oft bei mir dafür entschuldigt, daß ich so viel Zeit dafür aufbringen mußte, mich um Fern zu kümmern.

»Du hast dadurch keine Zeit, selbst ein kleines Mädchen zu sein«, sagte sie dann. »Täglich läufst du von der Schule nach Hause, um mir mit dem Baby zu helfen.«

Aber mir machte das nichts aus. Es war faszinierend mitanzusehen, wie Fern heranwuchs und ihre Umgebung entdeckte. Für mich war sie so etwas wie eine lebendige Puppe, das tollste Spielzeug für ein kleines Mädchen.

»Bist du sicher, Jimmy, bist du auch ganz sicher, daß es unsere Fern ist, die er gefunden hat?«

»Vollkommen«, erwiderte Jimmy.

»Hast du sie schon gesehen?«

»Natürlich nicht«, sagte Jimmy. »Sie ist nicht in Texas; sie ist in New York City. Dorthin sind ihre Stiefeltern mit ihr gezogen. Sie wohnt in einem Stadthaus in Manhattan, nicht sehr weit von da, wo du zur Schule gegangen bist und wo du gewohnt hast. Überleg dir das doch nur einmal, Dawn«, sagte Jimmy. »In all der Zeit, die du dort verbracht hast, warst du ganz in ihrer Nähe. Überleg nur, ihr könntet euch auf der Straße begegnet sein, und du hättest es noch nicht einmal gemerkt«, sagte er.

Diese Möglichkeit raubte mir den Atem. »O Jimmy, was meinst du, was wir jetzt tun sollten?« fragte ich, und mein Herz schlug noch schneller.

»Als erstes werde ich direkt nach Hause kommen, und dann werden wir beide hinfahren und sie besuchen. Ich bin sicher, es ist genauso, wie du es vermutest – sie weiß noch nicht einmal von unserer Existenz. Aber sie wird davon erfahren«, gelobte Jimmy. »Und zwar schon sehr bald.«

13

Das Wiedersehen mit Fern

Jimmy saß in meinem Büro auf dem Sofa und rasselte die Einzelheiten herunter, die ihm der Mann berichtet hatte, den er und Daddy Longchamp engagiert hatten. Gleich nach seinem Anruf am Morgen hatte sich Jimmy auf den Heimweg gemacht, und nach seinem Eintreffen war er direkt in mein Büro gekommen. Christie hatte ihn bisher noch nicht gesehen, und die wenigsten Leute im Hotel wußten von seiner Rückkehr.

»Das Paar heißt mit Nachnamen Osborne, Clayton und Leslie. Clayton Osborne vermittelt Anlagen in der Wall Street. Seine Frau hat in der letzten Zeit einen gewissen Erfolg als Künstlerin und konnte einige ihrer Bilder in Galerien in der ganzen Stadt unterbringen. Sie hat in Greenwich Village ihr eigenes Atelier.«

»Wie alt sind sie?«

»Sie sind beide Mitte Dreißig.«

»Haben sie noch mehr Kinder? Adoptierte oder eigene?« fragte ich.

»Nein. Sie haben ein Stadthaus in der First Avenue in Manhattan und leben dort jetzt seit fast neun Jahren. Vorher haben sie in Richmond gelebt. Fern besucht eine sehr teure Privatschule«, schloß Jimmy, der ganz offensichtlich stolz darauf war, erreicht zu haben, was Mr. Updike und sein kostspieliger Privatdetektiv nicht geschafft hatten.

Und doch fühlte ich mich, als ich mir all diese Einzelheiten über Menschen anhörte, die keine Ahnung hatten, daß wir in ihrem Leben herumschnüffelten, wie ein heimlicher Lauscher, ein Voyeur. Wie hätte es mir gefallen, wenn mich jemand beobachtet hätte, mir gefolgt wäre, sich Notizen gemacht hätte? Nach all den Jahren hegten sie wahrscheinlich nicht den geringsten Verdacht, sie könnten unter Beobachtung stehen, und sie hatten keine Befürchtungen in bezug auf sich selbst und auf Fern.

»Das klingt doch, als stünden sie gut da und hätten einiges erreicht«, bemerkte ich. »Vor allem, wenn sie in dem Teil der Stadt ein Haus haben.«

»So? Und was heißt das schon?« versetzte Jimmy. Ich merkte ihm an, daß im Moment leicht eine Sicherung bei ihm hätte durchbrennen können.

»Nichts«, sagte ich schnell. »Mich freut nur, daß sie sicher hübsche Sachen und ein angenehmes Leben hat.«

»Ja, ich nehme an, darüber sollten wir froh sein«, räumte er ein.

»Und was tun wir jetzt, Jimmy?« fragte ich.

»Ich werde jetzt von dem Telefon auf deinem Schreibtisch aus die Nummer dieser Leute wählen und ihnen ganz direkt sagen, wer wir sind und was wir wollen«, erwiderte er entschlossen.

»Was wollen wir eigentlich, Jimmy?« Ich war nicht sicher, was wir tun würden, wenn wir erst einmal in New York waren.

Einen Moment lang sah er mich erstaunt an.

»Tja, wir wollen... wir wollen Fern natürlich treffen und erfahren, wie es ihr geht, wie groß sie geworden ist und was für ein Mensch sie heute ist. Sie ist meine Schwester«, verkündete er, und es klang, als klage jemand seine Rechte ein.

Aber ich war unwillkürlich nervös. Jimmy würde sich nicht abweisen lassen, und ich war sicher, daß er im Fall einer Abfuhr wie ein Feuerwerkskörper losgehen würde. Es ließ sich nicht vorhersehen, wie er reagieren würde. Ich witterte Ärger. Sein Anruf kam wie ein Blitz aus heiterem Himmel – ohne jede Vorwarnung, ohne den kleinsten Hinweis, nichts anderes als ein knisternder Schock, der gänzlich unerwartet kam.

Er stand auf.

»Es ist jetzt an der Zeit, daß ich den Anruf mache«, erklärte er.

Ich stand ebenfalls auf, damit er sich zum Telefonieren hinter den Schreibtisch setzen konnte. Er setzte sich sofort und fing an, die Nummer zu wählen, die er bekommen hatte. Gegen meinen Willen lief ich herum wie eine Tigerin in einem Käfig, während ich wartete, doch ich versuchte, meine Gefühle unter Verschluß zu halten und sie nicht ausbrechen zu lassen.

»Spreche ich mit Mr. Clayton Osborne?« fragte er, sobald der Mann den Hörer abgenommen hatte. Ich hielt den Atem an und hörte zu. »Ich heiße James Gary Longchamp«, sagte er und betonte seinen Namen wie einen Schwur, brachte die einzelnen Worte langsam, nachdrücklich und entschlossen hervor. Seinem Gesichtsausdruck konnte ich entnehmen, daß am anderen Ende der Leitung Totenstille herrschte. »Mr. Osborne? Sie wissen, wer ich bin«, bohrte Jimmy weiter. »Fern ist meine Schwester.«

In gewisser Weise mußte sich Clayton Osborne fast so fühlen, wie sich Daddy Longchamp an dem Tag gefühlt hatte, an dem die Polizei an unsere Tür gekommen war, um ihn zu verhaften und mich fortzuholen, dachte ich. Es war mir ernst mit dem gewesen, was ich direkt vor seiner Abreise nach Texas zu Jimmy gesagt hatte: Daddy und Momma Longchamp hatten nie das Geringste getan, was mir das Gefühl gegeben hätte, ich sei in Wirklichkeit gar nicht ihr Kind, und nach all den Jahren sahen sie sich sicher selbst als meine Eltern an. Wir glauben an all die Täuschungen, wenn wir nur lange genug mit ihnen leben. Ich stellte mir vor, daß Clayton und Leslie Osborne die Wahrheit begraben hatten und in Fern ihr leibliches Kind sahen. Und jetzt kam Jimmy, wühlte die Vergangenheit auf und schüttete grausam und überfallartig das kalte Wasser der Realität über ihre warmen Phantasien.

Nachdem Jimmy etwas gesagt oder, besser gesagt, etwas gefordert hatte, trat öfter lange Stille ein. Das Gespräch dauerte noch eine Weile, und dann beendete Jimmy es damit, daß er uns für morgen zwischen fünf und sechs am Nachmittag in ihrem Stadthaus bei ihnen anmeldete. Als er den Hörer auflegte und sich zurücklehnte, wirkte er erschöpft. Lange blieb er stumm. Dann fuhr er sich mit der Hand über das Haar und stand auf.

»Es ist geregelt«, sagte er. »Wir dürfen sie sehen, aber nur, wenn wir unsere Identität geheimhalten. Darauf hat er bestanden, und ich müßte darauf eingehen. Er verspricht, daß Fern dasein wird, vorausgesetzt, wir tauchen dort als Freunde von ihnen auf, die zu Besuch kommen. Natürlich heißt sie nicht mehr Fern. Sie haben ihr einen neuen Namen gegeben, als sie zu ihnen gekommen ist.«

»Und wie heißt sie?« fragte ich.

»Kelly. Kelly Ann Osborne«, brachte Jimmy geringschätzig heraus. Ich fand, daß der Name einen hübschen Klang hatte, aber ich hatte Angst, es laut zu sagen.

»Was hat er dir sonst noch über sie erzählt?«

»Er sagt, für eine Zehnjährige ist sie frühreif. So hat er es ausgedrückt. ›Frühreif.‹ So, wie er über sie gesprochen hat, vermute ich, das heißt, daß sie ihrem Alter voraus ist.«

»Ja, wie Christie.«

»Hm.« Er dachte einen Moment nach.

»Was ist?« fragte ich, da ich einen vertrauten Ausdruck der Besorgnis auf seinem Gesicht bemerkte. In seinem Blick standen eine Tiefe und eine Eindringlichkeit, die seinen sonst leuchtenden schwarzen Augen den Glanz nahmen.

»Ich weiß es nicht. Es klang nicht so, als sei er stolz auf sie. Um dir die Wahrheit zu sagen«, fügte er hinzu und sah scharf auf, »er klingt nach einem mürrischen Kerl, der durch die Nase redet.« Er zuckte mit den Achseln. »Vielleicht ist er auch einfach nur erkältet.«

»Vielleicht steht er auch unter Schock, Jimmy.«

»Ja. Er hat mich immer wieder gefragt, woher wir seine Telefonnummer haben und wie wir an seinem Namen gekommen sind. Ich bin nicht auf seine Fragen eingegangen und habe ihm statt dessen selbst Fragen gestellt.« Jimmys Augen bekamen wieder mehr Glanz, und er schlug die Hände zusammen. »Überleg dir das nur, Dawn. Nach fast neun Jahren werden wir Fern wiedersehen.«

Er strahlte so sehr, daß mein Herz schneller schlug. Wie es wohl sein würde? Würde sie auf den ersten Blick wissen, wer wir waren, vor allem, wenn sie auch nur einen Blick auf Jimmy warf? Inzwischen würde die Ähnlichkeit in ihren Gesichtszügen noch deutlicher geworden sein, dachte ich, aber gab es nicht auch etwas Unsichtbares, ein unerklärliches Gefühl, das ein Wiedererkennen bei ihr auslösen würde? Ich erinnerte mich wieder daran, wie ich Philip zum ersten Mal gesehen hatte, an dieses Gefühl, das ich fälschlicherweise für Verliebtheit gehalten hatte. Es war etwas in seinen Augen gewesen, was mir sagte, daß wir uns bereits sehr nah standen, durch unser Blut verbunden waren. Ich hatte es nur nicht verstanden. Vielleicht war Fern wie ich zu jung, um diese Empfindungen zu begreifen, und sie würde sie fälschlicherweise als etwas anderes auslegen. Wir würden sie verwirren und nichts erhellen, und wir würden in ihrem Leben auftauchen und wieder verschwinden wie Schiffe, die im Zwielicht stumm aneinander vorbeiglitten, einander im Halbdunkel vage wahrnahmen, aber taub waren für die inneren Stimmen, die uns sagten, wer wir wirklich waren.

»Ja, Jimmy«, sagte ich. »Ich kann es nicht erwarten, aber ich will nicht lügen. Ich fürchte mich auch ein wenig davor.«

Er sah mich auf seine ganz besondere Art an, die meine Liebe zu ihm immer am Leben erhielt und wiederaufblühen ließ.

»Ich mich auch, Dawn«, gestand er. »Ich mich auch.«

Wir trafen augenblicklich die Vorkehrungen für unsere Abreise. Christie war völlig durcheinander und sogar wütend, weil Jimmy weniger als einen ganzen Tag nach seiner Rückkehr wieder abreiste. Als sie hörte, daß ich auch mitfuhr, verlangte sie, wir sollten sie mitnehmen, und dann weinte sie und schmollte schließlich, als wir ihr sagten, sie könnte nicht mitkommen. Aber zum Glück hatte Jimmy nicht vergessen, ihr aus Texas etwas mitzubringen, ein Modell von einer texanischen Ranch mit winzigen Rindern und Pferden und allen erdenklichen Cowboys und Feldarbeitern, von denen manche Lassos in den Fäusten hielten. Es gab auch Frauen und Kinder. Die Frauen waren mit Hausarbeiten beschäftigt, und eine machte sogar Butter. Das Haus hatte eine kleine Veranda mit winzigen Möbeln, und eine Großmutter saß auf der Miniaturausgabe eines Schaukelstuhls, der sich wirklich schaukeln ließ, und strickte. Das Modell mußte erst noch zusammengebaut werden. Ich hatte allerdings das Gefühl, daß Jimmy froh darüber war – es lenkte ihn von der Reise nach New York ab. Er kam nicht ins Bett, solange nicht alles fertig zusammengebaut und in Christies Zimmer aufgestellt worden war.

»Damit sollte sie beschäftigt sein, bis wir wieder zurückkommen«, sagte er, als er neben mir ins Bett kroch. Er schmiegte sich an mich. »Du hast mir gefehlt, als ich in Texas war«, sagte er.

»Du hast mir auch gefehlt, und mir hat leid getan, daß ich mich nicht dazu durchgerungen habe mitzukommen.«

»Daddy ist anders. Es ist fast so, als sei er ein vollständig veränderter Mensch.«

»Wie kommt das?«

»Ich weiß es nicht. Er ist... viel gesetzter. Er geht nie aus und trinkt nichts, sagt Edwina, und er ist einfach vernarrt in seinen Sohn. Ich wünschte«, fügte er wehmütig hinzu, »er wäre mir ein Daddy von der Sorte gewesen.«

Mir brach es fast das Herz, als ich ihn diese Worte sagen hörte. Tränen brannten hinter meinen Lidern. Ich konnte nichts anderes tun, als mich vorzubeugen und ihn zärtlich auf die Wange zu küssen. Er drehte sich zu mir um und lächelte. Dann strich er mir zart mit dem Handrücken über die Wange.

»Ich liebe dich wirklich sehr«, sagte er und drückte mich fest an sich. »Laß uns nie wieder böse aufeinander sein«, flüsterte er.

»Nie mehr«, versprach ich, aber nie war eins der Worte, an die ich kaum glauben konnte. Nie wieder traurig oder besorgt oder einsam zu sein – das erschien mir wie ein Traum, der sich unmöglich verwirklichen ließ, etwas, was für die Welt, in der wir lebten, zuviel Zauber besaß.

Wir lagen stumm da und warteten beide darauf, daß der ersehnte Schlaf uns aus den betrüblichen Erinnerungen des gestrigen Tages riß.

Am nächsten Morgen stand ich früh auf und ging ins Hotel, um mich um ein paar Dinge zu kümmern, die vor unserer Abreise noch erledigt werden mußten. Wir sagten niemandem auch nur ein Wort über den wahren Grund unserer Reise. Philip und Betty Ann dachten, wir würden zu einem kurzen Einkaufsbummel nach New York fliegen. Sie waren erstaunt, schöpften aber keinen Verdacht. Wir reservierten Zimmer im Waldorf und trafen am frühen Nachmittag im Hotel ein. Ein weitgehend bedeckter Himmel klarte auf, und als wir uns in dem Zimmer eingerichtet hatten, war er strahlend blau. Wir nahmen ein spätes Mittagessen zu uns und waren beide unruhig und nervös. Ich machte tatsächlich ein paar Einkäufe in der Nähe des Hotels, aber in erster Linie nur um mich abzulenken. Endlich sagte Jimmy, es sei an der Zeit, ein Taxi zum Haus der Osbornes zu nehmen.

Ihr Sandsteinhaus stand in einer dieser sauberen und gepflegten Enklaven von New York City, in einer Gegend, die gegen all den Lärm und die Probleme der Stadt immun zu sein schien. Nirgends lungerten Stadtstreicher herum; in den Rinnsteinen lag kein Unrat. Die Bürgersteige waren frisch gekehrt, und die Leute, die auf ihnen herumliefen, hatten nicht den hektischen Gang und die gestreßten Gesichter, die so typisch für die Leute waren, die durch die geschäftigeren Gegenden von Manhattan hasteten. Natürlich erinnerte ich mich an diese Gegend, weil sie nah an der Sarah-Bernhardt-Schule und an dem Haus von Agnes Morris lag, in dem ich während meines Studiums gewohnt hatte.

Das Taxi brachte uns zu der Adresse, die wir angegeben hatten, und wir stiegen aus. Jimmy bezahlte den Fahrer, und dann drehten wir uns um und schauten versonnen die dunkle Eichentür mit der Buntglasscheibe an. Jetzt, als wir tatsächlich hier angelangt waren,

waren wir beide so nervös, daß wir uns aneinander festhalten mußten, als wir die Stufen hinaufstiegen. Ich sah Jimmys Anspannung daran, wie sich die Haut um seine Augen herum spannte und straff wurde. Er richtete sich auf und nahm seine militärische Haltung an, ehe er auf die Klingel drückte. Wir hörten das Läuten, und ein Hund bellte.

Einen Augenblick später öffnete Clayton Osborne die Tür und schalt den grauen Pudel vor seinen Füßen aus, er solle still sein, aber der Hund wollte nicht aufhören zu bellen, solange Clayton ihn nicht auf den Arm nahm. Er winselte und wand sich in Claytons schmalen Händen, aber er bellte nicht mehr.

Clayton trug einen Nadelstreifenanzug mit Krawatte. Er war ein großer, gutaussehender Mann mit dunkelbraunem Haar und haselnußbraunen Augen, und er war schlank und strahlte Selbstvertrauen aus, aber vielleicht war seine Haltung durch den gegebenen Anlaß übertrieben steif.

»Guten Tag«, sagte er. Jimmy hatte recht gehabt, was sein arrogantes Näseln anging. Es war keine Erkältung. Er neigte den Kopf beim Sprechen zurück, und die Muskeln um seinen Mund spannten sich, als erwartete er nach jedem Wort eine Auseinandersetzung.

»Guten Tag«, erwiderte Jimmy. »Ich bin James Longchamp, und das ist meine Frau Dawn.«

»Sehr erfreut.« Er reichte erst mir die Hand und steckte sich den Hund unter den anderen Arm. Dann drückte er kurz Jimmy die Hand. »Kommen Sie rein«, bat er und trat zurück. Nachdem er die Tür hinter uns geschlossen hatte, blieb er stehen. »Nur, damit wir uns alle klar verstehen«, sagte er. »Kelly weiß nichts über ihre schmutzige Vergangenheit. Für sie sind Sie beide Freunde von mir, eine Geschäftsbekanntschaft von früher. Sie waren gerade hier in der Gegend und wollten kurz vorbeischauen«, wies er uns an. »Aber Sie können nicht sehr lange bleiben. Sie wollen sich ein Broadway-Musical ansehen oder so etwas und müssen sich noch fertigmachen, falls Kelly fragen sollte.«

Ich spürte, wie Jimmy an meiner Seite zusammenzuckte. Mir paßte der herablassende Tonfall, in dem Clayton Osborne mit uns sprach, auch nicht. Er redete so gönnerhaft, als müßten wir ihm ewig dankbar dafür sein, daß er uns diesen Gefallen erwies.

Als keiner von uns beiden etwas sagte, fügte er hinzu: »Ich hatte ein Gespräch mit meinem Anwalt, dem all das gar nicht gefallen hat. Um uns ausfindig zu machen, haben Sie bestimmt unangemessene Mittel eingesetzt, wenn nicht sogar ausgesprochen ungesetzliche Mittel. Es gibt Gesetze, die Adoptiveltern und auch die Kinder selbst schützen, Gesetze, die eigens dafür gedacht sind, solchen Vorkommnissen vorzubeugen.«

»Wir sind nicht hergekommen, um irgend jemandem Schwierigkeiten zu bereiten, Mr. Osborne«, erwiderte ich schnell, ehe Jimmy etwas sagen konnte. »Ich bin sicher, daß Sie unsere Gefühle nachvollziehen können und verstehen, warum wir Fern jetzt sehen wollen.«

»Kelly«, verbesserte er mich. »Sie heißt Kelly«, wiederholte er entschieden. »Sie dürfen nicht Fern sagen.«

»Kelly«, berichtigte ich mich. Er sah mich strenger an, als er sich den Hund unter den anderen Arm klemmte. »Sind Sie miteinander verheiratet?«

»Richtig«, sagte Jimmy. Ein Schauer der Verwirrung durchzuckte Clayton Osborne, doch er erholte sich schnell davon.

»Und noch etwas«, sagte er. »Nennen Sie mich nicht Mr. Osborne. Ich heiße Clayton, und meine Frau heißt Leslie. Kelly kriegt sehr viel mit und ist«, er wandte sich an Jimmy, »wie ich Ihnen am Telefon bereits erklärt habe, sehr frühreif. So etwas würde sie auf der Stelle merken, und dann würde sie Verdacht schöpfen.«

»Clayton?« rief eine Frauenstimme.

Wir drehten uns alle um. Leslie Osborne war in den Flur getreten. Sie trug eine jadegrüne Bluse und Jeans. Ich fand, daß sie die Figur einer Tänzerin hatte – einen kleinen Busen, eine schmale Taille und lange, schlanke Beine. Sie hatte hellbraunes Haar, das sie sich mit einem türkisen Band zurückgebunden hatte, und sie war ungeschminkt, aber sie hatte ein Gesicht von der Sorte, die kaum Schminke erfordert. Ihre Lippen waren von Natur aus leuchtendrot, ihre blauen Augen kristallklar und ihr Teint vollkommen, ihre Haut so zart und hell wie Alabaster.

»Warum bleibt ihr denn so lange an der Tür stehen?« fragte sie.

»Wir haben uns nur begrüßt«, erklärte er eilig. »Das ist meine Frau Leslie«, sagte er. Sie trat näher und reichte uns die Hand. Ich sah, daß sie Diamantohrringe trug.

»Guten Tag«, sagte sie.

Ich nahm ihre Hand in meine. Ihre Finger waren lang und schmal, aber ihre Handflächen waren so muskulös, daß sie uneben waren. Die Hände einer Künstlerin, dachte ich. Ich hatte das Gefühl, sie sei ein wesentlich freundlicherer und weniger einschüchternder Mensch als ihr Mann, und wenn ihre Blicke auch schnell über mich glitten, waren ihre Augen doch freundlich.

»Verzeihen Sie mir, wenn ich Sie anstarre«, sagte sie lächelnd. »Ich vergesse oft, daß ich das tue. Das ist eine Berufskrankheit. Verstehen Sie, ich bin Künstlerin.«

»Ich verstehe«, sagte ich. Fast hätte ich gesagt: »Das weiß ich«, aber ich verbiß mir die Bemerkung, denn ich wollte nicht, daß sie erfuhr, wie gründlich wir ihnen nachspioniert hatten.

»Was ist, Clayton?« sagte sie an ihn gewandt.

»Du führst die beiden ins Wohnzimmer, und ich hole Kelly«, wies er sie an.

»Hier entlang«, sagte Leslie und wies auf das Zimmer, das rechts von uns lag.

»Danke«, murmelte ich, und Jimmy und ich betraten das Wohnzimmer.

Das Stadthaus der Osbornes war ein großes zweistöckiges Gebäude mit dicken Teppichen und eleganten alten Möbeln, die makellos erhalten waren. Nach allem, was ich sehen konnte, war jedes Zimmer ein Ausstellungsraum für kostspielige und schöne Dinge.

Überall hingen Gemälde, und da ich die Signatur entdecken konnte, wußte ich, daß sie von Leslie waren. Aber ab und zu hingen auch ländliche Szenen dazwischen, die von anderen Künstlern gemalt worden waren. Fern war in dieser Welt aufgewachsen, einer Welt voller Eleganz und Kunst, einer Welt, in der es edle und schöne Dinge gab, dachte ich. Ich fragte mich, wie das sie wohl geformt haben mochte.

»Setzen Sie sich doch bitte«, bot Leslie an und wies auf das kastanienbraune Seidensofa. »Und erzählen Sie mir schnell etwas über sich, bevor die beiden kommen. Wo wohnen Sie?« fragte sie und setzte sich auf das kleine Zweiersofa, das zur Garnitur gehörte.

»Wir leben in Cutler's Cove, Virginia, und ich leite dort das Ferienhotel meiner Familie, das Cutler's Cove Hotel.«

»Oh, davon habe ich schon gehört«, sagte Leslie. »Dort muß es sehr schön sein.«

»Ja, das stimmt.«

»Und wie sind Sie beide...« Sie gestikulierte.

»Zusammengekommen?«

»Ja.« Sie lächelte immer noch.

Ich sah Jimmy an. Uns war beiden klar, wie schwierig es gewesen wäre, unsere Geschichte in Kurzform zu erzählen.

»Ich vermute, wir wußten schon immer, daß wir uns lieben. Nachdem Jimmy zum Militär gegangen ist, haben wir uns verlobt«, sagte ich und sah dabei immer noch Jimmy an. »Als er entlassen worden ist, haben wir geheiratet. Damals habe ich schon in Cutler's Cove gelebt.«

»Oh, wie schön«, sagte sie. Jimmy hatte bisher noch kein Wort zu ihr gesagt. Sie starrte ihn an, doch ehe sie etwas zu ihm oder er etwas zu ihr sagen konnte, tauchten Clayton Osborne und Fern in der Tür auf.

Trotz unseres Versprechens, so zu tun, als seien wir Menschen, die wir nicht waren, brachte es keiner von uns fertig, den Blick nicht gebannt, ja, nahezu gierig, auf Fern zu richten. Ich sah augenblicklich, daß sie spürte, wie anders als die übrigen Freunde ihrer Eltern wir sie anschauten. Ihre dunklen Augenbrauen zogen sich fragend in die Höhe.

Sie war groß für ihr Alter und sah eher wie ein Mädchen von zwölf oder dreizehn Jahren aus, was einleuchtete, wenn ich daran dachte, wie groß Momma Longchamp gewesen war. Sie hatte einen Pagenschnitt, und ihr Haar war dunkel und hatte den Glanz von schwarzem Onyx. Momma Longchamps Haar, dachte ich. Sie hatte Jimmys dunkle Augen, doch ihre waren kleiner.

Clayton hatte recht, wenn er sie als ihrem Alter voraus beschrieb. Sie war zwar erst zehn, aber ihre Figur hatte schon begonnen, sich zu entwickeln. Unter der hellgrünen Baumwollbluse konnte man vage die Konturen ihres BHs erkennen. Sie hatte lange Arme und schmale Schultern, und ihr Körper war so geschmeidig wie der einer Katze. Mir ging auf, daß sie Katzenaugen hatte – schmale, scharfe, forschende Augen, durchdringend und stechend.

Trotzdem war sie ein hübsches Mädchen mit einem glatten dunklen Teint. Sie hatte Nase und Mund von Momma und Daddys Kinn und Wangenpartie. Wenn man Jimmy neben ihr stehen sah, wäre einem mühelos aufgefallen, daß sie verwandt waren, dachte ich.

»Das sind Mr. und Mrs. Longchamp«, erklärte Clayton. »Unsere Tochter Kelly.«

»Hallo«, sagte ich als erste. Einen Moment glaubte ich, Jimmy würde gar nichts sagen.

»Hallo«, echote er schließlich.

Sie musterte uns, als versuchte sie, sich zu entschließen, ob sie mit uns reden oder uns einfach nur finster anschauen sollte. Ihr Mund öffnete sich einen Spalt, aber sie gab keinen Laut von sich. Sie sah erst Jimmy und dann mich und dann wieder Jimmy an.

»Es ist höflich, Menschen, die einen begrüßen, auch zu begrüßen, Kelly«, schalt Clayton sie aus.

»Hallo«, sagte sie.

»Setz dich, Kelly«, ordnete Clayton an.

Widerwillig schlenderte sie zu dem Sessel, ließ sich daraufplumpsen und hielt den Blick weiterhin starr auf uns gerichtet.

»Kelly«, schimpfte Clayton, »seit wann gehst du so mit den Möbeln um? Und auch noch im Beisein von Gästen?«

»Es ist schon gut, Clayton«, sagte Leslie. »Kelly ist heute ein bißchen niedergeschlagen«, erklärte sie und wandte sich an uns. »Sie hatte in der Schule einen schlechten Tag.«

»Es war nicht meine Schuld!«

»Das ist nicht der geeignete Zeitpunkt für diese Auseinandersetzung«, schaltete sich Clayton ein und heftete den Blick streng auf Fern. Sie musterte uns noch einmal und schaute dann weg. »Mr. und Mrs. Longchamp sind alte Freunde von uns, die weit fort von hier leben und nur für ein paar Minuten vorbeigekommen sind«, meinte er.

Diese zeitliche Beschränkung, die er für unseren Besuch festlegte, weckte Ferns Aufmerksamkeit, und sie wandte sich uns mit neuem Interesse zu.

»Wie weit von hier leben Sie?« fragte sie.

»In Virginia«, sagte ich.

»Sind Sie gefahren oder geflogen?« fragte sie weiter.

»Wir sind geflogen«, sagte Jimmy lächelnd. Sein liebevoller Gesichtsausdruck weckte ihr Interesse, und einen Moment lang, einen flüchtigen Augenblick, war ich sicher, etwas in ihren Augen gesehen zu haben, ein Wiedererkennen oder zumindest eine tiefverwurzelte Neugier.

»Bin ich nicht in Virginia geboren worden?« fragte sie Leslie. Leslie lächelte sanft.

»Ich habe es dir doch schon Dutzende von Malen erzählt, Kelly«, erklärte Leslie. »Du bist in der Notaufnahme eines Krankenhauses außerhalb von Richmond, Virginia, geboren worden. Dein Vater und ich waren zu weit von zu Hause fort, als ich im neunten Monat war.«

Unterwegs geboren, dachte ich – eine Lüge von derselben Sorte, wie Mommy und Daddy Longchamp sie mir erzählt hatten. Als ich Fern ansah, weil ich ihre Reaktion sehen wollte, stellte ich fest, daß sie mich so gebannt anstarrte, als wollte sie unbedingt meine Reaktion darauf sehen und nicht ich ihre. Jimmy warf einen geringschätzigen Blick in meine Richtung. Er hielt nicht viel von dieser erfundenen Geschichte.

»Und was tun Sie?« fragte Fern. »Kaufen Sie dutzendweise Aktien und Wertpapiere wie Daddys andere Freunde?«

»Uns gehört eins der größten Hotels in Virginia Beach, das wir auch selbst führen«, erklärte ich. »Es heißt Cutler's Cove.«

»Ich war noch nie in Virginia Beach«, klagte Fern.

»Oh, du armes, armes Kind, dem niemand etwas gönnt«, sagte Clayton und schnitt ihr sarkastisch das Wort ab. »Du warst nur an den Stränden von Spanien und Frankreich und auf allen Karibischen Inseln.«

»Haben Sie Kinder?« fragte sie mich, ohne ihn zu beachten.

»Ein kleines Mädchen, das Christie heißt.«

»Wie alt?« fragte sie schnell.

»Kelly, es ist unhöflich, Leute derart ins Kreuzverhör zu nehmen«, sagte Leslie. Sie wandte sich an uns. »Sie ist ein sehr neugieriges Kind. Clayton glaubt, sie wird einmal Journalistin werden.«

»Oder für das Finanzamt arbeiten«, ergänzte er kopfschüttelnd.

»Das ist schon in Ordnung, mich stört das nicht«, sagte ich und wandte mich wieder an Fern. »Christie ist erst fünf geworden, genauer gesagt, sie ist fünfeinhalb.«

»Wie kommt es, daß Sie auch nur ein Kind haben?« fragte sie.

»Kelly!« Clayton schaute auf uns und ging dann auf sie zu. »Hat deine Mutter dir nicht gerade eben gesagt, daß du kein Kreuzverhör anstellen sollst? Man kann sich höflich miteinander unterhalten, aber man kann auch grob unhöflich sein.«

»Ich frage doch nur«, verteidigte sie sich.

»Ich habe mich bemüht, noch ein Kind zu bekommen«, sagte ich zu ihr, »aber leider hatte ich eine Fehlgeburt.«

Ferns Augen leuchteten.

»Irre«, murmelte sie. Ich sah, wie sich ein Lächeln auf Jimmys Gesicht bildete.

»Was ist in der Schule dein Lieblingsfach?« fragte er. Als er sie ansah, konnte ich an seiner Haltung erkennen, wie frustriert er war. Er wünschte sich, er hätte aufspringen und sie umarmen können, dachte ich. Ganz offensichtlich sah auch er in ihrem Gesicht die große Ähnlichkeit mit Momma Longchamp.

»Englisch«, erwiderte sie, »weil ich da Sachen erfinden kann, die ich auch manchmal hinschreibe.«

»Warum bist du dann so schlecht in diesem Fach?« erkundigte sich Clayton.

»Die Lehrerin mag mich nicht.«

»Keiner deiner Lehrer mag dich«, bemerkte Clayton.

»Kelly hat dieses Jahr ein wenig Schwierigkeiten gehabt, sich anzupassen«, begann Leslie.

»Dieses Jahr?« wiederholte Clayton und zog die Augenbrauen hoch.

Leslie sprach weiter und ignorierte ihn. »Sie ist ein sehr gescheites Mädchen, das, wenn es will«, fügte sie hinzu und warf einen Blick auf Fern, »Klassenbeste werden kann. Aber da die anderen Schüler etwas langsamer sind, langweilt sie sich, und wenn sie sich langweilt, bringt sie sich in Schwierigkeiten.«

»Sie langweilt sich derzeit reichlich häufig«, warf Clayton ein.

»Ich hasse die Marion-Lewis-Schule. Die Kinder da sind alle Snobs. Ich wünschte, ich wäre wieder in einer staatlichen Schule«, jammerte Fern.

»Ich glaube nicht, daß du dich mit deinen Zeugnissen in der staatlichen Schule brüsten kannst, Kelly«, sagte Clayton. Er wandte sich an uns. »Wir hatten gehofft, wenn wir Kelly in dieser Privatschule einschreiben, würde sie sich ändern und von der persönlichen Aufmerksamkeit profitieren, die ihr dort zugewandt wird, aber dazu muß sie sich selbst ändern wollen.«

Fern schmollte in genau der Form, in der ich es von ihr erwartet hatte. Sie schlang die Arme um sich und wandte sich ab.

»Haben Sie in Cutler's Cove gute Sommersaisons im Hotel?« fragte mich Leslie.

»Die letzten Jahre waren sehr gut. Wir werden im nächsten Jahr unser Angebot ausweiten. Wir spielen mit dem Gedanken, mehr Tennisplätze anzulegen und noch ein paar Motorboote zu kaufen, die den Gästen an unserer Anlegestelle zur Verfügung stehen. Zu uns kommen jetzt jüngere Gäste«, erklärte ich.

»Sie haben eigene Boote?« fragte Fern, die bei meiner Schilderung langsam wieder aufmerksam wurde.

»Mhm«, machte Jimmy. »Segelboote und Motorboote.«

»Was gibt es sonst noch im Hotel?« erkundigte sie sich.

»Einen großen Swimmingpool, Spielplätze, Gärten, einen Ballsaal, ein Kartenzimmer, ein Spielzimmer...«

»Cool«, rief Fern.

»Kelly, ich habe dich gebeten, diesen Jargon nicht hier ins Haus zu bringen«, sagte Clayton. »Eins von Kellys Problemen«, fuhr er fort, »ist, daß sie sich mit Kindern rumtreibt, die wesentlich älter sind als sie. Sie haben ausnahmslos schlechten Einfluß auf sie.«

»Das sind keine Kinder«, protestierte Fern.

»Entschuldige, bitte«, sagte er. »Teenager.«

»Wie lange bleiben Sie in New York City?« fragte Leslie weniger, um die Auseinandersetzung zu beenden.

»Wir werden morgen abreisen«, sagte ich.

»In welchem Hotel wohnen Sie?« fragte Fern.

»Im Waldorf«, sagte Jimmy schnell.

»Coo... wie schön«, sagte sie und blickte zu Clayton auf. Er hatte in all der Zeit keinen Anlauf genommen, sich zu setzen, und das unterstrich, wie wenig Zeit er uns für unseren Besuch zugestehen wollte. Er schaute auf seine goldene Armbanduhr.

»Ich glaube«, sagte er bedächtig und nickte, »Kelly sollte sich jetzt an ihre Hausaufgaben machen, meinst du nicht auch, Leslie?«

»Ich habe jede Menge Zeit. Ich gehe in den nächsten zwei Tagen nicht zur Schule«, kündigte Fern an.

»Was? Zwei Tage?« Er drehte sich abrupt zu Leslie um.

»Wir reden später darüber, Clayton«, sagte Leslie ruhig.

»Ist sie schon wieder von der Schule suspendiert worden?« rief er unwillig aus.

»Später, Clayton«, sagte Leslie und wies mit einer Kopfbewegung in unsere Richtung. Seine blasse Haut lief vor Wut flammendrot an, als er sich auf die Lippen biß.

»Kelly«, zischte er, »verabschiede dich von Mr. und Mrs. Longchamp. Ich will, daß du in dein Zimmer gehst.«

Ich hatte das Gefühl, daß Fern nur widerwillig von ihrem Sessel aufstand.

»Auf Wiedersehen«, sagte sie. Sie blieb vor Jimmy stehen, der die Augen nicht von ihr losreißen konnte, und hielt ihm die Hand hin. »Warum sehen Ihre Augen so wäßrig aus, als wollten Sie gleich weinen?« fragte sie.

»Sehen sie denn so aus?« Er zwang sich zu einem Lächeln. »Vielleicht kommt es daher, daß ich eine Schwester hatte, die jetzt ungefähr in deinem Alter sein müßte«, sagte er, »und wenn ich dich ansehe, dann fällt sie mir wieder ein.«

Es war, als sei die Luft um uns herum plötzlich elektrisch aufgeladen. Clayton Osborne sprang der Mund auf; sein Gesicht wurde noch röter, so daß es schien, als könnte er in Rauch aufgehen. Ein eisiger Blick und kalte Angst zogen auf Leslie Osbornes Gesicht. Mein Herz fing an zu hämmern, als wollte es meine Brust sprengen, und der Atem stockte mir in der Kehle.

Fern jedoch ließ Jimmy nicht aus den Augen. Ihre Lippen verzogen sich zu einem merkwürdigen Lächeln.

»Was ist aus ihr geworden?« fragte sie.

»Sie ist gestorben.«

»Wie?«

»Kelly, das genügt jetzt«, sagte Clayton drohend. »Du kannst den Leuten nicht immer solche persönlichen Fragen stellen, und schon gar nicht, wenn es um schmerzliche Dinge geht. Das ist nicht nur ungehörig, es ist... es ist« – er sah finster zu Jimmy hin – »grausam.«

»Ich habe es doch nicht so gemeint«, ächzte sie.

»Du gehst jetzt nach oben und machst deine Hausaufgaben, ganz gleich, wieviel Zeit du dafür hast«, befahl er ihr. Sie senkte den Kopf und ging. In der Tür drehte sie sich noch einmal zu uns um. Dann rannte sie raus und stürmte die Treppe hinauf.

In dem Moment, in dem sie außer Hörweite war, trat Clayton vor Jimmy hin.

»Wir hatten eine Abmachung getroffen«, sagte er. »Andernfalls hätte ich nicht in dieses Treffen eingewilligt, und das wußten Sie genau!«

»Ich habe nichts gesagt, was diese Farce zertrümmert hätte«, entgegnete Jimmy geringschätzig. Clayton warf einen Blick auf seine Frau, aber sie starrte auf den Fußboden.

»Ich glaube, Sie sollten jetzt am besten gehen«, sagte Clayton. »Und ich warne Sie, falls Sie versuchen sollten, weitere Kontakte zu Kelly aufzunehmen...«

»Wagen Sie es nicht, mir zu drohen«, versetzte Jimmy und stand abrupt auf. Sein Gesicht war vor Wut verzerrt, und seine dunklen Augen glühten wie heiße Kohlen. Ich sah, daß er die Hände zu Fäusten geballt hatte. Sein Nacken wurde steif. Clayton Osborne wich einen Schritt zurück. Er spürte die Glut des Zorns, und einen Moment lang wußte er nicht, was er tun sollte.

»Ich weise Sie lediglich darauf hin, daß Sie sich auf dünnem Eis bewegen. Ich war so freundlich, Ihnen diesen Besuch zu gestatten, aber wir wollen nichts tun, was unserem Verhältnis zu Kelly schadet. Wenn das heißt, daß wir auf juristische Mittel zurückgreifen müssen, dann versichere ich Ihnen, daß wir das tun werden«, schloß er und gewann die Fassung wieder. Jimmy schaute ihn einfach nur wütend an.

»Ich danke Ihnen, Mr. Osborne«, sagte ich und stand auf. »Es tut mir leid, daß es überhaupt Schwierigkeiten gegeben hat. Mrs. Osborne, ich danke Ihnen«, sagte ich und drehte mich zu ihr um.

Sie lächelte und stand auf.

»Mir ist klar, daß es jetzt für alle Beteiligten schwierig ist, aber die Dinge haben ihren Lauf genommen, und um Kellys willen, aber auch um unserer selbst willen, müssen wir ihnen weiterhin ihren Lauf lassen. Ich bin sicher, daß Sie mir mit der Zeit zustimmen werden, daß das das Beste ist«, erwiderte sie leise.

Ihr beschwichtigender Tonfall besänftigte Jimmy. Ein Teil seiner Spannung fiel von ihm ab, und das Rot wich aus seinen Wangen. Er nickte ihr zu, und dann machten wir uns auf den Weg. Als wir die Haustür erreicht hatten, drehte ich mich noch einmal um und schaute zur Treppe. Ich war ganz sicher, daß ich Fern oben knien sah und daß sie uns durch das Geländer anstarrte. Ohne ein Wort zum Abschied schloß Clayton Osborne die Tür hinter uns.

»Ich hasse diese Typen. Diese Art Mann war mir schon immer verhaßt«, murrte Jimmy, als wir die Steinstufen hinunterstiegen. »Irgendwie, eines Tages…«

»Jimmy, mach es dir jetzt nicht noch schwerer. Ich weiß nicht, ob du im Moment auch nur irgend etwas tun kannst. Wie er gesagt hat, das Gesetz ist auf ihrer Seite und nicht auf unserer.«

»Es kommt mir einfach nicht richtig vor, Dawn, daß wir ihr nicht sagen können, wer wir sind, selbst jetzt nicht«, klagte er. »Verdammt noch mal.« Er drehte sich noch einmal nach der Tür des Stadthauses um und sah sie an. »Obwohl es sich offensichtlich um reiche Leute handelt, habe ich nicht das Gefühl, daß wir sie in guten Händen zurücklassen.«

Er nahm mich an der Hand, und wir gingen zur Kreuzung, um uns ein Taxi zu schnappen und zu unserem Hotel zurückzufahren. Kurz nach unserer Rückkehr rief ich zu Hause an, um mich zu vergewissern, daß mit Christie alles in Ordnung war. Mrs. Boston gab sie mir, und wir redeten beide mit ihr. Sie plapperte unermüdlich über ihre Spielzeugranch, aber sie vergaß nicht zu fragen, ob wir ihr von dieser Reise etwas mitbringen würden.

»Nein, Christie Longchamp, du weißt, daß es sich nicht gehört, Geschenke zu fordern. Und schon gar nicht, nachdem du gerade erst ein so wunderbares Geschenk bekommen hast.«

»Du klingst ganz wie Clayton Osborne«, beschwerte sich Jimmy aus dem Abseits. »Wir können ihr doch eine Kleinigkeit mitbringen.«

»Dein Vater verzieht dich«, sagte ich zu ihr und sah dabei Jimmy an. Er lachte über meinen hitzigen Blick.

»Okay, okay«, sagte er. Er hob die Hände und wich zurück. »Ganz, wie du meinst.«

Nachdem wir mit Christie und mit Mrs. Boston geredet hatten, beschlossen wir zu duschen und uns zum Abendessen umzuziehen. Die emotionalen Anstrengungen und die traumatischen Vorfälle des Tages hatten uns überanstrengt, und wir freuten uns auf ein delikates Essen in einem eleganten Restaurant und auf die Chance, uns zu entspannen. Ich hatte mit dem Gedanken gespielt, Mrs. Liddy und Agnes Morris anzurufen und sie vielleicht sogar zu besuchen, aber ich verwarf diese Idee. Jimmy beschäftigte sich in Gedanken viel zu sehr mit Fern. Selbst Trisha rief ich nicht an, weil ich wußte, daß sie uns dann bestimmt zum Abendessen treffen wollte, und ich hatte nicht den Eindruck, daß Jimmy nach Gesellschaft zumute war, obwohl Trishas übersprudelnde Art vielleicht genau das richtige Gegenmittel für die Melancholie gewesen wäre.

Während wir uns anzogen, redete Jimmy unermüdlich über Fern.

»Sie sieht Mommy wirklich sehr ähnlich, findest du nicht auch?« fragte er.

»Doch, wirklich. Sie erinnert mich an das einzige Bild, das ich von Momma habe, das Bild, auf dem sie unter diesem Baum steht.«

»Stimmt.« Er nickte aufgeregt. Dann wurde sein Gesicht wieder fahl und betrübt.

»Wenigstens haben wir Fern gesehen und wissen, daß sie gesund ist und daß es ihr gutgeht«, sagte ich.

»Gesund, ja. Ob es ihr gutgeht? Was ihre emotionale und psychische Gesundheit angeht, bin ich mir nicht so sicher«, erwiderte Jimmy. »Ich denke immer wieder daran, wie Clayton Osborne in unserer Gegenwart mit ihr geredet hat. Ich weiß, daß er ein eingebildeter Fatzke ist, aber es war, als redete er mit einer Hausangestellten oder einem Waisenkind, das er gegen seinen Willen bei sich aufnehmen mußte. Ich habe nicht die geringste Liebe zwischen den beiden wahrgenommen. Du etwa?«

»Ich weiß es nicht, Jimmy. Ich weiß nicht, ob es gerecht ist, sich nach einem solchen Treffen ein Urteil über ihn zu bilden. Er hat sich über Ferns Betragen in der Schule geärgert. Anscheinend hat sie schon wiederholt Schwierigkeiten gehabt. Vielleicht braucht sie eine strenge Hand. Leslie Osborne kam mir jedenfalls sehr nett vor, fandest du nicht auch?«

»Doch«, gab er widerstrebend zu, »aber Clayton ist derjenige, der dort das Regiment führt.«

»Sie lernt schöne Dinge kennen, und es werden sich ihr noch wunderbare Gelegenheiten bieten«, sagte ich.

»Manchmal genügt das nicht, Dawn. Clara Sue hat wahrhaft schöne Dinge gekannt, und ihr haben sich wunderbare Gelegenheiten geboten, und sieh dir nur an, was aus ihr geworden ist. Nein, in diesem Haus fehlt es an etwas, an einer Form von Wärme, an etwas dringend Notwendigem. Zum Teufel, wenn Daddy auch manchmal noch so mies und übel war, dann hat er uns doch trotzdem auf eine Art und Weise angesehen, die uns das Gefühl gegeben hat, daß er uns mag und im Notfall für uns da ist, oder nicht?«

»Jimmy«, sagte ich leise, »ich fürchte, daß du nach einem Haken suchst, daß du ganz einfach ein Haar in der Suppe finden willst. Wir können im Moment nichts tun, nicht das Geringste.«

Er nickte und senkte niedergeschlagen den Kopf. Ich hatte es ihm nicht gern so deutlich ins Gesicht gesagt, aber ich sah keine andere

Lösung. Schweigend zogen wir uns an. Als wir jedoch beide gerade fertig waren und gehen wollten und schon auf die Tür zugingen, hörten wir ein Klopfen. Wir schauten uns fragend an. Wir hatten uns bei niemandem in New York gemeldet, und wir hatten gerade zu Hause im Hotel angerufen und erwarteten daher auch keine Nachrichten. Jimmy trat vor, um die Tür zu öffnen.

Dort stand Fern. Sie trug eine dunkelblaue Wolljacke und Jeans und eine Baskenmütze. Jimmy riß vor Erstaunen den Mund auf, und im ersten Moment brachte er kein Wort heraus.

»Kelly, Liebes«, sagte ich. »Was tust du denn hier?«

»Ich bin von zu Hause fortgelaufen«, erklärte sie stolz.

»Du bist fortgelaufen? Warum? Und warum solltest du ausgerechnet zu uns kommen, wenn du ausreißt?« fragte ich.

»Weil ich weiß, wer ihr in Wirklichkeit seid«, erwiderte sie.

14

Wieder zusammen

Das Herzrasen verschlug mir den Atem, und im ersten Moment brachte ich nicht mehr als ein lautes Flüstern heraus.

»Komm rein und setz dich«, sagte ich. Fern warf einen Blick auf Jimmy, der vollkommen entgeistert wirkte, und dann ging sie eilig auf das Sofa im Wohnzimmer unserer Suite zu. Sie knöpfte sich die Jacke auf, zog sich die Mütze vom Kopf und schüttelte ihr Haar. Ich setzte mich, aber Jimmy blieb stehen und ließ Fern keinen Moment aus den Augen. Als ich sah, wie er sie anstarrte, war mir klar, daß er in ihren Augen und ihrem Haar und ihren Gesten Momma sah. Auch mich bestürmten wieder kostbare Erinnerungen an Momma. Tränen traten in meine Augen.

»Hübsch ist es hier«, sagte Fern und sah sich um. »Eine Freundin von mir, Melissa Holt, war mal mit ihrem Vater hier, und ich bin hergekommen und habe sie hier besucht. Ihr Vater ist mit uns beiden essen gegangen und dann in den Zirkus! Ihre Eltern sind geschieden, aber ihre Mutter hat einen neuen Mann«, fuhr sie fort. »Melissa haßt ihn. Sie will von zu Hause fortlaufen und bei ihrem richtigen Vater leben.«

Ihre fehlende Scheu und ihre ungehemmte und lockere Art im Umgang mit uns zauberte ein kleines Lächeln auf Jimmys Lippen. Endlich setzte er sich und faltete die Hände im Schoß.

»Wie hast du die Wahrheit über dich und uns herausgefunden?« fragte Jimmy.

»Eines Tages habe ich klammheimlich einen Blick in Claytons wichtige Papiere geworfen, und dabei habe ich meine Geburtsurkunde und die Adoptionsunterlagen gefunden«, erwiderte sie achselzuckend. »Ich wußte nicht, daß ich diese Sachen finden würde. Ich schnüffele nicht rum«, sagte sie und wandte sich dabei mehr an mich, »aber ich hatte tonnenweise blöde Schulaufgaben zu machen, und mir war langweilig, und deshalb wollte ich mich mal woanders umsehen.«

»Hattest du denn keine Angst, deine Eltern könnten dich dabei ertappen, daß du in ihren Sachen rumwühlst, und böse werden?« fragte ich.

»Leslie war in ihrem Atelier, wie üblich, und Clayton mußte Klienten treffen und mit ihnen essen gehen.«

»Sie haben dich allein zu Hause gelassen?« fragte Jimmy.

»Mhm. Das tun sie oft, weil Clayton irgendwo hingehen muß, und dann soll Leslie gleich aus ihrem Atelier kommen, aber sie ist oft so vertieft in ihre Malerei, daß sie die Zeit vergißt. Manchmal vergißt Leslie sogar das Essen! Sie hat auch schon Claytons Geburtstag vergessen und meinen auch, und letzte Woche hat sie ganz vergessen, daß sie Snoogles noch in ihrem Schlafzimmer hatte, und er hat an drei Stellen Pipi auf den Teppich gemacht.«

»Snoogles?« fragte ich.

»Der Pudel«, vermutete Jimmy.

»Leslie hat ihn Snoogles genannt. Clayton hat mich nach seiner Mutter Kelly Ann genannt«, erklärte Fern. »Sie war schon tot, als Clayton und Leslie mich adoptiert haben.«

»Sprichst du deine Eltern immer mit ihren Vornamen an?« fragte ich.

»Sie sind doch gar nicht wirklich meine Eltern«, erwiderte sie, und in ihren dunklen Augen funkelte Zorn. »Also ist es doch egal.«

»Soll das heißen, du hast angefangen, sie mit ihren Vornamen anzureden, nachdem du diese Entdeckung gemacht hast?« verfolgte ich das Thema weiter.

»O nein, ich habe sie immer bei ihren Vornamen genannt. Sie wollten es so haben. Sie...« Sie unterbrach sich, um den passenden Begriff zu suchen. Dabei ließ sie die Zunge über die Lippen gleiten, eine Geste, die Jimmy ein strahlendes Lächeln entlockte. Das war etwas, was Momma Longchamp früher immer getan hatte, wenn sie in Gedanken versunken war, und auch sie war sich dessen nicht bewußt gewesen. »Sie sind progressive Eltern«, schloß sie dann. »Sie haben Unmassen von diesen Büchern darüber, wie man ein Kind aufzieht, und sie haben sich viel angelesen. Ich schätze aber, das war eher Clayton. Leslie hat die Bücher nicht gelesen. Sie hört sich nur alles an, was Clayton sagt.

Clayton beschwert sich laufend über sie«, fuhr sie fort. »Er beschwert sich darüber, daß sie Termine verpaßt oder zu spät kommt oder sich nicht um das Haus und um mich kümmert. Das ist eine seiner liebsten Klagen.« Sie riß die Augen weiter auf. »Sie haben sich deshalb sogar gestritten, nachdem ihr heute weggegangen seid.«

»Wie hat dieser Streit ausgesehen?« fragte Jimmy.

»Er hat ihr die Schuld an dem gegeben, was in der Schule passiert ist, und er hat ihr gesagt, sie interessiert sich nicht genug für meine Erziehung.«

»Was ist denn in der Schule passiert?« fragte ich.

»Jason Malamuds naturwissenschaftliches Projekt ist im Labor explodiert.«

»Was?« Ich sah Jimmy besorgt an.

»Na ja, es war etwas Elektrisches, und es hat einen Kurzschluß gegeben oder so was, aber er hat behauptet, ich hätte es getan, und der Lehrer hat ihm geglaubt, weil er der Liebling des Lehrers ist.«

»Hast du es getan?« wollte ich wissen. Sie sah mir fest in die Augen.

»Absolut nicht. Und ich habe es satt, daß man mir die Schuld an Dingen zuschiebt, die andere Leute getan haben«, stöhnte sie. »Ich hasse diese Schule. Dort wimmelt es von... verzogenen reichen Gören und Lümmeln.«

»Das ist fast wörtlich das, was ich damals an der Emerson-Peabody-Schule auszusetzen hatte«, sagte Jimmy und zwinkerte mir zu. Die Ähnlichkeit ihrer Beschwerden gefiel ihm; es war fast so, als glaubte er, es läge ihnen im Blut.

»Aber warum sollte Jason dir die Schuld daran zuschieben?« erkundigte ich mich.

»Weil er mich haßt, seit ich damals allen erzählt habe, daß er in die Hose gemacht hat. Er hat versucht, es sich nicht anmerken zu lassen. Er hat behauptet, er sei krank, und er wollte zur Krankenschwester gehen.«

Jimmy lachte.

»Wie lange kennst du schon die Wahrheit über dich und uns?« fragte ich.

»Ein paar Jahre, schätze ich«, sagte sie und zuckte mit den Achseln. »An das genaue Datum kann ich mich nicht mehr erinnern. Es war, glaube ich, kurz vor Weihnachten. Mhm, vor zwei Jahren kurz vor Weihnachten«, bestätigte sie und nickte. »Clayton hat mir komplette Nachschlagwerke gekauft, aber ich wollte das Puppenhaus haben, das ich bei Macy's im Schaufenster gesehen hatte.«

»Es ist schon Jahre her? Hast du die beiden je darauf angesprochen?«

»O nein, Clayton wäre wütend, wenn er wüßte, daß ich mich an seine kostbaren geheimen Papiere gemacht habe. Er hat sie hinter Schloß und Riegel, aber eines Tages habe ich gesehen, wo er den Schlüssel versteckt hat. Ich habe nie etwas davon erwähnt.« Sie schüttelte den Kopf, und wieder wurden ihre Augen groß.

»Tja, juristisch gesehen sind sie aber doch deine Eltern«, hob ich hervor. »Sie haben dich großgezogen und für dich gesorgt, und...«

»Ich hasse sie!« schrie sie. »Vor allem Clayton.«

Jimmys Lächeln verschwand, und er beugte sich vor, sah mich scharf an und schaute dann Fern an.

»Er will nur das, wovon er glaubt, daß es gut für dich ist«, erklärte ich. »Er scheint ein sehr intelligenter Mann zu sein, und erfolgreich ist er auch, und daher...«

»Er ist gemein und grausam«, schrie sie. »Das finden all meine Freunde. Sie hassen es, zu mir zu kommen. Er stellt jedem Hunderte von Fragen, und niemand fühlt sich wohl dort. Und dann erzählt er mir, daß meine Freunde nichts taugen und zu alt für mich sind. Er verbietet mir, zu ihnen nach Hause oder mit ihnen ins Kino zu gehen oder...«

»Ich bin sicher, daß er nur auf dich aufpaßt und daran denkt, was für dich das Beste ist, mein Süßes«, sagte ich. »Wenn ein Mädchen in deinem Alter sich mit wesentlich älteren Jungen rumtreibt, dann handelt es sich normalerweise Schwierigkeiten ein. Ich bin sicher, daß er sich Sorgen um dich macht und versucht, alles richtig zu machen.«

Sie schaute von Jimmy zu mir und schlug sich dann die Hände vors Gesicht. »Er tut schlimme Sachen mit mir!« brach es aus ihr heraus.

»Was?« Jimmy sprang fast von seinem Stuhl auf. »Was soll das heißen, er tut schlimme Sachen? Was für schlimme Sachen?«

Sie schüttelte den Kopf und fing an zu weinen. Ich ging eilig zu ihr.

»Weine nicht, mein Süßes«, beschwichtigte ich sie. »Erzähl uns, wovon du sprichst. Wir können dir nicht helfen, wenn du es uns nicht genauer erklärst.« Ich legte einen Arm um sie. Sie begrub ihr Gesicht an meiner Schulter.

»Das kann ich nicht«, nuschelte sie. »Es ist zu... eklig.«

»Dawn!« Jimmy war jetzt aufgesprungen.

Ich nickte und schloß kurz die Augen, damit Jimmy ruhig blieb und sie mich genauer ausfragen ließ.

»Du weißt jetzt, daß Jimmy dein Bruder ist, mein Süßes. Ich bin seine Frau, aber wir sind zusammen aufgewachsen, und ich habe mich vom Tag deiner Geburt an um dich gekümmert, bis wir alle auseinandergerissen worden sind.«

»Wirklich?« sagte sie und richtete sich auf.

»Mhm. Du wolltest früher immer, daß ich dir etwas vorsinge.

Momma ist sehr krank geworden, und ich mußte ihr helfen. Ich werde dir alles erzählen, wie Jimmy und ich jahrelang glaubten, wir seien Geschwister, und wie wir dahintergekommen sind, daß wir nicht Bruder und Schwester sind, und doch haben wir erkannt, daß wir uns lieben. Wir werden dir alles über deine richtige Mutter und deinen richtigen Vater erzählen.«

»Was ist aus ihnen geworden?« fragte sie sofort.

»Momma ist tot«, erwiderte Jimmy. »Daddy geht es gut, aber er hat sich wieder verheiratet und hat einen Sohn, das heißt, du hast noch einen Bruder. Er heißt Gavin.«

»Ja, aber warum habe ich nicht bei meinem richtigen Vater gelebt? Warum hat er mich weggegeben?« schrie sie, und die Tränen strömten ihr immer noch über das Gesicht. Ich holte mein Taschentuch raus und wischte sie von ihren zarten Wangen.

»Er hat dich nicht weggegeben. Das Gericht hat dich ihm weggenommen. Wir werden dir alles ganz genau erzählen, Süßes, aber du mußt uns auch vertrauen und uns erzählen, was du meinst, wenn du sagst, daß Clayton schlimme Sachen mit dir macht. Was sind das für schlimme Dinge? Wie lange geht es jetzt schon so?«

Sie schluckte schwer, schloß die Augen und lehnte sich zurück. Jimmy setzte sich wieder, um ihr zuzuhören.

»Schon solange ich zurückdenken kann«, setzte sie mit geschlossenen Augen an. Sie wischte sich die restlichen Tränen aus dem Gesicht. »Clayton war derjenige, der sich die meiste Zeit um mich gekümmert hat, weil Leslie immer mit ihren Bildern zu tun hatte. Clayton hat mich oft angezogen und gebadet.« Sie schloß die Augen wieder, und dann schlug sie sie schnell auf und richtete ihren Blick fest auf Jimmy. »Das tut er immer noch«, sagte sie.

Jimmys Gesicht wurde so knallrot, daß ich glaubte, seine Schädeldecke würde in Flammen aufgehen.

»Was?« schrie er. »Er tut es immer noch?«

»Du bist alt genug, um allein zu baden«, sagte ich, und meine Stimme war wieder kaum mehr als ein Flüstern.

»Ich weiß, daß ich allein baden kann, aber er kommt immer rein, wenn ich in der Badewanne sitze, und er sagt mir, daß ich mich nicht ordentlich wasche. Er sagt, ich lasse die wichtigen Stellen aus«, sagte sie. »Und als ich einmal versucht habe, die Tür zu verriegeln, ist er wütend geworden und hat dagegen gepocht und nicht aufgehört, bis ich aus der Wanne steigen und ihm die Tür aufmachen mußte.«

Ich warf einen Blick auf Jimmy. Er saß auf der vordersten Stuhlkante und machte den Eindruck, als würde er jeden Moment aufspringen und aus dem Hotelzimmer stürmen. Vielleicht sogar durch die geschlossene Tür! Sein Nacken war starr, und seine Augen traten aus dem Kopf.

»Als ich den Kerl zum ersten Mal gesehen habe, wußte ich schon...«

»Jimmy, zieh keine vorschnellen Schlußfolgerungen«, riet ich ihm.

»Voreilige Schlußfolgerungen? Hör ihr doch zu«, sagte er und wies mit beiden Armen auf Fern.

Ich nickte und wandte mich ihr wieder zu.

»Ist dir klar, was du uns da erzählst, Liebes, was du zu sagen versuchst?«

Sie nickte.

»Dein Vater... Clayton... kommt rein, wenn du ein Bad nimmst, und er faßt dich an?« Sie nickte wieder.

»Er sagt, ich soll aufstehen und ihm den Rücken zukehren. Ich mache die Augen zu, weil ich es einfach nicht mehr aushalte. Er nimmt den Waschlappen und fängt auf dem Rücken an, aber schon bald kommt seine Hand um mich rum und...«

Sie schlug wieder die Hände vors Gesicht und schluchzte. Ich umarmte sie und zog sie an mich, wiegte sie sachte und strich ihr über das Haar.

»Jetzt ist alles gut. Es ist alles gut jetzt«, versicherte ich ihr.

»Du hast verdammt recht. Jetzt ist alles gut. Damit ist für sie jetzt

Schluß«, gelobte Jimmy. Er stand auf, zog die Schultern zurück und drückte die Brust raus. »Ich will diesen Mann auf der Stelle aufsuchen«, bekundete er.

»Warte, Jimmy. Wir müssen jetzt richtig vorgehen, wenn wir die Dinge nicht noch schlimmer machen wollen. Laß mich Mr. Updike anrufen und ein paar juristische Ratschläge einholen, damit wir wissen, was wir unternehmen müssen«, bat ich ihn. »Wenn du jetzt losrennst, könntest du alles verderben.«

Sein Gesicht verlor ein wenig von seiner Spannung, doch seine Haltung blieb steif, seine Hände blieben zu Fäusten geballt.

»Dann ruf ihn an«, befahl er.

»Warum gehst du nicht ins Bad, mein Süßes, und wäschst dir das Gesicht?« sagte ich zu Fern.

»Okay«, sagte sie. »Aber ich fürchte mich. Er wird furchtbar wütend sein, weil ich es euch gesagt habe. Er hat mich schwören lassen, daß ich es nie jemandem erzähle. Ihr zwingt mich doch nicht, wieder dorthin zu gehen und dort zu leben, oder? Bitte, macht das nicht mit mir«, flehte sie, und ihr Mund verzog sich besorgt. Man sah ihr deutlich an, wie sehr ihr davor graute.

»Du wirst nicht dorthin zurückgehen. Weder jetzt noch jemals sonst«, versprach ihr Jimmy. »Mach dir darüber keine Sorgen. Und auch nicht seinetwegen.«

Sie lächelte durch ihre Tränen. Ich half ihr beim Aufstehen und brachte sie zum Bad. Dann ging ich zum Telefon. Jimmy stand neben mir, als ich Mr. Updike anrief.

Sobald ich ihm erklärt hatte, wo wir waren und was wir in Erfahrung gebracht hatten, verwies uns Mr. Updike an einen New Yorker Anwalt, den er kannte, einen Mr. Simington, der uns sagte, wir müßten uns mit der Jugendfürsorge in Verbindung setzen und eine Ermittlung beantragen. Er sagte, angesichts des Ernstes der Lage sei es ausgeschlossen, daß sich die Dinge über Nacht regeln ließen.

»Nach allem, was Sie mir mitgeteilt haben«, sagte er, »hat Mr. Osborne Ihretwegen ohnehin schon seinen eigenen Anwalt kontaktiert. Er und seine Frau haben Rechte und können erwarten, daß diese Rechte geschützt werden. Es wird zu Rechtsstreitigkeiten und zu Gerichtsverhandlungen kommen.«

»Und was geschieht solange mit der Schwester meines Mannes?« fragte ich.

»Die Jugendfürsorge wird sie in einem ihrer Heime behalten, bis die Angelegenheit geregelt ist. Ich kann Ihnen nur sagen, da ich von Zeit zu Zeit ähnliche Fälle beobachtet habe, daß es für alle Beteiligten abscheulich wird, vor allem für das Kind. Höchstwahrscheinlich wird die Kleine in einer öffentlichen Gerichtsverhandlung bis in alle Einzelheiten ihre Aussagen machen müssen. Vergewissern Sie sich, daß ihr das klar ist, und prüfen Sie genau, ob sie die Wahrheit sagt. Kinder sagen die unglaublichsten Dinge, wenn sie sich über eine Bestrafung ärgern. Dinge, die sie nicht wirklich ernst meinen.«

»O doch, sie meint es ernst«, versicherte ich ihm. »Sie ist völlig verstört. Man braucht nur einen Blick auf sie zu werfen... Aber es wäre mir einfach abscheulich, wenn sie noch mehr durchmachen müßte. Sie hat genug gelitten, und das anscheinend über Jahre.«

»Hmmm«, sagte er. »Nun ja, manchmal lassen sich solche Angelegenheiten schnell regeln, wenn die Dinge so liegen, wie das Kind sie beschreibt. Es könnte gut sein, daß der Elternteil, der das Kind mißbraucht hat, nicht will, daß in einer öffentlichen Gerichtsverhandlung alles ans Licht kommt. Sie könnten es erst auf diesem Weg probieren.«

Ich blieb am Apparat, während Mr. Simington mir die Telefonnummern der behördlichen Stellen raussuchte, die wir anrufen sollten.

»Rufen Sie mich morgen in meiner Kanzlei an, wenn Sie sonst noch etwas brauchen«, sagte er. Ich bedankte mich bei ihm und legte den Hörer auf. Dann erklärte ich Jimmy alles ganz genauso, wie Mr. Simington es mir erklärt hatte.

Nachdem sie sich das Gesicht gewaschen und ein Glas Wasser getrunken hatte, setzte sich Fern wieder auf das Sofa und blätterte ein paar Modezeitschriften durch, während Jimmy und ich uns miteinander besprachen. Ich fand, für ein kleines Mädchen, das so viel durchgemacht hat, wirkte sie überraschend gelassen. Das flüsterte ich Jimmy zu.

»Du weißt doch, wie Kinder sind«, flüsterte Jimmy zurück. »Denk doch nur an uns, als wir in ihrem Alter waren, was wir damals durchgemacht haben und wie wir damit fertig geworden sind. Kinder sind aus Gummi, man kann sie in alle Richtungen biegen und strecken, und sie zerbrechen nicht.«

»Äußerlich, Jimmy. Innerlich reißen sie in Stücke«, sagte ich.

»Ich weiß. Deshalb will ich ja alles heute nacht noch regeln und nicht erst morgen, und schon gar nicht will ich monatelange Rechtsstreitigkeiten an New Yorker Gerichten anzetteln.«

»Was sollen wir tun?« fragte ich.

Er dachte einen Moment nach. Dann wandte er sich an Fern. Sie schaute von ihrer Zeitschrift auf, als er auf das Sofa zuging und sich neben sie setzte.

»Glaubst du«, fing er behutsam an, »daß du mit uns zu Clayton gehen und ihm noch einmal gegenübertreten kannst?«

»Wie meinst du das?« fragte sie. Sie schaute erst ihn an, dann mich und dann wieder ihn. »Warum?«

»Du mußt ihm ins Gesicht sagen, was du uns erzählt hast«, erklärte Jimmy.

Sie biß sich auf die Unterlippe und senkte den Blick.

»Irgendwann wirst du es tun müssen, mein Liebes«, sagte er zu ihr.

»Warum können wir nicht einfach aus New York fortgehen und von jetzt an in eurem Hotel leben?« rief sie aus.

»Ich habe es dir doch schon gesagt«, erwiderte ich leise. »Sie sind juristisch gesehen deine Eltern.«

»Aber Jimmy ist mein richtiger Bruder! Und du bist seine Frau!« rief sie.

»Das heißt noch nicht, daß wir gesetzlich das Recht haben, dich mitzunehmen, Kelly«, sagte ich.

»Ich will nicht mehr Kelly genannt werden. Ich will bei meinem richtigen Namen genannt werden. Fern. Fern!« betonte sie, und in ihren Augen glühten Entschlossenheit und Zorn.

Jimmy drehte sich zu mir um, und er strahlte vor Zufriedenheit.

»Und ich möchte mit dir nach Hause gehen. Ich möchte mit meiner richtigen Familie und nicht mit den beiden. Ich hasse sie«, wiederholte sie und trommelte mit den Fäusten auf die Knie.

»Gerade deshalb müssen wir zu ihnen gehen und ihm sagen, was wir wissen, damit ihm klar wird, daß er dich mit uns fortgehen lassen muß... oder er kommt ins Gefängnis«, sagte Jimmy. »Du brauchst keine Angst zu haben«, betonte er und nahm ihre Hand. »Ich werde bei dir sein, und wenn er es wagt, dir auch nur zu drohen...«

»Und er kann mich nicht zwingen dazubleiben?«

»Nein, nicht nach dem, was du uns erzählt hast«, behauptete Jimmy. »Soviel steht fest.«

Fern richtete den Blick auf mich, weil sie sehen wollte, ob ich dem zustimmte, was Jimmy zu ihr sagte.

»Okay«, sagte sie. »Solange ich bloß auf der Stelle mit euch weggehen kann.«

»Gut.« Jimmy klatschte sich mit den Händen auf die Knie.

»Jimmy.« Mein Herz fing an, vor Aufregung zu rasen.

»Was ist?«

»Wir können ihr nicht garantieren, daß sie sofort mit uns nach Hause kommen kann.«

»Klar können wir das«, behauptete er und winkte ab. »Mach dir keine Sorgen, Fern«, sagte er und strich ihr mit der Hand über das Haar, »von jetzt an bist du sicher. Niemand wird je wieder solche abartigen Dinge mit dir tun, solange ich da bin.«

Ferns Gesicht verzog sich zu einem strahlenden Lächeln, und sie schlang ihm die Arme um den Hals.

»O Jimmy«, rief sie. »Ich bin ja so gücklich, so überglücklich, daß du mich endlich gefunden hast.«

Jimmy strahlte. Er schaute mich über ihre Schulter an, und in seinen Augen standen ein solches Glück und ein solcher Stolz, daß ich ihn ebenfalls anlächelte. Nur in meinem tiefsten Innern hatte ich das Gefühl, daß es hier um mehr ging, um viel, viel mehr, und daß nur die Zeit zeigen würde, ob wir das Richtige getan hatten.

»Laß uns gehen«, sagte Jimmy. Er stand auf und zog Fern mit sich auf die Füße. »Laßt uns diese Geschichte beenden.«

»Wie bist du zum Hotel gekommen?« fragte ich Fern, als der Portier uns ein Taxi anhielt.

»Ich habe mich aus dem Haus geschlichen und bin zur Kreuzung gelaufen und habe so lange immer wieder gewinkt, bis ich ein Taxi bekommen habe«, sagte sie. »Ich habe das schon öfter getan, allein und mit Melissa. Ich habe mein eigenes Geld. Ich habe alles mitgenommen, als ich weggegangen bin.« Sie öffnete ihre kleine Brieftasche, um es mir zu zeigen. Ein Packen Scheine steckte zusammengeknüllt drin.

»Das sieht aus, als sei es eine Menge Geld, Fern. Wieviel hast du da?«

»Mehr als fünfhundert Dollar.«

»Fünfhundert Dollar? Woher hast du soviel Geld?« fragte ich.

»Ich habe es mir von meinem Taschengeld zusammengespart«, sagte sie eilig. »Ich wußte einfach, daß ich es eines Tages noch brauchen werde.«

»Clayton muß dir ein deftiges Taschengeld gegeben haben«, bemerkte ich.

»O nein, ich habe lange, lange Zeit gespart. Manchmal bestraft er mich und gibt mir wochenlang kein Taschengeld. Er sagt, ich habe es nicht verdient. Er sagt, ich sollte ihm statt dessen etwas dafür bezahlen, daß er mich bei sich behält... daß er sich überhaupt mit mir abgibt«, fügte sie hinzu.

»Daß er sich mit dir abgibt, so? Dieser verdammte...«

»Jimmy«, rief ich. »Bitte. Paß auf, was du sagst.«

»Ja, du hast recht.«

Wir stiegen alle in das Taxi, und Jimmy gab dem Fahrer die Adresse der Osbornes. Fern saß zwischen uns. Ich hatte erwartet, sie würde immer ängstlicher, als wir dem Haus von Clayton und Leslie näher kamen, aber sie stellte uns endlose Fragen nach Cutler's Cove und Christie und den anderen Mitgliedern der Familie, die durchaus demnächst ihre neue Familie sein könnte.

Was für ein Mädchen, dachte ich. Diese Courage!

Als wir aus dem Taxi stiegen, klammerte ich mich an Jimmys Arm.

»Du mußt mir versprechen, daß du nicht die Selbstbeherrschung verlieren und etwas Dummes anstellen wirst, Jimmy. Das würde alles nur noch schlimmer machen«, ermahnte ich ihn.

»Mach dir keine Sorgen«, beruhigte er mich. »Mit der Sorte Mann kann ich umgehen.« Er richtete den Blick fest auf die Tür. »Bist du bereit, Fern?« fragte er und nahm sie an der Hand. Sie schaute zu ihm auf und nickte. »Denk daran«, sagte er. »Sag die Wahrheit, und hab keine Angst.«

»Okay.« Sie nickte und trat vor, aber auf mich machte sie jetzt den Eindruck, als fürchtete sie sich sehr.

»Es wird schon alles gutgehen, mein Süßes«, sagte ich und stellte mich neben sie. Ich legte ihr die Hand auf die Schulter. Zu dritt stiegen wir gemeinsam die Stufen hinauf. Jimmy drückte auf die Klingel, und wie schon am Nachmittag fing Snoogles an zu kläffen. Der Ausdruck des Erstaunens auf Clayton Osbornes Gesicht, als er uns die Tür öffnete, wich augenblicklich einem Ausdruck der Wut, als er Fern zwischen uns stehen sah.

»Was hat das zu bedeuten?« fragte er. »Kelly Ann, wo bist du gewesen? Wie kannst du es wagen, dieses Haus ohne Erlaubnis zu verlassen?« Er streckte die Hände nach ihren Schultern aus, aber Jimmy umfaßte mitten in der Bewegung sein Handgelenk.

»Moment mal«, zischte Jimmy. »Wir haben einiges zu besprechen, und Fern«, sagte er und sprach ihren Namen überdeutlich aus, »muß dabei anwesend sein.«

Clayton zog sein Handgelenk aus Jimmys Umklammerung. »Dann haben Sie also gegen unsere Abmachungen verstoßen«, sagte er und rieb sich das Handgelenk. »Ich hätte es wissen müssen. Das Beste ist, wenn Sie jetzt beide augenblicklich verschwinden, ehe ich die Polizei anrufe.«

»Es wäre uns eigentlich sehr lieb, wenn Sie genau das täten«, sagte Jimmy. »Wenn Sie es nicht tun, dann tun wir es.«

»Was?« Er sah ihn mit finsterer Miene an.

»Clayton, was ist passiert?« fragte Leslie, die hinter ihm auftauchte. »Kelly? Was hast du denn...«

»Sie hat sich aus dem Haus geschlichen und ist zu ihnen gegangen«, erklärte Clayton schnell. »Offensichtlich haben sie ihr gesagt, wer sie sind.«

»O nein.« Leslie verzog das Gesicht zu einer Grimasse. »Kelly, Liebling, du darfst dir nichts daraus machen. Es gibt viele Kinder, die adoptiert worden sind, und das heißt nicht, daß ihre Eltern sie deshalb weniger lieben.«

»Sie ist allerdings außer sich«, sagte Jimmy. »Und es liegt nicht etwa daran, daß sie hinter die Geschichte ihrer Adoption gekommen ist.« Er drehte sich um und erdolchte Clayton mit seinen Blikken. »Ich glaube, wir sollten lieber darüber reden, was sie wirklich aus der Fassung gebracht hat«, schleuderte er ihm so heftig ins Gesicht, daß Clayton gezwungen war, einen Schritt zurückzuweichen.

»Sehen Sie«, setzte Clayton an, »wenn Sie glauben, Sie können einfach in mein Haus kommen und damit drohen...«

»Laß sie doch reinkommen, Clayton«, sagte Leslie. »Es ist Blödsinn, in der Tür stehenzubleiben und sich hier zu streiten, und Kelly soll schlafen gehen. Hat sie schon etwas gegessen?« fragte sie mich.

»Im Moment ist das unsere geringste Sorge, Mrs. Osborne«, sagte ich und blieb wie angewurzelt stehen.

»Oh, ich verstehe. Clayton, gehen wir doch alle ins Haus. Bitte. Wir haben keinen Grund, uns nicht zivilisiert zu benehmen.«

Widerstrebend wich Clayton zurück, und wir traten alle ein.

»Möchten Sie sich setzen?« fragte Leslie, als wir das Wohnzimmer betraten.

»Ich glaube, wir bleiben lieber stehen«, sagte ich. Als wollte er seinen Widerstand deutlich an den Tag legen, ging Clayton an uns vorbei und setzte sich. Er funkelte uns erbost an und bedachte vor allem Fern mit wutentbrannten Blicken. Sie hielt sich an Jimmys Hand fest, als hinge ihr Leben davon ab, und ihr Körper war eng an mich geschmiegt.

»Also, gut«, sagte Clayton und stützte die Arme auf seine Schenkel, »was hat das alles zu bedeuten?«

»Es dreht sich um den Mißbrauch meiner Schwester«, begann Jimmy mit fester Stimme.

»Mißbrauch?« Claytons Lippen verzogen sich zu der grotesken Imitation eines Lächelns, so höhnisch und kalt, daß mir Schauer über den Rücken liefen. »Zweifellos haben wir sie mißbraucht, vor allem, wenn Sie es als Mißbrauch bezeichnen, daß wir Hunderte von Dollar für ihre Klavierstunden ausgegeben haben, um dann dahinterzukommen, daß sie nie geübt hat. Wenn Sie als ein Mißbrauch bezeichnen, daß wir Hunderte von Dollar für Hauslehrer ausgegeben haben, die sie dazu bringen, wenigstens das Allernotwendigste zu tun, und wir dann herausfinden, daß sie ihre Hausaufgaben nicht macht... Mißbrauch?« brauste er auf, und seine Augen weiteten sich vor Zorn. »Ja, wenn Sie bedenken, in wie viele kostspielige Sommerlager wir sie geschickt haben, aber nur, damit man uns höflich ersucht, sie von dort fortzuholen. Wenn Sie nach oben gehen und sich diese Schränke voll mit teuren Kleidungsstücken ansehen, von denen sie manche nie auch nur getragen hat. Schauen Sie sich doch die Berge von Schallplatten an, die Kisten voller Puppen, die Stereoanlage, das Radio... na los, gehen Sie schon, und schauen Sie sich den gesamten Mißbrauch an!«

Einen Moment lang senkte sich Schweigen über den Raum. Sogar Leslie wirkte erstaunt über Claytons emotionalen Ausbruch. Er schnappte hörbar nach Luft und wandte den Blick ab. Sein Kopf war knallrot angelaufen.

»Wir reden nicht über diese Dinge«, sagte Jimmy ruhig. »Wir wissen, daß Sie gut für sie gesorgt haben.«

»Wovon, zum Teufel, reden Sie dann?« schrie Clayton.

»Wir reden von dem sexuellen Mißbrauch«, erklärte Jimmy unerschrocken. Einen Moment lang war es, als hätte es direkt über der Zimmerdecke gedonnert. Meine Ohren hallten von Jimmys Anschuldigung nach. Clayton Osborne machte den Mund auf und dann wieder zu, aber es kam kein Ton heraus. Leslie schnappte nach Luft und preßte die Hände an die Kehle.

»Was? Was haben Sie gesagt?« fragte Clayton schließlich.

»Sie haben mich gehört, und Fern ist hier, um Ihnen das, was sie uns erzählt hat, ins Gesicht zu sagen.«

Clayton sah Fern an. Ich beobachtete ihre Reaktion. Sie wich keinen Zentimeter zurück und zuckte mit keiner Wimper.

»Was hast du diesen Leuten erzählt, Kelly?« fragte Clayton.

»Ich habe ihnen erzählt, was du in der Badewanne mit mir tust«, erwiderte sie, ohne auch nur zu zögern.

»In der Badewanne?«

»O mein Gott«, keuchte Leslie. »Kelly, was sagst du da? In welcher Badewanne? Wann?«

»Sie sagt, daß Ihr Mann meine Schwester sexuell mißbraucht, wenn sie ein Bad nimmt, und daß er das schon seit Jahren tut.«

»Das ist nicht wahr, das kann nicht wahr sein. Wie kommst du dazu, solche furchtbaren Dinge zu behaupten, Kelly?« fragte Leslie. Sie trat näher, doch Fern wich nicht zurück.

»Ich habe es gesagt, weil es die Wahrheit ist«, entgegnete Fern. Sie drehte sich zu Clayton um und kniff die Augen zusammen. In seiner Verwirrung hatten sich seine Augenbrauen zusammengezogen. Dann schüttelte er den Kopf.

»Ich kann es einfach nicht glauben«, sagte er. »Haben Sie beide sie dazu angestachelt?« Er schaute zu Jimmy und mir auf.

»Natürlich nicht«, versetzte ich. »Sie ist zu uns gekommen, und es hat mich viel Überredungskraft gekostet, sie dazu zu bewegen, daß sie uns sagt, was sie wirklich bedrückt. Sie war ziemlich hysterisch und völlig verängstigt. Offensichtlich wußten Sie nicht«, fuhr ich fort und wandte mich Leslie zu, »daß sie jetzt schon seit einer ganzen Weile die Wahrheit über ihre Herkunft kennt – seit Jahren, um es genauer zu sagen.«

»Sie hat es gewußt?« Leslie schüttelte den Kopf und sah Fern an. »Woher?«

»Sie hat eines Tages ihre Geburtsurkunde und die Adoptionsunterlagen gefunden«, sagte ich. Meine Enthüllung ihrer Entdeckung schien Fern sehr zu ängstigen, denn sie machte jetzt einen furchtsameren Eindruck als vorhin, als sie ihren Adoptivvater angeklagt hatte, er hätte sie sexuell mißbraucht. »Aber sie hatte Angst, Ihr Mann würde sie dafür bestrafen, daß sie sich seine privaten Papiere angesehen hat, und daher hat sie nie ein Wort gesagt.«

»Ist das wahr, Kelly?« fragte Leslie leise.

»Ich heiße nicht Kelly. Ich heiße Fern«, sagte Fern trotzig. Zum ersten Mal bildeten sich Tränen in Leslie Osbornes Augen. Sie schlug sich die Hand auf den Mund und schüttelte den Kopf.

Clayton Osborne stand langsam auf und ging auf Fern und uns zu, und sein Blick war fest auf sie gerichtet. Er hatte die Schultern zurückgezogen und sah aus wie ein Habicht, der jeden Moment auf seine Beute herabstößt.

»Du hast also herausgefunden, daß du in Wirklichkeit Fern heißt und nicht von unserem Fleisch und Blut bist, was? Und das gefällt dir? Du möchtest lieber Fern Longchamp sein und nicht Kelly Ann Osborne? Du möchtest gern Eltern haben, die Kidnapper waren?«

Fern schaute erstaunt zu uns auf.

»Das ist nicht wahr«, sagte ich leise.

»Es ist wahr, es ist wahr«, behauptete Clayton. »Und nachdem sie aufgetaucht sind, hast du dich aus dem Haus geschlichen, um zu ihnen zu gehen und ihnen diese lachhaften Hirngespinste zu erzählen, damit sie Mitleid mit dir haben. Du willst bei ihnen leben und von uns fortgehen? Stimmt das?«

»Ja«, antwortete Fern eilig. »Genau das.«

Clayton nickte, und in seinen Augen glühten Empörung und Wut.

»Also, gut. Dann geh. Geh, leb bei ihnen, und sieh dir an, wie es dir dort gefällt.«

»*Nein!*« schrie Leslie.

»Doch«, erwiderte Clayton. »Laß sie gehen.« Er wandte sich noch einmal zu Fern um und schaute finster auf sie herunter. »Vielleicht wird dir dann klar werden, was du hier hast, und vielleicht weißt du es dann endlich zu schätzen, aber es kann gut sein, daß ich dich dann nicht wieder aufnehme. Nicht, nachdem du diese entsetzliche Lüge über mich verbreitet hast. Das kommt dabei heraus, daß du dich mit diesen älteren Kindern rumtreibst«, sagte er und nickte. »Sie setzen dir diese Ideen in den Kopf. Du hast recht. Du bist nicht mehr meine Tochter.«

»Clayton!« schrie Leslie. »Was sagst du da?«

»Ich sage, daß ich sie nicht mehr in diesem Haus haben will, nicht solange sie sich bei mir nicht für diese Lügen entschuldigt, die sie verbreitet«, sagte er. Er wandte sich an Jimmy. »Bringen Sie sie fort von hier. Bedienen Sie sich bei ihren Sachen, und packen Sie ein, was sie braucht, und dann nehmen Sie sie mit. Aber wenn Ihnen erst einmal klar wird, wie sehr Sie sich täuschen und wie mies sie sein kann, dann kommen Sie bloß nicht angekrochen, um mich um Hilfe zu bitten. Geben doch Sie Ihr Geld für Psychiater und Privatlehrer aus. Ja«, rief er – diese Vorstellung gefiel ihm. »Sie ist Ihre Schwester. Leiden Sie mit ihr. Ich gehe jetzt in mein Büro«, sagte er zu Leslie. »Sorg dafür, daß sie innerhalb von einer Stunde alle von hier verschwunden sind.« Er stürmte aus dem Haus.

»Clayton!« rief sie. Seine Schritte verhallten. »Kelly«, sagte sie und wandte sich wieder an Fern. »Geh jetzt sofort zu deinem Vater und entschuldige dich bei ihm.«

»Ich entschuldige mich nicht«, sagte Fern trotzig.

»Aber du weißt doch, daß er nie so etwas mit dir täte«, sagte sie und lächelte durch ihre Tränen. »Das weißt du doch genau.«

»Er hat es getan! Er hat es getan, und mir macht es nichts mehr aus, wenn er wütend wird! Er hat diese Dinge getan! Soll ich dir zeigen, wo er mich angefaßt hat?« schrie sie die Frau an, die versucht hatte, ihr eine Mutter zu sein.

Leslie preßte die Hände auf die Ohren und schüttelte den Kopf.

»Geh nach oben, und pack ein paar Sachen zusammen, Schätzchen«, sagte ich leise. »Du brauchst nicht viel. Wir werden dir später alles kaufen, was du brauchst.«

»Okay«, trällerte sie und rannte auf die Treppe zu. Leslie Osborne schüttelte den Kopf und lehnte sich an das Sofa. Sie ließ sich darauf fallen und fing an zu weinen.

»Es tut mir leid, Mrs. Osborne«, sagte ich. »Aber wenn Fern mißbraucht worden ist und weiterhin mißbraucht wird...«

»Sie ist nicht mißbraucht worden. Das paßt überhaupt nicht zu Clayton. Er geht streng mit ihr um, und er macht sich Sorgen um sie, aber er täte nie etwas, was ihr schadet.«

»Vielleicht haben Sie es nur nie gewußt«, sagte Jimmy.

»So etwas wüßte ich«, erwiderte sie.

Jimmy schüttelte den Kopf.

»Nicht, wenn Sie sich in Ihrem Atelier verkriechen und sogar vergessen, das Abendessen zu kochen oder ihren Geburtstag zu feiern«, sagte er.

»Was? Ich habe nie... Hat sie das auch gesagt?« Sie schaute auf die Tür und schüttelte den Kopf.

»Meine Schwester gehört zu uns«, sagte Jimmy. »Es ist an der Zeit, daß sie zu ihrer richtigen Familie zurückkommt.«

Leslie riß abrupt den Kopf herum und starrte ihn an. Die Tränen blieben in ihren Augen stehen und flossen nicht mehr.

»*Wir* sind ihre richtige Familie. *Wir* haben ihr hier ein schönes Zuhause gegeben«, sagte sie langsam. »Wir haben ihr alles geboten, was sie sich je hätte wünschen können oder was sie brauchte.«

»Alles außer wirklicher Liebe«, erwiderte Jimmy. Er war unbarmherzig. Selbst ich zuckte zusammen. Leslie saß betäubt da, und die Tränen strömten ihr über das Gesicht.

Kurz darauf hörten wir, wie Fern die Treppe heruntersprang.

»Ich bin fertig«, erklärte sie. Sie hielt einen kleinen Koffer in der Hand. Mir kam es vor, als hätte sie ihn bereits gepackt und bereitstehen gehabt. So schnell war sie damit wiedergekommen.

Jimmy lächelte.

»Dann laßt uns gehen.«

Sie gingen auf die Tür zu.

»Fern«, sagte ich.

»Was ist?«

»Willst du dich nicht wenigstens von Leslie verabschieden?«

Sie sah sich nach der Frau um, die ihre Mutter gewesen war. Ein winziges Lächeln bildete sich auf Ferns Lippen.

»Klar. Tschüs, Leslie«, sagte sie, und dann wandte sie sich ab und eilte zur Tür.

Leslie Osborne schüttelte heftig den Kopf in dem Versuch zu leugnen, was sie hier sah und hörte.

»Es tut mir leid, Mrs. Osborne«, sagte ich. »Es tut mir wirklich leid, aber so könnte es für alle Beteiligten das Beste sein.«

Sie schluchzte lautlos, erwiderte aber nichts darauf.

»Dawn«, rief Jimmy von der Tür.

Ich warf noch einen letzten Blick auf sie und schloß mich ihm dann an. Fern war bereits die Stufen hinuntergesprungen.

»Jimmy«, sagte ich, »ich hoffe, wir tun das Richtige.«

»Das tun wir. Wie könnte es nicht das Richtige sein? Wir bringen sie zu ihrer wahren Familie zurück. Es ist genau das, was Momma sich wünschen würde, meinst du nicht auch?«

»Ich denke, schon«, sagte ich. »Ich hoffe es.«

»Hör mir zu«, sagte er ruhig, »wenn Clayton Osborne nicht schuldig wäre, würde er uns Fern dann kampflos überlassen? Ganz offensichtlich hat es ihn schockiert, daß wir ihn schlicht und einfach mit der Wahrheit konfrontiert haben. Diese gesamte Wut war doch nichts anderes als sein Versuch, es zu vertuschen.«

Ich nickte. Was Jimmy sagte, klang einleuchtend. Wie hätte Clayton Fern sonst so schnell und problemlos gehen lassen können? Schließlich war sie in all den Jahren ihre Tochter gewesen.

Wir gingen zu Fuß bis zur Kreuzung, um wieder einmal ein Taxi anzuhalten. Fern war so versessen darauf, von hier fortzukommen, daß sie praktisch rannte. Der kleine Koffer schwang in ihrer Hand hin und her, als sie über den Bürgersteig sauste. Da das traumatische Geschehen jetzt anscheinend beendet war, bekannten wir uns alle dazu, hungrig zu sein. Sobald wir ins Hotel zurückgekehrt waren und Ferns Sachen in unsere Suite gebracht hatten, gingen wir zum Essen. Am Tisch redete sie ohne Punkt und Komma, und wenn sie auch nur die kleinste Pause einlegte, warf Jimmy eine Frage ein. Es war, als wollten die beiden innerhalb von Minuten all die Jahre aufholen. Den ganzen Abend über beobachtete ich sie und wartete darauf, daß die Realität dessen, was sich hier ereignete, zu ihr vordrang. Ich rechnete damit, daß sie in Tränen ausbrechen würde, wenn ihr erst wirklich klar wurde, das sie das einzige Zuhause verließ, an das sie sich deutlich erinnern konnte, und daß sie von den einzigen Menschen, die sie wirklich als ihre Eltern hätte bezeichnen können, wegging. Aber sie mußte wirklich unglücklich gewesen sein und entsetzlich unter Clayton Osbornes Verhalten gelitten haben, denn sie erwähnte die beiden so gut wie nie.

Ich war wider Willen nervös. Ständig glitten meine Blicke zur Tür, und jedesmal, wenn ein neuer Gast eintrat, rechnete ich damit, entweder Clayton zu sehen, der Fern holen wollte, oder irgendeinen Polizeibeamten, doch es kam niemand. Als wir in unsere Suite gingen, um uns schlafenzulegen, erwartete ich, eine Nachricht vorzufinden, doch es war keine da.

Das Sofa im Wohnzimmer unserer Suite ließ sich zu einem Bett ausziehen. Wir ließen es von dem Zimmermädchen für Fern vorbereiten. Ich hatte das sichere Gefühl, Fern würde jetzt von Ängsten und Befürchtungen befallen, wenn sie an einem fremden Ort bei Menschen schlafen sollte, die sie kaum kannte, aber sie weinte nicht und äußerte auch keinen Widerwillen. Das einzige, was sie ärgerte, war, daß sie vergessen hatte, ihre Zahnbürste einzupacken. Ich ließ eine aus der Hoteldrogerie kommen.

Während sich Jimmy im anderen Zimmer fertig machte, um ins Bett zu gehen, half ich ihr, das Nachthemd überzuziehen. Sie zeigte mir die Dinge, die sie eingepackt hatte.

Sie hatte ein halbes Dutzend Slips eingepackt, einen zweiten BH, Socken, ihre Lieblingshose, ein paar Blusen und Röcke. Unter den Kleidern hatte sie ein paar Groschenliebesromane, ihre Bürste und einen Lippenstift. Sie gestand, sie hätte ihn nie zu Hause aufgetragen, sondern erst, nachdem sie schon auf dem Weg zur Schule war. Clayton hatte es ihr verboten.

Als ich mich daran erinnerte, wie ich selbst in ihrem Alter gewesen war, und daran, daß ich auch ein kleines abgenutztes Köfferchen gehabt hatte, dachte ich wieder, wie wichtig es mir gewesen war, meine Lieblingspuppe einzupacken. Es war eine Stoffpuppe, die so abgenutzt war, daß ihr Gesicht schon fast durchgescheuert war, und man konnte die Wattefüllung sehen. Fern hatte keine Puppen mitgenommen, keine liebevollen Erinnerungsstücke. Ihr Koffer war teurer als alles, was ich mir je erträumt hätte, und ihre Kleidungsstücke waren kostspielig, aber sie hatte nichts, was sie an einen kostbaren Augenblick erinnert hätte, an eine wunderbare Zeit. Sie tat mir wirklich sehr leid.

Sie kam mit mir ins Bad, um mir zuzusehen, wie ich mir das Haar bürstete.

»Ich werde mir das Haar jetzt auch wachsen lassen«, erklärte sie, »bis auf den Rücken. Clayton haßt langes Haar.«

»Wenn es lang ist, braucht es viel Pflege«, gab ich zu bedenken.

»Das macht mir nichts aus. Aber ihr habt doch im Hotel einen Kosmetiksalon und einen Friseur, stimmt's? Das hat Jimmy gesagt.«

»Ja, das ist richtig.«

»Gut. Und es gibt doch auch ein Hausmädchen, stimmt's?« fragte sie.

»Trotzdem kümmern wir uns alle um unsere eigenen Sachen«, sagte ich. »Das Hausmädchen hilft mit, aber sie ist keine Sklavin.«

»O nein, ich werde nicht schlampig sein, aber ich will auch im Hotel mitarbeiten. Genau, wie Jimmy es gesagt hat.« Ich mußte über ihre Aufregung lächeln. Wie sehr sich ihre Ankunft in Cutler's Cove von meinem ersten Eintreffen dort unterscheiden würde, dachte ich. Sie würde in ein Haus voller Liebe geraten, einen Ort, an dem sie erwünscht war.

»Ich kann es einfach nicht erwarten, Christie kennenzulernen und die Zwillinge zu sehen!« rief sie.

Ich konnte es nicht lassen. Ich mußte sie ganz einfach fragen.

»Bedauerst du es denn gar nicht, und macht es dich denn überhaupt nicht traurig, von den Osbornes fortzugehen, Fern?«

»Also...«

Jetzt kommt es raus, dachte ich. Endlich.

»Ich werde meine Freundinnen vermissen«, sagte sie und nickte, »vor allem Melissa. Aber«, fügte sie hinzu und strahlte gleich wieder, »ich werde doch neue Freundinnen finden, oder nicht?«

Ich starrte sie an und dachte an die vielen, vielen Male, die ich aus einer Welt herausgerissen worden und in eine neue Welt geschickt worden war. Nicht ein einziges Mal hatte ich meine Traurigkeit dadurch überwunden, daß ich an die neuen Freundinnen dachte, die ich finden würde, oder an die neuen Orte, die ich kennenlernen würde. Es war immer so tragisch und so betrüblich, Menschen zurückzulassen. Eine Freundschaft, eine wahre Freundschaft, war nichts, was sich leicht ersetzen ließ. Jedesmal wenn ich von einem Ort fortzog, ließ ich dort etwas von mir selbst zurück. Ich hatte schon angefangen zu fürchten, es bliebe nichts mehr übrig, was man noch an einen neuen Ort mitnehmen könnte. Man trug nur ein begrenztes Maß an Liebe und an Anhänglichkeit in sich.

Anscheinend hatte Fern bisher noch niemandem viel von sich selbst gegeben, noch nicht einmal den Menschen, die sie bisher für ihre richtigen Eltern gehalten hatte. Aber andererseits, dachte ich mir, mußte es doch grauenhaft für sie gewesen sein, während ihres Heranwachsens von dem Mann sexuell mißbraucht zu werden, den sie für ihren Vater gehalten hatte. Das hätte jedem als Grund ausgereicht, um fortzulaufen.

Ich lächelte wieder. Jimmy hatte recht. Es war gut, daß sie endlich nach Hause kam.

Ich deckte sie auf ihrer Schlafcouch gut zu.

»Möchtest du, daß ich die Lampe brennen lasse, mein Süßes?« fragte ich.

»Nein, das ist nicht nötig. Ich habe schon oft in Hotelzimmern geschlafen«, erwiderte sie.

»In Ordnung. Wir sind ganz in der Nähe, wenn du uns brauchst. Gute Nacht.«

»Gute Nacht«, sagte sie.

»Wie fühlt sie sich?« fragte Jimmy, als ich neben ihn ins Bett schlüpfte.

»Ausgezeichnet, aber ich weiß nicht, ob sie schon voll und ganz begriffen hat, was passiert ist, oder ob der Schock erst noch kommt«, sagte ich. Jimmy nickte und lächelte dann.

»Ist es nicht großartig, Dawn? Wir kümmern uns wieder um die kleine Fern. Momma wäre ja so glücklich, und Daddy wird vor Begeisterung außer sich sein«, sagte er. »Ich vermute, wenn man nur genug hofft und betet, können doch schöne Dinge geschehen, und alles kommt so, wie es seine Richtigkeit hat. Meinst du das nicht auch, Dawn?« fragte er.

»Ich würde es gern glauben, Jimmy«, sagte ich.

Aber ich fürchtete mich davor, fürchtete mich immer noch so

sehr davor, glücklich zu sein. Ich schluckte meine Ängste, so gut es eben ging, hinunter, und als ich die Augen schloß, erwartete ich immer noch ein Klopfen an der Tür. Ich hatte sogar Alpträume, in denen es so war, aber in der Realität kam es nicht dazu.

Und doch wußte ich, daß das nicht hieß, daß nie angeklopft wurde.

15
Umstellungen

Es war, als hätte der Schlaf Fern mitten in einem Satz unterbrochen. Von dem Moment an, in dem sie wach wurde, redete sie. Auch am Morgen brach keine rauhe Realität über sie herein. Sie bedauerte immer noch nichts und wies auch keine Anzeichen von Traurigkeit auf. Ganz im Gegenteil – sie überrumpelte Jimmy und mich mit ihrer zügellosen Energie. Ehe wir aufgestanden waren, hatte sie sich bereits gewaschen und sich angezogen. Sie zwitscherte so fröhlich wie ein kleiner Vogel am Morgen vor sich hin und lief mir durch die ganze Suite nach, während ich mich fertigmachte, um zum Frühstück nach unten zu gehen. Ohne auch nur zwischendurch Luft zu holen, sprang sie von einem Thema zum anderen: die Kleider, die ihre Freundinnen trugen, ihre Frisuren, die Sänger, die ihr gefielen, die Filme, die sie begeisterten. Nachdem ich ihr ein wenig von unserem Haus erzählt hatte, schilderte sie mir die Häuser ihrer reichen Freundinnen, Häuser, in denen sie öfter geschlafen hatte, wenn Clayton es erlaubt hatte.

Als wir uns ihre Geschichten anhörten, wurde Jimmy und mir klar, daß Clayton und Leslie Osborne sie wirklich an viele Orte mitgenommen haben mußten. Sie war in London gewesen, durch England gereist, ebenso durch Frankreich, Spanien und Italien. Jeden Winter hatten sie außerdem zweimal Urlaub in der Karibik gemacht. Als wir auf dem Flughafen ankamen, um den Rückflug anzutreten, konnten wir sehen, daß Fern tatsächlich eine erfahrene Reisende war. Sie schnallte sich gekonnt auf ihrem Sitz an und lehnte sich für den Flug zurück, ohne die geringste Beklommenheit zu zeigen.

Als das Flugzeug vom Boden abhob und wir in die Wolken flogen, warf ich einen Blick auf Fern, weil ich sehen wollte, ob sie Anzeichen des Bedauerns zeigte, doch sie beobachtete gespannt alles, was um sie herum vorging. Sie drehte sich um und lächelte mich an, und Jimmy zwinkerte. Er hätte nicht erfreuter sein können.

Das Wetter war perfekt. Der Herbst war zwar schon vorangeschritten, aber es war immer noch sommerlich warm. Die Touristen scharten sich weiterhin an den Stränden und in den Seebädern, und daher herrschte auf dem Flughafen in Virginia Beach viel Leben und Trubel, und auch der Verkehr war dicht.

Julius erwartete uns am Ausgang. Ein Ausdruck des Erstaunens trat auf sein Gesicht, als er uns mit Fern näher kommen sah, die wir beide an den Händen hielten, und er zog die Augenbrauen hoch, als Jimmy sie ihm als seine Schwester vorstellte. Fern drückte ihm fest die Hand und sagte höflich: »Sehr erfreut, Sie kennenzulernen.«

Julius, den Fern mit ihrem Händedruck und mit ihrem Lächeln bezaubert hatte, hielt ihr eilig die Tür auf, und sie sprang in die Limousine.

»Siehst du«, flüsterte Jimmy, der daran dachte, wie Clayton Osborne sie in unserem Beisein behandelt hatte, »man braucht ihr nicht zu drohen, damit sie sich benimmt.«

Auf dem Weg nach Cutler's Cove schwärmte Fern über die Landschaft, und als wir in unserer kleinen Ortschaft am Meer ankamen, klatschte sie aufgeregt in die Hände.

»Ich bin begeistert!« rief sie. »Das ist ja wie ein Dorf aus einem Bilderbuch, mit all den Segelbooten und den Fischern und den kleinen Geschäften. Ich kann es nicht erwarten, hier alles auszukundschaften!«

Jimmy strahlte. Seine Augen waren schon den ganzen Morgen so voll von Liebe und Glück, daß ich das Gefühl hatte, mein Herz würde zerspringen, weil ich mich sosehr für ihn freute. Jedesmal, wenn Fern etwas Niedliches sagte oder uns mit ihrem umfangreichen Wissen überraschte, lachte er voller Stolz. Und mich erstaunte es wirklich, wie schnell und wie vorbehaltlos sie sich ihm zugewandt und ihn als ihren Bruder akzeptiert hatte. Es war, als seien all die Jahre der Trennung eher nur Minuten gewesen. Sie hielt so oft wie möglich seine Hand und umarmte und küßte ihn bei jeder Gelegenheit, die sich ihr bot. Ihre stürmische Zuneigung begeisterte Jimmy. Normalerweise hätte es ihm das Blut ins Gesicht getrieben, und ihm wäre unbehaglich zumute gewesen, wenn eine frühreife Zehnjährige öffentlich die Arme um ihn geschlungen und ihn geküßt hätte, aber er hielt seine Scheu fest unter Verschluß, nahm ihre Gefühlsbezeugungen nur zu gern hin und sah mich ab und zu an, um mir zu zeigen, wie glücklich er war.

Als sie den ersten Blick auf das Hotel werfen konnte, nahm Fern Jimmys Hand.

»O Jimmy, es ist genauso, wie ich es mir erträumt habe«, rief sie.

»Erträumt?« fragte ich.

»Ja. Gestern abend habe ich beim Einschlafen daran gedacht, und ich habe geträumt, daß es hoch auf einem Hügel liegt, damit man von der Veranda vor dem Haus aus meilenweit das Meer sehen kann«, erklärte sie. Jimmy schaute mich an, als trügen kindliche Phantasien spirituelle Bedeutung, als sei damit bewiesen, daß sie von Anfang an hierher und zu uns gehört hatte.

»Oh, wie sehr ich wünschte, ihr wärt viel eher gekommen, um mich zu holen«, sagte sie wehmütig. Das brachte uns beide den Tränen nah.

»Wir werden das alles wiedergutmachen, Fern«, versprach Jimmy.

»Ich weiß, daß du das tun wirst, Jimmy«, erwiderte sie und drückte ihn wieder an sich. Unwillkürlich zuckte ich jedesmal zusammen, wenn Jimmy ihr etwas versprach. Wenn man einem kleinen Mädchen Versprechungen machte, dann waren das die Sterne an ihrem Traumhimmel. Wenn Versprechen gebrochen wurden, dann wurde die Welt dunkel und einsam, und das Mädchen mißtraute mit der Zeit allem, was die Erwachsenen sagten. Ich fürchtete, Jimmy würde sie enttäuschen müssen, denn jedesmal wenn er ihr etwas versprach, wurden Ferns Augen noch liebevoller.

Wir hielten nicht am Hotel an; wir ließen uns von Julius direkt zum Haus fahren. Christie war schon von der Schule nach Hause gekommen. Als wir vorfuhren, kam sie mit Mrs. Boston, die ihr auf den Fersen folgte, auf die Veranda gerannt und sprang die Stufen herunter, und ihre beiden goldenen Zöpfe wippten auf ihren Schultern, als sie sich in Jimmys Arme stürzte. Ich schaute Fern an und sah, daß sich ihre Augen verengten, während sich ihre Lippen zu einem kleinen Lächeln zusammenkniffen. Mit Christie in seinen Armen drehte sich Jimmy zu ihr um.

»Christie, ich möchte, daß du meine Schwester Fern kennenlernst. Sie wird bei uns bleiben und hier leben«, sagte er.

Mrs. Boston riß die Augen weit auf und legte den Kopf überrascht zur Seite.

»Hallo, Christie«, sagte Fern. Christie blickte argwöhnisch zu ihr auf und war sich ihrer eigenen Gefühle offensichtlich nicht ganz sicher. Sie fand die Aussicht aufregend, noch ein anderes Kind im Haus zu haben, aber gleichzeitig war die Aussicht bedrohlich, Jimmys Liebe mit jemandem teilen zu müssen. »Darf ich dir zur Begrüßung einen Kuß geben?« fragte Fern. Christie schaute mich an, um meine Reaktion zu sehen. Ich lächelte, und daher nickte sie leicht.

Fern beugte sich vor und küßte Christie auf die Wange. Christie spielte mit einem ihrer Zöpfe und starrte uns immer noch scheu an.

»Das ist Mrs. Boston, Fern«, sagte ich. »Unsere Haushälterin und liebe alte Freundin«, betonte ich.

»Guten Tag«, sagte Fern eilig.

»Willkommen, Schätzchen«, grüßte Mrs. Boston. Sie und Julius tauschten verwunderte Blicke aus, als er unser Gepäck ins Haus trug.

»Fern wird in das Zimmer neben Christies Zimmer einziehen«, erklärte ich, und Mrs. Boston nickte.

»Ich werde mich darum kümmern, daß das Bett frisch bezogen

und das Zimmer gut gelüftet wird«, sagte sie und wandte sich ab, um sich gleich ans Werk zu machen.

»Warum zeigst du Fern nicht unser Haus, Christie?« schlug ich vor, als Jimmy sie auf den Boden stellte. Christie blickte zu Fern auf, um zu sehen, ob sie Lust darauf hatte, und Fern nickte und schaute sie freundlicher an.

»Okay«, sagte Christie. »Komm mit«, rief sie. Fern lächelte Jimmy noch einmal an, ehe sie ihr folgte.

»Ist das nicht großartig? Ist es nicht einfach wunderbar?« fragte Jimmy. Ich nahm seine Hand, und wir betraten nach den aufgeregten Kindern ebenfalls das Haus.

Christie war wahrhaft fasziniert von ihrer jungen Tante. Sie konnte es nicht erwarten, ihr all ihre Spielsachen und ihre schönen Kleider zu zeigen. Nachdem Fern alles gesehen hatte, darunter auch die Laube und Christies Schaukel und ihre Rutschbahn hinter dem Haus, und nachdem sie sich in ihrem Zimmer häuslich eingerichtet hatte, gingen wir zum Hotel. Jimmy war darauf versessen, sie allen vorzustellen. Philip und Betty Ann lernte sie sofort kennen, und dann nahm Christie sie an der Hand und lief mit ihr los, um ihr die Zwillinge zu zeigen. Ich ging in mein Büro, um mich aufs laufende darüber zu bringen, was in unserer Abwesenheit vorgefallen war. Ich konnte den Nachrichten, die bereitlagen, entnehmen, daß Mutter schon den ganzen Tag über angerufen hatte.

»Warum habt ihr mir nicht gesagt, daß ihr zum Einkaufen nach New York fliegt?« fragte sie, als ich sie zurückrief. »Es hätte sehr gut sein können, daß ich mitgekommen wäre. Oder wolltet ihr mich nicht dabei haben?«

Als ich ihr erklärte, was der eigentliche Zweck unserer Reise gewesen war und was sich abgespielt hatte, war sie überrascht. Mich erstaunte jedoch ihr Mitgefühl für Fern, denn ich hatte schon halbwegs damit gerechnet, sie würde mir einen endlos langen Vortrag darüber halten, wie schwierig es für mich sein würde, ein weiteres Kind in meiner Obhut zu haben.

»Das arme Ding«, sagte sie leise, und dann fügte sie hinzu. »Ich weiß, was es heißt, sexuell mißbraucht zu werden. Hat sie sich ganz in sich selbst zurückgezogen?« fragte sie.

»Nein, Mutter. Ganz im Gegenteil, sie ist ein überschwengliches kleines Mädchen, das ganz aus sich herausgeht.«

»Ach, wirklich? Ich kann mich nur erinnern, wie ich war, nachdem dein... mein Schwiegervater... mich ausgenutzt hat«, sagte sie.

»Vielleicht liegt es daran, daß sie in ihrem Herzen noch ein kleines Mädchen ist«, mutmaßte ich. »Wie Jimmy sagt, Kinder sind widerstandsfähiger. Wenn ich an all das denke, was er und ich durchgemacht haben, dann vermute ich, daß er recht hat.« Davon wollte Mutter nichts hören.

»Ja«, sagte Mutter. »Also, ich werde unbedingt ein Essen geben müssen, um das zu feiern. Ich rufe dich an, sobald ich alle Vorbereitungen getroffen habe.«

»Mutter«, warnte ich sie. »Laß uns einfach miteinander zu Abend essen. Mach keinen Menschenauflauf daraus.«

»Also, wirklich, Dawn, bei mir gibt es doch keine Massenaufläufe«, protestierte Mutter.

»Du weißt schon, was ich meine, Mutter. Wir wollen Fern nicht überfordern.«

»Ich denke, ich weiß wirklich, wie man ein ordentliches Familienessen plant«, brüstete sie sich.

»Also, gut, Mutter. Ich danke dir«, sagte ich und beließ es dabei.

In den nächsten Tagen hatte ich viel mit Fern zu tun. Ich ging mit ihr einkaufen, um ihr Kleider und die Dinge zu besorgen, die sie für den Schulanfang brauchte, denn das meiste davon hatte sie bei ihrem fluchtartigen Auszug aus dem Haus der Osbornes in New York zurückgelassen. Jimmy behauptete, Clayton Osborne würde ganz bestimmt nichts nachschicken.

»Er schreckt vor den Kosten zurück«, sagte Jimmy.

Als ich sah, was sich Fern an Kleidungsstücken, Schuhen und anderen Dingen aussuchte, konnte ich jedoch deutlich erkennen, daß sie es gewohnt war, nur das Teuerste zu kaufen. Sie kannte sich recht gut mit Markennamen aus, vor allem jedoch mit Modellkleidern. Clayton Osborne war offensichtlich keine Spur von geizig gewesen, wenn es um die Dinge ging, die sie brauchte oder gern haben wollte, dachte ich. Als ich sie danach fragte, warf sie mir schnell an den Kopf: »Er hat mir alles gekauft, was ich wollte, damit ich niemandem erzähle, was er tut.«

»Warum hat er dir dann das Puppenhaus nicht gekauft, das du zu Weihnachten haben wolltest?« erkundigte ich mich, als wir in Virginia Beach aus dem Kaufhaus traten.

Sie antwortete lange nicht darauf, und dann sagte sie: »Ach, er hat es dann später doch noch getan, nachdem er wieder einmal reingekommen ist, um mich zu baden. Muß ich darüber reden?« fragte sie kurz darauf.

»Natürlich nicht, mein Süßes«, sagte ich. »Ich war nur neugierig.«

Sie machte einen zufriedenen Eindruck.

Am nächsten Tag schrieb ich sie in der Schule von Cutler's Cove ein. Der Rektor, Mr. Youngman, sagte, er würde die Marion-Lewis-Schule kontaktieren müssen, um sich Ferns Zeugnisse schikken zu lassen.

»Wir müssen wissen, wo ihre Stärken und ihre Schwächen liegen, damit wir sie korrekt einstufen können. Spielst du ein Instrument, Fern?« fragte er sie.

»Nein«, sagte sie eilig. Sie warf einen Blick auf mich. »Ich wollte gern Flöte spielen, aber mein Stiefvater hat das für Zeitvergeudung gehalten.«

»Ich verstehe. Vielleicht kannst du hier mit dem Flötenspiel anfangen, wenn du magst. Deine Nichte Christie ist schon jetzt eine bemerkenswerte kleine Pianistin.« Er lächelte.

Ich dachte, Fern würde es aufregend finden, ein Instrument zu erlernen, aber sie schien keineswegs begeistert zu sein. Als wir gingen, war sie auch wirklich zum ersten Mal seit ihrer Ankunft verdrossen. Ich stellte mir vor, es läge an ihrer Nervosität, weil sie eine neue Schule besuchen sollte. Ich wußte weiß Gott, was das hieß, da ich eine Schule nach der anderen hatte verlassen und mich in immer wieder neue Schulen eingewöhnen müssen. Es war jedesmal eine größere Krise, weil neue Schüler immer der Gegenstand einer näheren Betrachtung waren. Wenn ich in eine neue Schule kam, nachdem das Schuljahr bereits begonnen hatte, wurde ich ausgesondert und durch ein Vergrößerungsglas betrachtet. Ich wußte, daß die anderen Mädchen meine Kleider unter die Lupe nahmen und sich Gedanken über meine Frisur machten. Ich wußte, daß die Jungen meine Figur und mein Gesicht angafften, und ich wußte, daß die Lehrer sich fragten, was für eine Sorte von Schülerin sie jetzt wohl bekommen hatten.

Nach allem, was sie uns erzählt hatte, war auch Fern in eine ganze Reihe von Schulen gegangen und hatte ähnliche Erlebnisse durchgemacht.

»Wir haben hier ein sehr gutes Schulsystem, Fern«, versicherte ich ihr. »Hier wird es dir gefallen. Alle sind freundlich und hilfsbereit. Die Lehrer kennen ihre Schüler gut, und da es ein kleiner Ort ist, kennen sie auch die Familien gut.«

Sie wirkte keinesfalls erleichtert.

»Du wirst jeden Tag mit Christie in der Limousine zur Schule gebracht«, sagte ich, weil ich hoffte, das würde sie ein wenig aufheitern, aber ihre Reaktion darauf war das Gegenteil von dem, was ich erwartet hatte.

»Die anderen Schüler werden mich dafür hassen, daß ich ein reiches kleines Mädchen bin«, klagte sie. Sie hatte die Eigenart, die Mundwinkel nach oben zu ziehen und die Zähne aufeinanderzubeißen, wenn ihr etwas nicht paßte.

»Ist dir das schon öfter passiert?« fragte ich.

»Manchmal«, sagte sie. »Die Lehrer lehnen einen auch ab, wenn man aus einer reichen Familie stammt und soviel mehr hat als sie.«

»O nein, Fern, das wird dir hier nicht passieren. Christie liebt ihre Lehrer, und sie sind ganz bezaubert von ihr. Ich bin sicher, daß du dich gut eingewöhnen wirst und daß alles gutgeht«, sagte ich, aber sie schien nicht überzeugt zu sein.

Dann hellte sich ihr Gesicht auf, und sie fragte: »Wann kann ich anfangen, im Hotel zu arbeiten?«

Ich mußte lachen. Ich wünschte, wir hätten ein Leben lang in unserem Herzen Kinder sein und Arbeit als reinen Spaß ansehen können.

»Auf der Stelle, wenn du willst. Was tätest du denn gern?«

»Ich möchte an der Rezeption arbeiten«, antwortete sie aufgeregt.

»In Ordnung. Ich werde dich Mrs. Bradly vorstellen. Sie ist für die Rezeption zuständig«, erklärte ich.

»Ich dachte, du bist für alles verantwortlich«, erwiderte Fern und zog die Mundwinkel herunter.

»Das bin ich auch, aber jede Abteilung des Hotels hat ihren eigenen Chef, der sie überwacht«, erklärte ich.

»Aber du kannst Mrs. Bradly vorschreiben, was sie tun soll, stimmt's?« beharrte sie.

»Ja, Fern, aber Mrs. Bradly ist schon viel länger hier als ich, und sie weiß genau, was getan werden muß. Ich brauche ihr nichts vorzuschreiben«, sagte ich lächelnd.

Mrs. Bradly war eine sehr angenehme Frau von sechzig Jahren, eine elegante Erscheinung, die ihr silbergraues Haar immer mit hübschen Perlmuttnadeln aufsteckte. Sie hatte sanftmütige grüne Augen, um die ständig ein freundliches Lächeln spielte. Die Abteilung lief blendend unter ihrer Leitung, und sie gehörte im Hotel wie so mancher und manches andere auch zum festen Inventar. Die Gäste freuten sich darauf, bei ihrer Ankunft von ihr begrüßt zu werden.

Sie war jetzt verwitwet und lebte allein in einem kleinen Haus im Dorf. Ihre beiden Töchter waren verheiratet und von hier fortgezogen; eine lebte in Washington, D. C., die andere in Richmond. Ich kannte keine Menschenseele, die Schwierigkeiten damit hatte, mit Mrs. Bradly auszukommen, und darunter fielen auch Kinder jeden Alters. Sie hatte selbst drei Enkelkinder. Als ich ihr Fern vorstellte und ihr sagte, wie gern Fern an der Rezeption mithelfen wollte, hieß sie sie mit offenen Armen willkommen.

»Ich suche schon länger nach einer fähigen Assistentin«, sagte sie. Ferns Lächeln hatte in meinen Augen mehr von einem hämischen Grinsen. Sie ähnelte einem Kind, das wußte, daß es keinen Nikolaus gibt und dem es verhaßt war, wenn man ihm Kindergeschichten erzählte.

»Also, gut«, sagte ich. »Dann werde ich dich jetzt bei Mrs. Bradly lassen, und sie wird dir erklären, was du tun mußt, einverstanden?«

Fern nickte. Ohne in Einzelheiten zu gehen, nahm ich Mrs. Bradly zur Seite und sagte ihr, Fern hätte sehr schwere Zeiten hinter sich und bräuchte eine Menge liebevoller Zuwendung.

»Dann überlassen Sie sie doch einfach mir, Dawn«, sagte sie. »Ich habe nicht oft Gelegenheit, mich in meiner Rolle als Großmutter zu üben.«

»Ich danke Ihnen, Mrs. Bradly«, sagte ich und machte mich selbst wieder an die Arbeit.

Wieder überraschte mich Fern. Sie ging sehr aus sich heraus und sorgte dafür, daß alle schnell erfuhren, daß sie Jimmys Schwester war. Bei jeder sich bietenden Gelegenheit war sie an seiner Seite, und sie ging sogar ins Freie, um stundenlang bei ihm zu sein, wenn er die Arbeiter überwachte. Es begeisterte sie, im Hotelrestaurant zu Abend zu essen, und sie saß stolz – fast schon arrogant, fand ich – neben Jimmy. Es dauerte nicht lange, bis sie alle Kellner und Hilfskellner kannte. Sie gewöhnte sich tatsächlich so schnell in die Alltagsabläufe im Hotel ein und schien sich im Haus so wohl zu fühlen, als sei sie schon seit langen Jahren hier. Als ich das nach einer guten Woche eines Abends nach dem Essen Jimmy gegenüber ansprach, nickte er.

»Das sehe ich selbst«, sagte er, und dann zuckte er mit den Achseln. »Ich vermute, es kommt daher, daß sie sooft auf sich allein gestellt war. Weißt du, sie konnte sich eben nicht darauf verlassen, daß Leslie Osborne die Dinge tut, die man von einer Mutter erwartet, und dann hat sie auch noch mit... einem Perversen zusammengelebt. Sie muß jede Gelegenheit genutzt haben, allein zu sein und nicht in seine Nähe zu kommen.«

»Das kann gut sein«, sagte ich. Dann lachte ich.

»Was ist?«

»Ich habe mich gerade an Fern als Baby erinnert. Weißt du noch, wie sie ihre Ansprüche geltend gemacht und hysterisch geplärrt hat, bis ich sie in die Arme genommen und ihr etwas vorgesungen habe? Oder wie sie in dem Moment, in dem Daddy ein Zimmer betreten hat, geweint hat, wenn er nicht sofort zu ihr gekommen ist? Sie ist von Geburt an nicht schüchtern gewesen«, schloß ich. »Sie hat keinen Grund, jetzt schüchtern zu sein.«

Jimmy lächelte.

»Daddy plant bereits einen Besuch bei uns«, sagte er. »Als ich ihm erzählt habe, daß wir Fern bei uns haben, konnte ich die Tränen in seiner Stimme hören. Er wird in ein paar Tagen anrufen und mir genau sagen, wann er, Edwina und Gavin herkommen können. Meinst du nicht auch, daß das wunderbar wird? Dann sind wir alle wieder zusammen.«

»Alle außer Momma«, sagte ich traurig. Ich wollte keinen Eimer kaltes Wasser über sein warmes Lächeln schütten, aber ich mußte einfach an sie denken, und ich wünschte, irgendwie hätte auch sie hier sein können.

Tränen traten in Jimmys Augen, aber er hielt sie zurück und schluckte. Der Kummer wollte uns immer wieder aufstoßen wie saure Milch.

Am Abend, wenn wir alle vom Hotel zurückkamen, bettelte Christie augenblicklich, Fern sollte zum Spielen in ihr Zimmer kommen, aber ich wollte sichergehen, daß Fern in der Schule von Cutler's Cove einen guten Einstieg hatte.

»Du mußt Fern ihre Schulaufgaben machen lassen«, schalt ich Christie. »Wenn sie damit fertig ist, kann sie zu dir kommen.«

Christie verzog das Gesicht zu einem Schmollen und setzte sich irgendwohin, um zu warten. Im allgemeinen kam Fern zu ihr, und sie beschäftigten sich mit den Malbüchern oder spielten mit Christies Puppen und ihrem übrigen Spielzeug. Eines Abends, als ich an Christies Zimmer vorbeikam, hörte ich, wie Fern ihr streng vorschrieb, sie sollte sie mit »Tante Fern« ansprechen. Ich blieb an der Tür stehen, um zu lauschen.

»Ich bin Jimmys echte Schwester, und das macht mich zu deiner Tante, und deshalb mußt du von jetzt an Tante zu mir sagen, oder ich tue so, als hätte ich dich nicht gehört. Hast du verstanden?«

»Mhm«, machte Christie gehorsam.

»Ich bin wirklich viel älter als du, aber es macht mir nichts aus, mit dir zu spielen, um dir Dinge beizubringen«, fuhr Fern mit einer Stimme fort, die sehr erwachsen klang. Der Tonfall überraschte selbst mich. Ich fand, daß sie tatsächlich eine gute Imitation von Clayton Osborne hinkriegte.

»Und jetzt«, sagte sie, »kannst du mich alles fragen, was du willst. Du kannst mich nach allem fragen. Sogar«, sie senkte ihre Stimme ein wenig, »nach Jungen. Du weißt doch, daß Jungen anders sind, oder nicht? Nein, du weißt es nicht«, stellte Fern schnell fest. »Du nickst zwar, aber ich sehe deinem Gesicht an, daß du es nicht weißt. Also, dann werde ich es dir erklären.«

Ich trat ins Zimmer und räusperte mich, um ihre Aufmerksamkeit auf mich zu lenken, aber als Fern aufblickte, sah ich einen ganz seltsamen Schimmer in ihren Augen. Sie glühten vor Enttäuschung und Zorn. Sie sah genauso aus wie eine Erwachsene, die wütend über eine lästige Unterbrechung ist. Im nächsten Moment wich der Zorn jedoch aus ihren Augen, und ihr Gesicht verzog sich zu einem Lächeln.

»Hallo, Dawn«, sagte sie.

»Fern, mein Liebes, kann ich dich einen Moment sprechen?« sagte ich. Ich nahm sie mit in den Korridor. Sie starrte mich an, und in ihrem Gesicht stand ein Ausdruck der Unschuld und der Verwirrung. »Ich habe versehentlich manches von dem gehört, was du zu Christie gesagt hast, als ich an der Tür vorbeigekommen bin.« Ich schüttelte den Kopf. »Sie ist noch viel zu klein, um etwas über die Bienchen und die Blümchen zu lernen.« Ich lächelte. »Sie ist noch keine sechs.«

»Ich wußte dieses ganze Zeug, als ich in ihrem Alter war«, fauchte Fern mich an. »Dafür hat Clayton gesorgt.«

»Aber hier liegen die Dinge anders, Fern, mein Liebes. Hier gibt es keinen Clayton. Christie hat noch lange Zeit, bis sie aufgeklärt werden muß. Vorher müssen wir sie ein kleines Mädchen sein lassen, okay? Ich weiß, daß du ihr nur eine gute Tante sein willst, aber...«

»Das hat Clayton auch getan«, sagte sie schnell und funkelte mich erbost an.

»Was hat er getan, Schätzchen?«

»Mir nachspioniert, wenn ich Freundinnen im Haus hatte«, sagte sie anklagend.

»Ich habe dir nicht nachspioniert, Fern. Ich bin gerade vorbeigekommen und...«

»Das ist dasselbe«, sagte sie. »Wenn sich zwei Leute in einem Zimmer privat unterhalten, dann gehört es sich nicht, daß ein dritter an der Tür steht und lauscht«, belehrte sie mich. Ich spürte, wie ich rot wurde.

»Es tut mir leid, wenn du das Gefühl hast, ich hätte dir nachspioniert, Fern, aber Christie ist meine Tochter, und ich muß mich für alles interessieren, was sie tut, sieht und hört. Bring also bitte dieses Thema bei ihr nicht wieder zur Sprache, okay? Wenn der Zeitpunkt gekommen ist, kannst du ihr eine große Hilfe sein. Du bist eine sehr reife junge Dame, und...«

»Okay«, sagte sie. »Dann reden wir eben nur über Kinderkram.

Ich bin sowieso müde. Ich gehe ins Bett, lese noch etwas und schlafe dann. Darf ich mich jetzt zurückziehen?«

»Ja, mein Süßes. Gute Nacht.«

»Gute Nacht«, sagte sie und schlenderte zu ihrem Zimmer.

»Wo ist Tante Fern?« rief Christie, als ich wieder nach ihr sah.

»Sie war müde und ist ins Bett gegangen, Schätzchen. Du solltest auch langsam daran denken, dich auszuziehen.«

»Aber wir haben gerade ein Spiel gespielt... Schule. Sie war die Lehrerin, und ich war die Schülerin«, protestierte sie.

»Ihr könnt morgen wieder spielen.«

Christie warf mir einen ihrer wütenden Blicke zu und stolzierte widerwillig ins Bad, um sich die Zähne zu putzen. Hinterher, als ich nach unten gegangen war, erzählte ich Jimmy, was Fern mit Christie geredet hatte, und auch von meiner Unterhaltung mit Fern. Er saß auf dem bequemen Polstersessel und las eine seiner Autozeitschriften.

»Die arme Kleine«, sagte er. »All diese Jahre des Mißbrauchs müssen schreckliche Schäden angerichtet haben.«

»Vielleicht sollten wir dafür sorgen, daß sich jemand um sie kümmert, Jimmy. Vielleicht ein Kinderpsychologe«, schlug ich vor.

»Ich bin nicht dafür«, sagte er. »Ich glaube, es wird sie heilen, einfach nur in einer normalen Welt zu leben und unter Menschen zu sein, die sie lieben und die für sie da sind. Ich bin ganz sicher, daß all das andere Zeug nach einer Weile verblassen wird.«

»Ich weiß es nicht, Jimmy. Nach allem, was sie uns erzählt hat, hat sie jahrelang gelitten. Das vergißt man nicht über Nacht und auch nicht innerhalb von Monaten. Ich habe nur einfach Angst, daß Christie...«

»Was?« sagte er und klappte seine Zeitschrift zu. »Erzähl mir bloß nicht, du glaubst, meine Schwester würde Christie verderben.« Jimmys Augen funkelten jetzt wie glühende Kohlen, exakt die Farbe, die ich gerade in Ferns Augen gesehen hatte.

»Das habe ich nicht gesagt, Jimmy. Natürlich wird sie das nicht tun, aber Fern hat keine Erfahrung im Umgang mit so kleinen Kindern und schon gar nicht mit einem, das so intelligent und schnell von Begriff ist. Wenn du auch noch einmal mit ihr reden könntest...«, schlug ich behutsam vor.

Sein angespanntes Gesicht entkrampfte sich, und er lehnte sich zurück.

»Klar«, sagte er. »Ich werde mit ihr reden, aber wir müssen auch Verständnis aufbringen. Sie hat die Hölle durchgemacht. Wir wollen ihr doch nicht das Gefühl geben, sie sei von einer Schauergeschichte in die nächste geraten.«

»Ich glaube kaum, daß ein Leben hier bei uns je einer Schauergeschichte ähneln wird, Jimmy.«

»Nein, nein, natürlich nicht. Okay.« Er holte tief Luft. »Ich werde mich darum kümmern. Es tut mir leid, wenn ich grob geworden bin. Mich bringt nur einfach immer wieder in Wut, was ihr zugestoßen ist.«

»Das verstehe ich doch, Jimmy«, sagte ich. Ich ging zu ihm, um ihm einen Kuß auf die Wange zu drücken. Er lächelte und wandte sich wieder der Lektüre seiner Zeitschrift zu, aber ich hatte unwillkürlich das Gefühl, der winzige Sprung im Lack unserer Ehe hätte sich verbreitert.

Und das aus Gründen, die ich nicht ganz verstehen konnte.

Falls Fern bedrückt war, weil ich sie am Vorabend gescholten hatte, ließ sie es sich am Morgen darauf nicht anmerken. Tatsächlich stand sie zum ersten Mal schon da und wartete, als sie und Christie mit der Limousine in die Schule gebracht werden sollten und Christie mir einen Abschiedskuß gab. Dann trat sie vor.

»Auf Wiedersehen, Dawn. Wir sehen uns dann nach der Schule im Hotel«, versprach sie, und dann schlang sie mir so die Arme um den Hals, wie sie es sonst bei Jimmy tat, und gab mir einen Kuß auf die Wange. Ehe ich darauf reagieren konnte, nahm sie Christie an der Hand und lief mit ihr los. Als ich mich umdrehte und mir die

Hand auf die Wange legte, sah ich Jimmy dastehen und strahlend lächeln.

»Sie ist wie eine Blume, die lange in einem dunklen, feuchten Keller eingesperrt war und endlich im Freien in der Sonne steht«, sagte er. »Jetzt blüht sie auf. Sie ist ein beachtliches kleines Mädchen.«

»Ja, das glaube ich auch«, sagte ich. Ich war immer noch verwundert.

Am selben Nachmittag fiel mein Optimismus jedoch zum Teil von mir ab, als Mr. Youngman, der Rektor der Schule, anrief.

»Ich weiß, daß Sie sehr viel zu tun haben, Mrs. Longchamp«, setzte er an, »und daher dachte ich, ich rufe Sie an, statt Sie zu bitten herzukommen. Haben Sie einen Moment Zeit für mich?«

»Ja, sicher, Mr. Youngman. Was ist passiert?« fragte ich, und mein Herz fing an, vor Besorgnis zu flattern.

»Wir haben heute Ferns – ich sollte wohl eher sagen: Kelly Anns – Zeugnisse von der Marion-Lewis-Schule bekommen. Ich fürchte, ihre bisherigen Leistungen lassen viel zu wünschen übrig. War Ihnen klar, wie schlecht sie in allen Fächern war?«

»Uns war klar, daß sie dort sehr unglücklich war«, setzte ich an.

»Sie hat in allen Fächern versagt«, sagte er, und dann wiederholte er noch einmal: »In allen«, um es zu betonen. »Aber nicht nur das. Wir haben Berichte, in denen ihre früheren Lehrer über ihr Benehmen klagen.«

»Ich denke, viel davon könnte mit ihrem unglücklichen Privatleben zusammenhängen, mit ihren familiären Problemen, Mr. Youngman«, sagte ich. »Vielleicht sollten mein Mann und ich doch bei Ihnen vorbeikommen. Es liegen besondere Umstände vor.«

»Ja, nun, ich vermute, wenn man all das bedenkt, könnte es schon hilfreich sein«, sagte er. »Es tut mir leid, daß ich Ihnen diese Umstände mache.«

»Nein, ich bin sicher, daß Jimmy gern mit zu Ihnen kommen möchte. Um welche Zeit wäre Ihnen unser Besuch heute recht?« fragte ich und machte mit ihm einen Termin aus.

Als ich es Jimmy sagte, stimmte er vollkommen mit mir überein.

»Wir werden ihm alles erzählen müssen«, sagte er. »Ihre Lehrer sollten es ohnehin wissen. Es wird ihnen helfen, verständnisvoller und toleranter mit ihr umzugehen.«

Als wir später bei Mr. Youngman saßen und er sich all das angehört hatte, schüttelte er trübsinnig den Kopf und sagte, er sei sehr froh, daß wir uns ihm anvertraut hätten.

»Damit ließe sich das meiste erklären«, stimmte er uns zu. »Ich bin sicher, daß ihr aufsässiges Benehmen in der Schule ihr Mittel war, um Hilfe zu schreien. Schon allein ihre Entscheidung, den Namen Kelly Ann abzulegen und ihren richtigen Namen wieder anzunehmen, zeugt doch dafür, wie sehr sie sich wünscht, alles zu vergessen. Das arme kleine Ding. Seien Sie beruhigt, ich werde diese Angelegenheit diskret für Sie regeln. Wir werden unser Bestes tun, damit hier alles anders für sie wird.«

»Zögern Sie bitte nicht, uns anzurufen, wenn es irgendwelche Probleme geben sollte«, sagte ich.

»Siehst du?« meinte Jimmy, nachdem wir gegangen waren. »Das ist ein intelligenter, mitfühlender und verständnisvoller Mann. Genauso müssen wir uns auch verhalten.«

Ich nickte, aber unwillkürlich machte ich mir Sorgen, daß die Probleme bei weitem größer sein könnten, als Jimmy glaubte. Und dann, als sei ich eine Zigeunerin, die in die Zukunft sehen konnte, passierte etwas, was die Flammen meiner Ängste und Sorgen anfachte.

Zwei Tage später kam Mrs. Bradly zu mir. Sie war völlig durcheinander, und ihr liefen tatsächlich Tränen über die Wangen. Ich sprang auf und ging ihr entgegen.

»Was ist passiert, Mrs. Bradly? Hat es etwas mit Ihrer Familie zu tun?« fragte ich eilig. Sie schüttelte den Kopf. Ich führte sie zu dem Ledersofa und schenkte ihr ein Glas Wasser ein.

»Danke«, sagte sie und trank es in einem Zug aus. Dann lehnte sie sich zurück, holte tief Atem und kam auf den Ursprung ihres

Elends zu sprechen. »Uns fehlen fast dreihundert Dollar aus der Kasse mit dem Kleingeld«, sagte sie. »Seit ich hier arbeite, kommt das zum ersten Mal vor, und Sie wissen ja selbst, Dawn, daß ich schon seit einer beträchtlichen Anzahl von Jahren hier bin.«

»O Mrs. Bradly, sind Sie auch ganz sicher, daß das Geld fehlt?«

»Florence Eltz und ich haben uns mehrfach alles angesehen. Wir haben bis auf den letzten Penny alle Quittungen, und es besteht kein Zweifel daran, daß das Geld verschwunden ist.«

Ich setzte mich neben sie. Mein Herz schlug schneller. Mrs. Bradly war zu höflich, um die Worte auszusprechen, die zu hören ich fürchtete. Sie würde warten, bis ich gezielt fragte.

»Was glauben Sie, was passiert sein könnte, Mrs. Bradly? Könnte das Geld verlegt worden oder in eine andere Kasse geraten sein? Vielleicht auf ein falsches Konto einbezahlt?« fragte ich hoffnungsvoll.

»Dawn, Florence und ich haben all diese Möglichkeiten gründlich überprüft, ehe ich mich entschlossen habe, Sie aufzusuchen. Wir haben die arme Mrs. Avery gezwungen, die Einzahlungen der Woche wieder und wieder durchzugehen. Sie wissen, was das heißt, nicht nur die Einnahmen aus der Cocktail Lounge, sondern auch die Gelder, die für die Zimmer eingenommen worden sind, aber sie hat sich nicht beklagt. Sie war genausosehr wie wir darauf versessen, den Fehler zu finden. Aber leider hat nirgends ein Fehler vorgelegen. Nein, Dawn, für uns besteht jetzt kein Zweifel mehr daran – jemand hat das Geld genommen. Die Leute, die in meiner Abteilung arbeiten, arbeiten ausnahmslos schon seit Jahren bei mir. Ich würde für jeden von ihnen die Hand ins Feuer legen... mit einer Ausnahme«, fügte sie hinzu. Ihre letzten Worte trafen mich wie Bleikugeln. Betäubt senkte ich den Kopf.

»Haben Sie sie danach gefragt?« wollte ich wissen.

»Sie war dabei, während wir alle panisch nach dem Betrag gesucht haben. Sie wußte, daß wir dahintergekommen sind, daß Geld fehlt, aber sie hat kein Wort gesagt.«

»Und sie hatte Zugang zu dem Geld?« fragte ich und hob den Kopf. Mrs. Bradly biß sich auf die Unterlippe und nickte. Sie schüttelte den Kopf, und wieder traten ihr Tränen in die Augen.

»Ich fürchte, es gibt keine andere Erklärung«, sagte sie. »Sobald sie gesehen hat, was für ein Trubel ausgebrochen ist, hat sie gesagt, sie müßte dringend nach Hause gehen und ihre Schulaufgaben machen. Ich habe sie gefragt, ob sie etwas über das Geld weiß, und sie hat nur schnell ›nein‹ gesagt und ist losgerannt. Es tut mir leid, daß ich Ihnen all das sagen muß«, fügte Mrs. Bradly hinzu.

»Aber, aber, Mrs. Bradly, es war vollkommen richtig, daß Sie zu mir gekommen sind«, sagte ich und tätschelte ihre Hand. »Mein Mann weiß noch nichts davon, oder?« fragte ich sie schnell.

»O nein, ich habe niemandem ein Wort davon gesagt, und ich habe meine Leute gebeten, den Vorfall für sich zu behalten. Keiner von ihnen wird ein Wort verlauten lassen. Das kann ich Ihnen versichern.«

»Ausgezeichnet. Ich werde mich darum kümmern«, sagte ich. Sie sah aus, als würde sie gleich wieder in Tränen ausbrechen, und daher drückte ich sie an mich und half ihr auf die Füße. »Arbeiten Sie einfach weiter, als sei nichts geschehen, und machen Sie sich darüber nicht die geringsten Sorgen, Mrs. Bradly. Auf Sie fällt es ganz bestimmt nicht zurück.«

»Danke, Dawn. Es tut mir so leid«, wiederholte sie noch einmal, ehe sie ging.

Ich spürte, wie mir ein kalter Schauer über den Rücken lief, und ich schlang die Arme um mich. Mir fiel ein, wie ich an jenem Abend in New York in Ferns Brieftasche geschaut hatte, als wir das Hotel verlassen hatten, und ich dachte an den Packen Geld, den ich dort gesehen hatte. Konnte es sein, daß sie uns belogen hatte, als sie behauptet hatte, sie hätte es sich von ihrem Taschengeld zusammengespart? Hatte sie Clayton bestohlen?

Ich beschloß, der Sache auf den Grund zu gehen, ohne Jimmy hineinzuziehen, wenn es irgend ging, und daher verließ ich mein

Büro und ging schnell nach Hause. Mrs. Boston begrüßte mich im Flur und sagte mir, Fern sei oben in ihrem Zimmer. Ich eilte die Treppe hinauf und zu ihrer Tür. Sie stand einen Spalt offen, und daher lugte ich hinein und sah, daß sie auf dem Bauch im Bett lag und einen Groschenroman las, eine Liebesgeschichte.

»Ich dachte, du seist nach Hause gegangen, um deine Schularbeiten zu machen, Fern«, sagte ich, und sie drehte sich abrupt um. Sie sah mich mit ihrem wütenden, finsteren Blick an.

»Es gehört sich nicht, Leuten nachzuspionieren«, erwiderte sie.

»Ich spioniere dir nicht nach. Ich bin hergekommen, um nach dir zu sehen. Du hast Mrs. Bradly gesagt, du würdest nach Hause gehen, um Schulaufgaben zu erledigen. Warum tust du das nicht?«

Sie setzte sich schnell auf und klappte das Heft zu.

»Das habe ich nur zu ihr gesagt, weil ich es satt hatte dazubleiben. Es ist langweilig, viel langweiliger, als ich es mir vorgestellt habe. Ich möchte etwas anderes im Hotel tun. Vielleicht kann ich den Kellnern helfen«, schlug sie vor.

Ich betrat ihr Zimmer. Sie schaute argwöhnisch zu mir auf, als ich sie weiterhin nicht aus den Augen ließ, und dann wandte sie den Blick ab, schuldbewußt, so empfand ich es zumindest.

»Daß du nicht mehr an der Rezeption arbeiten willst, hat doch nicht zufällig etwas mit dem fehlenden Geld zu tun, oder?« fragte ich.

»Ich weiß nicht, wo es ist. Hat Mrs. Bradly gesagt, daß ich es war?« fragte sie, und die Glut trat wieder in ihre Augen.

»Nein, aber ich hatte gehofft, daß du uns helfen kannst, das Geld wiederzufinden.«

»Nein, das kann ich nicht. Ich weiß nicht das geringste davon. Sie muß es verloren haben. Vielleicht hat es eine dieser anderen Frauen genommen. Sie wirken alle arm, und wahrscheinlich konnte eine von ihnen nicht widerstehen«, sagte sie.

»All diese anderen Frauen arbeiten schon seit vielen Jahren hier und sind absolut vertrauenswürdige Menschen.«

»Tja, das bin ich auch«, rief sie aus. »Ich stehle nicht!«

»Niemand beschuldigt dich, du hättest gestohlen, Fern. Ich will lediglich wissen, ob du eine Ahnung hast, wo das Geld sein könnte. Vielleicht ist es in eine falsche Schublade oder in einen falschen Umschlag gesteckt worden«, sagte ich.

»Ich habe das Geld nie gesehen«, beharrte sie.

Ich stand da und fixierte sie. Sie hielt den Blick starr auf ihr Bett gerichtet.

»Wenn es dir keinen Spaß gemacht hat, an der Rezeption mitzuhelfen, warum bist du dann nicht einfach zu mir gekommen und hast es mir gesagt?« fragte ich.

»Das hatte ich ja vor... heute abend«, erwiderte sie eilig.

»Das wäre viel besser gewesen, als Lügen zu erzählen. Du hast das nicht mehr nötig, Fern. Es gibt keinen Grund zu lügen, und wenn du je irgend etwas brauchst...«

»Ich habe das Geld nicht gestohlen«, wiederholte sie und schlug sich so fest mit den Fäusten auf die Knie, daß ich erschauerte, als ich mir den Schmerz vorstellte.

»Also, gut. Reden wir nicht mehr über das Geld. Hast du denn keine Hausaufgaben zu erledigen?« fragte ich.

»Ich habe genug Zeit dafür«, sagte sie übellaunig.

»Wie lange liest du schon solche Hefte?« fragte ich und schaute auf das Heft, das auf dem Bett lag.

»Ich weiß es nicht«, sagte sie achselzuckend. »Diese Hefte sind nicht unanständig, falls es das ist, was du meinst.«

»Ich habe nicht gesagt, daß sie unanständig sind. Ich hätte nur geglaubt, das ist noch nichts für dich.«

»Doch. Mir gefallen die Geschichten. Du wirst mir die Hefte doch nicht wegnehmen, oder? Clayton hat sie mir immer weggenommen.«

»Nein, ich nehme sie dir nicht weg, aber...«

»Du bist genauso gemein, wie er«, schrie sie, begrub ihr Gesicht im Kissen und schluchzte laut.

»Fern«, sagte ich und ging zu ihr, »ich habe nicht gesagt, daß du deine Hefte nicht lesen darfst.« Ich setzte mich aufs Bett und legte ihr eine Hand auf die Schulter, aber sie riß sich los und sprang auf, als hätte meine Berührung sie verbrüht.

»Ich habe dieses Geld nicht gestohlen! Ich war es nicht!« schrie sie und schlug sich mit den Fäusten seitlich auf die Oberschenkel. »Mrs. Bradly ist eine alte Hexe, wenn sie dir gesagt hat, ich hätte es getan. Sie ist eine alte Hexe, und du bist furchtbar, weil du es ihr glaubst«, schrie sie und rannte aus dem Zimmer.

»Fern!«

Ich stand auf und lief ihr nach, aber sie sprang die Treppe hinunter und rannte aus dem Haus. Mrs. Boston kam an den unteren Treppenabsatz und schaute zu mir hoch.

»Ich fürchte, das habe ich nicht allzugut gemacht, Mrs. Boston«, sagte ich.

Sie schüttelte den Kopf.

»Es wird für keinen von uns einfach werden, richtig mit ihr umzugehen«, sagte sie prophetisch, und dann machte sie sich wieder an ihre Arbeit. Ich ging zum Hotel zurück. Kurz darauf kam Jimmy in mein Büro, und in seinen Augen standen Schmerz und Zorn. Er setzte sich stumm und starrte mich an.

»Was ist mit Fern los?« fragte er. Seine Kehle war wie zugeschnürt, und er hielt seine Stimme gewaltsam im Zaum. Ich konnte die Spannung in der Luft zwischen uns spüren.

»Jimmy«, sagte ich leise und beugte mich zu ihm vor, »ich glaube, Fern hat Geld aus der Kasse genommen.«

Ehe er etwas darauf erwidern konnte, berichtete ich ihm alles, was mir Mrs. Bradly erzählt hatte. Er hörte mir zu und schüttelte dann den Kopf.

»Warum sollte sie Geld stehlen, Dawn, und ausgerechnet uns? Sie kann alles haben, was sie will. Sie braucht kein Geld«, sagte er.

Ich erzählte ihm von dem Geld, das ich in New York in ihrer Brieftasche gesehen hatte.

»Na und?« sagte er. »Das beweist, daß sie kein Geld stehlen muß. Sie hat mehr, als sie gebrauchen kann.«

»Aber, Jimmy, manchmal nehmen Menschen aus anderen Gründen etwas weg.«

»Sie würde uns nicht bestehlen«, beharrte er entschieden. »Und ich wundere mich wirklich darüber, daß du zu ihr gegangen bist und sie beschuldigt hast.«

»Ich habe sie nicht beschuldigt, Jimmy. Ich habe sie gefragt, ob sie etwas darüber wüßte, und dann ist sie hysterisch geworden.«

»Genau darum geht es mir ja«, warf er mir an den Kopf. »Du wußtest doch, wie empfindlich und übersensibel sie durch all das ist, was ihr zugestoßen ist. Gerade du solltest mehr Mitgefühl für sie aufbringen, Dawn. Sie ist zu mir gekommen und hat so fürchterlich geschluchzt, daß ich schon dachte, ich könnte sie nie mehr beschwichtigen. Mein Hemd ist klatschnaß von ihren Tränen.«

»Es tut mir leid, Jimmy. Ich habe nur versucht, ein größeres Problem abzuwenden. Ich dachte...«

»Ich habe ihr versprochen, daß ich mit dir rede und daß du dich später bei ihr entschuldigst.«

Ich starrte ihn einen Moment an. Seine Worte und seine Wut betäubten mich. Tränen stiegen in meine Augen, aber ich hielt sie zurück.

»Ich habe nichts falsch gemacht, Jimmy«, sagte ich leise.

»Es geht nicht darum, was du getan hast, Dawn, es geht darum, wie Fern es aufnimmt. Ich dachte, du hättest verstanden, wie sehr sie sich danach sehnt, geliebt zu werden, und wie sehr sie sich eine Familie wünscht.«

»Okay, Jimmy«, sagte ich und schluckte meinen Stolz. »Ich werde mich bei ihr entschuldigen, wenn du es für richtig hältst.«

»Unbedingt«, sagte er. »Und noch etwas, Dawn«, sagte er beim Aufstehen. »Wenn es das nächste Mal Probleme gibt, die etwas mit Fern zu tun haben, dann komm damit bitte zuerst zu mir.«

Mein Herz fühlte sich wie ein Bleiklumpen in meiner Brust an.

Ich konnte nicht schlucken, und eine meiner brennenden Tränen entkam aus dem Augenwinkel, aber Jimmy hatte sich bereits auf den Weg zur Tür gemacht und sah sie nicht.

»Jimmy!« rief ich, als er die Tür erreicht hatte. Er drehte sich zu mir um.

»Was glaubst du, wo dieses Geld hingekommen ist?« fragte ich ihn nachdrücklich.

»Ich weiß es nicht, Dawn. Mrs. Bradly ist auch nicht mehr die Jüngste. Es würde mich nicht wundern, wenn sie es eines Tages unter irgendwelchen Papieren wiederfindet«, sagte er und ging.

Und plötzlich erkannte ich, daß Liebe auch heimtückisch sein konnte; sie konnte uns verhexen wie Magie und den Tag zur Nacht machen, schwarz zu weiß und Schuld zu Unschuld.

16

Ferns wahre Natur

Ich wollte mich nicht bei Fern entschuldigen, weil ich glaubte, für sie würde es noch schlimmer, als für mich, wenn ich es tat. Trotz der schrecklichen Dinge, die ihr zugestoßen waren, sah ich, daß sie in vieler Hinsicht ein verzogenes kleines Mädchen war. Wir halfen ihr nicht dabei, heranzureifen und sich zu ändern, wenn wir sie derart verhätschelten, dachte ich, aber Jimmy war so wütend, daß ich keine andere Wahl hatte. Als ich ins Haus kam, fand ich sie oben in ihrem Zimmer vor. Diesmal klopfte ich an ihre Tür, aber sie ließ mich zweimal anklopfen, ehe sie: »Herein« sagte.

»Ich mache meine Hausaufgaben«, erklärte sie, sowie ich eintrat.

»Ich bin nicht deshalb hier«, erwiderte ich leise. Sie saß auf ihrem Bett und hatte die Bücher auf dem Schoß, aber ich konnte ein Romanheft unter ihrem Schulheft sehen. Sie senkte den Blick und spielte mit ihrem Bleistift. »Du bist zu Jimmy gegangen und hast ihm gesagt, ich hätte dich beschuldigt, das Geld an der Rezeption gestohlen zu haben«, sagte ich.

»Das hast du doch schließlich auch getan«, fauchte sie.

Ich schluckte. Ich war nicht gut darin, Fehler zu übersehen, aber jetzt mußte ich es tun.

»Ich wollte dich nicht beschuldigen, Fern. Wenn du geglaubt hast, ich hätte dich beschuldigt, dann tut es mir leid. Jimmy und ich haben dich sehr lieb und wollen nur, daß du hier glücklich bist.«

»Du hast mich nicht lieb«, gab sie zurück und sah mich so eindringlich an, daß es mir fast den Atem verschlug. Sie hatte Daddy Longchamps aufbrausende Art geerbt, soviel stand fest. Ich hatte das Feuer in diesen schwarzen Augen schon früher gesehen, vor allem, wenn er zuviel getrunken hatte, und ich war jedesmal bis ins Mark erschauert.

»Doch, natürlich.«

»Nein, eben nicht«, klagte sie mich an. »Sobald du herausgefunden hast, daß ich in Wirklichkeit gar nicht deine Schwester bin, hast du dir nichts mehr aus mir gemacht.«

»Das ist nicht wahr, Fern. Ich habe dich immer liebgehabt und mir Sorgen um dich gemacht, und du hast mir sehr gefehlt, vor allem damals, nachdem wir voneinander getrennt worden sind. Ich habe es dir doch gesagt, ich war diejenige, die die meiste Zeit für dich gesorgt hat.« Ich lächelte. »Weißt du, daß du meinen Namen eher als die Namen aller anderen gesagt hast? Es war praktisch das erste Wort, das du von dir gegeben hast.«

»Ich kann mich nicht erinnern«, sagte sie, aber ihr Gesicht verlor an Spannung, und ihre Augen kühlten sich ab.

»Du kannst dich unmöglich daran erinnern. Du warst zu klein. Es stimmt, daß wir keine Schwestern sind, aber wir sind Schwägerinnen. Warum denkst du nicht daran?«

»Schwägerinnen?« Diese Entdeckung faszinierte sie.

»Ja. Da ich mit deinem Bruder verheiratet bin, bin ich deine Schwägerin, und ich möchte in dir immer meine Schwester sehen. Das wünsche ich mir wirklich.«

»Ehefrauen ist es nicht immer recht, wenn ihre Männer ihren kleinen Schwestern viel Aufmerksamkeit widmen«, bekundete sie.

»Was? Wer hat dir das gesagt?« fragte ich mit einem Anflug von einem Lächeln.

»Das habe ich gelesen«, erklärte sie ernst.

»Du hast es gelesen? Ach so«, sagte ich und verstand plötzlich. »In einem deiner Liebesromane?«

»Das heißt noch lange nicht, daß es nicht wahr ist«, erwiderte sie.

»Auf mich trifft es nicht zu«, sagte ich entschieden zu ihr. »Jimmy hat genug Liebe für uns alle – für dich und mich und Christie –, es genügt für alle. Und außerdem bin ich nicht derart egoistisch. Ich sehe doch, wie glücklich er ist, seit wir dich gefunden haben.«

»Er ist wirklich glücklich, daß er mich gefunden hat«, bestätigte sie. »Und er mag es nicht, wenn ich traurig bin«, fügte sie hinzu, aber dabei wandte sie mir ihr Gesicht und ihre Augen so zu, daß es mir eher wie eine Drohung vorkam.

»Ich will doch auch nicht, daß du traurig bist, Fern.«

»Gut«, sagte sie schnell. »Kann ich jetzt mit den Kellnern und den Pagen arbeiten?«

»Ich glaube, die Schularbeiten sollten dir jetzt wichtiger sein als die Arbeit im Hotel, mein Süßes.« Ihr Gesicht verfinsterte sich wieder. »Jimmy hat gesagt, ich darf es tun«, jammerte sie. »Er hat es mir versprochen.«

Ich schüttelte den Kopf.

»Ich wußte gleich, daß du nein sagen wirst«, warf sie mir frustriert vor. »Ich habe es gleich gewußt.«

»Also, gut«, ließ ich mich erweichen. »Ich werde mit Robert Garwood sprechen. Er ist der Chef der Pagen. Vielleicht kann er dir Botengänge auftragen, die du für die Gäste erledigen kannst, okay? Aber wenn du in der Schule nicht gut bist...«

»Ich werde gut in der Schule sein«, gelobte sie.

»Gefällt dir die Schule hier?« fragte ich.

»Ich komme zurecht. Darf ich morgen anfangen? Darf ich?«

»Morgen. Oh, morgen kommt Daddy Longchamp«, fiel mir wieder ein. Sowie Jimmy in Erfahrung gebracht hatte, wann Daddy die Reise unternehmen konnte, hatte er ihm das Geld für die Flugtickets geschickt. »Du wirst doch sicher deine gesamte Freizeit mit ihm und mit deinem Brüderchen verbringen wollen.«

Sie zog die Mundwinkel nach oben und biß die Zähne zusammen.

»Ich muß doch nicht etwa die *ganze* Zeit mit ihnen zubringen, oder?« stöhnte sie.

»Willst du das denn nicht?« fragte ich erstaunt. »Daddy Longchamp ist schon sehr gespannt darauf, dich zu sehen. Bist du denn nicht neugierig auf ihn? Schließlich ist er dein richtiger Vater.«

»Er hat zugelassen, daß sie mich ihm weggenommen und mich zu den Osbornes gegeben haben, oder nicht?« brauste sie auf.

»Wir haben dir all das erklärt, Fern. Ich dachte, du hättest es verstanden.«

Jimmy und ich hatten sie eines Abends zur Seite genommen und ihr alles erzählt, aber statt mir Fragen nach Daddy zu stellen, hatte sie sich nur nach meinem Leben in New York und nach Christies Geburt erkundigt. Die Fragen, die sie mir in Jimmys Beisein gestellt hatte, waren peinlich geworden, und daher hatte ich dem Gespräch ein Ende gesetzt. Aber sie wußte jetzt genug über ihre Vergangenheit, um würdigen zu können, was Daddy Longchamps Besuch bedeutete.

»Kann ich wenigstens mit den Pagen arbeiten, bis sie ankommen?« fragte sie.

»Einverstanden«, gab ich nach. »Sobald du von der Schule nach Hause kommst, gehst du zu Robert Garwood. Ich werde heute morgen mit ihm reden. Aber kurz vor dem Abendessen kommen alle an. Wir werden hier mit ihnen essen und nicht im Restaurant.«

»Warum? Ich esse gern im Restaurant zu Abend«, rief sie aus. »Das macht mehr Spaß.«

»Hast du denn keine Lust, mit deinem richtigen Vater eine Zeit allein zu sein?« fragte ich. »Und mit deinem Brüderchen?«

»Doch, ich denke, schon«, bekannte sie widerwillig. »Wie lange bleiben sie hier?«

»Nur ein paar Tage. Daddy kann sich nicht länger von seiner Arbeit freinehmen«, betonte ich.

»Gut«, sagte sie und schaute auf ihre Bücher.

Gut? dachte ich und sah auf sie herab. Wie anders es doch für mich gewesen wäre, wenn man mir gesagt hätte, daß Daddy Longchamp käme, nachdem ich eine Weile hier gewesen war. Wie sehr hatte ich mich danach gesehnt, ihn zu sehen, seine Stimme zu hören, ihm die Arme um den Hals zu schlingen und mich an ihn zu klammern. Man hätte uns gewaltsam auseinanderreißen müssen.

»Darf ich auch reinkommen?« fragte Christie. Sie stand in der Tür und hielt eine ihrer größeren Puppen in den Armen.

»Fern macht jetzt ihre Schularbeiten, Liebling«, sagte ich.

»Sie kann reinkommen«, erlaubte ihr Fern, »wenn sie still ist. Da kannst du dich hinsetzen und warten«, sagte Fern und deutete auf den Stuhl vor der kleinen Frisierkommode.

Christie lächelte und setzte sich gehorsam auf den Stuhl, ehe ich einschreiten konnte. Sie hielt die Puppe auf dem Schoß und faltete die Hände, um zu zeigen, daß sie brav und geduldig sein würde.

Als ich Fern wieder ansah, stand ein Ausdruck großer Selbstzufriedenheit auf ihrem Gesicht. Wut und Enttäuschung regten sich in meinem Bauch. Glut stieg von meinem Hals in mein Gesicht. Um ihr nicht zu zeigen, wie sehr sie mich durcheinandergebracht hatte, wandte ich mich eilig ab und verließ Ferns Zimmer.

Jimmy erwartete unten meinen Bericht. Ich erzählte ihm, wie teilnahmslos Fern Daddys Eintreffen entgegensah, doch das schien Jimmy nicht zu beunruhigen.

»Ich kann verstehen, warum es so ist«, sagte er. »Sie hat erst vor einer Weile erfahren, daß sie einen anderen Vater hat. In ihrer Vorstellung ist er noch ein Fremder.«

»Aber, Jimmy, findest du denn nicht, sie sollte aufgeregter und neugieriger sein?«

Er schüttelte den Kopf. »Nicht dieses Kind, nein. Fern ist zuviel von Menschen angetan worden, die sie angeblich liebgehabt und sich etwas aus ihr gemacht haben. Jetzt ist sie auf der Hut. Nur deshalb möchte ich ja auch, daß wir so hart daran arbeiten, ihre Liebe für uns zu gewinnen; anders geht es nicht.«

»Aber damit verziehen wir sie auch, Jimmy«, beharrte ich.

»Dawn, wie kannst du in Anbetracht dessen, was sie durchgemacht hat, auch nur an so etwas denken? Kannst du dir vorstellen, wie es für sie gewesen sein muß, jeden Abend schlafen zu gehen, nachdem ihr Vater ihr diese Dinge angetan hat? Sie muß innerlich jedesmal zusammengezuckt sein, wenn er auch nur in ihre Nähe gekommen ist«, sagte er und schnitt eine Grimasse. »Er hat ihr keinen Gutenachtkuß gegeben, ohne vorher unter der Decke an ihr rumzufummeln.«

»Woher weißt du all das, Jimmy?« fragte ich entgeistert.

»Sie erzählt mir mehr und mehr«, sagte er, »da sie jetzt gelernt hat, mir zu vertrauen, denn inzwischen ist sie überzeugt davon, daß ich mir wirklich etwas aus ihr mache.«

»Mit mir will sie nie darüber reden«, sagte ich. »In dem Moment, in dem ich etwas anspreche, was auch nur im entferntesten damit zu tun hat, bittet sie mich, nicht darüber zu reden.«

»Dawn«, sagte er und ließ seine Zeitung sinken, »sie glaubt, du magst sie nicht. Sie glaubt, daß du sie ablehnst.«

»Aber warum?« fragte ich und warf die Arme in die Luft. »Ich bin mit ihr einkaufen gegangen und habe ihr alles gekauft, was sie brauchte, aber auch alles, was sie haben wollte, ich habe sie in der Schule eingeschrieben und arrangiert, daß sie im Hotel genau das tun kann, was sie möchte...«

»Es gehört eben zu ihrer geistigen und psychischen Verfassung, und diese Sache mit dem fehlenden Geld hat alles nur noch verschlimmert. Deshalb habe ich ja auch darauf bestanden, daß du dich bei ihr entschuldigst. Sie ist wie ein kleines Vögelchen, das man in einer geballten Faust gefangengehalten hat, damit es seine Flügel nicht benutzen kann. Jetzt ist sie jedesmal vorsichtig, wenn jemand ihr näherkommt und versucht, ihr seine Zuneigung zu zeigen. Wahrscheinlich ist auch das ein Grund dafür, daß sie keine größere Aufregung über Daddys Besuch zeigt«, sagte Jimmy. »Glaubst du nicht, daß ich recht habe?« fragte er. Ich konnte ihm ansehen, daß er dringend meine Zustimmung haben wollte.

»Ich denke, schon«, meinte ich schließlich. Er lächelte.

»Daddy kommt morgen. Überleg dir das nur«, verkündete er.

Ich dachte die ganze Nacht daran. Ich lag im Bett und dachte darüber nach. Das letzte Mal hatte ich Daddy Longchamp in einem Polizeirevier gesehen. Man führte mich gerade raus, um mich nach Cutler's Cove zu bringen. Die Polizei hatte mir gesagt, Daddy hätte mich entführt; sie hatten gesagt, er hätte seine Tat gestanden. Ich konnte nicht glauben, was passierte. Ich wußte nicht, wo Jimmy war oder wohin man Fern gebracht hatte, und mir graute davor, daß man mich Hunderte von Meilen weit zu einer Familie bringen wollte, die ich nicht kannte. Daddy würde doch bestimmt etwas dagegen unternehmen. Das hoffte ich bis zu dem Augenblick, in dem sie mich zum Wagen brachten, und dann wurde eine Tür geöffnet, und ich sah ihn, wie er auf einem Stuhl saß und den Kopf auf die Brust hängen ließ.

»Daddy!« hatte ich geschrien und war auf die geöffnete Tür zugerannt. Daddy hob den Kopf und schaute mich mit ausdruckslosen Augen an. Es war, als sei er hypnotisiert worden und sähe mich nicht. »Daddy, sag ihnen, daß es nicht wahr ist! Sag ihnen, daß alles nur ein entsetzlicher Irrtum ist«, hatte ich ihn angefleht. Er setzte dazu an, etwas zu sagen, aber dann schüttelte er den Kopf und senkte niedergeschlagen den Blick.

Ich erinnere mich noch daran, daß ich schrie, als ich Hände auf meinen Schultern spürte, die versuchten, mich fortzuziehen. Ich konnte mir nicht vorstellen, warum Daddy nichts tat, warum er nicht zeigte, wie stark und kräftig er war. Sie zogen mich zur Tür hinaus, und Daddy blickte endlich auf und sagte: »Es tut mir leid, Schätzchen. Es tut mir ja so leid.«

Lange Zeit mußte ich damit leben. Dann entdeckte ich die Wahrheit: daß er und Momma, als sie mich mitgenommen hatten, das getan hatten, was ihnen richtig erschienen war, und daß Großmutter Cutler alle hinters Licht geführt und manipuliert hatte.

Doch dieser Alptraum hatte geendet, und morgen würde ich Daddy Longchamp wiedersehen. Ich war so aufgeregt, daß ich mich fast die ganze Nacht über im Bett herumwälzte. Am nächsten Tag sorgte ich vom Moment des Aufstehens an dafür, daß ich so emsig wie eine Biene war, damit ich mir keine Gedanken über Daddys Ankunft machen konnte. Jedesmal, wenn ich eine Pause machte und daran dachte, wurde mir vor Nervosität ganz schummerig im Magen, und mein Herz flatterte.

Am späten Vormittag suchte ich Robert Garwood auf und berichtete ihm von Fern. Die Idee schien ihm nicht besonders gut zu gefallen.

»Sie hat sich bereits mit den Hilfskellnern und mit manchen meiner Pagen rumgetrieben, Mrs. Longchamp. Es geht mich ja nichts an, aber...«

»Aber was, Robert?« fragte ich.

»Na ja, sie raucht«, offenbarte er mir. »Sie läuft den Jungen in den Keller nach, wo sie manchmal rumsitzen – Sie wissen schon, neben der Waschküche –, und sie bettelt sie um Zigaretten an.«

»Sie tut *was*?« rief ich schockiert aus.

»Ich weiß, daß sie sich älter gibt, als sie ist, aber ich habe eine Schwester, die nicht viel jünger ist als sie, und ich kann mir nicht vorstellen, daß sie auch nur auf den Gedanken käme, so etwas zu tun. Entschuldigen Sie bitte, wenn ich das sage, Mrs. Longchamp, aber ich halte es nicht für eine besonders gute Idee, wenn sie mit uns arbeitet – und sei es nur, daß sie kleine Botengänge erledigt.« Ich konnte an seiner Ausdrucksweise erkennen, daß er noch mehr zu sagen hatte. Jetzt tat es mir leid, daß Jimmy ihr wieder einmal etwas versprochen hatte.

»Ich bitte Sie nur äußerst ungern darum, Robert, aber lassen Sie sie ein Weilchen bei Ihnen mithelfen, und behalten Sie sie gut im Auge. In dem Moment, in dem Sie sie bei etwas ertappen, sagen Sie mir bitte Bescheid«, sagte ich. Er nickte, aber ich sah ihm an, daß er keineswegs froh darüber war.

Ich wollte mit Jimmy darüber reden, aber ehe ich eine Gelegenheit hatte, mit ihm allein zu sein, trafen Daddy Longchamp, seine neue Frau Edwina und Gavin ein. Julius hatte sie am Flughafen abgeholt und sie zum Hotel gebracht. Jimmy fand mich in der Teestube und berichtete mir von ihrer Ankunft. Mein Herz klopfte so heftig, daß ich dachte, es würde aus meiner Brust springen, als ich ihn an der Hand nahm und mit ihm durchs Foyer eilte. Wir traten durch den Eingang auf die Veranda, als Daddy aus der Limousine ausstieg. Edwina stand neben ihm und hielt Gavin an der Hand.

Sobald wir uns in die Augen sahen, fielen die Jahre ab, wie trockenes Laub im Herbst von den Zweigen fällt. Daddy war immer noch groß, aber er war wesentlich schmaler, und sein Gesicht war so hager, daß seine Wangen und sein Kinn knochiger und fester wirkten. Seine dunklen Augen waren immer noch sehr auffällig, und wenn seine Schläfen auch graumeliert waren und sein pechschwarzes Haar von weißen Strähnen durchsetzt, hatte er doch noch einen üppigen, dichten Haarschopf. Er trug ein dunkelblaues Jackett, eine dunkelblaue Hose und schwarze Stiefel, und ich sah, daß er einen dicken, breiten Gürtel mit einer silbernen Schnalle anhatte, die wie ein Pferdekopf geformt war. Schließlich war Daddy jetzt Texaner, dachte ich.

Gavin schaute sich beeindruckt um. Der sechsjährige Halbbruder von Jimmy und Fern war groß für sein Alter. In seinem blauen Anzug mit der Fliege sah er niedlich aus. Er hatte Daddys schwarzes Haar, aber ein rundes Gesicht und einen helleren Teint. Von Edwina hatte er die braunen Augen und den weichen kleinen Mund, aber Daddys gerade, kräftige Nase.

Edwina sah jünger aus als auf den Bildern, die ich gesehen hatte. Sie hatte ein sanftes, freundliches Gesicht – ganz ähnlich wie Momma Longchamps Lächeln, dachte ich –, und ich stellte mir vor, daß es zu den Dingen gehörte, die Daddy an ihr zuerst aufgefallen waren. Sie war fast so groß wie er und hatte eine feste, schlanke Figur mit langen Armen und Beinen und einer schmalen Taille. Sie trug einen dunkelblauen Wollmantel und ein dunkelblaues Kleid. Sie hatte sich das Haar zurückgebürstet und mit Perlmuttkämmen aufgesteckt, und sie hatte nur einen Hauch von Rouge und einen hellroten Lippenstift aufgetragen.

Jimmy lief die Stufen hinunter, um Daddy die Hand zu drücken und Edwina zu umarmen. Ich konnte sehen, wie sehr sie ihn mochte. Dann hob er Gavin hoch und drehte sich um, als ich näher kam.

Daddy stand immer noch lächelnd da und schüttelte den Kopf. Ich sog seine gutaussehende Gestalt mit den Augen in mich auf, seine spezielle Form von Männlichkeit, die etwas Pantherhaftes hatte.

»Aus dir ist eine sehr, sehr schöne Frau geworden, Dawn. Eine echte Schönheit«, sagte er.

»Danke, Daddy.« Die Tränen strömten mir über das Gesicht, aber ich nahm es nicht wahr und störte mich nicht daran. Er breitete die Arme aus, und ich versank in seiner Umarmung. Einen Moment preßte er mich fest an sich. In seiner kräftigen Umarmung spürte ich all die Enttäuschung und die Traurigkeit, die er durchgemacht hatte, und mir wurde klar, daß sein Schmerz so stechend wie meiner gewesen sein mußte, wenn nicht noch heftiger. Er küßte mich auf die Stirn und wischte mir dann mit dem Rücken seiner langen, dünnen Hand die Wangen ab.

»Aber, aber, keine Tränen. Wir wollen ein schönes Wiedersehen feiern. Keine Traurigkeit, hast du gehört?«

»Okay, Daddy«, sagte ich lächelnd.

»Ich möchte dir meine Edwina vorstellen«, sagte er und drehte sich um.

Edwina reichte mir die Hand. Sie fühlte sich warm und weich an. Ich konnte ihr ansehen, daß sie eine liebevolle und zärtliche Frau war, deren Lächeln wirklich von Herzen kam.

»Guten Tag«, sagte sie. »Es freut mich, daß wir uns endlich kennenlernen.«

»Mich auch. Willkommen«, sagte ich.

»Es ist so schön hier«, bemerkte sie und drehte sich um. »Jimmy hat nicht übertrieben.« Die strahlende, wärmende spätherbstliche Sonne trug viel dazu bei, den Reiz und die Pracht von Cutler's Cove zu verstärken. Unsere Rasenflächen waren noch leuchtend grün, und die Bäume waren eine Farbenpracht in ihren Gelb-, Braun- und Rottönen. Über uns hatte der Himmel ein dunkles Blau angenommen, und die Wolken waren watteweich und milchigweiß.

»Danke.« Mein Herz schlug Purzelbäume. Ich konnte kaum Atem holen.

»Und jetzt mußt du Gavin kennenlernen«, rief Daddy.

»Hallo, Gavin. Ich bin Dawn. Warte nur, bis du Christie siehst«, sagte ich zu dem kleinen Jungen mit den großen Augen, den Jimmy im Arm hielt.

»Und Fern«, betonte Jimmy nachdrücklich.

»Wo ist sie?« fragte Daddy und sah sich um.

»Sie ist im Hotel und erledigt mit den Pagen Botengänge, Daddy«, sagte ich.

»So, ihr laßt sie jetzt schon mitarbeiten?« sagte er.

»Sie tut es mit Begeisterung, Daddy«, sagte Jimmy. »Sie kann es nicht erwarten, von der Schule zurückzukommen und sich im Hotel aufzuhalten. Kommt schon. Gehen wir rein. Julius wird euer Gepäck zum Haus bringen, aber zuerst wollen wir euch das Hotel zeigen. Seid ihr hungrig?« fragte er Edwina.

»Nein, wir haben im Flugzeug gerade etwas gegessen«, antwortete sie.

»Ich habe Hunger«, meldete sich Gavin schnell zu Wort. Alle lachten.

»Er hat immer Hunger«, erklärte Daddy. »Ich glaube, er hat ein Loch im Magen.«

Wir spazierten ins Hotel, und Daddy und Edwina sahen sich überall um.

»Größer, als ich es in Erinnerung hatte«, bemerkte Daddy, der nickte und die Arme in die Hüften gestemmt hatte.

»Dort drüben ist das Restaurant«, sagte Jimmy zu Edwina und deutete in die Richtung, »und links davon ist das sogenannte Kartenzimmer, das wir auch Teestube nennen. Rechts ist ein Ballsaal, in dem die Gäste abends Vorführungen sehen und tanzen. Draußen ist der Pool... und die Tennisplätze und...«

Jimmy unterbrach sich, als Fern durch den Korridor gerannt kam, um sich bei den Pagen zurückzumelden. Sie bemerkte überhaupt nicht, daß wir sie beobachteten.

»Das ist sie, Daddy, die kleine Fern«, sagte Jimmy.

Daddy kniff die Augen zu, als er hinsah. Schließlich drehte sich Fern in unsere Richtung um, und Jimmy winkte sie zu uns. Sie sagte etwas zu Robert Garwood und schlenderte dann langsam durchs Foyer.

»Sie ist Sally Jean wie aus dem Gesicht geschnitten«, murmelte Daddy.

»Fern«, begann Jimmy, »das ist dein Vater.«

Fern sah zu ihm auf, als Daddy sie anlächelte, und musterte ihn mit kalten Blicken.

»Willst du deinen Vater denn nicht umarmen, mein Süßes?« fragte ich.

Sie zuckte mit den Achseln.

»Ach, es wird ein Weilchen dauern«, sagte Daddy verständnisvoll. »Aber ich nehme an, wir können uns die Hand geben, oder nicht?« sagte er und hielt ihr seine Hand hin. Fern schaute die Hand an, als sei sie von einer üblen Krankheit befallen, und dann legte sie widerwillig ihre kleine Hand hinein. Sie zog sie so schnell wie möglich wieder zurück.

»Hallo«, sagte sie. »Wir sehen uns gar nicht ähnlich«, fügte sie eilig hinzu. Daddy warf den Kopf in den Nacken und lachte schallend. Fern wandte den Blick ab, aber ich sah ihren hämischen Gesichtsausdruck.

»Nein«, sagte Daddy. »Du siehst mehr wie deine Mutter aus.«

»Das ist Gavin«, sagte Jimmy. Fern wandte sich ihm mit mehr Interesse zu. Gavin war zwar schüchtern, aber er sah sie gebannt an, und seine dunkelbraunen Augen musterten sie von Kopf bis Fuß.

»Hallo, Gavin«, sagte Fern. Dann beugte sie sich zum allgemeinen Erstaunen vor und gab ihm einen Kuß auf die Wange. Er schien ebensosehr erstaunt darüber zu sein wir wir.

»Darf ich ihn mitnehmen und ihn rumführen?« fragte sie. »Ich kann ihn in den Ballsaal bringen. Christie ist gerade da und hat Klavierunterricht.«

»Gavin, möchtest du mit deiner Schwester gehen?« fragte Jimmy den Jungen. Er sah erst Jimmy und dann Daddy an, der immer noch strahlend lächelte. Gavin nickte. Fern nahm ihn an der Hand und zog los, und Gavin mußte laufen, um mit ihr Schritt zu halten.

»Warte, Fern«, sagte ich. Sie drehte sich unwillig um. »Du hast Edwina noch nicht guten Tag gesagt«, erinnerte ich sie.

»Guten Tag«, grüßte Fern eilig.

»Hallo, Fern«, sagte Edwina lächelnd. Fern machte sich wieder auf den Weg.

»Wir treffen uns in etwa zehn Minuten wieder hier«, rief Jimmy ihr nach.

»Ist sie nicht etwas ganz Besonderes?« fragte Daddy kopfschüttelnd. »Die da, das wird mal eine Herzensbrecherin.«

»Ich glaube, du hast recht, Daddy«, sagte Jimmy. »Kommt. Laßt euch von uns herumführen. Seid ihr auch ganz sicher, daß ihr nicht etwas essen oder trinken wollt?«

»Ich bin zu aufgeregt«, gestand Edwina. Sie hängte sich bei Daddy ein. Ich fand, daß die beiden ein schönes Paar waren, und daran, wie er sie ansah, konnte ich erkennen, daß er sie sehr liebte.

Mir war nie klar, wie stolz ich auf Cutler's Cove war, bis wir Daddy und Edwina alles zeigten. Sie waren von allem gewaltig beeindruckt, und Daddy sagte immer wieder Dinge wie: »Ich kann nicht glauben, daß das alles dir gehört, Schätzchen. Würde Momma nicht vor Freude platzen?«

Nachdem wir die Runde gemacht hatten und Daddy sich angesehen hatte, was alles verändert worden war, holten wir Fern, Gavin und Christie und gingen zum Haus, und auch dort riefen Daddy und Edwina noch mehrfach »Ah« und »Oh«. Jimmy zeigte Daddy ein paar bauliche Details, während ich mit Edwina durch das Eßzimmer und das Wohnzimmer schlenderte. Mrs. Boston setzte Teewasser auf, und wir setzten uns und redeten. Die Kinder gingen mit Fern nach oben, damit Christie Gavin all ihre Spielsachen zeigen konnte. Fern hatte sich recht schnell an die Rolle der großen Schwester gewöhnt.

»Ich komme einfach nicht darüber hinweg, wie reif Fern für ihr Alter ist«, sagte Edwina kopfschüttelnd.

Ich wußte, daß Jimmy Daddy alles über sie erzählt hatte, und daher brauchte ich nicht auf Ferns Vorgeschichte zurückzukommen. Statt dessen erzählte mir Edwina einiges über sich. Sie war schon einmal verheiratet gewesen, aber nach nur zwei Ehejahren war ihr Mann in Texas bei einem Lastwagenunfall ums Leben gekommen. Kaum ein Jahr später hatte sie Daddy kennengelernt, und sie hatten schnell Zuneigung zueinander gefaßt. Wir unterhielten uns gut miteinander, während Jimmy und Daddy das Haus und das Grundstück betrachteten. Ich stellte fest, daß ich Edwina sehr gern mochte, und ich konnte sehen, daß sie einen guten und stabilisierenden Einfluß auf Daddy hatte. Er und Jimmy kamen zu uns, als sie mir gerade erzählte, wie sehr Daddys Boß ihn mochte.

»Niemand singt ein größeres Loblied auf mich als sie«, warf Daddy ein. Edwina sah lächelnd zu ihm auf, und sie küßten sich. Jimmy und ich tauschten einen schnellen Blick, und wir freuten uns beide zu sehen, wie sehr Daddy sein Leben heute genoß. Ich fand, daß Jimmy recht hatte – er war ein veränderter Mensch, ruhiger, sanfter und weiser.

Als wir nach Gavin, Fern und Christie sahen, saßen Gavin und Christie stumm auf dem Fußboden, und Fern stand über ihnen und hatte die Arme vor der Brust verschränkt. Sie sah aus wie eine strenge Lehrerin. Christie und Gavin hatten alle erdenklichen Spielsachen um sich herum ausgebreitet.

»Es ist alles in Ordnung«, teilte Fern uns mit. »Alle benehmen sich gut.«

»Ist sie nicht ganz schon eine kleine Dame?« fragte Daddy.

»Die ganze Welt sollte so aufeinander zugehen, wie es die Kinder tun«, sagte Edwina.

»Wie wahr«, bestätigte Daddy.

Wir zeigten Daddy und Edwina ihr Zimmer, damit sie duschen und sich vor dem Abendessen umziehen konnten. Mrs. Boston hatte einen Truthahn mit allen Beilagen zubereitet. Es würde wahrhaft ein echtes Erntedankfest werden, zu dem die ganze Familie zusammengetroffen war.

Jimmy hatte mich dazu überredet, Christie und Fern zu erlauben, daß sie am nächsten Tag nicht zur Schule gehen mußten, damit sie mehr Zeit mit Gavin verbringen konnten.

»Andernfalls langweilt sich der arme Kerl den ganzen Tag zu Tode«, sagte Jimmy.

Am Morgen nach dem Frühstück zog Jimmy mit Daddy Longchamp los, um ihm zu zeigen, welche Arbeiten er zu überwachen hatte. Ich wußte, daß die beiden ihr Vergnügen daran haben würden, sich über Warmwasserbereiter und Motoren zu unterhalten. Ich hatte Edwina und Daddy Betty Ann und Philip vorgestellt. Edwina verstand sich sehr gut mit Betty Ann, die ihr die Zwillinge und ihre Räume im alten Flügel des Hotels zeigte, während ich mich um ein paar geschäftliche Angelegenheiten kümmerte.

Wir aßen im Restaurant zu Mittag. Zu meinem Erstaunen und zu meiner großen Freude erbot sich Philip von sich aus, mit Edwina und Betty Ann in die Stadt zu fahren, damit sie sich dort ein paar Sehenswürdigkeiten und Geschäfte ansehen konnten. Daddy verbrachte seine Zeit nur zu gern mit Jimmy auf dem Hotelgelände. Fern, die immer noch die Rolle der großen Schwester spielte, brachte Christie und Gavin ins Haus. Ich ging in mein Büro, denn ich hatte eine Besprechung mit Mr. Dorfman. Es dauerte länger, als ich erwartet hatte, und als ich zur Uhr sah, stellte ich fest, daß es schon kurz vor vier war.

Da ich mich fragte, wie die Kinder wohl zurechtkamen, beschloß ich, rüberzugehen und im Haus nach dem Rechten zu sehen. Mrs. Boston war in der Küche und bereitete einen großen Rinderbraten vor. Wir hatten Philip, Betty Ann und die Zwillinge auch zu uns zum Essen eingeladen, da Daddy und Edwina am nächsten Morgen wieder abreisen mußten.

»Ich hoffe, die Kinder haben Ihnen keine Probleme gemacht, Mrs. Boston«, sagte ich, als ich in die Küche schaute.

»Die Kinder?« Sie dachte einen Moment nach. »Wissen Sie, Dawn, ich hatte ganz vergessen, daß sie hier sind. Es ist oben so still gewesen.«

»Ach? Na, das ist ja prima«, sagte ich. Ich stellte mir vor, daß Mrs. Boston derart in die Vorbereitungen für das Abendessen vertieft war, daß sie die Kinder ohnehin nicht gehört hätte. Ich stieg schnell die Stufen hinauf und stellte zu meinem Erstaunen fest, daß sie nicht in Christies Zimmer waren; sie hielten sich in Ferns Zimmer auf, und die Tür war geschlossen.

Ich wollte sie gerade aufmachen, als ich Fern sagen hörte: »Du kannst es anfassen, Christie. Es beißt nicht.«

Ich hoffte nur, daß sie keine kleine Vipernatter ins Haus gebracht hatten. Mrs. Boston wäre augenblicklich in Ohnmacht gefallen, dachte ich, und dabei lachte ich leise. Aber als ich die Tür öffnete, stellte ich schockiert fest, daß sich Christie und Gavin gegenüberstanden und beide splitternackt waren. Fern stand mit dem Rücken zu mir und hatte mein Eintreten offensichtlich nicht gehört.

»Mommy«, rief Christie. Fern wirbelte herum, und ihr Gesicht lief dunkelrot an.

»Was auf Erden... was geht hier vor, Fern?« fragte ich.

»Nichts«, sagte sie eilig. »Ich meine... ich weiß es auch nicht«, sprudelte sie heraus. Sie wich von den beiden zurück.

»Du weißt es nicht? Warum sind sie ausgezogen?«

»Sie haben sich selbst ausgezogen«, sagte sie schnell. »Ich war... unten, und als ich raufgekommen bin, habe ich sie so hier vorgefunden. Es war Gavins Idee«, sagte sie und deutete anklagend auf ihn. »Er hat zu Christie gesagt, er zeigt ihr seins, wenn sie ihm ihrs zeigt.«

Ich schaute Gavin an. Er stand außer sich vor Entsetzen da, und seine Augen waren vor Furcht glasig.

»Ist das wahr, Christie?« fragte ich.

Sie wollte schon den Kopf schütteln, aber dann fing sie den wütenden Blick auf, mit dem Fern sie warnte. Sie fing an zu weinen.

»Sorg dafür, daß sie sich anziehen«, befahl ich. »Und zwar auf der Stelle.«

»Komm schon, Gavin«, sagte Fern und zog ihn zum Bett, auf dem der größte Teil seiner Kleidung lag. Sie hob ihn hoch und fing an, ihn anzuziehen, während ich Christie half.

»Ich verstehe das nicht, Christie. Warum tust du so etwas? Weißt du denn nicht, daß es sich nicht gehört, wenn du dich vor Jungen ausziehst?« Sie weinte immer noch, aber ich siedete innerlich. Ich wußte, daß Fern log, und ich wollte es aus Christies Mund hören.

»Es tut mir leid, Momma«, schluchzte sie. »Es tut mir leid.«

»Und Gavins Momma und Daddy werden auch sehr böse werden.«

»Vielleicht ist es besser, wenn du es ihnen nicht sagst«, empfahl Fern. »Daddy Longchamp sieht so böse aus, als könnte er ihm die Haut abziehen.«

»Fern!« Ich drehte mich abrupt zu ihr um. »Wenn du so weiter machst, wird er sich noch ganz entsetzlich vor seinem Vater fürchten.«

Sie zuckte mit den Achseln.

»Es ist doch nichts passiert. Sie haben sich nur angeschaut. Du brauchst es niemandem zu sagen«, beharrte sie.

»Darüber reden wir später noch«, sagte ich. »Zieh ihn erst mal fertig an.«

Sowie die beiden vollständig angekleidet waren, schickte ich sie aus dem Zimmer und sagte ihnen, sie sollten unten auf uns warten, während ich mich mit Fern unterhielt. Sie setzte sich auf ihr Bett und schaute auf den Fußboden.

»Wie konntest du mit so kleinen Kindern etwas Derartiges tun?« fragte ich und vergaß einen Moment, daß ich mit einem Mädchen sprach, das selbst kaum mehr als zehn Jahre alt war.

»Ich habe es dir doch gesagt«, sagte sie und schaute mich haßerfüllt an. »Ich war es nicht.«

»Hör auf zu lügen. Ich habe dich gehört, in dem Moment, bevor ich die Tür aufgemacht habe.«

Sie starrte mich an, und dann brach sie plötzlich in Tränen aus.

»Oh, du wirst es jetzt Jimmy und Daddy Longchamp sagen, und dann werden mich alle hassen. Das ist genau das, was du willst«, schluchzte sie.

»Fern, das stimmt nicht. Ich will nicht, daß dich jemand haßt«, wehrte ich mich, aber sie schluchzte nur heftiger. »Ich werde es ihnen nicht sagen«, versprach ich schließlich. »Ich sage nichts.«

Sie hörte augenblicklich auf zu weinen.

»Wirklich nicht?« fragte sie und wischte sich die Tränen aus den Augen.

»Nein. Aber du hast etwas sehr Böses getan. Warum hast du es getan?« fragte ich.

Sie dachte einen Augenblick nach und sagte dann: »Sie haben mit Puppen gespielt, und Gavin hat sich gefragt, warum die Bubenpuppen nicht haben, was er hat«, sagte sie. »Dann hat Christie gefragt, was das ist, und ich dachte, sie sollten beide den Unterschied kennen. Wie im Naturkundeunterricht«, erklärte sie.

»So bringt man das Kindern nicht bei, Fern, und ich habe dich bereits einmal gebeten, mit Christie noch nicht über diese Dinge zu reden. Sie ist noch zu jung«, sagte ich streng.

»Okay. Du wirst es wirklich nicht weitersagen?«

»Ich habe dir gesagt, daß ich es nicht weitersage, aber das heißt nicht, daß ich nicht sehr verärgert bin. So etwas darf nie wieder vorkommen«, betonte ich mit Nachdruck.

Sie nickte. Und dann kniff sie die Augen zusammen und sagte: »Wenn du Jimmy etwas verrätst, obwohl du behauptet hast, du würdest es ihm nicht sagen, dann hasse ich dich für immer.«

Mein Mund sprang auf. Der Nachdruck, mit dem sie ihre Drohung vorbrachte, ließ mir den Atem in der Kehle stocken. Einen Augenblick lang war ich sprachlos.

»Es gehört sich nicht, anderen zu drohen, Fern«, erwiderte ich dann, aber sie wandte den Blick nicht ab. Ihre Augen wurden ausdruckslos, und sie weigerte sich, auch nur ein Wort zu sagen. Mit klopfendem Herzen wandte ich mich ab und verließ das Zimmer.

Vielleicht war es ein Fehler, aber ich erzählte Jimmy wirklich nichts von dem Vorfall. Alle freuten sich so sehr darüber, daß Daddy und Edwina gekommen waren, und ich wollte den Tag und den Abend nicht verderben. Es war ein wunderbares Essen. Sogar Philip, von dem ich befürchtet hatte, er könnte Daddy snobistisch und herablassend behandeln, war charmant und freundlich. Ich vermutete, er tat alles, was er konnte, um wiedergutzumachen, wie abscheulich er sich in Jimmys Abwesenheit benommen hatte. Oft sah er mich an, weil er prüfen wollte, ob ich zufrieden mit ihm war.

Ehe der Abend endete, spielte ich Klavier und sang. Ich sah, daß Daddy dabei Tränen in die Augen traten. Als ich fertig war, stand er eilig auf und kam zu mir, um mich in seine Arme zu ziehen. Er neigte den Kopf auf mein Haar und brachte es mit seinem Atem in Bewegung, als er mit mir sprach.

»Wenn Momma doch bloß hier wäre und all das sehen könnte«, sagte er. Wir weinten beide, und dann überredete Betty Ann Christie, auch etwas auf dem Klavier zu spielen. Der kleine Gavin schien absolut fasziniert von ihr zu sein. Er saß regungslos da und ließ sie keinen Moment aus den Augen. Hinterher, als wir alle applaudierten, hatte ich den Eindruck, daß er fester als wir alle in die Hände klatschte.

Betty Ann brachte die Zwillinge dazu, einen kleinen Tanz aufzuführen, bei dem ich sie am Klavier begleitete. Alle begeisterten sich dafür, wie das goldgelockte kleine Paar sich drehte und wiegte und sich dann selbst händeklatschend applaudierte. Wir lachten alle.

Nur Fern wirkte unzufrieden. Sie saß abseits von allen anderen in einer Ecke und hatte einen sauren Gesichtsausdruck, der nur verging, wenn Jimmy mit ihr redete oder sie ansah. Dann lächelte sie strahlend und liebevoll. Gegen Ende des Abends versuchte Daddy, mit ihr zu reden und ihr Fragen nach der Schule zu stellen, aber sie antwortete sehr oberflächlich und gab sich vollkommen desinteressiert. Schließlich lachte er und gab auf.

Es war ohnehin für alle Kinder Zeit, ins Bett zu gehen. Betty Ann und Philip gingen mit den Zwillingen und versprachen, sich am Morgen mit Daddy und Edwina im Restaurant zum Frühstück zu treffen. Nachdem sie gegangen waren, setzten sich Daddy, Edwina, Jimmy und ich ins Wohnzimmer und redeten über Fern.

»Ich glaube, es ist einfach wunderbar, daß ihr sie aus diesem furchtbaren Leben gerettet und bei euch aufgenommen habt. Sie kommt hier wirklich in den Genuß vieler Vorzüge«, sagte Daddy und schüttelte den Kopf. »Jetzt ist sie glücklich dran – an einem Ort wie diesem aufzuwachsen.«

»Es macht dir nichts aus, daß sie nicht zu euch kommt und bei euch lebt, Daddy?« fragte Jimmy.

»O nein, Jimmy, nachdem ich sie jetzt gesehen habe, glaube ich, hier ist sie besser dran. Sie ist schon ein großes Mädchen und – tja, um die Wahrheit zu sagen, wir kommen gerade so über die Runden, und wir wollen für Gavin tun, soviel wir können«, sagte Daddy.

Jimmy nickte, aber als er mich ansah, bemerkte ich die Traurigkeit in seinen Augen. Ich wußte, daß er wünschte, Daddy hätte sich diese Gedanken über ihn gemacht, als er in Gavins Alter gewesen war, aber das war eine andere Zeit gewesen, fast schon eine andere Welt.

»Okay, Daddy«, sagte Jimmy. »Wir werden unser Bestes für Fern tun, und wir werden engen Kontakt zu euch halten.«

»Oh, ich weiß, ihr beide werdet alles richtig mit ihr machen, genau richtig sogar«, sagte Daddy. Schweigen senkte sich auf uns herab, als Daddy von Jimmy zu mir sah und dann wieder Jimmy anschaute. Jimmy und ich warfen uns wieder einen Blick zu. Wir wußten, was Daddy jetzt durch den Kopf gehen mußte: Er hatte uns nur als seine Kinder gekannt, und jetzt waren wir Mann und Frau. Er versuchte sein Bestes, um es zu verbergen.

»Tja«, sagte er, »ich denke, Edwina und ich sollten uns jetzt hinlegen. Wir haben morgen einen langen Reisetag vor uns.« Er schlug die Hände zusammen und stand auf. »Vielen Dank für das wunderbare Abendessen.«

»Es war uns eine große Freude, Daddy«, sagte Jimmy. Dann starrte Daddy ihn an, und auf seinen Lippen stand ein Hauch von einem Lächeln.

»Ein ganzes Ende besser als die Mahlzeiten, die ich euch früher bieten konnte.«

»Wir sind mit dem ausgekommen, was wir hatten, Daddy«, sagte Jimmy.

»Es ist uns gar nichts anderes übriggeblieben«, ergänzte Daddy. »Aber das liegt jetzt alles hinter uns. Wir müssen glücklich sein, wir müssen uns bemühen, glücklich zu sein. Gute Nacht, mein Sohn«, sagte er und drückte Jimmy die Hand.

»Gute Nacht, Daddy«, sagte Jimmy mit Tränen in den Augen.

»Gute Nacht, Jimmy«, sagte Edwina und gab ihm einen Kuß. Daddy blieb vor mir stehen.

»Dawn. Ich danke dir, Schätzchen. Ich danke dir dafür, daß du mein altes Herz so sehr erfreut hast.«

Er gab mir einen Kuß und zog mich wieder fest an sich. Ich brachte kaum ein Wort heraus. Dann wandte er sich ab und verließ mit Edwina schnell das Zimmer. Eine Melancholie, wie ich sie nie gekannt hatte, bemächtigte sich meines Herzens.

Jimmy lächelte mich an, und ich sank in seine Arme, damit ich mich an seiner Schulter ausweinen konnte. Jimmy ließ einen Arm auf meinen Schultern liegen und drehte mich zur Tür. Wir gingen nach oben, um in der Geborgenheit einer engen Umarmung einzuschlafen, wie schon in so vielen Nächten zuvor.

Daddy und Edwina standen am Morgen früh auf, um sich von Fern zu verabschieden. Ich hoffte ebenso wie Daddy, sie würde sich endlich erbarmen und ihm einen Kuß auf die Wange drücken; sie reichte ihm jedoch nur die Hand. Edwina gab ihr einen Kuß, aber Fern schien sich in ihren Armen nicht wohl zu fühlen und konnte es kaum erwarten, sich herauszuwinden. Gavin dagegen küßte sie zum Abschied. Daddy ging mit den Kindern und mir raus, um zuzusehen, wie sie in die Limousine stiegen, die sie zur Schule brachte.

»Auf Wiedersehen, Fern«, sagte er. »Ich werde versuchen, bald wiederzukommen, um dich zu sehen. Deine Mutter hätte sich schrecklich gefreut, wenn sie gesehen hätte, wie du gewachsen bist.«

Sie schaute sich kaum noch einmal nach ihm um, bevor sie in den Wagen stieg. Er winkte, als sie losfuhren, aber Fern schaute aus dem Fenster auf der anderen Seite.

»Ich schätze, die schlimmen Zeiten bei diesen Menschen müssen dazu geführt haben, daß sie sich in ein Schneckenhaus zurückgezogen hat«, murmelte Daddy, als die Limousine verschwand.

»Ja, das vermute ich auch, Daddy.«

»Tja, ich denke, ich bin auch ein ungewöhnlicher Anblick für sie, dieser alte Kerl aus dem fernen Texas. Ich kann ihr nicht vorwerfen, daß sie sich nicht an mich schmeißt.«

Sowie Edwina mit dem Packen ihrer Sachen fertig war, gingen wir zum Frühstück ins Hotel. Betty Ann und Philip saßen bereits an unserem Tisch. Wir unterhielten uns alle blendend, und dann holte Julius, der die Kinder zur Schule gebracht hatte und wieder zurückgekommen war, Daddys und Edwinas Sachen und wartete vor dem Hotel auf die beiden. Jimmy und ich begleiteten sie zum Wagen und verabschiedeten uns dort von ihnen.

»Vielen herzlichen Dank für die Gastfreundschaft«, sagte Edwina. »Ich habe unseren kurzen Urlaub wirklich genossen. Vielleicht könnt ihr eines Tages alle zu uns kommen.«

»Das hoffe ich«, sagte ich. Wir küßten uns. Daddy drückte Jimmy ein letztes Mal die Hand, und Jimmy umarmte Gavin. Ich umarmte ihn auch und trat dann vor, um Daddy einen Abschiedskuß zu geben.

»Ich habe vor«, sagte Daddy, »demnächst Sally Jeans Grab aufzusuchen, und wenn ich das tue, werde ich wie ein alter Mann vor mich hinschwatzen und ihr alles über dich erzählen, soviel weiß ich gewiß. Sie hat immer gewußt, daß aus dir noch einmal etwas ganz Besonderes wird, Schätzchen.«

»O Daddy, ich bin niemand Besonderes. Die äußeren Umstände haben mich hierher geführt«, wehrte ich ab.

»Ja, aber du warst deinen Aufgaben gewachsen, und nicht nur das. Dazu braucht es jemand Besonderen«, beharrte er. »Auf Wiedersehen, mein kleiner Liebling.« Er gab mir einen Kuß auf die Wange. »Tut mir leid, daß ich alles derart in Unordnung gebracht habe«, sagte er und wollte in die Limousine steigen.

»Daddy.«

Er drehte sich um.

»Ich habe dich sehr lieb«, sagte ich. Er lächelte, und einen Moment lang sah ich ihn wieder jung und stark vor mir, mit seinem charmanten Lächeln. Ich erinnerte mich wieder daran, wie er für mich ausgesehen hatte, als ich ein ganz kleines Mädchen gewesen war – der stärkste und schönste Mann auf Erden.

Dann stieg er in die Limousine, und sie fuhren los. Jimmy und ich blieben auf den Stufen stehen und sahen ihnen nach, als sie auf der Zufahrt verschwanden. Als ich Jimmy anschaute, entdeckte ich die Tränen in seinen Augen. Der kühle Herbstwind wehte ihm das Haar aus der Stirn. Es schien von Sekunde zu Sekunde kälter und grauer zu werden.

»Ich muß mich jetzt wieder an die Arbeit machen«, murmelte er und eilte davon.

Jimmy hatte recht – nur die Arbeit konnte uns davor bewahren, an den Kummer zu denken, der hinter uns lag. Ich ging in mein Büro und vergrub mich in Schreibtischarbeiten, ohne an etwas anderes zu denken, bis das Telefon läutete. Die Stimme am anderen Ende überrumpelte mich vollkommen – es war Leslie Osborne.

»Clayton wäre wütend, wenn er wüßte, daß ich Sie anrufe«, setzte sie an, »aber ich konnte es einfach nicht lassen. Wie geht es ihr?«

»Sie genießt das Leben im Hotel«, sagte ich, »und ich glaube, sie gewöhnt sich in ihrer neuen Schule gut ein, obwohl ich bisher noch keine Noten gesehen und auch noch nicht mit ihren Lehrern gesprochen habe.«

»Das ist gut«, sagte Leslie, und ihre Stimme wurde zaghafter. »Sie hatte in der letzten Zeit in der Marion-Lewis-Schule eine Menge Schwierigkeiten. Ich habe Clayton nie alles erzählt.«

»Ich weiß. Ihre Unterlagen sind hergeschickt worden. Der Rektor glaubt, ihr schlechtes Benehmen war eine Art Hilfeschrei.«

»Es tut mir leid«, antwortete sie schnell, »aber ich kann kein Wort von dem glauben, was sie Ihnen über Clayton erzählt hat. Ich wünschte, Sie würden noch einmal genau darüber nachdenken. Er ist kein Mann von der Sorte.«

»Mrs. Osborne, ich muß Ihnen sagen, daß es Probleme mit Fern gibt. Sie hat echte psychische Schwierigkeiten. Etwas ist ihr zugestoßen; etwas in ihrem Leben war falsch.«

»Sie war von Anfang an ein Problemkind. Wir hatten schon Schwierigkeiten mit ihr, als sie in der ersten Klasse war. Ich weiß nicht, was ich sagen soll«, erwiderte Leslie Osborne.

»Also, ich hoffe, sie wird sich zum Besseren verändern.«

»Der Fehler ist nicht bei uns zu suchen«, beharrte Leslie. »Wir haben uns bemüht, ihr alles zu geben, was sie sich nur irgend hätte wünschen können.«

»Vielleicht ist das mit schuld daran, Mrs. Osborne. Es gibt Anzeichen dafür, daß sie verzogen worden ist. Wenn ich mir beispielsweise überlege, daß jemand einem so jungen Mädchen so viel Taschengeld gibt...«

»Taschengeld? Sie hat nie ein festes Taschengeld bekommen. Clayton war dagegen. Sie hat immer dann Geld bekommen, wenn sie es für etwas ganz Bestimmtes brauchte, aber er hat nichts davon gehalten, ihr eine wöchentliche Summe auszusetzen, die sie für unsinnige Dinge rauswirft.«

»Kein Taschengeld? Also, irgendwie ist es ihr gelungen, sich Hunderte von Dollar zusammenzusparen«, sagte ich. »Ich habe das Geld selbst gesehen, in ihrer Brieftasche.«

Vom anderen Ende der Leitung ertönte ein kurzer Aufschrei.

»Was hat das zu bedeuten?« fragte ich.

»Es ist mein Geld«, sagte sie. »Ich fürchte, sie hat es mir weggenommen. Ich konnte mir einfach nicht vorstellen, warum nicht so viel in meinem Portemonnaie war, wie dort eigentlich hätte sein sollen. Ich muß Ihnen auch sagen«, fuhr sie fort, »daß sie einmal einer Freundin, die über Nacht hier geschlafen hat, Geld weggenommen hat. Das habe ich Clayton nie gesagt, weil er sich über solche Dinge immer so aufregt, aber ich hätte es mir klarmachen müssen. Ich weiß nicht, warum sie stiehlt; es hat ihr nie an etwas gefehlt. Sie tut diese Dinge doch nicht etwa immer noch, oder doch?« fragte sie schnell.

»Nein«, log ich.

»Gut. Dann wird sie sich vielleicht doch zum Besseren verändern. Tun Sie mir nur einen einzigen Gefallen«, sagte sie.

»Selbstverständlich. Und was wäre das?«

»Wenn es sich machen läßt, und wenn der Augenblick es zuläßt, dann sagen sie ihr bitte, daß ich sie immer noch sehr liebhabe. Würden Sie das für mich tun?« bat sie.

»Ja«, sagte ich.

»Ich werde versuchen, Sie möglichst bald wieder anzurufen«, sagte sie, und dann verabschiedete sie sich.

Im Lauf des Tages begegnete ich Jimmy, der gerade auf dem Weg in den Keller war. Ich berichtete ihm von meinem Telefongespräch mit Leslie Osborne. Seine Augen wurden kleiner, und er schüttelte den Kopf.

»Es ist genauso, wie der Rektor ihrer Schule gesagt hat«, bemerkte er, als ich ihm erzählte, daß sie gestohlen hatte. »Sie hat versucht, auf sich aufmerksam zu machen, jemanden dazu zu bringen, daß er auf sie und auf die Schrecklichkeiten aufmerksam wird, die ihr zustoßen.«

»Aber, Jimmy, hier stoßen ihr diese Schrecklichkeiten nicht zu. Warum sollte sie trotzdem noch stehlen?«

»*Falls* sie es getan hat«, sagte er nachdrücklich. »*Falls* sie es überhaupt war. Ich glaube immer noch, daß das Geld einfach verlegt worden ist. Und selbst wenn sie es war, dann ist das eben inzwischen eine schlechte Gewohnheit. Sie wird sie ablegen, wenn sie sich bei uns erst wirklich sicher fühlt, wenn sie sich ihrer selbst sicherer fühlt. Du wirst es ja sehen.

Und außerdem«, sagte er und wurde wütend, »würde ich dieser Frau kein Wort glauben. Diese beiden... Wie könnte es sein, daß sie nicht gewußt hat, was ihr Mann getan hat? Wenn sie das nächste Mal anruft, wirst du nicht mit ihr sprechen«, befahl er mir. »Sie war entweder blind oder zu egoistisch, um es zu sehen.« Dann ließ er mich stehen.

O Jimmy, dachte ich angsterfüllt, als ich ihm nachblickte, während er im Gang um die Ecke bog, du bist hier derjenige, der inzwischen blind geworden ist.

Und wie kann ich dich je dazu bringen, wieder zu sehen?

17

Bilder, die ihren Glanz verlieren

Mutter hielt ihr Versprechen und veranstaltete ein Essen zu Ehren von Fern. Wie üblich war es eher ein Bankett. Warum es ihr notwendig erschien, ein Mädchen von zehneinhalb Jahren zu beeindrucken, werde ich nie verstehen, aber da waren wir und saßen an dem langen Tisch: Mutter in einem ihrer eleganten Abendkleider, Bronson makellos gekleidet wie üblich, diesmal in einem burgunderroten sportlichen Jackett mit passender Fliege, und um uns herum flitzten Bedienstete, schenkten Wasser und Wein ein, machten unsere Salate an und blieben in der Nähe stehen, falls einer von uns sich auch nur vorbeugen sollte, um nach der Butterschale zu greifen. Das einzige, was Mutter mir zu Gefallen tatsächlich tat, war, daß sie keine weiteren Gäste einlud. Nur Familienangehörige waren anwesend: Jimmy und ich und Christie, Philip, Betty Ann und die Zwillinge und natürlich Fern, und auf Mutters Beharren hin wurde es ihr gestattet, am Kopfende des Tisches zu sitzen.

»Schließlich ist sie der Ehrengast«, erklärte Mutter. »Und noch dazu ein so hübscher, wenn ich das einmal so sagen darf.«

Fern war anzusehen, wie sehr sie sich über diese Bemerkung freute. Jimmy hatte mich gebeten, mit ihr in eins der besten Geschäfte von Virginia Beach zu gehen, um ihr für diesen Anlaß ein neues Kleid zu kaufen. Sie hatte sich ein teures blaues Samtkleid mit einem weißen Spitzenkragen und Manschetten aus weißer Spitze ausgesucht. Dazu gehörte eine Schärpe, die auf der Hüfte mit einer Schleife gebunden wurde. Eigentlich war es eher ein Kleid für einen älteren Teenager, aber wenn man ein paar kleine Veränderungen vornahm, konnte Fern es tragen. Sie überredete mich außerdem, ihr einen gepolsterten BH zu kaufen, und sie behauptete, daß all ihre neuen Freundinnen in der Schule so was trugen. Ich schloß daraus, daß sie sich wieder mit älteren Kindern einließ, wie sie es schon getan hatte, als sie noch die Marion-Lewis-Schule in New York besucht hatte, aber ich schnitt das Thema nicht an.

Es lag auf der Hand, daß ich ihr zu dem Kleid die passenden Schuhe kaufen mußte, und als wir an einem Juwelierladen vorbeikamen, schaute sie eine vergoldete Halskette mit den dazugehörigen tropfenförmigen Ohrringen so begehrlich an, daß ich ihr den Schmuck einfach schenken mußte. Nachdem sie mich umarmt und sich überschwenglich bei mir bedankt hatte, bereute ich, was ich getan hatte.

War ich auch nicht besser als Clayton und Leslie Osborne und versuchte, mir ihre Liebe und Zuneigung zu erkaufen?

Ich gab ihr die Erlaubnis, in unseren Friseursalon im Hotel zu gehen, und Elaine Diana, unsere Spitzenkraft, wusch Fern das Haar und machte ihr eine Frisur, die sie reifer aussehen ließ. Ohne mein Wissen schminkte Elaine Fern. Als Fern in ihrem neuen Kleid und mit dem Schmuck, mit der neuen Frisur und Rouge auf den Wangen, mit Lidschatten und hellrotem Lippenstift aus ihrem Zimmer kam, sah sie Jahre älter aus, als sie war. Jimmy stand da und riß vor Erstaunen den Mund auf.

»Ist das meine kleine Schwester?« rief er aus, und dann zog er sie in die Arme und drückte sie an sich. Ihre dunklen Augen strahlten und schimmerten wie Onyx. Sie warf mir einen ihrer selbstzufriedenen Blicke zu, und was ich in ihren dunklen Augen sah, verwirrte mich. Es war, als hätte sie mit mir um Jimmys Liebe, die Liebe zwischen Mann und Frau, einen Wettkampf geführt und gewonnen. Sie küßte ihn auf die Wange.

»Danke, Jimmy«, sagte sie.

»Bedank dich nicht bei mir, Schätzchen. Bedank dich bei Dawn. Sie hat dir schließlich all das gekauft«, erwiderte er. Fern drehte sich zu mir um und umarmte auch mich. Als sie das tat, strahlte Jimmy und nickte. Ich wußte, daß er glaubte, alles richtig zu machen: Sie wurde zu einem besseren Menschen, wenn er sie mit all seiner Zuneigung und Liebe überschüttete.

Höflicher und reizender hätte sie sich bei Mutter gar nicht geben können. Was die Manieren beim Essen anging, hatten die Osbornes sie bestens erzogen. Man brauchte ihr nicht zu sagen, welche Gabel oder welchen Löffel sie benutzen sollte, und sie verblüffte Bronson damit, daß sie ihn mit »Sir« ansprach. Wenn er oder Mutter ihr eine Frage stellten, antwortete sie leise und drückte sich in gewählten Formulierungen aus. Sie beschrieb Orte, die sie besucht hatte, Dinge, die sie gesehen hatte, und ihre Erlebnisse mit der Kunst und dem Theater. Sie wirkte so kultiviert und erfahren wie ein Mädchen, das doppelt so alt war wie sie. Ich merkte, wie sehr sie Mutter und Bronson beeindruckte und wie stolz Jimmy auf sie war.

»Was für eine entzückende junge Dame sie doch ist«, sagte Mutter am Ende des Abends zu mir. »Offensichtlich hat sie ein gutes Training durchlaufen.«

Ich merkte augenblicklich, daß Jimmy kein Lob zu würdigen wußte, das den Osbornes galt. Sein Gesicht wurde finster und drückte Mißmut aus.

»Sie ist doch kein Rennpferd, Mutter«, erwiderte ich, ehe er Einwände erheben konnte. »Sie ist ein kleines Mädchen. Es stimmt, sie ist in gutgestellten Verhältnissen aufgewachsen, aber du kannst mir glauben, daß sie kein schönes Leben gehabt hat.«

»O ja, ich weiß, ich weiß. Mich freut es nur, wenn ich heutzutage noch ein Kind mit solchen Manieren sehe«, sagte sie und schaute von mir zu Jimmy. Sie seufzte tief. »Wobei mir einfällt«, fügte sie hinzu und legte sich die rechte Hand aufs Herz, als stünde sie kurz vor einer Ohnmacht, »ich habe Neuigkeiten über Clara Sue. Sie lebt mit diesem Lastwagenfahrer, Skipper, außerhalb von Raleigh, in North Carolina. Das haben wir herausgefunden, als sie angerufen hat, um Bronson dazu zu bringen, ihr etwas Geld zu schicken. Sie sitzt in seinem Lastwagen und fährt mit ihm durch die Gegend.

Könnt ihr euch das vorstellen? Wie sie immer wieder solche Menschen findet, wird mir ewig unbegreiflich bleiben. Oh, was habe ich bloß getan, was habe ich bloß getan?« ächzte sie. »Weshalb ist dieses Kind uns eine solche Last geworden?«

»Es liegt nicht daran, was du getan hast, Mutter«, sagte ich und konnte mir den sarkastischen Tonfall beim besten Willen nicht verkneifen. »Es liegt an den Dingen, die du nicht getan hast.«

»Bitte, Dawn, halte mir jetzt nicht einen deiner berühmten Vorträge über Clara Sue – nicht heute abend, nachdem wir zur Rückkehr von Jimmys lange verlorener Schwester ein so schönes Fest gefeiert haben«, sagte sie und drehte sich um, um ihn mit ihrem Charme zu überschütten.

Er bedankte sich bei ihr, und dann bedankten wir uns bei Bronson und verabschiedeten uns alle voneinander. Mutter beklagte sich darüber, daß wir so früh schon aufbrachen, aber ich erklärte ihr, daß die Kinder am nächsten Morgen Schule hatten. Ich hatte das sichere Gefühl, daß Fern nicht alle Hausaufgaben gemacht hatte. Wie sich herausstellen sollte, irrte ich mich: Sie hatte gar keine Schularbeiten gemacht. Und das schon seit Tagen.

Am späten Vormittag des nächsten Tages rief mich Mr. Youngman an, um mir einen kurzen Bericht darüber zu geben, wie sich Fern machte, seit wir sie in der Schule von Cutler's Cove eingeschrieben hatten.

»All ihre Lehrer äußern dieselben Klagen«, erklärte er. »Sie ist unberechenbar. Manchmal macht sie ihre Aufgaben, und dann macht sie sie sogar gut, und dann tut sie wieder überhaupt nichts, und das tagelang hintereinander. Sie läßt sich alle möglichen Ausreden einfallen. Plumpe Ausflüchte, die offensichtlich frei erfunden sind, fürchte ich.

Außerdem hat sie bei zwei Gelegenheiten den Gehorsam verweigert, wobei es einmal so ernst war, daß der Lehrer sie zu mir geschickt hat. Ich glaube, unsere Probleme könnten weit größer sein, als ich ursprünglich erwartet habe, Mrs. Longchamp. Liebevolle

Zuwendung und Zuneigung ist nicht alles, was sie im Moment braucht; sie braucht auch strenge Disziplin.«

»Ich danke Ihnen für den Anruf, Mr. Youngman«, sagte ich. »Ich werde sofort mit meinem Mann darüber sprechen, und dann werden wir mit Fern reden.«

»Ich danke Ihnen, Mrs. Longchamp«, sagte er.

Sobald es mir möglich war, ging ich zu Jimmy und berichtete ihm alles, was mir Mr. Youngman gesagt hatte. Seine Augen verschleierten sich und wurden tief und dunkel, und er schüttelte den Kopf.

»Ich glaube, er hat recht, Jimmy. Wir müssen auch strenger mit ihr umgehen.«

»Ich dachte, daß sie sich sehr gut in der Schule macht«, sagte er.

»Das hat sie uns erzählt, Jimmy«, hob ich hervor. »Es entspricht nicht der Wahrheit.«

»Also, gut«, sagte er. »Wir werden mit ihr reden.«

Am Abend setzten wir uns mit Fern in ihrem Zimmer zusammen. Wir legten neue Vorschriften für sie fest.

»Du wirst von der Schule aus direkt nach Hause kommen«, sagte Jimmy, »und deine Hausaufgaben machen, bevor du irgend etwas anderes tust. Wenn du damit fertig bist, bringst du sie zu Dawn und legst sie ihr vor. Wenn du alles richtig gemacht hast, kannst du im Hotel tun, was du willst.

Aber wenn wir hören, daß du wieder ungezogen warst und deinen Lehrern nicht gehorcht hast, dann darfst du gar nicht mehr ins Hotel kommen«, sagte er. »Dann mußt du in deinem Zimmer bleiben. Wir wissen, daß du schwere Zeiten durchgemacht hast, Fern, aber du mußt deine Aufgaben machen, und du mußt dich benehmen. Wenn wir nicht dafür sorgen, daß du dich benimmst, dann sind wir dir sehr schlechte Pflegeeltern und haben kein Recht, dich hierzubehalten. Hast du das verstanden?«

Die ganze Zeit über hielt sie die Augen niedergeschlagen. Sie nickte, ohne uns anzusehen. Ich schaute Jimmy an und sah, wie qualvoll es für ihn war, aber er wußte, daß er es tun mußte.

»Okay«, sagte er, »wir wollen sehen, ob wir noch mal von vorn anfangen können, und diesmal wollen wir von Anfang an alles richtig machen.«

Fern sagte nichts, aber als wir uns abwandten, um zu gehen, hob sie endlich den Kopf und sah mich an. Ihr Gesicht war wutverzerrt. Ihre Augen hatten sich zu schwarzen Schlitzen zusammengezogen, und ihre Lippen waren dünn und verkniffen. Ihr haßerfüllter Blick ließ mir das Blut in den Adern gefrieren. Ich wußte, daß sie mich beschuldigte, ich hätte Jimmy gegen sie aufgebracht, aber ich war mehr denn je der Überzeugung, daß wir strenger mit ihr umgehen mußten, ehe es zu spät war.

Statt zu schmollen und beleidigt zu sein, schlug Fern jedoch neue Saiten an. In den nächsten Wochen tat sie genau das, wozu wir sie aufgefordert hatten: Sie konzentrierte sich ganz auf ihre Hausaufgaben und auf ihre Schularbeiten und benahm sich gut im Unterricht. Ich rechnete damit, daß sie sich mir gegenüber feindselig verhalten würde, als sie das erste Mal kam, um mir ihre Hausaufgaben vorzulegen, aber sie war ganz besonders reizend. Hinterher lief sie nicht etwa los, um sich im Hotel mit den älteren Jungen und Mädchen rumzutreiben, sondern erbot sich statt dessen freiwillig, Mrs. Boston bei ein paar Hausarbeiten zu helfen, und einen Teil ihrer Zeit brachte sie auch damit zu, Christie bei den Hausaufgaben zu helfen. Sie besserte sich tatsächlich so drastisch, daß Mr. Youngman mich anrief, um seine Freude und seine Dankbarkeit auszudrücken. Ich konnte es kaum erwarten, Jimmy davon zu erzählen, und am selben Abend teilten wir Fern beim Essen mit, wie froh wir über diese Veränderungen waren.

»Danke«, sagte sie. »Ich denke, ich war wohl eine verzogene Göre.«

Jimmy lächelte mich an, doch noch während des Abendessens wandte sich Fern mit einer ganz speziellen Bitte an ihn.

»Ich bin zu einer Tanzveranstaltung eingeladen worden«, eröffnete sie uns. »Darf ich hingehen? Ich kann das Kleid und den

Schmuck tragen, den mir Dawn für das Abendessen bei ihrer Mutter gekauft hat.«

»Eine Tanzveranstaltung? In der Grundschule?« Jimmy sah mich an, aber ich schüttelte den Kopf. Ich wußte von nichts.

»Nein, nicht in der Grundschule. In der höheren Schule«, sagte sie.

»In der höheren Schule? Wer hat dich dazu eingeladen?« erkundigte sich Jimmy.

»Irgendein Junge. Darf ich hingehen? Erlaubst du es mir?« bettelte sie und wandte sich dabei ausschließlich an Jimmy. Er stotterte und stammelte.

»Ich weiß es nicht... ich... in der höheren Schule...«

»Ich bin schon in der sechsten Klasse. Ich gehöre praktisch schon zu den Größeren«, stöhnte sie.

»Wie alt ist der Junge, der dich eingeladen hat?« erkundigte ich mich.

»Was bedeutet das denn schon? Es ist doch nur eine Tanzveranstaltung«, klagte sie.

»Gehen außer dir noch andere Mädchen aus deiner Klasse hin?« verfolgte ich das Thema argwöhnisch weiter.

»Ich weiß es nicht«, sagte sie schnell. »Die meisten von denen benehmen sich ja wie Babys.«

»Wie alt ist dieser Junge, Fern?« wiederholte ich. »Ist er in der siebten Klasse, in der achten Klasse...«

»Er ist in der elften Klasse«, gab sie zu.

»In der elften Klasse? Dann ist er ja nicht mehr in der Junior High School, sondern schon in der Senior High School«, sagte ich und sah Jimmy an.

»Das ändert doch nichts an der Tanzveranstaltung«, betonte Fern.

»Weshalb sollte ein Junge in dem Alter dich zu einer Tanzveranstaltung einladen?« wollte ich wissen. »Du bist noch keine elf Jahre alt. Ich glaube nicht, daß ein Mädchen in deinem Alter...«

»Ich wußte ja, daß du nein sagen wirst«, schrie Fern. »Ich habe es gleich gewußt!«

»Moment mal, Fern«, setzte Jimmy an.

»Sie haßt mich. Sie hat mich von dem Moment an gehaßt, als ich hergekommen bin«, schrie sie. »Sie wartet nur darauf, daß sie dir schlimme Dinge über mich erzählen kann.«

»Fern, jetzt reicht es«, schimpfte Jimmy.

Sie sah ihn an und senkte den Blick, und echte Tränen strömten über ihr Gesicht. Christie war so schockiert von der Szene, die sich abspielte, daß ihre Augen kugelrund wurden.

»Dawn hat recht«, sagte Jimmy. »Ein Junge, der in die elfte Klasse geht, sollte sich nicht für ein Mädchen in deinem Alter interessieren. Du wirst zu schnell erwachsen.«

Sie riß den Kopf hoch, und die Tränen und der Kummer ließen ihre Augen glasig wirken.

»Ihr beide habt mit dem Erwachsenwerden doch auch nicht gewartet«, brachte sie anklagend vor.

Jimmy wurde rot.

»Das ist nicht fair, Fern«, sagte ich sachte. »Wir haben in anderen Zeiten gelebt, unter gänzlich anderen Umständen.«

»Ich glaube, du mußt dich bei uns entschuldigen«, sagte Jimmy. »Das glaube ich wirklich.«

Sie senkte den Blick, und ihre Schultern sackten herunter.

»Es tut mir leid«, murmelte sie. »Darf ich jetzt gehen?«

»Du hast dein Essen noch nicht aufgegessen«, sagte Jimmy.

»Ich habe keinen Hunger mehr.«

»Fern, es ist besser, wenn du diesmal auf uns hörst. Wir versuchen doch nur, das zu tun, was für dich das Richtige ist«, sagte ich.

»Okay.« Sie wischte sich mit der Serviette die Wangen ab. »Ich möchte trotzdem raufgehen und lesen.«

»Dann geh«, sagte Jimmy.

Sobald sie den Raum verlassen hatte, wandte sich Christie an mich.

»Was ist mit Tante Fern los?« fragte sie.

»Sie wird zu schnell erwachsen«, sagte ich. Christie sah mich seltsam an.

»Werde ich auch zu schnell erwachsen, Momma?« fragte sie.

»Ich hoffe nicht, mein Liebling. Das möchte ich wirklich nicht hoffen«, sagte ich. Darüber lächelte Jimmy, und doch konnte er es nicht lassen, die Tür anzustarren, durch die Fern verschwunden war, und die Sorge zeichnete dunkle Schatten um seine Augen. Ich streckte den Arm über den Tisch und nahm seine Hand. »Ich werde mit ihr reden, Jimmy«, versprach ich ihm.

Später ging ich nach oben und klopfte leise an ihre Tür.

»Herein«, sagte sie. Sie hatte sich auf dem Bett zusammengerollt und las ein Buch aus der Bücherei.

»Fern«, begann ich, »ich glaube, wir beide sollten uns einmal ganz offen miteinander aussprechen.«

»Du meinst, du willst mit mir über Sex reden?« fragte sie und zog die Mundwinkel herunter.

»Ja. Anscheinend wirst du sehr schnell erwachsen. Hat Leslie je mit dir über diese Dinge geredet?«

Sie lachte. »Wohl kaum«, sagte sie. Dann beugte sie sich zu mir vor und sagte im Flüsterton: »Ich glaube nicht, daß sie und Clayton noch etwas miteinander haben. Verstehst du, sie haben getrennte Schlafzimmer«, sagte sie und lehnte sich zurück. »Das ist wahrscheinlich auch der Grund, daß er solche Dinge mit mir gemacht hat.«

Ich war verwundert. Wie konnte ein so junges Mädchen so erfahren sein, wenn es um Sex ging? Vielleicht kam es daher, daß sie in New York City aufgewachsen war. Sie war mit mehr konfrontiert gewesen und hatte folglich schneller dazugelernt.

»Du scheinst wesentlich mehr zu wissen, als ich in deinem Alter wußte, Fern«, sagte ich. Sie zuckte mit den Achseln. »Wo hast du denn all das erfahren, wenn Leslie nicht mit dir geredet hat?«

»Von Schulfreundinnen und so«, sagte sie beiläufig.

»Was heißt ›und so‹?«

»Aus Büchern und aus Zeitschriften. Einfach so eben«, sagte sie.

»Ich verstehe. Tja, darf ich dir dann auch noch etwas erzählen, ein paar kluge Dinge, die ich gelernt habe?«

»Klar«, sagte sie. Endlich einmal schien sie fasziniert zu sein und interessierte sich für etwas, was ich zu sagen hatte.

»Dein Körper verändert sich gerade und wird zum Körper einer jungen Frau. In dir vollziehen sich Veränderungen...«

»Ich weiß. Ich kriege einen Busen. Die Jungen merken es auch«, unterbrach sie mich selbstzufrieden.

»Es geht nicht nur darum, daß du einen Busen kriegst, Fern. Es gehört viel mehr dazu, eine erwachsene Frau zu werden. Deine Gefühle ändern sich. Plötzlich geschehen Dinge – Dinge, von denen du nie erwartet hast, daß sie geschehen könnten. Du weinst ohne einen ersichtlichen Grund; du sehnst dich danach, Dinge zu spüren, Dinge zu berühren, Dinge zu hören und zu sehen, die dich vorher nicht besonders interessiert haben.

Und die Jungen... die Jungen können faszinierend werden. Dir fallen Dinge an ihnen auf, die dir vorher nie aufgefallen sind, und du willst viel mehr mit ihnen zu tun haben. Aber vor allem«, fuhr ich fort, »willst du, daß sie jetzt eine junge Frau in dir sehen und kein kleines Mädchen mehr, stimmt's? Deshalb gibst du dich im Hotel mit den älteren Jungen ab, und deshalb schnorrst du Zigaretten und rauchst sie im Keller mit ihnen.«

Ihre Augen wurden groß. »Wer hat dir das erzählt? Robert Garwood, darauf wette ich. Er ist ein Scheusal. Ich kann ihn kein bißchen leiden. Er lügt.«

»Ich weiß, daß du im Keller Zigaretten geraucht hast, Fern, aber ich habe es Jimmy nie gesagt. Du darfst nicht glauben, daß ich ihn gegen dich aufbringen will. Das ist nicht wahr, aber *du* wirst ihn gegen dich aufbringen, wenn du dir nicht Zeit damit läßt, erwachsen zu werden.

Ich weiß, daß es in deinen Ohren vielleicht albern klingt, aber du mußt vorsichtig mit deinen Gefühlen sein. Manchmal gehen sie mit dir durch, und du tust Dinge, die du später bereust.«

»Wie du, als du mit Christie schwanger gewesen bist?« fragte sie eilig.

»Ja, aber ich habe Glück gehabt, weil ich Jimmy und seine Liebe hatte. Nicht jeder ist so glücklich dran, Fern. Man sollte sich nicht auf sein Glück verlassen, sondern auf seine Klugheit. Wenn du dich an ältere Jungen hängst, werden sie dich nicht für klug halten, und sie werden dich ausnutzen. Ich glaube, du verstehst, was ich damit sagen will, nicht wahr?«

Sie nickte. »Es ist doch nur eine Tanzveranstaltung«, murmelte sie.

»Ältere Jungen sehen das nicht so, und ich glaube, dieser ältere Junge hat in dir etwas gesehen, was ihn in dem Glauben wiegt, daß du das auch nicht so siehst. Andernfalls hätte er dich vielleicht nicht eingeladen.«

»Und warum nicht? Ich bin genauso hübsch wie manche Mädchen in der neunten und der zehnten Klasse«, behauptete sie anmaßend.

»Ja, ganz bestimmt – du bist sogar noch hübscher –, aber darum geht es nicht, stimmt's? Warum hat er nicht eins dieser Mädchen aufgefordert? Wir wollen nichts weiter von dir, nur, daß du dir Zeit damit läßt, erwachsen zu werden. Es kommt alles von allein; ich bin ganz sicher, daß du Unmengen von Freunden haben wirst, und dir wird absolut nichts entgehen.«

»Und wann kann ich tanzen gehen?« fragte sie.

»Bald, bestimmt schon bald. Und wenn der rechte Zeitpunkt gekommen ist, werden wir dich nicht zurückhalten; wir werden uns für dich freuen.« Ich tätschelte ihre Hand und stand auf.

»Jimmy ist wirklich böse auf mich, oder?« fragte sie schnell.

»Nein, er ist nicht böse auf dich; er ist besorgt. Warum gehst du nicht nach unten und sprichst mit ihm?« schlug ich vor.

»Okay«, sagte sie und rutschte vom Bett. Dann blieb sie in der

Tür stehen und drehte sich zu mir um. Ich dachte, sie würde sich für unser Gespräch bedanken, aber statt dessen fragte sie: »Eines Tages erzählst du mir, wieso du dich verliebt hast und schwanger geworden bist, als du noch so jung warst, ja?«

»Eines Tages«, sagte ich. Sie lächelte und verließ schnell das Zimmer, und ich blieb zurück. Ihre Bitte hatte mir nahezu den Atem verschlagen.

Es war eine ganze Weile her, seit ich mir größere Gedanken über Michael Sutton gemacht hatte. Wenn Trisha anrief oder zu Besuch kam, berichtete sie mir gelegentlich Kleinigkeiten über ihn und seine Karriere, Dinge, die sie gehört oder in den Zeitschriften gelesen hatte. Aber Ferns Ansinnen, ich sollte ihr meine tragische Liebesgeschichte erzählen, erschien mir wie ein Zauberbann, ein Fluch, mit dem mich eine böse Hexe belegt hatte, denn kaum eine Woche später nahm ich einen absolut schockierenden Anruf entgegen – einen Anruf von Michael persönlich.

»Hallo, Dawn«, sagte er, und ich wußte augenblicklich, daß er es war. Niemals würde ich diese melodische, resonante Stimme vergessen, diese Stimme, die in Träumen nach mir gerufen hatte, als ich in New York lebte und die Sarah-Bernhardt-Schule besuchte. Einen Moment lang konnte ich nichts sagen. Mein Herz hatte sich irgendwo in meiner Kehle eingezwängt. Es war, als sei all die Zeit zwischen uns ein Traum gewesen. »Hier ist Michael«, sagte er schließlich.

»Michael?«

»Ja.« Er lachte. »Ich weiß, daß du nie damit gerechnet hättest, noch einmal etwas von mir zu hören, und wahrscheinlich willst du auch nichts von mir hören, aber ich konnte es nicht lassen, dich anzurufen. Ich bin in Virginia Beach.«

»In Virginia Beach?«

»Ja, nur ein paar Meilen von dir. Nach all der Zeit«, fuhr er fort, »nur ein paar Meilen von dir entfernt. Wie ist es dir ergangen?«

»Wie es mir ergangen ist?«

Das war der Mann, der mir gesagt hatte, daß er mich liebte und mich immer bei sich haben wollte, und als er herausgefunden hatte, daß ich schwanger war, hatte er mir gesagt, wie sehr er sich darüber freute; das war derselbe Mann, der mich verlassen hatte, mich in einem Schneesturm weinend in New York auf der Straße hatte stehen lassen.

»Wie es mir ergangen ist«, wiederholte ich, als müßte ich ihm bestätigen, daß er mir tatsächlich eine solche Frage gestellt hatte.

Er lachte wieder, ein nervöses Lachen. Der große Michael Sutton, nervös? dachte ich. Wie untypisch für ihn; wie ganz und gar untypisch für ihn, daß er das zeigt.

»Ich habe ein paar Erkundigungen über dich eingezogen, nachdem ich in die Staaten zurückgekommen und nach Virginia gefahren bin. Nach allem, was ich gehört habe, hast du ein bekanntes Urlaubshotel geerbt, das von gutgestellten Gästen besucht wird.«

»Das ist richtig, Michael«, erwiderte ich in einem so förmlichen Tonfall, daß Großmutter Cutler neidisch gewesen wäre. »Und außerdem bin ich glücklich verheiratet.«

»Ich weiß, ich weiß.« Er lachte wieder, diesmal ein dünnes, mattes Lachen. »Du hast diesen jungen Soldaten geheiratet, von dem du glaubtest, er sei dein Bruder, stimmt's?«

»Er ist ein wunderbarer, liebevoller Vater«, fügte ich nachdrücklich hinzu. Meine Worte waren so scharf und spitz wie Pfeile, die ins Schwarze trafen.

»Ach, wirklich«, sagte er. »Tja, das freut mich. Jedenfalls würde ich dich gern sehen.«

»Mich sehen? Wozu, Michael?« fragte ich. »Warum solltest du mich sehen wollen?« Meine Stimme triefte vor Wut und Sarkasmus.

»Ich weiß, daß es dein Recht ist, wütend auf mich zu sein, Dawn«, sagte er eilig. »Aber wenn du mir eine Gelegenheit gibst, es dir zu erklären...«

»Erklären?« Ich fing an zu lachen.

»Und dir Dinge zu sagen, die ich dir damals nicht sagen konnte«, fügte er mit lauterer Stimme hinzu, »dann wirst du es wenigstens verstehen. Und außerdem«, sagte er in einem sanfteren und einfühlsameren Tonfall, »möchte ich unser Kind sehen.«

»Unser Kind? Sie ist nicht mehr unser Kind, Michael; sie ist mein Kind und Jimmys Kind. Wir haben alle juristischen Schritte unternommen. Jimmy hat sie offiziell adoptiert.«

»Ich verstehe«, sagte er. »Ich möchte sie doch nur sehen, nur einmal, das ist alles.«

»Weshalb solltest du dich jetzt plötzlich für sie interessieren, Michael? Wo bist du in all diesen Jahren gewesen?« fragte ich scharf.

»Wie ich schon sagte, du wirst es verstehen, wenn wir uns treffen. Das gehört nicht zu den Dingen, die man am Telefon erklären kann. Ich wohne in einem hübschen Hotel. Es heißt Dunes.«

Die beiden widersprüchlichen Teile meines Innern begannen einen verzweifelten Kampf miteinander. Alles Gute in mir, alles Reife und Vernünftige, sagte mir, ich sollte ihn anschreien, ihm sagen, für wie widerwärtig, gefühllos und verantwortungslos ich ihn hielt, und dann sollte ich einfach aufhängen, nachdem ich ihm verboten hatte, sich je wieder bei mir zu melden. Doch meine weichere Seite flehte mich an, Mitgefühl und Gnade walten zu lassen. Warum sollte er seine Tochter denn nicht sehen und sie ihn? Vielleicht litt er für seine Taten jetzt doch an Gewissensbissen und wollte, suchte, ersehnte eine Möglichkeit, etwas wiedergutzumachen, zumindest an der Kleinen. Wie kam ich dazu, ihm das zu verweigern? Außerdem war ich unwillkürlich neugierig auf ihn und auf seine Geschichte. Was könnte er mir bloß zu sagen haben, um zu rechtfertigen, was er mir angetan hatte?

Aber wenn Jimmy dahinterkäme, wäre er wütend auf mich, dachte ich. Er wäre mehr als nur wütend – es hätte ihn zutiefst verletzt. Ich konnte mich nicht entscheiden.

»Du brauchst ihr nicht zu sagen, wer ich bin«, schlug Michael vor, der mein Zögern teilweise verstehen konnte. »Wir werden so tun, als sei ich ein alter Freund, der zu Besuch hier ist. Auf die Art braucht niemand etwas davon zu erfahren. Hier weiß niemand, wer ich bin. Ich bin nicht in der Stadt, weil ich hier auftrete. Ich bin nur auf der Durchreise.«

»Ich weiß nicht, Michael, ich...«

»Wie heißt sie?« fragte er eilig.

»Christie«, sagte ich, und mir wurde klar, wie furchtbar traurig und wie tragisch es war, daß ihr Vater bis jetzt ihren Namen nicht gekannt hatte.

»Ein schöner Name. Haben wir den zusammen ausgesucht? Ich kann mich nicht erinnern.«

»Nein, Michael, wir haben ihn nicht zusammen ausgesucht.«

»Jedenfalls«, sagte er und wechselte klugerweise das Thema, »wäre es in meinen Augen... eine Sünde, so nah bei dir und Christie zu sein und euch nicht zu sehen.«

»Erzähl mir nichts von Sünden«, warf ich ihm wütend an den Kopf.

»O nein, ich würde es dir nicht vorwerfen. Nein, nein. Ich würde mir selbst Vorwürfe machen. Es wäre eine weitere Sünde, die ich zu denen hinzufüge, die ich leider schon begangen habe. Dawn, nur ein paar Minuten, und wenn es nur zehn Minuten sind...«

»Es müßte morgen am späteren Nachmittag sein, wenn Christie aus der Schule kommt«, gab ich nach.

»Schön. Sehr gut. Wir werden in meinem Hotel zusammen Tee trinken. Um welche Zeit?«

»Um vier Uhr«, sagte ich und konnte selbst nicht glauben, daß ich ihm diesen Wunsch erfüllte.

»Ausgezeichnet. Ich werde den ganzen Tag nichts tun und nur auf euch warten. Ich danke dir. Auf Wiedersehen bis dann«, sagte er und legte in dem Moment den Hörer auf, in dem ich es mir anders überlegen wollte.

»Michael, warte...«

Die Leitung war tot. Langsam legte ich den Hörer auf die Gabel und lehnte mich zurück. Das sollte ich nicht tun, ohne Jimmy etwas davon zu sagen, dachte ich. Er würde es nie verstehen. Und doch wußte ich, daß er wütend werden würde, wenn ich es ihm tatsächlich sagte. Es hätte sogar sein können, daß er schon vor mir zu dem Hotel in Virginia Beach fuhr und Michael kurz und klein schlug oder aus dem Fenster warf.

Nein, es war besser, wenn ich es ohne sein Wissen tat, ganz kurz. Ich würde genau das tun, was Michael vorgeschlagen hatte – ich würde Christie erzählen, daß wir einen alten Freund besuchten. Ich würde so tun, als träfen wir ihn rein zufällig.

Ich zitterte am ganzen Körper. Bebte ich vor Angst oder vor Aufregung? Michaels schönes Gesicht trat vor meine Augen. Ich hatte es so gut geschafft, diese Erinnerungen in den tiefsten Verliesen meines Herzens einzusperren und sie zu begraben, doch von einem Moment zum nächsten war Michael in mein neues Leben geplatzt und hatte die schwarze Truhe der Erinnerungen aufgerissen und der Vergangenheit gestattet, in mein Bewußtsein vorzudringen. Wieder einmal hörte ich die Musik, sah das schelmische Funkeln seiner Augen, hörte sein Lachen und spürte, wie er mich in seine Arme zog und mich vom Boden hochhob. Für ein Mädchen in meinem Alter war es überwältigend gewesen, sich in einen Mann zu verlieben, der so charmant und kultiviert war und der noch dazu derart gut aussah. Die Wucht dieser Erinnerungen war gewaltig. Jetzt noch konnten sie mein Gesicht erröten lassen und mir den Atem verschlagen.

Wenn ich mich auch noch so sehr bemühte, dann konnte ich doch mein bevorstehendes Rendezvous mit Michael nicht aus meinen Gedanken verdrängen. Jeder Moment der Stille wurde von Michaels Stimme ausgefüllt, von der Erinnerung an seinen Gesang oder an sein Lachen. Und wenn ich beim Arbeiten eine Pause machte, dann war ich in Gedanken wieder mit ihm in New York und sah uns beide vor mir, und sei es nur, wie wir in den Gängen der Schule nebeneinander herliefen.

Beim Abendessen fiel Jimmy auf, daß ich immer wieder in Tagträume verfiel, und schließlich fragte er, ob mir etwas fehlte.

»Du wirkst total abgelenkt«, sagte er. »Machst du dir über etwas Sorgen?« fragte er, und sein Blick fiel auf Fern.

»Nein, nein«, sagte ich eilig und merkte, wie schuldbewußt ich ihn anschaute. »Ich habe nur gerade über ein paar Vorschläge nachgedacht, die mir Mr. Dorfman zum Ausbau des Hotels gemacht hat.«

»Ich dachte, wir wollten versuchen, das Hotel abzuschütteln, wenn wir uns in unser Allerheiligstes zurückziehen«, erinnerte mich Jimmy.

»Du hast recht, Jimmy. Es tut mir leid«, sagte ich und beteiligte mich an dem Gespräch über die Schule, das er mit Fern und Christie führte.

Später, als ich zu Christie ging, um ihr einen Gutenachtkuß zu geben, sagte ich ihr, sie und ich würden nach Virginia Beach fahren und Einkäufe erledigen, wenn sie von der Schule zurückkam.

»Kommt Tante Fern auch mit?« fragte sie.

»Nein, nein, nur wir beide ganz allein, Liebling. Sie muß ihre Hausaufgaben machen. Du solltest ihr eigentlich gar nichts davon erzählen; sie wäre sonst nur traurig, weil sie nicht mitkommen kann«, sagte ich. Es war mir verhaßt, Christie in diesen Schwindel miteinzubeziehen, aber ich hielt es nach wie vor für das Beste.

»Du meinst, wie ein Geheimnis?« fragte sie.

»So was Ähnliches, ja. Stell es dir wie ein Geheimnis vor«, prägte ich ihr ein und gab ihr einen Kuß. »Gute Nacht, mein Süßes«, sagte ich und dachte: Bald wirst du deinen richtigen Vater sehen, und du wirst es nicht einmal wissen – heute nicht, und noch lange nicht. Aber wenigstens wirst du diese Erinnerung an ihn haben, wenn ich es dir später einmal sage, überlegte ich und gab ihr noch einen zweiten Kuß.

»Schlaf gut«, sagte ich.

Ich schloß die Tür hinter mir und blieb einen Moment im Flur stehen. Unwillkürlich graute mir ein wenig davor, Michael wiederzusehen. Wie würde ich reagieren, wenn mein erster Blick auf ihn fiel? Welche Worte würden über meine Lippen kommen? Wütende und erboste Worte oder eher traurige Worte? Kann man derart verliebt in jemanden gewesen sein und ihn dann Jahre später ansehen und gar nichts empfinden? fragte ich mich.

Morgen würde ich all das herausfinden.

Ich saß den ganzen Tag auf glühenden Kohlen, bis Christie und Fern von der Schule heimgebracht wurden. Ich hatte Julius bereits Anweisung gegeben, Christie und mich nach Virginia Beach zu bringen. Als er mit ihr auf dem Rücksitz vor dem Hotel vorfuhr, eilte ich die Treppe hinunter und glitt so schnell wie möglich in das Fahrzeug. Dabei kam ich mir gegen meinen Willen heimlichtuerisch vor. Ich hatte Jimmy gesagt, ich hätte vor, ein paar Einkäufe zu erledigen, und behauptet, daß Christie ein paar Dinge brauchte. Er stellte mir keine weiteren Fragen dazu. Ich fragte ihn sogar, ob er etwas brauchen würde, was ich ihm mitbringen könnte.

»Nein. Ich wünschte, ich könnte mich hier losreißen und mit euch kommen«, sagte er, »aber wir haben Probleme mit dem Ölofen in Abschnitt vier.«

»Das macht nichts, Jimmy. Wir sind früh wieder da«, sagte ich, denn ich fürchtete, er könnte eine Lösung finden, wie er sich später mit mir treffen konnte.

Als wir losfuhren, fühlte ich mich von all meinen erfundenen Ausreden erschlagen, und mir war gräßlich zumute.

»Tante Fern wollte wissen, warum ich nicht aus dem Wagen ausgestiegen bin, Momma«, sagte Christie.

»Was? Ach so… und was hast du gesagt?«

»Ich habe ihr gesagt, daß ich ins Hotel mitfahre. Sie hat mich komisch angesehen«, erklärte Christie.

»Das macht nichts, Schätzchen. So ist es besser für sie«, versicherte ich ihr.

»Wohin gehen wir?«

»Ach, wir erledigen nur ein paar Einkäufe und schauen bei einem alten Freund vorbei, der in einem Hotel in Virginia Beach wohnt«, sagte ich so beiläufig wie möglich.

»Warum wohnt dieser alte Freund nicht bei uns im Hotel?« fragte Christie sofort. Ihr Verstand war so scharf.

»Er hatte geschäftlich in Virginia Beach zu tun und bleibt nur einen Tag«, erwiderte ich. Ich bin sicher, daß ich es mir nur einbildete, aber sie sah mich skeptisch an.

Ich ließ uns von Julius direkt zum Hotel Dunes fahren. Meine Absicht war es, Michael zu sehen und es sofort hinter mich zu bringen. Dann würde ich mit Christie in ein Kaufhaus gehen und ihr neue Unterwäsche, Strümpfe und einen neuen Pullover kaufen. Der Winter stand schon vor der Tür. Wir hatten schon kalte Morgen mit heftigen Windstößen und Regenschauern gehabt, und die Wolken, die sich aus dem Nordwesten heranwälzten, wirkten dunkler und bedrohlicher denn je. Die Zeit zwischen Herbstende und dem tiefen Winter deprimierte mich immer. Die Bäume hatten ihr Laub verloren und wirkten kahl und leblos, aber noch zogen sich keine Schneekrusten über ihre Äste. Am trostlosesten sahen sie im Mondschein aus, solange sie nicht von Schnee oder Eis bedeckt waren. Dann funkelten sie nämlich, und das ließ mich an Weihnachten denken.

»Wir sind da«, erklärte Julius. Der Hotelportier kam auf uns zugeschossen und machte uns die Türen auf, ehe Julius dazu kam. Christie stieg aus und bedankte sich bei ihm, und ich folgte ihr mit einem Herzen, das wie ein Vorschlaghammer gegen meine Brust schlug. Ich mußte stehenbleiben, um Luft zu schnappen. Christie sah seltsam zu mir auf.

»Wir werden keine Viertelstunde brauchen, Julius«, sagte ich laut und deutlich.

»Gut, Mrs. Longchamp. Ich warte hier.«

»Okay, Christie, Liebling.« Ich nahm sie an der Hand und ging auf die Eingangstür zu. Meine Beine waren wie Gummi, und ich war sicher, daß ich wankte, und daher sah ich mich nach allen Richtungen um, weil ich wissen wollte, ob die Leute mich anstarrten, aber niemand beachtete mich. Der Portier hielt uns die Tür auf, und wir traten in das elegante Foyer.

Im ersten Moment sah ich ihn nicht – oder, genauer gesagt, ich erkannte ihn nicht –, denn er saß auf dem Sofa direkt vor uns und las eine Zeitung. Er ließ sie sinken und lächelte. Mein Herz blieb stehen und schlug dann wieder weiter, und das Blut wich so eilig aus meinem Gesicht, daß ich glaubte, ich würde uns alle in Verlegenheit bringen, indem ich in Ohnmacht fiel.

Aber als Michael aufstand, wich meine Beklommenheit dem Staunen und der Neugier. Auf uns kam ein Mann zu, der viele Jahre älter aussah, als ich ihn in Erinnerung hatte. Sein dunkles, einst so seidiges Haar war glanzlos und von Grau durchsetzt. Natürlich war er immer noch eins dreiundachtzig, aber seine Schultern hingen herunter, und er hatte nicht mehr diese arrogante Haltung und den selbstbewußten Gang. Er sah wesentlich dünner aus, und sein Gesicht war fast so hager wie das von Daddy Longchamp; und obwohl er einen dunkelblauen Anzug trug, fand ich, daß er heruntergekommen wirkte: Die Hose war nicht gebügelt, und das Jackett war aus der Form geraten. Sogar der Knoten seiner Krawatte schien schlampig gebunden zu sein. Das war nicht die makellose Erscheinung, der überaus charmante Mann, in den ich mich so schnell und so sehr verliebt hatte. Dieser Mann hätte noch nicht einmal bei einem meiner Zimmermädchen eine Chance gehabt, dachte ich.

»Dawn«, sagte er und hielt mir die Hand hin. Der beeindruckende goldene Ring am kleinen Finger und die blinkende goldene Armbanduhr fehlten. Seine Finger schienen zu zittern, als ich ihm die Hand gab. »Es ist so schön, dich nach all den Jahren zu sehen.« Sein Gesicht war zwar aschfahl, aber seine dunklen Saphiraugen funkelten noch schelmisch.

»Hallo, Michael.«

»Und das hier«, sagte er und trat zurück und schaute auf sie hinunter, »muß Christie sein. Selbst in einer ganzen Schulklasse von gleichaltrigen Mädchen hätte ich dich sofort entdeckt. Sie ist wunderschön«, sagte er und sah mich eindringlich an. »Du hast deine Sache phantastisch gemacht. Hallo, Christie.« Er hielt ihr die Hand hin, und sie nahm sie und schüttelte sie wie eine kleine Dame. Er lachte. »Ich habe dir etwas mitgebracht«, sagte er zu ihr und fischte ein kleines Schächtelchen aus seiner Jackentasche.

»O Michael«, protestierte ich.

»Keine Sorge, es ist nichts Besonderes.«

»Ja, aber ich werde es erklären müssen«, sagte ich.

»Tut mir leid. Ich konnte einfach nicht widerstehen, ihr ein Geschenk zu besorgen.«

»Was ist es?« fragte Christie.

Michael zwinkerte mir zu. »Ich bin Schmuckverkäufer«, behauptete er, »und ich dachte, du magst vielleicht an einem kleinen Beispiel sehen, was ich verkaufe.«

Sie nahm das Geschenk entgegen.

»Was sagt man, Christie?«

»Danke. Darf ich es aufmachen? Darf ich?«

»Klar«, sagte Michael. »Gehen wir doch in die Bar und trinken eine Tasse Tee oder sonst was«, sagte er und wies auf die Hotelbar.

»Wir können nicht lange bleiben. Mein Chauffeur wartet draußen«, sagte ich zu ihm.

»Ich weiß. Wir setzen uns nur ein paar Minuten zusammen hin. Christie«, sagte er und hielt ihr die Hand hin. Sie nahm sie, und er führte sie zur Bar. Wir setzten uns in eine Nische, und Michael bestellte ein Shirley Temple für Christie.

»Möchtest du Tee oder etwas Stärkeres?« fragte er mich.

»Tee klingt gut.«

»Einen Tee, und für mich einen Scotch mit Soda«, sagte er. Er lächelte mich über den Tisch an. »Erinnerst du dich noch an den ersten Tag, als ich mit dir einen Cappuccino trinken gegangen bin?«

»Ich erinnere mich. Aber entscheidender ist, daß ich mich an den Tag erinnere, an dem du nicht da warst«, hob ich betont hervor. Michaels gealtertes und schlampiges Äußeres verringerte den Zauber, von dem ich gefürchtet hatte, er könnte mich für die Wahrheit blind machen und bewirken, daß ich übersah, wie sich das gemeine und brutale Benehmen dieses Mannes auf mein Leben ausgewirkt hatte. Wenn ich ihn jetzt anschaute, sah ich in ihm nichts weiter als einen Mann. Er stand nicht, wo er auch sein mochte, im Scheinwerferlicht, und keine Musik war im Hintergrund zu hören. Sein Gesicht war nicht mehr das Gesicht, das auf den Titelblättern von Zeitschriften prangte.

»Oh, sieh nur, Mommy«, rief Christie aus, nachdem sie das Schächtelchen geöffnet hatte. Sie hatte ein Goldkettchen und ein Medaillon herausgezogen; eine Note zierte das Medaillon.

»Oooh«, rief Christie begeistert aus, während sie das Kettchen vor ihren Augen baumeln ließ.

»Ein solches Medaillon habe ich schon einmal einer Frau geschenkt, die ich sehr geliebt habe«, sagte Michael und sah mich an.

Ich erinnerte mich daran, es war an einem Erntedankfest gewesen, aber wie auch so vieles andere hatte ich dieses Medaillon zurückgelassen, als man mich von einem Tag zum anderen von dort fortgeholt und in The Meadows gebracht hatte, damit ich dort mein Kind gebar.

»Die Note sieht aus, als sei sie ein A«, erklärte Christie.

Michael lachte. »Erzähl mir nur nicht, daß sie auch musikalisch ist.«

»Sie nimmt Klavierunterricht«, sagte ich.

»Ich wette, sie ist sehr gut«, erwiderte er nickend, und seine Augen waren schmal und eindringlich, »wenn man die elterlichen Erbanlagen bedenkt. In welcher Klasse bist du, Christie?«

»In der ersten«, erwiderte sie stolz. »Und ich bin in der ersten Gruppe.«

»In der ersten Gruppe?«

»Sie ist hochgestuft worden«, erklärte ich. »Sie lernt den Stoff der zweiten Klasse.«

»Ach so, ich verstehe. Das ist aber sehr schön. Sie ist mit Abstand das entzückendste kleine Mädchen, das ich je gesehen habe«, bekundete er. »Was habe ich mir nicht alles entgehen lassen, stimmt's?« Die Kellnerin brachte uns die Getränke. Ich nippte an meinem Tee, während Michael einen großen Schluck Scotch mit Soda trank, als müßte er sich stärken.

»Ja, Michael«, sagte ich schließlich, »du hast dir viel entgehen lassen, alles abgewiesen und dich seiner einfach entledigt, ohne auch nur einen Brief zurückzulassen. Machst du dir die geringste Vorstellung davon, wie das für mich gewesen ist?« fragte ich, und Zorn glühte in meinen Augen. Seine Augen wurden sanfter, suchten meine, und er sah mich fest an, als ich weitersprach. »Mir nicht die geringste Vorwarnung zu geben, keine Andeutung zu machen, nicht einmal anzurufen.« Tränen schwammen vor meinen Augen, aber ich hielt sie zurück. Ich war fest entschlossen, nicht zu weinen und ihm diese Befriedigung nicht zu gönnen.

»Ich war abscheulich, ich weiß es«, erwiderte er. Er senkte den Blick auf sein Glas und sah dann wieder zu mir auf. »Aber ich konnte nichts dagegen tun, daß ich mich in dich verliebt habe, obwohl es das Falscheste war, was ich hätte tun können.«

»Wir wären mit diesen Dingen fertig geworden, Michael. Wir hatten echte Pläne, und du wußtest, daß es mir nichts ausgemacht hätte, was die Leute sagen, meine sogenannte Familie damals inbegriffen. Unser Altersunterschied war nicht entscheidend, und wenn du als mein Lehrer deine Laufbahn an der Schule aufs Spiel gesetzt hättest, dann hätte das auch nichts ausgemacht, denn du warst ein berühmter Sänger. Du hattest ohnehin nicht die Absicht, weiterhin als Lehrer zu arbeiten.«

»Nein, nein, das ist alles nicht das, was ich meine«, sagte er. »Es war aus anderen Gründen falsch.« Er wandte den Blick ab.

»Aus welchen anderen Gründen, Michael?«

Er biß sich auf die Lippen, atmete durch die Nase tief ein und lehnte sich zurück.

»Ich finde«, sagte ich, »es ist an der Zeit, daß ich die ganze Wahrheit erfahre, meinst du nicht auch?«

Er nickte. »Als ich dich in New York kennengelernt habe und wir angefangen haben, uns zu treffen und uns ineinander zu verlieben, war ich bereits verheiratet«, gestand er.

»Was?« rief ich.

»Ich war seit fast zwei Jahren verheiratet.«

»Ich kann es nicht glauben. Niemand hat etwas gesagt, und in den Berichten über dich in den Zeitschriften hieß es nie...«

»Niemand wußte davon«, sagte er. »Mein Manager hat mir geraten, es geheimzuhalten. Er hat mich gewarnt, es könnte meiner Karriere schaden, wenn meine Ehe offiziell bekannt würde; junge Frauen würden dann nicht mehr für mich schwärmen.«

»Wo war deine Frau in all der Zeit?« fragte ich skeptisch.

»Sie war in London; sie war eine junge Engländerin, die ich dort kennengelernt hatte, als ich an einer Show gearbeitet habe. Sie war eine der Bühnenbildnerinnen. Wir haben uns sofort ineinander verliebt, fast so schnell wie du und ich, und eines Tages sind wir aufs Land gefahren und haben uns in einer alten Kirche trauen lassen. Ich war damals ziemlich dumm und impulsiv, und, wie ich schon sagte, mein Manager und die Werbeleute waren reichlich verärgert.

Durch meine Arbeit und meine Reisen hat sich die Liebe zwischen uns mit der Zeit gelegt. Eigentlich hatte ich die Absicht, ihr von dir zu erzählen und sie um eine Scheidung zu bitten, aber ehe ich dazu gekommen bin, bin ich benachrichtigt worden, daß sie an einer Nierenerkrankung leidet und im Sterben liegt. Deshalb bin ich abgereist, um bei ihr zu sein, und ich habe eine Rolle in einer Show in London angenommen. Sie hat noch lange Monate weitergelebt, und als alles vorbei war, warst du bereits verschwunden. Ich habe versucht, dich zu finden, aber deine Adresse wurde geheimgehalten. Desillusioniert und trübsinnig bin ich nach Europa zurückgekehrt, um an meiner Karriere weiterzuarbeiten. Mit der Zeit habe ich dann herausgefunden, daß du verheiratet bist und so weiter.«

»Warum hast du mir nie etwas von deiner Frau erzählt?« fragte ich.

»Ich hatte Angst. Ich fürchtete, du würdest mich verlassen.«

»Aber warum hast du es mir nicht am Schluß gesagt oder mir wenigstens eine Nachricht zurückgelassen?«

»Ich konnte es nicht. Ich war schwach, ich weiß. Ich habe zugelassen, daß mein Manager und die Werbeleute über mein Leben bestimmt haben. Sie haben gedroht, mich fallenzulassen; sie haben mir gesagt, daß ich meine Karriere ruiniere. Was kann ich dir sagen?« Er hob den Blick – seine Augen wirkten jetzt so feucht, als würde jeden Moment eine Flut von Tränen über seine Wangen strömen. »Ich mußte mich zwischen seliger Verliebtheit und meiner Karriere entscheiden, und ich habe meine Karriere gewählt. Ich vermute, tief in meinem Innern war ich schon immer mit der Bühne verheiratet. Das war meine erste Liebe und die größte. An ihr gemessen, ist alles andere verblaßt und konnte sich nicht dagegen durchsetzen. Ich war jünger und viel mehr in mich selbst und in meinen Ruhm verliebt.

Wenn ich jetzt dich und die schöne Christie ansehe, dann wird mir klar, wieviel ich eingebüßt habe. Aber es muß nicht so sein«, fügte er eilig hinzu. »Ich bin zur Vernunft gekommen. Ja, zugegebenermaßen viele Jahre zu spät, aber ich bin trotzdem hier.«

»Michael, was sagst du da? Was soll das heißen?« fragte ich verwundert.

»Zwischen uns hat einmal ein Zauber bestanden, ein Zauber, den andere Menschen nur selten erleben. Wenn zwischen zwei Menschen ein solcher Zauber besteht, dann können sie ihn wiederaufleben lassen«, behauptete er kühn.

Mich deprimierte das Beben, das ich in seiner Stimme hörte. Er kam mir vor wie ein kleiner Junge, der darum fleht, das Unmögliche möge geschehen.

»Ich könnte nicht glücklicher verheiratet sein, als ich es jetzt bin, Michael. Nichts auf Erden könnte mich von Jimmy losreißen. Was zwischen uns beiden gewesen ist, das war ein Zauber, wenigstens eine Zeitlang, aber du hast ihn zerstört. Mir tut leid, was dir passiert ist, und mir tut leid, daß du mir diese Dinge nie erzählt hast, als wir zusammen waren. Dann stünde jetzt nichts zwischen uns, aber heute bin ich ein anderer Mensch. Das junge Mädchen, das für den Star geschwärmt hat, gibt es schon lange nicht mehr.«

Michael nickte und leerte sein Glas. »Ich dachte mir schon, daß du so etwas Ähnliches sagen wirst«, sagte er lächelnd. Er schaute auf Christie hinunter und lächelte noch strahlender. Sie trank den letzten Schluck von ihrem Shirley Temple.

»Wir müssen gehen, Michael. Ich mache mit Christie Einkäufe.«

»Ach so, ja. Natürlich.« Er verlangte die Rechnung.

»Was tust du in Virginia Beach?« fragte ich.

»Ich bin nur auf der Durchfahrt nach New York. Ich war in Atlanta.«

»Du fährst?«

»Ja. Ich habe Zeit, und es gibt Dinge, die ich noch nicht gesehen habe, und daher fand ich, ich könnte sie mir endlich einmal ansehen.«

Die Kellnerin brachte die Rechnung, und Michael fischte seine Brieftasche aus der Jacke. Er warf erst einen Blick auf die Rechnung und dann einen Blick in sein Portemonnaie.

»Oh, ich muß an die Rezeption gehen und einen Scheck einlösen«, sagte er. »Ich habe nicht genug Bargeld.«

»Schon gut. Ich zahle das.«

»Tja, weißt du«, sagte Michael lächelnd und beugte sich vor, »das war auch einer der Gründe, aus denen ich dich sehen und mit dir reden wollte.«

»Ach?«

Er lächelte weiterhin. »Da es dir jetzt so prächtig geht, dachte ich, du könntest mir vielleicht etwas Geld leihen.«

»Was?«

»Ich muß wieder auf die Füße kommen. Fünftausend Dollar würden schon genügen.«

»Fünftausend Dollar!«

»Ich bin sicher, daß das für jemanden, dem eins der berühmtesten Strandhotels im ganzen Land gehört, keine größere Summe ist.«

Ich starrte ihn ungläubig an. Das war nicht einer der Gründe, aus denen er mich und Christie sehen wollte; es war sein eigentlicher Grund. Nie war er mir unaufrichtiger und mieser erschienen.

»Michael, selbst wenn ich dir das Geld geben wollte, was nicht der Fall ist, könnte ich es nie tun, ohne das es auffiele. All meine geschäftlichen Angelegenheiten werden von einem Buchhalter geregelt.«

»Du mußt doch privates Kapital haben«, verfolgte er das Thema weiter.

»Jimmy und ich haben gemeinsam privates Kapital«, verbesserte ich ihn.

»Na und?«

»Du erwartest, daß Jimmy so etwas billigen würde?« Wie grenzenlos war seine Unverschämtheit eigentlich? fragte ich mich.

Michael zuckte mit den Achseln.

»Was er nicht weiß, tut ihm auch nicht weh«, sagte er.

Ich nahm eine steife, entschiedene Haltung ein und funkelte ihn wütend an.

»Jimmy und ich haben keine Geheimnisse voreinander. Unsere Ehe ist auf Vertrauen aufgebaut.«

Michael starrte mich an, und seine Augen wurden kleiner. Das schelmische Funkeln verwandelte sich in etwas Unangenehmeres, in etwas Verschlagenes und Heimtückisches.

»Hast du ihm gesagt, daß du heute herkommst, um mich zu treffen?« fragte er.

»Natürlich nicht. Er wäre wütend geworden und hätte es nicht zugelassen.«

»So«, sagte Michael mit einer ausholenden Geste. Er lächelte jetzt wieder. »Dann hast du ihn also doch schon belogen.«

Ich schüttelte den Kopf. »Du bist widerwärtig. Ich bin aus Mitleid hergekommen. Ich fand es furchtbar, daß du Christie nie gesehen hast, und jetzt machst du daraus etwas Schmutziges. Ich muß jetzt gehen«, sagte ich. »Komm, Christie.«

Ich zog etwas Geld heraus und warf es für die Rechnung auf den Tisch. Dann stand ich auf und half Christie aus der Nische.

»Warte einen Moment, Dawn«, sagte er.

»Nein, Michael. Ich habe keinen Grund mehr, noch länger hierzubleiben.«

»Ich brauche dieses Geld, Dawn«, sagte er und sah mich fest an. »Ich brauche diese zweite Chance, und du bist jetzt in einer Situation, in der du mir helfen kannst.«

»Wie kannst du mich darum bitten – nach allem, was du getan hast, aus welchen Gründen auch immer?« sagte ich. Ich schüttelte den Kopf und wandte mich ab.

»*Dawn*!« rief er, aber ich drehte mich nicht mehr um.

»Momma, der Mann ruft dich«, sagte Christie.

»Lauf einfach weiter, Schätzchen«, sagte ich zu ihr. Sie drehte sich um, und ich zerrte sie hinter mir her und floh, floh vor etwas, was mir als die teuflische Kehrseite des Mannes erschien, den ich einst geliebt hatte.

18

Einige Bereinigungen

Das Telefon in meinem Büro läutete schon in dem Augenblick, als ich zurückkam. Irgendwie ahnte ich gleich, daß es Michael sein würde.

»Dawn, du hattest kein Recht, mich so sitzenzulassen«, äußerte er wütend.

»Ich hatte kein Recht, dich sitzenzulassen? Das nennst du sitzenlassen? Und was ist damit, wie du mich sitzengelassen hast?«

»Ich dachte, all das hätte ich dir erklärt«, sagte er.

»Michael. Es gibt nichts mehr zu sagen. Wir müssen jeder sein eigenes Leben weiterführen.«

»Genau das versuche ich ja«, beharrte er, »und deshalb brauche ich das Geld.«

»Michael, ich kann dir nicht...«

»Ich habe auch gewisse Rechte, verstehst du«, sagte er eilig.

»Rechte?«

»Auf Christie. Sie ist auch meine Tochter«, brachte er frech hervor. »Ich war so nett, dein kleines Spielchen mitzuspielen und für den Moment so zu tun, als sei ich ein anderer und nicht der, der ich bin, aber wenn ich das nächste Mal wiederkomme...«

Ich setzte mich langsam hin.

»Michael, versuchst du etwa, mich zu erpressen?«

»Ich brauche im Moment nichts weiter als läppische fünftausend Dollar«, warf er ein.

»Für den Moment?«

»Und du kannst weiterhin so tun, als sei Jimmy Christies Vater. Ich werde die Adoption nicht anfechten.«

»Die Adoption anfechten? Glaubst du, du hättest auch nur die geringsten Chancen? Ein Mann, der einen schwangeren Teenager sitzengelassen hat?« fragte ich und war erstaunt darüber, daß er so etwas auch nur andeuten konnte.

»Vielleicht nicht, aber die Verhandlung brächte mir mit Sicherheit die Presse, die ich dringend brauche. Publicity ist Publicity, und selbst ein schlechter Ruf kann einem nur nützen, wenn man genug Aufsehen damit erregt. So etwas wie negative Publicity gibt es in meiner Branche nicht. Deshalb stört es darstellende Künstler auch nicht wirklich, wenn in den Schundblättern dummes Zeug über sie geschrieben wird.

Und außerdem könnte ein guter Anwalt ohne weiteres ein ganz anderes Bild von der Situation entwerfen – das Bild eines Mannes, der vorhatte, dir Gerechtigkeit widerfahren zu lassen. Du warst diejenige, die verschwunden ist, und dann hast du einfach den Mann geheiratet, der als dein Bruder mit dir aufgewachsen ist. Kannst du dir vorstellen, was die Boulevardpresse daraus macht?« fragte er in einem lachenden Tonfall.

»Du bist abscheulich«, sagte ich. »Noch widerwärtiger, als ich es mir vorgestellt hätte.«

»Ich will nichts weiter als etwas Geld«, jammerte er. »Für dich ist das ein kleiner Fisch, aber für mich ist es eine Chance, wieder auf die Füße zu kommen.«

»Für mich ist das kein kleiner Fisch«, fauchte ich. »Und es geht nicht nur um das Geld. Jimmy würde...«

»Er würde sehr wütend, wenn er erfahren würde, daß du ihn belogen und dich heimlich mit mir getroffen hast«, sagte Michael, und seine Stimme triefte vor Anzüglichkeit.

»Mein Gott, deine Bereitschaft, dich zu erniedrigen, kennt anscheinend keine Grenzen«, sagte ich.

»Ich gebe dir zwei Tage Zeit. Bring mir das Geld ins Hotel«, befahl er. »Ich brauche es, um davon meine Rechnung zu bezahlen. Zwei Tage«, wiederholte er noch einmal und legte dann auf.

Ich saß da und hielt den Hörer in der Hand. Die Leitung war tot, mein Gesicht war gerötet, und mein Herz pochte heftig. Was sollte ich bloß tun? Jimmy würde ganz bestimmt in Wut geraten und tief enttäuscht von mir sein. Und doch wußte ich, daß es nicht zu Ende war, wenn ich Michael die fünftausend Dollar besorgte. Er würde immer mehr von mir fordern, mir ewig drohen und jedesmal geloben, großes emotionales Leid über uns hereinbrechen zu lassen. Ich wollte Christie unbedingt vor der Form von Elend und Aufruhr beschützen, die ich miterlebt hatte. Sie führte hier ein wunderschönes und glückliches Leben, und sie hatte alles, was sie brauchte; sie lebte in einer Welt der Liebe und Geborgenheit, und sie wurde behütet und nie den trostlosen finsteren Mächten ausgesetzt, die außerhalb unserer Tore herrschten.

Wenn ich Jimmy all das erzählte, könnte es zu einer fürchterlichen Szene kommen, und dann hätte Michael es ohnehin geschafft, genau das anzurichten, womit er mir gedroht hatte. Ich hatte die Verzweiflung und die Entschlossenheit in seiner Stimme gehört, er hatte nichts zu verlieren, und perverserweise hatte er recht – er konnte selbst zweifelhaften Ruhm gebrauchen. Anwälte konnten die Wahrheit entstellen und alles so hinstellen, als sei ich der schlechte Mensch. Christie würde wie eine Monstrosität angesehen werden, und während sie aufwuchs, würden um sie herum die Leute flüstern. Ich wußte aus eigener Erfahrung, wie grausam andere Mädchen sein konnten, vor allem, wenn sie erst einmal Teenager waren. Wie konnte ich zulassen, daß ein solcher Skandal sie ihr Leben lang Tag für Tag verfolgte?

Was sollte ich bloß tun?

Ich begrub mein Gesicht in den Händen und begann zu schluchzen. Würde es denn niemals aufhören? Würden die Sünden und die Unbesonnenheiten meiner Jugend mich und meine Lieben ewig verfolgen? Ich fühlte mich erschöpft, überwältigt, niedergeschlagen, und ich sank auf meinem Stuhl zurück.

Mein Blick fiel auf das Porträt meines Vaters. Seine Augen waren starr auf mich gerichtet, und sein Lächeln schien Erwartung auszudrücken. Es war, als wartete er nur darauf, zu beobachten, was ich tun und wie ich mit dieser neuen und großen Krise zurechtkommen würde. Würde ich stark sein und sie bewältigen, oder würde ich mich schwach zeigen und verlieren? Ich saß auf Großmutter Cutlers Stuhl, arbeitete an ihrem früheren Schreibtisch und überwachte das Geschäft, das sie so geschickt aufgebaut hatte.

Sie hätte sich von einer solchen Krise nicht in tiefe Panik und Verzweiflung stürzen lassen, dachte ich. Sie hätte nicht dagesessen und geweint und sich selbst bemitleidet. Es war mir verhaßt, mich an einer so harten und kalten Persönlichkeit zu messen, eine Nachbildung von ihr zu werden, aber anscheinend hatten solche Menschen ihren Platz auf dieser Welt, und auch das Verhalten dieser Menschen war manchmal angebracht, wenn die Ereignisse es diktierten.

Plötzlich wurde mir klar, daß wir manchmal Masken aufsetzen und zu Menschen werden mußten, die wir verabscheuten, aber auch zu Menschen, die wir bewunderten. Je größer die Verantwortung war, die wir trugen, desto größer waren die Aussichten, daß es dazu kam. Im Moment konnte ich Großmutter Cutler fast verstehen und ihr Vorgehen würdigen, dachte ich.

Es war, als hätte ich die Kraft und die Entschlossenheit, die ich so dringend brauchte, aus den Wänden des Büros geschöpft, in dem Großmutter Cutler so lange und so erfolgreich geherrscht hatte. Ich würde es Michael nicht gestatten, schlagartig in meinem Leben aufzutauchen und das Glück zu zerstören, daß ich endlich gefunden hatte. Aber noch wichtiger war, daß ich es ihm nicht erlauben würde, unserer Tochter zu schaden. Wenn er unbedingt rücksichtslos und egoistisch sein wollte, na schön, aber er würde feststellen, daß er es nicht mehr mit einem unschuldigen Mädchen zu tun hatte, das in seinen Starruhm und in den damit verbundenen Glanz und Glitter vernarrt war.

Ich setzte mich auf meinem Stuhl gerade hin, und mein Rücken war so steif und unbeugsam, wie Großmutter Cutlers Rücken es immer gewesen war, wenn sie hier gesessen hatte. Dann nahm ich den Hörer vom Telefon und rief Mr. Updike an. Er hörte mir aufmerksam zu, als ich ihm die Vorfälle schilderte und ihm berichtete, welche Forderungen Michael stellte und welche Drohungen er ausgesprochen hatte.

»Es tut mir leid, daß ich Sie schon wieder in eine familiäre Krise der Cutlers hineinziehe, Mr. Updike«, schloß ich, »aber ich verlasse mich ganz auf Ihren gesunden Menschenverstand und Ihre juristischen Ratschläge.«

»Schon gut«, sagte er. Die lange Pause, die darauf folgte, gefiel mir nicht. »Diese Fälle, in denen es um das Sorgerecht für Kinder geht, können sehr häßlich verlaufen, wirklich äußerst abscheulich, wie Sie es vor Jahren fast erlebt hätten, als Sie Christie wieder zu sich holen wollten.«

»Aber hat er nach allem, was er getan hat, irgendwelche echten Ansprüche?« fragte ich und geriet sichtlich in Panik.

»Leibliche Eltern haben vor Gericht immer gewisse Rechtsansprüche. Es ist wahr, daß er sie und das Baby verlassen hat, aber die Situation wird dann kompliziert, wenn man die Tatsache mit ins Spiel bringt, daß Sie fortgeschickt worden sind, damit Sie das Kind heimlich zur Welt bringen. Ich bin sicher, er wird behaupten, sowie er von Ihrer Schwangerschaft erfahren hat, hätte er versucht, den Kontakt aufzunehmen, hätte Sie aber einfach nicht ausfindig machen können.«

»Aber was ist mit all der Zeit, die seither vergangen ist?«

»Das spricht nicht gerade für seine guten Absichten, aber es ändert trotzdem nichts an seiner Vaterschaft und schließt auch seine elterlichen Rechte nicht aus, falls das Gericht es für angemessen erachtet, ihm seine Rechte zuzugestehen. Und es gibt, das ist leider wahr, ein paar unerfreuliche Umstände, die bei einer Gerichtsverhandlung mit größter Sicherheit an den Tag gebracht würden. Ein Mensch, der in irgendeiner Form Ruhm genießt, würde Publicity anlocken. Kurz gesagt, wir könnten ihn nicht davon abhalten, einen

Prozeß anzustrengen, und ich glaube, ich gehe recht in der Annahme, daß die psychische Belastung und all das Unangenehme, was zusätzlich auf Sie zukäme, für Sie alle ziemlich abscheulich wäre, ganz zu schweigen von den Auswirkungen, die die Publicity auf das Hotel haben könnte.«

Ich schluckte schwer. Ich fühlte mich, als hätte ich einen bleiernen Kloß in der Kehle.

»Was schlagen Sie also vor, Mr. Updike... daß ich ihm das Geld gebe?«

»Nein. Lassen Sie mich ein wenig mehr über ihn herausfinden. Ich rufe Sie dann zurück.«

Ich bemühte mich, mich mit anderen Arbeiten zu beschäftigen, aber meine Gedanken kreisten immer wieder um mein Gespräch mit Mr. Updike, und mein Herz raste. Jedesmal, wenn das Telefon läutete, nahm ich sofort ab und hoffte, es sei Mr. Updike. Endlich war er es dann. Er sagte, er hätte einen englischen Freund, der Rechtsanwalt in London war, und er sei endlich durchgekommen und hätte einige Erkundigungen eingezogen. Jetzt rief er mich zurück, um mir Bericht zu erstatten.

»Mit Michael Suttons Karriere«, begann er, »geht es bergab. Im letzten Jahr hat er wegen seines Alkoholproblems eine Rolle nach der anderen verloren.«

»Den Verdacht hatte ich schon.«

»Und was eine Ehe angeht oder eine Frau, die gestorben sein soll...«

»Nichts?« fragte ich.

»Ich fürchte, das ist alles frei erfunden. Er steht in dem Ruf, eine Art Lebemann zu sein. Seine Affären mit anderen Mitgliedern der Besetzung und des Personalstabs sind berüchtigt, und oft sind sie den Produktionen abträglich gewesen.«

»Was bedeutet all das für uns?« fragte ich.

»Nun ja, sein Anwalt hätte bestimmt große Schwierigkeiten damit, ihn als eine zuverlässige und verantwortungsbewußte Persönlichkeit hinzustellen, der man die elterlichen Rechte versagt hat. Aber dann wären immer noch die negativen Auswirkungen einer Verhandlung zu bewältigen.

Nein, ich finde, wir schlagen den besten Weg ein, wenn wir uns auf seinen erpresserischen Akt beziehen, denn genau darum handelt es sich. Ich möchte, daß Sie sich noch einmal mit ihm treffen«, sagte Mr. Updike. »Allein«, fügte er hinzu.

»Warum?« fragte ich. »Schon allein die Vorstellung ist mir unerträglich.«

»Das verstehe ich, aber ich will, daß er seine Forderungen noch einmal wiederholt.«

»Aber dann steht nach wie vor sein Wort gegen meins, oder nicht, Mr. Updike?«

»Nein. Ich und einer meiner Partner, ein Mann, den ich als Privatdetektiv einsetze, wir werden ebenfalls anwesend sein. Natürlich ohne Mr. Suttons Wissen«, sagte er. »Ich habe die Absicht, aufzuzeichnen, was er zu Ihnen sagt. Glauben Sie, das ließe sich machen?« fragte er.

Ich zögerte. Was war, wenn Michael mich durchschaute und dahinterkam, was wir vorhatten? Dann würde er mit Sicherheit nicht mehr zu halten sein und noch mehr Ärger machen. Ich schaute wieder zum Porträt meines Vaters auf. Das versonnene Lächeln war noch da, aber sein Ausdruck war jetzt tiefgründiger, fast schon angespannt.

»Ja, Mr. Updike«, sagte ich und ließ Entschlossenheit in meiner Stimme einfließen. »Das schaffe ich schon. Wie gehen wir vor?«

Mr. Updike sagte mir, er würde sich wieder bei mir melden und mir die Einzelheiten mitteilen, nachdem er mit seinem Mitarbeiter gesprochen hatte. Es erübrigt sich, zu sagen, daß ich für den Rest des Tages und die ganze Nacht auf glühenden Kohlen saß. Zum Glück war Jimmy von mechanischen Problemen im Hotel abgelenkt und bemerkte meine Nervosität nicht.

Am späten Vormittag des nächsten Tages rief Mr. Updike an.

»Vereinbaren Sie noch ein Treffen im Hotelrestaurant mit ihm. Wir werden in der Nische neben Ihnen sitzen. Ich komme heute nachmittag zu Ihnen ins Büro und spreche mit Ihnen die Dinge durch, die Sie zu ihm sagen sollen, damit er seine erpresserischen Absichten deutlich ausspricht«, erklärte Mr. Updike.

»Ich käme lieber zu Ihnen ins Büro, Mr. Updike«, sagte ich eilig.

Er schwieg einen Moment. »Sie haben Jimmy nichts davon erzählt?« fragte er schließlich einfühlsam.

»Nein, ich hatte gehofft, ich könnte den Fall abschließen, ohne ihn hineinzuziehen. Er ist aufbrausend und...«

»Ich verstehe schon«, sagte Mr. Updike. Wir vereinbarten, uns um zwei Uhr zu treffen.

In Mr. Updikes Büro lernte ich seinen Mitarbeiter Mr. Simons kennen, einen kräftigen, großen Mann von Ende Dreißig. Mr. Updike erklärte, daß Mr. Simons früher Polizist gewesen war, aber wegen einer Verletzung erwerbsunfähig war. Er stellte seine Ermittlungen an, um seine Invalidenrente aufzubessern. Bis auf ein leichtes Hinken wirkte er so stark und kräftig, daß er als Rausschmeißer in einem Nachtclub hätte arbeiten können.

Nachdem ich mit Mr. Updike die Dinge durchgesprochen hatte, die ich sagen sollte, zeigte mir Mr. Simons den batteriebetriebenen Kassettenrecorder, den sie benutzen würden, um Michaels Drohungen aufzunehmen.

»Machen Sie sich keine Sorgen, daß er Ihnen die Nervosität anmerken könnte«, sagte Mr. Simons. »Er wird wahrscheinlich glauben, es läge an der Situation. Vergessen Sie uns, soweit Ihnen das möglich ist, und lassen Sie ihn selbst ins Messer laufen. Das ist in solchen Fällen das Übliche«, versicherte er mir. Die ruhige, zuversichtliche Art, auf die er mit mir redete, gab mir mehr Selbstvertrauen.

Nach meiner Rückkehr ins Hotel rief ich Michael an und vereinbarte mit ihm ein Treffen um ein Uhr im Restaurant.

»Bringst du das Geld mit?« fragte er schroff.

»Wir sehen uns um eins, Michael«, sagte ich und legte eilig den Hörer auf.

Ich kam ein paar Minuten zu früh. Mr. Updike und Mr. Simons sah ich im Foyer. Mr. Updike nickte bestätigend. Kurz darauf erschien Michael. Er wirkte schicker und besser gekleidet. Er trug eine hellblaue sportliche Jacke, eine Hose und neue Schuhe.

»Wie sehe ich aus?« fragte er mich anstelle einer Begrüßung. »Diese neuen Sachen habe ich mir heute morgen in der Hotelboutique gekauft.«

»Du siehst sehr gut aus, Michael.«

Er lächelte und schaute mich anzüglich an.

»So«, sagte er, »dann laß uns zusammen eine Tasse Kaffee trinken.« Er reichte mir den Arm, damit ich mich bei ihm einhängen konnte, aber ich ging statt dessen vor ihm her. Mr. Updike hatte bereits die beiden Nischen reserviert, und als die Geschäftsführerin mich sah, lächelte sie und führte Michael und mich zu unserer Nische.

»Für mich nur einen Kaffee«, sagte ich zur Kellnerin.

»Nur einen Kaffee?« fragte Michael, der in die Speisekarte schaute. »Ich bin ein wenig hungrig. Ich glaube, ich nehme die Krabben nach Art des Hauses, und eine Tasse Kaffee, bitte.«

Die Kellnerin nahm die Speisekarten und ging. Michael verschränkte die Hände auf dem Tisch und lächelte mich wieder an.

»Ich hoffe, du hast nicht alles in bar mitgebracht«, sagte er.

»Ich kann einfach nicht glauben, daß du hergekommen bist, um Geld von mir zu fordern, Michael«, begann ich. Er zuckte mit den Achseln.

»Die Summe wird dir nicht weh tun.«

»Was ist, wenn ich dir dieses Geld nicht gebe?« fragte ich. Er zog die Augenbrauen hoch.

»Du glaubst wohl, ich hätte einen Scherz gemacht? Ich habe es dir doch schon gesagt, ich nehme mir einen Anwalt und strenge einen Prozeß um das Sorgerecht für Christie an«, sagte er.

»Du hast keine Chance, diesen Prozeß zu gewinnen.«

»Was soll das? Ich sagte dir doch, daß mir ganz egal ist, ob ich gewinne. Mir geht es um die Publicity, die dir schaden wird, aber mir wird sie guttun.«

»Ist dir denn ganz egal, was du unserer Tochter damit antätest?« fragte ich.

»Sie wird darüber hinwegkommen«, sagte er. »Kinder vergessen schnell.«

»Du weißt nicht, wie sehr du dich in dem Punkt irrst, Michael. Sie würde dich für das hassen, was du ihr angetan hast.«

»Was ändert das schon?« sagte er. »Sie weiß noch nicht einmal von meiner Existenz. Sieh mal, Dawn, ich mache keine Witze. Du triffst dich jetzt schon zum zweiten Mal mit mir, und ich bin sicher, daß du deinem Mann nichts davon gesagt hast.« Er lächelte. »Wenn es sein muß, werde ich es ihm eben sagen, nur werde ich... ein paar Dinge dazu erfinden.« Er zwinkerte mir zu. »Hast du begriffen, was ich damit sagen will?«

Die Kellnerin brachte den Kaffee. Ich wartete, bis sie wieder gegangen war.

»Nein, Michael, ich habe es nicht begriffen«, sagte ich. Sein Lächeln schwand.

»Mir ist egal, ob du es begreifst oder nicht. Hast du die fünftausend Dollar?«

Ich schüttelte den Kopf.

»Nein, Michael, ich würde dir nie einfach so Geld geben. Es würde nur immer so weitergehen.«

»Ich warne dich...«

Ich stand auf.

»Ich hoffe, du hast genug Geld, um dein Mittagessen zu bezahlen«, sagte ich und wandte mich eilig ab. Er blieb mit offenem Mund zurück.

Als ich mich von der Tür des Restaurants aus noch einmal umdrehte, sah ich, wie Michael gerade aufstehen wollte, als Mr. Simons und Mr. Updike an seinen Tisch kamen und sich ihm gegenübersetzten. Langsam ließ sich Michael auf seinen Stuhl zurücksinken und hörte zu, und sein Gesicht wurde blaß, als Mr. Simons und Mr. Updike mit ihren Erklärungen begannen. Dann legte Mr. Simons den Kassettenrecorder auf den Tisch.

Michael drehte sich abrupt nach mir um. Ich schaute ihn nicht noch einmal an. Ich kehrte ihm den Rücken zu und verschwand aus seinem Leben – für immer, hoffte ich.

In dem Moment, in dem ich nach Cutler's Cove zurückkehrte und das Foyer betrat, spürte ich, daß etwas nicht stimmte. Es war zu ruhig, zu still. Einige Angestellte und Gäste standen um die Rezeption herum und sprachen leise miteinander. Mrs. Bradly kam hinter dem Schalter hervor und eilte mir durch das Foyer entgegen. Ihr Ausdruck war äußerst besorgt. Mein Herz fing an zu rasen.

»Was ist passiert, Mrs. Bradly?« fragte ich.

»Miss Clara Sue hatte irgendwo in Alabama einen furchtbaren Unfall«, sagte sie kopfschüttelnd, und ihre Tränen flossen.

»Wo ist Jimmy? Wo ist mein Mann?« rief ich aus.

»Ich glaube, er ist in Ihrem Büro, Mrs. Longchamp«, sagte sie. »Es tut mir ja so leid.«

Ich eilte in mein Büro, und als ich eintrat, telefonierte Jimmy gerade. Er schaute mich an und schüttelte den Kopf. Ich warf meinen Mantel auf das Sofa und ging zu ihm.

»Dawn ist gerade gekommen«, sagte er ins Telefon. »Wir kommen gleich rüber.« Er legte den Hörer auf. »Das war Philip. Er und Betty Ann sind bei deiner Mutter. Wo bist du gewesen?«

»Was ist passiert, Jimmy?« rief ich, ohne auf seine Frage einzugehen. Ich preßte mir die Hand auf mein pochendes Herz.

»Der Anhänger hat sich quer gestellt, sich überschlagen und die Fahrerkabine zerquetscht.«

»O Jimmy, wie gräßlich«, sagte ich und lehnte mich mit dem Rücken an den Schreibtisch.

»Ich weiß. Ein solcher Tod ist einfach zu furchtbar, sogar für einen so abscheulichen Menschen wie Clara Sue«, sagte er und schüttelte den Kopf.

»Wie geht es meiner Mutter?« fragte ich.

»Du kannst es dir ja vorstellen. Sie fragt ständig nach dir. Wo warst du?« fragte er wieder.

»Ich mußte Mr. Updike wegen neuer Steuergesetze sehen«, log ich und schaute auf den Boden, damit Jimmy mir nicht in die Augen sehen konnte.

»Ich habe schon mit Mrs. Boston gesprochen, damit sie sich um Fern und Christie kümmert. Wir sollten am besten auf der Stelle nach Beulla Woods fahren«, sagte er. »Philip hat mir gerade erzählt, daß deine Mutter nach Ärzten und Beruhigungsmitteln schreit, und Bronson ist außer sich.«

Jimmy nahm meine Hand, und wir liefen zu seinem Wagen. Mein Herz pochte immer noch so heftig und so schnell, als wir ankamen, daß ich glaubte, ich würde niemandem etwas nutzen. Livingston öffnete uns so schnell wie möglich die Tür und trat zurück, und sein sonst so graues Gesicht war noch aschfahler. Philip und Betty Ann saßen im Wohnzimmer und tranken Tee. Sie standen beide auf, als wir eintrafen. Betty Ann umarmte mich.

»Ich fürchte, es sind eher grauenhafte Nachrichten«, sagte Philip mit zitternden Lippen. Ich sah seine feuchten Augen und die Spuren der getrockneten Tränen auf seinen Wangen. »Sie haben Stunden gebraucht, um Clara Sue und ihren Freund, den Lastwagenfahrer, aus der Fahrerkabine zu schweißen.

Wir sind in den letzten Jahren nicht gut miteinander ausgekommen«, sagte er und wandte sich an Jimmy, als sei Jimmy irgendein Fremder, »aber wir haben uns gut verstanden, als wir klein waren. Die meiste Zeit hatten wir ja nur uns. Mutter und Vater waren immer mit diesem und jenem beschäftigt, und wir wurden oft stundenlang allein gelassen.«

Er lächelte.

»Einmal haben wir in den Lagerräumen Hotel gespielt, und alle Kinder der Hotelangestellten und sogar ein paar der Gäste sind gekommen und haben mitgespielt. Ich war der Hotelmanager, und Clara Sue war... ich nehme an, sie war Großmutter. Ihr hättet sie sehen müssen, wie sie mit so goldblonden Zöpfen wie Christies dagestanden und alle rumkommandiert hat. ›Du schläfst hier; du räumst da drüben in der Ecke auf.‹ Sie hat alle Kinder der Gäste wie kleine Wühlmäuse arbeiten lassen.

Wir haben Sachen aus dem Hotel geholt und sie in unser eingebildetes Hotel gebracht. Als Nussbaum endlich gemerkt hat, wieviel Silber und Geschirr fehlte, hat er es Großmutter gesagt, und sie kam anspaziert. Ihr hättet ihren Gesichtsausdruck sehen sollen. Im ersten Moment war sie sprachlos, und das hieß bei Großmutter Cutler schon einiges.« Er schüttelte den Kopf. »Und dann hat sich allmählich alles geändert, und Clara Sue ist zu einem ganz anderen Menschen geworden. Ich vermute, ich hätte mehr Zeit mit ihr zusammen verbringen sollen.« Er sah mich erbittert an. »Das Schicksal reißt die Kontrolle über das Leben irgendwie an sich, wenn du daran scheiterst, es selbst in die Hand zu nehmen.«

»Wo ist Bronson?« fragte ich.

»Er ist oben bei eurer Mutter«, sagte Betty Ann. Ich lief nach oben. Jimmy blieb mit Betty Ann und Philip unten. Ich klopfte sachte an die Schlafzimmertür, die halb offenstand. Bronson saß auf der Bettkante und hielt Mutters Hand. Sie hatte sich die rechte Hand über die Augen gelegt und war auf das große Seidenkissen zurückgesunken. Ihr Haar war gelöst und lag zerzaust um sie herum. Sämtliche Vorhänge und Gardinen waren zugezogen, damit kein Licht ins Zimmer dringen konnte.

»O Dawn«, sagte Bronson und stand auf. Langsam ließ Mutter die Hand von den Augen sinken und schaute mich an. »Ich bin froh, daß du hier bist«, begann Bronson. »Vielleicht kannst du deiner Mutter ein wenig Vernunft in ihren Dickschädel einbleuen. Sie beharrt darauf, daß all das irgendwie ihre Schuld ist.«

»Das ist es auch!« schrie Mutter und schlug sich wieder die Hand vor die Augen. Ihre Schultern hoben und senkten sich mit ihrem Schluchzen.

»Das ist doch Unsinn, Mutter. Wie kannst du bloß glauben, es sei deine Schuld?« sagte ich im Näherkommen. »Du hast nichts damit zu tun, daß sich der Anhänger quer gestellt hat.«

»Sie hätte nicht mit einer solchen Person in diesem Laster gesessen, wenn ich darauf bestanden hätte, daß sie hier bei uns lebt«, rief Mutter aus.

»Clara Sue war keine junge Frau von der Sorte, der man Vorschriften machen konnte, Mutter. Das haben wir alle gewußt. Sie hat getan, was sie wollte, und sie hat es getan, wann sie wollte, ganz gleich, wer wie darüber gedacht hat. Wenn sie diesen Lastwagenfahrer nicht kennengelernt hätte, dann hätte sie jemand anderen kennengelernt und wäre so oder so fortgegangen. Sie war aufsässig«, schloß ich. Bronson nickte zustimmend, aber Mutter schüttelte den Kopf.

»Genau das ist es ja. Sie war aufsässig, und ich habe nichts dagegen unternommen; mir war es egal, solange sie nur weit weg von hier aufsässig war und keiner etwas davon wußte. Und jetzt sieh dir an, was passiert ist«, stöhnte sie.

»Was hättest du schon tun können, Mutter, sie hier an die Wand ketten? Sie wäre fortgegangen, ganz gleich, was du gesagt hättest.«

»Du hast mir immer die Schuld daran gegeben, daß sie so war, Dawn«, sagte Mutter anklagend und ließ die Hand wieder von den Augen sinken. »Streite das jetzt nicht ab, nur damit ich mich besser fühle.«

»Ich will es nicht abstreiten, Mutter. Aber was du bei Clara Sue hättest tun sollen, hättest du vor vielen Jahren tun sollen, als sie noch klein war. Aber die Zeit ist vorbei, und sie war längst sie selbst. Sie war so oder so eine Erwachsene. Jetzt ist es zwecklos, jemand anderem die Schuld zu geben. Sie hat getan, was sie wollte, und das, was ihr zugestoßen ist, ist gräßlich, aber keiner von uns hat es ihr gewünscht. Es ist zwecklos, das Ganze jetzt noch schlimmer zu machen«, sagte ich entschieden.

Mutter starrte mich einen Moment an und wandte sich dann an Bronson.

»Sie ist genau wie meine Schwiegermutter, Bronson. So stark und so logisch, und sie hat immer recht«, bemerkte sie, aber ihre Stimme war voller Bewunderung. Ich bekam einen roten Kopf. Mutter wandte sich wieder an mich. »Du bist jetzt die Stärkste von uns allen, Dawn. Das bist du wirklich.«

»Das ist nicht wahr, Mutter«, sagte ich und schlug die Augen nieder.

»O doch, es ist wahr, und ich bin froh, sehr froh, daß es so ist. Du wirst nicht so wie ich enden, nicht schluchzend im Bett liegen und vorzeitig alt werden, weil andere Menschen es immer wieder fertigbringen, dir Schlimmes anzutun«, bekundete sie. Sie lächelte und breitete die Arme aus. »Ich brauche dich zu meinem Trost, Liebes.«

Ich schaute Bronson an, der selbst kurz vor den Tränen zu stehen schien, und dann ging ich zu ihr und spürte, wie sie mich mit aller Kraft umarmte.

Kurz darauf kam der Arzt, um Mutter ein Schlafmittel zu geben. Während er oben bei ihr war, versammelten wir uns alle im Wohnzimmer.

»Ich werde augenblicklich nach Atlanta aufbrechen und dafür sorgen, daß Clara Sue zum Begräbnis hierher überführt wird«, sagte Philip.

»Vielleicht sollte ich das machen«, warf Bronson ein.

»Nein, du solltest wohl besser bei Mutter bleiben. Meinst du nicht auch, Dawn?« fragte mich Philip.

»Was? Ach so, ja. Ich werde hier alle nötigen Vorbereitungen treffen«, sagte ich.

Als wir gehen wollten, nahm Bronson mich zur Seite.

»Niemand hat Philip je gesagt, daß ich in Wirklichkeit Clara Sues Vater bin, oder?« fragte er.

»Ich habe es ihm nicht gesagt, und ich bezweifle, daß Mutter mit ihm darüber gesprochen hat. Philip hat nie darüber gesprochen, und daher vermute ich, daß Clara Sue es geheimhalten wollte. Manche Leichen sollte man lieber im Keller lassen«, sagte ich.

Er nickte, und der Anflug eines Lächelns trat auf sein Gesicht. »Laura Sue hat recht, was dich angeht. Du bist zum Stützpfeiler der Familie geworden. Du bist im Grunde genommen die einzige, die heute richtig mit ihr umgehen kann«, gestand er. »Ich bringe es nicht über mich, streng zu ihr zu sein, obwohl ich weiß, daß sie es von Zeit zu Zeit braucht. Die arme Clara Sue«, fügte er hinzu. »Ich hatte kaum Zeit, sie kennenzulernen.«

»Es tut mir leid, Bronson.«

Er gab mir einen Kuß auf die Wange, und ich ging zu Jimmy, der schon neben dem Wagen stand.

Als wir ins Hotel zurückkamen, fand ich eine Nachricht vor, die besagte, daß Mr. Updike angerufen hatte. Jimmy ging, um sich wieder an die Arbeit zu machen, und ich begab mich in mein Büro.

»Ich habe gerade von Clara Sue gehört«, sagte Mr. Updike. »Sie geraten aber auch wirklich von einer Krise in die andere.«

»Ja«, sagte ich.

»Wenigstens ist das letzte Problem aus der Welt geschafft. Als wir ihm die Aufnahme vorgelegt haben, hat er gelobt, Sie in Ruhe zu lassen. Ich werde die Kassette trotzdem für alle Fälle in meinem Safe aufbewahren.«

»Ich danke Ihnen, Mr. Updike. Ich habe es Ihnen noch nie gesagt, aber inzwischen weiß ich zu würdigen, warum Sie Großmutter Cutler eine so wertvolle Hilfe waren.«

»Es ist sehr nett von Ihnen, das zu sagen, Dawn. Ich kann mir nicht helfen, aber ich glaube fest daran, daß sich die Dinge ganz anders entwickelt hätten, wenn Sie beide sich in ihren Anfangszeiten kennengelernt hätten.«

»Inzwischen, Mr. Updike, überrascht mich nichts mehr. Noch einmal vielen Dank«, sagte ich.

In den nächsten Tagen waren wir mit den Trauerfeierlichkeiten und den Vorbereitungen für Clara Sues Begräbnis beschäftigt. Wie schon bei Randolph, erschienen auch jetzt viele alte Freunde, aber auch Leute aus der Umgebung. Mutter mußte man lassen, daß sie sich angemessen verhielt. Sie putzte sich nicht heraus; sie war wirklich eine trauernde Mutter, der eins ihrer Kinder genommen worden war. Philip und Bronson standen beidseits von ihr und hielten sie an Clara Sues Grab in der Familiengruft des Friedhofs aufrecht, bis das Begräbnis vorüber war. Anschließend kamen die Trauergäste nach Beulla Woods, um ihr Beileid zu bekunden. Mutter blieb die ganze Zeit über in ihrem Zimmer und wollte keinen Menschen sehen. Betty Ann und ich übernahmen die Gastgeberrolle und begrüßten die Leute. Jimmy verbrachte die meiste Zeit mit Fern und Christie und kümmerte sich auch um die Zwillinge. Das Hotel wurde praktisch geschlossen.

Jetzt stand ohnehin die flaue Jahreszeit bevor. Der Winter war über uns hereingebrochen. Die meisten unserer Stammgäste reisten in ein wärmeres Klima. Ein Teil des Personals war fortgegangen, um in Florida zu arbeiten. Wir hatten entschieden, das sei der richtige Zeitpunkt, um mit dem Ausbau zu beginnen. So wurden möglichst wenige Menschen von den Handwerkern, den Lastwagen und den Bauarbeiten belästigt. Für Jimmy würde es eine besonders hektische Zeit werden, denn er nahm als Vorarbeiter auf der Baustelle eine entscheidende Rolle ein. In den Tagen, die direkt auf Clara Sues Begräbnis folgten, dachte ich, die Arbeit und die große Verantwortung seien schuld daran, daß Jimmy zerstreut war und mich mied, aber an einem späten Vormittag, als ich Mr. Dorfmans Jahresabschlußberichte durchging, kam Jimmy in mein Büro, und ich stellte fest, daß sein Verhalten eine andere Ursache hatte.

In seinen Augen stand ein seltsamer Ausdruck, ein Blick, den ich noch nie an ihm gesehen hatte. Sein Gesicht war grimmig, aber er wirkte verletzt, als litte er unter tiefen psychischen Qualen. Ohne ein Wort zu sagen, kam er auf meinen Schreibtisch zu.

»Ich will nichts anderes als offene, wahrheitsgemäße Antworten«, sagte er eisig. Er stemmte die Hände auf den Schreibtisch und beugte sich zu mir vor, und seine dunklen Augen waren so hart wie Stein.

»Was ist los, Jimmy?« fragte ich und hielt den Atem an.

»Letzte Woche, als du mit Christie nach Virginia Beach gefahren bist, um ihr etwas zum Anziehen zu kaufen – mit wem hast du dich dort getroffen?« fragte er barsch.

Mein Herz sank. Einen Moment lang brachte ich keinen Ton heraus und konnte nicht schlucken oder atmen. Seine Augen waren so wutentbrannt auf mich gerichtet, daß ich mich fürchtete, auch nur einen Laut von mir zu geben.

»Die Wahrheit!« schrie er und schlug mit der Hand auf den Schreibtisch. Ich zuckte vor Schreck zusammen.

»Mit Michael«, sagte ich. Er nickte und wandte sich ab.

»Ich wollte es dir sagen, Jimmy. Wirklich. Ich wollte nur, daß noch etwas mehr Zeit vergeht«, rief ich eilig.

»Wie konntest du nach allem, was er dir angetan hat, zu ihm gehen?« fragte Jimmy langsam. »Wie konntest du dich derart demütigen?«

»Jimmy, ich wollte nicht hingehen. Er hat mich am Telefon darum angefleht. Er hat gesagt, er wollte wenigstens ein einziges Mal Christie sehen, und ich dachte, ich hätte nicht das Recht, es ihm abzuschlagen. Aber als ich hingekommen bin, habe ich festgestellt, daß er ganz andere Absichten verfolgt hat.«

»Was für Absichten?« fragte Jimmy, und seine Augen glühten.

Ruhig, aber schnell erzählte ich ihm alles. Er setzte sich und hörte mir zu, als ich bei der Schilderung angelangt war, wie Mr. Updike und Mr. Simons den Fall behandelt hatten. Dann schüttelte er den Kopf.

»Du hast all das getan und mir nie erzählt, was geschieht?«

»Ich dachte, wenn ich es schnell aus der Welt schaffen kann...«

Er schüttelte den Kopf und schaute mich gequält an. »Aber ich bin dein Mann, Dawn, und ich bin jetzt Christies Vater. Ich war derjenige, zu dem du hättest kommen müssen, derjenige, der euch beide hätte beschützen sollen. Statt dessen hast du mich belogen.«

»Ich dachte, du würdest ihm etwas Furchtbares antun, Jimmy. Ich wollte dir alles später erzählen. Ich habe es ein paarmal versucht, aber ich konnte mich nicht dazu durchringen, und als dann Clara Sue umgekommen ist...«

»Du hast es versucht«, warf er mir hämisch an den Kopf.

»Wirklich, Jimmy. Mir war es unerträglich, dich zu belügen. Von da an hatte ich keine ruhige Minute mehr«, versicherte ich ihm.

»Und du hast Christie in diesen Schwindel hineingezogen«, sagte er kopfschüttelnd. »Ihr erzählt, ein Schmuckverkäufer hätte ihr ein Muster seiner Waren geschenkt.«

»Das war besser, als ihr zu sagen, wer er wirklich ist, Jimmy«, verteidigte ich mich. Er starrte mich so kalt an, daß ich die Augen niederschlagen mußte. »Es tut mir so leid, daß ich es dir nicht gesagt habe.«

»Und wahrscheinlich hättest du es mir auch nie gesagt. Wenn Fern nicht gewesen wäre, hätte ich nie etwas davon erfahren.«

»Fern?« Ich sah schnell auf.

»Sie hat Christie nach der Kette gefragt und den Namen des Mannes herausgefunden. Sie konnte sich erinnern, wer das war, und dann ist sie zu mir gekommen und hat es mir erzählt.«

»O Jimmy, sie hat doch nur versucht, mir weh zu tun, uns weh zu tun. Wie furchtbar«, sagte ich.

»Klar, verdreh du nur die Tatsachen. Fern hat doch nicht gelogen, oder? Fern hat doch nicht die Wahrheit verschleiert, oder? Sie hat es mir gesagt, weil sie mich mag«, sagte er und klopfte sich zur Betonung mit dem Zeigefinger an die Brust. Er stand auf. »Wenigstens gibt es hier einen Menschen, der sich noch etwas aus mir macht!« rief er, stürmte aus dem Büro und knallte die Tür hinter sich zu.

»Jimmy!« schrie ich ihm nach, aber er kam nicht zurück.

Ich ließ den Kopf auf die Arme sinken und brach in unbeherrschtes Schluchzen aus.

Ich hatte den Menschen verletzt, der mich mehr als jeder andere auf Erden liebte. Wie dumm ich doch gewesen war, etwas vor ihm geheimzuhalten. Ich hatte ihn nicht verdient. Ich entschloß mich, daß ich mich vor ihm auf die Knie werfen würde, wenn es sein mußte, damit er mir verzieh.

Ich verließ mein Büro, um mich auf die Suche nach ihm zu machen. Ich ging ins Freie und suchte das Hotelgelände nach ihm ab. Ich fand einige unserer Mechaniker bei der Arbeit vor, aber niemand hatte Jimmy gesehen. Da ich dachte, er könnte vielleicht weggefahren sein, ging ich dort nachsehen, wo er seinen Wagen parkte, doch der Wagen stand da. Beunruhigt und bestürzt machte ich mich auf den Rückweg zum Hotel. Als ich an der Laube vorbeikam, fiel mein Blick zufällig auf die Rückfront des Hauptgebäudes, und ich sah die Tür zu dem Lagerraum, der früher einmal erst Philip und dann Jimmy als Versteck gedient hatte. Die Tür stand offen. Mein Herz fing an zu flattern.

Dort, in diesem kleinen Unterschlupf, der in Vergessenheit geraten war, hatten Jimmy und ich uns erstmals gestanden, daß unsere Gefühle mehr als die Zuneigung zwischen Geschwistern waren. Dort hatten wir uns zärtlich geküßt und mit der Leidenschaft eines Liebespaares berührt. Mir traten Tränen in die Augen, als mir klar wurde, daß er dorthin gegangen war, nachdem ich ihn so sehr verletzt hatte.

»O Jimmy«, rief ich und rannte über den Rasen zur Tür des Verstecks. Oben auf der Treppe blieb ich stehen und schaute hinein. Die einzige nackte Glühbirne brannte und warf einen blaßgelben Schein in den ansonsten dunklen Raum. Jimmy lag auf dem Rücken auf seiner alten Pritsche, hatte die Hände hinter dem Kopf verschränkt und starrte die Decke an.

»Jimmy«, sagte ich leise. Er drehte sich langsam um, schüttelte den Kopf und wandte sich wieder ab. Ich ging über den Boden aus

Stein und Lehm zu ihm und kniete mich neben ihn. Ohne ein Wort zu sagen, begrub ich mein Gesicht an seiner Brust.

»O Jimmy«, rief ich. »Es tut mir ja so leid. Ich wollte dir nicht weh tun. Bitte, haß mich nicht. Bitte«, flehte ich ihn durch meine Tränen an.

»Ich hasse dich nicht, Dawn. Ich fürchte nur, du wirst der Frau zu ähnlich, die du früher so sehr verabscheut hast.«

»Nein, Jimmy, das stimmt nicht.«

Er starrte mich einen Augenblick an. »Weißt du, warum ich so wütend auf dich war, als ich gehört habe, daß du zu ihm gegangen bist?«

»Ja, weil ich es dir nicht erzählt habe.«

»Nein«, sagte er. »Weil ich Angst hatte, ich würde dich wieder an ihn verlieren.«

»Wirklich, Jimmy?« Er nickte. »Du wirst mich nie verlieren, Jimmy. Nie, nie, nie. Als du vorhin aus meinem Büro gelaufen bist, dachte ich, ich würde *dich* verlieren.«

»So möchte ich mich nie mehr fühlen, Dawn«, sagte er. »Wir müssen uns versprechen, uns nie mehr zu belügen. Versprichst du mir das?«

»Natürlich verspreche ich dir das, Jimmy.«

Er sah sich um und lächelte. »Ich kann mich noch an jeden Augenblick erinnern, den ich hier mit dir verbracht habe. Ich erinnere mich an unseren ersten Kuß und auch daran, wie lange ich gebraucht habe, um meine Lippen auf deine zu legen.«

»Und dann haben wir so getan, als träfen wir uns zum ersten Mal«, sagte ich.

»So war es ja auch. Wir haben uns zum ersten Mal als Freund und Freundin getroffen.«

»Und jetzt sind wir als Mann und Frau hier«, sagte ich.

Er schüttelte den Kopf und lächelte mich wieder an, diesmal zärtlich. »Was soll ich bloß mit dir machen? Ich schätze, ich muß dich besser im Auge behalten.«

»Es gibt nichts, was ich mir mehr wünschen würde«, sagte ich, und wir küßten uns. Er zog mich hoch, rutschte auf der Pritsche rüber und wollte mich neben sich ziehen.

»Jimmy... hier?« fragte ich, als er mich an sich zog.

»Was könnte romantischer sein als der Platz, an dem wir uns das erste Mal geküßt haben?« fragte er.

Das beantwortete ich mit einem weiteren Kuß, einem Kuß, der länger und leidenschaftlicher war, und dann schmiegte ich mich an ihn und hieß seine Zärtlichkeiten willkommen.

Jimmy und ich benahmen uns wie Teenager, als wir uns heimlich die Steinstufen hinaufschlichen. Wir wollten niemandem Fragen beantworten müssen. Jimmy schaute sich vorher um, ob auch gewiß niemand in der Nähe war.

»Ich sollte mich lieber wieder an die Arbeit machen«, sagte er, und wir trennten uns am Ententeich. Er lief zu den Bauarbeitern am Südende des Hauptgebäudes, und ich machte mich auf den Weg in mein Büro. Die Nachmittagssonne war kraftlos, reichte aber doch gerade aus, um mir das Gefühl einer warmen Liebkosung auf den Wangen und der Stirn zu geben. In der Ferne wirkten zwei gewaltige flauschige Wolken wie Berge aus weißer Watte, die über ein Meer aus Blau einander entgegeneilten. Der Winterwind ließ den Jutesack eines Rasenmähers, der sich über den Griff geschlungen hatte, wie die Flagge eines unbekannten Landes flattern.

Die Natur brachte es immer wieder fertig, mich versonnen und philosophisch zu stimmen. Wie dicht hatte ich davorgestanden, Jimmy zu verlieren, dachte ich, und wie glücklich war ich dran, daß er mich so sehr liebte. Hätte ich ihm irgendwann von Michael erzählt? fragte ich mich. Als ich darüber nachdachte, fiel mir wieder ein, was Fern getan hatte. Warum hatte sie eine solche Abneigung gegen mich? Warum wollte sie unbedingt einen Keil zwischen Jimmy und mich treiben? Wie traurig es mich machte, wenn ich mir überlegte, daß das kleine Baby, daß ich früher einmal so sehr geliebt hatte und für das ich fast so viel gesorgt hatte wie für mein eigenes Kind, zu einem gehässigen und gemeinen kleinen Mädchen herangewachsen war. Wieviel konnten wir aufgrund dessen entschuldigen, was ihr zugestoßen war? fragte ich mich. Und wieviel Schaden richteten Jimmy und ich damit an, daß wir ihr Dinge durchgehen ließen und ihr vieles verziehen?

Statt mich direkt wieder ins Hotel zu begeben, lief ich über das Hotelgelände zu unserem Haus. Ich wollte mich heute noch vor dem Abendessen unter vier Augen mit Fern unterhalten, um ihr klarzumachen, daß sie nicht richtig gehandelt hatte. Ich wollte ihr deutlich zu verstehen geben, wie sehr Jimmy und ich uns liebten und daß nichts, was sie tun konnte, daran etwas ändern würde. Sie sollte froh sein, daß sie in einem Haus lebt, in dem die Menschen Liebe empfinden können, dachte ich. War es denn nicht genau das, was sie wollte? War nicht das Fehlen dieser Liebe genau das, was sie so schrecklich gefunden hatte?

Als ich das Haus erreichte, ging ich gleich nach oben und rechnete damit, Fern wie üblich mit ihren Hausaufgaben vorzufinden. Ich klopfte an ihre geschlossene Tür und wartete, aber ich hörte nichts. Ich klopfte noch einmal und machte dann die Tür auf. Sie war nicht da. Als ich mich im Zimmer umsah, stellte ich fest, daß sie es nicht gerade gründlich aufgeräumt hatte. Ein paar Kleider waren verstreut, hingen über Stuhllehnen, auf der Frisierkommode oder lagen auf dem unordentlich gemachten Bett. Ein Schuh lag vor dem Bett, der dazugehörige zweite vor dem Kleiderschrank, der weit offenstand und in dem die Kleidungsstücke schlampig auf Bügeln hingen, aber manche waren auch schon runtergefallen.

Mein Blick fiel auf den Stapel von Blusen und Röcken auf dem Schrankboden und blieb auf einem Schuhkarton haften, der nicht ganz geschlossen war. Irgend etwas, was darin war, zog meine Aufmerksamkeit auf sich, und ich trat langsam näher, kniete mich hin und entfernte den Deckel ganz. Darin fand ich eine Menge Geld. Das fehlende Geld aus der Kasse? fragte ich mich, und ich fing an, es zu zählen. Als ich bei mehr als achthundert Dollar angelangt war, wußte ich, daß es das Geld sein mußte. Ich war nicht überrascht. Ich war nicht sicher, was ich tun sollte. Sie würde bestimmt behaupten, das sei das Geld, das sie mitgebracht hatte, dachte ich, obwohl es weit mehr war als das, was ich in New York in ihrer Brieftasche gesehen hatte.

Als ich aufstand und mich abwandte, um zu gehen, bemerkte ich, daß eines ihrer älteren Groschenhefte aufgeschlagen auf dem Bett lag. Merkwürdig kam mir an diesem speziellen Groschenroman nur vor, daß Fern einige Absätze unterstrichen hatte. Ich blätterte zurück zum Anfang, und als ich den Titel der Geschichte sah, strömte mir so viel Blut auf einmal ins Gesicht, daß es mir glühend heiß wurde. Als müßte ich die Worte laut hören, um es zu glauben, las ich laut den Titel.

»›Mein Stiefvater hat mich vergewaltigt, aber ich hatte niemanden, mit dem ich darüber reden konnte.‹«

Langsam und mit zitternden Fingern nahm ich das Heft in die Hand und fing an zu lesen.

Solange ich zurückdenken kann, hatte meine Mutter zuviel zu tun, um sich wirklich um mich zu kümmern. Sie war Modeschöpferin und immer in ihre Arbeit vertieft. Mein Stiefvater war derjenige, der nach mir sah, mich anzog und mir sogar die Mahlzeiten bereitete. Er tat es so oft und so selbstverständlich, daß ich mir nie viel dabei dachte, bis ich in der vierten Klasse war und zufällig einer Freundin gegenüber erwähnte, daß mein Stiefvater gewöhnlich reinkam, wenn ich ein Bad nahm, weil er sich vergewissern wollte, daß ich mich auch an den »entscheidenden Stellen« wusch.

Meine Freundin schaute mich ganz seltsam an und fragte: »Was für entscheidende Stellen?«

Ich kicherte und sagte einfach: »Du weißt schon. An deinen entscheidenden Stellen.«

Sie schaute mich immer noch verwirrt an, und daher deutete ich hin. Jetzt schien sie erschrocken zu sein und wollte nicht mehr mit mir darüber reden, aber bald wurde mir klar, warum ihr unwohl zumute war. Der Vater keines anderen Mädchens tat das, was mein Stiefvater mit mir tat.

Ich ließ das Heft auf meinen Schoß sinken. Mein Herz klopfte heftig, und ich spürte, wie mir im Nacken kalter Schweiß ausbrach. Einen Moment lang konnte ich mich nicht von der Stelle rühren. Ich schaute noch einmal in das Heft und schüttelte den Kopf. Dann ging ich schnell zum Telefon, um im Hotel anzurufen. Ich verlangte Robert Garwood.

»Robert«, sagte ich in meiner Panik, »gehen Sie doch bitte raus, und holen Sie Jimmy. Sagen Sie ihm, daß ich ihn sofort im Haus brauche. Bitte.«

»Wird augenblicklich erledigt, Mrs. Longchamp«, sagte er. Ich legte auf und setzte mich, um auf Jimmy zu warten, und währenddessen las ich noch etwas weiter. Das Mädchen in der Geschichte erzählte davon, daß ihre Mutter ihren Geburtstag vergessen hatte. Auch dieser Satz war unterstrichen. Die Vergewaltigung durch den Stiefvater begann damit, daß er in ihr Zimmer kam, um ihr einen Gutenachtkuß zu geben, dann aber blieb, um unter der Decke an ihr rumzufummeln. Eines Nachts legte er sich dann schließlich zu ihr.

Ich las immer noch, als ich hörte, wie unten die Haustür zugeschlagen wurde.

»*Dawn*!« rief Jimmy.

»Oben, Jimmy.« Er kam die Treppe raufgelaufen und blieb in der Tür stehen. Er war atemlos, weil er den ganzen Weg gerannt war.

»Was ist passiert?«

»Es geht um Fern – um das hier«, sagte ich und streckte den Arm mit dem Heft in der Hand aus.

»Groschenhefte?« Er schnitt eine Grimasse. »Wir wußten doch schon immer, daß sie dieses Zeug liest...«

»Schau dir den Titel an, und lies die unterstrichenen Absätze.«

»Unterstrichen?« Er nahm mir das Heft aus der Hand und fing an zu lesen. Sein Gesicht, das von seinem Dauerlauf gerötet war, wurde fahler und immer fahler. Seine dunklen Augen zeigten deutlich seinen Schock, und dann wurden sie vor Grauen kalt. »Mein Gott«, stöhnte er und ließ das Heft sinken, »das hat sie alles hier abgeschaut.«

»Sie hat eine Groschenroman-Phantasie ausgelebt, und wir haben ihr geglaubt und diese Menschen der fürchterlichsten Dinge beschuldigt«, sagte ich.

»Aber warum hat Clayton Osborne sich nicht heftiger gewehrt«, fragte sich Jimmy verwundert, »wenn es alles gar nicht wahr war?«

»Wahrscheinlich hatte er Angst davor, wie sich ein Skandal auf seine Karriere auswirken könnte, und er hat gewußt, daß Fern nicht von ihrer Geschichte abweicht.

Auf dem Schrankboden«, fuhr ich fort, »steht eine Schuhschachtel voller Geld, und ich bin absolut sicher, daß ein Teil davon das Geld ist, das in der Kasse gefehlt hat.«

Jimmy ließ sich auf einen Stuhl sinken, starrte betäubt auf den Fußboden und schüttelte den Kopf.

»Was tun wir jetzt?« murmelte er.

»Wir müssen sie darauf ansprechen, Jimmy. Sie muß wissen, daß uns vollkommen klar ist, was sie alles getan hat«, sagte ich.

»Schicken wir sie zurück?« fragte er.

Für mich stand es außer Frage, daß Jimmy jetzt alles getan hätte, was ich sagte. Ein Teil von mir wollte uns dieses böse Kind vom Hals schaffen, dieses Problem, das uns, wie ich jetzt erkannte, viel Energie und Aufmerksamkeit kosten würde, wenn wir es zurechtbiegen wollten. Außerdem würde ich mir immer Sorgen über Ferns Einfluß auf Christie machen.

Aber Fern war Jimmys Schwester, und etwas Stärkeres in mir lehnte die Vorstellung ab, Familienmitglieder fortzuschicken. Was das hieß, hatte ich persönlich zu genau erlebt.

»Ich glaube nicht, daß es eine Lösung ist, wenn sie wieder zu den

Osbornes geht, Jimmy. Sie sind offensichtlich nicht so schlecht und böse, wie Fern sie hingestellt hat, aber es sind zwei Menschen, die von ihr überfordert sind und vielleicht auch nicht bereit sind, die nötigen Opfer an Zeit und Energie zu bringen, um ihr die Liebe und die Zuwendung zukommen zu lassen, die sie braucht. Nein, sie sollte bei uns bleiben, aber unter anderen Vorzeichen. Wir müssen neue Regeln aufstellen und die Umstände verändern«, schloß ich.

Jimmy nickte. Dann hörten wir, wie unten die Tür aufging und wieder geschlossen wurde. Die Kinder waren zu Hause. Christie rannte in die Küche, denn dort hatte Mrs. Boston die Milch und die Plätzchen für sie bereitstehen, aber Fern stieg langsam die Treppe zu ihrem Zimmer hinauf. Wir warteten, bis sie im ersten Stock angekommen war, und dann traten wir beide in den Flur, um sie abzufangen. Sie schaute überrascht zu uns auf.

»Warum sind alle schon zu Hause?« fragte sie und schaute mich aus argwöhnisch zusammengekniffenen Augen an.

»Wir wollen mit dir reden, Fern«, sagte ich mit fester Stimme. »In deinem Zimmer.«

»Was ist? Warum?« konterte sie.

»Und zwar sofort«, griff ich durch, und sie eilte voran. Wir folgten ihr. Sie ließ ihre Bücher auf ihr Bett fallen und plumpste dann selbst darauf. Die Arme verschränkte sie trotzig vor der Brust.

»Also, was ist?« fragte sie. »Du bist sauer, weil ich Jimmy gesagt habe, daß du dich mit Michael Sutton getroffen hast? Darum geht es doch wohl.«

»Ich bin sauer, ja – und zwar bin ich sauer über die Art und Weise, auf die du das bewerkstelligt hast –, aber das ist nicht der Grund, aus dem wir dich im Moment sprechen wollen«, sagte ich.

Sie schaute mit neuerlichem Interesse auf.

»Was denn?« fragte sie.

»Das hier«, sagte ich und hielt ihr das Heft hin. Sowie ihr klar wurde, was ich in der Hand hielt, wurde sie bleich, und ihre Augen füllten sich mit Furcht. Sie versuchte, es hinter Zorn zu verbergen.

»Du hast in meinen Sachen rumgeschnüffelt?« schrie sie.

»Dawn schnüffelt nicht in den Sachen anderer Leute rum«, erklärte Jimmy mit scharfer Stimme und trat neben mich.

»Das ist im Moment vollkommen unwichtig, Fern«, sagte ich. »Entscheidend ist, was in diesem Heft steht, was du gelesen und auswendig gelernt hast, um dann so zu tun, als sei es dir selbst passiert.«

»Das ist nicht wahr«, schrie sie, und echte Tränen flossen.

»O doch, es ist wahr!« beharrte ich und klatschte mir das Heft auf die Handfläche. Es klang wie ein Schuß, und sie hörte augenblicklich auf zu schluchzen. »Hier wird niemandem etwas vorgemacht, damit ist jetzt Schluß, und du wirst uns ein für allemal die Wahrheit sagen. Und ich warne dich, Fern, wenn du uns auch nur noch ein einziges Mal belügst – ein einziges Mal, hast du gehört? –, dann fliegst du hier raus. Wenn die Osbornes dich nicht haben wollen, dann kommst du eben in ein Heim für verwahrloste Jugendliche.«

Ich weiß nicht, woher ich die Kraft und die Kälte nahm, diese Worte laut auszusprechen, aber während ich es tat, sah ich Großmutter Cutler vor meinen Augen, ihr strenges Gesicht, ihre straffen Schultern, ihre lodernde Wut.

Fern gab klein bei.

»Ich... ich fand es furchtbar dort«, sagte sie.

»Du hättest uns doch nur die Wahrheit zu sagen brauchen«, sagte Jimmy.

»Ich wußte, daß ihr mich nicht zu euch holen konntet, weil ich juristisch gesehen ihr Kind war.«

»Und deshalb hast du all das erfunden, die Ideen aus dieser Geschichte übernommen und sie als wahr hingestellt?« fragte ich. Ich mußte sie dazu bringen, es zuzugeben. Sie zögerte und nickte dann. »Was ist?« bohrte ich.

»Ich habe es erfunden. Aber schickt mich bitte, bitte nicht zu ihnen zurück. Clayton ist brutal, er ist wirklich gemein, und er liebt mich nicht, und Leslie hilft mir auch nicht. Er behandelt sie auch wie ein Kind«, behauptete sie.

»In diesem Schuhkarton in deinem Kleiderschrank liegt eine Menge Geld«, sagte ich und wies mit einer Kopfbewegung darauf. »Woher hast du das? Das ganze Geld?«

»Ich habe es gestohlen«, murmelte sie.

»Was?« fragte Jimmy, der wollte, daß sie lauter sprach und sich zu ihren Vergehen bekannte.

»Ich habe es gestohlen«, schrie sie durch ihre Tränen. »Einen Teil davon Leslie und Clayton, und das übrige Geld an der Rezeption«, gab sie zu.

»Warum hättest du uns bestehlen sollen?« fragte Jimmy. »Wir haben dir nie etwas abgeschlagen, was du brauchtest oder gern haben wolltest.«

»Ich dachte, vielleicht fordert ihr mich eines Tages auf, von hier fortzugehen, und ich wollte weglaufen, wenn ihr das tut, und deshalb brauchte ich das Geld.«

»Du hast etwas Furchtbares getan, Fern«, sagte ich. »Nicht nur, daß du Geld gestohlen hast, sondern du hast versucht, dir unsere Liebe und unsere Sorge um dich gewaltsam zu sichern. Du hast versucht, unsere Liebe zu gewinnen, indem du uns gegen die Osbornes aufgebracht hast. Ganz gleich, wie dein Leben bei ihnen war, du hattest nicht das Recht, diese Anschuldigungen gegen Clayton vorzubringen.«

Die Tränen flossen in breiteren Strömen über Ferns Wangen.

»Schickt ihr mich jetzt zurück?« fragte sie und schaute von mir zu Jimmy.

»Das liegt allein bei Dawn«, sagte Jimmy mit fester Stimme. Fern riß die Augen weit auf, und dann sah sie mich an und rechnete mit dem Schlimmsten.

»Wir sollten es eigentlich tun«, setzte ich an. »Du hast gesagt, du kämest mit uns nach Hause, weil du in einer Familie leben wolltest, in der es liebevoll zugeht, aber du hast auf alle erdenklichen Arten versucht, uns weh zu tun.« Sie senkte den Blick. »Jimmy und ich, wir lieben uns so sehr, wie sich zwei Menschen auf Erden nur lieben können, und nichts kann daran etwas ändern«, sagte ich. »Aber das heißt nicht, daß wir nicht auch andere Menschen sehr liebhaben können. Gerade, weil wir uns so gern haben, ist uns klar, wie wichtig Liebe ist. Man darf nicht egoistisch sein, wenn man von anderen Menschen geliebt werden will, Fern. Aber was noch wichtiger ist«, sagte ich, »man kann niemanden lieben, wenn man sich selbst mehr liebt als den anderen. Hast du das verstanden?«

Sie nickte, aber ich glaubte nicht, daß sie es verstanden hatte oder fürs erste auch nur verstehen wollte. Der Trotz stand immer noch in ihren Augen.

»Muß ich dorthin zurückgehen?« wiederholte sie.

»Nein«, erwiderte ich. »Du kannst trotzdem bei uns bleiben.«

Sie blickte erstaunt auf.

»Weil wir wollen, daß du bleibst, wollen wir, daß du ein besserer Mensch wirst, und wir wollen dich liebhaben und von dir liebgehabt werden. Aber das geht nur, wenn du nicht lügst und betrügst und stiehlst. Dazu kann es nur kommen, wenn du aufrichtig bist und wirklich etwas zum Familienleben beiträgst.«

»Du wirst auf Bewährung bei uns bleiben«, erklärte Jimmy streng. »Hast du das verstanden?«

»Ja, Jimmy.«

»Also, gut. Als erstes wirst du das Geld nehmen, das du gestohlen hast, und damit ins Hotel gehen und es Mrs. Bradly zurückgeben, und bei der Gelegenheit wirst du dich so nett entschuldigen, wie es dir nur irgend möglich ist«, befahl er.

»Das kann ich nicht tun!« schrie sie.

»Manchmal erfordert es viel mehr Mut, das Richtige zu tun, als das Falsche zu tun, aber wenn man es erst einmal getan hat, fühlt man sich selbst gleich viel besser, Schätzchen«, sagte Jimmy.

»Alle werden mich hassen und furchtbare Dinge über mich denken«, stöhnte sie.

»Vielleicht eine Zeitlang«, sagte ich. »Aber wenn du willst, daß die Leute besser über dich denken, dann mußt du etwas dafür tun.«

»Geh schon, Fern«, befahl Jimmy.

Fern schluckte schwer und rutschte von ihrem Bett. Sie ging zu dem Schuhkarton und zählte das Geld ab, das sie gestohlen hatte. Dann steckte sie es sich in die Tasche und ging aus dem Zimmer.

»Glaubst du, sie wird sich ändern?« fragte Jimmy.

»Ich weiß es nicht, Jimmy. Das schlechte Benehmen, das Mißtrauen und die arglistigen Täuschungen langer, langer Jahre lassen sich nicht über Nacht auslöschen. Aber«, sagte ich seufzend, »wir werden ihr die Chance geben.«

Jimmy legte seinen Arm um meine Schultern.

»Habe ich dir je gesagt, daß du für mich so ziemlich der beste Grund bist, jeden Morgen aufzustehen?« fragte er.

»Nicht in den letzten Minuten, nein, es muß schon länger her sein.«

»Dann will ich dir genau das jetzt sagen. Oder noch besser«, sagte er und zog mich zu unserem Schlafzimmer, »laß es mich dir zeigen.«

19

Wechselwinde

In jenem Winter kam es zu vielen Veränderungen in unserem Leben. Leider fiel nicht darunter, daß Fern einen neuen Anfang machte. Trotz ihrer Versprechungen machte sie uns mit ihrem Benehmen in der Schule weiterhin Probleme. Zweimal kam es vor, daß Jimmy seine Arbeit liegen lassen mußte, um den Rektor und Ferns Lehrer aufzusuchen. Sie war im Unterricht nach wie vor ungezogen. Wir bestraften sie, und daraufhin benahm sie sich eine Weile besser, doch dann tat sie wieder etwas, was uns alle auf den Ausgangspunkt zurückwarf.

Sie war weiterhin egoistisch und rücksichtslos und spielte ihre Rock'n'Rollmusik so laut, daß die Wände wackelten, und sie fand Gründe, nicht bei den Hausarbeiten zu helfen und ständig abends zu spät nach Hause zu kommen. Sie machte Stimmungsschwankungen durch, die von regelrechten Tragödien – Phasen, in denen sie schon eine runterfallende Stecknadel zum Weinen brachte und sie wie ein Vögelchen in ihrem Essen herumstocherte – bis zu Augenblicken der Ekstase reichten, in denen sie durch das Haus schwebte und von einem neuen Freund träumte.

Sie wurde wahrhaft eine knospende dunkle Schönheit. Sie ließ sich das Haar lang wachsen und saß stundenlang vor ihrer Frisierkommode und bürstete es, während Christie neben ihr auf dem Fußboden saß und vor sich hinplapperte. Leider suchte sich Fern in der Schule weiterhin Freunde und Freundinnen, die wesentlich älter waren als sie. Dennoch bemühten wir uns, verständnisvoll zu sein, und wir erlaubten es ihr, ihre erste Schultanzveranstaltung zu besuchen. Sie ging mit einem Jungen hin, der drei Jahre älter war, und an jenem Abend kam sie zwei Stunden später nach Hause, als wir es ihr gestattet hatten.

Jimmy war außer sich. Er brüllte sie an, drohte ihr, erlegte ihr weitere Strafen auf und tat, was er konnte. Fern griff auf altbekannte Ausreden für ihr schlechtes Benehmen zurück. Sie benutzte sie so oft, daß sie uns mit der Zeit so vertraut wurden wie die Titelmelodie einer Fernsehserie: »Ich hatte eine furchtbare Kindheit. Meine richtige Familie hat mich im Stich gelassen. Ich bemühe mich ja.«

Wie üblich fühlte sich Jimmy hinterher miserabel und ließ sich erweichen, und ihr wurde verziehen.

»Ich vermute, sie wird einfach etwas mehr Zeit brauchen«, sagte er.

Im Frühling dieses Jahres gab Christie ihren ersten Klaviervortrag für unsere Gäste. Sie trug ein rosafarbenes Chiffonkleid mit einem Petticoat, und das lange goldblonde Haar, das sie ausgiebig gebürstet hatte, fiel ihr weich auf den Rücken. Schon als sie den Raum betrat und einen Knicks machte, schmolzen alle Herzen. Dann setzte sie sich und spielte einen Satz eines Klavierkonzerts von Mozart und das Wiegenlied von Brahms. Philips und Betty Anns Zwillinge, Richard und Melanie, saßen in der ersten Reihe. Die Kleidung der beiden war aufeinander abgestimmt, und sie klatschten so heftig, daß ihre kleinen Handflächen sich rot färbten. Hinterher servierten wir Tee und Kuchen. Jimmy und ich waren sehr stolz auf Christie und auf ihre reizende Art, die vielen Komplimente entgegenzunehmen. Sie zwinkerte den älteren Herren zu und gestattete es ihren Frauen, sie auf die Wange zu küssen.

»Sie hat ein besseres Händchen für Partys als die alte Mrs. Cutler früher«, bemerkte Mr. Updike. »Als Hotelchefin ist sie ein Naturtalent.«

Im Spätfrühling machten uns Daddy Longchamp, Edwina und Gavin ihren zweiten Besuch. Gavin sah den Tagen bei uns gespannt entgegen und freute sich darauf, mit Christie, Fern und den Zwillingen zusammen zu sein, die er inzwischen alle als zur Familie gehörig ansah. Daddy erzählte uns, wie sehr er zu Hause im Osten mit dem großen Hotel seines Bruders prahlte.

»Seit dem Tag, an dem wir von unserem ersten Besuch zurückgekommen sind, fragt er ständig, wann wir wieder herkommen«, sagte Daddy.

Fern benahm sich Daddy Longchamp gegenüber kein bißchen freundlicher. Ich hatte das Gefühl, wenn überhaupt, dann schämte sie sich seiner. Sie saß da und beantwortete höflich seine Fragen, weil wir sie beobachteten, doch sowie es ihr irgend möglich war, entschuldigte sie sich und ging, um mit ihrem neuen Freund zu telefonieren.

»Sie wird immer schöner«, sagte Daddy Longchamp. »Ich weiß, daß sie euch ganz schön zu schaffen macht, aber ihr beide macht eure Sache einfach prächtig, du und Jimmy. Ich bin gewaltig stolz darauf, was aus euch allen geworden ist, Dawn«, fügte er hinzu.

Uns stießen so viele schöne Dinge nacheinander zu, daß ich immer wieder um Ecken lugte und darauf wartete, daß dieser beißend kalte Wind einsetzte oder daß die dunklen Wolken wieder aufzogen. Jimmy schalt mich dafür aus.

»Du mußt aufhören, nach Ärger Ausschau zu halten, Dawn«, begann er seine Strafpredigt. »Wenn Ärger bevorsteht, dann ist es völlig überflüssig, daß du ihn krampfhaft suchst. Er wird uns von allein finden, aber laß uns bis dahin glücklich sein. Laß uns das Leben genießen.

Du gönnst dir immer noch keine Entspannung«, schimpfte er. »Wenn du verkrampft und nervös bist, dann erschwerst du es manchen schönen Dingen, uns zuzustoßen.« Ich wußte, was er meinte. Der Arzt hatte mir bei mehr als einer Gelegenheit vorgeworfen, schuld daran, daß ich nicht wieder schwanger wurde, sei meine psychische und geistige Haltung.

»Ich bemühe mich ja, Jimmy«, sagte ich. »Ich bemühe mich wirklich. Ich bin nur... vorsichtig.«

»Dann schlag die Vorsicht eine Zeitlang in den Wind, ja? Du arbeitest ohnehin zu hart«, beklagte er sich.

Das konnte ich nicht abstreiten. Unsere Erweiterung des Hotels hatte sich als Erfolg erwiesen. Wir konnten jetzt weitere einhundertfünfundzwanzig Gäste unterbringen, und das hieß, daß wir die Belegschaft vergrößern mußten und daß alles, was damit zusammenhing, erweitert wurde. Fast alle Beteiligten trugen jetzt mehr Verantwortung, nicht nur ich.

Im späten Frühjahr, etwa um die Zeit, als Daddy Longchamp mit seiner Familie zu Besuch kam, nahmen wir die Buchung für unsere erste Tagung an. Es war keine große Tagung, aber Mr. Dorfman war trotzdem sehr nervös. Das war die drastischste Veränderung, die ich im Hotel vorgenommen hatte, denn es war etwas, wogegen sich Großmutter Cutler lange Jahre gewehrt hatte. Während Mr. Dorfman alles überprüfte und das Geschehen genau im Auge behielt, konnte ich die Anspannung in seinen Augen sehen. Ab und zu schaute er sich über die Schulter, als rechnete er damit, Großmutter Cutler käme durch einen Flur gerannt und hackte auf ihm herum, weil er so etwas zugelassen hatte.

Doch es erwies sich als ein Erfolg, und Philip beschloß, die Tagungen zu seiner Hauptverantwortung zu machen. Bei unseren wöchentlichen Besprechungen redeten wir bereits von einem weiteren Anbau, diesmal an den Ballsaal, damit wir weit größere Gruppen aufnehmen konnten.

Die einzigen wahrhaft finsteren und deprimierenden Nachrichten in unserem Leben kamen derzeit aus Beulla Woods. Kurz nach Clara Sues Tod vollzog sich an Mutter eine drastische Veränderung. Sie zog sich immer häufiger zurück. Ihre extravaganten Abendeinladungen wurden immer seltener, bis sie kaum noch ein Diner veranstaltete, und man sah sie fast nie mehr mit Bronson ausgehen. Sie hörte auf, sich das Haar zu färben, und sie erlaubte es den grauen Strähnen, sich zu zeigen. Sie machte Schluß mit ihren vielfältigen kosmetischen Behandlungen, den Schlammbädern und den

Gesichtsmassagen, und der einst endlose Strom von Schönheitsexperten, der nach Beulla Woods gezogen war, versickerte.

Ich hatte in der Zeit so viel zu tun, daß mir noch nicht einmal auffiel, wie selten sie mich anrief und wie lange es her war, seit ich sie das letzte Mal gesehen hatte, aber eines Tages rief Bronson an und bat mich, zu Besuch zu kommen und zu sehen, ob ich irgend etwas tun könnte, um sie aus ihrer Depression aufzurütteln.

»Sie ist wieder die emotionale und psychische Invalide, die sie war, als sie im Hotel gelebt hat«, klagte er. »An manchen Tagen kann ich sie beim besten Willen nicht dazu bringen, daß sie das Bett verläßt, geschweige denn ihr Zimmer. Und du kannst dir nicht vorstellen, wieviel sie zugenommen hat.«

»Mutter? Zugenommen?« Bronson hatte recht: Ich konnte nicht glauben, daß sie es sich gestattet hatte, auch nur ein paar Gramm zuzunehmen. Ihr hatte immer davor gegraut, sie könnte ein Doppelkinn bekommen.

»Sie liegt den ganzen Tag rum und ißt Süßigkeiten«, sagte Bronson. »Sie weiß, was mit ihr los ist. Vor ein paar Tagen hat sie das Hausmädchen gebeten, ein Laken über den Spiegel der Frisierkommode zu hängen. Sie will sich selbst nicht mehr sehen.

Ich weiß, daß sie in diesen Dingen schon immer extrem war. Ich habe sie ein Vermögen für irgendwelche neuen Wundermittel gegen das Altern ausgeben lassen, aber mir wäre es weit lieber, wenn sie so weitermachen würde und nicht so wäre, wie sie jetzt ist. In den letzten Tagen hat sie kaum noch etwas gegessen. Sie tut nichts anderes, als immerzu zu schlafen. Es ist, als wollte sie immer schwächer werden und sich absichtlich auflösen«, flüsterte er mit brüchiger Stimme.

»Ich komme heute abend, Bronson«, versprach ich.

»Schön. Du bist tatsächlich meine letzte Hoffnung«, gestand er. »Sie hat jetzt eine so hohe Meinung von dir. Ich überbringe ihr alle guten Nachrichten über das Hotel und die Kinder. Ich bin auch sehr stolz auf dich«, schloß er.

Nachdem ich aufgelegt hatte, lehnte ich mich zurück und dachte darüber nach, welche Ironie des Schicksals es doch war, daß Mutter mich dringend brauchte. Ich konnte nicht die Härte aufbringen, ihr die Hilfe zu verweigern. Wenn mich die Tragödien meines Lebens eins gelehrt hatten, dann war es das, anderen gegenüber toleranter und mitfühlender zu sein. In der einen oder anderen Form waren wir alle irgendwie Opfer. Nur Großmutter Cutler, deren Geist immer noch in unser aller Leben herumspukte, hatte nach wie vor kein Mitgefühl verdient, dachte ich.

Als ich später nach Beulla Woods kam, hatte sich Mutter, wie Bronson es mir geschildert hatte, in ihrem Zimmer vor der Welt zurückgezogen und lag teilnahmslos in ihrem breiten Himmelbett. Einen Augenblick war ich sprachlos, als ich sie ungeschminkt und ohne ihren wertvollen Schmuck sah, mit bleichem Gesicht und ungekämmtem Haar. Das schien ihr allerdings nichts auszumachen, denn als ich die Suite betrat, war sie in einer Art Dämmerzustand und schaute durch mich hindurch. Bronson, der neben mir stand, flüsterte mir ins Ohr.

»Es steht schlimmer um sie, als ich es dir gesagt habe«, gestand er. »In den letzten Tagen hat sie kaum noch ein Wort von sich gegeben.«

Ich trat vor.

»Mutter?« Sie zwinkerte und drehte den Kopf langsam zu mir um. Ich sah kein Anzeichen des Erkennens in ihren Augen. Mein Herz fing an, nervös zu flattern. Ich schaute Bronson an, der sie besorgt anstarrte.

»Laura Sue, Dawn ist da. Du hast nach ihr gefragt, und jetzt ist sie gekommen«, sagte er.

Plötzlich lachte Mutter, aber es war ein befremdliches, fast abstoßendes Gelächter. Dann wich das irre und bizarre Lächeln von ihrem Gesicht, und sie funkelte mich wütend an.

»Wer sind Sie?« fragte sie barsch. »Wieder eine von diesen vielen Krankenschwestern? Antworten Sie mir. Wer sind Sie?«

»O mein Gott«, stöhnte Bronson.

»Wer ich bin? Mutter, du weißt nicht, wer ich bin?« Ich trat näher an das Bett.

»*Nein!*« schrie sie und wich zurück. »Gehen Sie. Gehen Sie weg. Es ist nicht meine Schuld«, sagte sie und wandte sich jetzt auch an Bronson. »Laßt mich alle in Ruhe!« Sie fing an, mit den Händen durch die Luft zu wedeln, als wollte sie Fliegen verscheuchen.

»Laura Sue, was ist denn über dich gekommen?« fragte Bronson und eilte an ihre Seite. Sie schien unter der Decke zusammenzuschrumpfen, und mit weit aufgerissenen Augen schüttelte sie den Kopf.

»Das verstehe ich nicht«, sagte Bronson zu mir. »Was ist nur los mit ihr?«

»Das ist bisher noch nicht vorgekommen?« fragte ich.

»Nein. Bis jetzt war sie nur... in sich zurückgezogen. Laura Sue, bitte«, redete er ihr aufmunternd zu.

Sie fing an zu weinen und verzog das Gesicht wie ein kleines Kind.

»Ich habe es nicht so gemeint. Das wollte ich nicht, Daddy, es ist nicht meine Schuld«, stöhnte sie.

»Daddy? Gütiger Himmel, was ist nur los mit ihr?« rief Bronson nahezu panisch aus.

»Mutter«, sagte ich und nahm ihre Hand, »komm wieder zu dir, und zwar sofort. Was ist los mit dir?«

»Sie sehen mich alle an«, flüsterte sie und wandte den Blick ab. »Aber auch alle, immer, wenn ich die Treppe runterkomme. Sie wissen es. Sie wissen es alle. Sie hat es ihnen gesagt; sie hat sie gegen mich aufgebracht. Sie setzt die Lügen in Umlauf, und alle glauben ihr.« Sie packte mit der anderen Hand meinen Arm und drückte fest zu. »Ich will, daß du mir hilfst«, flehte sie. »Mach ihnen klar, daß es nicht meine Schuld war.«

»In Ordnung, Mutter, das werde ich tun«, sagte ich, um ihr Mut zu machen.

»Gut«, sagte sie und lockerte ihren Griff. »Gut.« Sie wandte sich an Bronson. »Doktor, ich brauche etwas Stärkeres, etwas, um vergessen zu können. Haben Sie nicht etwas, was stark genug ist? Ich kann nicht schlafen«, rief sie. »Jedesmal, wenn ich die Augen zumache, glaube ich, es wird wieder passieren. Und selbst, wenn ich einschlafe, wache ich wieder auf und höre seine Schritte vor meiner Tür. Ich höre durch die Ritzen, wie er schwer atmet. Er flüstert meinen Namen, ruft mich. Ich will noch ein Schloß mehr an der Tür haben«, verlangte sie. »Und niemand außer den Dienstboten darf zu mir raufkommen. Niemand, haben Sie verstanden?« Sie drehte sich zu mir um, und ich sah die Furcht in ihren Augen, die Furcht und die Traurigkeit, und sie tat mir sehr leid.

»Sie durchlebt noch einmal, wie der alte Cutler über sie hergefallen ist«, sagte Bronson.

»Mutter«, sagte ich leise. »Du bist in Sicherheit. Niemand wird in dein Zimmer kommen, wenn du es nicht willst. Das verspreche ich dir«, sagte ich.

Sie starrte mich an, und dann fingen ihre Lippen an, immer stärker zu zittern, bis sie wieder weinte.

»Nur noch einmal, bitte. Laß sie mich noch ein einziges Mal sehen. Ich fasse sie auch ganz bestimmt nicht an«, sagte sie und umklammerte meinen Arm. »Ich will sie doch nur ansehen. Ich darf mich doch von ihr verabschieden, oder nicht?«

Sie neigte den Kopf zur Seite und lächelte.

»Sie wird es nicht wissen; sie ist noch zu klein. Sie wird sich nicht erinnern können, und daher macht es nichts aus, oder? Bitte, nur noch ein einziges Mal.«

»Dir ist wohl klar, daß sie jetzt von dir spricht«, sagte Bronson traurig.

»Es ist gut, Mutter. Es ist alles in Ordnung. Es wird alles gut.«

Sie wandte den Blick ab, sah weder Bronson noch mich an, sondern etwas, was sie in ihrer Vorstellung vor sich sah. Ihre Augen wurden kleiner, und sie schüttelte langsam den Kopf.

»Ich verabschiede mich doch von ihr, oder nicht? Wieder einmal ist mir eine von ihnen genommen worden, wie damals. Sie hatte... dieses... goldblonde... Haar«, sagte Mutter, und dann sank sie auf das Kissen zurück, und ihre Augen schlossen sich.

»Laura Sue«, rief Bronson und nahm ihre Hand in seine.

»Ich bin so müde«, murmelte sie. »Laßt mich doch nur ein Weilchen schlafen. Ich verspreche auch, daß ich hinterher aufstehen und mich anziehen und wieder schön sein werde.« Ihre Augen sprangen auf, und wieder trat dieses irre Lächeln auf ihr Gesicht.

»Ich werde es ihr zeigen«, gelobte sie. »Das verspreche ich. Ich werde schön sein. Je mehr sie mich haßt, desto schöner werde ich sein. Und während sie immer älter wird, werde ich immer jünger. Macht bitte das Licht aus«, sagte sie. »Ich brauche meinen Schönheitsschlaf«, bat sie, und dann wandte sie mit geschlossenen Augen den Kopf ab. Wenige Augenblicke später war sie eingeschlafen.

Bronson sah mich an, und ich schüttelte den Kopf. Ich deckte sie gut zu. Bronson schaltete das Licht aus, und dann verließen wir beide ihr Zimmer.

»Es tut mir leid«, sagte er im Flur und wischte sich mit seinem Taschentuch die Stirn ab. »Ich wußte nicht, daß es so schlimm geworden ist.«

»Sie braucht eine Behandlung, Bronson. Es könnte gut sein, daß du sie fortschicken mußt.«

»O nein«, sagte er entschieden. »Ganz gleich, was sie benötigt, ich werde es herbringen lassen. Es braucht niemand etwas davon zu erfahren, bis auf die engsten Angehörigen. Sie wird schon wieder gesund«, sagte er, und seine Augen wurden vor Entschlossenheit klein. »Es wird ihr besser gehen, und dann wird sie wieder die wunderschöne Frau, die sie früher war. Du wirst es ja sehen. Das ist nur ein vorübergehender Zustand, eine Auswirkung ihres Schocks«, fuhr er fort. »Sie hat in ihrem Leben eine Menge Unglück durchgemacht. Alle glauben, sie hätte es so leicht gehabt und sei verhätschelt worden und hätte immer alles bekommen, was sie wollte, aber wir wissen es besser, stimmt's? Dieser Zustand ist unter den gegebenen Bedingungen doch verständlich, oder nicht?«

»Doch, Bronson. Ich bin sicher, daß sie sich bald wieder erholen wird, wenn sie professionelle Hilfe bekommt«, sagte ich, obwohl ich keineswegs so optimistisch war wie er. Ich erkannte deutlich, daß er Zuspruch brauchte.

»Richtig. Und ich werde ihr die besten Ärzte besorgen, das kann ich dir versichern. Ich werde gleich damit anfangen. Ich setze mich jetzt sofort ans Telefon und mache ein paar Anrufe. Du wirst doch oft kommen, oder? Und helfen?«

»Natürlich werde ich das tun, Bronson.«

»Und bring die Kinder mit. Bring jedesmal die Kinder mit. Wenn sie erst einmal sieht, was für Enkel sie hat, dann wird sie sich nicht mehr selbst bemitleiden«, versicherte er mir und nickte zur Betonung.

»Okay, Bronson, aber vorher werden wir ihnen einiges erklären müssen. Sie müssen begreifen, daß es Großmutter nicht gutgeht«, sagte ich.

Er biß sich auf die Unterlippe, und die Tränen strömten ungehindert aus seinen Augen. »Wenigstens waren wir ein Weilchen glücklich miteinander.«

»Es wird wieder besser, Bronson«, behauptete ich entschiedener. »Ihr beide habt noch lange glückliche Jahre vor euch.«

»Ja, ja, natürlich«, erwiderte er und lächelte wieder. Er atmete tief durch. »Du kannst nicht wissen, wieviel sie sich um dich und Clara Sue gesorgt hat. Sie ist so vielen verschiedenen Zwängen ausgesetzt gewesen. Aber wenn ich in der letzten Zeit nachts aufgewacht bin, hat sie entweder deinen oder Clara Sues Namen geschrien. Ich vermute, eine Frau kann ihre Mutterschaft nicht einfach ignorieren. Sie gebärt das Kind und trägt es dann nicht länger in sich, aber ein Teil des Kindes wird immer in ihr bleiben. Sie kann versuchen, es zu leugnen, aber früher oder später hört sie immer, wie ihr Baby nach ihr ruft. Habe ich recht?« fragte er.

»Ja, Bronson. Richtiger hättest du es gar nicht sagen können«, sagte ich und erinnerte mich daran, wie sehr ich mich nach Christie gesehnt hatte, nachdem man sie mir weggenommen hatte.

Wir umarmten uns, und dann nahm ich seine Hand und ging mit ihm nach unten, damit er seine Anrufe machen konnte.

Im Frühsommer gelang es Bronson und den Pflegerinnen, Mutter anzuziehen und sie aus dem Haus zu bringen, damit sie sich in die Laube oder auf die Terrasse setzen konnte. An manchen Tagen ging es ihr besser als an anderen. An ihren guten Tagen erkannte sie uns tatsächlich und hatte ihre Freude an den Kindern; an anderen Tagen hätten wir ebensogut Fremde sein können, oder sie sah in uns Menschen aus ihrer Vergangenheit. Eine ihrer Pflegerinnen brachte sie dazu, Handarbeiten zu machen, und das schien die beste Therapie zu sein. Sie saß stundenlang da und arbeitete an etwas, und wenn es fertig war, war sie enttäuscht.

Bronson legte seinen Optimismus nie ganz ab, wenn er auch beträchtlich nachließ, und er begann allmählich, die Möglichkeit zu akzeptieren, daß es immer so bleiben würde. Er tat mir sehr leid, und ich kam eigentlich mehr seinetwegen als um Mutters willen nach Beulla Woods, vor allem an ihren schlechten Tagen, an denen sie keine Ahnung hatte, wer ich war oder wer er war. Er hatte so lange Jahre seines Lebens damit zugebracht, sich um seine behinderte Schwester zu kümmern, und jetzt war ihm wieder eine gewissermaßen invalide Frau aufgebürdet worden.

Das forderte auch von ihm einen Tribut. Man sah ihm jetzt sein Alter an, und er verlor seine lebhafte Art und seinen federnden Gang. Es war, als seien sie beide gestolpert und kopfüber in den Herbst ihres Lebens gestürzt.

Da jetzt die nächste Sommersaison begann – und sie versprach, umfangreicher als jede bisherige zu werden –, waren wir alle mit unseren Verpflichtungen ausgelastet. Wir nahmen uns weiterhin Zeit für Mutter, aber unsere Besuche mußten jetzt kürzer und seltener werden. Ich hatte den Eindruck, nichts könnte meine Aufmerksamkeit jetzt von meiner anstrengenden Arbeit ablenken. Ich lebte nur noch für das Hotel und ging ganz in ihm auf.

Eines Tages ging ich durch einen Korridor, um in der Küche etwas zu überprüfen, und dabei sah ich mich zufällig in einem großen Wandspiegel und blieb erstarrt stehen. Ich trat einen Schritt zurück und starrte mein Spiegelbild an.

Es ist kein Wunder, daß Mutter mich nicht mehr erkennt, dachte ich. Ich erkannte mich selbst kaum noch. Die Sorge, der Kummer und die Verantwortung hatten die Falten in meiner Stirn vertieft. Ich hatte mir das Haar strenger denn je zurückgebürstet, und ich hatte mir angewöhnt, Baumwollkostüme und Blusen zu tragen. Ich hatte mich zwar nie stark geschminkt, aber ich hatte doch immer Lippenstift und etwas Lidschatten aufgetragen, aber jetzt lief ich über lange Zeiträume ohne auch nur einen Hauch von Farbe auf den Lippen und den Lidern herum. Mein eigener Anblick entsetzte mich. Es war, als sei Großmutter Cutlers Geist langsam in meinen Körper eingegangen und hätte begonnen, mich zu verändern.

Doch ehe ich mir weitere Gedanken darüber machen konnte, kam Fern angerannt, um mir zu sagen, am Telefon sei ein Mann, der komisch redete und mit Lillian Cutler verbunden werden wollte.

»Lillian Cutler? Du weißt doch, wer das war. Hast du ihm gesagt, daß sie verstorben ist?«

»Ja. Ich habe ihm auch gesagt, daß du jetzt der Boß bist. Dann hat er dich verlangt. Er hat gesagt, du wüßtest bestimmt, wer er ist.«

»Wie heißt der Mann?«

»Luther irgendwas«, erwiderte sie.

»Luther?« Luther, dachte ich. Luther von The Meadows. Aber warum sollte er hier anrufen?

Ich warf noch einen letzten Blick auf mich im Spiegel und glaubte zu sehen, wie Großmutter Cutlers hämisches, zufriedenes Grinsen von dem Spiegel zurückgeworfen wurde. Dann eilte ich ans Telefon.

»Es ist wegen Miss Emily«, sagte Luther, nachdem ich den Hörer abgenommen und ihm gesagt hatte, wer ich war.

»Was ist mit Miss Emily, Luther?« fragte ich.

»Die ist gestorben«, erwiderte er.

»Gestorben?« Ich hätte nicht geglaubt, daß diese grausame, harte Frau imstande war zu sterben. Sie war so abscheulich und gemein, daß man hätte glauben können, selbst der Tod würde sich nicht an ihr vergreifen.

»Ja. Ich rufe aus Nelsons Gemischtwarenladen an«, teilte er mir gewichtig mit, als sei das ein bedeutendes Faktum. Natürlich erinnerte ich mich daran, daß es in The Meadows kein Telefon gab.

»Was ist mit ihr passiert, Luther?« fragte ich.

»Das Herz wollte nicht mehr, schätze ich.«

Das Herz? Sie hatte kein Herz, dachte ich, nur einen Klumpen Bosheit, der in ihrer Brust schlug.

»Charlotte ist rausgekommen, um mir zu sagen, daß Miss Emily heute morgen nicht runtergekommen ist, um das Frühstück zu machen, und deshalb bin ich raufgegangen und habe an ihre Tür geklopft, aber sie hat nicht geantwortet. Ich bin reingegangen und habe sie auf dem Rücken im Bett liegen sehen, mit weit aufgerissenen Augen und offenem Mund«, fuhr Luther fort.

»Haben Sie einen Arzt gerufen?« fragte ich.

»Einen Arzt? Wozu denn? Sie ist mausetot. Für die kann ein Arzt jetzt nichts mehr tun«, erwiderte er.

»Sie müssen trotzdem einen Arzt rufen, Luther. Sie muß offiziell für tot erklärt werden, und es muß ein Totenschein ausgestellt werden, und Sie müssen Vorkehrungen für das Begräbnis treffen.«

»Da sind keine Vorkehrungen nötig. Ich werde auf dem Grundstück ein Grab schaufeln, wo die anderen Familienmitglieder auch liegen, und da werfe ich sie dann rein«, sagte er.

»Das können Sie nicht machen, ohne vorher einen Arzt zu rufen, Luther«, erklärte ich ausdrücklich, obwohl ich nicht der Meinung war, daß diese gräßliche Frau etwas Besseres verdient hatte.

»Ich weiß nicht, wo sie ihr Geld für solche Sachen aufbewahrt hat«, sagte er zu mir.

»Machen Sie sich wegen des Geldes keine Sorgen. Darum werde ich mich kümmern. Wie geht es Charlotte?«

»Der geht es gut. Sie singt in der Küche und brät sich ein paar Eier«, sagte er und bemühte sich nicht, die Freude in seinem Tonfall zu verschleiern.

Ich hätte fast gelacht, aber mir fielen die spartanischen Mahlzeiten wieder ein, die Miss Emily uns allen verordnet hatte: diese scheußliche Hafergrütze mit dem Essig darin, damit wir die Bitterkeit schmeckten und Entbehrungen kennenlernten, der eine Apfel zum Mittagessen und diese kärglichen Portionen, die es zum Abendessen gab. Sogar das Trinkwasser war rationiert worden.

»Aber ich schätze, von Ihnen muß jemand herkommen und sich um ein paar Sachen kümmern«, sagte er.

»Jemand von uns?« Ja, dachte ich. Wir müssen uns wirklich um einiges kümmern, vor allem um die arme Charlotte. »In Ordnung, Luther. Wir kommen auf der Stelle. Aber Sie werden den Arzt anrufen«, ordnete ich an.

»Wird gemacht, wenn Sie unbedingt gutes Geld zum Fenster rausschmeißen wollen«, bemerkte er.

Nachdem ich aufgelegt hatte, ging ich zu Jimmy und Philip, um ihnen zu berichten, was vorgefallen war. Wir beschlossen, daß Jimmy und ich uns auf den Weg nach The Meadows machen würden. Philip wollte im Hotel bleiben. Er hatte Tante Emily und Tante Charlotte seit Jahren nicht gesehen und hatte kaum Interesse an ihnen.

»Machen Sie sich um Christie und um Fern keine Sorgen«, sagte Mrs. Boston zu uns. »Ich werde mich um beide kümmern und dafür sorgen, daß Miss Amerika sich benimmt, oder sie kann sich auf etwas gefaßt machen«, versprach sie und zwinkerte uns zu.

Jimmy und ich lächelten. Das war im Grund genommen das einzige Lächeln, daß ich auf dieser Reise zustande brachte, denn ich erinnerte mich unwillkürlich wieder an den Alptraum meiner Gefangenschaft auf The Meadows. Großmutter Cutler hatte mich dort hingeschickt, weil ich Christie heimlich zur Welt bringen sollte. Ihre Schwester Emily war Hebamme, aber, was noch wichtiger war, sie war eine religiöse Fanatikerin, die wildentschlossen war, mich für meine Sünden leiden zu sehen.

Ich hatte immer noch Alpträume, in denen sie aus diesen stahlblauen eiskalten Augen in einem hageren Gesicht auf mich heruntersah. Sie hatte einen käsigen, fahlen Teint und dünne, farblose Lippen. Wie ein Raubvogel verharrte sie über mir, zog die Schultern hoch und drohte mir wortgewaltig mit der Hölle und der Verdammung.

Wie könnte ich je dieses furchtbare dunkle, kleine Zimmer vergessen, in dem sie mich schlafen ließ; die harten Arbeiten, zu denen sie mich zwang; die wöchentlichen Bäder in ihrem bereits benutzten Badewasser und die Überdosis Abführmittel, die sie mir gewaltsam eingeflößt hatte, weil sie gehofft hatte, damit eine Fehlgeburt auszulösen.

Großmutter Cutler mußte gewußt haben, daß es zu all dem kommen würde, als sie mich dort hingeschickt hatte, dachte ich. Schließlich hatten sie und Emily sich hinter meinem Rücken verschworen, Christie gleich nach ihrer Geburt fortzugeben. Wenn Jimmy nicht gekommen wäre und mich gerettet hätte, wäre ich dort vielleicht selbst noch eingegangen.

Jetzt waren wir wieder auf dem Weg zu dieser alten Plantage, die nur noch ein schwacher Abglanz dessen war, was sie einst gewesen sein mußte. Wir trafen so schnell wie möglich die Reisevorbereitungen und brachen auf. Keiner von uns war versessen darauf, diese Reise anzutreten, aber Charlotte tat mir wirklich leid. Geistig und psychisch war sie kaum mehr als ein kleines Mädchen, und doch war sie ein sanfter und gutmütiger Mensch, der ein Leben lang von Emily schikaniert worden war.

Wir nahmen bei unserer Ankunft am Flughafen einen Mietwagen

und fuhren nach Upland Station. Mich wunderte, wie genau ich die Strecke noch in Erinnerung hatte. Ich vermute, die Flucht hatte sich für immer und ewig in meinem Gedächtnis eingeprägt. Wir holperten über die lange, schmale Schotterstraße und bogen auf den Lehmweg ab, an dem das Anwesen The Meadows begann, und wieder einmal ragten die Spitzen der Ziegelschornsteine und das langgestreckte Giebeldach des großen Plantagengebäudes über den Baumwipfeln auf.

Nichts hatte sich verändert. Die Marmorbrunnen waren nach wie vor leer und gesprungen, und manche standen bedenklich schief. Die Hecken waren noch genauso zerzaust und kahl, und die steinernen Gehwege waren immer noch rissig und abgetreten. In den dunklen Schatten der späten Nachmittagssonne sahen die unbelaubten Ranken, die sich um die Säulen der Veranda vor der ganzen Fassade des Hauses schlangen, wie verfaulende Seile aus. Nachdem wir ausgestiegen waren und auf die Veranda zugingen, blickte ich zu dem Dach auf, das die Wolken zu berühren schien. Die Fenster in den Dachgauben ähnelten dunklen Augen, die wütend herabschauten. Es war immer noch ein kaltes, finsteres Haus.

Unsere Schritte hallten auf den losen Bodenbrettern der Veranda. Wir betätigten den Messingklopfer und warteten. Kurz darauf hörten wir eilige Schritte im Haus, und dann wurde die Tür aufgerissen, und Charlotte schaute uns an. Ihre blauen Augen funkelten vor Neugier. Sie trug ihr schlichtes Hemdblusenkleid und die alten Hausschuhe ihres Vaters. Das graue Haar hatte sie immer noch zu langen Zöpfen geflochten. Abgesehen von dem Umstand, daß sie noch pummeliger wirkte, schien sie unverändert zu sein, seit ich sie das letzte Mal gesehen hatte.

»Hallo, Charlotte«, sagte ich. »Erinnerst du dich noch an mich?«

Sie nickte, aber ich hatte nicht den Eindruck, daß sie sich erinnern konnte.

»Emily ist tot«, verkündete sie. »Sie ist gestorben und auf einem Besen zum Himmel gefahren, sagt Luther.«

»Auf einem Besen?« fragte Jimmy. Er lächelte mich an.

»Ich weiß, was Luther sagt«, erwiderte ich. »Ist der Arzt hier gewesen, Charlotte?«

Sie nickte.

»Wo ist Luther?« fragte ich.

»Er schaufelt in der Familiengruft ein Grab aus. Er hat gesagt, zum ersten Mal macht ihm das Graben Spaß«, fügte sie hinzu. Jimmy konnte sich nicht zusammenreißen. Er mußte einfach lachen.

»Dürfen wir reinkommen?« fragte ich sie.

»Ja, sicher. Wir können Pfefferminztee trinken.«

»Das wäre nett«, sagte ich und betrat das Haus, das für mich einst das Haus der Schrecken gewesen war.

Unwillkürlich erschauerte ich. In dem Moment, in dem ich in diese finstere, unfreundliche Eingangshalle trat und die Eichentruhe sah, die Hartholzbänke, die zu unbequem aussahen, als daß man darauf hätte sitzen können, und die Polsterstühle, die prachtvolle Staubfänger waren, brachen die Erinnerungen wieder über mich herein. An den Wänden hingen Porträts von Vorfahren – Frauen mit verkniffenen Gesichtern, mit zurückgestecktem Haar und dunkler Kleidung, und Männer, die finster und streng schauten. Es stand absolut außer Zweifel, daß Emily ein Abkömmling dieser furchtbaren Menschen war, dachte ich.

»Emily ist noch oben«, enthüllte uns Charlotte. »Sie liegt noch in ihrem Bett.«

»Hat Luther keinen Leichenbestatter angerufen?« Ich sah Jimmy an. Er zuckte mit den Achseln.

»Ich werde mal nach oben gehen und nachsehen«, sagte er. Wir hatten auf dem Weg beschlossen, daß ich die meiste Zeit damit zubringen sollte, die Unterlagen und Dokumente in Emilys früherem Büro durchzusehen.

»Ich gehe auch mit«, rief Charlotte. »Und dann trinken wir Tee.«

»Gehen Sie bitte voraus, und führen Sie mich hin«, sagte Jimmy.

Charlotte schlurfte zur Treppe. Sie lief immer noch wie eine kleine Geisha, die Hände an den Körper gepreßt und mit gesenktem Kopf. Jimmy folgte ihr, und ich ging ins Büro.

In dem Moment, in dem ich eintrat, dröhnte die Standuhr in der Ecke, als wollte sie mich warnen, bloß nicht einzutreten. Ich zündete schnell die Kerosinlampe auf dem Schreibtisch an, und die Flamme warf ihr Licht auf das gigantische Porträt von Mr. Booth. Es sah aus, als schaute er stirnrunzelnd und finster auf mich herunter. Ich fand noch eine zweite Kerosinlampe auf dem Tisch und zündete auch sie an. Ich bemühte mich, alle Lampen anzuzünden, die ich zu sehen bekam, weil ich daran dachte, daß Emily uns gezwungen hatte, in diesem Dunkel zu leben. Sie hatte den Brennstoff gehortet und nur in spärlichen Mengen an uns ausgegeben.

Ich trat hinter den Schreibtisch und begann, Papiere durchzusehen, wobei es sich vorwiegend um gewöhnliche Haushaltsabrechnungen handelte.

»Falls Sie ein Testament suchen, werden Sie keins finden«, sagte Luther, der plötzlich in der Tür aufgetaucht war. Die Schatten, die auf sein Gesicht fielen, ließen ihn hagerer und älter wirken. Als er näher kam, sah ich, daß er ansonsten unverändert war. Es war, als sei an diesem Ort alles und jeder in einer Zeit erstarrt, die stehen geblieben war, für immer und ewig in einem meiner Alpträume gefangen. Sein schmutziges braunes Haar war lang, strähnig und zerzaust. Wie immer hätte er dringend eine Rasur gebrauchen können, und die stacheligen graubraunen Stoppeln bildeten häßliche Flecke auf seinem sonst blassen weißen Gesicht.

Er wischte sich die schlammigen Hände an seinem Overall ab. »Sie hat mir einmal gesagt, daß sie kein Testament gemacht hat. Ihr war egal, was nach ihrem Tod passiert«, erklärte er.

»Ich verstehe«, sagte ich und lehnte mich zurück. »Dann wird sich ein Nachlaßgericht darum kümmern müssen. Haben Sie denn keinen Leichenbestatter angerufen und einen Sarg bestellt, Luther?« fragte ich.

»Ich hatte schon einen fertigen dastehen«, sagte er. »Den habe ich schon vor langer Zeit gebaut, und seitdem steht er im Stall bereit.«

»Setzen Sie sich, Luther«, sagte ich und wies mit einer Kopfbewegung auf den Lederstuhl am Schreibtisch. Er schaute mich an, als säße er irgendwie in der Falle. »Bitte, ich möchte mit Ihnen reden. Keiner von uns hat von dem anderen etwas zu befürchten, und nachdem Miss Emily nicht mehr da ist, schon gar nicht mehr.«

Das gefiel ihm, und er setzte sich.

»Wenn Sie sie sosehr gehaßt haben, warum sind Sie dann hiergeblieben?« fragte ich.

»Ich habe es Ihnen doch schon einmal gesagt«, sagte er. »Ich habe nie etwas anderes als diesen Ort gekannt, nie etwas anderes gehabt. Sie dachte, es gehörte alles ihr, aber das stimmte gar nicht. Sie wußte hier überhaupt nicht Bescheid. Wenn man sich etwas aneignen will, dann muß man daran arbeiten.«

»Sie hat Sie zu ihrem Sklaven gemacht, weil Sie Charlotte vor langer Zeit geschwängert haben«, brachte ich vor. »Das stimmt doch, oder? Damit hat sie Sie immer wieder eingeschüchtert.« Ich erinnerte mich wieder daran, wie Charlotte mir erzählt hatte, Luther hätte auf ihr »rumgehopst«, und danach sei sie schwanger gewesen.

»Es gibt nichts, wofür ich mich schämen müßte«, antwortete er und beugte sich vor. »Emily hat sich hingestellt, als sei sie der persönliche Bote von Gott dem Allmächtigen auf Erden. Alle Booths, außer Mrs. Booth, haben sich für etwas Besseres als alle anderen gehalten. Haben meinen Papa zu einem gemeinen Sklaven gemacht und meine Mama unter die Erde gebracht, aber ich wußte von ihren Sünden«, fügte er lächelnd hinzu. »Schon als kleiner Junge habe ich es gewußt, und außerdem hat meine Mama mir alles erzählt, was vorgegangen ist.«

»Was ist denn vorgegangen?« fragte ich. Mich überraschte, daß er jetzt so gesprächig war, aber ich nahm an, daß es daran lag, daß er endlich nicht mehr im Schatten von Emily Booth stand.

»Der Alte, der war ein guter Bauer, aber er mochte die Frauen und hat oft einen gehoben«, sagte er.

»Einen gehoben?«

»Seinen guten Schnaps hat er getrunken, wie andere Leute Wasser trinken«, erklärte er. »Mrs. Booth, die war eine nette Frau; ich habe sie immer gemocht. Sie war immer freundlich zu mir und hat mir Sachen geschenkt, wenn keiner hingesehen hat. Sie war kränklich und schwach. Meine Mama hat früher oft gesagt, der Mr. Booth, der schöpft die Mrs. Booth leer wie eine Regentonne. Er hat sie ausgesogen.«

»Sie ist, kurz nachdem sie Charlotte geboren hatte, krank geworden und gestorben, nicht wahr?« fragte ich, denn mir fiel jetzt das wenige wieder ein, was ich über sie in Erfahrung hatte bringen können, als ich damals hier war.

Er lehnte sich zurück, und ein seltsames, selbstzufriedenes Lächeln stand auf seinem Gesicht.

»Sie hat Charlotte nie geboren«, sagte er. »Ja, sie hat so getan, als sei es so, aber mein Daddy und meine Momma kannten die Wahrheit. Momma mußte sich um sie kümmern«, fügte er hinzu und beugte sich zum Schreibtisch vor, »und für Lillian sorgen.«

»Lillian? Großmutter Cutler? Wie meinen Sie das?« fragte ich. Jimmy tauchte in der Tür auf, kam aber nicht rein. Er wollte nicht stören.

»Sie hat Charlotte zur Welt gebracht«, sagte er. »Sie hat in diesem kleinen Zimmer gewohnt, in demselben wie Sie.«

»Sie hat Charlotte geboren? Wollen Sie damit sagen, daß Charlotte gar nicht wirklich ihre und Emilys Schwester war?« fragte ich. Sein Lächeln wurde breiter.

»Oh, ich schätze, man könnte schon sagen, daß sie das gewissermaßen war.«

»Das verstehe ich nicht«, sagte ich und wandte mich jetzt zu Jimmy um, der alles mitangehört hatte. Er trat auf den Schreibtisch zu.

»Ihr Papa...«, setzte Luther an und unterbrach sich dann.

»Hat Charlotte gezeugt?« fragte ich, um den furchtbaren Satz zu beenden.

»Das hat mir meine Momma erzählt«, sagte Luther und blickte zu Jimmy auf. »Und meine Momma«, fügte er hinzu und wandte sich wieder zu mir um, »die hat nie Lügen über die reichen Leute verbreitet. Niemals. Die haben nur ihre eigenen Lügen über sich selbst erzählt. Sie haben Mrs. Booth so zurechtgemacht, als sei sie schwanger, und sie mußte sich auch so benehmen, um die Schande zu vertuschen, und dann, nachdem Charlotte geboren war, haben sie sie wie ein Tier behandelt«, sagte er und wurde wütend. »Sie ist immer wieder zu mir gekommen und hat mir gezeigt, wie schlimm sie sie ausgepeitscht haben, und wenn sie sie verhungern lassen wollten, dann habe ich ihr Essen besorgt.«

Und plötzlich wurde mir klar, daß Luther Charlotte auf seine Art geliebt hatte und sie wahrscheinlich immer noch liebte.

Aber was für eine grauenhafte Geschichte. Wenn man den Altersunterschied zwischen Großmutter Cutler und Charlotte bedachte, kam man darauf, daß sie nicht viel älter als vierzehn gewesen sein konnte, als ihr diese Abscheulichkeit zugestoßen war. Ich lehnte mich betäubt zurück. Jimmy und ich schauten einander an und dachten beide dasselbe.

Kein Wunder, daß sie so gewesen war, wie sie gewesen war.

Weder Jimmy noch ich sahen einen Grund, Emilys Begräbnis hinauszuzögern. Wir kannten keine weiteren Leute, die wir hätten verständigen sollen, und nach allem, was ich in Erinnerung hatte und was Luther uns sagte, hatte sie keine wirklichen Freunde. Luther nannte mir den Namen des Geistlichen, und ich ließ mich von Jimmy nach Upland Station fahren, damit ich ihn anrufen konnte. Er hieß Carter, und er hatte schon von Emily Booth gehört. Ich erklärte ihm unsere Lage, und er sagte, er käme gleich raus, um am Grab einen Gottesdienst zu halten.

Als wir zurückkamen, teilte ich Luther mit, daß die Vorbereitungen abgeschlossen waren. Er brachte eilig den Sarg nach oben und legte Emilys Leiche hinein. Dann nagelte er den Sarg zu. Sein Hämmern hallte durch das ganze Haus, denn er schlug extrem kräftig auf die Nägel ein. Dann trugen er und Jimmy den Sarg die Treppe hinunter und stellten ihn auf die Ladefläche von Luthers Lastwagen.

Ich kümmerte mich um Charlotte, denn jetzt tat sie mir noch mehr leid denn je. Sie hatte nichts Ordentliches zum Anziehen, was sie im Freien warmgehalten hätte, und der Himmel war widerlich grau, und zwischendurch setzten heftige Windstöße ein. Ich ging in Miss Emilys Zimmer und fand einen dunkelblauen Wollmantel. Im ersten Moment hatte Charlotte Angst, ihn anzunehmen.

»Alles, was Emily hatte, gehört jetzt dir, Charlotte«, erklärte ich. »Sie hat dir alles hinterlassen«, log ich. Eifrig nahm sie mir den Mantel ab und zog ihn an.

Reverend Carter kam mit seiner Frau, einem kleinen, vogelartigen Geschöpf. Beide waren schwarz gekleidet. Seine Frau wirkte wie eine professionelle Statistin, ein bezahlter Trauergast. Sie lächelte nie, und ihre Augen waren glasig und geschwollen, als hätte sie tagelang geweint.

Luther führte uns zum Familiengrab, in dem die Booths nebeneinanderlagen, Generationen, die bis zum Beginn des neunzehnten Jahrhunderts zurückgingen. Als ich das frisch geschaufelte Grab für Emily sah, bemerkte ich, daß Luther es weit tiefer als notwendig ausgehoben hatte. Es war, als wollte er ganz sicher sein, daß zahllose Kilos von Erde auf ihr lagen, damit sie auch bestimmt nicht wieder herauskommen konnte.

Während der Geistliche aus der Bibel vorlas, senkten Luther und Jimmy den Sarg in das Grab. Ich stand neben Charlotte und fragte mich, ob sie wirklich begriff, was hier geschah. Ein zartes, engelsgleiches Lächeln stand auf ihren Lippen.

Der Geistliche sagte ein Paar Worte darüber, daß Emily jetzt glücklich war, da sie dort saß, wo sie sich ihren Platz verdient hatte, und dann gingen wir alle und ließen Luther zurück, der das Grab zuschaufelte. Er bestand darauf, es ganz allein zu tun. Als ich mich noch einmal umsah und bemerkte, wie eifrig er die Erde auf den Sarg schaufelte, fand ich, er wirkte ausgelassen. Er arbeitete mit einem jugendlichen Schwung, der seinen Rücken zu straffen und ihn zu verjüngen schien, als er die Erde in das Grab fallen ließ und hörte, wie sie auf Emily Booths Sarg polterte. Ich war sicher, daß gemeinsam mit Emily die Qualen und das Leid eines ganzen Lebens begraben wurden.

Ich bezahlte dem Geistlichen etwas für seine Mühe, und dann tranken Jimmy und Charlotte und ich endlich unseren Pfefferminztee. Charlotte bereitete ihn tatsächlich für uns zu. Als sie sich in der Küche zu schaffen machte, fiel mir auf, daß sie weit selbständiger war, als Emily sie hingestellt hatte. Da sie jetzt frei von ihren Fesseln und den Einschränkungen war, die Emily ihr auferlegt hatte, schien Charlotte nur zu gern mehr Verantwortung auf sich zu nehmen.

»Wohin willst du jetzt gehen, Charlotte?« fragte ich sie.

»Wohin ich gehen will?« sagte sie und blickte von ihrer Tasse auf. Sie sah sich in der Küche um. »Nirgendwohin. Ich muß heute noch putzen«, sagte sie, »und an meiner Stickerei arbeiten.«

»Sie fertigt wunderschöne Stickereien an«, erzählte ich Jimmy. Wir hörten, wie die Haustür geöffnet und dann wieder geschlossen wurde.

»Ich habe das Holzkreuz aufgestellt«, sagte Luther, der in die Küche kam.

»Was ist mit einem Grabstein?« fragte Jimmy.

»Der ist so gut wie fertig«, erwiderte Luther und setzte sich an den Tisch. »Ich arbeite schon seit Jahren daran«, fügte er hinzu. Jimmy lächelte mich an.

»Und was wollen Sie jetzt tun, Luther?« fragte ich ihn.

»Was ich jetzt tun will?«

»Werden Sie hierbleiben?« erkundigte ich mich.

»Bis jemand mich von hier wegschleppt«, sagte er. »Ich wüßte nicht, wo ich sonst hingehen könnte, und« – er drehte sich zu Charlotte um – »jemand muß sich schließlich um Miss Charlotte kümmern.«

Ich nickte lächelnd.

»Ich glaube, das wäre sehr gut«, sagte ich. »Wenn Jimmy und ich wieder in Cutler's Cove sind, werde ich unseren Rechtsanwalt bitten, die juristischen Fragen zu klären, die das Anwesen betreffen. Ganz gleich, was passiert, ich sehe keinen Grund, weshalb Sie und Charlotte nicht hierbleiben könnten. Das heißt, wenn Sie wirklich glauben, daß Sie sich um sie kümmern können, Luther.«

Er richtete die dunkelbraunen Augen fest auf mich, und sein Gesicht war ernster, als ich es je gesehen hatte.

»Soweit ich zurückdenken kann, habe ich mich in der einen oder anderen Form um sie gekümmert«, erwiderte er.

»Ja, ich denke, das stimmt«, sagte ich.

»Und hier hast du eine Tasse Pfefferminztee«, sagte Charlotte und stellte sie vor ihn hin. Dann trat sie zurück, und ihre Augen glänzten vor Stolz.

»Danke, Charlotte«, sagte er. Sie schaute mit einem glücklichen Lächeln auf ihn herunter. Dann sah sie mich an und klatschte in die Hände.

»Fast hätte ich es vergessen«, sagte sie. »Morgen ist mein Geburtstag.«

Ich wollte schon laut lachen, weil mir wieder einfiel, daß sie das jeden Tag gesagt hatte, aber Luther schaute lächelnd auf.

»Sie hat recht«, sagte er. »Sie hat wirklich morgen Geburtstag.«

EPILOG

Als Jimmy und ich an jenem Tag von The Meadows aufbrachen, überlegte ich mir, wie richtig es doch war, daß die beiden Menschen, die am meisten gelitten hatten, jetzt ein glückliches Leben dort führen konnten. Ich hegte nicht den geringsten Zweifel daran, daß mit der Zeit einige der trostlosen und gräßlicheren Aspekte dieses trübsinnigen Hauses gemeinsam mit der Erinnerung an Miss Emily begraben werden würden. Die Schatten, die sie in den tiefsten Winkeln aufbewahrt hatte – Schatten, die sie mit ihrem rasenden Beharren, das Licht müßte rationiert werden, beschützt und genährt hatte –, würden ihr mit Sicherheit ins Grab folgen.

Nach unserer Rückkehr nach Cutler's Cove traf ich mich mit Mr. Updike zu einem Gespräch über The Meadows, und er sagte, er würde sich darum kümmern, daß Charlotte und Luther dort leben konnten, solange sie wollten. Ich erzählte Philip von unserer Reise, von Emilys Begräbnis und von unseren Entschlüssen. Er war froh, daß er sich nicht mehr damit zu beschäftigen brauchte.

»Bei den ein oder zwei Malen, die ich da war«, sagte er, »hat mir gegraust. Tante Emily hat mir das Gefühl gegeben, ich sei die reinste Teufelsbrut.«

In gewisser Weise war es gut für mich, daß ich bei Miss Emilys Begräbnis gewesen war. Ich hatte gesehen, daß Charlotte und Luther glücklich waren, und ich wußte, daß diese unausstehliche böse Frau auch aus ihrer beider und nicht nur aus meinem Leben geschieden war, und das bereitete meinen Alpträumen von The Meadows ein Ende. Diese Zeit verfolgte mich jetzt nicht mehr länger.

Ich hatte jetzt ohnehin mit meinem eigenen Leben viel zuviel zu tun. Christies Musikunterricht mußte ausgedehnt werden; in unserem Haus war einiges zu tun, und dann war da natürlich auch noch das Hotel. Jimmy und ich schmiedeten Pläne, nach Ablauf des

Sommers unseren ersten gemeinsamen Urlaub zu machen. Wir beschlossen, nach Cape Cod zurückzukehren und dort unsere Flitterwochen zu beenden.

Es war die romantischste Woche unserer ganzen Ehe. Wir konnten uns in Dutzenden von verschiedenen Formen wieder und immer wieder durch Kleinigkeiten unsere Liebe geloben: ob Jimmy nun meine Wange berührte und kein Wort sagte, ob ich meinen Kopf an seine Schulter legte, wenn die Sonne unterging, oder ob wir nun beide vor dem Sonnenaufgang wach wurden und hinauseilten, um uns an der Hand zu halten und am Strand spazierenzugehen, während die Sonne aufging.

Als wir nach Cutler's Cove zurückkehrten, stellten wir fest, daß Bronson alles vorbereitet hatte, damit wir alle das Erntedankfest auf Beulla Woods feierten. Er glaubte, es würde Mutter guttun, wenn sie von ihrer Familie umgeben war. Wir waren alle da: Philip und Betty Ann, die Zwillinge, Fern und Christie, Jimmy und ich. Mutter saß die meiste Zeit über geistesabwesend da, während wir aßen, aber hinterher, als Christie und ich vierhändig Klavier spielten, sah ich, daß sie durch Tränen lächelte, als ich mich nach ihr umschaute.

Zum Abschluß des Abends erlaubte sie sämtlichen Kindern, ihr einen Gutenachtkuß zu geben. Bronson strahlte. So glücklich hatte er seit Monaten nicht mehr gewirkt, und er sah auch gleich wieder wesentlich besser aus.

»Ich danke dir«, flüsterte er mir ins Ohr, als wir uns umarmten. »Ich glaube, es war eins der schönsten Erntedankfeste, an die ich mich erinnern kann.«

Ich ging zu Mutter, um ihr Gute Nacht zu sagen, und ich umarmte sie und küßte sie auf die Wange. Sie schien sich an mich zu klammern, als hinge ihr Leben davon ab, und als ich mich von ihr löste, waren ihre Augen groß, aber sie lächelte.

»Du bist zurückgekommen«, sagte sie.

»Ja, Mutter. Ich bin zurückgekommen.«

»Das ist gut so, das ist gut so.« Sie schien meine Hand nie mehr loslassen zu wollen. Bronson stellte sich neben sie und legte ihr einen Arm um die Schultern.

»Es ist jetzt Zeit, die Kinder ins Bett zu bringen, Laura Sue«, sagte er liebevoll.

»Ja, sicher. Gute Nacht. Ich wünsche euch allen eine gute Nacht«, rief sie. Die Kinder rannten lachend aus dem Haus, und wir brachen alle auf.

Am nächsten Tag schneite es, für Cutler's Cove einer der stärksten Schneefälle, zu denen es um diese Jahreszeit je gekommen war, aber wir freuten uns darüber, weil es uns an die bevorstehenden Weihnachtsfeiertage denken ließ. Glöckchen schienen in der Luft zu klirren. Nie war die Weihnachtsdekoration farbenfroher und prächtiger anzusehen gewesen. Am Nachmittag gingen die Kinder hinter dem Hotel Schlitten fahren.

Als ich das Hotel gerade verlassen wollte, bekam ich einen Anruf von Trisha.

»Ich wollte dir schöne Feiertage wünschen«, sagte sie. »Ich fahre mit meinen Eltern in Urlaub. Ich habe mich von Daddy dazu überreden lassen«, sagte sie lachend.

Wir beide hatten miteinander gesprochen, kurz nachdem Michael nach Cutler's Cove gekommen war, und daher wußte sie von seinem Besuch.

»Ich habe etwas Neues über Michael gehört«, erzählte sie mir gegen Ende unseres Gesprächs. »Er gibt jetzt Gesangsunterricht in Greenwich Village.«

»Er tut mir trotz allem leid«, sagte ich, »obwohl mir alles in meinem Innern sagt, ich sollte ihn nicht bemitleiden, und obwohl Jimmy wütend wäre, wenn er es wüßte.«

»Er hat sich nicht geändert; er versucht immer noch, Affären mit seinen hübscheren Schülerinnen anzufangen.«

Ich lachte. »Er wird sich durch nichts ändern, er ist unverbesserlich. Ich wünsche dir einen wunderschönen Urlaub, Trish, und ruf mich an, wenn du wieder zurück bist. Ich möchte alles über dein Vortanzen wissen.«

»Das mache ich. Geht es dir gut? Ist bei dir alles in Ordnung?« fragte sie besorgt. »Ich höre da so etwas aus deiner Stimme heraus.«

»Ich tue mir im Moment selbst ein wenig leid, das ist alles.«

»Ach, gib dieses Hotel doch auf, und sing wieder«, insistierte Trisha.

»Es könnte passieren, daß ich genau das demnächst tue. Würde dich das nicht überraschen?«

»Doch.«

Wir lachten.

Als ich nach Hause kam, setzte ich mich ans Klavier und klimperte ein paar Töne, bis Jimmy mit Christie kam. Sie waren bis auf die Haut durchnäßt vom Schlitten fahren. Ich schimpfte beide aus und schickte sie nach oben zum Baden.

Hinterher, als ich Christie das Haar trocknete, überkam mich eine entsetzliche Woge von Übelkeit. Es war so schlimm, daß ich mich setzen mußte. Die Übelkeit ging vorüber, aber in derselben Nacht weckte sie mich aus dem Tiefschlaf, und ich mußte ins Bad gehen und mich übergeben. Am Morgen übergab ich mich wieder, aber ich hielt es vor Jimmy geheim. Ich wußte, wie sehr er beunruhigt war, wenn ich krank wurde. Als die Übelkeit einfach nicht nachließ, ließ ich mir kurzfristig einen Termin beim Arzt geben.

Jimmy kam jedoch, wie immer, dahinter. Im Hotel gab es hundert verschiedene Augen- und Ohrenpaare. Es war kein geeigneter Ort, um Geheimnisse für sich zu behalten, jedenfalls nicht für mich. Nach meinem Besuch beim Arzt machte ich mich sofort auf den Heimweg. Jimmy fand mich im Wohnzimmer am Klavier vor. Immer, wenn sich bei mir etwas Entscheidendes tat, verspürte ich den Drang, mich in die Musik zurückzuziehen. Als Jimmy ins Haus kam, hatte ich den Kopf gesenkt und die Augen geschlossen.

Ich hörte gar nicht, wie er reinkam, aber ich blickte auf, als er mir eine Hand auf die Schulter legte.

»Was ist los, Schätzchen? Was fehlt dir?«

»James Gary Longchamp«, sagte ich.

»Ja?«

»Du wirst Vater.«

Jimmys Gesicht zersprang vor Glück, und er umarmte und küßte mich und drückte mich vor Aufregung fast tot. Ich ließ mich von ihm herumwirbeln.

Durch das Fenster zum Meer konnte ich sehen, wie die Sonne zwischen zwei Wolken herauslugte. Die Wolken zogen weiter und immer weiter auseinander und ließen immer mehr Sonnenschein durch, der das Meer liebkoste und das Grau in ein strahlendes Blau verwandelte.

In jener Nacht schmiegten wir uns enger und liebevoller aneinander als je zuvor, und lange Zeit sagte keiner von uns beiden ein Wort. Ich fragte mich, ob Jimmy an die Zeiten dachte, als wir beide noch klein waren und daran, wie wir allein gewesen waren, und dann war etwas passiert, was uns erschreckt hatte. Wir hatten uns eng aneinandergeklammert, bis Momma und Daddy endlich kamen und uns wieder ein Gefühl von Sicherheit gaben. Dann erst und nicht eher hatte Jimmy gute Nacht zu mir gesagt und ich zu ihm.

»Fürchte dich nicht, Dawn«, flüsterte Jimmy schließlich und riß mich aus meinen Träumereien. »Diesmal wird mit dem Baby alles gutgehen. Du wirst es ja sehen. Sei glücklich«, sagte er.

»Ich werde es versuchen, Jimmy. Und ich werde mich nicht fürchten – nicht, solange du bei mir bist.«

»Ich werde immer bei dir sein.«

»Gute Nacht, Jimmy«, sagte ich und schloß die Augen.

»Gute Nacht, Dawn.«

Ich schlief ein und träumte von unseren früheren Zeiten. Musik erklang; Musik erklang ohne Pause, und wir liefen über einen schönen grünen Rasen der Sonne entgegen.